夜与昼

（上卷）（修订版）

柯云路 著

柯云路文集

中国文联出版社

上世纪八十年代中国大学校园里曾经弥漫过一阵兴奋的阅读气氛，很多大学生在图书馆、在宿舍或在树阴下竞相传阅一本本被翻得发卷的《当代》杂志，上面刊登的正是长篇小说《夜与昼》，继而是《衰与荣》。这两部书无疑是百科全书式描写社会生活的代表作。

图书在版编目（CIP）数据

夜与昼（上下）/ 柯云路著.-北京：中国文联出版社，2008.11
ISBN978－7-5059-6062-6

Ⅰ.夜… Ⅱ.柯… Ⅲ.长篇小说-中国-当代 Ⅳ.I247.5

中国版本图书馆CIP数据核字(2008)第145032号

书　　名	夜与昼（上下）	
作　　者	柯云路	
出　　版	中国文联出版社	
发　　行	中国文联出版社发行部　（010-65389150)	
地　　址	北京农展馆南里10号(100125)	
经　　销	全国新华书店	
责任编辑	王　萌　鄢晓霞	
责任印制	焉松杰	
印　　刷	北京市凯鑫彩色印刷有限公司	
开　　本	640×960　1/16	
印　　张	38.5	
插　　页	4页	
版　　次	2008年11月第1版　2008年11月第2次印刷	
书　　号	ISBN978－7-5059-6062-6	
定　　价	64.00元	

您若想详细了解我社的出版物
请登陆我们出版社的网站http://www.cflacp.com

天者，夜昼；

地者，衰荣；

人者，灭生。

上卷

第 一 章

　　火车甩下了广袤的华北平原,果断地驰上了永定河铁桥。

　　卢沟桥在夏日黄昏中,背衬着黯然的灰蓝天空缓缓向后移动。古老的建筑身处现代,总默默透露着这种苍凉的孤寂感。一个个石栏柱上蹲伏的石狮镀着黄昏之光。一孔孔拱形石券洞下,古老的河床里,夏水苍苍莽莽,沙滩草色青青。离北京城还有十五公里,一种就要进入全国政治文化中心的兴奋照例像每次回北京时一样又涌上来。

　　他眯起眼凝视着车窗外已渐渐远去的卢沟桥,凝视着西北天际隐约浮现出的起伏山脉,眼前一片苍茫混沌。正是这崇山峻岭的太行山、燕山把北方的蒙古高原、松辽平原与华北大平原分割开了。三四千年前,或许更早吧,人们为着通商交往,从华北大平原沿着太行山东麓一线高地北上(他眼前隐约浮现着几千年前的跋涉:马队,马队,驮着货物的看不到头的马队……),在一个古渡口越过太行山上东流下来的永定河,进入西北东三面环山的北京小平原,然后在一个分歧点路分三岔。西北一路出南口穿越燕山直上蒙古高原(马队,马队,驮着货物的马队……);东北一路出古北口穿越燕山径奔松辽大平原(马队,马队,驮着货物的马队……);正东一路,沿燕山南麓直赴海滨,然后北上出今山海关去辽河平原(马队,马队,驮着货物的马队……)。而从蒙古高原、松辽平原来华北平原,则逆行同样路线。三路在分歧点汇合,越永定河古渡口南下(马队,马队,驮着货物的马队……)。

　　这个伟大的古渡口就是现在卢沟桥所在地。

　　这个更伟大的南北交通枢纽的分歧点,上面出现了最初的居民点(一个年迈的父亲领着年少的儿子,牵着两匹驮着行李的老马,疲惫之极。父亲叹口气站住了:咱们在这儿落脚吧。几天后,永定河旁出现了第一间小土房……)。

而在最初居民点的迅速发展中,诞生了一座城市。

那便是燕国的中心:蓟城。

随后,在历史的演变中,它先后成为秦朝广阳郡治所,隋朝涿郡,唐朝幽州,辽代陪都南京,金代的中都,最后到元朝,它终于崛起为全国性的政治中心:元大都。从此,它以其必然的力量取代了长安、洛阳、汴梁等历史名城,夺占了中国最中心的位置。明朝开始称北京。是历史指定了它的地位。多民族相互通商往来,相互冲突战争,相互交融混合的历史最终造成了北京这个独一无二的中心。

中心便是重心,是平衡点,是交汇点。南国水乡的富饶婉丽,北方草原的粗犷豪放,西部大漠的苍凉凄越,东部沿海的热情繁华,都各有特色,别张一面,但唯有它们的集中交汇点——北京,才能整个浑然地代表中华民族的个性和文化。在中国,有哪个城市,哪个地方,能像北京这样把戈壁滩如云马队的剽悍与苏杭丝绸鱼米之乡的热情,最悠久的文明与最现代的气氛都凝缩于一身呢?几千年的文明史,一百多年的近代史,近在眼前的现代史,敏感的当代史,都正在这个京都中冶炼着。

他即将踏入京都……

火车徐徐驶进像个巨大音箱一样嗡嗡共鸣的北京站站台。

李向南提着旅行袋一下火车,目光就惊怔地一闪。攒动的人头中跳跃过一个熟悉的面孔。"小莉。"他不由自主地叫了一声。顾小莉正在人群中挤着穿行,东张西望地找人,此时一下转过头,愣了。她眼睛中的神情变化很快,层次很多。"小莉,你怎么来了?"李向南问。想不到刚来北京又碰见这位省委书记的女儿。

"不许我来,北京是你的?"小莉微含怨恨地瞪了李向南一眼。小莉的情绪还那么大,好像几天前在古陵县城里两个人的冲突刚发生。

"我哪有权力不让你来?"李向南说。

"你是县委书记呗。"小莉冷冷地讽刺道。

李向南笑了："一个县委书记在大北京算个什么芝麻玩意儿？"

"算乡巴佬呗。"小莉说着上下溜了他一眼，止不住露出些许笑意。她很快收敛，照旧冷起脸来。

李向南依然是一身皱巴巴的灰的确良衬衫和裤子，依然是裤腿挽到小腿肚，赤脚穿着那双旧凉鞋，依然是这样又瘦又高地立在面前。哼，她也不知道看上他哪儿了。就那双黑炯炯的眼睛？就那张有着铁青色络腮胡楂的黑脸？就是那提着旅行袋筋条凸起关节粗大的铁腕？就那一米七八的瘦高个儿？就那比自己大十来岁的年龄？就一个烂芝麻县委书记？

李向南风趣地说："乡巴佬进北京还能怎么样？见了人哈下腰靠边躲呗。"他上下打量着小莉，"你可是光彩夺目，更漂亮了。"

小莉确实比在古陵县更漂亮了。她穿着件鲜红的薄呢连衣裙，潇洒地系着裙带，脚上一双精巧的白皮凉鞋，人显得更年轻、更挺秀。腰肢很细，胸部精美地隆起，乌黑发亮的短发来回甩动。她那生气勃勃、目光敏锐的瓜子脸，那微黑圆润、宛如象牙雕就的胳膊，那光洁的脖颈，都闪射着动人的光泽。面对面站着，能感到她所散发的那种被汗水濡湿的、烫热的、年轻姑娘特有的青春气息。这气息夹着发香，更带有性感和刺激力："漂亮也是我的，不碍你的事，用不着你管。"

"管管怕什么？"李向南亲热地开着玩笑，"我就不能管？"他一定要利用这个巧遇化解这位省委书记的女儿对他的怨恨。二十二岁的顾小莉是个可爱的姑娘，同时又是个可怕的小权谋家。千万不能因为和她感情上的纠纷，酿出一场自己的政治危机来。

"你有什么权力管？"小莉冷笑一声。

"你是古陵县委的宣传部副部长啊，我这县委书记不能管管？"李向南说着，禁不住笑了。他从来没有把小莉当成个宣传部副部长；这个为了写小说跑到县里来的姑娘也从来不像个副部长。

"什么烂部长，这破职务我不挂了。"

"好啦，别斗嘴了。"李向南看了看站台上纷纷扰扰涌向出站地道口的人群，一抬双手，"我这么多行李，阁下帮我提一件吧？"

"我不管。"

"一个月以前你在古陵县下火车，谁帮你提的行李？忘恩负义了？"

小莉瞟了李向南一眼，扑哧笑了。她想起了不久前在古陵火车站与李向南有意思的相遇，那是他们第一次见面。她伸出手没好气地说："拿来吧。"

"咱们往外走吧。"

"不行，我还得再接个人。"小莉提着个旅行袋，翘首在人群中寻望着。

"对了，我忘了你来车站干什么了。你接谁？"

"你知道不知道，盘问人在国外是最不文明礼貌的？"

"我是中国人嘛，而且又是个乡巴佬。"

小莉收回四处寻望的目光，又扑哧笑了，"我接我哥哥。"她一边走一边昂起头朝后甩了甩头发。

"你哥哥？"李向南脚下犹豫了一下。

"怎么，"小莉转过头看了看李向南，"一听我哥哥，你脸就阴了？"

"没有。"

"没有？哼，还不是又想到你在古陵的那个心爱的人了。"

"小莉，你怎么又来了？"

"我怎么又来了？你不就专门看得上那个烂货吗？"小莉的话一下露出尖刻。

"小莉，"李向南猛地停住步，脸色有些愠恼，"你为什么总要攻击她呢？林虹并没有伤害你什么啊。你不能对人宽谅点？"

一说林虹，两人就翻。小莉也站住，瞅着李向南阴沉的脸。她没想到李向南一下又生气了，她并不想让李向南生气。但是，李向南对林虹的袒护又刺激了她，几天前在古陵县城里的怨恨又一下涌上来："我说她是我的自由，你管得着吗？"

"我……"李向南克制住自己，温和地说道，"小莉，你哪儿都好，对人刻薄这一点不好。"

"我好不好又不关你的事。"

李向南沉默半晌："我愿意你各方面都好。"

小莉看了李向南一眼，垂下眼不作声了。他们在站台上慢慢走着。

"你爸爸在吗?"过了一会儿，李向南问。

"你问这干啥?"

"我从县里赶到省城找过他，知道他来北京开会。我这次是专门到北京来找他。"

"用得着你找吗?"

"我这是向省委书记汇报工作啊。"

"哼……"小莉噘了噘嘴，"他每天晚上回家。"省委书记顾恒的家还一直在北京，没搬到省里去。

"你什么时候来北京的?"

"大前天和我爸爸一块儿来的。"

"你哥哥不在北京工作?怎么要你来接他?"

"他出差。哥——"小莉突然兴奋地叫道。李向南打量着。迎面站着一个与自己年龄相仿的人，中等个儿，很壮实。一张线条粗硬有力的大脸盘，眼光锐利，宽额阔嘴，方下巴，嘴角刻纹刚劲，一副雄道自负的样子。

"哥，你怎么才下车?"小莉跑上去，"这就是李向南，我们古陵的县委书记。"她回头介绍道，"这是我哥哥，顾晓鹰。"

李向南和顾晓鹰伸手相握。两个人都通过手感到了对方那不易被人凌驾的性格力量。李向南尽量平和地笑了笑："我早听小莉讲过你这位哥哥了。"

顾晓鹰则放荡不羁地一笑："你的大名我在报纸上看到了。"

握手容易松手难。握手时越装得大方亲热，松手时越含着难堪、不自然。

"哥，你们——一块儿来的?"小莉突然瞠目结舌地看着顾晓鹰身旁。

李向南转过头，也随之一怔。穿着一身白色连衣裙站在一旁的正是林虹。林虹正用她那把什么都能看透的目光冷静地看着李向南和小莉。

四个人站在人群流动的站台上，一时僵住了。

林虹一下火车，就有人走到了她面前。

"林虹。"一个熟悉的男中音。

她抬起头，猛然间愣了，血一下涌上脸。是离婚后几年没再见面的顾晓鹰。她感到从内心到身体都掠过一阵憎恶的颤抖。

"你从古陵县来？"顾晓鹰看着她，目光是俯视的、打量的，像在解剖对方的灵魂和肉体。这种目光让林虹憎恨。她过去就憎恨他的目光。他的目光曾让她感到一种受审查、受轻视、受凌辱的愤怒。现在，这目光表面上看来文雅了，客气了，却含着那种观览异性的粗糙、热辣和放肆。

她冷冷地应了一句，扭转脸，提着自己的行李径直朝前走。

顾晓鹰从容赶上几步拦住她："要不要我帮你提一件？"他把两个旅行袋合到左手里，腾出右手来很有风度地说。刹那间，他便以其画家的眼光，迅速而从容地把林虹观览了一遍。她还那样美丽。她的眼睛虽然此时含着冰冷的敌意，但还是那样黑亮水汪；她的额头透着冷傲，但还那样严肃而明晰；她的头发不像过去浓密了，但还那样黑亮；眼角已有几丝若隐若现的鱼尾纹，整个脸仍接近过去那样柔润；嘴唇表皮略有些干，那必定是坐火车所致，但仍显出内在的弹性，连同那丰满的下巴，构成了一个很性感的接吻区。他还看到了她脖颈下微露的一抹雪白的肌肤，他能扩展想象到整个胸部，想象到抚摸它时的光润手感。

"不用，谢谢。"林虹神情冰冷地拒绝了，略躲闪开，又随人流往前走。

"连话也不愿和我说了？"顾晓鹰又上前两步拦在面前，亲热地笑着，目不转睛地凝视着林虹。林虹垂着眼皮、咬着嘴唇的冷峻神态，特别是那嘴角绷紧的清秀线条，让他觉得很有趣，也很富于刺激力。他的目光又透过衣裙把林虹的身体整个"抚摸"了一遍。

林虹感到一种受辱的愤怒。她感到顾晓鹰的目光在粗暴地剥下她的衣裙。她的皮肤掠过一阵憎恶的颤抖。目光也能淫辱女性。"请你放尊重些。"她说。

"林虹,"顾晓鹰依然从容移动着身体,挡在林虹面前,"我不想让你生气。我早看见你了,我也是下了好一会儿决心才过来看你的。"他语调诚恳地说,"虽然离了婚,可总算一日夫妻百日恩吧?"

"不要脸。"林虹从牙齿缝中骂道。

顾晓鹰毫不在乎,甚至有些开心地笑了。他依然潇洒从容地移动着步子,挡住林虹,含笑打量着她:"只有你才能这样骂我。我只把这种权力给过你。"

林虹不再理他,转身扶起一个在身旁跌倒的小女孩,和孩子的母亲一起牵着她,随人流往前走了。

顾晓鹰看着林虹的背影。这次他从较远处把林虹的身材欣赏了一遍。她今年应该二十八岁了,依然苗条,似乎比过去更加性感了。隔着飘动的衣裙,他似乎看到了她的裸体。看到了她行走时臀部、腿部、腰部以至全身肌体诱人的起伏和运动。他能想象到抚摸每一处肌肤的不同质感。女人穿裙子是美的。比穿衣服美,因为它有所裸露;比全裸也美,因为她并不暴露无余。凝视着林虹的背影,顾晓鹰笑了。因为他是画家,所以能这样欣赏人体美;因为他是男人,所以他能这样欣赏女人。做妻子,林虹不够标准;做情人,只要有刺激力就行。顾晓鹰突然想到他曾经听到过的一句话:一个被你征服占有过的女人,当她被你遗弃分隔甚久之后再一次出现时,她如果美丽而且骄傲,那她便对你具有难以想象的刺激力。顾晓鹰咬住下嘴唇,感到一种冲动。他要满足这种富有刺激力的热情。他不一定要和林虹怎么样,但他还要拦住她。他不能这样毫无所获地退下来。

他又赶上去,拦在林虹面前:"林虹,我要和你说点事。"

"你为什么要拦着我?我不认识你。"林虹说。

那个和林虹一起牵着自己女儿的母亲,此时惊愕地望着顾晓鹰。

"对不起,我要和她说几句话,"顾晓鹰彬彬有礼地对那位妇女解释道,"她是我过去的妻子。"那位妇女疑惑未尽地看看顾晓鹰,又转头看看脸色激怒的林虹,连忙不自然地笑笑,"芳芳,和阿姨再见。"领着孩子走了。

"你到底有什么事?说吧。"林虹把旅行袋放到身前,平静地直视着顾晓鹰。她最初的激愤已经过去了,现在,她拿出了多年生活磨炼出的克制和冷静。冷静是远比愤怒更成熟有力的态度。

顾晓鹰的目光与林虹对视了一会儿,倒闪烁躲避起来:"我想和你随便谈谈。"

"谈吧,我听着呢。"林虹冷冷地直视着对方。现在轮到她打量对方了。

"咱们出站找个地方,好吗?"顾晓鹰看了看左右的人流,又温和地笑了笑。

"不用,这儿挺方便的。"顾晓鹰还是那张令人厌恶的长方脸,额头的皱纹更深了,脸上的皮肉也显出松弛,不知是因为野心煎熬,还是因为酒色过度。

"你这几年都好吗?"顾晓鹰竭力使自己自然起来。

"好。还有什么事?"

"你在古陵县教中学?"

"是。还有什么事?"

"你……"

"我的事不用问了,你都已经知道。"

"我并不知道你去古陵了,小莉也不知道。她去古陵是因为我叔叔在那儿当县长。她要写小说体验生活。"

"她当然不会因为我去,省委书记的千金嘛。"

"新去的县委书记叫李向南吧?我知道他。他……"

"他和我有什么关系?"林虹不耐烦地打断他。

"我……"顾晓鹰尴尬地笑了笑,刚想说什么,听见一声叫唤。

小莉和李向南一起出现在面前。

四人相视的僵局维持了两三秒钟。

几秒钟内，小莉心中涨起的是对林虹的嫉恨。一瞬间她就明白了，林虹并不是也不会和哥哥一起来。哥哥是半途上的这次车。林虹是从古陵来的。李向南来，她也随着来的。几秒钟内，李向南感到的是一种同时遇到小莉和林虹必然有的难堪。何况，他又和顾晓鹰刚握过手。顾晓鹰在场，在他和林虹之间出现，更使他感到别扭。顾晓鹰在和林虹相遇中碰到李向南——他听说林虹正在追求李向南——这使他有点怅恼，也有点尴尬。林虹应该比谁都心情复杂，但她比谁都冷静。她看着李向南和小莉，等待着将要发生的一切。

谁更有心理上的主动权，谁更有打破僵局的责任，谁就会首先开口说话。

"林虹，你也来北京了？"是李向南打破了沉默。他既要排除小莉冷冷旁观的目光的压力，又要忍受顾晓鹰充满敌意的目光的压力。

"是。"林虹的声音非常自然，好像顾小莉和顾晓鹰并不在旁边。这种态度既让李向南有些出乎意料，又感到亲切。

"小莉来接她哥哥，倒先接着我了。"李向南笑笑，很自然地把事情说明了。

"是吗？"林虹不在意地说。依然像是只面对着李向南一人。

"没想到咱们都在车站碰见了。"李向南看了看小莉和顾晓鹰，"晓鹰，也没想到在这儿碰到你。"他心中却感到对顾晓鹰的仇恨，因为顾晓鹰几年前曾经带给林虹的凌辱。

"是，中国并不大。"顾晓鹰潇洒地说。

"咱们一起走吧，总不能老站在这儿吧？"李向南伸出手，"来，小莉，你哥哥已经接到了，把我的旅行袋还我，你帮你哥哥拿吧。"

"我能拿。"小莉一甩短发，并不把旅行袋交给李向南，同时又伸出一只空手，"哥，我再帮你拿一件。没关系，给我一件小的，我总算接你了。"她的话突然多起来，好像只有她和李向南、顾晓鹰三个人在一起说说笑笑，林虹并不存在似的。

"林虹，那我帮你拿一件吧。"李向南走上去，向林虹伸出手。

小莉白了他一眼,把旅行袋往他脚旁一撂:"你自己拿吧。"然后一转头,"哥,我再帮你拿个书包。"

林虹用把什么都看明白的目光瞥了一下小莉,转身走了。

李向南望着林虹的背影,又回头看了看小莉。小莉那含着怨恨的目光正注视着他。李向南绷住嘴唇看着脚下自己的旅行袋。一秒钟的犹豫。是感情的矛盾,又是政治考虑和道义上的矛盾。"小莉,你和你哥哥一块儿走吧,"他提起脚旁的旅行袋,"我明后天就抽时间去你们家,去看看顾书记。"他准备去赶上林虹。

"不用你来我们家。"小莉冷冷地说,"我们和爸爸都有事。"

"那我推后两天再去。"

"再往后也没时间。"

李向南神情复杂地看着小莉,然后默默提起旅行袋朝前走去。进了出站地道口,下阶梯时他赶上了林虹:"来,我帮你提一件吧。"李向南把两个旅行袋集中在一只手里,伸出另一只手。

"不用,我的东西都很轻。"林虹平静地答道。

"没想到在这儿遇见顾晓鹰。"

"不要谈他,我不想听。"

"我也不想谈他。"

林虹转过头瞥了李向南一眼,没有再说什么。李向南也沉默了。两人随着拥挤的人流在灯光明亮的隧道里走着。"你来北京干什么?"过了一会儿,李向南问。

"我父亲单位让我回来整理他的遗稿。"林虹答道。

"你父亲原来不是北京大学的教授吗?"

"是。"

"这次是短时间让你回来,还是调回来?"

"有可能调回来吧,不知道。"

"你愿意调回北京吗?"

"如果可能,我愿意。"

李向南沉默了。

"你来北京还是为了完成你那几个任务?"林虹关心地问。

"是。第一是说服我父亲,让他理解我在古陵的改革,不要干预我。"

"你和省委书记谈了吗?"

"没有,他也来北京了。所以,第二个任务——争取省委书记的支持。不过……"

林虹瞟了李向南一眼,笑了笑,"有点难度,是吧?"

"可能吧。不说这些了,你在北京住哪儿?我有时间去找你。"

"住在我父亲的一个朋友那儿,也是个历史学家,叫范书鸿。"

被拥挤的人流裹挟着,两个人出了检票口。迎面是灯火通明、人山人海的车站广场。像一下跌入了繁华的京都,被淹没了。李向南和林虹四下张望,想从心理上适应。人浪、声浪带着强烈的气息,一阵阵扑面而来。

"李向南。"上来一双姑娘的手,接过他一个旅行袋。李向南转头一看,一头披肩黑发甩动着,一双黑得特别、使人一见就难忘的眼睛正在快活地笑。

是前几天刚离开古陵的新华社女记者黄平平。

第 二 章

林虹一个人先走了。李向南眼前是人潮起伏的车站广场,五光十色,喧闹一片。是黄平平含笑的黑眼睛,是她那热情温柔的女性气息,是自己还来不及适应的京都气氛。他在涌动着使自己要飘起来的海潮面前,很快抓住一个北京人的自我意识,这使他可以克服那久居外地踏入北京的怯生感,站稳脚跟。

他看着眼前的姑娘很有风度地一笑:"平平,你来车站干什么,送人还是接人?"他对黄平平很感兴趣,因为她是一个极有活动能量的记者,还因为她是个二十四五岁的可爱的姑娘。此刻面对着她,就能感到一种柔和的兴奋隐隐洋溢全身。

"我接你来了。"黄平平说,她的神情含有某种匆忙和急切。

"接我?谁告诉你说我来北京?"

"你呀,你不是说看完我的报告文学稿,两天后连同意见一起派人送来北京吗?"

"我没说自己来呀?"

"你不是说派个最可靠、让我最满意的人送来吗?我一猜就是你。而且我还做了调查。"黄平平习惯地掠了一下头发,得意地笑了。她个子不高,大约一米六的样子,线条柔和丰满,又有那么点儿娇小。

"你对自己的稿子够着急的。"李向南说道,"要不要我现在就拿给你?"

"不用,我来接你,还不是因为稿子,有点严重的情况——关于你的,我想告诉你。使你一下火车就有思想准备。"

"关于我的严重情况?"李向南眉头猛然一收,目前的处境使他格外敏感。但他脸上随即又浮出了幽默的微笑:"能有多严重啊?"

"咱们走吧,边走边说。你家住哪儿?虎坊桥那一带?那你坐几路车?二十路?再换……四十五路?"

"我闹不清那么多。干脆走出去,上长安街,坐一路汽车到西单,再换无轨。那样痛快。一路过长安街、天安门,能感受一下首都的气氛。我每次回北京都走这条路线。"

"你挺浪漫的,"黄平平笑了,"还要感受一下北京气氛。不过,这次回来,你得现实主义一点。"

"北京又有什么新动态?"李向南口吻尽量显得轻松。

"走出这儿再说吧。车站太闹。"黄平平不想在这喧闹的环境中交谈。她关心李向南,同时她还"关心"自己对李向南的这种关心。

两个人边走边说着闲话,李向南一边迅速调整着自己的心理,一边尽量显得随便地谈着古陵的情况。周围是拥挤的人流,是色彩缤纷、款式新颖的服装,是飘动的长裙,是匆忙的脚步,是年轻男女并肩谈笑时兴奋的脸;一辆接一辆的公共汽车、出租汽车、大轿车、小轿车、面包车,黄亮的车前灯,红色的车尾灯,流水般的自行车,红红绿绿的霓虹灯,令人眼花缭乱的广告牌,川流不息地进出着顾客的一个个餐馆、商店,人群围挤的冷饮出售窗,被尘土、烟灰、汗味和噪音污染得更显炎热的空气。路旁一个头围白毛巾的老头儿一动不动坐在粗土布的包袱上,他两眼茫然地看着眼前的纷繁。北京的繁华和嘈乱与古陵相比,简直是两个世界。

黄平平说的严重情况是什么?再严重能严重到哪儿去?自己有足够的政治才能,也有足够的耐受力。就要在高难度的矛盾丛中开出一条路来。

"你看见路边那个老农民没有?"他说,"他和这里的环境让我感受到一种对比。"两个人已来到长安街上了。

"是。我在古陵县待了几天,回北京一下火车也感到对比很强烈。"黄平平点点头,"好,跟你说重要情况吧。你说对比,我要告诉你的情况,也可以算是一个对比。对你看法的对比。"

"对我看法的对比?一个很有意思的说法。"

"先说好的一面,报上今天登了报道你的一篇通讯。题目叫"一颗正在升起的新星"。"

"这么吓人的题目?"李向南幽默地说。他一瞬间就把这件事含的利弊做了估计。

"就是去古陵的那个记者搞的。听说原来不是这个题目,叫"一个讲效率的年轻县委书记",后来改成'新星'了。这个题目响亮。"

"响亮才可能糟糕呢。"

"不过也没什么。无非是刺激起某些人的嫉妒呗。你别管他们。已经刺激了,就刺激到底。"

"你说树先把根扎深好呢,还是先让梢长高冒尖好呢?"李向南仍然笑着说,心中却在继续估量这件事可能引起的各方面反应。政治是极其复杂的,枪打出头鸟。

"你是怕'木秀于林,风必摧之'吧?你现在已经冒尖了,遭人'摧'了,干脆多冒点儿,多长点儿梢,可以多吸收阳光,有助于把根扎深。"

他看了她一眼。此话自然有道理,但事情常常有多方面的"道理",要全面权衡。他现在并不想表现出比一个姑娘深刻得多的判断,他在等她讲下去。

"再给你说坏的一面吧,我主要是想告诉你这件事。现在有一份参你的'内参',最近一两天的,在北京影响不小。你知道吗?"

"不知道。"李向南站住了。

"列了你几大严重问题。每个问题都够把你搞臭、搞垮的。"黄平平也站住,看着李向南。

"是些什么问题?"他尽量平静地问。他一瞬间就横着竖着把自己的作为和历史都极快地审视了一遍。他们(是谁暂且不管)都可能在哪些地方下手?自己的弱点自己最了解。人人知道自己易被打击的软弱部位在何处。

"一个,说你一贯是野心家,一心一意想往上爬。"

"事实呢?"

"把你去县里以前在省调研室工作时的情况捏造了一些。"

"还有呢?"

"是生活作风问题,说你……"黄平平欲言又止。

"说我道德败坏，上大学期间搞过四五个女人，是吧？"

"你已经知道了？"黄平平不禁漾起一丝失望。

"不知道。"

"那你怎么……"

"省里有人这样搞我，地区纪检委调查组找我调查过。不过，搞了'内参'捅到北京来，我还一点儿不知道。"

"具体背景你不清楚吧？"

"不清楚。我也不想去多了解。"

"那不对，你应该搞清楚背景。"

他怎么不想搞清楚背景？什么人搞的，什么缘由，通过什么渠道，上层都有哪些人看了，现在有什么反应？这都是他应该迅速了解的，然后才有对策。他还能不明白这些？但是在表面上，他要摆出的恰恰是这种毫无反应的平和姿态。

他的平和更激起了黄平平的关心："你应该了解，这件事背景挺大的。一般人哪能搞这么大动作？我有几个新闻界、政界的同学都听说了这份'内参'，都觉得有来头。"

"不胜荣幸。"

"你要有对策。要不，你会成为牺牲品的。"

李向南略蹙起眉瞧了黄平平一眼，目光中含着对她谈话的思索和理解。

"你这次来北京打算干什么？"黄平平问。

"干什么？"他带着一丝自嘲笑了。"我就是张着嘴到处去游说呗。想办法从上面解决问题。好，过两天有时间我找你聊，把旅行袋给我吧。"他果断地伸出了手。

"到汽车站，车来了再给你。"

"不用，我不想坐车了，我想顺长安街走走，走两站再上车。"他的举止多少有着一种在关心自己的女性面前故作悲壮的矫情，但他心里也确实想在这宽阔的大街上走一段，展开一下自己的思考。他不愿马上把自己装进拥挤的公共汽车。他要再考虑一下这次的北京之行。

"那我陪你一起走走吧。"

"不用,时间不早了,你回家吧。"

"没关系,我家就在前面,南池子大街,顺路。"她抬腕看了下手表,又朝前看看,"而且,我和两个人约着在东单碰头,走过去时间正好。"

黄平平陪着走,这正是李向南所愿意的。

"你和林虹文化革命前是一个学校的?"黄平平问。两个人沿着长安街慢慢走着,路边树影疏疏。

"是。我高一,她初一。我们有过一段很不寻常的友谊。"

"他们在你和林虹的关系上也造了很坏的舆论。所以,我想问问。"

"'文革'中她父母都被迫害死了,她就一直和我在一起。"

"后来呢?"

"后来……她去内蒙兵团,我随后去农村插队了。"

"你们为什么……噢,你等一下,"黄平平突然把话打住,朝马路对面十字路口的广告牌下看了看,已经来到东单,"我去和他们谈谈,只需要两分钟。约好的。你等我一下。"她放下李向南的旅行袋,从口袋里掏出自己的小本,匆匆跑过了马路。

隔着车灯如银河的马路,李向南看见她和等在广告牌下的两个小伙子交谈得很热烈。那两个小伙子都戴着眼镜,似乎正向她急切地说明着什么。她很注意地听着,点着头,时而往本上记着,一副关心的神情。不知为什么,他此刻心中生出一种不快来。他不愿意半路上出现这个插曲。那两位"眼镜"话真多。黄平平像是打算结束谈话了,她合上本,朝马路这边指了一下,解释着什么。两个年轻人远远朝这儿看了看,打着手势,更激动地继续讲着……黄平平左右瞧着来往车辆,穿过马路来。

"他们要成立一个二十一世纪委员会,编辑出版一套介绍世界最新思想的丛书,让我帮忙,还让我参加编委。"她抱歉地边解释着边从李向南手中拿过一个旅行袋,"你愿结交他们吗?他们这群人挺有思想的。"

"我暂时还没兴趣,顾不上。中国现在更需要变革社会的实践。"他显得有些淡然。是在有意无意地贬低着那两个人的价值?他一向是特别注意联络各种力量的。是为着显示自己的优越与力量?小家子气。于是他又添了一句:"等过几天吧,你给我介绍一下。"

"好。还接着咱们刚才的话题吧。"黄平平继续刚才的话题,"你们后来怎么断了联系?"

"这事情别问了,好吗?"

李向南的表情和声音使黄平平感到惊愕,双方沉默了一会儿。

天下的事情真复杂。李向南到古陵县当县委书记,竟意外地遇到十几年不见踪迹的林虹。林虹是在此之前和顾晓鹰结了婚又离了婚。现在顾晓鹰的父亲成了李向南的上司——省委书记。而顾小莉又……

"小莉这个人怎么样?"半晌,黄平平打破沉默,又提出新的问题,"她对你是不是……"

"她对我可能挺感兴趣吧。"李向南说。他对黄平平的这些询问其实并不反感,直觉告诉他:坦诚说明自己的处境(包括感情生活的处境)与表现强有力的成熟魅力,同是打动黄平平这种女性的有力手段。女人特别愿意帮助那些对自己推心置腹的男人。

黄平平笑了笑:"那你对她呢?"

"坦率告诉你吧,我还没来得及想清楚呢。现在政治危机没解决,感情问题往后放一放再考虑。"

"可现在,你的感情问题也成了你的政治问题了呀。"

李向南看了黄平平一眼。是。事情都搅到一块儿了。

"你知道晓鹰吗?"黄平平问。

"怎么?"李向南看着她。

谈话被打断了。十几辆在路边缓缓骑行的自行车突然在他们旁边先后停住。"黄平平。"有几个人回过头来喊叫着。黄平平顿时眼睛发亮,她赶上几步,亲热地招呼着:"你们去哪儿?"那是一群佩戴着大学校徽的年轻人,此时纷纷下车,七嘴八舌地围上黄平平:

"我们湖南同乡会已经成立了。""黄平平,我们也请你参加。你不也是湖南人吗?"

"谁的主意?准是想哄着我给你们跑腿办事。"黄平平聪明地一笑。

众人也笑起来。

"你们现在多少人了?"

"已经一百多人了。而且发展到清华、师大、人大去了。"

"校领导同意吗?"

"凭什么不同意?宪法规定集会、结社自由。"

"爱国主义要从爱家乡开始嘛。不爱家乡,爱国是抽象的。"

……

"听见了吧,他们大学生在搞同乡会。"黄平平挥手送走他们,带着还没完全消逝的笑意走到李向南身边,"噢,咱们刚才说到哪儿了?"

"顾晓鹰。"

"对,你一定要提防他。他周围有一帮干部子弟,很有能量。他们最近也在搞你。"

"搞我干啥?"

"怕你以后当总理接班人吧?"黄平平讽刺道。

"无聊。"

"现在年轻人之间的矛盾,比他们和老头儿们的矛盾还尖锐呢。都以为自己行,都想上去,团团伙伙,争权夺势。"

黄平平说的是事实。变革时期的权力再分配是充满戏剧冲突的。自己不能轻易表示对此的蔑视,那样含着突露锋芒、招致仇嫉的危险;也不能装作愚钝无心,除非他退出政治,否则会自缚手脚。他要对这种现状有充分的估计,要有一个"宣言",一个在同代人中塑造自己形象的宣言。北京之行的政治行动就准备从此开始。

"中国这么大,谁妨碍谁?"他讲道。

他的话被黄平平打断了。"嗳,你看前边,"黄平平拉了他一下,"就是我说的那一帮人。那不是凌海?他们看见咱们了。"

他和他们相遇了。旁边是一层层雪亮灯窗的北京饭店,楼前是一排排的小轿车,大门台阶上是纷沓上下的脚步。一伙人正在七嘴八舌地围着两辆崭新的红色摩托。"货搞到了,怎么过来?——民航不行。""我去广空看看,不行,看看北空这儿行不行。嗳,你他妈的不是有办法吗?""我去找找'大头',走他爸爸的门子试试。""那十辆汽车呢?""问题不大,你把买主联系好,是陕西的吧?""是。价钱还是上次咱们说的。""哎,那边过来的是黄平平吧?""她旁边那个男的是谁?""我认识,李向南。""是他?""和他聊聊。""逗逗他。"

　　这是一群干部子弟,一看就知道。有的衣冠楚楚,有的穿着很随便,但都有一股子什么都不放在眼里的洒脱和放荡。他们和黄平平显得很熟,她也和他们谈得挺亲热。(她和谁都能亲近到一块儿。这点让他反感。)自己只认识其中一个:凌海。

　　"向南,刚从改革一线凯旋归来?"凌海随随便便招呼着,带着股玩世不恭的亲热。他个子不高,脸盘黑瘦,穿着件破衬衫,戴着副黑框眼镜,一手扶车把,一手扶车座,斜着身懒散地靠着摩托车,处在人群的中心位置。

　　"什么凯旋,狼狈了一个月,回来舔伤口来了。"他也笑着回答。入乡随俗,和这些人讲话,多少也要拿出一点儿放任劲儿。

　　"我给诸位介绍介绍,这就是今日的政治新星。"

　　"流星也算不上。"

　　"流星也比我们这些草民强。"

　　"你们干什么呢?"他把目光从凌海身上移到周围的七八个人身上,好像和他们也是熟识的朋友。他希望化解自己和他们之间的这种不谐调、不融洽甚至有些隐隐对立的气氛——看这一双双眼睛。

　　"我们能干什么?搞点儿蝇头小利。向南,北京有一份'内参'参你,你已经知道了吧,谁搞的你知道吗?"

　　"不知道。"

　　"要不要我告诉你?"

"不必。我不打听他们的情况。"

"你够海量的啊，大家风度。"

"中国这么大，咱们这一代人就是一块儿都上，也要费点儿劲才能拱出一条路来。"

"算了，别给我上政治课了。我是草民，对政治不感兴趣。你要彩电，要舞伴，找我，我那儿每星期六晚上有周末俱乐部。"他抬腕看了看表，"向南，平平，你们现在去不去？我那儿肯定已经热闹开了。"

"我刚下火车，还没回家，不去了。"

"你呢，女社会活动家？"

"我等会儿再看吧。"

"向南，你们搞政治的明枪暗箭地去厮杀，败者为寇，胜者为王。你们谁掌权能容我凌海就行。"

"我绝不把枪口指向咱们同一代人。"

"你这就是矫情了。搞政治的还讲这个？搞政治不就是争权吗？"

试图和他们进行正经的谈话是愚蠢可笑的，自己会像个受挪揄的大傻瓜。没有必要再扯下去。但是，必须在一个有力的点上结束这场谈话。"凌海，不和你多较真了，"他说，"说句亮底儿的话吧，我是两种准备：一个，如果干得顺手，那就干下去，到四十岁时退下来，搞我的战略理论研究，写两本书；一个，如果不顺利，我就算是滚地雷，给大伙儿滚出一个无雷区来。"

"为什么你要对他们来这么一个宣言呢？"

"同代人之间的争权夺势最肮脏可怕。不从里面超脱出来，那就什么也不用干，都完蛋。"

"你这是不是掩护自己的策略呀？"

"……应该说是我的真实思想吧。"其实更是他的策略。

两个人在长安街上继续走着。街上的汽车不那么稠密了。笔直的马路一点点显出宽阔来。路边的树影下，一对对漫步的青年人情投意合地低语着。北京的夜晚从喧嚣中一点点挣脱出来，露出一丝温和与宁静。前面不远处展开海一般宽阔的天安门广场。在朦胧的夜色下，它更显得博大、深远、浩瀚，使人产生一种苍莽的历史感。人民大会堂与历史博物馆东西对峙，雄伟凝重。

"你对他们多提防一点就是了。"黄平平说，"好，我到家了，"她指着右边的南池子大街路口，"一进口就是。不送你了。你从这儿上车吧。"

"再见，谢谢你。"李向南接过旅行袋，又伸出手，"你的报告文学稿要是不太急用，我再借两天，让我父亲看看。说不定我和他还要干一仗呢。"

"祝你胜利。"

第三章

大儿子向南还没回来,李海山有些烦躁。

他看了看写字台上的座钟,已经八点半过了,照理该到了。是火车误点了?他又瞥了一眼写字台上的那张报纸,再一次皱了皱眉。通栏标题是"一颗正在升起的新星"。这题目就不像话,简直是西方报纸那套哗众取宠的搞法。再好的人加上"新星"两个字,就满身轻浮气了。简直是乱弹琴。小小年纪,小小一个县委书记,刚去没几天就吹成这样,能不夭折吗?他想起了这两天刚看到的那份"内参",把向南说成那样,实为诬陷。可向南也的确是毛毛躁躁,咎由自取。他手撑写字台慢慢站起来,背着手在他这间卧室兼书房里踱起来。灯光移动着他淡淡的身影。

在写字台斜对面的沙发上坐着秘书小章,膝盖上放着打开的活页夹,拿着钢笔,等待给首长记录。

六十多岁的人,瘦高个儿,有些驼背,短袖白衬衫显得宽大空荡。脚上穿着方口黑布鞋,步履很轻,舒缓地落在水泥地上。走走停停,最后叉着腰在墙上一张五十万分之一的军用地图前站住。两颊凹陷的脸上目光矍铄锐利,露出军人的风度——每当他回忆过去时,目光里就多一些军人气质。

小章扶了一下黑框眼镜:"李部长,您刚才讲到黑虎岭突围后的晚上了。"李海山过去是部长,现在在中纪委,跟了他多年的秘书还沿用着旧的称呼。

李海山看着地图,只是"嗯"了一声,表示都知道。

他正在写回忆录。这些年他越来越喜欢回忆。是不是年纪大了,人就容易沉陷于往事之回想呢?自从离开了主持一个部繁多工作的职位,他就有了正在退出舞台的感觉。这是一种他不愿承认的可怕而巨大的冷清感。他的目光离开地图,移到墙上一条横幅上:

"老骥伏枥,志在千里。"这是他最近才写了挂上的。只能志在千里,不能行之千里。老骥伏枥,面对着新的现实。他要抓紧写他的回忆录。

他走出房门来到客厅,客厅不知何时已经变得空空荡荡,散乱地摆放着椅子、凳子,只有那架二十四吋的大彩电还在红火热闹地演着一个年轻男女调情说笑的电视剧。"红红。"他叫道。

"哎。"客厅另一侧,与他的卧室(东偏房)相对称的西偏房里传来外孙女绵细好听的声音。

"谁开的电视?"

"刚才舅舅领着一群人在这儿来的。"

李海山关了电视。站在敞开的客厅门口往外望了望,东西厢房各有几个窗亮着灯。东厢房亮着灯的是小女儿结婚后的住房。西厢房内,今天是周末,小儿子向东从大学回来,正领着一群年轻人在闹腾,笑语喧哗,玻璃窗都快震碎了。还有几个窗户黑着,有一间已经收拾好,准备大儿子今晚回来住的。

隔着当院那棵黑苍苍的槐树,对面街门黑洞洞的。向南还没有回来。

他有四个孩子。老大是女儿,李文静,老二是儿子,李向南,这是第一个妻子留下的;老三是小女儿,李文敏,老四是小儿子,李向东,这是第二个妻子留下的。两个妻子先后病故。他把感情都放在了儿女身上。可儿女们一个个不称他心,让他烦恼。四个孩子中,他唯有对大儿子向南还比较寄予厚望。可现在向南也让他担心、生气。他推门进了外孙女的房间,红红正趴在桌上看一本科学画报:"红红,作业完了?"

"嗯,我看课外书呢。"红红抬起俊秀的圆脸。

"来,到姥爷屋来。"

"又听您讲故事?"

"愿意听吗?"李海山慈祥地笑着。他很喜欢这个刚上初一的外孙女。大女儿十几年前结婚,不久就离了婚,这个孩子一直放在李海山身边。他最愿意一边给外孙女讲,一边让秘书小章记。这样回忆最有兴致,脑子也格外好用。

"我今天不听了,姥爷。"

"为什么,你作业不是做完了吗?"

"我……"红红抬起水灵的细长眼,欲言又止。

"不舒服?"

"没有。"

"那走吧,你不是一直最爱听姥爷讲故事吗?"李海山亲昵地拍着外孙女的肩膀。

"姥爷,我……今天不想听。"

"为什么不想听了?"李海山问。

"我……"红红支吾着,垂下眼睛,"早就不想听了。"

李海山愕然了:"为什么?"

"姥爷,我已经长大了呀。"

李海山如雷轰顶,一下呆住了。半响,他有些愣怔地看着外孙女,问道:"大了,就不想听革命传统故事了?"

"你老讲那些,我都听过好几遍了。"红红轻声嘟囔着。

"多听几遍不好?"

"我哪有那么多时间呐,我还要学好多课外知识。要不,我的知识结构会跟不上形势的。"红红说完,眼睛一眨一眨地瞧着李海山。

"知识结构?……"李海山目光呆滞,干瘦的手慢慢从外孙女的肩膀上滑了下来。

"姥爷,你怎么了?"

李海山缓缓地摇摇头。

"生我气了?"

"没有。好好看书吧。"他的声音显得十分疲倦。院子里大门铃响了,"去,红红,看看是不是你大舅回来了?"

"不是。是妈妈回来了。我能听出她摁的门铃。"红红解脱似的跑出去开门。

是大女儿李文静回来了。照例是背着鼓鼓囊囊的黑皮包,装着从出版社带回来的稿件;照例是那副白框眼镜,满面倦容的苍白憔悴样。"爸爸,向南还没回来?"她问站在客厅门口的李海山。

"还没有。"

"您脸色怎么不大好?"

"没什么。文静,刚才吴冬来过电话,想约个时间来看你。"李海山转了话题。

"我没时间。"李文静不耐烦地说,低下头就要往房间里走。

"他除了年纪大点儿,哪儿不好?再说他也不算大,今年四十九岁,比你才大十岁。你不能老这么清高、这么不实际嘛。"

"爸,我在别人眼里贬值,在自己眼里还没贬值。"李文静有些滞气。

李海山吃惊地看着女儿,大女儿从来是温和绵善的。他问:"你今天怎么了?"

"没怎么。"李文静垂下眼,躲着父亲的目光,转身和红红回房间里去了。

"李部长,您今天索性休息休息吧,这两天您有些劳累。"他刚一回到自己的房间,小章就委婉地劝告。

"不,接着写。"李海山神情威严,声音平静。

小章抬起眼,目光在镜片后面闪烁着:"李部长,您今天还是……"

"怎么这么啰唆。"李海山生气地一拍桌子。

"那……您往下讲吧。"

李海山一眼又看见写字台上那张报纸,"一颗正在升起的新星",心中止不住又一阵烦躁。院子里更显得喧闹,西厢房的那伙年轻人大概是跳开舞了,录音机放的舞曲嘭嚓嚓嘭嚓嚓地大响起来;东厢房小女儿的房间里,小女儿和女婿正在大声吵闹。李海山紧皱眉头看着窗外。小女儿房间的窗户上,人影在窗帘上晃动,还听见摔东西的乒乓声。他伸手把窗子关上,噪音仍然关不住。自古以来,为将之道在于治心。"泰山崩于前而色不变"。但泰山崩,哪有家中儿女的一团糟乱更厉害?他无声地苦笑了一下,便又着腰在屋里慢慢踱起来。他不想多管。他从来对子女管教很严,但只管政治大节,并不管生活琐细。现在，他更不想多管，因为常常也管不了。

可现在院子里乱得实在是太不像话了。

"小章，你先整理着刚才讲过的那一段，我去去就来。"李海山蹙着眉说。

"哎。"一直恭谨地注视着他踱来踱去的小章连忙答应。

一来到暗黑的院子里，闹声倍增。西厢房里的舞曲声，跳舞的击掌声，男男女女的说笑声，嗡嗡震耳。窗敞开着，雪亮的灯光流泻出来。李海山只扫了一眼，红男绿女，花里胡哨，就没再细看。男女搂来搂去、转来转去的跳舞场面，他实在看不惯。说是现代文明，他不干涉也就是了。

这边东厢房小女儿的房间，不知何时已大敞开。两个人还在吵。保姆王妈妈正夹在中间劝说着。女婿秦飞越穿着件白底蓝竖条纹的长睡衣，双手抱肘气呼呼地面对着墙，小女儿坐在他背后的床上。王妈妈正劝说着。她在李家三十年，几个孩子都是她带大的。"我就是不想要孩子嘛，结婚前说好不要的。"李文敏低着头说。

"还是要个孩子好，要不，老了怎么办？孤零零的老两口。"王妈妈劝道。

"老了怕什么？人又不是为了老了才活着。老年寂寞也不怕，好解决，我们到时候可以成立老人俱乐部。"

"什么老人俱乐部？老人们再多凑在一起，也不像和儿女在一块儿有说有笑。你看你爸爸，要是现在没你们几个孩子，一个人住这么个空院子，马上再退了休，还有什么意思？闷也把人闷死了。"

"王妈妈，你那是旧观念。"文敏说。

一直闷头面墙而立的秦飞越又按捺不住了，他转过头朝后冷冷地瞥了一眼："你不是说人所具有的你都应该具有吗？别人有孩子，为什么你不要？"

"别人到街上耍流氓，我也要去耍流氓？"李文敏不甘示弱地反驳。

"你这纯粹是不讲逻辑。争论问题你能不能讲点道理？"秦飞越嚷道，"你自己说的话很清楚。要像普通人一样享受生活的全部内容。你说话算不算数?"

"普通人也要看什么人,普通人还有不想活要自杀的呢。"

"简直是胡搅蛮缠。你能不能讲点儿逻辑?"秦飞越气得直拍桌子,伸手抓起一个杯子,又要往地下摔。他的手在半空中停住了,他看见了站在门口的李海山。他慢慢放下手来,把杯子很重地放回桌上。李文敏也转过头看见了父亲。

李海山阴沉地看了看地上的碎玻璃,没说话。

"小两口又在吵要不要孩子。"王妈妈见李海山进来,怕他生气,连忙大事化小地宽解道,"没关系,小夫妻今儿吵明儿就好了。文敏不想要孩子,是因为工作学习忙,忙过这一阵就想要了。"

"我一辈子都不想要。"李文敏埋头叠着床上的一条手绢。

"都不想要孩子,你们哪儿来的?"李海山目光严厉地教训道。

李文敏低头不语。

"你还是研究家庭社会学的,都像你这种观点,人类还要不要繁衍下去?"李海山又说。

"有人愿意要。"

"别人生下孩子,组成家庭,供你研究?"

李文敏不吭声了,但仍是一副不服气的样子。

"文敏,不要让你爸爸生气了。"王妈妈又劝。

李海山站了一会儿,又在屋里走了两步,口气放缓和:"文敏,你也不小了,二十六七了。一块儿生活,应该懂得尊重对方。"

"我没不尊重他。是他不尊重我。他为什么非要我给他生孩子?"

"生了孩子就是我一个人的?"秦飞越气呼呼道。

"我不想要,你想要,可不就是你的?过去咱们说好不要的,那是咱俩的契约。如果你现在不愿遵守,咱们可以分开。"

"你——"秦飞越气得一转身拉门进了里间屋。

"文敏,怎么这样说话?"李海山火了。

李文敏低头不语。秦飞越换了一身衣服,边系扣子边往外要走。

"你去哪儿,飞越?"李海山问。

"我回家住去,准备离婚。"

"飞越,不要走。"王妈妈连忙上去劝阻。

"飞越要回去住,让他回去住住吧。分开几天,两个人都冷静冷静。"李海山对王妈妈摆了一下手。他走上去轻轻拍了拍秦飞越的肩膀,"过两天,我让文敏去叫你。"

"爸,我走了。向南哥回来,代我问个好。"秦飞越低头走了。

李海山走到女儿跟前站住,又转过身走到门口,再站住,回过身对李文敏道:"你呀,我真不理解你们都是怎么想的。这就是中国的新一代?你从外国搬来的家庭社会学,我真看不出有什么研究的必要。"

"家庭社会学并不是提倡不生育子女,提倡的是根据社会环境各自选择各自的理想家庭结构和家庭生活。"

"我不懂你这一套。"

李文敏看了父亲一眼,低下头:"不懂就不应该乱指责。"

"你说什么?"

李文敏又不言语了。

李海山瞪着女儿,好一会儿才克制住自己:"要不要孩子是你们的事,我不管。过几天你去把飞越请回来,这个家不能这样。"李海山说罢,转身出了房间。

院子里的槐树在微风中飒飒细响,很显闷热。北京的夏夜,空气中充溢着城市烟尘的污染,小院也不例外,无清也无静。他来回踱了几步,还是烦躁。王妈妈从文敏的屋里出来,走到相邻的另一间房里。灯亮了,照见屋里简单的桌床椅凳。王妈妈俯身又把床单往平抻了抻,把枕头往松拍了拍。她在收拾给李向南回来住的房间。李向南还没回来。李海山心中又涌上一阵躁意。他明白了,自己今天之所以心情不好,并不是因为家里乱,主要是因为自己最喜爱的大儿子在政治上胡搞乱来出了轨。

喧闹的西厢房里突然传来一声女孩的尖叫:"鱼缸!"又听见哐当一声炸响,接着是一片哄乱。李海山皱皱眉,走过去推开了门。屋里一片混乱。书架碰倒了，书架上的鱼缸摔碎在地上，人们喊着，指着，蹲在水汪汪的地下抓着乱蹦乱跳的金鱼。"那儿还有一条，那儿。""别踩着，手轻一点儿。""来来，先放在脸盆里，再加点水。"忙成一团的年轻人终于把金鱼抢救出来，当他们两手湿淋淋地站起来时，看见了门口的李海山。

"爸。"向东叫道。黝黑瘦削的脸上，一双很有神采的眼睛眨动着，察看父亲的表情。

"李伯伯。"年轻人们有些局促不安，"我们不小心……"

"摔了就摔了，无可挽回。"李海山和蔼地说。

"李伯伯，我们这么闹，影响您工作了吧？"

"不要紧。"

"听向东说，您正在写回忆录。"

"啊。你们都是和向东一个系的吗？"

"我们有的是数力系的，有的是高能物理系的。"

"你们课余时间常跳舞吗？"

"不，我们就是星期六晚上跳跳。"

"有时间还是要多学习点东西，除了课内的，还应该学习理论、历史。"

"李伯伯，您说我们应该学点儿什么理论和历史啊？"年轻人的态度格外尊敬，这既包含着通常对长辈的礼貌，也包含着因不安产生的讨好。

"理论，当然是哲学，政治经济学；历史嘛……嗳，你们还接着跳舞吗？"

"我们不跳了。"

"那好，咱们都坐下，坐下聊。有人抽烟吗？会抽，不要不好意思。我不限制年轻人的生活爱好。"李海山说着，转过头，"向东，去我屋里把烟拿来。"

"李伯伯，听说您很愿意和年轻人在一起，经常去学校做辅导报告。"一个梳短发的女孩子笑着说。

"年轻人最有生气嘛。"李海山和蔼地说，他有了兴致，"老年人

夜与昼

都愿意和年轻人在一起,年轻人可不一定愿意和老年人在一块儿。嫌我们僵化保守。"

"你们就是僵化保守。"向东拿着烟回来了。

"老年人可能没有年轻人敏感,但老年人也有长处嘛。论经验就比你们更丰富。"李海山边说边把烟散给抽烟的年轻人,"所以,你们也要向老年人学习,这也是向历史学习的一部分吧?说到学历史,你们起码应该把中国的历史,特别是近代史、党史搞清楚吧?"

"爸,您又要讲辅导课啦?"向东有点儿不耐烦地说。

"你们愿意听我讲吗?"李海山环指着围坐的年轻人。

"愿意。"大学生们都显得很感兴趣地看着他。

"你们这个态度对,可我这个儿子不愿听。"

"爸,您讲的那些,我看上几天历史书,就比您讲的还清楚呢。"向东坐在父亲坐的沙发扶手上,手搭靠背,"不信,我就给您讲讲。"

"字面上懂和真懂不一样。"

"你们老的都真懂?这么多年搞什么啦?不就是抓右派,大跃进,反右倾?有哪个搞好了?"

"有错误,也不都是错误吧。经验教训都要总结嘛。"

"爸,您别总讲老一套了,我不爱听。"

"你能代表大家吗?"李海山略皱起眉,声音有些严厉起来。他朝满屋的年轻人问道:"他一个人能代表你们吗?"

"李伯伯,您给我们讲吧。"有人礼貌地说。

"爸爸,我给您说真话,他们都是出于礼貌,心里会觉得听您讲这些是浪费时间。我要是到了同学家,对同学的父亲也会装出这种样子来的。您老是那一套哪行啊。爸,您别生气,连红红前两天都跟我说了,她不想老听您讲故事了,可就是不敢告诉您。"

李海山像受到沉重一击,脸色顿时黯然。他抽着烟,低头咳嗽了两声,然后抬起眼环视满屋的年轻人:"你们不要考虑礼貌不礼貌,啊?"他拿出首长讲话的气派,声音洪亮,"你们坦率告诉我,是不是像向东讲的那样,实际上并不想听我和你们聊啊?都不许说假话。"

大学生们目光闪烁，尴尬地笑着。"李伯伯，您讲吧。"有个男同学表示道。

"你们这些年轻人不坦率。"李海山不满地一挥手，抬高嗓门，"不敢讲真话。不爱听就不爱听，为什么要迎合呢？"

"李伯伯，您生我们气了？"

"我生你们不讲真话的气。"李海山一下站起来，"我们可以把我们的经验留给你们，但我们并不想成为年轻人的负担。"满屋人一下寂静无声。李海山皱着眉站在那儿，一手叉腰一手抽烟，有几秒钟没说话。

门推开了，是秘书小章："李部长，有客人来，在你屋里。"

"好。"李海山点了下头，和年轻人们招呼道，"你们坐吧。"走到门口又站住，阴沉地问，"向东，你哥哥还没回来。你就没想到去接一下？"

"爸，不是您说的不让我们去接吗？"向东说道。

李海山没再说什么，出门走了。来客正是有人要介绍给大女儿李文静的吴冬。现在是部里的一个处长，过去李海山任部长时，是办公室的一个干事。

"文静回来了，在对过儿呢。"李海山说。

"李部长，让她休息吧。我今天晚上专门和您下棋来了。"吴冬笑着说。他脸颊光润，稍有些秃顶，发际很高，梳着一个很薄很精致的油亮小背头，穿着件短袖白衬衫，身体略有些发胖。

"好。来，接着开战。昨天输给你，今天要报仇雪恨。"李海山张开五指猛一挥手。一晚上烦躁，下棋来驱驱。

象棋在一张小方桌上摆开了，棋子儿很大。两个人拉过沙发面对面坐着。

"来来，还是你先走。我倒要看看你的当头炮能不能破。"李海山说，"我专门爱打防御仗。"小章拉过小板凳坐在中间观战。他和吴冬交换了一下会意的眼光。他刚才已经告诉吴冬：李部长昨晚输了棋，一夜没睡好觉。李海山下棋求胜上瘾是很出名的。拱兵上卒，车来马往，棋子拍在桌上啪啪响，第一盘棋没有一刻钟就结束了。

吴冬一路败下来。"不像话,不下了。"李海山哗啦一推棋盘,忽地站了起来,嚓地点着了烟。

吴冬不明就里地看着老首长。

"你为什么不拿出自己的真水平来下?下棋也要看人?也要做假来迎合首长?你这是小人品格。像你这种人,不能重用,不能提拔。"李海山瞪眼训斥着吴冬。他气呼呼地叉着腰在屋里来回走。

"我今天……"吴冬想解释什么。

"不用解释。"李海山猛然站住,暴怒地一挥手,"我还没那么糊涂。还不至于分不清真假。"今天晚上他对这种虚假的迎合格外敏感,也格外愤怒。

"好,李部长,我什么也不解释了。"吴冬无可奈何地一笑,伸手抓起一个"车"来,使劲往棋位上一拍,"我这次拼上全力和您下一盘。非杀您个大败不行。舍得一身剐,敢把部长拉下马。"说着,啪啪啪,很响地拍着摆好自己的棋。

李海山一动不动地站在那儿瞪了他好一会儿,然后一挥手:"小章,泡壶茶来。"他又在吴冬对面坐下了。

这盘棋杀得真是难解难分。吴冬攻势凌厉,李海山窘困被动,拼死防守。他一支接一支地抽着烟,一步一步很谨慎地走着。最后,抓住对方的薄弱环节乘虚反攻,来了个大胆的"弃子入局",经过一段艰苦的搏杀,终于把吴冬"将"死了。

"李部长,我这次可真是不想输啊。满以为要赢了。没想到你这一手,连'马'也不要了,来了个突然反攻。"吴冬说。

李海山仰在沙发上呵呵笑了。他款款地站起来,一手撩开衣服叉在腰上,一手指点着桌上的棋局:"嗯,咱们来回顾总结一下。啊?"这是他每次赢了棋必有的余兴。"你这次进攻过于急躁,求胜心太切。中路,当头炮盘头马攻势很集中,很锐利,但两侧底线过于空虚。我呢,中路被压迫得很吃力,简直透不过气来。但是,我当时作了估计,像你这种倾巢出动、不顾后方的全力进攻,我只要能顶住,拖上一阵,磨上一阵,让你失了锐气,慢慢你就会暴露出前后方脱离、补给线容易被切断、两侧容易被包抄袭击的破绽来。我摆出一个坚守的架势,用我三分之二的兵力吸引住你全部兵力的进攻,用另外三分之一的兵力,一车一炮,打出内线,直接攻到你的大本营去,这就从根本上扭转了战局……"李海山指划着,颇像个面对地图部署战役的指挥员,很有大将气魄。他自己也在这种讲解中感到一种兴奋。

"是,是。"吴冬在一旁连连点头。

"爸,又讲您的那套下棋战略学。"不知何时,向东进来了,站在一旁。

李海山的话被打断,他不高兴地瞥了小儿子一眼:"同学们呢?"

"他们谁还敢在呀,早都走了。"

李海山又接着对吴冬讲道:"所以,下棋一定要有清醒的战略眼光,不能顾此失彼,进攻时忘了防守;正面作战时,忘了保护两侧……"

"爸,您这套空理论也不太管用。您的那套棋路就呆板,开局总是万变不离其宗地跳马,凭这一条,您就不符合战术要灵活多变的要求。"

"不服气,你来试试?"李海山瞪着儿子,"这不是什么空理论。下棋和搞军事、搞政治一样,要凭身经百战的多年经验。"

"我下不过您。等我哥回来,让他和您下。保证把您这老一套打得稀巴烂。"

"你哥?哼,他连古陵县这盘棋都下不好呢。"

院里门铃响了。

第四章

"我的老兄,你说的可不是真话。"顾恒摆着手谈笑风生地从客厅的沙发上站起来,踏着地毯走了两步,站住了。高大魁伟,一米八的个子,脚踏在松软的地毯上,自己也能感到自身躯体的重量。秃顶,额头很宽很高,形成一个与眉下脸部面积几乎相等的大长脑门,在灯下油光发亮。脸是红润的,两眼神采奕奕。与体魄相应,嗓门也相当洪亮。不过这是在北京,不是在省里。若在省里,他往起站的姿态会更有气派,身材会显得更魁伟,摆手会更随便,说笑的声音会更加洪亮。

他在那儿是一省之长,在北京便不一样了。人人都要适应环境。

"怎么不是真话?现在部队确实情绪很大。对好多政策就是不理解,从下到上呼声很强烈。"用手指连连敲着茶几说这话的是顾恒的老战友雷邦,某大军区的部长。他相貌清癯,神情严瘼。旁边的沙发上,规规矩矩坐着一个二十七八的年轻军人,一张娃娃脸,这是他的儿子雷小光。

"这个是真话。对农业政策骂娘,对开放政策不满,都大有人在,而且可能比你说的还严重——这都不假。我是说你后面的话。"顾恒打开落地电扇,双手捏起衬衫抖着,让风吹着自己发胖的身体。

"后面我说什么了?噢,我就说了这一阵又传说着要解散基建工程兵。"

"不是解散吧,是归地方——我说的还不是你这个话。"

"就算是归地方,换种说法吧。我接触了几个老战友,情绪大得很。这不是小光,他也在基建工程兵,他知道。穿着军装是搞工程,脱了军装还是搞工程,这种改革有什么意义?也许越改革越坏事。"

"要坏事，不合算，再改回去嘛。"

"还没折腾够？"

"大的学费不准备付了，小的学费还要准备付。个把问题有点乱子，没什么了不起。"

"弄不好，政局会不稳的。"

"有什么不稳？那你就缺乏政治家眼光。只要经济搞上去，农民一年年好过，工人隔一两年长几块钱工资，军队待遇有改善，军装也质地好点儿、漂亮点儿，再有人发牢骚，中国也出不了什么大乱子。再加上一条，外交上不出大差错，就满行了。"顾恒摆着手说道。他能感到自己甩动的胳膊很有分量，胸中升起一种权柄在握的雄心。

"现在很多人担心。"

"有你吗？"

"我不是说我。"

"这就不是真话。自己的想法要借着别人的名义来说，这是一大虚假，是政治上最常用的戏法。"顾恒笑了笑，俯视着雷邦，"我这话你能接受得了吗？"

"我是对政局有点儿担心。"

"因为什么？"

"考虑国家前途。"

"我看这又不是真话啰，你担心的主要是自己的地位，取消终身制，要年轻化、知识化，这对你有威胁呀。"

"我没想那么多。"

"那可保不住，哪个人说话不把最真实的东西加以掩盖？"

"你也掩盖？"雷邦有些悻然地反问。

"当然有时也这样。人要什么场合都百分之百说真话，天下也会乱套的。不过，我现在想和你说真话，所以我要求对等。你不说真话，我就揭露你。"顾恒指着雷邦，摆出一副认真的样子，"你想想就会承认，我不会冤枉你。人有时候不一定自觉地骗人，有时候连自己也会骗的。"

"和你真没法说。"

"看来你否认不了啦。"顾恒笑了,"老兄,在我这儿来虚假的是通不过的。本人善于辨别真假,一生都在练这个本事。你看见墙上挂的这个横幅没有?那是本人的座右铭。"

一条很大的横幅,雪白的宣纸上四个古朴苍劲的大字:

　　难眩以伪

"什么叫难眩以伪,念着别嘴,理解不了。"雷邦没好气地哼了一声,嚓地划着火柴,点着了烟斗。

"这还理解不了,那你更得小心被淘汰了。"顾恒挥了一下手,在对面沙发上仰身坐下,"你看过《纲鉴易知录》吗?"

"没有。"

"这四个字是我从《纲鉴易知录》上找来的。这本来是说曹操的。"

"曹操?哼。"

"你别看不起曹操,那是个全才。'秦皇汉武,略输文采,唐宗宋祖,稍逊风骚。'他们都不及曹操全才。《纲鉴易知录》中对曹操的评价就很高,我非常欣赏其中一段话,我背给你听听。"顾恒站起来,一边慢慢在地毯上来回踱着,一边抑扬顿挫地背诵起来:"操知人善察,难眩以伪。识拔奇才,不拘微贱,随能任使,皆获其用。与敌对阵,意态安闲,如不欲战;及决机乘胜,气势盈溢。勋劳宜赏,不吝千金;无功妄施,分毫不与。用法峻急,有犯必戮,或对之涕泣,然终无所赦。雅性节俭,不好华丽。故能芟刈群雄,几平海内……"他站住了,"听见了吧,'知人善察,难眩以伪','随能任使,皆获其用'。做到这两句话,很不容易啊。"

"老顾,你快看看谁来了?"随着门厅里一阵喧闹,顾恒的妻子景立贞推门进来了。顾恒转头一看,四五个面孔黝黑的农民有些拘束地站在门厅里,脸上挂着不自然的笑。"是你们啊。"顾恒眼睛一亮,立刻热情地招呼,"快,快进来。这可是远客。来来,我给你们介绍一下,这是雷邦,雷部长,我的老战友。这几个是我文化革命中到江西插队时村里的老乡——应该叫老表,是吧?哈哈哈。"

乍一走进这豪华典雅的客厅,又面对着顾恒、雷邦,几个农民都有些拘谨,他们慌乱地伸出粗茧干裂的手。"来来,坐下,都坐下。"顾恒一个个招呼着,"立贞,准备弄饭吃吧。多弄几个菜。老雷也在这儿吃,一块儿听听他们农村的情况。"

"老顾,我改日再来吧。"雷邦从沙发上站起来,"今晚我还有点儿事。"

"那就悉听尊便吧。"

开晚饭了,自然是一桌热闹。"来来,都动筷子,你们评议一下,哪几个菜好?"顾恒用筷子指点着一桌菜肴,"这个糖醋鱼是我做的,其他菜都是立贞做的。怎么样,还是我做的鱼最好吧?"

"老顾,你比老景会烧菜,我们过去就晓得的。"

顾恒哈哈笑了:"对,你们都还记得啊。不过,她用数量对抗质量,她做不好,可做得多。"顾恒指着正在端菜上汤来回忙碌的妻子开着玩笑。景立贞用手背擦了擦汗,瞟了丈夫一眼:"你们好好吃,首先要够吃,要有数量。会做的不做,还不是得靠不会做的拼命做?"顾恒和客人们全都笑了。

"你们工作忙,应该请个保姆。"有个客人说。

"有个保姆,今天罢工了。"顾恒说。

"保姆还罢工?"

"是。她是安徽人。安徽人在北京做保姆的很多,她们现在都结成帮会了。这次她们串联着罢两天工,今天和明天。为了要求涨五块钱工资。"

"还有这种事情?你们给她涨了吗?"

"涨了。可她还要罢完这两天工才上班,因为有的家还没涨呢。"

"北京这么大,她们怎么联系到一起的?"

"现代化方式,用保姆的家庭大多都有电话。"顾恒风趣地说。

"你们不会和保姆通融一下?"

"不用。其实通融一下很容易。可人家有人家的一致性,明天星期日一块儿去颐和园碰头,玩。安徽老乡一块儿碰碰不挺好?咱们何必破坏她们团结?再说,我们星期天自己动手做做饭,有意思。"

"晓鹰、小莉呢?"客人们问。

"这两天小莉正好在北京,她上火车站接晓鹰去了。"

"那咱们等他们一块儿回来吃吧?"

"不用不用。你们吃你们的。"顾恒摆手道,"来,把酒再满上。你们先说说,这次上北京干什么来了?怎么知道我在北京?"

"我们去你省里了,说你来北京开会了。"

"一定有什么事吧?"

"没啥事情,就是想来看看你。"

"不对,钟建兴,有啥事,你说说。"顾恒对一个额头凸起的中年农民说。

"我们主要是想来看看你。"

"不不,你们想看我,我相信;你们专门跑几千里地来看我,我不相信。"

"为啥不相信?我们想把村里这两年的变化告诉你。"

"村里肯定有变化,我相信。等会儿我要详细听你们聊。你们愿意找我聊,我也相信,我多少还能给你们参谋参谋嘛。可我现在离你们好几千里,你们几个人跑来干什么?总有更要紧的事情。你们要和我兜圈子,不直来直去说真的,可有忙我也不帮。"顾恒习惯地看了看墙上"难眩以伪"的横幅,心中暗笑。和这几个农民大可不必谈曹操了。

"我们有件小事,想顺便请你帮帮忙。"

"顺便?"顾恒笑了笑,"什么事儿?"

"您和山西省有关系吗?"

"不在山西,关系总有点儿吧。"

"我们想请你帮我们搞几个车皮,从山西搞点儿煤到江西去。"

"这小事可够'小'的啊。一张嘴就是几个车皮。"顾恒揶揄道,"你们要多少?一个,两个?"

"嗯……"钟建兴他们相互看了一下。"你最多能帮我们搞几个?"

"你们要几个?"

"当然……越多越好。"

"好大口气。"

几个农民都不好意思地笑了。

"煤到南方总是好东西,是吧?你们要煤干什么?"

"我们搞工厂。"

"搞什么厂?"

"综合的,铸铁,做铁器,做水泵。"

"我不能专门帮你们。你们是顺便的事儿,我也顺便帮帮看。"

"老顾,你可得专门帮我们。"

"那你们不说真话?你们是专门为这事来的,还是顺便来的?"

几个农民相视而笑:"我们是专为这事来找你的,顺便看看你们全家。"

"这就对了。"顾恒仰身自得地笑了。

门铃响了。景立贞放下筷子去开门。随着景立贞的招呼,顾恒省里的省委组织部副部长董祥光微微点着头出现在饭厅里。他举止稳重迟缓,浮着谦逊含混的笑容,胖胖的,圆头阔脸,浑身透出一团温暖的和气。他是和顾恒一起来北京的。现在,来找省委书记商量正经事,所以从他笑着劝顾恒慢慢陪客人吃饭和打量满桌农民的从容态度中,含着一种比这些客人优越得多的自信。果然,顾恒草草扒了两口饭,放下筷子,让妻子继续陪客人,他同董祥光来到了会客厅。

"怎么样,今天到中组部汇报的结果?"顾恒随便地靠在沙发上,转头看着董祥光问道。这次来北京开省委书记会,主要是讨论农业政策问题。另外,顾恒打算调整一下省内几个地区的地委书记,报请中央和中组部批准。

"今天我把省常委的提名及考虑作了初步汇报。顾书记,我觉着,"董祥光皱起眉沉吟,神情慎重地说,"芦城地区的地委书记人选,我们好像还应该再考虑一下。"

"怎么?"

董祥光又一次皱眉凝思，久久没有下文。

"不好说?"

"我的意见在常委会上没提，就是觉着自己当时还没考虑成熟，所以……"

"现在成熟了，说也不晚嘛。"

"我觉着，"董祥光略停了一下，带着慎重思忖和措词的神情，"周天奎这个人选不合适。"

"那谁更合适，总有比较吧?"

"似乎……温怀才更好一些吧。"

"为什么温怀才比周天奎合适呢?就实际情况看来，周天奎更能推开局面嘛。"

"我主要是考虑到一些更复杂的因素。"

"什么复杂因素?"

董祥光又蹙起眉心，微露出难言之意。

"老董，你怎么这样吞吞吐吐?"

"顾书记，"董祥光好像一下下定了决心，他抬起眼，"坦率说吧，我很担心用这种人，对您以后在全省工作埋下不稳定因素。"

"为什么?"

"周天奎和纪铜鼎关系太深。"

顾恒打量了董祥光一眼，站起来走了几步，在阳台的玻璃门前站住了，注视着楼下路灯通明的大街。纪铜鼎是原省委书记，虽被免职调走了，但还对省里的政局施加着某些不该有的幕后影响。这是极让顾恒反感和恼火的。他心中涌起一阵对纪铜鼎的悻怒。可是，当他背着手转过身，想在房间里蹀两步时，又瞥见了墙上的横幅。难眩以伪。他心中闪动了一下。他站住了，看着董祥光："你只是因为这一个原因吗?"

"主要是这个原因。"董祥光神态很坦然。

"那次要的原因是什么呢?"

"次要?……我还没考虑。"

"噢，"顾恒背着手踏着地毯一步一步蹀起来，"你个人对他们还有什么看法吗?"

"我个人对他们两人毫无偏见。照理说,周天奎还是我老乡,我应该和他感情上更近些。"

"不光是老乡,你过去还和他共过事,对吧?"顾恒慢慢踱着,看着脚下。

"……是。所以,从个人关系上说,我和周天奎近得多,我应该投他的票。我主要是考虑顾书记以后全局的工作,所以认为他不一定合适。"

"有时候人离得越近,关系可能越不好。你过去在市委和周天奎共事时,关系曾经很僵,是吧?"顾恒一边踱着步一边问。

"过去是有过一些小冲突。可是,我早不在意那些事情了。"

"你为什么提名温怀才,有没有个人的感情原因呢?"顾恒依然慢慢踱着。

"没有。"

"一点没有吗?"

"他是经我手从外省调来的,就这么一层一般工作关系。"董祥光胖胖的圆脑袋上汗涔涔了。夏天本来就热。他掏出手绢擦着汗。

顾恒一边踱着步一边转过脸瞥视了他一眼,伸手把会客厅一角放的落地电扇打开了。风扫来扫去,对着董祥光吹起来,他低着头,唯恐顾恒再问下去。顾恒却什么都没有再问,一切都很明白了。"既然你没有其他考虑,那这个问题好解决,"顾恒一屁股坐在沙发上,一摆手果断地说,"咱们还是先安排周天奎当地委书记,让他干。如果有问题,再换也来得及。你说呢,老董?"他信任地看着董祥光。

"那就照您的意思报到中组部吧。"董祥光早已从暂短的不自然中摆脱出来,立刻把话题从容地又推进一步,"我今天过去看了看张老。"

顾恒很感兴趣地点了点头,"张老身体怎么样?对咱们省的情况关心不关心?"

张老现在虽然不在一线了,但仍然是上头很有影响的人物。十几年前董祥光当过他的秘书。

"当然很关心,他老家在咱们省嘛。我向他详细汇报了咱们省最近的工作,他非常感兴趣。"

"嗯。"

"我把您上任后抓的几件大事和他谈了谈,他连连说好。他很忙,找他的人很多,他放下了其他很多事情,专门听我汇报。"

"对,你多向他汇报汇报。"顾恒动作很大地挥了一下手。对董祥光,这既是表示一下认可,也含着话到此为止的意思;对自己,则发泄了内心的不耐烦。

他又瞥视了一下"难眩以伪"的横幅。董祥光经常这样谈到张老,使顾恒不止一次想到古代官场中的一句话:"挟以自重"。他对这一点看得很清楚,但不便挑明,"难眩以伪"也没有用。他不认为这个组织部副部长称职,但是,他也只能用他。政治上的事,灵活性与妥协性是不可少的。

"噢,"董祥光好像想起什么,似乎随意地说,"张老还问我愿意不愿意到北京工作,他很想把我调到北京来。"

"是吗?张老很赏识你嘛。那你就调到北京来吧。"不料顾恒答得很痛快。

"我和他说了,我还是对省里工作有感情,现在不太想离开。"

"那不要紧,感情是可以重新培养的嘛。要是中央调你干更重要的工作,我可不敢硬抓住你不放啊。啊?哈哈哈。"

董祥光的这个话题没有再进行下去:"顾书记,张老还想向中央介绍洪克宽——过去在华北局搞农业政策研究的——来咱们省。"

"来干什么?"

"咱们省分管农业的副书记不是就要空缺了吗?老朱身体不好,不是很快就要退下来了吗?"

"他还能干一年。"

"一年以后呢?"

"我已经考虑到一个合适的接班人了,正放在下面磨炼。这事你谢谢张老关心。你告诉他,在本省就地取材最好,熟悉情况。啊?"

真是让人不快。随便什么人都塞到省里来,让他怎么工作?

"您考虑的是古陵县的李向南吧?"董祥光察看着顾恒的表情,谨慎地问。

"是。"

"他?"董祥光又蹙眉做思索状。

"不合适吗?"顾恒扭头打量了他一眼。

"年轻,有锐气,有合适的一面。不过……"

"怎么?"

"那份'内参'……他的问题还没调查清楚。"

"什么'内参'?还不是从咱们省里搞出去的。我看那些纯属无稽之谈。年轻人露点锋芒就看不惯,就诽谤打击,这不像话。"

"顾书记,我看这事还是慎重一些好。"

"我和李向南谈过几次,我相信我对人的判断。"

"顾书记当然是知人善察的,不过,他们那代年轻人是从十年动乱中过来的,一个个头脑都很复杂。"

"复杂不好?"

"复杂当然有好的一面,不过,复杂就有可能隐藏自己的一些真实东西。"

"是吗?"顾恒目光锐利地看了董祥光一眼。

"这份'内参'影响很大,他现在是个有争议的人物,咱们还是先不给他打保票稳妥些。当然,这只是我出于慎重的一点考虑,也许没有这必要。"

"还有别的想法吗?"

"别的可能您也看到了。噢,我是说今天报上的那篇文章。"

"那里有什么?"

"倒也不一定有什么。也不光是我一个人的感觉,今天去中组部,有几个同志也谈到这一点,这篇报道中只看到李向南一个人的高明,看不到省委、地委起丝毫作用。"

"怎么不起作用?"顾恒有点不满地站起来,"任命这样一个年轻有为、独当一面的县委书记,这就是省委的作用嘛。"他为自己不得不还用着董祥光这样的人感到憎恶。"你还有其他考虑吗?"他又问道。

"别的,暂时没有。"

"那好,尽快想办法把李向南的情况调查清楚。如果有问题,实事求是搞清楚;如果没有问题,尽快澄清,保证他放手在县里工作。"

"好。"

"爸爸妈妈,快开门。"外面传来小莉又擂门又叫喊的声音。

第 五 章

　　"爸爸,我们在火车站碰见李向南了。"小莉在沙发上一边看电视一边嗑着瓜子。她有意地引出这个话题。她要对李向南报在车站受气之仇。她才没那么好对付呢。她,顾小莉,从来就知道如何运用自己的一切优势来维护自己的利益,来满足自己的情绪。你李向南又想搞政治,又想搞小寡妇,又想对别人卖好,脚踏几只船,没那么便宜的事。她比谁也不少脑筋。

　　果然,这一句话就引起了顾恒注意。

　　一家四口人的闲聊立刻出现了中心话题。

　　"他也来北京了?"顾恒转过头看着女儿。他送走了几拨客人,正带着一种闲适的情致平伸两臂搭在大沙发背上,很舒服地仰靠着,享受着周末特有的家庭气氛。

　　"大概是想来找你吧。"小莉讥诮地说。

　　"找我?"

　　"也不一定是找你来了,他可能是来北京活动上层,忙着往上爬吧。"顾晓鹰接过话来。他正注视着电视屏幕上一个芭蕾舞演员美丽诱人的大腿和胸部,想象着在以后说不定的哪次相逢机会中如何打动她。在他眼里,魅惑或征服女性的艺术是最高超的艺术。

　　顾恒不满地瞥了儿子一眼。他不喜欢儿子的这副玩世不恭的神态,不喜欢儿子看女人时两眼发红的目光,包括儿子身上那浓烈散发的男人气味。这股气味曾使他骄傲过——儿子的男子汉气质像自己。然而,不知从何时起,儿子显露出的桀骜和狂荡使他厌恶并反感了,心里也慢慢失去了那种父亲对儿子的情爱。他越来越感到的是自己与儿子之间出现的两个男人之间的对抗。当然,表面上父子还是亲切的。顾恒也常听儿子谈话。顾晓鹰那玩世不恭的言论中,总是含着大量社会信息。

"说话老没个正经。"顾恒宽容地嗔责道。

"正经话未必有真理,不正经未必没真理。"顾晓鹰似乎不屑争论。

"你以后真打算让李向南当省委副书记?"景立贞也搭话了,她这会儿刚把厨房收拾利索。

"这是中央决定的事。"顾恒不满地瞥了妻子一眼。

女人就是不行。要说妻子也有能力,很泼辣,可干了几十年政治了,城府还是不够深。在建工局当着个副书记,敢作敢为,可带着股随便劲,想说什么就说什么,不分场合,常常不考虑影响。景立贞拉过一张小竹椅子坐下,不说什么了。几十年的政治历史,终于使她承认了,丈夫现在比她成熟,她已经习惯于服从丈夫了。

关于李向南的话题就这样似乎很平淡地一滑就要过去了。但它并不会如此。这件事和一家四口人的个性冲突有着联系。利益和感情要推动这个话题向纵深发展。

顾晓鹰首先要行动。他对李向南有着双重的嫉妒。

作为一个男性,他对李向南在林虹面前的地位有嫉妒(他对一切在女人面前获得成功的男性都怀有不能克制的嫉妒);作为一个准备攀登权力高峰的政治活动家,他对李向南新星般的升起有嫉妒。政治争夺中的嫉妒和女人争夺中的嫉妒,这是天下两种最强有力的男性的嫉妒。他把目光从电视屏幕上收回来,潇洒地点着了一支"中华"烟,跷起了二郎腿。当浓烟从嘴里缓缓喷出来的时候,他感到了自己那男子汉的强悍,火热的呼气也从宽阔结实的胸腔中吐出来。他吐得徐缓而有控制,他能深谋远虑、从容有节制地使用力量,像玩味掌握嘴里喷出的烟圈一样玩味掌握权术。

在父亲这儿臭一臭李向南。不过要突破他"难眩以伪"这一关。

顾晓鹰瞥视了一眼墙上的条幅:"爸爸,李向南这个人怎么样,你这样赏识他?"他说得随便而又诚恳,还恰到好处地微露着一丝感兴趣的神情。

"很有才干。"顾恒贴着沙发转过头来答道。儿女们关心他的工作,总能引起他的兴致。

"很突出吗?"

"可以说是相当突出吧。有战略思想,有实践才干,很难得。"

"爸爸,你这倒真像曹操了。"

"怎么?"

"敢用人嘛。'识拔奇才,不拘微贱'。"

顾恒仰在沙发上朗声笑了。

"你也是爱听好话。"景立贞嗑着瓜子嗔道。

"不不,你说错了。我不是爱听好话,不爱听坏话,也不是爱听坏话,不爱听好话。"

"那你爱听什么话?"

"好话坏话,只要中肯,我都爱听。要是不中肯,我都不爱听。"

"这是爸爸最得意的准则之一。"小莉笑着说。

"那当然,别人准确指出你的优点和缺点,都是宝贵的嘛。一个人不知道自己的长处和短处,都是糊涂可悲的。"顾恒饶有兴致地打着手势,"嗳,晓鹰,你和李向南过去都是北京的老高中,你以前听说过他吗?"

"听说过一点,他在北京学生中有点小名气。"

"是吗?"

"他们学校的同学都说他性格像吴起。"

"战国时的吴起?对他这么高评价?"

"说他像吴起,能杀妻求将。"

"杀妻求将?他结过婚?"顾恒惊讶了。

"不是说他结过婚——他没有结过,是说他搞政治一心一意。为了政治上的进取,父母家庭,什么都能牺牲不顾。只要个人政治上需要,他可以和最亲密的朋友一刀两断,很有点儿魄力和抱负。"

顾恒不由得略皱一下眉。他不喜欢毫无人情的极端功利主义者。"还有什么说法——关于李向南?"他问。

顾晓鹰瞥了父亲一眼。哼,老头子自以为洞察入微,其实已经被"眩以伪"了。自己刚才对他只是用了毁谤人的第一招:似褒实贬。顾晓鹰明白:对于自己要毁谤的对象,绝不可用反面的贬义词汇。他明明要说李向南"一心一意向上爬",却说成"一心一意为了政治上进取","进取"是个多么好听的词汇啊;他明明要说李向南"很有点儿冷酷和野心",却说成"很有点儿魄力和抱负","魄力"、"抱负",又是何等褒义的字眼。"还有什么说法?"顾晓鹰略想了想,"文化革命中他好像也是个派头头,挺活跃的,闹腾过一气。"

"什么派头头?闹腾过什么事?"顾恒的眉头皱得更紧了,但神情仍很随便。

"就是一派学生的领袖呗,闹腾的无非是组织揪斗会,冲教育部,领着人到全国各地炮轰省市委呗。"

"他有这么多事?"顾恒审视地瞧了瞧儿子。省里提拔干部,搞过全面审查,没听说过这些啊。识拔奇才是应该的,政治上的慎重也万不可丢弃。

"爸爸,有这些事也没什么,文化革命中谁没闹腾过?逍遥派其实都是窝囊废。"

"我问你的是,你刚才说李向南的那些有没有根据?"顾恒目光锐利地瞪了儿子一眼。

"根据当然有。这种事谁去替他编,不信,你们可以详细调查嘛。"

顾晓鹰说得很坦然。调查能怎么着?文化大革命中像李向南这样的人,势必有过他的某种"活跃"。调查也不能证明他顾晓鹰的话是百分之百造谣吧?绝不可纯粹的"无中生有"(你说李向南杀过人谁会相信呢?),但却要"似是而非"、"捕风捉影"地捏造——这是毁谤人的又一招艺术。

"莉,给爸爸拿根烟来。"顾恒转过头,朝坐在一边的小莉伸出手。

"不行,不许你再抽了。你今天已经抽够定额的五根了。"小莉一边嗑着瓜子一边说。她一直很清醒地旁观着哥哥演的戏。

"星期六也不让多抽一根?"

"要抽,你自己拿去。"

"你锁在保险柜里,又要插钥匙又要对号码,太烦琐了。"

"不烦琐点儿,怎么能管制住你?"

　　"回北京呆几天也要把爸爸管这么死,政策一点也不放宽。好了,晓鹰,把你的烟借一根给我。"顾恒无奈地笑了笑,向儿子伸过手去。

　　"哥,你别借他。"

　　"爸爸要用脑子,暂且借他一根吧。"顾晓鹰说着递给父亲一支烟,又要替他划火。轻易得到的胜利使他对父亲同情起来。

　　顾恒摆了摆手,自己接过火柴盒来。他从不习惯让儿女或部下给自己点烟。

　　"爸爸,算了,我放宽政策,给你点一次烟吧。"小莉夺过火柴,一下坐到父亲身边,噌地划着了。

　　顾恒犹豫了一下,凑上火点着了。只有在女儿面前,一切条例才是无效的。烟一从嘴里吐出来,立刻获得心理上的平衡。他站起来踱了两步,目光越过阳台凝望着北京城灯海一片的夜景,伫立了一会儿,又踱了两步,在"难眩以伪"的条幅下转过身来,俯视着顾晓鹰。"关于李向南,你还听说过什么吗?"他很随便地问道,目光中却闪露着一丝审视。

　　顾晓鹰敏感到了这目光,他应该加上更有力的一招:"一下也想不起来什么。对了,有件关于他的小事挺有意思的,当时很多人都知道。文化革命中,他领过一支十来个人的战斗队,除了他,其余全是女生。有两个女生为了他还争风吃醋打破了头。其中有一个女生还咬破手指用血给他写了封情书。"

　　"还有这事?"连景立贞也注意了,"他光愿意和女生混在一起?"

　　"噢,"顾晓鹰继续说道,"李向南那时有个理论:女人比男人好,不搞阴谋。他这样挺坦然的。听说那个给他写血书的女生后来有一阵还精神失常了。最后嫁给一个在陕西当兵的,临结婚前还跑到河边大哭了一夜。"

　　"这样啊。啧啧。"景立贞反感地蹙着眉。

　　这番"情况"真实感太强了。顾晓鹰望着母亲,心中自得地微微笑了。做母亲的不知道,这是她儿子毁谤人的最高明绝技。其一,目的性高度隐蔽。顾晓鹰这段话既非说李向南政治品质不好,也绝非说李向南生活作风不正,完全是轶闻闲事,却使你不由得对李向南这个人生出许多说不清的厌恶和反感。其二,编造的故事要具备真实感,就一定要有极具体、极细致因而极特别的细节。现实生活总是这样不断地产生人们凭空很难想象的细节来的。主题巧妙地深藏于形象之中,运用极特别、极入微的细节加强真实感,这是艺术家在小说中影响并支配读者的有力手段。

我们这位政治中的艺术家现在就在运用同样聪明的方法。

"难眩以伪"的省委书记也没想到要怀疑儿子这段话。他沉默地抽着烟,蹙眉思索李向南的令人不快的形象。顾晓鹰隔着烟雾观察父亲,他为自己的成功而自得,禁不住还想再添两句:"李向南还把那个女生写给他的血书给我们学校一个同学看过呢——写在一块白手绢上的。"但这画蛇添足的一笔却一下刺激了顾恒已被麻痹的警觉。他瞅了儿子一眼,心中陡然一闪。如果顾晓鹰刚才打住,不再说这件事,顾恒或许会完全相信儿子的话。但现在,他怀疑了。"你刚才说的有点儿太荒唐了,和那份'内参'差不多。我不相信。"顾恒一摆手说。

"爸爸,那都是真事。"

"不,晓鹰,我看你对李向南有偏见啊。"

"我能有什么偏见,我和他毫无关系。"

"毫无关系?你不也立志搞政治吗?都想搞政治,就难免有关系。"

"爸爸。我不想搞什么政治。我搞我的艺术。"

"不,"顾恒摇了摇头,"这不是你的真话。"

"搞政治没多大意思,艺术才是永久的。"

"对有些人可能是这样吧,对你可不是这样。你没有搞艺术那种甘于寂寞、甘于吃苦的精神。你对政治风头倒挺追求的。"顾恒态度宽和,但言词犀利,"你的野心不算小,只是没找到机会。"

顾晓鹰目光尴尬地闪烁了一下:"爸爸,我承认我有点儿政治意识。可那样，我只会和李向南更一致些，我们毕竟是同一代人，社会政治观点大同小异。"

"不不，晓鹰，我不是太傻的人。人们往往能看到年轻人同老年人之间的矛盾，可很少有人看到年轻人内部的矛盾斗争常常更激烈。我告诉你吧，我们这一代老家伙，一般对你们年轻人都估得不透，把你们看得太简单，看成一体。我可没那么头脑简单。你们这一代人，一个个头脑复杂得很。我对你们有足够的赏识，也有足够的警惕。你们内部也派别很多，争得很厉害。就凭这一点，我就要考虑一下你对另一个搞政治的年轻人的评价，出于哪种特定立场和偏向。"

"爸爸……"

"晓鹰，不用再编了，你脑袋里鬼点子不少——我知道，你就坦率谈谈，你对李向南什么看法吧。"

"我?"

"你和李向南素无关系?"

"我……我和他没什么关系。"

"不对。"顾恒摇摇头，"你在犹豫躲闪，啊?"他伸出一只手指点着顾晓鹰，"这种态度做了和你嘴里完全相反的回答。算了，你不想讲就不要讲了。我明白了。"

看着哥哥的狼狈相，顾小莉颇有点为他担心。她明白哥哥的目的。

"爸爸，我坦率说吧，我和李向南只有一层关系。"顾晓鹰说，"您看过那份参他的'内参'吧?"

"看了。"

"那上面说他和古陵一个姓林的离过婚的女人关系不正当。那个姓林的，就是林虹。"

"哪个林虹?和你离了婚的林虹?"

"爸爸，你知道，我是发现她作风有问题，才和她离的婚。"

顾恒沉吟了一下，微微颔首："林虹我见过几面。我的印象，她并不像你说的那么坏。"

"我觉得她不好。"景立贞在一旁插话。

"现在不说她了。"顾恒摆摆手,接着对顾晓鹰道,"就凭这层关系,我更要考虑你的客观性了。政治上的妒忌,女人上的纠葛,会使有些年轻人的关系复杂化的。这个'奥妙'我一眼还能看透。"顾恒说着,挥手做了个不以为然的手势,"晓鹰,你这一套小聪明可不怎么样啊。这种小聪明对别人可能很灵,对我就不那么容易见效。我几十年还是修炼出一点'难眩以伪'的本领的,不那么老糊涂。"他因为在这种智慧的较量中得到胜利而兴致勃勃,客厅里充满了他轻松的谈笑声。

他站在顾晓鹰面前,相距很近。顾晓鹰能感到父亲胸膛的震荡,能感到他魁梧身躯内散发的烘热,这烘热中还夹着由于汗腺发达而有的浓烈气味。他一点也没感到这个魁伟的躯体和自己有着什么血缘相连的亲近感。正因为这是自己的父亲,所以他反而常常生出一种敌视。但他不和父亲闹翻。他在这些年中还需要充分利用这样一个老子能够给自己提供的全部有利条件。

"爸爸,您太盛气凌人了。"小莉在一旁不满地说。她要帮助哥哥一下。哥哥干什么都聪明过分。本来很简单就能达到目的,总是机关算尽,结果反而失败。她才没那么笨呢。

"小莉对爸爸有意见了?"顾恒和蔼地问。

"是你问哥哥的,又不是哥哥要和你说的。你要不信,干脆别问别听不就完了。"

"我想听,但我不想听假话、有偏向的话。"

"你怎么知道是假话?谁对谁能毫无偏见?人对人都有一定看法,这是规律。你听了自己分析就得了。"

"小莉,那你对李向南是什么看法?你在古陵不是和他相处过吗?"顾恒看着女儿。

"我才没那么大精神一天到晚说他呢。他是什么了不起的大人物?"

"不是说他多大人物,把事情谈清楚也好嘛。"

"我前两天早谈过了。"

"你谈是谈过,不过,"顾恒打趣着女儿,"我发现你对李向南的看法前后充满矛盾。"

"我可不要你来分析我。我也不想听你的'难眩以伪'。我本来就觉得李向南不像有些人说的那么坏,可也不像你和报上吹的那么好。"

"那你的结论呢?"

"我没结论。李向南是挺能干的,有手腕,可我也觉得他挺狂妄的。现在你是他顶头上司,省委书记,要不,他也未必把你放在眼里。你要处在叔叔的位置上,也没什么好日子过。哥哥说的那些事,包括'内参'上的那些事,倒不一定都有,可也不一定都没有。"

"你是说……"

"我什么也没说。你嫌哥哥说话有偏见,可你为什么那么相信李向南?不就是因为李向南和你谈过两次话?他就那么坦率?他头脑肯定比哥哥还复杂呢,把古陵的那帮干部涮得一愣一愣的,他就没有动心计博取你的赏识?"

"嗯……"顾恒思忖地瞧着小莉,"那你的看法呢?你觉得,把这样的人逐步提拔起来,好不好?"

"你爱提拔谁就提拔谁,我才不管呢,又不碍我什么事。"

"你为爸爸考虑一下呢?"

"为你考虑?我觉得爸爸犯不着为这事这么认真。你有时候对人太偏颇。一个干部你认为好,就想尽办法保他,提拔他。"

"人才难得嘛。"

"什么难得,满天下人才有的是。一个县委书记,在你省委书记的棋盘上不过是个小子儿,你犯不着在这个小子儿上押那么大宝。到时候他真有点儿事,弄得你被动,太不值了。"顾小莉冷蔑地一撇嘴,"得了,我不想说了。大礼拜六的,老是个李向南有什么意思。哥,"她扭头对顾晓鹰说,"你们那一帮人,每礼拜六不都有周末俱乐部吗?带我去看看。"

"好。"顾晓鹰站起来。

"小莉,你去那儿干啥?那群人乌烟瘴气的,一折腾就是通宵。"

景立贞劝阻着。

"怕什么,那就是我应该熟悉的生活。"

小莉和顾晓鹰下楼走了。顾恒在房间里踱了好一会儿,而后慢慢站住。"可能我也有点儿片面性,太绝对了。"他若有所思地感叹道。

"我看就是。"景立贞有些情绪地对丈夫说。

"你知道我说什么?"顾恒瞪了妻子一眼。

"我说你什么了?对自己的孩子什么都不相信,对别人倒什么都相信。我看那个李向南就是不对劲,早晚得出事。"

顾恒蹙眉凝视了妻子一眼,不说什么了,他在房间里沉默地思索着踱起步来。

第 六 章

李向南一踏进院门,首先感到的是一种回到家的亲切、随和与舒适。迎面亮着灯的北房,左右亮着灯的东西厢房,院中间黑苍苍兀立的槐树,都是老样子。

给他开门的是王妈妈。

"哥。"听到动静从屋里跑出来的是李文敏,她伸着双臂扑上来,一下搂住李向南的脖子,仰起脸左右端详着,"当了两个月县委书记,更成瘦干儿狼了。难看死了。"说着止不住咯咯地笑了,一欠脚,仰起脖梗吻了李向南的脸颊一下,"好扎,也不刮刮你的络腮胡。"

"二十六了,还跟小孩儿一样。"王妈妈数落道。

"我在哥哥面前就永远是小孩儿。来,哥,把书包、旅行袋都给我。你今天可要当心点儿,爸爸脾气可大了。"

"是吗?"看着妹妹娇小的身影,李向南心里一阵暖烘感。他和这个妹妹虽然不是一母所生,但格外亲。一九六八年,父亲被监禁着,他把八岁的小弟弟留给王妈妈和姐姐照顾,自己就带上这个当时才十二岁的妹妹去农村插队了。妹妹一直跟了他六七年。

一进父亲房间,感觉气氛不对。李海山还在对着吴冬指划着棋局分析总结。李向南感觉到,父亲已经知道自己到了,但有意冷淡。"哥回来了。快和爸爸下一盘,杀他个落花流水。"李向东一见李向南立刻兴冲冲地说。

李向南笑了笑,对李海山尊敬地叫道:"爸爸。"

"回来了?"李海山略转了一下脸,没看他,更没显出任何热情。

"我刚到。"

"火车误点了?"

"没有。碰上一个记者,路上聊了聊。"

"对记者就那么大兴趣,好让他们给你吹喇叭?"李海山讽刺道。

李向南不加解释地笑笑。

"大舅。"红红掀开门帘冲进屋来。李文静也跟着进来了。看见吴冬,她冷淡地瞥了一眼。吴冬对她讨好地笑笑。

"哥,"李文敏放好行李,很快又进来了,"你知道'内参'的事儿了吗?"

李海山瞥了一下在场的吴冬和小章,瞪了小女儿一眼。

吴冬和小章很适时地起身告辞:"李部长,十点多了,我们走了。"

"好,咱们明天再战。"

"文静……我走了。"吴冬又对李文静不自然地笑道。

"噢。"李文静很冷淡。

客人一走,全家都来到外面客厅里。"哥,你知道有'内参'的事儿吗?"李文敏拉过一个方凳,挨着李向南坐下,着急地问。

"知道了。"

"知道了?"坐在大沙发上的李海山审视地瞥了一下李向南。

"是,刚才在路上听记者讲的。"

"谈谈你的态度吧。"李海山垂着眼在烟灰缸里弹着烟,冷冷地问。

"我不太了解这份'内参'的背景。"李向南略思索了一下,尽量稳重地答道。父亲不喜欢年轻人轻浮莽撞。

"哥,要不要我通过关系帮你了解一下?"李文敏摇着李向南的胳膊说。

"不用。"

"这样的背景还需要去了解?"李海山不满地瞪了儿子一眼。

"我和文敏说了不用。"

"一眼还分析不出来?"李海山的声音更高了。

"我觉得……"李向南考虑着回答的措辞。

"你觉着什么?"李海山冒火了,"你觉着是别人在恶意诬陷你吗?"

"我……没这样觉着。"

"那上边说的那些,迫害老干部,有野心,搞女人,就都是事实了?"

"不是事实。"

"不是事实,又不是诬陷,那到底是什么?"

"可能有些不确实的传言吧?"

"能有这样的传言?哼。你打算采取什么态度?"

"我?"李向南斟酌着在父亲这儿最能通得过的回答,"我觉着,有同志对我提出这种那种怀疑,也是对党和人民的事业负责任。使用一个干部,应该慎重考察。我一定正确对待。"

"混账。"李海山一拍茶几站了起来。烟灰缸在茶几上震跳着。

李向南和屋里人都震惊了。

"这是你的高姿态?"

"我……"

"'内参'上写的是事实?"

"确实不是。"

"那不是诬陷?"

"我……"

"我问你心里是不是这样想的。不要来迎合我。"

李向南不知该如何回答。

"我告诉你,你要是我儿子,就理直气壮地去告他们,告他们诬陷罪。明白吗?为什么心里想的不敢说?孬种了?"

李向南愣怔了一下,明白了。他心中涌起一股暖潮。隔着空气,他能感到父亲那瘦削的身躯内激愤的震动和热度。那是老年人才有的一种毫无湿润感的木炭般的烘热。这种对父亲身体的真切感觉,使他一瞬间强烈地意识到:自己是从父亲的血肉中分离出来的一个人,是父亲生命的延续。

李海山瞪了儿子好一会儿,才又坐下,继续讯问:"好,说说你在古陵县干了些什么吧。"

李向南想了想，"我去了不到两个月。在这段时间里，我从解决一大批群众来信来访积压案件开始，先触及了一下官僚体制。然后处分了一些违法乱纪的干部。又精简了部分机构。接着……"

"听说你领着一群人前呼后拥地到农村转了一圈儿，是吧？"李海山打断道，"有的公社干部，几十年工作不看，叫你一句话，一天之内就撤了，太专断了吧？"

"我知道古陵县有人给您写信，顾县长是您老下级。"

"像你这样胡干，能不来信吗？"

"爸爸，您不了解具体情况，有的冲突是不可避免的。"

"什么情况？我不光看你干什么，还要看你怎么干。"李海山一拍茶几，勃然而起，"古陵县干部对你怨声载道，你知道不知道？这些人可不是在诬陷你。他们是实事求是对你有意见。你知道吗？"

李向南绷住嘴，半晌无言。李文静同情地看着弟弟。在这种场合她显然无能为力。红红有些惊惧地仰脸看着李海山。向东一会儿看看李向南，一会儿看看父亲，几次想张嘴说什么却没说出来。李文敏看着雷霆大怒的父亲，不知该讲什么好。

"我准备说服每个有意见的人。"李向南正视着父亲的眼睛镇静地说，"但有些人也说服不了。爸爸，您不知道，有些干部简直像土王爷，愚昧保守透顶。这样的人只能坚决淘汰下来。"

"淘汰，淘汰，动不动就淘汰。"

"对于被淘汰的某个人来说，这是有点残酷性的，可对于历史来讲，这是必须的。"

"好大的口气，好像这天下是你们的了。"

"早晚是我们的。"

李海山愣了一下，一指李向南吼道："你们要这样，就不交给你们。"

"爸爸，这是不以人的意志为转移的。"李向南坚持着。

"有时候就要转移转移。"李海山呼地转过身，两眼冒火，"你立刻给我离开古陵。"

"这是组织上派我去的。"

"你自己提出辞职。组织上，我给你们省委、地委再去信。"

"您不应该这样。"

"我搞了几十年政治，知道什么应该，什么不应该。"李海山抓起桌上的电话机话筒，啪地又扣上，"你们省委书记在北京呢，我明天就打电话给他。"

李向南看了看父亲，沉默了。

"爸爸，有什么话，您可以和向南好好说嘛。"李文静以长女的身份劝说父亲。

"看看他那个样子，什么话能听进去?"李海山指着李向南气呼呼地说。

"向南会听的。您对向南一直也是寄予期望的，希望他能干成些事业。他理解。"

"哼。"李海山别过脸去，望着客厅外面。

"向南，你有什么也应该和爸爸仔细讲清楚。你有抱负，爸爸又不是不理解。"李文静又说着李向南。

"我这次回来，就是想和爸爸好好谈谈。"

李海山又哼了一声，在客厅里来回走了起来。

"爸爸，我给您提个意见，"李文敏朝后抖了一下短发，说道，"您最近脾气太不好了，对谁都这么大火儿，特别是今天晚上。"

"你们一天到晚的乌烟瘴气，还要我好脾气吗?"

"文敏，爸爸最近可能身体不太好。你别打岔了。让向南好好说说他的想法吧。"李文静道。

"爸爸，我谈谈我的想法，可以吗?"李向南请示着父亲。

李海山不理睬，继续在客厅里来回踱着。走了好一阵，冷着脸一屁股在沙发上坐下："我这儿不是一言堂。说吧。"

"我看是。"李文敏不满地嘀咕着。

"我和您谈谈我最真实的打算。"李向南说道。他要以一次比较坦率又比较策略的谈话赢得父亲的理解和支持。"我在心里是把古陵县当成一个小小的国家来治理的，它在一定程度上缩影着整个中国。"他停顿了一下，看了看父亲，"我想在三四年内把它搞成全国最发达、最文明的县。在经济、政治、文化、社会风俗各方面,都建设得有特色。"他望着父亲。李海山闭着眼毫无表情地仰靠在沙发上。"如果那时需要我进一步扩大变革社会的政治实践,那我就毫不犹豫地去承担,做一个有战略理论眼光的实践家。如果没有这种需要和可能,那我就退一步,做一个有实践经验的战略理论家。"李向南说着察看了一下父亲的表情,"爸爸,这就是我的全部抱负。一直没和您谈过。您看行吗?"

过了好几秒钟,李海山才慢慢睁开眼,好像一觉醒来。他冷冷地打量着李向南,慢慢向上摆了一下手,"我这儿不搞家长作风。让大家都说说吧。"

片刻静默。

"哥,要我说吧,你在一个县里当县太爷,弄来弄去,鸡零狗碎,没多大意思。"坐在椅子上的向东左手撑膝,向前大倾着身子,激烈地挥动着拿烟的右手,毫不客气地说,"中国社会的发展要从宏观上看,最有意义的就是西方文明对中国的渗透影响。中国近代史的发展已经把这一点说得相当清楚了。现在是中国又一次受到西方文明冲击的浪潮。中国的前途如何,主要看这次冲击浪潮如何。"

"向东,你这个看法太片面,只看内因,不看外因。"李文静掠了一下滑到额角的一绺头发,"照你看,就等着冲击,什么都不要干了?"

"干?就是积极接受这次冲击嘛。这几年的政策,最有意义的就是两条,一是对外开放,一是对内搞活,让农民自己种地。还有一个,没正儿八经开始的,就是干部年轻化、知识化,让那些老家伙都赶紧退下来。"

"老家伙们一点用都没有了?"李海山嘲讽地问。

"他们已经活过他们的时代了,还有什么用?保守作用。都换下来,养起来就完了。"向东挥挥手说道。

"换还要他们自己换呢。"李海山十分不悦。

"这件事应该稳妥进行,要逐步搞。"李向南说,他不愿意让弟弟把父亲激怒,"爸爸,我还有个顾虑:您说让老的都退下来,他们能想通吗?这么搞会不会酿出什么政治动荡来?"

"换他们,不怕。"李向东一脚把烟头碾灭,"这帮老的我早就品透了,就是不高兴,也不能怎么样。"

李海山的脸一下变得阴沉可怕。"你这样讲话,早晚有一天会被杀头的。"他瞅着小儿子冷冷地说。他声音不高,但李向南一下感觉到了父亲强烈深刻的情绪。

"我不管杀头不杀头,我也不搞政治。哥,老实说,我对你那一套政治实在是不感兴趣。中国现在是政治饱和过剩,最需要的是科学技术。"

"科学救国?"李向南看了看弟弟。

"科学救国有什么不对?具体点儿说,本人认为中国现在最需要、最重要的是两个:一个是计算机学,一个是生物遗传工程。"

"这么具体?"

"是,我研究过的。"

"我不太同意向东的观点,"李文静说,"老是那么偏激。我觉得向南那样的长远考虑挺好的。人应该又有社会理想,又脚踏实地做点儿具体事。"

"姐姐,让你去古陵当县委书记你去吗?"向东扭过脸反诘道。

"我没那能力。"

"我看你有能力也不会去。你现在压根儿就没有热情。"

"我现在对政治是没什么热情。"李文静垂下眼帘承认道。

"你现在对什么也没热情,不光是对政治。"

弟弟的话刺痛了李文静,她苦涩地笑了笑,"可能是吧……不过,那我也希望向南能好好干。"

"姐姐,你这种理想主义残余,现在只能寄托在别人身上了。那不过是你们这一代人虔诚又可悲的传统人生观的又一曲不值钱的挽歌。"

李文静嘴角搐动了一下,竭力想掩饰地露出一丝笑来,却没有成功。

"向东,你怎么对姐姐这样说话?"李向南责备道。他不喜欢这个弟弟。

"真理都是残酷的,虚伪的安慰才像田园诗。"向东毫不示弱。

"你们争那些干啥?"一直坐在李向南身边的李文敏此时开口道,"现在不是谈哥哥的事儿吗?我的意见最简单,希望哥哥早点儿调回北京。古陵那种穷山沟,和北京这儿的文明差几个世纪,生活在那儿没劲透了。"

这是什么谈论?这简直可以说是不同的政治哲学、人生哲学的分歧。李向南来不及理清此时的思想,他抬起头看着父亲:"爸爸,您说说吧。我主要想听听您的意见。"

"我的意见?"李海山沉吟着打量了李向南一下,垂下眼,在烟灰缸上弹着烟灰,"我的意见只有一个,你必须离开古陵。"

"我刚刚在那儿打开一点局面,不能半途而废。"

"爸爸,您为什么一定要让向南离开古陵呢?"李文静委婉地说。

"我说过了。"李海山一下把半截烟摁灭在烟灰缸内,"一条就够了,他应该去学着尊重、团结同志。"

"爸爸,如果您对我这一点有意见,我以后尽量注意。"

"不行。"

李向南紧绷住嘴唇沉默了。他双肘撑膝俯下身子,划了根火柴把烟点着,埋着头一口一口狠狠地抽起来。

李海山看了一眼被腾腾烟雾包围的儿子,问道:"你还有什么要说的吗?"

"没有。"李向南仍然俯身抽着烟,简单地答道。这声音表明他不准备再和父亲商量什么。

"你觉得我对子女不民主是吗?"

"是。"

李海山沉默了一会儿,站了起来,在屋里走了几步,停住,"古陵县陈村中学是不是有个叫林虹的女教师?"他并不看儿子,照例侧对着李向南。

李向南身子猛然搐动一下,感到了问题的来由。他抬起头看了看父亲："是。"

"她这个人怎么样?"

"爸爸,您是不是想说她和我的关系这件事?"

"我问你她这个人怎么样?"

"我知道有人给您写信说过林虹的事……说我和林虹关系暧昧,说她是个生活作风败坏的女人。"

"我问你她这个人怎么样?"李海山的声音陡然抬高。

"爸爸,一些人对她有偏见是不公平的。"

"哥哥,你为什么一定要找个离过婚的人呢?"李文敏忍不住问李向南。

"你们说的是什么呀,我什么都没考虑过呢。我只是对她很关心。"李向南有些暴躁了,"爸爸,她过去和我是一个学校的。我和您说过她,文化革命前她还来咱们家玩过。"

"就是后来去内蒙兵团的那个姑娘?"

"是。"

李海山又在屋里来回踱起来,好一会儿,他站住了:"我考虑好了,你还是离开古陵吧。"

李向南面对着父亲冷厉的目光,慢慢站了起来:"爸爸,我不能从命。"

第 七 章

客厅里全家的聚会散了,整个院子都安静下来。

李海山在自己房间里来回踱着,时时站住,又着腰看看窗外暗黑的院子。

快半夜了。整个北京城的灯火大概都稀落了,天空中那种被灯火映照的灰白微亮被冥冥深碧的黑暗淹没了。能看见对面院角屋檐上一块三角形的夜空中有几颗青亮的星,还有一颗暗红的星。青亮的星,是正在以几亿度以上高温燃烧的年轻的恒星吧。它们在夜空中耀眼地闪烁着,自信而又骄傲。暗红的星,大概是已经燃到后期的恒星了,进入老年了,衰落了,只剩下几百万度的温度了。它在夜空中显得孤寂朦胧。闪烁着青光的几颗恒星竞相辉映着,各自夺取着它们照耀的空间,它们似乎并不理会那颗年老的恒星,它们的青光在相争中融成一片。暗红的老星在这片弥漫的青光后面孤零零的,它终有一天会熄灭的。

李海山垂下眼帘,微微叹了口气。他感到孤独。

子女们房间的灯窗把一方一方的光亮投射在院子里。他们也都没睡。他心中很有一种想和子女们亲近的愿望。可是,他们中间似乎总隔着什么。这或许是自己的脾气造成的吧?他对子女从来都保持着威严的距离感。或许,是子女们对和他谈话不感兴趣吧?他们并不关心他在想什么。这是他住在这个有儿有女的院子里却仍然觉得孤寂的又一个原因吧?老年人需要子女们的礼貌,但最需要的却不是礼貌。

他又踱起来了。

"爸爸,我可以进来吗?"门帘外李向南的声音。

"进来吧。"李海山站住了。

"爸爸,我看见您还没睡。"李向南走进来。

"年纪大了，觉少了。你坐吧。"李海山的声音苍老而疲惫。他很想让儿子坐一会儿。

"我不坐了，我这儿有个稿子，想送给您看看。"李向南说。

李海山顺手从写字台上拿起老花镜戴上，看了稿子的封皮一眼："'古老而贫困的土地的灵魂'？"他慢慢念了一下标题，抬起眼，"写谁的？"

"爸爸，您还记得我去古陵前，您交代给我的一件事吗？"

"我让你帮我找一个人，赵小闷。他四十多年前救过我。"

"这篇稿子中写的闷大爷就是他。"

"他还在？"

"他已经死了。"李向南说。

"因为什么？病吗？"

"不是。闷大爷几十年来一直在凤凰岭种树，最近在一次哄砍森林的混乱中，为了阻拦闹事的人，摔死在石头上了。爸爸，您看了以后就知道了。"

李海山把稿子往写字台里面推了推，摘下老花镜放在稿子上面，"那我仔细看看。"他在屋里神情恍惚地慢慢踱起来。

"爸爸，您早点休息吧。"李向南轻声说道。

"不不，我还不睡，你坐会儿吧。"李海山招呼儿子和他隔着茶几在沙发上坐下。"抽烟吧。"李海山抽出一支香烟递给儿子。

李向南连忙接过来。父亲从来没有对他让过烟，他有点儿诚惶诚恐。

夜很深，也很静，父子相对而坐。房间里笼罩上一种深沉安谧的气氛。李向南看到父亲鬓角明显增多的白发。院子里传来向东开关屋门的声音，听见他站在台阶上对着院子刷牙，很响地漱着口。

"向东明天一早要和同学们去爬香山。"李海山打破沉静，"你去吗？"

"我不去。"

"爸爸的脾气太大了吧？"李海山温和地问。

"您一贯就是这个性格。"

"不。"李海山微微摇了摇头,"文敏说得对,我最近的脾气是有点儿不好。"

"可能是您累了。"

"不是。我最近看到一本杂志,上面有一句话:'脾气暴躁,是身体失去健康、心理失去自信的表现。'这句话有道理。"李海山感叹道。

"什么道理都是相对的。"

"不,老年人常常不理解年轻人,年轻人也不一定理解老年人。"李海山慢慢站起来,在屋里缓缓走了两步,在窗前站住了。

"爸爸,我理解您。"李向南望着父亲的背影说道。

"你理解什么?"

"您有点儿寂寞。"

李海山微微抖动一下。

"爸爸。"

"太晚了,你刚下火车,我还要看你拿来的这篇稿子,你去吧。"

李向南慢慢站了起来。

"我让你离开古陵的想法并没有变。"李海山依然背对着李向南。

"爸爸,我这几天还要和您好好谈的。"

"你要有思想准备,我还会教训你的。"李海山转身挥了一下手,说道。

房间里很静。李文静坐在靠窗的二屉桌前,在灯下翻着一部长篇小说稿。

夏夜似温又凉的微风习习吹来,轻拂着她松散的头发。她伸手拢了拢,感到自己的头发麻一样干燥,尽管在温热的夏季,仍无一丝润泽。她又习惯地摸了摸自己的脸,皮肉也是干燥的,松弛的,感不到什么弹性。她心中照例漾上一种近似麻木的惆怅。她的心也是干燥的,没有润泽。她扶了扶眼镜,眯着眼恍惚了一瞬,露出一丝自嘲的苦笑。她的身心都发干了吧。她用意念把周身都"想"了一遍,能感到整个身体都是那样麻木疲乏。作为一个女人,她已感觉不到自己有什么性的活力与冲动。她才三十九岁,但似乎已不再企望男性的拥抱。她麻木的肉体与感情甚至厌恶文艺作品中任何这方面的描写。然而,她却常常渴望着能和一个相互理解的男性说说话。

人有时候的最大苦闷是没有一个能相互说话的朋友。

她低下头随便翻看了两页稿纸,这部小说尤其加深着她的郁闷。小说描写了几个单身的知识女性生活。在写女人的苦闷上,这部小说表现了前所未有的现实主义。

她拿起笔在笔记本上随便写上了"前所未有的现实主义"一行字。她通常一边看稿,一边就这样简单做着札记。既为着看完和作者谈,也为着写稿签时有个大概要点。身后,传来女儿红红的响动,不知她在做什么。接着又出去了一趟,是到院子里上厕所去了。回来后又打开箱子拿衣服,像要铺床睡了。

"红红,你干什么呢?"李文静回过头。

红红坐在床上低着头,神情有些慌乱。

"红红,你怎么了?是不是不舒服了,脸怎么这么红?"李文静站了起来。

红红把头埋得更低:"妈妈,我是不是来了……"

"来了什么?"李文静看着女儿的模样,感到有些蹊跷。她发现被子下压着什么,翻开一看,心里"咯噔"一下,里面是条换下来的裤衩。

"你来例假了?"她面对着女儿在床上坐下。

"不知道。"女儿声音很低,她抬头看了看母亲,"妈妈,别人会不会说我?"

"当然不会。这是人人会有的。"

"我有点儿害怕。我该不是小孩儿了,是吗?"

"是这样。你慢慢就长大了,该成青年了。"

"当大人可不好了,还要结婚、生小孩,可麻烦了。"

"傻丫头。"

"我以后就不结婚。"

"为什么?"

"结婚不好。"

"怎么不好?"

"就是不好。"女儿又抬起头看了看母亲。

那目光使李文静沉默了。女儿是从母亲那儿得到的教训。

"妈妈,我不愿意当大人。我大了,你就该老了。"红红把头轻轻抵在李文静怀里。李文静抚摸着红红的头发。女儿的头发是润泽柔软的。她心中既充满母爱的温情,又漾起女人的怅惘。女儿很快睡着了。她背靠桌子坐着,久久端详着女儿,竟没有注意到李向南走了进来。

"我刚从爸爸屋里出来,看见你这儿亮着灯。姐姐,你想什么呢?"李向南问。

"没想什么。"李文静勉强笑了笑,"你跟爸爸又谈了谈?"

"我给他送去一篇文章。"李向南坐下来,"姐姐,你还是每天忙着看稿?"

"我还能忙什么?"

"生活有什么变化吗?"

"没有。"

李向南把屋里扫视了一下,一切照旧。还是两张一样的单人床相对放着;还是两张一样的二屉桌,李文静的一张靠窗,红红的一张靠墙;还是那两个一样的书柜,母女俩一人一个。老房子了,墙壁也显得有些灰暗。所有的家具连地方都没移动过。

"姐姐,你的生活应该有点儿变化。"

"有什么可变的?"李文静淡然一笑。

"总应该更积极些。"

"又来给我说教?"李文静又笑了。在这个家里,她唯有和这个大弟弟能推心置腹地谈些话。

"你也说我说教?"

"什么叫'也'啊?还有谁说你说教?"

李向南脸微微一热,他想到林虹了,"我在古陵的时候,有人说过我。"

"是那个林虹吗?"

"你怎么猜到她那儿了?"

"很容易想到那儿。你对别人说教,别人又说你说教,这里有特定的人物关系。农民总不会说你说教吧。我猜得对吗?"

"对。"

"你和她关系到底怎么样?"

"我也很难说清楚。"

"她性格有变态吗?"

"有一点儿吧。"

李文静看了弟弟一眼:"那你要慎重。"

"姐姐,照理说你应该比较同情这样的女性。"

"我站在我的立场上可能是这样。可我站在你的立场上,考虑又不一样了。"李文静略一停顿,"你觉得矛盾吗?"

"人考虑问题本来就有多种角度嘛。"

"你搞政治,别人就用生活上的事情攻击你。什么事一和政治搅到一块儿就复杂了,也令人厌恶了。"

"还不光是和政治呢。"

"还和什么?"

李向南一笑,没回答。

"有什么不好说吗?"

"倒也没什么不好说的。"李向南把乱糟糟堆满桌子的书籍、稿件往里略推了推,把胳膊肘放在了桌上,"省委书记的女儿也在县里,她对我好像也很感兴趣。"

"多大年纪?干什么的?"

"二十二三岁,大学毕业,搞文学的。"

"人怎么样?"

"聪明,可有时候又很可怕。"

"可怕?"

"嫉妒心、报复心都极强,还是个小权术家。"

"她见过林虹吗?"

"岂止是见过,林虹过去的丈夫就是她的哥哥。"

"这可更复杂了。你和林虹来往,她很受不了,是吗?"

"比这严重多了。"

"那你这次来北京,可以摆脱这个三角关系的纠缠了。"

"她们两个人都来北京了。"

"省委书记的女儿叫什么?"

"顾小莉。"

"顾小莉?大小的小,茉莉的莉?写小说的?"

"是。我刚才告诉你了呀。"

"万事怎么这么巧。她有部稿子送到我这儿了。"

"稿子?"

"一部十七万字的小长篇,通过别人推荐到我这儿。内容是山村里父子两辈人对土地的不同态度和冲突。我翻了翻,还不错呢。"李文静说着在稿件堆里翻寻起来,"我可能没带回来,在办公室放着呢。她很有点才气。"

"是。"

"那你更该赶快抉择一下,无非是三个方案。"

"嗯?"

"一个是选择林虹,一个是选择小莉,还有一个是谁都不选择。"

"还有第四个方案呢。"李文敏突然站在他们后面说道。

两人吓了一跳。"死丫头,不声不响就来了。"李文静道。

"我早就站在这儿了。你们目中无人呗。我补充一下,还有第四个方案呢。"

"哪儿来的第四个?"

"两人都选择。"

"胡说。"

"一个当妻子,一个当情人。"

"越说越没边儿了。"

"姐姐,你那是旧观念。"

"要是秦飞越在外面找情人呢?"

"他愿找就找。"

"你心甘情愿?"

"我就和他离婚。"

"闹了半天,你的新观念都是用来对付别人的。"

"姐,我不跟你说了。我找哥来了。你们俩聊半天了,该让哥和我说会儿话了吧?"

"谁抢你哥了?"李文静笑了。

"哥,快到我屋里去吧。"李文敏说着拉起李向南就走。"哥,快拿扇子给我扇扇。热死了。"李文敏靠着被子舒服地半躺着,懒在床上。

"又要耍赖。"李向南笑道。

"你对我不像过去好了。过去一到夏天你总给我扇扇子。冬天你坐在那儿和别人说话,我还把脚伸到你棉袄里暖呢。"李文敏噘起嘴。

"那时候你还小呢。"

"我那时候也不小了,都十六七了,反正你现在对我不好了。"

"好好,我给你扇。"李向南说着拿过一把扇子,坐在李文敏身边扇起来。

"好了,不要这么大风。"李文敏一把夺过扇子来,"你真阴险,不想扇,就使劲扇。"

"物极必反嘛。"

"讨厌。"李文敏撒着娇,"哥,我来帮你抉择一下吧?"

"抉择什么?"

"抉择林虹和顾小莉啊。我去找找她们,看看这两个人怎么样。"

"不要你胡来。"

"你不相信我的判断力?我最能判断人了。"

"你？"

"我是家庭社会学专家啊。"

"这种抉择你可替不了我。咱俩标准不一样。你喜欢的，保不住我最不喜欢呢。"

"哥，我知道你喜欢什么样的人。"

"为什么？"

"哥，你把耳朵凑过来，我告诉你。"

"你说吧。"

"你凑过来呀。"李文敏把李向南硬拉过来，在他耳朵边上低声说，"因为我喜欢你。"她调皮地笑了。

"那我也不让你瞎帮忙。"

"哥，这事我要管，我要帮助我的哥哥建设一个幸福的家庭。这是我的职责。"

"管好你自己吧。把人家秦飞越也气走了。"

"我又没让他走。"

"这是对你这个家庭学专家的最大讽刺。"

"那你才不懂呢。这是对我的最大证明。中国现在需要的不是强化家庭，而是要淡化家庭。这是生产力和现代文明发展的需要。"

"那你和秦飞越就这样淡着？"

"哥，你帮我把他叫回来吧。"

李向南摇了摇头："我不帮你强化家庭，只帮你淡化。"

"你最会气人了。嗳，哥，你在县里当县太爷，摆谱儿大吗？"

"有点儿吧。"

"各种场面能镇住吗？"

"镇不住还行？"

"在大会上讲话，也是不拿稿？"

"当然。站那儿就讲。"

"底下人爱听吗？"

"反正我往台上一站，会场就都静了。古陵县开会，从来没有像我讲话时那样秩序好的。"

"你还挺得意。"

"有点儿。"

"哥,报上吹你的那篇文章写得还不错,把你写得特有魅力。怪不得顾小莉要追你呢。姑娘都爱慕强者。哥,你是有点儿强者性格。"

"不算窝囊吧。"

"给你竿儿你就爬。我看你在爸爸面前够窝囊的,讲起话来怯巴巴的,一点光彩都没有。"

李向南从妹妹屋里出来,已经十二点多了。王妈妈过来劝他早点睡,又唠叨开了她的老话题:三十多的人了,该结婚了。李向南笑笑没说什么。他走到院子里,想冷静一下,理理回到北京这一晚上的头绪。父亲的房间里还亮着灯,窗帘也没拉上。父亲正在屋里慢慢踱着。过一会儿,他也来到院子里。

"还没睡?"李海山发现了儿子。

"我就睡。"

李海山沉默地走了走,站住问道:"闷大爷临死前,你见到他了?"

"是。"

"老人真了不起。"

"他一辈子为人们做了那么多好事。临死前还念念不忘用他攒的三千多块钱在山上盖几间房子,给以后的看林人住。"

李海山又沉默地走了一会儿:"你和他提到我没有?"

"提到了。"

"你告诉他没有,我这些年还一直记着他?"

"告诉他了。"

"他说什么?"

"他……没说什么。"

"没说什么?"李海山站住了。

李向南看了父亲一眼。"爸爸,他已经记不得您了。"

"不能吧?我在他那儿养过两个月伤呢。"

"确实是。"

"他当时是不是已经神志不清了?"

"没有。他对其他事记得很清楚。可他确实记不起您。"

李海山呆呆地看着儿子,半天说不上话来。站了好一会儿,低着头在院子里慢慢踱起来。"你这两天在北京是怎么安排的?"半晌,李海山又问。

"我要去找找我们的省委书记顾恒同志。"

"还有呢?"

"我还要去看看林虹。"

"她也在北京?"李海山又站住了。

"是。"

李海山看着儿子,儿子也迎视着父亲。

黑暗中无言的对视。

第八章

顾晓鹰摁了几下门铃。小莉在黑暗中仰头看了看。

这是个红砖高墙大院,想必院子很深很大,听不见外面铃响。好一会儿,才隐约听见轻轻的脚步声朝大门口走来。这脚步声在小莉形象思维的脑海中,立即勾画出一个垂手恭立着的农村小保姆的模样。大红门上的小门无声地开了。昏黄的路灯下出现了一个身穿白衬衫蓝裙子的姑娘,或者应该说是少妇。她二十多岁,苗条娇小,眉目清秀,脸蛋甜润,朴素中含着羞怯,一股子令人怜爱的样儿。

"凌海在吗?"顾晓鹰问。

"在。"

"这是我妹妹小莉。这是凌海的爱人,总医院的护士,小兰。"顾晓鹰介绍。

小兰腼腆地笑了笑,小脸微微一红。她侧身往里让着客人,然后推上门,插上门栓,一边轻声说:"你们进吧,人们都在呢。"

小莉跟着晓鹰往里走。先是一条走廊,两边有几间黑糊糊没有窗玻璃的空房。走廊尽头,豁然出现一个大院子,同时也便听见了令人兴奋的舞曲和说笑喧闹声。院子迎面是幢二层小楼,亮着乳白的门灯,楼前有很大的葡萄架,黑苍苍阴凉凉的。院两侧各是一排平房,右侧的平房灯窗明亮,人影晃动,舞曲和喧闹声概出于此。

"是晓鹰吧?"顾晓鹰正要领着小莉去右侧的平房,传来一声和蔼的问话。

院子里站着个仪表堂堂、慈严兼备的老干部。六十多岁,白衬衫,绿军裤,中等身量,粗壮挺直,一股与世无争的冷漠安闲神情中仍显露出军人气派。剑眉很粗很浓,长方脸线条有力,下巴肥胖而凸重,黑炯炯的眼睛淡然地凝视着来人。这才是这个独家大院的真正主人,凌汉光。原是一位将军,因为上过林彪反革命集团的贼船,这些年失去军权,被免职闲居在家了。顾晓鹰要找的同学凌海是他的儿子。

"凌伯伯,您好。"顾晓鹰连忙打招呼,"小莉,这是凌伯伯。"

小莉礼貌地笑笑。

"这是谁啊?"凌汉光倒背着手注视着小莉,和蔼地问。

"这是我妹妹小莉。"

"噢,"凌汉光微微颔首,威严地慢慢伸出手,现出一脸长者的笑容:"我这是头一次见你吧?"

"是。凌伯伯,我没来过。"小莉连忙握住凌汉光的手。这双手是粗大结实、烘热的,它把小莉的手爱抚地攥在了手心。那较有力、较长久的一握,使小莉细敏地感觉到了什么。这是凌汉光仁慈的笑脸中所没有的一点东西。

"又认识一个年轻人。"凌汉光含笑凝视着小莉,他松开手指了指,"好,你们去吧,那是你们年轻人的地方。"

小莉和顾晓鹰朝右侧那热闹的平房走去。她急切地想看看:这个周末俱乐部到底是什么样?

凌汉光站在那儿,眯眼瞅着小莉年轻婀娜的背影。鲜红色的薄呢连衣裙随着她富有弹性的轻快步子飘曳着。看着小莉进了屋子,凌汉光不由得徐缓地握紧右手,手指和手掌慢慢摩挲着。手掌中还有着小莉的手留下的感觉:小巧、光润。

那是很年轻的姑娘才有的手。一丝新鲜的、揪人的刺激袭上来。

对面那间宽大的平房灯光明亮,喧声一片。隔着绿纱窗竹门帘,看见年轻人在跳,在笑,在热闹。他冷冷地凝视着,心中充满了复杂的情绪。有悻悻然的嫉妒,有莫名其妙的恼火、仇恨,有失去当年权势威风的酸楚、惆怅,最后,慢慢升上来的是克制这一切情绪的与世无争的冷漠。他放松刚才下意识咬紧的牙关和僵住的面部肌肉,似乎是宽和地微微一笑(这一笑含着对自己命运的承认和自我安慰），便转身背起手朝小楼走去。

穿过黑疏疏的葡萄架时，他发现儿媳小兰正弯腰轻轻地打扫院子。他注视着她的背影。小兰感到了，转过头看见他，眼里立即露出一种羔羊般的怯惧。她恭顺地慢慢直起身子，垂下眼。

"你到我房间来吧。"凌汉光犹豫了一下，温和地说。

"我还要扫院子。"小兰低着头小声道。

"来吧，把我房间先收拾收拾，刚才来过客人。"凌汉光含着不可违抗的威严说罢，就走进了楼。他在写字台前的转椅上坐下，刚点着烟，小兰就踏着地毯像片落叶似的静默无声地走了进来，低眉垂手站在门口。

"您让我收拾什么？"她声音很低很细。

"噢……明天你陪我一块儿钓鱼去吧？"凌汉光在灯光下打量着小兰。

小兰怯惧地看了看凌汉光，连忙说，"我明天还要上班。"

"怕什么？"

"我不，不……"因为惶恐，小兰在微微发抖。

凌汉光看着她。小兰是苗条的、娇小的，整个身体羔羊般绵软柔顺。汗水正沿着她耳根流下来，她的耳轮，她的脖颈，她的微露的锁骨，都被汗濡湿了。她好像比过去瘦一些了。"不要紧，请个假怕什么？"凌汉光小声说。

"不，不，我再也不……"小兰咬紧嘴唇说，"您有什么要收拾的吗？没有的话，我走了。"

"先别急着走，我有一样东西送你。"凌汉光说着拉开抽屉，拿出一个精致的表盒。

"不不不。"小兰抖得更厉害了。

"怕什么？又没人知道是我送你的。"

"不不，我不要。"小兰像个可怜的小羊羔，害怕地后退着。

这时门开了，凌汉光吃惊地抬起头，窘困地呆住了。面前站着横眉冷目的妻子。凌汉光肉嘟嘟的下颚哆嗦了一下。他对这个比他年轻二十多岁的、胖胖的后妻很有些惧怕。她阴沉莫测地打量着房间里的情景,几秒钟难堪的沉默。

"没事我走了。"小兰低着头慢慢往外转身。

"喔,有事我再叫你。"凌汉光不自然地说。

小兰影子一样无声地走了。妻子冷冷盯视着凌汉光:"哼……等会儿我再来找你算账。你等着!"妻子从牙齿缝里把话挤出来,砰地一摔门走了。

凌汉光泄气地瘫软在椅子上。这个和他结婚不到二十年的后妻什么事都干得出来。他目光混浊恍惚,冷漠地缓缓扫视着房间。房间很大,灯光显得昏暗,到处是令人窒闷的阴影。沙发,茶几,大衣架,书柜,屋角靠着、挂着的各种各样的钓鱼竿,卷成一束垂下的紫红色丝绒窗帘,绿沉沉的地毯……一切都是死气沉沉,难耐的寂寞。他的目光在写字台上停住了,凝视着。一支粗大的特号六棱红蓝铅笔。他最爱用这种特大号的红蓝铅笔。过去,这支红蓝铅笔总在案头上压着一摞摞机密文件。他行伍出身,不通文墨,不喜欢读书看报,却爱用这支粗大的红蓝铅笔批示各种文件,签很大很粗的名字。那常常使他感到一种号令千军、权柄在握的派头和气魄。

现在,这支粗大的红蓝铅笔只压在几张每个老百姓都有权看的普通报纸上。

他腮上的肌肉神经质地抖了抖,慢慢伸手拿过那支红蓝铅笔,眼睛阴冷地眯着,手一用力,把铅笔撅断了。

小莉同顾晓鹰一踏进房间,就进入了一个喧嚣的境界。色彩扑眼,声浪扑耳,热气扑面。眼前的这伙人正在跳迪斯科,令人兴奋的强烈节奏。一张张面孔在眼前晃过,男人的裤子、女人的裙子在纷乱地甩荡着,手在转圈挥舞,腰在左右扭动,人在交叉旋转,空气中充满着热腾腾的汗气。两台落地风扇嗡嗡摇着头从两个方向吹来。有人从面前舞过,一边打着榧子一边笑着和顾晓鹰打招呼。顾晓鹰一一致意。小莉跟着哥哥让开跳舞的人群往里走,同时饶有兴致地打量着整个房间。

她是个很容易被热闹场面刺激得兴奋起来的姑娘。

房间很大，像个大教室。门口靠墙竖放着一张收叠起来的乒乓球桌，想必这里原来是主人的乒乓球室。外面最靠门的地方是舞池。往里房子中间处，放着两排共六张小圆桌，靠墙放着两个东芝牌大冰箱，一个酒柜。人们热热闹闹围坐在圆桌旁，有人是刚刚舞罢，汗漉漉的，边说笑着，边打开冰箱酒柜，自取自酌着冰镇啤酒、汽水、柠檬汁、可口可乐，或者喝咖啡、浓茶，桌上放着各种高级香烟和五颜六色的奶糖。

"来，咱们坐这儿。"顾晓鹰边招呼着小莉，边把几张钞票塞进冰箱上放的一个木制信箱里。小莉疑惑不解地看看哥哥。"来客每人自动交钱，这是一通宵烟茶冷饮的开销。"顾晓鹰指着桌上的吃食说，"自己要什么拿什么。"

"有意思。"小莉快活地笑了。

这个周末聚会太有色彩了。她双手理了一下头发，左顾右盼地坐下了。

"看录像吗?"顾晓鹰给自己和小莉咕噜噜倒上两大杯冰镇啤酒，抬手往里面指了指。小莉这才来得及看了看房间最靠里的所在。那儿气氛比较平静，靠墙的录像机里正放映着一部美国西部片。人们大多并没有专注地看它，而是三五成堆儿地围着一张张小圆桌谈论着，时而漫不经心地瞄一下屏幕。

靠录像机最近的一桌，嗓门挺大，感情比较奔放，他们正在谈论中国当前的文艺："一提现代派文艺就紧张得不行，凡是没听说过的就是异端，现在的文艺政策还是太禁锢。""要现实点儿。我看中国现在这政策相当可以了。这样稳定上十年，中国肯定会出比肖洛霍夫伟大的作家。"

在他们旁边的一桌，正谈论政治方面的情况。

"你去体改委谈得怎么样?"

"今天他们临时开会，没谈成。"

"你们区委现在可是上了一批老三届的人吧?"

"是。"

靠近小莉的一桌上，有两个人正谈着从外地调回北京如何解决户口的问题。

"我有个同学,老丈人在市公安局,我帮你托托他。"

"干托?要不要给他丈人意思意思?"

"不一定要。他这个女婿面子相当大,娶的独女。"

此外,就沸沸扬扬听不清了。在一片嘤嘤嗡嗡中,满耳充盈着交叠凌乱的言语和事情:考电大,混文凭,找安徽保姆,谁当了部长秘书,国际旅行社最近要聘导游,服装展销挤破头,某报社副总编因为桃色事件被撤职,某某导演的风流韵事⋯⋯

小莉四顾不暇。"哥,这个周末俱乐部的主要内容是什么呀?"她啜着冰凉沁脾的啤酒,兴致勃勃地低声问顾晓鹰。

"什么主要?就是想跳就跳,想聊就聊,想看就看,没什么主要的。"顾晓鹰的目光一直盯着一个正在跳舞的三十多岁的女子。她腰身纤细,穿着件米黄色的连衣裙。

"那它算什么呀?"小莉追问道。

"算什么都行,舞会、沙龙。"

"主要谈什么呀?"

"想谈什么谈什么。来这儿谈政治的有,谈哲学的有,找舞伴、找情人的也有,想打听上层小道消息的也有,还有想托人调工作的,给小孩儿找托儿所的,干什么的都有。反正你来这儿,各取所需,这儿给你提供一个社交场合。你要说它是个思想交易所,信息交易所,关系交易所都行。"

"来的人都是哪儿的?"

"说不清。同学的同学,朋友的朋友,七连八串,什么都有,三教九流。"

"谁都能来吗?"

"也不是。这只有一个人能说清楚。"

"谁?"

"凌海。"

小莉顺着顾晓鹰手指的方向,看见了周末俱乐部的组织者凌海。个子不高,面容黑瘦。留着极短的平头,戴着副黑框眼镜,不修边幅地穿着件破汗衫,正站着和周围的人三言两语地打着哈哈。

"他搞俱乐部,什么目的啊?"

"谁也说不清,不甘寂寞吧。小莉,你看他第一印象怎么样?挺吊儿郎当,嘻嘻哈哈的吧?"顾晓鹰问。

小莉仔细地看了凌海一眼:"不,他是个阴谋家,肯定心狠手辣。"

"你怎么看出来的?很多人和他接触了几年都看不透这一点。"顾晓鹰惊叹万分。

"我凭感觉,一眼就感觉出来了。"

"是是。这是你从小的天赋。"顾晓鹰连连点头,小莉对人的感觉判断一向是超等敏锐的。"他可是个人物。和你们古陵县那位李向南过去是同学。好了,他过来了,我给你介绍一下。他肯定会向你了解李向南的情况。"

"为什么?"

"为什么?哼,"顾晓鹰阴鸷地微微一笑,压低了声音,"他也正操着李向南的心呢。"他笑着站起来,很潇洒地向走到跟前的凌海伸出手。

凌海对谁也是一股漫不经心的随便劲儿,这股劲儿让对方觉得亲近自然舒服。"这就是你妹妹?"他问。

"是。"顾晓鹰介绍道,"小莉,这就是凌海。"

小莉大方地一笑。

"早就听你哥介绍过你了:一等聪明的小说家。"凌海很随便地伸手和小莉握了握。

"我们正议论你呢。"顾晓鹰说。

"我有什么可议论的。"凌海满不在乎地应酬道,同时转过头和另一个人说笑着。

"你知道小莉对你的第一印象是什么吗?"顾晓鹰说。

"哥。"小莉想阻拦他。

"山野村夫,二赖子。"凌海笑着答道。

"她说一看你就是个野心家。"顾晓鹰揶揄地看着凌海。

"我没那两下。"他却毫不在意，对小莉道，"你是蹲在古陵县写小说的吧？"

"是。"

"我听说过。我有个同学叫李向南，在你们那儿当县委书记，是吧？"

"是。"

"那可是个人物。"凌海一笑，"你对他印象怎么样？"他似乎随口问道。

"我？"小莉一下找不到自己回答这个问题的立场，"哼，他当县委书记挺有手段的，野心勃勃。"

凌海似乎并不关心自己提的问题，已经扭过头又在和别人打招呼了，小莉的话一说完，他又转过头像是没话找话地随口问道："你爸爸对他印象怎么样？"

"挺赏识他的。"

凌海又像没顾上听小莉的回答，转头和旁人搭话。小莉刚说罢，他冲顾晓鹰笑了笑："你爸爸对李向南可比对你赏识，你真够遗憾的。"而后又朝小莉略一抬手："见了李向南代我问个好，祝他早日当总理。"说着他离开顾晓鹰和小莉，又漫不经心地和其他桌上的人三言两语地闲扯着。

他不对任何人任何事露出特别的兴趣，散漫而随和是他保持的形象。

这一桌的四个人都是激昂慷慨的改革家。他们抽着烟，在浓烈的烟雾中打着手势，热烈谈论着"第三次浪潮"和东西方文明对比，争论着中国改革的策略方针。四个人中有两个是文化大革命前北大附中的学生，现在刚刚大学毕业，分在经济所；有两个是清华附中的老三届，现在分别在两个不大的无线电厂当厂长。

"你们这几位又在商讨治国方略了？"凌海和他们打着招呼，"你们要的那两本外文资料，我已经托人搞来了。等会儿我给你们拿。"

"太感谢了。你本事可真不小。"

"那算什么，朋友之交。"他随便地摆摆手。

这一桌上的两个年轻人正你斟我酌地饮着啤酒，一边头凑在一起嘀咕什么。倒啤酒的动作透出一股子大场面过来人的派头和帅气。一见凌海过来，他们止住话，抬起头打招呼。凌海也拍拍他们的肩膀，话里有话地开了两句玩笑："你们要找的人我给你们找了，谢不用谢。可你们干事可别太鲁啊，保险系数要大点儿，出了事自己兜着。"他清楚，这两位仗着老子的牌子，拉着天南海北的关系，在搞倒卖外汇的交易。现在是万儿八千地挣着，买卖也很保险，可弄不好，哪天蹲班房也很难说。

他扯上两句便又离开他们。他凌海对什么都一清二楚，但对什么又显得马马虎虎，心不在焉。他真正窥视人的眼睛，隐藏在自己头脑暗黑的深处。房间里灯光很亮。他眯起眼，目光扫过烟雾弥漫的房间。跳的在跳，坐的在坐，聊的在聊。在他的周末俱乐部中，男男女女，什么人都有。出入国家领导机关的忧国忧民之士和吃喝嫖赌的花花公子，都是他的常客。他凌海和什么人都来往，都交朋友，都有相通的语言。他和数不清的人保持着一种可进可退的关系。进可成至交，合为一体，退可远千里，互不相干。他为人随和仗义，有求必应，同时，他对一切又都轻而淡之，毫不在意。人人都把他当成一个关系广泛、喜欢结交朋友的沙龙主人，对他既相信又放心。

可有谁能窥知他灵魂最深处的心计？他是天上地下"过来的人"。

文化大革命中，他当过"左"派，写过洋洋万言的大字报；也当过右派，被抓进监狱捆绑吊打。他跑到越南丛林和美国人打过仗，也在北京的小胡同里为了"拔份儿"动过刀子。搞政治和玩女人，出生入死和酗酒斗殴，黑的白的，荤的素的，雅的俗的，他什么都干过。现在，他没有一定的政治哲学，也没什么一定的伦理道德观念。人不能枉活一世，总要出人头地。这或许是他现在的信条。他在社会上维系着广大的联系，拥有一定的号召力。这一切，终会给他提供什么机会吧？

到底他要干什么，他现在不清楚，走着瞧。起码现在这样，他活得挺有份儿，挺是个人物。哼，"阴谋家"？他想到顾小莉对他的"第一印象"，心中不禁冷冷一笑。"乱世之奸雄，治世之能臣"。他一下想到了曹操。

小兰提着一壶开水悄悄进屋了。

"水才开？暖瓶早空了。"凌海瞅了她一眼。小兰卑怯地看了看丈夫——这不是丈夫，是她的主人——便低下头，不声不响地灌起水来。

小莉一直处在对新环境的亢奋中，同时也始终没忘了观察凌海。隔着人群与烟气，她看到了凌海对小兰说话时的表情："哥，你看见没有，他对小兰像对个使唤丫头似的。"小莉用胳膊捅捅顾晓鹰。顾晓鹰正入神地盯着跳舞的人群中那个腰身很细、胸部很丰满的女子，一时没反应过来。"你听见我问什么了没有？"

"噢，噢，听见了，"顾晓鹰收回目光，"谁让她跟上凌海的。一个工人家的女儿，不老老实实地找个普通人，偏要攀什么高干子弟。"

"他爸算什么高干？早没实权了。"

"没权还有空牌子，有院子小楼呗。又瞅着凌海是个部长秘书。"

"凌海当了部长秘书？"

"可不是。凌海住院割盲肠，她护理他，几天就被勾引上钩了。凌海搞女人还不是老手。结婚没两天就把她摞一边了。"

"怪可怜的。"

"可怜啥？自找的。哼，她可怜的事儿你还不知道呢。"

小莉很想知道底细，可看见顾晓鹰的目光又在盯视着舞场，她就不再问了。她现在没有时间同情小兰。她现在只关心与自己有关的事情："哥，我看凌海对李向南的事不怎么关心嘛。你说他操心，操什么？"

"那是他藏而不露。你不是看出他心狠手辣了吗？"

"他和李向南有什么仇？"

"政治上的对手呗，没仇也就好像有仇了。"顾晓鹰指指斜对面靠墙的长沙发上几个跷着二郎腿抽烟谈话的人，"看见了没有？他们今晚肯定在那儿商量干掉李向南的事儿。"

"嗬，想不到李向南在北京有这么多对立面。"

"谁让他风头出得这么大的。现在，这一代人都想上去掌权，中原逐鹿，谁让谁啊。他抖得太得意，活该。"顾晓鹰话里带着狠毒，看了小莉一眼，"你怎么了，你不是也挺恨他吗？"

"我？我对你们这种事没兴趣。李向南也不关我什么事。"小莉感到了内心的一种矛盾，她决心要把周末俱乐部上有关李向南的阴谋打探清楚。

她想着抬起头，猛然吃了一惊。黄平平不知何时出现在他们面前。

小莉在古陵时就认识了这位新华社女记者。

"你怎么又想到来这儿了？"顾晓鹰连忙站起来，十分殷勤地伸出手，开玩笑道，"不是替新华社当探子吧？"

"我是经常来的呀。这是我掌握社会信息的场所之一啊。"黄平平说。

"这是我妹妹小莉，……你们认识？对了，你去过古陵。你今天怎么来这么晚？"

"我刚去车站接个人。"

"哪趟车？……我也是那趟车来的，怎么没见到你？你接谁去了？"

黄平平目光闪烁了一下，扭头朝小莉爽快地笑了笑，"我接你们古陵县的县委书记李向南去了。"接李向南？顾晓鹰和小莉立刻受到一点刺激。顾晓鹰是因为一直在想把黄平平追到手。小莉是因为什么呢？哼，她首先不能让李向南好过。"我有篇报告文学底稿在他那儿。"黄平平又对顾晓鹰解释道。

"跳舞吗？我请你。"顾晓鹰洒脱地伸手邀请。

"不，我想歇会儿，凉快凉快。"黄平平掏出手绢擦着额头的汗，礼貌地拒绝了。

　　顾晓鹰又很深地凝视了对方一眼。"好,那你和小莉一块儿坐吧。"他很有风度地点了点头,拉开椅子朝舞场走去。

　　看着黄平平在自己面前坐下,小莉心头突然涌上一股嫉恨。她一下子搞不清自己嫉恨黄平平什么。是她很黑很亮的眼睛?是她朴素淡雅的装束?是她坦率大方的气质?小莉从无自省的习惯,她的聪明向来用于洞察别人。她现在只是感到和黄平平坐在一块儿很别扭。黄平平能和她自自然然地说笑,她不能。所以,当一个气质文雅的中年男子向她伸手邀请时,她便很痛快地站起来,投进对方的怀抱。

第九章

顾晓鹰微微一笑,向那个腰身很细胸部隆起的女子做出邀舞的手势。

她叫范丹妮,电影厂的编辑,清秀而略带苍白病容的脸上亮着细细的汗珠。此刻,她正坐在桌边慢慢啜着柠檬汁,微垂着秀气的弯眉,用眼角余光感觉着左右有无注意她的目光。看见顾晓鹰站在面前邀舞,她先是疲惫地笑笑,摇了摇头,表示她要休息一会儿。见顾晓鹰还是坚决地伸着手,便很快地瞥了一眼邻桌坐的几个人——那里有个穿咖啡色短袖衫的中年男子正在认真地谈论着什么——笑着一掠长发,显得很愉快地站起来。

顾晓鹰挽着范丹妮很从容地跳着。他宽阔壮实、个子不高(穿着高跟鞋的范丹妮显得比他还略高一些),跳舞的姿势并不灵活,甚至有些迟钝笨拙,却保持着庄重的绅士风度。他微含血红的眼睛毫不掩饰地直视着范丹妮,露骨地和她调着情。他很放肆地搂着范丹妮的腰转来转去,玩味感受着对方那纤细而柔软的腰身。他把范丹妮搂得很紧,不时在舞池人群的碰撞拥挤下相贴在一起,他把自己男性的热气印在对方身上。而自己则透过范丹妮薄薄的连衣裙感觉体会着她纤弱的、带点冰凉的女性的身体。他并不以为自己放肆,也不怕范丹妮翻脸。

范丹妮做过他的情人。

虽然,他们早已互不来往了。他也早已厌倦了这个比自己还大几岁的带点病态心理的女子,但今天偶然相遇,却又一次唤起他渴望重温旧情的冲动。

况且,他现在尤其需要搂着女性热烈地跳舞。他要跳给另一个人看。

他的目光一直隔着晃动的人群巡视着,注意着坐在小莉身边的黄平平,那是他此时真正的目标。为了追逐这个目标,他已经下过很多功夫了。男人追逐女人的最好办法,是向她显示自己对于其他女人的魅力。这是顾晓鹰惯用的手段。他现在就是这样加倍地表现着自己对范丹妮的热情,施展着男人的魅惑力。范丹妮似乎完全被他征服了,她回报着他的热情,脸上洋溢着愉快的笑意,一圈又一圈地舞着,披肩的长发和镶着雅致花边的米黄色连衣裙都在波浪般动人地甩动着。顾晓鹰边舞边用目光不时扫视着黄平平,同时心中涌上一点点得意,这是他的一个小小胜利。

他不知道,这也是范丹妮自觉谋取的一个小小胜利。

她一边跳着,和顾晓鹰频送秋波地说笑着,一边用眼角的余光不引人注意地溜着那个穿咖啡色短袖衫的中年男子。他有个棱角分明的知识分子气质的额头,一直在和人们商谈着如何把一部小说改编成电影剧本,神情显得十分专注。

他是影坛近年来颇有名气的导演胡正强。

她今天正是为了胡正强才来这里的。

为了追踪他的影子,为了自然地、不露痕迹地一次次出现在他面前,不知耗费了她多少心思。她要看见他,她要引起他的注意,她要重新勾起他对她曾有过的热情。他不是曾经爱过她吗?夜晚在那幽静的林荫道边,他不是忘情地拥抱过她、吻过她吗(她的胸和肋骨现在还能感到当她被紧紧拥抱时的压痛)?他不是说他从没有这样爱过一个女人吗?连他的妻子也没有激起过他这样的爱情吗?她不正是在一片激动的云雾中,把自己作为一个女人的全部温情都献给他了吗?

为什么走出了这一步,他却退缩了呢?

她知道他有妻子,有儿女,他要维持一个好丈夫、好父亲的正人君子形象。她并不曾认真想过要拆散他的家庭,与他结合。她只要爱。可你,作为一个堂堂的男子汉,怎么就如此怯懦呢?还是另有所爱了呢?

今天,为了见他,她用了一下午时间精心打扮。她把头发做成他最喜欢的那种发式,她选择了最可能吸引他的这条米黄色的长裙,洒了他认为最高雅的香水。她知道他喜欢鲜艳而又朴素自然的装束,便竭力作这样的迎合。然而,当他在门口见到她时,意外地怔住了,接着礼貌地打个招呼,便混到人群中不再理睬她了。她咬了咬牙,克制住自己的酸楚,很轻松地和一个又一个男人跳着。她的舞姿格外轻盈,她的笑声格外爽朗。她似乎完全不把他放在心上。但是,她的眼睛,她的皮肤,她身上的每一根神经都在敏锐等待着他的目光。那目光即使从背后投来,她也会感觉到的。

然而,他始终没有看她一眼。

她也明白一个和顾晓鹰性质相同但方向相反的真理:一个女人打动男人的最好办法,是向他显示自己对于其他男性的魅力。她尽可能在舞场中魅惑每一个男人。甚至对她早已憎恶透顶的顾晓鹰也一样施展魅力。然而,胡正强依然没有看她一眼。难道他丝毫不受刺激吗?她有意和顾晓鹰像彩色的旋风一样从胡正强身边掠过。她用她飞荡的裙边,用她身上的香气,用她动听的笑声撩逗他。

她低垂着眼帘,让一丝余光从他头顶上扫过。

这次,他终于抬起头看了她一眼。但那是何等冰冷的一眼。充满着把对方一眼看穿的轻蔑和嫌恶。你不觉得你这样做戏缠人,无聊至极吗?——这就是那目光中的含意。范丹妮的嘴唇哆嗦了一下,那洋溢的笑容消逝了。她忽然觉得浑身软弱无力。

"你怎么了,不舒服?"顾晓鹰问她。

"我大概有点儿跳多了,累了。"她强打起精神,妩媚地笑了笑,"咱们歇会儿吧。"

顾晓鹰和范丹妮离开舞池,在圆桌旁面对面坐下。范丹妮大口大口地喝起啤酒来,咕咚咚仰脖子喝干一杯,又倒上一杯。她脸色通红,目光恍惚,带着点儿神经质的激动,拿玻璃杯的纤细苍白的手指在微微颤抖。不知又在发什么神经。顾晓鹰眯着眼冷冷地打量着范丹妮,刚才初见她时想与她重温旧情的冲动已经过去了。看着她瘦削的脖颈上微微凸露的筋络,他从心理乃至生理上都涌起一股不胜厌恶之感。

他转过头在房间里搜寻起来。黄平平正在放录像的地方和几个人热烈地谈论着什么。那几个人，顾晓鹰知道，都是"李向南式的"——他不知为何用起这样一个概念——社会改革家，一天到晚装模作样，正儿八经的，让他讨厌。他不愿走过去。他有和一切人从容交往的潇洒风度，但"人以群分"的隔阂对他心理上也是有压力的。黄平平对李向南表现出的热情，更进一步加深了他对李向南的嫉恨。但他心中却自恃而阴险地笑了笑，他以为，在北京把李向南搞垮并不费太大力气。

他刚要站起来朝他应该加入的另一伙人走去，舞场上的情景却吸引了他的注意。

小莉成了舞场上的皇后。

小莉和一个又一个邀舞者转圈跳着。

她轻盈得像阵风，快活得像只鸟。她汗津津发亮的瓜子脸放着兴奋的红光，她知道她那鲜红的薄呢裙在美丽地飘曳着，飞旋着，甩动着，她知道她年轻的身材和富有弹性的舞步在吸引着众多男性的注视。那目光从舞场各个方向投射过来，交集在她脸上，产生着令她陶醉的热度。她像喝了烈酒一样，整个世界在她周围旋转。研究员、讲师、演员、导演，都在争相向她伸出邀请的手。她是中心。她喜欢成为这样被人爱慕的中心。她被一种抑制不住的幸福感充溢着。她不曾记得林虹在车站上引起她的嫉恨，也早已忘了刚才黄平平引起的嫉恨。她是一个永远为当下活着的姑娘。

她终于有些累了，渴了，汗水已经浸湿了她的衣服。她抱歉地朝又一个邀舞者摇了摇头，走到顾晓鹰身边坐下。她似乎没有注意到范丹妮停留在她脸上的嫉妒目光。她从不在乎嫉妒。别人的嫉妒恰恰证明她的优越，引起她的自得。

她和顾晓鹰、范丹妮聊起来。因为兴奋，她的话特别多："哥，丹妮，你们不跳了？"她认识范丹妮，也知道她过去和顾晓鹰的来往。

"跳累了。"顾晓鹰懒洋洋答道。

"丹妮,你现在干什么呢?"小莉啜着汽水问。

"还能在哪儿,在电影厂当编辑呗。"范丹妮说。

"你还住父母那儿?"

"是。"

"你父亲的房子问题解决了吗,别人占的那间房腾给你们没有?"

"没有。"

"那可够挤的——两间房,你爸爸妈妈,还有你和你弟弟,加上保姆。"

"现在更挤了。"

"为什么?"

"家里又住进客人了,也是从你们古陵来的。"

"古陵来的,谁?"小莉把塑料管从嘴里吐出来,注意地问。

"一个叫林虹的。"

"林虹?"小莉和顾晓鹰都意外地睁大了眼。

"你们认识?"范丹妮注视着他们的表情。

顾晓鹰闪烁了一下。"不太认识,听说过。"小莉随口说道,她的反应向来很快,编瞎话从来不打磕巴,而且一脸诚实。

"她为什么要住你们家?"顾晓鹰问。

"她爸爸过去和我爸爸是世交,解放前在法国一块儿留过学。她爸爸'文革'中死了,现在要给他落实政策。可能还要把林虹调回来。"范丹妮随即问道,"你们对她印象怎么样?"

顾晓鹰闪烁其词,没有回答。小莉道:"我刚才不是说了,不太了解她。只是听说她名声不太好。"

"什么叫名声好?"范丹妮立即尖刻地反问,她对这种说法很敏感。

小莉一下明白过来,她笑了笑:"你对她印象怎么样?"

"晚上我来这儿以前见到她,她刚下火车,只说了几句话。人很漂亮,对生活有很深的理解。我打算推荐她去上一部电影,正缺她这样一个演员。"

"是吗?"小莉声音有些不自然。刚才的快乐和兴奋又抛在脑后了,现在有的只是对林虹的嫉恨了。

三四个人互相搭着肩膀,说笑着挤过桌子之间的空隙走过来,在他们旁边闹哄哄地坐下。这是和顾晓鹰关系亲密的群体。"顾晓鹰,这么漂亮的妹妹也不向我们介绍介绍?"一个胖乎乎的圆脸青年拉开椅子坐下,戏剧性地挑着眉毛眨动着眼睛。

小莉脸一红,笑了。

"来,我介绍一下,范丹妮你们都认得,我就不介绍了。"顾晓鹰也开玩笑地答道,"小莉,这是我妹妹,未来的小说家。赖平,这是我同学,国际旅行社的翻译,未来的外交部长或香港总督。大雅号赖皮。"

人们哄然大笑。赖平依然戏剧性地眨着眼睛,搔着胖胖的后脖颈,逗得大家更笑了。在笑声中,他们吞云吐雾、东南西北地闲扯起来。多是一些有关上层的消息:哪个部的几个部长主动提出退居二线啦,哪个军区的司令要调动啦,谁谁是通过什么关系到国务院了,其间夹杂着这几天打桥牌的战绩。

"顾晓鹰,东芝牌冰箱,便宜货,要不要?"赖平问。

"什么来路?"顾晓鹰说。

"去非洲援外回来的建筑工人,他们每人几大件都是国外付款、国内提货。他一个农村的要回山里了,要冰箱有什么用?他打算把冰箱票脱手。一千块钱差不多就能谈妥。"

"一千块?"

"嫌贵?真不知好赖。你去西单地下商场看看,市价一千五呢,还要侨汇券。"

"行,我要下,钱宽限我两天,我凑凑。我们家已经有一个冰箱了。"

"有一个还不是你父母的?你小子这两年就不娶老婆另成家了?"

"我不急。"

"不急?你在前门西街占的那套两室一厅干什么用的?当我不知道?要没用,让给我。"

"你就知道损我。"顾晓鹰笑了,"小莉要是调回北京,先结婚,我就让给她。"

"小莉,你哥哥有这么高风格吗——你结婚,他把房子让给你?"赖平笑着转向小莉。

小莉一笑:"我才不要他的房子呢,我也不会马上结婚。"笑声中人们你一言我一语,话题转向小莉。

"你在古陵?"赖平问。

"是。"

"李向南在你们那儿当县太爷吧?他挺狂的吧?"

"反正县里的事全是他说了算。"

"这小子是有点儿手腕,才去那儿一个多月,听说就把那儿的干部都收拾住了。你们见报纸上吹他的文章了吧,'新星'。闹不好,这小子真成暴发户蹿上去呢。"

"哪有那么容易。那份'内参'够他喝一壶的。"顾晓鹰冷笑说。

"我看那份'内参'也不一定太有力。再说,上面老头儿们也不一定都看它。"

"你们就知道搞阴谋。"一个声音从他们身后传来,大伙儿转过头。是凌海。

"这怎么叫阴谋啊,这是搞政治。"赖平说话总是故作戏剧性。

"你搞你的,他搞他的,他碍你们什么了?"凌海平和地说道。

"凌海,你他妈的也装开蒜了。中国能有多大?他那号人掌权,咱们干什么?"

"行了,别说了,不同政见者来了。"凌海扭头看了看,拍了拍赖平和顾晓鹰的肩膀。黄平平正在朝这儿走来。"对她得防着点儿,别是刺探情报的。"赖平看了黄平平一眼,压低声音说,"和李向南是一路货。"

这时,院子里突然有个女人破口大骂。

人们不知外面出了什么事,喧噪声低下来,舞曲也停了。最后整个房间都静了。人们面面相觑地呆在原来的位置上。骂声在深夜的黑暗中显得格外响亮:"你还要脸?要脸就不要干不要脸的事儿。过去你有权有势,搞女兵、搞护士,搞得够半个排了。没冤枉你吧?现在没权没势了,不能在外面胡搞了,跑到家里乱搞。《红楼梦》里有人扒灰,你也扒灰。你这当爸爸、当公公的要脸吗?儿子是你的,不是我养的,我不怕嚷出来难听。……"

房间里的人们陷入一种极为尴尬的难堪。空气似乎也凝冻住了。

凌海紧咬住下颌,脸色变得阴沉铁青。他目光可怕地一步步慢慢向小兰走去。小兰一点点瑟缩到角落里,眼里噙着屈辱和恐惧的眼泪。她像只无助的羔羊眼看着狼逼上来,可怜地颤抖着。凌海抡圆胳膊很响很重地打了她一记耳光:"你给我滚出去。滚——。"小兰捂着脸无声无息地走了,像片树叶一样地消失了。

屋里依然是尴尬的沉默。

凌海一伸手按下录音机键,舞曲又响了。他把音响开到最大,然后脸色阴沉地挥了一下手。人们相互看看,纷纷不自然地说起话来,重又邀起舞来。他们力图尽快打破这个令人难堪的局面。人们在舞曲中旋转着,喧闹声又响起来了。

周末俱乐部照常进行着它通宵的活动。

凌海又走近顾晓鹰这伙人,他的脸色除了略有些阴沉外毫无表情。"还接着说你们的事吧。"他平淡地说,似乎什么事也没发生。

"对对,咱们还接着说。"赖平立刻应和道,似乎人人都有责任打破刚才尴尬的气氛,"咱们刚才说什么来了?对,咱们说李向南来了。"

"你刚才说那份'内参'也不一定太有力。而且,上面老头子们也不一定都能看到。"顾晓鹰看着赖平补充道。

"对对。"

"对什么?"凌海平静的目光里突然露出不耐烦,"'内参'没力量不会再搞一份材料?老头子们看不到,不会想办法往他们手里一人送一份？"

"对。"

"还有，你在你老子那儿多使点儿劲儿，不就都有了？"凌海又对顾晓鹰阴冷地说。

小莉站在一旁，急速地思索着这一切。

夜与昼

第 十 章

　　和李向南告了别,黄平平往家走。快到南池子大街的街口时,她又回转身站住,远远看见公共汽车驶到站,李向南提着行李上了车,车门一关,呜呜地很快驶入灯光浩瀚的天安门广场,远去了,消逝了,她这才一笑——笑自己这样张望——折转身回家。天安门广场夏日的夜晚有一种独特的色彩和韵味。它像个黄色的大灯笼,朦胧而温热。宁静,不是清淡透明的宁静,而是那种溶化了过多白日的喧闹后的一种黏稠混沌、隐隐带着嗡嗡声的不透明的宁静。

　　进了胡同,黯淡的路灯光下,远远看见大姐黄春平(瘦高的个子,短发,细长的脖子,一看就是她)、大姐夫曾立波正在院门外不远处歉疚不已地送别一个四五十岁的妇女。两个儿子,十三岁的大海,十二岁的小海,跟在他们后面。小海怯怯地低着头。

　　"我们没教育好,给学校和老师添麻烦了。"

　　"还麻烦您跑一趟。今后一定好好教育他。"

　　"我当班主任的有责任,咱们以后相互配合吧。"那个妇女显然是孩子的老师。

　　"平平,回来了?"春平送走老师,看见黄平平打了个招呼。

　　"怎么了,大姐?"

　　"小海的班主任家访,小海在班里欺负女同学。"

　　"你好好站着。吊儿郎当的,简直像个小阿飞。"曾立波瞪大眼,冒火地指着低头原地溜达的小海吼叫着。小海哆嗦了一下,站住了。

　　"好了,跟小姨进去吧。好好认个错,写个检讨,保证以后不再犯。"黄平平摸着小海的头说道。

　　"不要。"春平说,"我们领着他到外面走走,找个地方谈谈。"

"那让大海跟我一块儿回家吧。"

"也不要,他最近学习一塌糊涂,马上就要考初中了,还不抓紧。也要和他谈谈。"

"回家谈吧。"

"家里太乱了。"

"又是谁和谁吵呢?"

"那就别说了。等你回去,'节目'可能又变了。"春平说话总是那么细声慢气的,"平平,你准备明天开始管家?"

"我起码管一两个月吧。二姐不是要陪着爸爸出国吗?"

"唉,咱们家也够乱的,你怎么管啊?"

"那让谁管?"

春平想说什么,无奈地叹了口气:"好,那你先回家吧。"

迎面惨淡的路灯光下是青灰色的砖墙,布着一片片苔藓;呆板寂寞的方形门洞黯黯的;两扇油漆斑驳的沉重木门老气横秋地半掩着。这是一种既沉闷窒人又嘈杂哄乱的家的气氛。这么一大家子住在一块儿,又怎么能不乱呢?拉出个人物表来,谁也会咋舌摇头的。

大姐春平、大姐夫曾立波都毕业于清华大学土木建筑系,现在都在建筑设计院工作,每天忙得连管儿子的时间都没有。

大哥卫华,三十五岁,插过队,当过工人,上过工农兵大学,现在在工厂的职工子弟学校教物理。大嫂赵世芬三十一岁,在饭馆开票。带着一个五岁的女儿。

二姐夏平,是个三十四岁的老姑娘。

三姐秋平,三姐夫梁志祥,在外地插队后当了工人,刚调回北京,带着一个四岁的女儿。

二哥小华,二十九岁,从内蒙古兵团病退回来,在工厂当工人。

四姐冬平,二十七岁,外语学院刚毕业,在等待分配。

她——黄平平,最小的一个。

一家之长是七十多岁的父亲黄公愚,东方艺术协会的主席。

还有,就是跟随他们家几十年的老保姆祁阿姨了。

三代十六口人挤在一个小院内生活,原本就嘈乱;前年母亲去世,又使这个大家庭失去了唯一能维系的中心,从此这个家就更显得败落了。父亲除了把工资的绝大部分供给这个大家庭外,对全家人毫无维系力。后面,胡同尽头处,远远传来大姐夫的吼骂声,小海的哭声、大姐的嗔斥声;前面,院子里传来时高时低的吵架声。她硬着头皮推开了半掩的大门(这门的沉重每次让她感到沉闷与压抑)。

从明天起,她就要接手管这个家。她要好好治理治理它。

面前已经是小小的四合院了。四面连客厅、厨房在内共十间房,亮着灯或黑着灯。厨房里响着大嫂赵世芬泼辣的吵嚷声。

"你打孩子干什么,你不会和他好好说?"春平一把拉住丈夫的胳膊——丈夫的胳膊因暴怒而绷紧着——却被一下甩脱。

"我就要打,你不要拉。"曾立波吼道,"小小年纪就学得这么坏。他那不是一般的欺负女生,简直是调戏。是小流氓。"他抓住小海的胳膊,使劲朝他屁股上劈劈啪啪打着。小海嗷嗷叫着,转着往母亲身后躲。大海害怕地藏在路灯的阴影里。

"你疯啦,这是你孩子你知道不知道?"春平挡住孩子,又气又急。

"你挡什么?这样的孩子我不要了,我打死他。"曾立波又抓住小海使劲打。

"你要打死他是不是?你要打,打我吧。"春平拦挡不住丈夫,她声嘶力竭了。

"就是你们一天到晚惯孩子,才惯成这样。"

"你们是谁?"

"你,还有你父亲。"

"你这当爸爸的什么时候管过孩子?"春平眼里闪出泪水,"你就知道自己要写论文,要出国,要成名成家。你配当孩子的父亲吗?"

"要你当母亲的干什么。"

"我不和你一样忙吗?我为你牺牲的还少?孩子的作业不都是我看?你看过几次?"

"我忙来忙去难道就是为自己?"

"你就是考虑自己。你太自私了。"

曾立波咬紧牙盯视着妻子。头发凌乱的春平把小海揽在身边,微微喘息着,也盯视着丈夫。有人骑自行车路过,留下狐疑的目光。这就是他妻子的话——自私。这就是他认为在这个世界上唯一理解自己的人的目光。她竟然这样仇视地看着他。这个骑车的看什么?可恶。

你打吧。你凶,你有劲儿,你现在动不动就打孩子。我劲儿没你大,挡不住你,你太野蛮了。你不配当丈夫,不配当父亲。

赵世芬站在立柜的穿衣镜前,麻利地梳理着头发,每梳一下,就朝后抖一抖,让头发瀑布般从肩上披泻下去。她欣赏着自己浓密黑亮的头发,欣赏着自己朝后抖动头发时动人的姿态,欣赏着自己漂亮的容貌。她那波光闪闪的眼睛在凝视着自己——不,是在凝视着一个想象中的人而妩媚地微笑。恍惚中,她眼前又浮现出上次舞会上的情景。那一双双几乎贴近她脸颊的热烈的眼睛,那些殷勤的笑脸,那些带着烟气和挑逗意味的热烘烘的呼吸,那旋转中令人兴奋的身体的接触——她感到自己的乳房在弹性地颤动,那里还留存着美妙的接触"记忆"。一个个风度翩翩的男子向她走来,彬彬有礼地伸手邀请她,旋转的人群中都是注视她的目光,她的脖颈能感到男性目光的烫热和女性目光的嫉妒……这又是谁的目光在注视自己?她回过头,脸上陶醉的微笑顿时消逝了。

是丈夫黄卫华那张难看的凹形脸——他坐在床上一边给五岁的女儿小薇擦着脸上的汗,一边抬眼看着自己梳头。舞会已经烟消云散,眼前是拥挤不堪的小屋。床,桌,立柜,书柜,箱子,一件挨一件,桌上、床上、窗台上堆满了东西,铁丝上晾满衣服。

"看什么?"她没好气地白了丈夫一眼。

"你不看我,能看见我看你?"卫华讨好地开着玩笑,显出他的老实和笨拙,"我看你梳头梳得有滋有味儿的。"

"讨厌。"赵世芬扭过头继续梳头打扮,不理他了。

她从心里厌恶他。厌恶他的矮个子,像个树桩;厌恶他没点男人气的老太婆脸;厌恶他的小眼睛、扁鼻子;厌恶他的窝囊劲儿。自己那几年简直是瞎了眼,找这么个丈夫。就是因为自己出身不好?就是为了图他的干部家庭出身?

"今儿晚上你又是要……"卫华小心翼翼地察看着妻子的脸色,欲言又止。

"想问什么就问呐。"赵世芬把梳子往抽屉里一摔,呼啦又关上。

"你是去……跳舞吧?"

"怎么了,不让啊?"赵世芬别着发卡,讥讽地问。

"我……不是那个意思,"卫华不安地笑了笑,"我是想问,你半夜才回来——"

"怎么了,怕我去胡搞?"

"要不要我去接你?"

"不用。"赵世芬别好发卡,双手捋着,朝后抖了一下披泻的乌发(好像要抖掉她和卫华的关系一样)。

她坚决不用。她还嫌这么个丈夫丢人现眼呢。瞅他这巴巴结结的样子,就让人讨厌。真是一点男人气都没有。连向老婆问个话都没胆儿,吞吞吐吐,没一丝血性。

"我不去舞厅,我在路口等你。"

"你有完没完了,就不怕别人讨厌?"

"好好,我不去接你还不行。"卫华继续给小薇擦着脖子上的汗,孩子正汗津津地坐在床上搭积木。

赵世芬一看又火了:"让你给孩子烧点儿热水洗洗,怎么还没烧啊?"

"煤气炉秋平她们用着呢,等一会儿再……"

"等,等。什么都往后让。孩子都要热出痱子了,你知道不知道?"

"秋平他们……"

"他们，他们。刚才是给你爸熬药，等，等。现在又是秋平煮东西，还等。你是后娘养的怎么着？跟着你，到处受窝囊气。去，直接拿脸盆热点儿水。"她拿起脸盆搡到丈夫手里。

"稍等一会儿再……"卫华坐在那儿为难地不动身。

"你是干什么吃的？"赵世芬火冒三丈。她爱跳舞，爱打扮，爱出风头，爱风流，可她还爱自己的女儿。那是她一手带大的，是她的心肝。她从来没有让女儿穿过一件脏衣服，从来没有让女儿嘴上受过一口罪。女儿长得漂亮可爱，完全像她。要不是因为五岁的女儿，她早就把他这窝囊废蹬了。

她抬腕看了一下手表，从卫华手里一把夺过脸盆来："你不去我去。"

厨房里灯光昏黄。煤气灶上，一个火口烧着一壶水，一个火口上铝锅里煮着挂面。秋平守在灶旁。她在学生时代原是俊秀甜润的妞儿，现在依然苗条娇小，但脸上已显出憔悴来，头发也有些干燥发黄，记录着十几年来农村插队和在一个偏僻县城的小修理厂里当钳工的辛劳生活。"你别一块儿守在这儿了，"她用筷子搅动锅里泛着白沫的挂面，回头对站在身后的丈夫轻声说，"你该干什么去干什么吧。"

梁志祥个子不高，正伸着脖子看锅里的挂面，这时咧开厚嘴唇笑了笑。"要不要我回屋去拿两个鸡蛋磕在里面？"他也压低声音说道，瓮声瓮气的一口北京腔。

"不用了，别人看着不好，要磕，把锅端回屋里再磕吧。"

"那哪能熟啊？"

"你走吧，厨房里怪窄的，别都挤在这儿，有人进来，碍人家事儿。"

"这会儿又没别人来。"

"那你也走吧。"

她和丈夫说话声音很低，生怕惊动人似的。他们刚从山西临汾调回北京来，没有别的地方可以落脚，挤进了这个已经相当拥挤的院子里。她像是个刚进门的不讨人喜欢的农村小媳妇一样,怀着深深的自卑感,低着眼在这个大家庭中无声无息地生活着。或许更因为觉得不该挤进这个已经很拥挤的家,扰乱了全家人;或许是因为觉得自己这些年没干出啥样儿来(还是个没文凭的三级工),自惭形秽;或许是因为她找了一个出身于市民家庭的平庸丈夫——既无才华,又没仪表,只有一颗任劳任怨和体贴人的好心;或许更因为她对这个家怀着一种深深的歉疚感——她在文化大革命中曾经贴过大字报,声明和黑帮父亲划清界限,许多年来一直沉重地压迫、折磨着她;她始终感到没有脸在家中抬起头来。她和丈夫从工厂下班回来,就缩在自己的小屋里。别人用水龙头时,他们不去用;别人用厨房时,他们避开;客厅里的彩色电视,他们也几乎从不去看。星期六把女儿从托儿所领回来,也不让她到别的房间去玩耍。关门、开门、打水、泼水、说话、出入,他们都是不声不响的,家里人常常不知道他们在不在家。

“我再等会儿,面好了,我帮你端。”梁志祥说。

“不用,你快走吧,等会儿来人……”秋平的话一下止住了。

赵世芬端着刚接的半脸盆水步子很响地走了进来。她扫视了一下厨房,带刺地说道:“你们两个火都占着呀。占一个还不够?”

“这壶水是爸爸做上的,他急着要沏茶。”秋平小声解释。

“你们这么晚还做小灶,嫌家里伙食不好?”

“我们回来晚了,家里没剩下饭。”

“你们什么时候能完啊?”

“你热水,给小薇洗?要不,你先热吧,我把挂面锅先端下来。”秋平不安地说。

“你稍等一会儿行吗?”梁志祥赔着笑,瓮声瓮气地对赵世芬道,“挂面说话就好了。”

“我还有急事要出去呢。”

“等面好了,我把脸盆给你坐上,热了,我给送过去。”梁志祥依然赔着笑。

"我急着要走，到时候你给小薇洗啊？"赵世芬越说越没有好气了。

"这不是卫华哥来了，他不走吧？"梁志祥说。卫华走进厨房。

"他能洗，还用我急吗？家里的事儿，他什么时候管过。"看到卫华进来，赵世芬的火气更大了，嗓门也一下提高了几度。

"你要去参加舞会，你先走吧，我给小薇洗。"卫华看着她体贴地说。

"她的衣服也你洗？"赵世芬听见卫华说出她要去跳舞，尤其恼火。

"我洗吧。我多洗两遍，能洗干净。"

"好了，世芬，你先热水吧。"秋平息事宁人地端下锅来，露出煤气灶蓝色的火苗，"哥，你们热吧，我等一会儿再接着做。"

"妈妈，我饿。我要吃挂面。"秋平四岁的女儿玲玲不知什么时候跑来了，扶着厨房门，仰着小脸委屈地叫道。

"等一会儿，啊？"秋平连忙俯下身，揽过女儿哄劝，又说，"世芬，你先热吧。"

"秋平，你们先做吧，"卫华说，"世芬，你让他们先做吧，他们已经做了一半了。"

"他们的小孩儿是人，咱们的小孩儿不是人？"赵世芬放声撒开泼了。

"洗澡总没吃饭要紧嘛。"卫华小心地说。

"谁让他们这么晚回来的，现在就不是做饭的时候。"

"他们先来做的嘛。"

"先来？我进这个家，他们还不知道在哪儿呢。明明看着这个家住不下了，还硬往里挤。挤什么，看着有便宜占是不是？"

这话过于尖刻了。秋平抬头想说什么，又咬住嘴唇咽回去。

"世芬，你别这么说话行不行？"妻子这样欺负妹妹，卫华实在看不过去。

"我说什么了？这会儿又不是做饭的时间。这么一大家子住一块儿，就该有个规章制度，该是什么就是什么，对不对？"

"按规定,也不让在煤气炉上热水啊。"梁志祥低声嘟囔着。

"志祥。"秋平制止道。

"谁规定的?"赵世芬一指炉上的水壶,"谁规定不让坐水了?让大伙儿都喝凉水?"

"夏天了,不让坐洗的水。"志祥又咕噜了一句。

"你规定的,啊?我今天偏要热。"

"志祥,咱们回屋吧。"秋平端起还没煮熟的挂面锅。

"世芬,你别在这儿吵闹了好不好?你要跳舞你先走嘛,小薇待会儿我给她洗。"卫华尽量息事宁人。

赵世芬却认作丈夫吃里扒外,更火了:"我跳舞怎么了?碍着你了,碍着谁了?犯法了?就该受你们一大家子人欺负?"

"我是说,你要走就走,家里的事儿,你别操心了。"卫华难堪地辩解道。

"我不操心谁操心?你什么时候操心过?但凡你有点儿能耐,我也不这么受制。你有什么脸,你跑来做什么好人?"

卫华是个老实人,此刻却压抑不住了:"你当嫂子的,脾气好点儿行不行?"

"我给谁当嫂子?他们什么时候拿我当过嫂子?他们一个个年纪不比我小,凭什么要我让他们?"

隔壁房间的门哐当一声开了,独自住在那儿的小华气冲冲地出现在厨房门口。他皱着眉不耐烦地嚷道:"哥,你们别吵了好不好?别人看书还看得进去吗?"他近三十岁了,业余时间攻读电视大学,很吃力,常常心情烦躁。

"你看书也不能不让人说话当哑巴啊。"赵世芬的话戗着就过去了。

小华的暴躁脾气一下发作了:"你们做事别太不像话了。"

"谁不像话了,啊?"赵世芬刷地一甩头发圆睁两眼。她对谁也不甘示弱。

"你——,数你最不像话。"小华转身回屋,砰的一声用力地摔上房门。

简直不像话。一家人成天吵，吵，吵，也不知道吵什么。芝麻大点儿的事也吵。简直连脸面都不要。(隔壁厨房里赵世芬的嗓门还在响："谁不像话？你看你兄弟说的什么话？他小？他就仗小欺人？快三十岁的人了，小什么？")咳。他一屁股坐到藤椅上，满耳一片嗡嗡声。屋里又闷又热又乱，床上乱，桌上乱，书乱，本乱，满桌计算纸乱，物理乱，数学乱，外语乱，满脑袋功课乱。上班下班公共汽车上挤来挤去一片乱。北京到处是人到处是乱。简直学不下去。这两天正在考试。已经考的三门，大概物理就要不及格，还要准备补考。只要两门以上不及格，就取消电大学员资格。这年头若熬不上文凭，三十岁了，还有什么混头。头皮瘙痒，搔也搔不过来，头发太长了，汗粘在一块儿，该洗澡剃头了，也顾不上。(桌上的"半头砖"录音机斜躺着，五六盒磁带胡乱摊着。)明天还要去买英语磁带，另外还要买两盘空白带，准备录物理讲座。钱也不知道够不够。实在不行，把两盘音乐洗了。还吵，没完地吵。挨着厨房，更是不得安宁，每天闹得你心烦意乱。明天得想办法买副耳塞把耳朵塞起来。你们还吵什么？有劲儿到外面跑环城去。真没办法。听段音乐吧。放进一盘"阿波罗神之音"，按下键。这是什么？"婚礼进行曲"？"圣母颂"？"玩具兵进行曲"？"口哨与小狗"？"春之声"？今天怎么连听过几百遍的曲子都分辨不出来了？(他就这两盘音乐带，能不听几百遍吗？)这曲子怎么这样嘈乱？烦人。换一盘。"浪漫的小提琴"。按下键，提琴响了。门德尔松的"E调小提琴协奏曲"？莫扎特的"G大调小夜曲"？怎么也分辨不出来了？不想分辨。抒情的提琴声也显得刺耳聒烦。叭，关了。什么也不想听。厨房还在吵。吵什么？吵的工夫，挂面和水都做好了。也不知是时间紧还是时间多余。他是时间不够用。谈恋爱轧马路也没时间。他现在不想谈。六九届的初中生，去了几年兵团，病退回京，一个烂三级工，现在谁看得起？姑娘们现在全看重实际。无论如何要先把电大文凭混到手。真难啊。人是在发胖(坐在藤椅上还嫌狭窄，裤腰带也勒肚子)，脑子是在发钝，记忆力越来越差。动不动就发呆。现在不是又呆开了？不是烦躁，就是发呆，别闹出精神病来。自己神经是不太健全。全家人神经好像都有点毛病。厨房里还在吵，人好像又多了。真是战事天天有。烦死了。你们吵什么？他用劲擂着接厨房的隔墙。咚咚咚。手疼了，墙上掉白灰了，窗户震响了，那边还是吵。毫无办法。每天这样，不神经也要整出神经病来。

去他妈的，一拳擂在桌上，自己还是到街上遛遛吧。

茶杯震翻，水流了一桌子。

"你们别吵了，待会儿爸爸该烦了。"昏黄的灯光下，戴着眼镜的夏平出现在厨房门口。她的声音像她的身体一样纤细无力，这么热的天，还拘谨地穿着长袖衬衫和灰裤子。她，姐妹中行二——春夏秋冬，名字就是这样排的，兄弟姐妹中排老三——比卫华小一岁。东北插队几年，病退回京后考入大学，毕业分配到北京图书馆。由于一言难尽的经历，三十多岁了还独身。北京像她这样的老姑娘据说有十来万。好在女性软弱，她们照例没有形成对社会多大的威胁，所以至今不为人关心注意。

她一直在管理这个家——从母亲去世后。管家就有管家的职责："你们怎么一边吵一边还开着煤气啊？别浪费了。秋平，你们要做饭就快点儿接着做吧，以后尽量按时一块儿吃饭。要不，都分开做，一个月两罐煤气都不够——上一罐气才烧了十四天。再说，你们都给家里交伙食费了，该在家里一块儿吃。"

虽然她性格孱弱，但既然是管家，就总有一定的权威。

"我们实在是有点儿急事，所以回来晚了。"梁志祥不安地解释道，同时听从地把锅坐在了火上。

"世芬，你们热水是用来洗的吧？"夏平又细声细语地说道，"前几天不是说过了，现在夏天了，不要用热水洗了，用凉水就可以，省点儿煤气。"

"是小孩洗，又不是大人洗，知道不知道？"赵世芬谁也不怕，要的是谁都怕她。凶泼是她的武器。

"小孩也可以锻炼着用凉水，对身体有好处。"

"锻炼？哼，你没小孩，说话这么轻巧。"

冲夏平说这种话,实在是太浑了。

"世芬,你说话怎么这么伤人啊?"卫华又抑制不住发怒了。

夏平只是微微闭了下眼,一丝几乎看不见的搐动掠过她的脸。她忍受惯了,什么都能忍受。

"我怎么说话伤人了?"赵世芬又把火力转向卫华,"我直性子,说话不会绕弯子。夏平牺牲休息时间操持这个大家,我没对你说过她的好?可不让用热水洗,这就不合理。"

"这不是我一个人定的。"夏平平和地说。

"谁定的也得看合理不合理啊?老人家好多话现在还不适用了呢。实事求是。咱们这样一个家庭,外边人看着体体面面的,小孩洗澡都不准用热水,再抠也不是这个抠法呀。"

"咱们家人多,开支大……"

"大伙儿都交了钱呐。"

"是。你们每人每月交十五元,小薇和玲玲上托儿所,不交,冬平上学,不交,阿姨不交。十一个人一共交一百六十五元。爸爸二百三十元工资一百五十元交家里,加在一块儿是三百一十五元……"

"三百多块钱了还少?一个星期只吃一顿肉,钱还不够?都跑哪儿去了?"

"你想管是怎么着?"卫华愠怒地看着妻子,嗓门也高了。

"钱都有账,大家可以查。"夏平说,"我管得不好,可以换人。明天开始,就是平平管了。这不是平平回来了?"

黄平平出现在厨房门口。

这是吵什么呢?赵世芬永远是这样泼皮,大哥今天也满脸怒色,二姐脸色不好——又受气了?三姐和三姐夫一声不吭地低头煮挂面,玲玲怯怯地靠着母亲的腿。唉,明天她要接管的就是这么一个乱家——厨房纷纭对立的气氛就是这个家的缩影。母亲去世两年来,没有过安静的日子。母亲伟大,现在才理解到。她躺在病床上不能动时,也维持着这个家的平衡。她留下的话:在她死后,这个家不要散。究竟还能维持多久?二姐够可怜的,下了班成天忙这大家里的事儿,灰头土脸,都快成老太婆了。自己平时最不屑于家务琐事,可二姐要准备陪父亲出国访问,总得有人接管。谁也没时间,人人都忙。自己也忙,而且她觉得比谁都忙。但说来说去还是她管。她当记者,时间上好像还比较自由。主要的一点,她现在也愿意管一段。只要是时间别太长。她要试试自己的管理才能——这个想法让她有些兴奋。管理好这个家,不比管理好一个单位容易。

她已经想好了,要在这个家中来一场"改革"。

秋平端着煮好的(?)挂面低着头往外走,梁志祥领着玲玲跟在后面。

"让热洗的水吗,平平?"赵世芬问。

"还是问二姐吧。"平平说。

"不是你接管了吗?"

"我明天才接呢。"

"不让热我也热,热定了。"赵世芬把脸盆坐到火上。

夏平看了看她,咬了一下嘴唇:"你今天给小薇热点儿就热点儿吧,大人洗别热了。"

"我想热就热。"

"这不是我定的。"

"谁定的?"

"是我前天定的。"厨房门口有人威严地说。是一家之长的父亲黄公愚。

"谁定也不合理啊。"赵世芬吵架的高嗓门中添了对黄公愚才有的娇媚。在这个大家庭中,她特别注意博取公公的好感,"爸爸,您说,小薇她洗澡用凉水,还不得长一身痱子?"

"噢……那就取消这条规定吧——我决定了。"黄公愚说。他常常喜欢心血来潮做出种种决定,又常常朝令夕改取消这些决定。

赵世芬瞥了夏平一眼,把煤气开关一下拧大了。

第十一章

　　黄公愚从厨房回到屋里。这是个套间,里间是卧室,外间是客厅。他在客厅里来回踱着,心绪烦乱。彩色电视机开着,他在等着关于东方艺术协会前天召开大会的专题报道。

　　这个家实在是乱得不成样子,一到晚上就像个马蜂窝。平常还稍好点,星期六、星期日,总要乱个乌烟瘴气。现在真是家不为家,国将不国——后面这句话,虽然没有明说过,可心里也是现成连着的。儿女们没有一个争气的,要学问没学问,要才气没才气,简直说不出去。真是一代不如一代——九斤老太在那个年代说这话当然没道理,可现在要说这话就有点儿道理。近看家里,秋平、小华他们,就不如春平、立波他们——好赖还是名牌大学的毕业生,有学历。而春平、立波他们,比起自己这一代来又不知差多少,思想政治水平天壤之别。再看看现在的干部,青年的就明显不如中年的,一个个浮浮躁躁、狂妄无知,不知天高地厚;中年的又不如他们这代老年的,各方面修养太差,平平庸庸,守成而已。他们这一代是打江山的。历史上哪一朝不是打江山的头一代最有本事?以后就一代不如一代,直至国运衰颓下来。这可能不符合历史发展观,可事实就是这样嘛。看着现在就不如过去。二十年前,天安门上的国家领导人,那阵容堂堂皇皇,多像样、多气派。都是中国历史上一流的人物。现在,可没有几个人称得上是伟人。如果再把文化大革命前那些老三届中学生换上来,中国岂不要乱成一锅粥了?看这灯红酒绿的叫什么晚会(电视中正播映着文艺界一个联欢晚会)?一桌一桌围坐着,又吃又喝又点节目,嘻嘻哈哈,互相吹捧,俗态百出。这叫京剧清唱?字不正,腔不圆,荒腔走板,什么水平。现在这些京剧演员比起梅兰芳、周信芳、马连良那一辈人来不知相差多少倍。这也叫相声?简直是耍贫嘴。连点儿幽默劲儿都没有。比侯宝林、郭启儒那些老演员的一个小指头都不如。瞪大眼溜溜转，尽是些低级趣味的噱头，说捧逗唱没点真功夫。再看这些唱歌的，手拿麦克风，忸怩作态，咿咿呀呀，简直不知道她们在唱什么，纯粹是展览她们的脸蛋和时髦打扮，和过去的声乐家们相比，更是相差十万八千里。

他一直等待的节目开始了。他立刻在沙发上坐下，摩挲着茶杯，盯着屏幕上的每一个镜头。他坐的姿势虽然很从容大度，像个领导人物，可他浑身的肌肉却有些紧张。茶杯在他手下摩擦着玻璃板转动着，手心也出汗了。他太关心这则报道了。

对东方艺术协会大会的报道就这么低规格？这么轻描淡写？前天，民间说唱艺术协会的大会，报道规格就比这高。它的协会主席论级别比自己还低两级呢。这像话吗？这且不管它。更重要的是，在电视报道里，身为协会主席的他，就这么两个一晃而过的镜头。有一个还看不清。还专门拍他眼皮耷拉时的样子。这不是丑化歪曲吗？他有这么老态吗？他脸上的皮肉就这么松弛多皱？他身体很健康的——他知道。而协会副主席魏炎倒有这么长的镜头，比他这正主席长几倍。这还有主次吗？电视台太成问题了。什么用心？这事一定要向宣传部反映，查一查。又是魏炎作工作报告的镜头，精神抖擞，一派中年得志的样子，好像他是一会之长。他当副主席还不是他黄公愚两年前一手提拔起来的？现在羽翼丰满了，有点势力了，就尾大不掉了，就不把他黄公愚放在眼里了，什么事情一手遮天、擅自主张，不向他当主席的请示汇报。一两个星期也不来一次电话，更不用说亲自来了。他还没退休呢，他不过是在家休息。东方艺术协会几十年来是他黄公愚辛苦经营的。现在想把他撇到一边当傀儡、喝凉茶，没那么容易。他已经深思熟虑了，从今天起就要彻底扭转过局势来。

他怒冲冲站起来，关了烦人的电视，来到客厅门口高声喊道："夏平，夏平，夏平来一下。"

"爸爸叫你呢。"平平说。

"我过一会儿就去。"夏平答道，"爸，我一会儿就来。"她隔着暗黑的院子应了一声。姐妹俩正在风波平息了的厨房门口说话。

跟随黄家几十年的老保姆祁阿姨过来了。她是江苏人，头发花白，一生辛劳，背已经有些驼了。"夏平，他们收房租水电费来了。"她说。在北京生活了几十年，仍然是南方口音。

"多少钱？这个月收费怎么提前了？"夏平问。

"比上个月多四块。"

"多四块？那得……阿姨，咱们家这个月剩的生活费已经不多了，你跟他们说说，明天再交。"

"用我的钱垫上吧。"平平说。

"不用。明天上午我把家里这两个月的旧报纸和破烂儿卖了，就足够了。"

"我给你垫上吧。"

"真的不用。破烂儿早晚得卖，要不老忘。"

"好，那我去告诉他们：侬现在有事体，顾不上，明朝再交。"祁阿姨走了两步，又停下来转过身，"夏平，冬平今朝回来一直躺在床上哭。"冬平和祁阿姨合住一屋。

"她从学校回来了？"

"早就回来了，没出来吃夜饭。"

"那我们先去看看她。"夏平对平平说。

做姐姐的直感（更确切说是一个女人的直感）告诉她：冬平是遇到什么不幸了。

看着夏平和平平走过去的背影——夏平真瘦啊，连屁股好像都没有，穿身旧衣裳——看着姐妹俩推门进了房间，关门，开灯，祁阿姨轻轻叹了口气。

这个家现在越来越乱了，哪能办法。一个一个全要叫人操心。啥人操得过来？全大了，伊讲话也没啥用了，唉。（她转身要走，又立住。）自家忘记要做啥了？是关灯？（她顺手拉熄了厨房灯，眼前一片黑暗，可下面还是迈不开脚。）还是有一件事体没做。啥事体？忘记脱了？年纪实在大了，记性勿灵了，耳朵也勿灵了，早晨买小菜跑一趄,路远了,脚就酸痛。这个家,自家跟了三十年了,兄弟姐妹七个,差勿多全是伊从小领大格。现在这个家哪能一天不如一天了呢?娘是死了,阿爹是一日到夜发脾气,烦,勿晓得烦啥。自家要做啥事体了?还是想勿起来。(她不会站下来想,又忙忙叨叨、一脚重一脚轻地往前走。)伊一日到夜忙惯了,立不住,坐不住。这间是小华住的房子,关灯没人了,黑漆漆。困觉了还是出去了?人大了二十九岁了,想读书读勿进去,也苦恼格。这间是卫华和伊媳妇住格,还在里厢头吵?哪能寻这种女人。一日到夜吵。面孔长了好看有啥用?卫华也太老实了,连自家女人也管勿牢。这间是春平夫妇住格。领小囡出去了,还没回来。两个人是一日到夜忙,一生一世也忙不出头来,小囡也没人管,勿会少忙些?阿爹一个人又在客厅里走来走去,看伊面孔,又是在烦,里厢间灯也勿关,浪费电,算了,勿要进去了。噢,想起来了,自家是要到厨房拿一只热水瓶到客厅来格,哪能忘记光了。(她从客厅前黑魆魆的葡萄架下走出来,往厨房走。)这间房是夏平、平平两个人住格,黑了灯。这间是秋平小夫妇俩住格,灯是亮着,窗上人影晃来晃去,声音是一些没格,两家头在家里一日到夜眼睛也勿抬格。两个苦恼人,跑到山西顶顶穷格地方蹲了十几年,蹲得家里也勿敢回了。唉。这间是冬平和自家一道住格。听见夏平和平平在讲话,在劝。冬平是在哭?听勿清楚。自家是在院子里绕了一圈又回到厨房了。三十年在这院里厢勿晓得绕了多少圈。一天绕廿圈,一年就是七千圈,十年就是七万圈。三七——廿一,三十年就是廿多万圈。每日买菜,这个账算得过来。绕啊绕,像在乡下推磨。水龙头哪能没关紧,还在滴水嘛,人多家乱,实在管不过来。

她提着暖瓶,驼着背,咚咚咚脚步很重地走到院子当中的自来水管旁,把水龙头拧紧。她刚要往客厅走,不知有一种什么样的朦胧意识如同一片淡淡的白光(像梦里厢一样格光)飘忽忽掠过她的脑子。她居然在黑暗中原地立住了,居然抬起眼四面打量起这个小院子来。几十年来,她一直是低眼看地在这个院子里忙来忙去,咚咚咚(她此时觉得自己脚底板疼)从这间房走到那间房,像推磨一样昏头昏脑没停过,没这样立住把这个院子四面好好看过。现在她突然想到要看看。

南面(偏东)是大门,大门东边是厕所间,西边是厨房和小华房间。西厢房三间,从南到北是:卫华夫妇住房,堆放东西的库房,春平夫妇住房。北面正房是套间,客厅和阿爹的卧室。东厢房也是三间,从北到南是:夏平和平平住房,秋平夫妇住房,自己和冬平的住房——离厕所间最近。

刚才她就是这样顺时针绕了一圈。

小院里窗户有黑有亮。她现在就立在黑暗的院子当中,水龙头旁。这就是她转了二十多万圈的圆圈中心,这就是她推磨的磨轴心。三十年来,她没离开过这个圆圈,没离开过这盘磨。文化大革命中被造反派占了多半个院子,她也没离开过一天。这就是她一生的地方?她一忙忙了三十多年。现在,她自己没有一个亲人。有一个儿子——活到现在该四十岁了——在南方,几年前生病死了。这个大家就是她的家。她为每个人操心,可是以后他们会为她操心吗?现在她能动,以后她再老了,做不动了呢(她这两年身体越来越不行了,多做些就累)?他们一个一个自家都顾不过来。

西厢房那边哐当一下开门声。"我走了,你早点儿带小薇睡。我几点回来不要你管。死不了。讨厌。"是赵世芬连说带骂、咯噔噔朝大门走去,裙子飘着,头发一甩一甩地,空气中迤逦着香水味儿。

伊又是去跳舞?

夏平和平平劝慰着冬平。

冬平已经不哭了。垂头坐在床上,不时擦着泪。到底遇到了什么事儿,她不说。

"冬平,别难过了,什么事儿想开点儿。我去做点饭给你吃吧?"夏平说。她对冬平有特殊感情,一九六八年冬平曾跟她一块儿到东北农村插队。那时冬平还只是个十四岁的高小毕业生。

冬平慢慢摇了摇头,她不想吃。

"四姐,你是不是又遇到伪君子了?"平平问。

冬平神情恍惚地垂眼看着床上,没回答。

"你就是太痴情了。"平平说,"你不总结经验教训,现在男人都复杂得很,所以感情总是被欺骗。"这位四姐是五姐妹中最漂亮的,像个印度电影明星,大家叫她"黑美人",最是多愁善感。

"平平,别说这些了……"夏平温和地劝止道。

"二姐,这个问题——爱情和婚姻的问题,是个最正经的问题,应该正视和研究。你看咱们家,大姐和大姐夫,算是不错的,可也不太和谐,两个人都是工作型,不能相补长短,各忙各的,没点儿家庭生活。大哥和大嫂就不用说了,是那年头留下的畸形婚姻,说不定以后离不离。二姐你呢,你至今不结婚本身就是个问题——"

"这个平平,你又……"夏平想打断她的话。

"——三姐和三姐夫倒挺和睦的。可对于三姐,是降低了她人生理想标准后做的选择。我就不相信她没有不满。还有二哥,二十九岁了还没结婚,看样子以后也解决不好。四姐呢,你是满脑子理想主义,却接二连三撞在现实的石头墙上。"

"好了,别说了,你以后把自己的解决好就行了。"夏平善良地笑了笑。

"我?我反正要自己掌握自己的命运。"

院子里又传来父亲的喊声:"夏平,夏平——。"

"二姐,你们走吧,让我一个人待会儿。"冬平轻声说。

赵世芬站在车厢里抓着扶手杆,随着车的颠簸摇晃维持着平衡。

公共汽车上人不多不少,呼呼地疾驰着。天安门在右面车窗外掠过。门楼正中央的大灯不甚明亮地照耀着。天安门的红色显得更深重,顶部屋檐上则是模糊的。它很庄严又很寂寞地坐落在暗蓝的夜空下。城门洞。金水桥。挺立的警卫战士。左面车窗外是广场,人民英雄纪念碑,遛遛达达散步的人,推着婴儿车的母亲。

她没有注意这一切。她没有欣赏风景的闲情逸致。她一生总在满脑子热烘烘地追求着什么,争取着什么,钻营着什么。她永远不满足于已经得到的,她处心积虑关心和斤斤计较夺取的是自己的利益,是地位,是女人的虚荣。她的性格是急躁的。她的血液是烫热的。她的头脑是飞转的。她的脚步是快而有弹性的。她手底下的活儿是干脆麻利的。她相信自己的力量,也全凭自己的力量:她的聪明,她的手段,她的美貌。她知道自己容貌的力量。常常无往而不胜。颐和园里的山色湖光、殿堂长廊有多大意思?这天安门又有多大意思?这些从来没有吸引过她的目光,她不会欣赏。让她陶醉的是川流不息的游人中那些注视她的男性的目光。她为她的引人注目和出人头地而活着,而在公园里漫步走着,而神态妩媚地微笑着。从那些男性的眼睛里就能知道,那微笑必定是荡漾着比昆明湖水还诱人的光彩。

她现在就让脸上若有若无地漾着这种微笑。她就带着这样的微笑凝视(但并不注意)着车窗外的夜景,因为她感觉到车上几个男性从不同角度盯视她的目光。只要有人这样注视她,她就能毫无疲倦地一直保持着这样的微笑。偶尔,她装作随意朝后抖一下头发,顺便扫视一下车里,就会与那些目光相遇,就会使那些目光不自然地躲闪开(偷看女人毕竟是不怎么样的)。她为他们感到好笑,为自己感到骄傲。没有这样的心理享受,她带上车来的那一腔怒气才不会消得那么快呢。

为了不破坏脸上的表情,她使那微笑凝固住,并不让自己那仇恨的冷笑透露出来。她"躲在"那凝固的微笑下思想着。哼,这个家叫什么家?没有一个人她能看得上。老头子是老糊涂,除了一块高干的牌子,说起来名声好听,有高工资,简直不如一般人。其他人哪个像样子?窝窝囊囊的,没个精明的。没个人比得上她。可还都欺负她。表面上他们都不敢,都怕她,但骨子里都看不起她,这一点她知道。就因为你们是另一种家庭出来的?她对这种家庭、对他们本能地怀有仇恨。

她出生于一个月息没几块钱的小资本家家庭,过去为此在政治上受够了歧视,十几年来一直扮演着低人一等的角色。现在落实政策了,也没得到什么谈得上的经济实惠。她能够活出个人样儿,能够从农村插队到工厂,从外地回北京,全凭自己的本事。她仇恨那些靠着硬牌父母一路顺风、飞黄腾达的人。看着黄公愚一家的混乱和败落，她常常感到一种实现了报复的满足。活该。该你们这样的家庭倒运了。

天下好事儿不能都让你们占全了。楣轮着倒，福换着享。

现在，她还没享过什么福。跟着卫华（她眼前一下浮现出他那令人厌恶的黄白色凹形脸。简直不想看他。）不会有出头之日。离婚？这又不是头脑一热的事儿，她是个把什么实际利害都掂了又掂的人。在舞会上，她漂亮，人人都追求她，可真要离了婚，带上个五岁的女儿——她绝不放弃女儿——三十一岁了，没有文凭，在饭馆开票，能有什么好价钱？她太懂实际了，也太懂男人了。找情人、找舞伴和找老婆不是一回事。何况北京还有那么多嫁不出去的老姑娘。

西单到了。她从从容容地下了车。

两边的商店还有不少没关门。正在营业的商店里灯火通明。琳琅满目的橱窗被彩灯照着，比白天更显奢华。人没白天多，也不算少，不稠不稀地在街两边流着。这是商业区，街道窄，显热，显闹。她牵动着人流中男性的目光快步走着。她眼前已经迷乱闪烁地幻觉出旋转的舞场。耳边响起那有刺激力的舞曲。

"世芬。"有人叫她，一个身材修长、风度潇洒的男人亲热地朝她走来。高鼻梁，漂亮的花格衬衫。这是她在舞会上认识的一个研究生。

她妩媚地一笑，愉快地和他并肩走着。他也是去跳舞。

他们谈笑着。她受到爱慕，受到尊重，她竭力表现得文雅，谈一些和这种人应该谈的东西，说着一些她刚刚学会还有些拗嘴的陌生词汇。她能感到他的长腿唰唰唰走出的很洒脱的步子，能感到他那年轻热烈、很有男子汉味儿的气息，能看到他挽起衬衫袖口的手打着很潇洒的手势，那手势真有风度，黄卫华就从不会打这样的手势。他的手难看死了。她厌恶地闭了一下眼，眼前又浮现出卫华那没有男人气的老太婆脸。

"世芬。"又有个女人的招呼，是和她一个饭店工作的小白，大概是刚下下午班,还戴着油腻的白帽,没来得及打扮,带着股饭店里特有的气味儿。"你去干吗?"小白问,同时瞟了一眼她身旁的研究生。

"噢,有点儿事儿。"她顺口支应道。她不愿意在这儿碰见饭店的同事,她在舞场上还不曾披露过她的身份。

"明天是你的下午班吧?"小白说,"我明天休息,我今天把你的……"

"咱们后天再说吧,"赵世芬连忙打岔,扭头看了一下身旁的研究生,解释道,"我还急着有点事。"

"她和你一个单位吗?"小白走后那研究生问。

"是。"

"你在哪儿工作?我还不知道呢。能问吗?"

"你哪天还遇见我就可能知道了。"她娇媚地笑道。

突然,她的眼睛微微闪烁了一下,边走边拉开皮包,寻找什么似的低下头。

一个人迎面擦肩而过(她感到她的半边身体微微有些发僵)。是小华。他在这儿逛什么?看见自己了吗?

夏平和平平拉上门走了。

冬平熄了灯,一个人躺在床上。屋内混沌的黑暗渐渐分辨出微弱可见的景象来:床,桌子,书架,脸盆架。它们在黑暗中散发着熟悉、亲昵的气息。窗外是微微发亮的夜空,对面西厢房黑魆魆的房顶,大哥房间的灯窗。她迷乱的心也开始一点点澄清,混沌的痛苦慢慢沉淀下去,理智渐渐透射进已有一点儿透明度的心境中。她是"满脑子理想主义的爱情,却接二连三地碰在现实的石头墙上"?

她不懂男人的复杂性?

她属于那种多愁善感的姑娘,或者应该说是个情种吧。十五六岁时就开始有了少女的爱情。那时,她爱的是二姐、三姐那些有思想的男同学。二姐、三姐当时也在那样爱。只不过她的爱情更幼稚、更富于幻想。少女时代,她在心中曾偷偷地爱过不止一个人,编织过许多梦,她为他们不理解她的爱,把她当作小孩儿而难过。最后终于有人热烈地甚至有些粗莽地拥抱了她——当然,那是在讲了许多深深打动她的话之后——甚至还有了更进一步的狂热举动。那男性急促的呼吸,那揉捏她胸部的烫手,都使她在一阵阵触电般传遍全身的颤抖中,腾云驾雾似的昏沉飘然过。她的性意识开始觉醒。纯精神性的幻想开始让位于一个女人有血有肉的情感。她用她湿润的嘴唇羞怯却是深情地回报每一个吻。她发现自己是温柔的。她愿意驯服地、全身心地爱一个自己真正崇拜的人。她愿意披开长发让身体静静地躺在爱人的怀里,任他爱抚。她会用手轻轻地梳理、玩弄着自己的黑发,把一绺绺头发含在唇中慢慢抿着,然后一点点缠绕到爱人的手指上。当她开始把真正成熟的爱日益专一地献给一个人时(幻想中幼稚的初恋是变幻不定的,而真正的初恋却是世界上最专一的),她却同时受到来自不同方向的不止一个人的追慕。这时,她才发现了自己的美丽,才知道了为什么别人叫她"黑美人"。她原来一直以为自己瘦得难看,乳房又瘪又小,胸部搓板一样露着肋骨,胳膊可怜巴巴的又细又长,而现在她已经在不知不觉中发育成熟了、丰满了。她仍然是偏瘦的,但更显出身材的修长。她懂得在镜子里、在涟漪的水光中欣赏自己的美,微黑秀丽的脸,忧郁含情的眼睛,细腻的皮肤和浓密的黑发,都洋溢着南国风韵。然而,经过几年波折而日趋实际的生活,她发现自己的爱情只不过是一个幼稚的梦。她所爱的人似乎变得很平庸,失去了过去的光彩。

在那以后,她还有过几次恋爱。像她这样出落得越来越漂亮的姑娘不会没人爱;像她这样多情的姑娘也不会不去爱。可是,同样没有成功。都不是她理想中的爱情。她还常常感到自己受了欺骗和愚弄。

她怎么会追想到那么久以前去了?此刻头脑中的意象怎么这样清晰?是因为屋里幽静?是乱到极点的头脑能格外静下来?应该回顾一下几个月来的事情。

她和刘大任的关系是怎样开始的呢?

是第一次见面听他谈话吧?她和同班的一个女生吕莉——她

们同是在"对外文化联络办"实习的外语学院四年级学生——在"联络办"奢华的会客厅一角,听他讲文艺与哲学。他是个年轻的评论家,因为工作关系来这里。他很英俊,风度翩翩。伴随着潇洒有力的手势,他向她们概述了他对当代世界艺术发展大趋势的总览和估计。他的知识是渊博的,他的男中音是铿锵动听的。不知不觉中,她和吕莉——她们不仅是同学而且是好友——处在了一种相互对立中。她们一左一右坐在他两旁的沙发上,都用聚精会神的、理解的、含情的目光看着他,都想法提着更能引起他好感和热情的问题,都呼应着他的讲话动人地笑着。她们都在设法使他更多地面向自己。

送他出来时,她们都给他留了地址。他利用一次离她一个人较近的机会,对她轻声说:"有时间我打电话再约你谈好吗?"

当时她带着一丝意外的惊喜微微点了点头。她为自己的胜利感到幸福。

为什么她会这样轻易地被俘虏了呢?如果不是和吕莉在一起,她会冷静得多吧?两个姑娘同时对一个男性发生好感是很危险的,她们常常会在潜在的竞争中,很轻易地(失去正常判断地)交出自己的感情。

以后怎样了呢?他来电话了。约她一起看电影,然后请她到聚萃饭庄吃饭。在饭桌上,他一改雄辩犀利的谈锋,变得温和多情。他含笑凝视着她,一次次给她夹菜。她的手指不小心粘上了菜汤,他拿出手绢,仔细地给她擦着。他丝毫不理会人声喧闹的餐厅里有没有熟人,像对待自己的未婚妻一样坦然,温雅。

她爱了。

他还不多地(因而也是适当地)评价了吕莉两句:挺活泼,挺可爱,但思想和感情都不够深沉。他的评语恰到好处,既让她感到优胜的满足,又丝毫没破坏他男子汉的磊落。刘大任说这话时宽厚的表情此刻又浮现出来。

他太狡诈了。是个玩弄女性的老手。她怎么会认不清他呢?

在这以后,他们经常约会,电影院,剧院,夜晚的林荫下、公园里,拥抱,接吻。

再往后呢?再往后就是今天了。今天她偶然路过聚萃饭庄,无意中看见他正挽着吕莉说笑着走了进去。她当时感到全身的血液一下都停滞了。她犹豫着站了好一会儿也跟了进去。隔着一桌桌的人远远看去,他和吕莉相挨着坐在一起,同上次与自己吃饭时一样温柔多情,一样含笑地凝视,一样殷勤地夹菜,或许还一样地评价她黄冬平两句。她出来了,在饭庄门口不远处等着。终于看见他和吕莉相挽着走出来。她咬了咬牙,远远跟着。她想等他们分手后再走上去,她要对他说出她想说的话。但是,她看到的是他和吕莉在街旁的树影中拥抱接吻。而这正是他和自己第一次亲吻的地方,同样也是在饭后。她闭上眼,屈辱,耻辱,愤怒。

院子里又是父亲叫喊夏平的声音。

小华到西单遛了遛,回来了。他给大姐的两个孩子各买了一身短运动衣裤。他能够病退回京,能够报上户口,能够安排工作,都是大姐到处找门路帮着跑的。这些年大姐从经济上、精力上都没为他少花费。他坐在灯下,目光恍惚地看着那一包运动衣,又有些发呆。呆了好一会儿,他叹了口气,拿起桌上的电子计算机,心不在焉地按着数字键。按着按着,又不知想到了什么,目光又恍惚起来。半响,又醒悟过来。

自己老这样发呆,神经真要出问题的。

他从满桌的计算纸下面抽出一本书来:《精神病学》,漫不经心地随便翻看着。"精神分裂症","躁狂抑郁性精神病","反应性精神病","神经症","神经衰弱"……他的眼睛又有些涣散走神。眼前是台灯,是满桌的书(让他头疼的书)、纸、铅笔、钢笔、墨水瓶、台历……是模模糊糊飘掠过的一个个表象:内蒙古兵团的大通铺,盐碱滩,漫天的风沙,团部那个冲他微笑的女秘书——也是北京知青,她的眼睛,微笑的眼睛;又是别人的一双双眼睛,这是电视大学一个女同学的眼睛,他们从教室里一块儿出来,分手;又是老师的眼睛;公共汽车上售票员的眼睛;电车,街道,北海石桥,白塔,书店,小饭铺肮脏的桌子,北京的风沙不亚于内蒙古;眼睛,一双双眼睛,怎么是自己的眼睛?工厂劳资科长的眼睛,一桌酒菜,围着七八张通红的脸,叮当乱响的杯盏;对面院子里的那个姑娘进院前回过头冲他一笑。她笑什么?那眼光里有什么意思?他希望能常常碰见她,要是两个人骑车在路上遇见就好了,最好一路,最好她的车子坏了,他会帮她修,他们能说上话。他要去厂里一趟了,这次调资有没有他?找厂长?找书记?两个头儿相互有矛盾,如何处理?要不要送东西?厂长喜欢喝酒,书记呢?他儿子喜欢鸽子。

"小华,你怎么又发呆呢?"大姐春平推门进来了。

他有些迟钝地应了一声,清醒过来,扭过身子眨了眨眼。

春平注意地看了看他的表情。她是老大,母亲临终前把这个家托付给了她。她对弟妹们个个操心,而现在最让她操心的是这个小弟弟。小华最近神经老有些失控,动不动就烦躁,要不就发呆,她真怕他得精神病。快三十岁了,学历没学历,对象没对象,是容易抑郁,何况他从小又性格孤僻。

"不要老趴在桌上学了,脑子累了出去遛遛。"

"我刚遛过。"

春平瞥了一眼他手中的《精神病学》:"怎么看开这个了?"

"增加点儿知识。"

"这种知识对你有什么用?你又不准备学医。小华,我前两天托了我们单位的一个同事,他挺热心的。我把你的情况和他讲了,他……"

"烦死了,我不想听这些。"小华又烦躁起来。

"你听我讲完呀,他今天给我介绍了一个,高中毕业生,在友谊医院当护士。"

"没文凭?我不要。"

"你现在也没有文凭嘛。"春平平和地笑笑,"照片我看了,长得还不错,个子一米六三,稍微胖一点儿,可……"

"我不想听。"

春平看着他,稍停了停,又耐心道:"这是照片,你看看,还挺好看的。"

"我不看。"小华瞥了一眼那张一寸小照片,"哼,她要长得好看,早就拿放大的六寸照了。"

春平不知说什么好。自己条件不怎么样,可找对象要求还挺高:必须漂亮,得有文凭。条件这么好的姑娘还等你挑吗?她们不会去找研究生,找名牌大学毕业生?可这样的话她不能说。"你去见见面再定吧。"她温和地劝道。

"我不去。"

"要不这样,我让那个同事把她领到友谊医院大门口来,你不暴露身份,先远远看她一眼。"

"我没时间,我现在课紧着呢。"小华不等春平说完,就不耐烦地打断了。

春平看着弟弟,沉默了好一阵,又耐心说道:"你快三十了,生活问题别再拖了。思想应该实际点儿,只要双方感情合得来……"

"姐,你有时间干点正经事儿行不行?别来烦我了好不好?"小华暴躁地把书往桌上一摔,站了起来。

春平眼睁睁地看着弟弟,不知该说些什么。过了好一会儿,她低下头,无奈地叹了口气,收起照片:"算我瞎操心吧。"

"我用不着你们瞎操心嘛。"

又吵。又吵。就没个安宁。夏平怎么还不来。黄公愚走到客厅门口,刚想再一次喊叫,夏平和平平一块儿来了。

第 十 二 章

父亲今天怎么比往日更烦躁易怒?夏平和平平在客厅里坐下,看着父亲气冲冲地走来走去。"夏平,叫你不到,叫你不到,你干什么呢?你不知道我今天有重要事情找你?你今天能不能别忙其他乱七八糟的了?"他敲打着茶几大声地说。

"爸爸,我这不是来了嘛。"夏平扶了扶眼镜,温和地笑笑。

"来来来,叫你几遍了?你为什么不能招之即来?"黄公愚嗓门更高了,眼瞪得更大了。

"刚才家里有点事儿。"

"事儿事儿事儿,还有没有轻重之分了?你不知道爸爸的事儿重要?别人不知道,你也不知道?"

"我知道。"夏平垂着眼依然温驯地说。

"你最不知道,就你最会气我。"

"爸爸,我来晚了,让您生气了,您有事就说吧。"夏平又一次认错。她已经受惯了父亲这种毫无道理的雷霆大怒。

"唉,你们没有一个理解我的。"黄公愚一屁股重重地坐在沙发上,仰靠着用手遮住额头。

——你们谁理解我?一个个就知道烦我。(魏炎作报告时那装模作样的脸晃来晃去。自己满胸膛的 怒气往外冒着,太阳穴血管有点儿暴起,夏平那忍受训斥的温驯神情……)自己怎么对夏平这么大火?这个家里除了夏平对他比较理解以外,还有谁更理解?自己的脾气有点儿过头了。

——父亲这两年情绪越来越不稳定。年纪大了,快八十了(看他遮额头的手上松皱的老皮和黑色的老人斑),又不上班,整天闷在家里,太寂寞。对现在许多事情不理解,肯定也很苦恼。看他呼呼喘着粗气坐在沙发上,胸部一起一伏,老这样下去,心脏血压都会出问题。最近他要出国,出去转转,散散心也好。

——爸爸就会对二姐发脾气,也就是二姐受得了他那一套,还成天伺候他。难道要让二姐一直伺候你,当一辈子老姑娘守在你身边?爸爸的情绪越来越病态,人到了这把年纪,就"老天真"了,就有些不知常理了。他过去不是这样。

几秒钟的寂静过去了。"爸,您有事儿就说吧。"黄平平说,"二姐一个人如果帮不过来,我们都可以帮。"

黄公愚放下额头上的手,火气似乎消了一些,"不用你们。"他一指墙角那紫檀雕花小方几上的电话,像首长发号施令一样,冲夏平说:"你给我要个电话——××日报,文艺部,负责人家里。"

"哎。"夏平走过去拿起话筒,翻开电话簿,拨着号码,"爸爸,您有什么事儿?"

"什么事儿?"黄公愚愤慨地拍了拍茶几上摊放的一张报纸,"你们看看。"

"这怎么了?"黄平平瞄了瞄。副刊上登着一篇文章:"论东方艺术研究工作的振兴",署名魏炎,是东方艺术协会的副主席。

"怎么了?他们也让我写了文章,为什么用他的不用我的?"黄公愚气愤地说。

"这有什么奇怪的,报社也要择优用稿嘛。"黄平平说。父亲这样毫无道理。

"这不是一般的文章,这是总结东方艺术的研究工作。我是协会主席,为什么不用我的?到底是我的文章更有权威性、代表性,还是他的?"

"爸爸,你这样说不对。您是不是打算问报社这件事?……那您千万别问了。姐,把电话挂了吧,让人家笑话你。"

"什么笑话?他们这样做才是笑话。"黄公愚一敲茶几愤然而起,走过去拿起挂通的电话。

黄平平看着他简直没办法。父亲现在越来越有些老糊涂了。老是做这种失态的事儿。一天到晚像着了魔一样,就怕社会上忘记他——忘记他的名字、地位、功绩。他现在的全部心思就是为捍卫自己的存在而奋斗。这是不是也算一种特殊的老年精神病呢?

"啊?是鲍兴志同志吧?我是黄公愚啊。"黄公愚捂住话筒,转身对夏平吩咐道,"拿笔记录一下。我的话他的话都记下来,他的话我重复出来。"然后又拿起话筒通起话来。"我写的文章为什么没发啊?……什么?你们寄回给我了,让我修改,一直没收到我的修改稿。是吗?……我是没再寄回去,我看不出有什么修改的必要啊。……什么?你们认为还是修改一下好,有些提法不太符合现在的实际情况,那样发对报纸、对我都影响不太好?……那你们为什么不多等我几天呢?我很忙,要改也不是一两天能改出来的嘛。你们为什么匆匆忙忙先发魏炎的文章呢?现在协会的负责人是我嘛,他的文章又没有经我审阅过,你们这样发慎重吗?……"

黄平平坐在一旁听着,为父亲感到脸红。人老了怎么会糊涂到这种失去理智的程度?

大姐春平进来了。

"二姐,你就准备这样过一辈子,守着爸爸,守着这个乱家?"平平问夏平。

大姐要和父亲谈些事儿,他们正好能退出来,回到自己的房间。她们俩合住一间房,两张单人床对着。"爸爸总得有人陪啊,这个家也总得有人管。"夏平说。她的声音总含着一种听凭命运摆布、逆来顺受的平和。

"大家轮流管。"

"除了你替我管这一两个月,别人谁能啊?大姐根本没时间,大哥是管不了,大嫂是不愿意管,秋平更不好管这个家的事儿,冬平、小华都在念书更没时间。你让谁管?"是。没有人能管。自己也不愿意长期接管这个家。

"这个家散伙儿,各过各的算了。这么多人在一块儿过日子互相干扰,还得赔上你。"

"妈妈说过,不让这个家散。"

平平沉默了。母亲的话比在世时更显得权威。他们(兄弟姐妹全体）每个人的眼前都时时浮现出母亲伟大而仁慈的形象，她带着温暖的光轮隐在小院上空的云天中，关切地、谆谆教导地俯视着她的儿女们生活的窝巢，慈祥的微笑中留着操劳一生的倦容。平平眼前就常常出现这种幻象。

"再说，分开过，都没房子，怎么分？爸爸又让谁管？"夏平停了停又说，"平平，你不是有事还要出去吗？你别替我操心了，走吧。"

"二姐，咱们家这事儿是难解决。可我就要想个办法解决它。"

"就这事儿？你安排就是了，还有别的什么事儿？"黄公愚不知为什么一下又烦躁起来。刚才给报社打电话，发泄了一通，本已经平息了些。

春平正在对他讲给夏平介绍对象的事儿。"爸爸，您的意见呢？对方情况就是我刚才讲的，还比较理想。"春平耐心地说道。

"我没意见，不要跟我商量，你是大姐，你做主就是了。我大事情还顾不过来。家里的事儿你们自己管。"黄公愚不胜烦躁地在屋里来回走着，这儿胡乱整理一下沙发布，那儿磕磕碰碰摆弄一下茶具，他的手由于激动神经质地颤抖着。

春平观察着父亲。父亲为什么突然变得如此言行错乱？给夏平找一个比较合适的对象，难道不是好事吗？"这事主要得看夏平本人的态度，我还没和她谈。"春平说，"爸爸，还有一件事，要和您商量。"

"家里的事儿不要和我讲了，我做父亲的责任尽够了，你们自己商量着办吧。"黄公愚打颤的手不小心碰翻了茶杯，忙用抹布擦着桌子。

"这事得跟您商量，关于祁阿姨的事。"

"祁阿姨怎么了？"黄公愚转过头。

客厅门口，祁阿姨正好走过来，刚要迈门坎，听见这句话，她在门外站住了。

"她年纪大了，每天家里这么多活儿，她实在干不过来。"

"不行，不能换人，她跟咱们家三十年了。"

"爸爸,您怎么不听我说完呢。我是要说:祁阿姨每天劳动量太大,忙里忙外,光买菜买东西就跑那么多路,她腿脚现在又不太好,可能还有点关节炎,咱们应该关心她,想办法减轻点儿她的负担。"

"那你说怎么办?"

"我是想能不能再找个十几岁的小保姆,帮着阿姨干点儿零碎活儿,跑跑腿。让阿姨能有时间稍微歇歇。她这几十年一天到晚为咱们劳累,现在年纪大了,咱们不关心她谁关心她?"

"嗯……"

"另外,等今年秋天,您出国回来后,咱们家想办法给阿姨放一两个月假,最好能再给她一笔钱,让她回南方家乡看看,散散心。爸爸,她三十年了,就没回家去看过一次。咱们得替她着想着想。"

门外,祁阿姨鼻子发酸,老泪一下涌上来。她一生没怎么流过泪。她拉起围裙擦了擦眼睛鼻子,转身驼着背走了。

"这事儿你们商量着办吧。还有什么事?"黄公愚问。

"还有,小华最近……"

"好了,今天不要和我说了,我今天有重要事儿要计划。你是大姐,好比母亲,家里的事儿你考虑安排吧。你叫夏平还是来我这儿。"

家里家外的事儿让他烦,让他分心。今晚他要做重要事情。夏平又去哪儿了?动不动就走。一点不把自己这个父亲放在心上。

黄平平车骑得飞快。

南池子大街,不宽的街面,夹道的树,路灯,浓重的树影,东华门,马路上乘凉的人三五成群,小伙子在打羽毛球,卖冰棍的白色小推车;北池子大街,左拐,还是骑自行车自在;景山前街,左边肃穆的紫禁城,右边黑苍苍的景山,红墙,崇祯皇帝吊死在这里,历史一晃几百年,元明清,三朝古都,往前还有辽金,一个个朝代兴衰起落,从几千年的角度看现在的北京,是一瞬;感慨什么?家里真乱,憋闷,一出来就有一种开阔感。她喜欢社会活动,喜欢出名,喜欢成为到处受人欢迎的明星。她感觉到自己蹬车的腿脚很带劲儿,有用不完的精力,她觉得风呼呼吹着脸,她觉得自己微汗的脸是润泽发潮的,她觉得自己整个身心都是充满活力的,多汁的,鲜嫩的,连骨骼和关节都是充满津液的——她为这种自我感觉而快乐。她要做一个社交家,一个大记者,去"周末俱乐部"干什么?什么活动方案?

春平推开冬平的房门:"冬平,怎么关着灯?"

黑暗中没有回答。她拉亮了灯。冬平已经蜷着身子躺在床上睡着了,连衣裙还穿在身上,露着两条修长的腿,一条手臂斜搭在身上,一条手臂枕在头下。眼角似乎还噙着点儿泪水。春平站在床边,凝视着睡梦中的妹妹。她能体会到一种类似母亲的感情。她已经知道冬平今晚的情况。她轻轻托起冬平的头,把压在下面的手臂拿出来放好,同时把枕头放平。又轻轻给她盖了一条旧被单,拉熄灯出来了。

旁边就是秋平夫妇的房间。她想推门进去。每晚看看弟弟妹妹们,是她这两年的习惯了。听见屋里秋平正和梁志祥低声说话。

"你早点儿睡吧,别跟着熬了,你今天不是有点儿不舒服?"梁志祥说。

"你学你的,别管我了。"秋平的声音。

"我学也不用非得你陪着啊。"

"快看你的书吧。喝麦乳精吗?我给你冲一杯。"

春平站在门口想了想没有推门。不知梁志祥在学什么,他们的事情从不和其他人说。秋平去山西插队以后,十几年生活坎坷多难,可是很少给家里写信。母亲去世前曾一再嘱托她这当大姐的,无论如何想办法把秋平调回来。弥留之际的母亲还明确地嘱托全家:任何人不许提文化大革命中秋平贴大字报和家庭划清界限那件事。

春平离开东厢房来到西厢房,推开了卫华的房门。卫华正坐在床边轻轻拍着小薇睡觉。"姐。"他抬起头。

"睡着了吗?"春平看了看床上的小薇轻声问。

"睡着了。"卫华看了看女儿,手停下来。

"世芬又跳舞去了？"

"是。"

"你为什么不一起去呢？"春平在床边的椅子上坐下。

"我不会，也没时间。"卫华答道。他更多的原因大概是自惭形秽。夫妇俩关系太不平衡。

春平看着他沉默了一会儿，又问："你们就这样下去？"

"不知道。"卫华缄默了一会儿，答道。

春平看着他，又沉默了两三秒钟，"给你，这是官园的票，三张。你们明天领着小薇去吧。"她把三张官园少年儿童活动中心的门票递给卫华。

"姐，票很不好搞。你不领大海、小海去？"

"你们先去吧。"

秋平坐在床上一边织着毛衣，一边不时抬头看看坐在台灯下学习的丈夫。屋里很静。女儿玲玲在睡梦中轻轻磨着牙，蹬着毛巾被。她轻轻给女儿盖好，目光又落在了丈夫身上。梁志祥和她一样，也是初中毕业后到山西农村插队的。他们在山西临汾一个上百人的小厂里认识，后来结了婚。他讷讷的，没有什么风度和才能，倒是会做一手好木匠活儿。但她现在坚决不让他再干木匠活儿，每天督促着他自学函授大学课程。他很吃力，看他那脊背的线条（衬衫已经湿透），还有那不时抓搔头发的样子，就知道他又遇着难处了。

"秋平，真别让我受这份罪了，学得头都大了。"梁志祥不止一次这样央求道。

"学吧。"她每次都这样平静地安慰他，"熬夜我陪着你。"

"我实在学不下去了，还不如让我做两套家具挣点儿外块呢。"

每当这时她就会激动起来："我一辈子都不会让你再做木匠活儿。我不能让别人一直看不起咱们。"她把他的木匠工具都处理了。梁志祥没和她吵，他也不会吵，他只是感到对不起她。"要不你学吧，我来带孩子，弄家务。"他几次这样对她说，"你的基础比我强。咱们有一个学出来就行了。"

夜与昼

131

"不，你好好学下去吧。"她的口气不容置疑。

手中的铝针不时碰出微响，毛线经过右手小指向上走着，一点点编织进丈夫的一件毛衣里。银灰色纯毛开身毛衣，秋天时让志祥穿上，能显出些书卷气吧。他太没知识分子味儿了。她又抬眼看了看丈夫的背影，眼前薄烟一样淡淡掠过一片片回忆。她不去追想那回忆中的景象，也并不希望看到它清晰地浮现出来。然而，她又常常喜欢像这样陷入对往事淡淡的惆怅之中，每当空闲安静的时候。

"秋平，万红红的信你还没回呢，"梁志祥突然想了起来，回过头努嘴指着说，"那不是？"

秋平看了看床头的信，没有停下手中的毛活儿："我不想回。"

"为什么？"

"不为什么，你别管了。"

梁志祥茫然地看了看她："别人的信不回，万红红的信咱们还是应该回的，她帮过咱们忙。"

"我不回嘛，要回你回。"秋平有些冒火了。

梁志祥欲言又止，转过头去了。

小屋里重新归于寂静。只有丈夫汗湿的脊背和玲玲轻微均匀的呼吸声。一个平庸、狭小、琐碎、封闭然而又踏实安静的世界。她看了看床头的那封信，眼前变得恍惚起来，身子也如坐在船上，微微晃荡。天安门前拥来挤去的人海，锣鼓喧天的北京站，起伏的田野山脉……眼前的小屋被错乱的幻象所叠印。

她眼前曾经有过一个"革命的"、"广阔的"、"理想的"然而也是虚无骚乱的世界。大概是下乡插队第一年吧，她几乎每天晚上都要趴在煤油灯下给各地农村的同学写信。奋笔疾书，哗啦一页，哗啦又一页，全身心都感到一种兴奋。那大概是个专门培养政治意识的年代，连她这样一个脆弱敏感的初中生也幻想当个女革命家。读大部头经典著作，和有思想的青年交往，从这一群人联络到那一群人。

自己是怎么认识万红红的？

一九七一年冬天，大批插队知青回到首都，进行着各种地下政治活动，一个又一个"沙龙"里谈论着林彪事件的性质，封建法西斯专制的根源，中国的体制、前途等重大问题。在一个座谈会上，一个引人注目的高中男生(他是这个讨论会的灵魂，也是秋平崇拜爱慕的对象)用赞誉的口气谈到万红红这样一个名字，这是与会者都知晓的名字。这使她受到一种刺激。第二天，不知出于什么样的心理，她专门跑到万红红家去，要"谈一谈"。在交往中，她把自己和万红红从外貌到思想深度等各个方面都暗暗作了比较。万红红身材很挺拔，比她高，皮肤白皙，向上挑的细眉毛和细眼睛，相貌一般，说话很快，像男人一样爱打手势。停顿时，老给人不满地噘着嘴的印象。书读得并不很多，很多思想也是从别人那儿现趸现卖来的。她并不比自己强什么。

敲门声打断她的恍惚回忆。祁阿姨进来了。

"阿姨，您有事儿吗?您坐。"梁志祥和秋平都站了起来。

"我没啥事体。你们有要洗的衣裳给我洗吧。"

"阿姨，洗衣服应该是我们自己干的呀。"夫妇俩连忙谢绝。

"今朝我帮你们洗洗吧，要不把床单换下来，我帮你们洗洗。"

"不用不用。"

"我格两日，夜里厢困不着觉，想多寻些事体做做。"祁阿姨驼着背忙忙叨叨地解释。夫妇俩对视了一下。祁阿姨言语神情中有一丝异样。她怎么啦?

一见夏平进来，黄公愚的脾气更大了："你今天到底怎么啦?动不动就走，一转身就走。爸爸有事情你不愿帮助做是不是?"

"爸爸，明天不是要把家里这一摊交给平平嘛，我赶着想把账整理一下。"

"你不要找借口。你不愿陪爸爸，你就走。你愿意走哪儿就走哪儿。"黄公愚的手在半空中剧烈地打着颤。

"我能走哪儿啊，爸爸。"

"爸爸活不了几年了，今天晚上找你来就是要让你帮我写遗嘱的。"

夜与昼

夏平震惊地看着父亲,不知说什么好。

黄公愚在客厅里气呼呼地来回走着。话是一声比一声高地嚷完了。女儿的震惊让他更加感到自己的悲愤,同时也让他感到满足:他总算教训了女儿。

他就是要立个遗嘱。这是他气了好几天,想了好几天才有的办法。这份遗嘱主要是关于东方艺术协会的事情。他要在遗嘱中把一切观点都摆明一下、声明一下,把一切事宜都安排一下。他要彻底摊牌。像魏炎那样忘恩负义、不把培养他的前辈放在眼里的人,绝不能让他掌握大权。"你准备好笔和纸。"他站住对女儿吩咐道。

"爸爸您别……"

"准备好吧,我开始口授。"黄公愚打断女儿的话。夏平越是惊恐不安,越是担心,他越显得执拗。

就在这时,客厅里来了不速之客。

第 十 三 章

看见黄平平光彩照人地站在自己和李向南面前时，林虹再一次涌起一丝酸楚的妒意。在古陵已有过这样一次，黄平平也是这样爽朗大方地出现在她和李向南的面前。她那双黑得特别、使人一见难忘的眼睛也这样溢射着青春的神采。那是林虹第一次见到黄平平。在她与黄平平相视的一瞬间，就承认了黄平平的优越。年轻的优越，北京人气质的优越，现代感的优越。这些优越之处在古陵农村相遇时只有着某些刺激，而在繁华的北京车站，才显出其强烈和有力。

黄平平接过李向南行李的同时发现了林虹，她爽快地一笑："林虹，你也来北京了？"

林虹点点头："我来有点儿事。"她的微笑与回答都很有风度。依靠自己的风度，她把寒伧感驱走了，撑起了自信。

李向南和黄平平在说话。很热烈，有几秒钟没顾及林虹。

林虹礼貌地说："你们谈吧，我先走了。我和你们不一路。"

"不不，你们一块儿走吧。我就两句话。"黄平平看看林虹，又看看李向南，很快地说。她脸上有着极细微的一丝不安。

林虹感到了这丝不安。那是在觉得自己侵犯了别人权利时通常有的一种并不自觉的不安。黄平平侵犯她什么了？对这样简单的心理方程，林虹几乎无须分析演算便有答案。李向南就在她身边，此时，她很实在又很特别地感到李向南在她身边的存在。这并不在于他的一定的身高，一定的体积，一定的热度，而在于他处在她和黄平平中间。人对同一个物体存在的感觉，并不永远是一样的。林虹在心中很宽容地笑了笑，她笑黄平平的那丝不安。因为能清晰地审视别人心理而有一种优越感。

"林虹，你别急，我们再有几句话就完。"李向南立刻停住和黄

夜与昼

135

平平的谈话,转过头说道。她的礼貌告辞可能使李向南感到不安。

李向南对她显然比对黄平平更重视。

于是,她还是提着行李先走了。心里平静而温和。

但这平静是短暂的。北京的繁华不让她平静。车站广场周围光怪陆离的霓虹灯,红红绿绿的广告,灯光下喧嚣嘈杂的人海。一簇簇人迎着出站口,举着各种各样的牌子横幅:"电子技术交流会议接待车","煤炭综采技术汇报会","科学哲学讨论会","服装设计评奖会"……北京会多。一切精华都向北京汇集。一排排漂亮的大小轿车,各种广告牌:"八达岭、十三陵一日游","香山、八大处一日游"。现代文明,包括现代的生活享受也在向北京涌来:时髦服装,金头发的外国人,旅行家黝黑脸庞上的微笑。这种繁华在向那些生活在繁华之外的人显示着力量。

林虹感到的则是一种更复杂的刺激力。她站住了,转过头寻望着。看见李向南和黄平平并肩在人海中时隐时现地走着。能看出他们谈得愉快。他们有他们谈论商讨的共同题目。他们都有现代北京人的明快相通的气质。只一瞬间,林虹刚刚建立起来的平静就被打碎,感到一种被现代生活排除在外的酸苦的涩味。在古陵,对李向南她能保持平静和自傲。在北京,才踏上车站广场,她已是第二次涌上来自我寒伧感了。她想到了陈村中学那间简陋的单人宿舍,连同那单调的生活。

她把才涌上来的自我寒伧感从心头驱走。刚一转身,她又立住了。顾晓鹰提着行李站在面前,小莉在后面十几步远的地方冷眼旁观。

林虹一瞬间便十分冷静。

"林虹,能把你的住址告诉我吗?有时间我想去看看你。"顾晓鹰说,态度极为诚恳,甚至还带点儿感伤。

"没必要。"林虹简短地回答。她的眼睛,她的额头,她的整个姿势、神态都是冰冷的。

"我们总该谈谈。我们有过我们的历史。现在,从我来说,对那段历史有反省和新的认识。"顾晓鹰更真挚地说道。

"没必要。"

"你不愿谈过去就不谈。我只想关心一下你的今后。我或许能帮你做点儿什么。"

"没必要。"

"我起码可以给你送点儿电影票、戏票去。下星期有人艺演的《茶馆》。"

"对不起,我要走了。"林虹说罢朝前走去。

"林虹。"顾晓鹰从容地跟上两步。

"你应该节制一点你的做作。"林虹站住,微垂着眼打断他的话。

顾晓鹰略显难堪地笑了笑,那难堪的程度,恰好能释放出自己的一点悻恼,又恰好能加强他表情的诚恳。"林虹,你说我什么都可以。"顾晓鹰自嘲地苦笑了一下,"不过,我现在确实是诚心诚意要和你说两句话。我的自尊心总不至于这样不值钱。"顾晓鹰说着,目光诚恳而略有些矇眬地(目光的矇眬是诚恳的增效剂)看着林虹。心中却掠过一丝很有趣的、自我欣赏的微笑。这是骨子里含着冷酷的微笑。

他欣赏自己的表演,他欣赏自己男子汉的涵养。他的忍耐力好极了,从来没有过的。为什么?因为要重新征服一个漂亮女性的冲动?但不光是这些。他此时似乎并没感到身体内有多少这种欲望冲动——那在站台上相遇时曾经很强烈的欲望冲动。为征服而征服?或许是,或许不是。反正,他要在这场性格较量中取胜。他绝不恼,但可以让对方恼;他绝不失态,但可以让对方失态。他要用从未有过的风度来打破对方冰冷的防线。在这种表演中,他感到一种要玩弄什么的残忍而有趣的冲动。在矇眬的目光中,他打量着林虹那漂亮而冰冷的外貌,心中又一次漾出微笑。那是从容欣赏的微笑,含着猎人对捕获物的轻蔑和怜悯,含着强者的优越感。

林虹站住了,一时没有找到恰当有力的回答。然而就在这一瞬间,她知道了,光靠冰冷不足以对付这个场面。一味把脸板得冰冷,有时能把自己的思维也板住。她的应对并不太有力。她的一本正经的冰冷比起顾晓鹰不气不恼的"诚恳",已经在风度的较量上低了一筹。她放松了自己的脸部,显出淡然。她打量着顾晓鹰,同时看了看站在远处冷眼旁观的小莉。"你这样做并不是太有趣的。我也觉得你的自尊似乎不应该这样不值钱。"她稍稍停了一下,"你还有什么要说的?"

顾晓鹰轻轻咬了咬牙,脸上还维持着诚恳:"至少你的住址可以不保密吧?"

"月坛新路三区四楼三〇一号。还有什么要问的?"

"谢谢,我有时间去找你。"

"那随你便。不过,可以告诉你,对于一个把你看得很透的人,你的表演只显得很滑稽。而且,顾晓鹰,你应该有自知之明,你的演技是属于劣等的。"

顾晓鹰又暗暗咬了咬牙。现在,对眼前这个女性,他毫无占有的欲望。他只想在心理上打垮她。他有了仇恨。现在已没有猎人对捕获物居高临下的从容玩弄和欣赏,有的是"平等"的较量。"你是准备和李向南……结合?"顾晓鹰很坦率地问。

"这和你不相干吧?"林虹很平静。

"是……不相干。可我想帮你关心一下嘛。"

"还有什么台词没说完?"林虹射出的又是那种把什么都看透了的目光,含着讥讽和轻蔑。

正是这目光更深地激恼了顾晓鹰。"哼……"顾晓鹰有点儿戏剧性地瞧着地面,若有所思地颔首笑了笑,"告诉你吧,"他猛然很有力地抬起头,露出一股玩世不恭的劲儿,斜睨着林虹,"你听吗?"

"说吧。"林虹冷淡地说。

顾晓鹰微垂下眼皮流气地阴笑着,顿了顿,"那好,我告诉你,可能你还不知道,他有生理缺陷。"

林虹一下激怒了,血呼地涌上脸。"流氓。"她从牙齿缝中骂道。

看着林虹激怒得脸色涨红,扭头就走,顾晓鹰心中阴狠地笑了。自己怎么顺口就胡诌出这样一句话,真是绝到家了。哈哈,这就是他顾晓鹰的风格。刚才往外说这句话时,他确确实实感到把他身体内的狠毒情绪全发泄出来了。"好了,这话让你挺难堪的,咱们不说了。"顾晓鹰潇洒地笑笑,又跟上两步,"有件正经事,我觉得应该告诉你。"

林虹径直走着,不理他。

顾晓鹰扫了她的侧影一眼,心中微微一笑:"你总该记得你在内蒙古兵团时的那个董副团长吧?"

林虹咬着牙,腮帮子猛一搐动。她的心在颤栗。没有人比顾晓鹰更阴险、更无耻的了。十几年前,那个董副团长毁了她少女的青春。团长办公室的窗外是暴雨、闪电、漆黑的夜;首长的微笑消逝了,出现一张长满疙瘩的贪婪的大脸。

"他后来被判了二十年徒刑,你早知道吧?"顾晓鹰说。

林虹走着,步子很快。

"大前年他被无罪释放了。说是冤假错案,缺乏证据。这是我要告诉你的。"

林虹因愤怒而哆嗦着。

"你不应该去最高法院告他?这样的混账不能白白饶了他。"顾晓鹰眯起眼看着林虹。

林虹终于站住了。她转过头,目光透彻如冰地打量着顾晓鹰。她脸上除了一丝轻蔑外,没有多余的表情,全无愤怒。高度的自制力才铸造出这样一种严整无隙的镇定和冷静。她说:"你的人格,并不比你骂的那个'混账'更高。"然后,她又冷冷地盯视了顾晓鹰两三秒钟,一转身走了。

顾晓鹰悻恼地盯视着林虹的背影,没有再跟上去。

"哥,你闹了半天闹什么呢。"小莉走上来,不满地说道。看到哥哥败下阵来,小莉十分不满。"我?"看着林虹远去的背影,顾晓鹰冷笑一声,"我闹好玩呢。"

林虹穿过广场上的人流走着。一阵哆嗦又在身体内荡起余波。

刚踏进北京就遇见顾晓鹰、小莉,还有李向南。她从一开始就

夜与昼

139

像是踏进了一个纠葛重重的是非之地。真是残酷的巧合。满眼的喧器,各种各样的噪音,粗的、细的、高的、低的、脆的、哑的;各种各样的气息,男人的、女人的、老人的、孩子的、汗臭的、粉香的;各种各样的灯光,红的、绿的、黄的、紫的……都在这里高浓度、高密集地杂烩着,搅和着。一切有形的无形的,有声的无声的都在争夺着空间;都在和环境的相互争挤撞碰中,界定着自己存在的范围。顾晓鹰、董副团长长满疙瘩的贪婪大脸、小莉冷冷尖刻的目光、还有那个李向南,都在四面站着。四面是要解剖她的刀,她却没遮挡。四面是寒冷的冰棱、冰剑,她却裸着体。前面是无轨电车站?团长办公室窗外是闪电、暴雨、漆黑的夜。旁边一个农民正挑着担子在后面走,担子撞着她的后腰,她几乎摔倒。一个农村妇女东张西望,手里牵着哭哭啼啼的小女孩。自己到北京干什么来了?一对年轻人搂抱着从身边走过,女的很甜美地把头倚在男的肩上,很漂亮的高跟鞋。现在的行李袋都是下面带小轮子的时髦货,除了农民,没什么人还提她这种旧式的帆布旅行袋了。涌上来什么感觉?又是寒伧感?顾晓鹰那张眼睛血红、线条粗硬的令人厌恶的大脸盘。那无耻的目光。她赶不走。

身体内又传导过一阵抖动。

经过一番绷住全身神经的斗争,精神的控制一下放松了。精神控制一放松,意识便自动流开了。不,她不能放松神经,失控地任其流下去。她要面对实际生活。面对实际生活需要理智,需要对自己的控制。她有超人的自我控制能力,如同她有超人的自省能力一样。她现在需要平静。她也便立刻平静了。她目光恍惚地审视着自己,冷冷地嘲讽了自己刚才愤怒和激动。对自己感情的冷酷批判与尖刻嘲讽,是她铸造自己平静的手段。这不是刚才面对着顾晓鹰时的表情上的平静,而是心理上的平静。

一切激动被压到深层心理中了。

她来到车站广场西边的无轨电车站。

人多车少。每当一辆电车开过来停下,旅客们便提着大包小包发疯般涌向车门争抢着上车。不时有人在拥挤中脸红脖子粗地骂嚷着。她不习惯并且厌恶这种激烈的争抢。很不舒服的刺激。她一左一右放下手中的行李，淡然地看着那些蚂蚁一样嘈乱地挤车的人。不知道他们是否感到自己可笑？她宁肯等等，也不参加这种倾轧。

然而，半个多小时过去了，旅客们还川流不息地汇到车站来，在一辆又一辆开来的车门前制造着拥挤的高潮。她总不能无休止地等下去吧？她不时抬腕看看表。当又一辆车开过来时，她犹豫了一下，提起旅行袋往前走，却立刻被蛮横的人群冲到一边去，几乎摔倒。

她终于失去了耐心。再一辆电车开过来时，她便提着旅行袋尽力挤上了车。虽然从下兵团插队起到现在已离开北京十几年了，但她发现自己学生时代的挤车经验并没有完全忘却。她比那些外地人能更准确地预测车停下时车门的位置，选择好挤上去的角度。她在靠车窗的位子上坐下。看着满车厢里的人你推我搡地拥挤着，她却能从容地观赏着灯街辉煌的北京夜景，她感到一种超然的优越。她不需要在站立的人群中争夺空间。蓦地，她心中微微一闪，又想到自己刚才也不得不争挤上车的情景。自己为什么能坐在这儿保持着与世无争的超然与平静呢？不正是因为通过争挤取得了一个相对稳定的位子吗？她这两年在古陵为什么会有那种与世无争的超然与平静呢？

她第一次对自己提出这样一个尖锐的问题。

她生性淡泊？她哼地一声在心中冷蔑地笑了。她有什么与世无争的清高？只不过是她争过了，争够了。自从一九六八年到内蒙古建设兵团，踏入社会，她什么厄运没经历过？少女的青春被蹂躏后，为了断绝与李向南的联系，也为了新的生存，她调离内蒙古，到东北，到山西，到河北……最后到古陵。为了谋取一个好一点的处境，她这个大学教授的女儿曾丢掉一切文雅，学会了最世俗、最卑贱的奔波，托人，求人。她懂得了利用一切机会，一切关系，还有一切手段。想到自己曾出卖的妩媚微笑，她一阵发热。她无清高可言。她的清高只不过是她免被别人轻视的自卫武器。她无超然可言,那不过是她只能如此。她不需要争了,因为她已争到一个相对稳定的位子。

她没什么可争的,因为她没有新的条件和机会。

"人生哲学很多。其实,一种哲学都是一种社会地位、处境造成的。"——李向南在古陵讲的话又在耳边响起。那或许是真理。她自以为优越的、可以蔑视尘世的超然和清高仅仅如此。这个自省是极简单的,她为什么居然从未作过?

看来人是经常不自觉地欺骗自己的。

车窗外掠过街灯、车流。

她这次来北京干什么?帮助整理父亲的遗稿?那是具体目的。还有呢?争取调回北京?十几年来,她不是一直在躲避过去的同学,躲开自己的过去吗?然而,为什么一接到北京大学的来信就踏上火车了呢?她想不想调回北京呢?无轨电车在北京的街道上驰过,微微颠簸着。她眯起眼仔细品味、辨析着自己的心理,模糊感到自己对于这次回京有着一种隐隐的兴奋。那是因为什么?潜意识的倾向是明白的。

她不想了。电车不到站她不会下车,她现在听凭电车带着她往前走。

又浮现出顾晓鹰的大脸盘。她嘴角露出一丝冷笑。李向南也时隐时现地浮现出来。那丝冷笑在脸上凝冻了一会儿,又化为自嘲的一笑。世界不够大。这么多巧合。自己可笑,人人可笑。她又微微地露出一丝面向一切的冷笑。面向一切的冷蔑,是保持心理平静所必需的。善良的心总是要被践踏的。就像不平等的爱情中,痴情的一方总要遭受痛苦一样。她一点都不善,就像她一点都不清高一样。看着她高雅娴静、庄重温和,那不过是把一切都包起来的结果。她太容易陷入自省了。

她不要再自省,她把目光投向外面。

车窗外,一个充满现代气氛的辉煌的京城。

一幅幅图画，全景镜头，特写镜头，纷沓交叠。被灯光点缀照亮、装饰勾画出的街道、路口、车辆、商店、大厦，都在掠动中化为色彩绚丽、光怪陆离的几何图形。最漂亮的还是北京的姑娘。她们的穿着漂亮，款式新颖的裙子线条优美；她们的身材漂亮，显出现代人的挺拔、苗条与健美；她们的神态漂亮，明眸皓齿，生气勃勃，充满自信。北京是属于她们的。现在是属于她们的。她们在路边漫步，在车上旁若无人地说笑，她们无所顾忌地和恋人在车厢的拥挤中搂抱着，低语着。林虹心中涌起一丝嫉妒。这是她这个年龄(年轻又不年轻)的女子对年轻姑娘特有的嫉妒。

她想到自己的年龄。但她现在已进入很好的自制状态。

她平静。她宽容。她一瞬间便生出许多优越感。她比她们更成熟，她更深刻地理解生活，她更能掌握自己的心理平衡和风度。

看着她们，她渐渐露出善意的微笑。

第 十 四 章

　　吴凤珠这位六十多岁的心理学家，一吃完晚饭就开始上上下下翻箱倒柜。把里外房间翻乱了，把一家人也翻烦了。家里本来就狭窄拥挤。

　　范书鸿这位老历史学家，直直地站在那儿，皱着眉无可奈何地看着制造混乱的妻子臃肿的背影，她正俯身趴在地上从床底下吃力地拖出一个个尘蒙蒙的破箱子。他的目光透过黑框秀琅眼镜的镜片忍耐地投射着。但历史学家的忍耐力也到极限了。"你有完没完了？能不能换个时间再慢慢翻？"他尽量声音放缓，克制着不耐烦："你看家里乱成什么样子了？"

　　箱子打开着，抽屉拉开着，床上堆满了翻出来的衣物，空气中充满了樟脑味和尘土气。

　　"我又不妨碍你们。"吴凤珠一边打开一个尘土厚积的破箱子，倒出旧衣旧鞋、破书烂本，埋头在里面哗啦啦翻寻着，一边无暇旁顾地嘟囔着，"我为什么要换个时间？还有什么比我这事更重要的？"翻。她要翻出来。今天研究所领导找她谈话，动员她退休，表示在退休前可以考虑解决她的入党问题。她要写一个对党的全面认识。过去写过很多。她要翻一件重要东西，那是她在干校的几年里写的思想学习笔记。不找到它无论如何不行。那是她最认真解剖自己灵魂的文字。

　　"你不知道今天林虹要来？这么乱，你叫她怎么进得来？"范书鸿依然克制地劝说着，但声音显然高了几度。

　　吴凤珠还是自顾自地翻着东西。过了好几秒钟，她才有一句没一句地唠叨着："来不来也不一定。你们不是去接了一趟火车没接着？……都是自己人，乱点怕什么……家里本来就拥挤嘛。实事求是嘛。为什么要硬装门面？"

范书鸿毫无办法地长叹了一口气。真是不讲理。二十几年前动不动就是一句"思想改造"。十几年前动不动就是一句"斗私批修"。现在动不动就是一句"实事求是"。"人家是客人，你要站在客人的角度想想嘛。这么挤再加上这么乱，人家还敢在这儿落脚吗?"他一摊双手说。他要为客人考虑。他要诸事得体。

一厅三室的住房。文化大革命中，取消资产阶级知识分子特权，搬进了一家工人，占去一间。剩下两间是套间，他和儿子住外面一间，妻子和女儿、保姆住里面一间。家具、书籍堆积如山。今天林虹来，越发显出居住条件的窘困。

女儿范丹妮一直在乱中求静地对着镜子描眉，不理睬身边的天翻地覆。她坐在屋角栗色雕花木的椭圆镜前。床上、椅子上堆放得乱七八糟的衣物，几乎把她埋起来了。她这时转回头，瞥了母亲一眼。"人家说一句要考虑解决你入党问题，你就头脑发热了。现在发展六十多岁的人有什么用?不过是哄着你退休。"她刻薄地冷嘲道。

做母亲的似乎没听见，还蹲在那里翻着。一个个发黄的旧本子烂纸捆，发散着潮霉气味。翻，她一定要翻到。她生性执拗，干什么事总要一直干下去。今天她翻寻不到那几个本子是睡不着觉的。还有什么比这更要紧吗?女儿的话她才听不进去呢。现在谁的话她也听不进去。她只知道自己前面的目标，只听见自己的声音。其实，不管在什么事情上，她从没有听进去过别人的劝告。什么叫"哄着退休"?现在的年轻人真是越来越不像话，都学得玩世不恭。她在心中不满地唠叨着，最后唠叨出声来:"正正经经的事情，也不相信，怀疑一切。"

……她今天是一路激动下班回家的。

研究所新上任的所领导老岳是个仪表堂堂的中年人，理着庄重漂亮的中背头，一双神采奕奕的眼睛。他委婉地结束着动员吴凤珠主动退休的谈话:"你看，你还有什么要求吗?"吴凤珠一直低着头，脸色很难看，像是突然病了一样，这时她失神地慢慢抬起头，目光恳求地想申辩什么，但她没说出一句来。退休看来是无可抗拒的命运了。"那我的……"她吃力地嗫嚅道。

"你的什么?"老岳疑惑不解地看着她。

"我……我是说……我的……"她有点浮肿的、病恹恹的脸上流淌下一道道汗水。她的困难表情把问题说明了。

"噢,你是说你的组织问题吧?"老岳恍然大悟。这位吴凤珠从一九五〇年回国开始,三十多年来"虔虔诚诚"要求入党是有名的,紧跟形势又总是跟不上或跟过头也是有名的,成为人们闲谈嘲讽的对象也是有名的。他怜悯又有点儿反感地看了看吴凤珠,敷衍着笑了笑:"好,好,这个问题组织上会考虑的,正在考虑。现在,你还是要继续提高对党的认识。"……

"妈,再说,你入党为什么?都要退休了,入了党有啥用?除了交党费,一丁点儿好处也没有。"范丹妮又冷言冷语地说道。

"我是信仰。"做母亲的这一句是讲得明确的。

"你信仰什么?马列主义?你从来也没弄懂过马列主义。我看你信仰的是政治时髦。提什么口号,你盲目跟什么口号,比谁都'左'。当了几十年的牺牲品。"

"我怎么当牺牲品了?"吴凤珠停住手,很生气地问。

"每次积极要求入党,最后就是一个结论:入党动机不纯。"

"我怎么动机不纯了?"吴凤珠眼睁睁看着女儿,张着嘴,呆呆地说不上来了。她的手开始微微颤抖。

"我看你就是政治虚荣心——当代最大的虚荣心。"

"我怎么虚荣心了?"她的手抖得更厉害了。

"好了,凤珠。"范书鸿连忙笑着打圆场,看见妻子的手发抖,他怕她心脏病发作,"你这不叫政治虚荣心,啊,你这叫……,叫绝对之探求。"

"我怎么绝对之探求了?"

"我可不是讽刺你啊。你没看过巴尔扎克有部小说,写个化学家,就叫《绝对之探求》?为了一个根本达不到的、绝对的目标,做无休止的探求。"

"我的目标怎么达不到了?"

"你的目标当然是可能达到的，这一点你和那个化学家不一样。"范书鸿息事宁人地赔着笑。唉，真正是"绝对之探求"。她自己不知道。三十多年了，入党的事一直折磨着她。不知交了几百份思想汇报，紧跟各项运动，响应各个中心口号。每次找组织谈话，痛哭流涕地解剖自己。一年三百六十五天就在自我批判中度过。几次像要被发展了，又没有。照例是心脏病发作。入党为了什么，对这一点的认识，她三十多年来大概是越来越离谱了。入党就是目的，目的就是一切。她看不清别的，看不清自己。越是付出痛苦代价的目标越宝贵，越不易达到的目标越魅惑人。

有了绝对的目标，就有了绝对之探求了。

吴凤珠大睁着眼，呆愣愣地看着女儿。她还是满腔怒气。可她当下想不起要说什么。过了几秒钟，气消了点儿，她继续低下头翻东西。翻，她一定要翻出她的思想笔记来。还有比这更重要的吗？然而她只翻了两下，就又抬起头。刚才要说可想不起来的话，现在到嘴边了。"你说我怎么盲目了？"她看着女儿生气地问。

"我不想说了。"范丹妮正对着镜子往头上别发卡，不耐烦地说，"你自己应该有经验总结。当了一辈子牺牲品再不自知，那就更可悲了。"

"我怎么可悲了？"吴凤珠的声音更高了，眼睛直愣愣地睁得更大了。

"一辈子被愚弄成那样。连赶个苍蝇都要挖私心，还不可悲？"范丹妮尖刻地说。

……二十多个戴眼镜和不戴眼镜的知识分子围坐着。在开思想学习会。吴凤珠面对着大家虔诚地解剖自己的灵魂。那时她比现在年轻，还没有白头发。"我的私心杂念还没彻底消灭，还要狠挖。中午在食堂吃饭时，苍蝇落在自己碗上，我就伸手赶走了。看见飞到别人碗上，就不管了。事不关己，高高挂起。"她越是自我解剖越是沉痛："我受西方资产阶级思想影响太深，思想改造的任务还很艰巨……"她流泪了……

"我怎么比谁都'左'了？"吴凤珠对女儿的话反应不过来，跟不上。她只是一句接一句地问。

"妈,我告诉你,我不愿说了,说够了。你始终就没'左'过,行了吧?"范丹妮把梳子卡子哗啦啦往桌上一推,站起来要走,又想起什么,转身拉开抽屉乒乒乓乓翻找东西。哼,"左"得太多,都"左"得忘了。

……刚开冻不久的河水还漂浮着碎冰凌。干校的一群老知识分子挂着铁锹,站在岸边看着河水发呆。"咱们要深揭狠批'五·一六',要带着对'五·一六'的深仇大恨挖河泥。"吴凤珠在人群中做着动员。她是班长。没人动。有的慢慢摸出烟来,点着了。吴凤珠弯腰挽起自己的裤腿,腰顿时疼得直不起来,心区一阵憋闷发慌,冷汗涔涔从两鬓渗出来。她咬了咬牙,一步步入冰冷刺骨的河水里,弯下腰一锹一锹挖起来。有人跟着下河了,有人晕倒在水中……

"我到底哪儿'左'了,啊?"吴凤珠火更大了。

"好了,我的好凤珠,好女儿,你们都别吵了。"范书鸿哄劝着,平息着,"丹妮,你又要出去啊?"他这样问,是为了转移话题,但一瞬间却转移了自己的注意。他微微皱起眉看看女儿的打扮。女儿的事始终让他担忧。三十六岁的人了。

"我去参加一个周末俱乐部。"范丹妮摘下衣架上的一个精致皮挎包就要走。

"你别走,讲清楚再走。"吴凤珠说。

"妈,"范丹妮站住,尽量克制住自己,"不说那么多了。你就是要思想汇报,也用不着去找那些笔记本啊——隔了多少年了。"

"你怎么知道用不着?"

"妈,"儿子范丹林从外间屋进来,风趣地说,"你主要是没个电子计算机。要不,你就可以把你成百上千次的思想总结都输入进去存贮起来。一旦用起来,一提取就出来了。"

"你也来气我。"

范丹林诙谐地一笑:"妈,我可不想气你。我是怕你和姐姐吵架太认真,怕你生气。"

"人就是要认认真真地活着。都像她那样随随便便混日子行吗?"

母亲的这句话刺激了范丹妮。"我混我乐意。我随便我乐意。"她急步穿过门厅,拉开大门就往外走。

林虹走进了单元门。

这是一片陈旧的、形状单调划一的宿舍楼群。呆板,毫无变化和生气,凝聚着建造年代的审美意识和哲学思想。这是其中一幢同样单调的楼房。一个个或明或暗的灯窗,隐隐照亮着一个个堆满什物的阳台。阳台的堆积是房间拥挤的表象。这儿,她小时候来过。门口几棵柳树依旧,只不过小树变成大树了。都要变的。楼会老,树会老,人会老,亿万年寿命的恒星也会老。这又是一个呆板的、灰沉沉的单元门。说门,只有一半。左边一扇门歪斜地扭着长脸。右边只看见门框,看见合页留下的槽印和螺丝钉眼。楼门内拥挤不堪地堆满了自行车。真不知明天早晨人们怎么推出来。像是一篓相互绞缠的螃蟹。一盏昏黄的灯,照着肮脏的、白灰脱落的墙。左右高提着旅行袋,来回扭动躲闪着,从自行车夹缝中穿过。楼梯上也放着自行车,很巧妙地把脚蹬子挂在楼梯扶手的铁栅栏上,一辆辆车就翘首而立了。人人都是利用空间的能者。楼梯拐弯,一垛堆得老高的落满尘土的什物。又拐弯,又一垛落满尘土的什物。一个破木箱上还有着十几年前贴得发黄的纸条:"河南省新乡市××干校七连一排"。

又是一个同样呆板单调的房门了。三层楼,没错。这不是。门上贴着一张小四方纸:

范书鸿吴凤珠

这是她找的人家,父亲的生前好友。

她调整一下情绪,做好与主人相见的心理准备。

她举起手要敲门时,手停在那儿,又犹豫了。她听见里面激烈的争吵声。门突然打开了,急匆匆走出一个人,差点儿和她撞个满怀。

两个人一番相隔十几年后重逢的相认。林虹是礼貌的、愉快的。范丹妮是亲热的、赞赏的——对林虹的外貌。重逢的兴奋并没能转移范丹妮刚才与母亲争吵时的激烈情绪:"家里乱七八糟的,我妈犯神经呢。你干脆先跟我一块儿出去玩玩吧?"

林虹推辞了:"你去吧,我先看看范伯伯、吴阿姨。"

这个家庭里发生什么事情了?

门厅里迎面站着一个三十来岁的年轻人,身材挺拔,肩宽而平,一股子文质彬彬的学生气。不大的眼睛里含着微微的笑意。是范丹林。

"我和爸爸去车站接过你一趟。"范丹林说,略含一丝拘束。他对林虹中学时的美丽有很深的印象,而少年时代对异性的这种印象总是最美好的。对于林虹的到来,他内心深处始终有着一丝兴奋和期待。现在看到林虹,他没失望。

"我不用接,能找到。"林虹很自然地笑着。她对会见这个家庭中的每个人都作了心理准备。可恰恰对这个家庭中的嘈乱没有心理准备。

"来,把东西给我。"范丹林上来接过行李。

两人相近时,他感到了她女性的气息;她也感到了他男性的气息。这是一种并不太年轻的女性的气息:清幽、恬淡,没有二十岁姑娘的那种火热。这让他掠过一丝失望,同时又立刻觉得这失望没道理。这是一个必定没结过婚的男性的气息:含着一种有搏动感的、袒裸的、放射的热力。这增加了她一丝心理负荷。

"你对我们家今晚的内乱要有足够的思想准备。"范丹林朝里努了一下嘴。

"林虹吧?哎呀,你总算是来了。我都快不放心了。"范书鸿闻声忙不迭欢喜地从屋里来到门厅。听见范书鸿家来了客人,邻居家的那间房门打开了。放出来喤喤呛呛震耳的京剧广播声。一个穿着背心短裤的胖胖的中年人,端着盆哼着唱腔出来,穿过门厅去厨房,斜溜着眼把林虹打量了打量,又回到屋里,把门紧闭上了。京剧的声音又小了。

外面又响起了拘谨的敲门声。

范丹林扭头看着大门,听了听。"好了,找我的来了。"他耸耸肩,无奈地笑了笑,"林虹,你先进屋吧。我还要出去一下,有点任务要完成。"

"这么晚还要完成什么任务?"林虹关心地问。

"例行公事——轧马路。"

"轧马路?"

"去和一个不一定可爱的姑娘轧马路。"

林虹明白了,笑了。

"好,好,你去吧。"范书鸿朝儿子摆了摆手,"林虹,咱们回屋里去。你阿姨正倒海翻江卷巨澜呢。"

范书鸿实在克制不住了。他要尊严体面。要有对客人的热情礼貌。要有对好友之女的关照。要有人情。吴凤珠只是要翻。她又从里屋翻到外屋来。"一晚上以你为中心,陪你、哄你、让你。刚给你让开里屋叫你翻,怎么没两分钟,你又翻到外屋来了?"他还尽量压抑着自己,为了不出现太使林虹难堪的场面。

吴凤珠不管这些。她的火气很大。她翻到哪儿,别人就应该赶紧让开哪儿。她从外翻到里,范书鸿、林虹就连忙站起来让到外屋;她从里翻到外,他们又连忙让到里屋。"我又想到这儿有个纸盒子没翻嘛。"她把头探进床底下,拉出个纸盒子,"你们谈话在哪儿不行?我忙这样要紧的事情,你们一点不关心。"

范书鸿直愣愣地站了一会儿。"好,好。"他息事宁人地长叹了口气,"我们再而三、三而四地给你腾地方。你现在的事情最重要。"他站了起来。林虹礼貌地跟着站了起来。"要不要帮你翻啊?"他问妻子。

"不要。你们翻,我还不放心呢。"

"好好。你总是信不过别人。"范书鸿转头看看林虹,一摊双手,自嘲地摇了摇头。"我说老太婆,你也不和咱们的客人说说话了?"

"我现在顾不上呢。你先和林虹聊嘛。"

"我提醒你一下,老太婆,现在已经不早了,你要考虑到林虹坐了一天火车还没休息呢。"

"我没关系。"林虹说道。踏入这样一个纷乱的家庭,她心中很有些不安。

"我笔记本还没找到嘛。"吴凤珠抬起淌满汗水的脸,睁大眼直视着范书鸿,火气很大,"什么都应该有主有次嘛。是睡觉重要还是信仰重要?"

当着林虹讲这样的话,范书鸿被噎得半晌说不上话来。

"你说是睡觉重要还是信仰重要?你说嘛。"吴凤珠重复着。

还有这样不讲情理的吗?范书鸿感到了自己的恼怒,感到了站在一旁的林虹的难堪。"我不要紧,让阿姨慢慢找吧。"他听见她这样说。不知怎么,此刻看着妻子头发蓬乱,脸色苍白,他不仅没有心疼,反而一下子勃然发作了:"什么信仰?别谈你的信仰了。你那叫什么信仰?说得尖刻点儿,就是丹妮的话,政治虚荣。"

"你,你侮辱……人……格。"吴凤珠的手又开始发抖,或许因为范书鸿没有注意到这一点,她的手的抖动愈加厉害了。"林虹,你说他讲理不讲理?"她用颤抖的手指着范书鸿,"信仰……是人的第一……生命,你……"

这次,她的手的颤抖让范书鸿看到了。"好了,好了,"一见她又发抖,范书鸿泄了气,克制住自己,"我还是说绝对之探求吧,不,我什么也不说了。行了吧?好,林虹,咱们还是到里屋去吧,给你阿姨腾地方。"

翻。她气得手还在发抖。翻笔记本干什么?她嗡嗡地一阵耳鸣。他们到里屋去了,拉椅子的声音,说话的声音,都不关心她。翻笔记本要写思想汇报。写汇报干什么?她耳边又一阵嗡嗡鸣响,眼前一阵迷雾。心脏不好。她不用想,没精力认真想。她牢牢记住前面的目标。隔着雾,所领导老岳仪表堂堂的形象,和蔼含笑的眼睛。嗡嗡声过去了,迷雾也消逝了。低头看,浑身是土,用手背擦擦额头的汗,脸还不定抹画成啥样了呢。

她能看见自己吗?她从来看不见自己。

不，旁边就是穿衣镜。镜子有问题。脸在里面拉长了，变形了，像是河面上水波晃动的倒影。灯光照着满屋子乱七八糟的堆积物。各种奇形怪状的黑影，毕加索的立体主义画面。她蹲在中间蓬着头发。这是她吗？不，这不是她。

这不是原来的她。是镜子使她变形了。

她又扭过头，这里又有一面镜子。这面镜子没问题。脸不长了，不扭曲了，不像晃荡的水中倒影了。可满脸是汗水与灰土划出的道道，漫画一样，又是一种变形。

这还不是原来的她。是汗水与灰土的涂抹使她变形了。

她抓过椅背上的一条毛巾擦了擦。没道道了。可脸是苍白的，多皱的，难看的。这不是原来的她了。她年轻时是漂亮的。在去巴黎留学的海轮上，她站在船栏边，风吹着她的头发和蓝色的旗袍，吸引着多少男性的目光。那时她的脸是光润的，她的身材是苗条的。她老了。是时间使她变形了。可是她怎么会老成这样？她的头发怎么都白了？她的母亲六十岁还没有白发。她知道自己老了应该什么样。皱纹是该有的，皱纹多也是应该的。可现在，脸上有些皱纹，原本不该是她脸上的纹理。

她应该是个慈祥的、富于知识气的老太太，怎么成了现在这样寒酸的、可怜巴巴的样子。过去自己没照过镜子？照过的啊。她从来不可怜巴巴啊。

又是什么使她变形了呢？

她不是很勇敢的吗？固执，一往无前，不达目的不罢休。她要去西方求文明，便冲破封建家庭的重重束缚去了。在巴黎，有几个女性同时追逐范书鸿，她不是打败了一切对手达到目的了吗？多少年的骄傲。她爱虚荣。可她有信仰是另一回事了。雾，回忆上怎么老遮着雾？模糊，原来很清晰的现在都模糊了。回国后第一次参加国务院——那时叫政务院？——招待会。红地毯，堂皇的大厅，温暖的握手，首长的微笑，掌声的浪潮。鲜花。献花的是个漂亮的小女孩儿。红色的蝴蝶结。鲜花的香气让她眼睛潮湿。共和国。一切是伟大的。只有自己是渺小的。好好改造渺小，以适应伟大。改造。改造。周围是一圈圈开会的人。写汇报的纸像雪片一样。她越来越渺小,虔诚。头越来越低。脚下是干校水田的泥泞。赤脚,自己的腿白胖松软,简直是个剥削分子。她要改造。她要解决组织问题。一瞬间,她就想到了自己所以要写思想汇报的目的。她要翻。再累也要翻。天亮也要翻。她有信仰。信仰什么?不用想。政治虚荣?绝对之探求?不。她要翻。翻。翻。

心理学家的心理却缺乏稳定的心理逻辑,有点神经质。她正翻着一个纸盒子,又想到阳台里还放着一大塑料包旧书本。她站起来,头晕心慌,腿软,推开阳台门,她看着一大堆黑糊糊的什物,懵懵懂懂,恍恍惚惚,不知如何下手。

夜晚的空气有些潮湿,让她感到呼吸艰难。

头顶上,四层楼阳台上有人站在那儿凭栏说话,听声音就知道是和她同研究所工作的夫妇俩。他们正谈到她。她清醒了。

"所里让吴凤珠退休了?"女的声音。

"嗯,老岳今天找她谈了。"男的声音。

"她退吗?"

"大势所趋。听老岳讲,她希望在退休前解决组织问题。"

"她这个岁数入党还有什么用啊。唉,要入,就让人家入吧,一辈子也怪可怜的。"

"听老岳讲,这样的人暂时先不考虑。"

"暂时先不考虑,退休了不是更不考虑了?"

她的腿完全失了支撑。在光影旋转的迷雾中,她一点点瘫软着倒在阳台上。

第十五章

　　林虹和范书鸿隔着写字台在杂乱拥挤中坐下。

　　周围是两个单人床、一个折叠床,上面堆满衣物,桌子,一个个书架、书柜,堆积在书架上直至房顶的书籍,堆积在地上占满家具间隙的书籍。一摞六个箱子,比立柜还高。靠墙的一个三屉桌上放着个两开门的小衣柜,家具的重叠。脚下狼藉着一个个打开的箱子。物质对人的近距离的包围。

　　她需要迅速适应这个环境中人与空间的关系。她更需要迅速适应这个环境中人与人的关系。她应该运用她处世待人的聪明,消解自己踏入这个纷乱家庭后主客都面临的某种难堪。"范伯伯,您现在写什么历史著作呢?——刚才我看见外屋桌上堆着书稿。"她礼貌地问。她首先要使范书鸿情绪好起来。

　　范书鸿摇头了:"这个先不谈吧。"

　　林虹看着范书鸿理解地笑笑,需要换个谈话角度:"范伯伯,我这次回来,要帮助整理父亲生前的遗稿。到时整理出来了,要请您在百忙之中抽空审阅一下。"

　　"应该的。"范书鸿点点头,"说不上百忙之中,我有什么百忙?"他自嘲地叹口气,"是不忙,白忙,乱忙。"

　　"那您忙什么呢?"林虹问。

　　"忙什么?忙房子,忙孩子,忙历史学以外的乱七八糟。"

　　林虹有些吃惊:"孩子还用您忙吗?丹妮、丹林他们不都挺好吗?"

　　"先不谈这个吧。"

　　林虹稍有些不自然地笑笑,没再说话。

　　这使范书鸿从自己的情绪中清醒过来,他为自己的失态感到歉疚。"丹妮是一天到晚在电影界混,混得谁都看不起。"他叹道,

"……她的事我很难和你讲啊。"

"她爱人在哪儿工作?"

"没有什么问题比这个问题更难回答了,你慢慢就知道了,她在北京文艺界很'出名'的。"

怎么个出名呢?当然不便问。

"丹林呢?他……"林虹话半而止,让表情把话说完。

"他?……这两年他算不错了。"说到儿子,范书鸿平和了些,"他现在在经济所,是改革家。在北京思想界也算有点儿名气吧。"

"他还没结婚,为什么?"

"这个问题,大概要一个历史学家再加一个心理学家才能回答。"

"丹林的想法有些有些怪是吗?"

"说怪也不怪,不过要说清楚也很难。这会儿他在那儿轧马路,又不知道和人家说什么呢。"

月坛公园外的林荫路边,夜风习习,树影婆娑。公园内一团团高大墨黑的松柏,将沁人的湿凉隔墙洇化出来,溶入夏夜京城的燥热中。范丹林和一个姑娘缓缓并肩走着。姑娘低着头,红花裙在朦胧的光影中摆动着。

"你这是第几次和人这样轧马路了?"范丹林问,文质彬彬中透着一种玩世不恭。

"……第一次。"

"第一次?"

"真的,像这样是第一次。"

"像别的样呢?"

"就是第一次。"

"我相信你的回答——你愿意吗?"

"愿意。"姑娘低着头答道。

"你今年二十七了吧?"姑娘脸红了,低着头没回答。这样居高临下的口吻,对于一个极力要使自己显得年轻的姑娘无疑是难以忍受的。"一个二十七岁的女性,没谈过恋爱是令人遗憾的。我很难想象我会爱这样的人。"范丹林目视前方一幢幢灯窗闪烁的楼房,似乎是自言自语地说。

"我……"姑娘抬起头看了范丹林一眼。

"你怎么?"

"我……不……我……"

范丹林嘿的一声冷笑:"你知道我第一厌恶什么吗?"

"不知道。"

"我第一厌恶的是虚伪,掩盖真情的虚伪。你爱我什么呢?我怎么看不出我有什么可爱的地方?"

"各方面……"

范丹林从鼻子里哼了一声:"我现在好像价钱不坏。"

"你别侮辱人格。"

"我可没侮辱你。我前几年可是个劣等货,没人要,你知道吗?"

"不知道。"

"一天到晚在街道工厂抡大锤,不是'劣等货'?现在成了优等货了,出口转内销的,就抢着要了。"

"你说话怎么这么刻薄?"姑娘声音很低。

"要,又不说真实的考虑——你知道我第二厌恶什么吗?"

"不知道。"

"我第二厌恶的还是虚伪——讳言自己的目的性。看上我什么?是研究生,出过国,著过书,有前途,这些说出来就挺好嘛。何必说些别的?"

"我就不看你这些嘛。"姑娘轻声嗔道。

"那你看哪些?"

"我看的是你整个人。"

"人?又不是抽象的,总有具体的方面。我劝你不要考虑我了。我这个人,质量、性能,都不会符合你的理想,毛病缺陷太多。"

"……我……"

"我告诉你吧,我有肝硬化。"

"你……"姑娘看着范丹林似乎隐含着一丝恶作剧的样子,说不上话来。

林虹看着范书鸿理解地笑了笑:"一个人一个性格。"

"他的性格有缺陷。"

"您不是说他挺活跃吗,还遇不到合适的对象?"

"怎么能合适?他接触的差不多都是你们这代人。你们这一代,好一点的都结婚了。哪儿去找他合适的?"

"不会找年轻点的?"林虹赶忙把问题引下去,话停留在这儿会涉及她。

"再年轻的,给他介绍,他又总觉得没味道。不知道他要什么味道。"

林虹笑了笑。范书鸿轻轻叹了口气,摘下眼镜,擦了擦,重新戴好,看着林虹问道:"你爱人现在在哪儿?"

"我?"林虹微微摇了摇头,还是涉及自己了。

"还没结婚?"范书鸿有些意外。

"我离婚了。"林虹坦然地说。

"噢……"范书鸿不自然地点点头,一瞬的尴尬。他太唐突了。"你看我们家挤成什么样了,"他转移话题,环指了一下房间,"范丹林这个改革家连自己的房子都搞不到,挤在父母这儿。真是家不成家。"

"原来这三间不都是你们家的吗?"

"那是老黄历了。'文革'中又搬进一家,你进来时没看见那家邻居?"

"现在不是落实知识分子政策吗?"

"有落实的,有没落实的。我这房子问题,前前后后真可以写部很精彩的小说呢。要说问题很简单,单位里只要给我这邻居找下住房,让他搬出去就行了,是吧?就这么件小事情,从一九七八年到现在，研究来研究去，整整四年了，找了领导几十次，可到现在还是没解决。后来，就是最近这次出国，我突然明白了，我没有随风入俗，采取大家都采取的办法。"

"什么办法？"

"请客送礼。可以说什么办法都想到了，就是没想到这最最简单的办法。以为在文化单位不用这一套。关于房子的事，前前后后可以和你讲两天，有的场面简直就是电影。"

丰田牌小轿车载着范书鸿在雨夜的北京街道上飞驰着，去首都机场。阜成门立交桥，白塔寺，北海公园，景山，故宫，看着车窗外掠过的北京城街道，范书鸿突然惊异了：车一过美术馆往北拐了，应该一直往东去啊。

"怎么从这儿走？"他俯身客气地问司机小刘。

"噢，您等会儿就知道了。拐一下，接个人。"

车在一个漂亮的四合院门口停住，响了几下喇叭。很快，红色大门吱嘎嘎开了，一个人打着折叠伞，戗风顶雨地从门口急步出来，一弯腰，收伞上了车。

是研究所的党委副书记白贵德。

"您也……"范书鸿看着他，一时有些惊讶。

"范老，我去机场送送你。"白贵德嗓音沙哑地笑道，边示意小刘开车。

范书鸿既意外又感动。这次为去德国参加世界三大宗教史讨论会，曾和研究所领导闹得很不愉快。起初，德国来请了，研究所领导不同意去，说没有外汇。后来，德国方面汇来一笔钱，所领导又说这样有损国体，难道中国连这点钱都出不起？结果还是不让去。无奈范书鸿只得向上面有关部门越级交涉，反反复复总算可以去了，但所领导都有些悻悻然。

车在雨夜的街道上疾驰着。

白贵德打着手势感叹道："出国交流学术，是很光荣的事情。"白贵德高颧骨，凸额头，凹眼窝，他说话时，那双大眼睛并不看对方，"所里总该来领导送送，别人都说没时间，那就不勉强他们了。我和小刘说了，不要张扬，到时车拐到我家一下就行了。"他点着烟吐出烟气来，"范老，现在的工作不好做，到处是官僚主义啊，你看你的房子问题拖了多长时间。不能再拖了。等你出国回来，这次一定立刻解决。"

范书鸿感动着，直到上飞机仍然感动着。

……

当他中午提着一个沉重的大皮箱踏进白贵德家客厅时，白贵德满面笑容地迎上来，又是招呼就座，又是沏茶递烟，又是让儿女从各自的房间出来见见范伯伯，热情地问长问短。范书鸿昨天刚从德国回来，今天上午原打算到所里汇报工作，白贵德让他别急，休息休息，"中午有时间先来家里坐坐"。他们天南海北地聊着。客厅里宽敞舒适，铺着红地毯，吊着莲花灯，很富丽堂皇。一切德国见闻都谈到了。

"怎么样，这次出国，收获不小吧？我这不是指学术方面，是指物质上，啊？"白贵德风趣地笑着，"买了点儿什么好东西啊？"

"没买什么。"

"没买什么？"

"我只是给自己和所里买了些书籍。这不是，这一箱书，我等会儿就带到所里去。"

"噢……"白贵德意外地怔了怔，眼睛不自然地闪烁了一下，"除了书呢？"

"除了书我没买什么。我节约了九千马克外汇带回来了。"

"九千马克？"白贵德眼睛一亮。

"我准备上缴国家。"

"上缴？"

"是啊。您看，这笔外汇应该上缴哪儿啊？"

"这个，再研究吧。"

两人还在谈着。白贵德脸上还浮着笑容，但显得勉强，而且渐渐冷淡下来，最后完全消逝了。

"我出了门才突然发觉：他最后的态度完全是冷淡的、敷衍的，和他一开始的亲热判若两人。是怎么变过来的？我哪句话说得不合适了？我仔细地回忆了整个谈话，回来又和家人从头到尾研究了一遍，才算明白了个中奥妙。"范书鸿说。

　　"那您的九千马克呢？"林虹问。

　　"缴了。为缴这笔外汇，跑来跑去跑了好几天，没地方收。最后总算缴到外汇局了。丹林、丹妮他们都说我傻。"

　　"那您的房子问题更解决不了啦。"

　　"大概是。"范书鸿苦笑了一下，"难度更大了。隔壁邻居老王是所里的锅炉管道工，原来说一间换一间不往外搬，要一间半。现在又提价了，非要两室一厅的单元不可。"

　　半导体收音机里正在播放京剧《群英会》。"咱们搬不搬哪？"王满成坐在竹椅上品着茶，慢声慢语地问。两个上小学的儿子已经睡下。屋子里狭窄拥挤。

　　"搬什么，就东三楼那一间半？"老婆张海花正低头在缝纫机上做活儿，叭地放下剪刀，人胖气粗，"两室一厅，没这就不搬。"

　　"你没看，范老他们一家挤着也怪可怜的。"

　　"你可怜他们，谁可怜你啊。你一个烂工人，现在是最不值钱的。照顾谁也照顾不上你。反正他们现在要落实知识分子政策，咱们占着这一间，不给两室一厅就不搬。"

　　"咱们先搬过去，往后再慢慢找着所里要两室一厅呗。"

　　"我告诉你，一旦搬出去了，就没人管你了。现在可是重视知识分子，挤兑工人。你没听人说：老二分了田，老九上了天，老大靠了边。他们有啥可怜的？又出国，又有钱，工资是你三四倍，划拉一篇文章就是多少钱。咱们也不是和他们过不去，文化革命那会儿范老挨斗，咱们没可怜过他？我这是和你们所当官的过不去呢。我要是你，不给房子，冬天就让你们机关暖气全不通。"

"那这邻居也太不讲理了。"林虹说。

"他们的考虑也能理解，将心比心吧。"范书鸿不无感叹地说。

"您在这样的条件下搞历史研究也真不容易。"

"我算什么研究啊。"范书鸿摇了摇头，"这不是，明天，"他翻了一下台历，"有个法国历史学家，是法籍华人，叫邓秋白，我要请他和太太吃饭。他是我，噢，还是你爸爸，四十年代一块儿去欧洲留学的同学。明天你也一块儿去吧，你看，"他轻轻拍了拍写字台上堆放的四大摞硬皮精装书（大概有几十本，码成一个立方体），"这是他送我的著作，加起来有一人高吧，著作等身。可我，想回送他一本书，却几乎找不出来。"老历史学家拉亮红纱罩台灯，使屋里再增加一些亮度，然后，在拥挤中困难地挪开椅子费劲地站起来，拉开身后紧贴着书柜的玻璃，从里边抽出一本顶多有三百页的平装书：《佛教在中国的历史》。他轻轻拍掸了一下书上的尘土。

"回国几十年了，我只出过这一本书。"他轻轻翻了翻，书中夹着很多纸条，他拿出一张看了看，朝林虹抖了抖，"就这一本书，还要对许多地方修改后才拿得出去。……这就是我一生的'成就'啊。"他把书慢慢放到写字台上，用右手抚摸着，左手下意识地摩挲着那堆码成一个硕大正方体的四摞书。

他自己的书，薄薄的一本，薄得几乎没有厚度，手指透过书似乎便直接感到了桌面的硬度。质地低劣的封皮，软沓沓的，没有一点张力。

老同学的书，厚厚实实的一垛，堂皇气派，精装封皮硬挺挺的，烫金字赫赫然的。沉甸甸的一垛书压得写字台要翻倾过来似的。他右手不由自主地用力再用力压住自己那本薄书，好像这样才能维持这个大天平的平衡。

书的对比大概使他回想起一生走过的道路。

"当时我回国了，他没回国。一晃三十年过去了。"范书鸿感叹道。

两个人都不再说话。大概是为着打破这不该有的静默，范书鸿又从书柜里抽出两本大学的历史教科书,"还有,就是这教科书了。我只是十几个编委之一。也不能算我的著作。"又是两三秒钟沉默。听见窗外传来一个女人的呻吟。

"您现在后悔吗——当初回国?"林虹轻声问。

范书鸿看了看林虹,摇摇头:"已经走过的路,有什么后悔的呢?"

"如果能够重新选择一次呢?"

"还是要选择回国的吧。"

"为什么,这三十年不是把您的学术事业都耽误了?"

"我主要是为了孩子。他们应该回到中国来。"

林虹刚要说什么宽解的话,范丹林回来了。他冲她笑笑,转向父亲:"爸爸,您这左手一大垛,右手一薄本,可真是个蒙太奇对比。这充分证明前些年,我们不仅在经济上,而且在文化上是多么可悲。"

范书鸿不满地瞥了儿子一眼。

"爸爸,您明天就准备把这么一本佛教史回送邓伯伯?"

"还有这两本教科书,集体编的,不一定合适吧?"范书鸿看着儿子,犹豫不决。

"这哪能送出去啊?"

"那,就只有这本佛教史了。"老历史学家显出了可怜。

"这本也别送了。"

"怎么?"

"这本书是什么年头写的?那种理论模式下写的东西,一点学术价值都没有。"

"起码有点资料意义吧?"范书鸿小心地说。

"有什么资料意义?这本书现在看,没什么信息含量。趁早别送人。拿出去还不够丢脸败兴的呢。"

"你……"范书鸿一下恼了,嘴唇有些发抖。

"爸爸,您不要生气,我不是想伤您自尊心。您看邓伯伯的书——"他啪啪啪把书一本本从书垛上拿下来,又一本本在桌上打开着，哗哗啦啦展露出装潢精美的封面、扉页，雪白发亮的纸张，华美的插图，"一本是一本。这是一九五七的，那一年您干啥来了？差点儿当右派。这是一九五八年的，一九五九年的，一九六〇年的，人家年年出书。看，这本是一九六六年的，您那时正住牛棚呢。这一本，还有这一本，您看，这一本是一九八二年三月出的，刚出三四个月。爸爸，要我说，您这样的书不如不送，孤零零一薄本，也没什么新内容，送了反而让人小看。"

"有什么小看的，他是我老同学，对中国这些年情况也不是不理解。"

"你不是要修改再版吗？等那时候再送不也行吗？"

"不修改了，就这样送人。我一辈子没写什么，就写了这本连资料意义也没有的劣等书。"

"爸爸……"

"你怕爸爸让人小看，爸爸可不怕让人小看。"

范丹林看着父亲想说什么，又闭住了嘴。他低下头，沉默了一会儿："爸爸，书你送吧，送还是对的。"

"你说送，我不送了。"范书鸿大声说。因为激动，他的手神经质地抖动着，摸索着抓起那本书，哗嚓嚓，从中间把书撕成了两半。

范丹林怔怔地看着父亲，林虹也不知该如何劝慰了。

突然，外屋阳台上传来惊惶的喊叫，那是在范丹林之后刚刚回来的保姆的声音："你们快来呀。阿姨晕倒了。"三个人一惊，急忙来到阳台上。吴凤珠正呻吟着瘫倒在黑暗中。"我刚回来，要在阳台上放点东西，就发现阿姨……"保姆是个四十来岁的安徽妇女，她蹲在吴凤珠身边，对范书鸿解释着。

"妈妈，你怎么了？"

"凤珠，凤珠。"

父子俩抱起吴凤珠，要往屋里抬。

"我……不要进屋……我……要……翻，翻……"吴凤珠有气无力地挣扎着。

"你还翻什么？本子，本子。连命都不要了？"范书鸿冒火地说。

在众人的协助下，吴凤珠被抬进房间。铺床，安置，拿药，家里乱成一团。

这时，门厅里又响起陌生的敲门声。

第 十 六 章

来客踏入范家了。从门厅一进房间,在他面前的是一片混乱不堪:屋里摆设乱,拥挤狼藉;人乱,里里外外进出着;气氛乱,不知家里出了什么事,嗡嗡嘈嘈。在林虹和范书鸿一家人面前出现的是个四十六七岁的中年汉子,中等个,壮实强悍,方脸很黑,眉毛像两把半秃的黑牙刷,眼神尖锐,嘴角上的线条凶悍有力。

"孟立才,你来了?"范书鸿忙从里屋出来,把来客挡在外间屋,客气但又有些惶乱不安地招呼道。

"爸爸,好长时间没来了。您身体好吗?"这个名叫孟立才的中年汉子尊重地问候道,同时伸出了手指短粗手掌厚实的手。

"好,好。"听见对方的称呼,又被对方握住手,范书鸿显出一种躲又躲不开、推又无法推的窘促。站在里屋门口的林虹惊诧地看着来客,又回头询问地看了看范丹林。这位孟立才是谁?为什么在他礼貌斯文的举止后面有一种敌意?

"这是丹妮的丈夫。"范丹林对林虹小声说。

林虹更诧异地看了范丹林一眼。

"他们分居快三年了。"范丹林又说。

林虹一下可以想见地明白了。刚才,她出于礼貌站在门口;现在,同样出于礼貌,她退回里屋去照顾吴凤珠了。

"妈妈呢,她不在?"孟立才更恭谨地问候道。

"她身体不大舒服,心脏病犯了,躺下了。"

"我来得有点晚了,都十一点多了。"孟立才不安地说。

"坐吧。"范书鸿言不由衷地伸了伸手。

"你坐坐吧。"范丹林也走过来客气地打招呼。

"好。丹林,你还在经济所?"孟立才坐下来,同时指了指里屋门口,"她是你……"

"她是爸爸老同事的女儿,刚从外地来。"

孟立才点点头,坐在折叠椅上身体前倾,双肘撑膝,心事重重地抽起烟来。屋里片刻寂静。"丹妮不在,出去了。"范书鸿说。孟立才慢慢吐着烟,过了好一会儿,他眼睛看着地下,慢慢弹了弹烟灰:"爸爸,您说我们的事该怎么办?"

"我也不知道。"范书鸿坐在床上,摇了摇头。

他能知道怎么办?女儿大学毕业后,因为父母的历史问题,被下放到北京远郊区怀柔县教书,在那儿和这个比她大十来岁的教师孟立才结了婚。范书鸿当时坚决反对这门婚事,但现在,范丹妮闹着要离婚,他也坚决反对。孟立才那些年对你不错,你现在调回市里了,到了电影界,地位变了,就不要人家了?但他管不了女儿。现在女婿来,他实在不知道说什么好。女儿坚决要离,女婿就是不同意,已经拖了三年。

孟立才俯身低头,沉默地抽着烟。听见里屋吴凤珠有气无力、断断续续的喃喃声。保姆端着脸盆出来,到洗漱间去了。

"丹妮什么时候回来?"静默许久后,孟立才问。

"不知道,我确实不知道。"范书鸿摇摇头。

又是沉默。孟立才在沉默中能够感到范书鸿的尴尬和不安。他也能感到在拥挤混乱中呈露出的这个家庭的软弱。但是,他也分明感到了自己整个身体铁一般的冷酷和坚硬。他受过折磨,他也该折磨折磨别人。他决不怜悯任何人。他今天一定要等范丹妮回来,给她,给这个家庭报复性的一击。

外面楼梯传来高跟鞋的踏响声。

出了胡同口,范丹妮在行人寥落的马路边追上了胡正强:"你等等。"

胡正强站住了。这位身高一米八的中年导演正推着自行车,一边走一边和一个年轻的剧作者说话。他只是微微地转过头,用左脸的一侧对着赶上来的范丹妮。范丹妮在他身旁站住。她有些气喘,脸也微微发烧。她从胡正强站起身准备悄悄离开凌海家时就发现了。她才不稀罕他呢，要走就走吧。可是，才过了半分钟，她的高傲就崩溃了。她丢下舞伴急急地追了出来。

"什么事？"胡正强压低声音冷冷问道。

"我……"范丹妮咬了咬嘴唇，看了看胡正强身旁那个年轻人，"要和你个别谈谈。"

"就这样谈吧，我还有事。"

"你们先谈，胡导演，我明天再找你。"年轻人知趣地告辞了。

"行了，总可以谈了吧。"胡正强声音中充满着不耐烦。

"我……"范丹妮急切地想讲许多话，却只是神经质地颤动着嘴唇，说不上来。胡正强耸耸肩，自嘲地冷笑了一声，真是太无聊了。一个人骑着自行车从他们面前经过，转过头好奇地打量着他们。"一块儿走两步好吗？"范丹妮小心地央求道。

"你到底要说什么？"胡正强的声音高了些，露出压抑不住的躁怒。

范丹妮抬起眼又垂下，一腔辛酸屈辱涌上来堵住喉咙口，什么也说不出来。

胡正强斜睨了范丹妮一眼，一动不动地沉默了一会儿，转身推上车慢慢朝前走。

范丹妮的眼睛一下涌上潮湿。她跟在胡正强身边低头走着，她不敢挨他太近，隔着夜晚清凉一些的空气，她能感到胡正强那男子汉的气息。她曾那样热烈而真情地委身于这个男子。这是景山西街。他们在路边走着。白日里苍松翠柏的景山现在是黑魆魆堆墨一般，在夜色中寂寞森严地耸立着。

胡正强扶着车在树影中慢慢站住了："有什么要说的，说吧。"

范丹妮沉默了几秒钟，说："我想调到你们电影厂去。"

"为什么？"

"想和你在一块儿工作。"

"你又来了。"胡正强克制不住自己的暴躁。

范丹妮静静地站着，她此时已镇静下来。

胡正强紧绷住嘴看了她一会儿，克制住自己："我不同意。"

"我自己调过去,不用你管。"

"你如果调过去,我立刻就调走。"

"那我再跟着调过去。"

"你有完没完了?"胡正强终于爆发了。

"你认为咱们的事儿就完了?"因为激动,范丹妮的声音有些颤抖。

"是。"

"你以为一句话就可以一刀两断了吗?"

"你到底还想怎么样,难道还要我为那件蠢事继续付出代价吗?"

"你认为那是蠢事?"范丹妮问。

"是。"

"你后悔了?"

"我是后悔了。终身后悔。"

看着胡正强的爆发,范丹妮浑身哆嗦着:"你后悔,我不后悔。"

"你当然不后悔。你什么责任感都没有,逢场作戏,后什么悔?"

"我逢场作戏?"范丹妮的脸变得煞白,"就你有责任感吗?你要当好爸爸,你要当好丈夫,你要当父母的好儿子。你要当公众眼里的正人君子。你的'责任'和'义务',不过是一张虚伪的外皮。"

"我恨我自己。"

"那你当时干什么去了?你知道今天是几月几号,是什么日子吗?"

"?……"

"一年前的今天,你作为一个男人,对一个女人干了些什么?你想起来了吗?你不为你自己做的事负责吗?"范丹妮的声音越来越尖细。

"我恨我软弱。"胡正强用力一捶车把,低下头。

"是我勾引了你是吗?"

"你不要再来纠缠我了。"

"你怕了?"

"是,我怕你还不行吗?"

"好,我明天就去你家,把一切都告诉你妻子、孩子,帮助你实现你的责任感。"

胡正强胸膛内突突地震动着,他盯视着范丹妮。"我恨你。你知道吗?"他发狠地说:"我讨厌你,不想再见到你。"胡正强说完转身推着车急步上了马路,一骗腿骑车而去,很快消失在前面的丁字路口。

范丹妮在黑夜中像失去了知觉一样呆呆地僵立不动。眼前是凄清冷落的马路,似乎还有三三两两的车辆驰过;脚下是松软的土地,一棵小草被她的脚掌踏着。

一辆自行车在她面前停下,胡正强不知何时又返回来了:"你该回去了,再晚就没车了。"胡正强看了看表,又转头看了看远处的无轨电车站牌。

"不用你操心。"范丹妮目光呆滞地凝视着灯光恍惚的马路。

胡正强站了一会儿,叹口气推上车慢慢走了。走了几十步又停住,回过头远远看着,犹豫半晌,还是骑车走了。范丹妮恍恍惚惚地踏上了回家的电车。

看见范丹妮耷拉着手提着皮包精疲力尽地回到家里,孟立才站了起来。

"是你?"范丹妮淡淡地瞥了他一眼,"有什么事?"

"咱们盖了新房,我是想请你回家看看。"

"我和你的家没关系了。"范丹妮慢慢抬起手,把皮包挂到衣架上,拿起凉水瓶倒了一杯凉白开,仰头慢慢饮尽,又心不在焉地哐当一声放下玻璃杯。她不看孟立才。

"希望你这两天能回去看看。我们现在总还算一个家庭。"孟立才对着范丹妮脊背说,又转头对范书鸿无声地苦笑了一下。

"到明天就不算。"范丹妮懒洋洋地说,"懂吗?"

"我懂。"孟立才绷住嘴唇,露出凶悍冷峻的线条,"分居三年就成为事实上的离婚。是吧?可现在不是还没到明天吗?"

"离十二点没多少时间了。"

"那在十二点以前,我还总可以以丈夫的名义和你谈几句话吧?"孟立才克制而礼貌。

"谈吧。"

孟立才看了看坐在一旁的范书鸿,老历史学家茫然失措地看着他们。他的鬓角比半年前看去白了许多,脸上的老人斑也明显增多了,他与周围拥挤不堪的房间溶为寒伧卑微的一体。孟立才微微动了恻隐之心。他不想把报复的刀刃插到岳父的心窝里了。他只需面对范丹妮说话。"我们到下边走走好吗?"他看着范丹妮说。

"要个别谈谈?"范丹妮嘲讽地一笑。刚才自己要和胡正强个别谈谈。现在是孟立才要和自己个别谈谈。看来,不光是自己在扮演可悲的角色。

"爸爸,我们下去了。不影响你们休息了。"孟立才说。

"好好,你们心平气和点儿。"范书鸿不知说什么好。

一盏高压水银灯像月亮一样苍白地照射着几幢楼之间的一块空地,一棵棵柳树、杨树罩下一团团模糊的黑影。在一垛混凝土预制板的旁边停着一辆漂亮的红色摩托。周围楼房大多数窗户都黑了,只有不多的房间还亮着灯。

"要说什么就说吧。"范丹妮在树影中站住冷淡地说,好像快要睡着一样。

"你真的把多年的夫妻都忘了?"孟立才在黑暗中问。

"忘了。"范丹妮极不屑地答道。她双手伸在衣服口袋里,眼睛朦胧地望着远处楼与楼间隔中显现的马路。

"你知道不知道结婚是一种契约?"

"契约是可以撕毁的。"

"在你倒楣的时候,你找了我;你得意了,地位变了,就撕毁契约?"

"怎么了?世界上的事情就是这样。"

"你过去那些都是假的?"孟立才的声音开始发狠。

"过去想和你结婚是真的,现在想和你离婚也是真的。"

"我要不同意离呢？"

"三年过去了，你现在不同意离还有什么用？"

"我到法院告你，告你有第三者。"

"愿意告就告吧。"范丹妮转过头看了孟立才一眼，"还有事儿吗？"

孟立才紧紧咬住嘴唇。"你后悔和我结婚是吧？"过了好一会儿他问。

"也说不上后悔，那是我的命运。"

"我到底哪儿对不起你了？"孟立才从牙齿缝里阴狠地往外挤出问话。

"没有。我不想和你在一块儿了，受不了你啦。"

"你说你不想要孩子，我答应了你。你说你不想和我睡觉，我忍着也答应了你。你说你要调回市里来，我也没拦你。我等着你回心转意，我哪儿不仁至义尽了？"

"关键是我不爱你了。"范丹妮干脆地说。

孟立才沉默了。"我知道你看不上我了。一个山区的穷教师当然比不上那些作家导演了。"他讽刺地说。

"随你怎么说。"

"好吧，"孟立才把暗红的烟蒂狠狠扔到地上，从口袋里掏出一张很大的照片，"这张照片送给你吧。"

"我不要。"

"这不是我的照片。这是一个你应该认识的女人的照片。"

范丹妮审视地瞥了孟立才一眼，接了过去。借着柳树筛下来的斑斑灯光，可以看出照片上是个很漂亮的姑娘。

"漂亮吗？"孟立才在一旁问。

"漂亮。"

"比你呢？"孟立才的声音中含着恶意。

"我没必要和一个不相干的人比。"范丹妮把照片随手还给了孟立才。

"不相干？哼，相干。她比你年轻，比你漂亮。可是你不敢承认。"

告诉你吧,这就是我找下的对象。一个有文化的北京姑娘。我没有你,一样能找下。能找下比你强一百倍的。我不稀罕你。你当我今天是求你来了?我是来看看你还有没有人性。"

"祝你幸福。"范丹妮双手插兜一动不动地看着别处,冷淡而平静地说。

"别以为你们这些搞文艺的有什么了不起,现在是实业家的时代。我现在准备联系外资创办一个大托拉斯。我的知名度以后要比你们那些臭导演高得多。"

"祝你功成名就。"范丹妮更冷淡地说。

她的态度越发激恼了孟立才:"你以为你值多少钱?我早就想甩掉你了。你当你有多好呢,性冷淡,性发育不全,你的肋巴骨还硌得我胸口疼呢。"

"流氓。"范丹妮一下被激怒了,她咬牙骂道。

看见范丹妮气恼了,孟立才阴狠地笑了:"我知道你和几个导演混,知道你到处风流。可他们哪个会真要你?他们不过是拿你当玩物要要,解解闷儿。你这一辈子再不会有人要了,送给我都不要了。你在男人眼里现在是最不值钱的廉价货,谁都可以尝一口就吐掉的贱货。"

范丹妮气得血涌满头部,几乎站不住。孟立才望着她用力哼了一声,转身走到摩托车旁,一脚踏响马达跨上去,打开耀眼的车灯突突突地开走了。

"谈完了?"看到回到家的女儿脸色不好,范书鸿小心地问。

范丹妮什么也没回答,精疲力尽地坐在床上。

"孟立才走了?"

范丹妮依然没有回答。

范书鸿又看了看她。"到底怎么样?"

"不怎么样。"范丹妮收回呆滞恍惚的目光,靠在被子上,用手撑住头。

"怎么个不怎么样?"

范丹妮抬起头，往后掠了一下头发："别问我了行不行？我不要你们问。"

范书鸿立在那儿沉默无言了。

已经稍稍清醒一些的吴凤珠在里屋喃喃道："你爸爸问问你不应该？"

"你们问、问、问吧。我不在这个家呆了，我走。"范丹妮一下站起来，歇斯底里地嚷道。

"你不要拿走吓唬人。"吴凤珠还在唠叨。

范书鸿冒火了，大声冲里屋叫道："我说凤珠，你别多嘴了行不行？"

范丹妮稀里哗啦、东一下西一下地收拾着东西，准备走。

林虹出来，轻轻拉住她劝道："这么晚了，你还去哪儿啊？"

"我去死——。"范丹妮说着一下跌坐在床上哭了。

范书鸿近于无声地叹了口气，苦闷之极地摇摇头，对林虹道，"看见了吧，我这个家真不像个家啊。"

"范伯伯，谁家也难免有些事情。"

"你不要安慰我了。"

范丹林一直双手插在裤兜里，微微耸着肩，垂眼蹙眉若有所思地立在那里。对家里的这种混乱他大概早习以为常了："咱们该收拾收拾地方准备睡觉了。"

第十七章

　　客厅门口出现两个人。一个，黄公愚自然认得，东方艺术协会通联部主任雷彤林，三十多岁，菩萨脸上一双乖觉的大眼睛总含着笑。还一个，他不认得，矮胖老头儿，秃顶，通红的脸粗糙多皱，神情很谦卑。

　　"这是黄老。"雷彤林甜腻腻地笑着介绍。

　　"我认出来了，我一眼就认出来了。"矮胖老头儿连连点头说道，双手拘谨地在身前轻轻搓着，不知到没到伸上去的时候。

　　"黄老，您还能认出他来吗？"雷彤林问。

　　黄公愚辨认着矮胖老头儿，露出疑惑的神情。

　　"他是樊仁祥同志啊。"

　　"樊仁祥？……"黄公愚竭力想装出回忆起什么的样子，但目光还是一派茫然。

　　"您怎么不认得他了？他是五十年代《东方艺术》的老编辑了，那时我还没来呢。"雷彤林说。

　　"噢，噢……"黄公愚依稀浮出一丝模糊的记忆，来者似乎是一九五七年打成右派后发落到外地去的。"你从江苏来？"他抓住一点朦胧印象问。

　　"不，不是。"樊仁祥因为黄公愚认不出自己而更加窘促不安。

　　"黄老，这次您的记忆可打不了满分啦。他从一九五七年到青海，一直没离开过那儿。他这次是从青海来。"

　　"噢，……这次来北京出差？"黄公愚懵懵懂懂地露出一丝犹豫的笑容来。

　　"不不……"樊仁祥的窘促又加了一倍。

　　"不是。黄老您怎么没印象了呢？他在青海一直劳改，后来在劳改农场就业。这次问题改正了，刚调回北京，调到咱们协会来了。我

175

上次不是和您提过这事儿吗？"

"噢，噢。"黄公愚连连点着头伸出手，"我事儿太多，有的就记不过来了。来来来，坐下。"他对协会里来看望他的人是格外热情的——现在来的人很少，对这么晚还跑来看他的人更是亲热。

雷彤林反客为主，为他们倒水拿烟，满嘴说着场面上的圆滑话："老樊昨天刚到北京。今晚在我家坐，知道我要过来看您，一定要跟过来看看老领导。"

樊仁祥刚刚拘谨地入座，听着这话又点头哈腰地欠起了身。

黄公愚对来人一到北京就"看看老领导"的举动显然十分满意："东方艺术协会的老同志了，跟我一块工作过，都还是有感情的。"

"是是是。"樊仁祥连连点头，又不由自主地微微欠起身。雷彤林一边张罗一边看着这场面。樊仁祥是一九五七年黄公愚亲自定的右派，而且下手相当狠，最后被判刑，家破人亡。现在，整人的和被整的似乎都忘记了过去，不知是可喜还是可悲？

"这些年你在青海怎么样？"黄公愚以老领导的身份关心地问道。

"判了十年刑，后来减了两年，刑满就在劳改农场就了业。"

"就业干什么？"

"在卫生所。"

"你学过医？"

"我是在劳改中自学的中医。"

"你这也叫自学成才嘛，哈哈哈。这也好，这也好，啊？一个人还是经历点儿曲折好。要不，你能自学成医？古人讲，大难不死，必有后福。孟子讲，天将降大任于斯人，必先苦其心志，劳其筋骨。这些话都有道理。你看，文化革命中把我斗得死去活来，现在不是活得比谁都好？"

雷彤林不由暗笑：文化革命中，协会的"走资派"还就是黄公愚骨头最软，腰弯得最低。

"是是。黄老，看您现在脸色，就知道您很健康。"樊仁祥说道。

"你看,我现在头发都是黑的,不容易吧?"黄公愚得意地指指头上略显稀疏的头发,他现在特别爱炫耀自己的健康,"不知道我年龄的人都以为我才六十来岁呢。"

"黄老您今年……"

"黄老已经八十了。"雷彤林在一旁笑着说明。

"不不,我今年才七十九。"黄公愚连忙纠正。

"您七十九了?真看不出来。"

"你再看我的牙。"黄公愚张嘴露出一口黑黄但还算齐整的牙,这是他最引以为自豪的,每有来客必要显示,"你要光这么看,我像多大岁数?"

"顶多也就是六十来岁吧。"

黄公愚仰身满意地笑起来,引起好一阵咳嗽。他用手绢擦着咳出的眼泪鼻涕,看着只在两鬓有几根稀疏白发谢了顶的樊仁祥,问道:"你今年七十几了?"

"我今年才五十六岁。"

"噢……那你这当医生的,还缺乏养生之道啊。"

樊仁祥谦恭地不作解释地笑笑,眼前烟云般倏忽掠过几十年的生活。

"黄老对保养身体可有一套科学经验。"雷彤林奉承道。

这话使黄公愚一下更高兴了:"比如说保护牙齿吧,我总结了两条经验。第一条,每顿饭后一杯茶,这一条很重要;第二条,大便时要顺其自然,不要用力咬牙,这更重要。你是中医,你说这有道理吧?"

"有有。"

"你这次调回来,对工作安排有什么考虑吗?"黄公愚笑完了,也咳嗽完了,这才问道。

"魏炎同志可能想安排老樊在东方艺术出版社。"雷彤林在一旁插话道。

"魏炎?他一个人能说了算吗?"黄公愚一下恼火了。

一对对跳着舞,一桌桌聊着天,喝啤酒,看录像,凌海家的"周末俱乐部"还在热闹。

黄平平走到隔壁空无一人的凌海的房间,拿起电话。她打算给李向南打个电话,把刚探听到的有关他的情况告诉他。电话拨通了,一个老人的声音:"你找谁?"可能是李向南的父亲。"我想找李……"她刚要说下去,却看见顾晓鹰跟着推门进来了。她立刻停住话,装作很注意地听着话筒里的声音——"你到底找谁啊?"电话里那个老人的声音还在问道——然后不耐烦地皱起眉,"喷,怎么刚有声儿又断了?"她按下电话,又重新拨号。

"给谁打呢?"顾晓鹰在她旁边的沙发上坐下,随便地跷起二郎腿。

"给社里打。"黄平平答道。她是指新华社。

"晚上还打电话,真是现代化的记者。"顾晓鹰揶揄道,同时抽出了烟。他的目光从侧面将黄平平打量了一番,而且立刻从拥抱的角度将她的身体考察了一遍。

这个妞如果搂在怀里,一定是娇小而又丰满的,身体肯定是热情的、有弹性的,抱起来也不会太重,而且一定不会故作忸怩地假挣扎,接起吻来肯定是湿热的,长久的,醉人的,使你要把整个身体都和她化在一起。可是,她又肯定不会让你轻易得手,要有点儿手段才行。

黄平平一边拨号,一边感受到顾晓鹰的目光,那种充满占有欲的目光和对女性含着浸透力的粗糙的男性气息。她并非不喜欢男人,但她只喜欢自己中意的男人。她不喜欢顾晓鹰这号的,她讨厌他。当然,她还要和这种人交往,而且也善于和他们交往。每当她抑制住自己的厌恶笼络住并利用了他们时,她还能感到一种智慧上优于对方的满足。

顾晓鹰回身伸手叭地拉灭了屋里的灯,顿时一片黑暗。

"你干什么你,让不让人打电话了?"黄平平有些生气地嗔责道。

顾晓鹰又如在自家一样随便地开亮了旁边桌上的绿纱罩台

灯，并且换了一下二郎腿。"吓着你了，怕我有不轨行动？"他吊儿郎当地开着玩笑。

"我怕你抢劫我。"黄平平答道。她善于应付这种场面。

"我抢你什么，就你那块破电子表？我要抢就抢你这个人。"顾晓鹰神态潇洒地挑逗着。

"你就没个正经。"

"要那么正经干啥？我就不喜欢那些假正经。嗳，平平，我向你打听个情况，你知道李向南这次到北京干什么来了？"

"问这干啥？"

"他是知名人士嘛，总值得好奇一下，关心一下。"

"他是不是找你爸爸汇报工作来了？"黄平平态度显得很单纯。这恰恰是她最有力也是最狡黠的武器。

顾晓鹰眯着眼略略摇了摇头："没那么简单吧。"

"那你给我分析分析吧。"黄平平按住似乎没挂通的电话，诚恳地说。

"这小子的能量不可低估。嗳，平平，你在古陵，认识林虹吧？"

"听说过。"

"她这次来北京干什么？"

"她也来了？"黄平平的目光毫无闪烁，绝不会让人产生一丝怀疑。"你认识她？她怎么了？"她顺势反问道。

"没怎么。嗳，平平，明天星期日，我想请你出去玩玩，怎么样？"

"不想跟你一块儿玩。你这个人说话吞吞吐吐，让人讨厌。你不知道我是当记者的，就愿意打听事儿？"

"明天咱们一块儿上北海划船吧，不管你问什么，我有问必答还不行吗？"

"谁能相信你。咳，这电话真难挂，算了，到那屋看跳舞吧。"黄平平挂上了电话。

黄公愚愤愤不已。

"魏炎这样的人不能再让他当协会的接班人，毛主席选林彪当接班人，就选错了，我选他也选错了。原以为他谦虚本分，没想到他是'王莽谦恭未篡时'。现在暴露出来了，是个野心家。彤林知道，魏炎现在什么事儿不独断专行？樊仁祥，你调回来的工作安排他就没有和我商量嘛。五十年代就是协会的老工作人员了，现在落实了政策，还把你发送到出版社去看稿？("我愿意做点儿具体工作。"樊仁祥拘谨地说。)这么大年纪看稿不合适。我考虑，你可以留在协会当个副主席，兼秘书长。("秘书长已经安排老纪干了。"雷彤林在一旁小声提醒道。)他的安排没经过我。("党组会上定的。"雷彤林又说。)党组会为什么不通知我去？("那几天您正在家卧床不起。"雷彤林解释道。)我生病为什么不到我家里来开？我躺着可以在我床前开嘛。这简直是瞒天过海。仁祥，彤林，你们以后要对魏炎有认识。我今天就是要揭穿他。他原来不过是个普通编辑，是我亲自把他调来的。一九七九年，五月四日，对，是五月四日，我亲自打电话找的有关领导。调来后我一直培养提拔他，先让他当副秘书长。为了进一步提拔他，我想尽办法提高他的学术地位。一九八〇年三月二十七日，报上发表的他那篇"东方艺术三十年回顾"，就是我亲自给他定的题目，亲自向报社推荐的。你们看我的用心。文章是我亲自给他审查修改的，里面关键的是那几个小标题，都是我拟的。彤林你知道，那都是我的学术观点。(雷彤林不置可否地笑笑。)第一个，'东方艺术三十年的历史就是两种思想斗争的历史'，这个观点，是我第一次明确提出来的，给了他的文章了。第二个，'东方艺术三十年历史的经验、教训都同样宝贵'，也给了他了。第三个最重要，'总结历史为了开拓未来'。这是辩证法的观点，这是向前看的观点，总结历史不能消极的总结嘛，这个提法是有战略意义的。在此之前，谁在东方艺术工作中提过这个观点？没有嘛。我也给了他的文章了。就是为了提高他的地位。要不，他的文章能打响？现在，把他一步步扶持到副主席位置上，他倒得志便猖狂，撇开我，称孤道寡起来。……"

樊仁祥前倾着身子，专注地看着黄公愚。为了保持这种尊敬的姿态，过了好一会儿，他才抽了一口烟。抽烟时，目光也没离开黄公愚。弹烟灰了，他仍然目不转睛。拿烟的右手缩回来，摸索着慢慢触到茶几上的烟灰缸，然后在上面轻轻蹭着。好在抽了几十年烟了，手底下对烟的感觉是清楚的。这一下蹭掉的是烟灰。这发硬的想必是烧板结的烟丝中的小柴棍，轻轻乘着劲蹭掉它，不要让整个红烟头都跟随着掉下来，否则烟就熄了。再慢慢旋转着，像转圈削铅笔一样。现在剩下的大概都是红烟头了。那红烟头大概是一个四十五度的圆锥体。这一切动作都有点儿下意识。他感到坐的姿势有点别扭，又略微往前挪了挪屁股。因为不敢欠起身，屁股在皮沙发上摩擦出了声响。这声响容易让人有不文明的错觉。他的脸上一直堆着笑。时间太长，脸部肌肉有些紧张，突突地轻跳着，要抽搐起来。他立刻放松一下脸部肌肉，让笑纹平伏下来，然后再一次使它浮出来。可脸上的肌肉还是轻跳着要抽搐，他于是再放松一次，再让笑纹平伏一次，然后再浮现出来。这一次好像没有要抽搐的感觉了。不过，笑容要浅一些，要不时间长了，肌肉还会跳。因为他一直想努力地、一动不动地保持着这种恭听的姿势和表情，他的意识也处于一种一无所动的麻木状态。

他甚至不太清楚黄公愚讲了些什么。

雷彤林听着，自如地维持着礼貌的神情，心中却水一般过着意识流。动不动就是培养接班人，这协会是他的？"王莽谦恭未篡时"也上来了，有什么愤愤不平的？中青年上来了，你不该往边儿上靠靠？要不你培养接班人干啥？他的记性可真是好得让人吃惊，几年前的日子还记得一清二楚。要说老糊涂，也不糊涂，对过去有些事儿记得清楚着呢。你看，对自己添的小标题还记着呢。什么"辩证法"，"战略意义"，真是胡掰。老了不安心歇着，还一天到晚的要管事。真是没有自知之明。孔子要一百年、二百年、几千年地活着，中国也非遭殃不可……他的意识流被打断了。

黄公愚的话冲他来了："今天的电视专题报道你看了没有？"

"我和老樊一块儿看的，拍得还不错。"雷彤林答道。

"什么不错？有问题。为什么这么突出魏炎？这是什么用心？你去电视台了解一下，魏炎搞了哪些名堂，回来告诉我。"

"这……"

"这是我交给你的任务。"

卫华扶着自行车在舞厅外面等着。这是胡同内的一个礼堂，门口装缀着变幻闪动的彩灯，停着一大片自行车、摩托车，还有十几辆小轿车、吉普，有十几个看热闹玩耍的小孩儿。礼堂里传出舞曲和舞曲间歇时的喧哗，带着浓烈烟雾的烫热空气也从大门里涌出来。他还是来了。赵世芬常常跳舞误了末班车。他怕半夜她在路上出事儿。

散场了，人们潮水般说笑着涌出来。卫华如同水流中的一块礁石，任凭人潮从身旁流过，睁大眼张望着、搜寻着。"世芬。"他眼睛一亮，伸手喊道。

赵世芬正挽着一个舞伴头挨头说笑着，隐约听见喊声，她抬头看了一眼，脸色一下变了。讨厌，怎么追到这儿来了。人流后面闪过卫华的凹形脸。她太不愿意在这儿碰见他了。她松开和舞伴相挽的手，匆匆告别："我得赶快从那边走了，晚了该坐不上车了。"

"刚才不是说好了送你，一路散着步走到南池子？"舞伴说。

"我想起点急事，还是赶车去。你先走吧，下次再见。"她妩媚地一笑，在人流中快步朝前穿行着。"世芬。"她又听见那讨厌的叫声，隔着数不清的人头和卫华的目光对视了，她明白无误地表露了她的厌恶，继续朝前走。

卫华明白了，他不过是明白了他早就明白的一个事实。

他低下头，推着车，随着人流往前走。

黄公愚开始了他最重要的行动。"彤林，仁祥，你们都是我最信任的同志。怎么个信任？我准备把协会的工作以后逐步交给你们。"他由于激动，有些语无伦次。

樊仁祥深为不安，他不知所措地搓搓手。

雷彤林脑子里闪过的意识流是：他现在还有说话算数的实权吗？糊糊涂涂的，谁听他的？不过也不能小看他的影响，毕竟有资历在那儿摆着，在上头也有影响，自己有些事还要靠靠他，但也不能靠得太近，别得罪了魏炎。

"樊仁祥你完全可以当副主席，当秘书长，你是东方艺术协会的老同志了，是内行，水平肯定在魏炎之上。魏炎有什么水平？还不是我扶持上去的？我现在撤销对他的扶持。像他这样上下积怨的人非垮台不行。有善必闻，有恶必见。千人所指，无病而死。你们要另起炉灶。勿以恶小而为之，勿以善小而不为，啊？彤林，你年轻，更有培养前途，以后可以成为协会接班人。写过文章没有？写过？收一收，编个集子，我给你写序言，先提高一下学术地位。这是基础。不要像魏炎，野心家，你要一心搞学问，不要有邪欲、贪欲。韩非子讲过：'人有欲则计会乱，计会乱而有欲甚，有欲甚则邪心胜，邪心胜则事经绝，事经绝则祸难生。'啊？魏炎这样的早晚祸难要生，没好下场。彤林，这道理我教导给你了，能懂吧？荀子讲过，'邪秽在身，怨之所构。'你干坏事，人们的怨恨就指向你。我相信你们。仁祥在外多年，一到北京就来看我，没忘我，这才是日久见人心。彤林，我是一直很关心你的，一九七九年底那次救济款——你父亲去世，你母亲又血压高瘫痪——就是我亲自批的，一百二十元，你还记得吧？一九八〇年，嗯……是三月份，那次调房子，给你从一间住房调成一间半，增加了八平米，是吧，那是我亲自决定的。记得吧？你还记得，好，这就好。我很关心你。前年，我做的协会年底工作总结，还专门提到你通联工作搞得好，整整一自然段，一百多字，你应该有印象的，是吧？这都是为了一步步培养你。仁祥，你们今天来了，我明确表个态，我要重点培养你们两个。"

樊仁祥一直不安地搓着手，额头有些渗汗，细细的汗珠汇成大滴，又汇成水流，从两耳前，从太阳穴区慢慢往下流，流到脖颈上，胸前也有汗，发热，又发凉，能感到汗水从胸上流下去，流在中线的，走的正是经络学中的任脉，上脘，下脘……

雷彤林的意识流更是生动不息。这老头儿真够啰唆的，协会里的人最怕听他讲话，车轱辘话没完没了。现在不常去协会了，作报告的机会不多了，逮住来家的人就滔滔不绝，谁还敢来？这都快十一点了，还没罢休的意思，让不让人走？让自己出集子？自己的文章数量还太少，不过，这确实可以考虑。让他写个序言，完全可以。他的牌子在国内外有点儿影响。救济款的事儿他还记着哪。调房，连几平米他也记着哪。这记性。真够让人目瞪口呆的。他是不是每天都要把他给人行过的好事儿过一遍脑子，复习复习啊。

黄公愚的讲话到了最实质部分了。

"仁祥，彤林，我已经把协会的事儿想透了，下决心了，要改变局面。我已经立了遗嘱，（自己今天夜里就立。）把对你们的安排都写在遗嘱中了，明天，我准备把协会里的几个青年，包括你们，一共七八个人，叫到我家里来。我要先和你们谈谈，做一番部署。你们明天上午九点半来。这是名单，彤林，你明天一早通知他们一下，能打电话就打电话，不能的，你五点钟起个早，跑一跑。"

樊仁祥更加不知所措，更加汗流浃背了。

雷彤林也吃惊不小。好好的，立开遗嘱了？这要干什么？组织力量，推翻魏炎，重新组阁？这不合章法，简直是胡来。

"彤林，你一定通知到，啊？"

"好。"雷彤林点头答应道。他可以通知到，那些人来不来，他不管。他自己是要借故不来的。卷进这种事情可就麻缠了。"黄老，"他笑了笑，开始讲今晚来的正事，以便及早脱身告辞，"和有关单位联系了，您这次去日本访问，不能带您女儿去。"

"什么？"黄公愚火了，"我年纪大了，让女儿陪同去是完全应该的。"

"他们讲了，代表团中有年轻同志，也有工作人员，可以照顾您。"

"不行，那我就不去了。"

你不去能吓着谁？代表团就垮了？不去倒能空出一个名额让别人去呢。

"你告诉他们，不同意我女儿陪同，我就不去了。"黄公愚气呼呼地说，"好，这事就这样。明天上午九点半，你们来我这儿。"

第十八章

赵世芬回到家洗漱完了，就挨着女儿睡下了。

卫华还在台灯下坐着。他在备星期一的课。他左手撑着额头，钢笔在本上唰唰唰疾书着，填满一行又一行空格。他不愿眼前出现空格。他不停地去填补它。然而，他突然发现自己用错本子了，停住笔，哗嚓嚓把写下的几页都撕下来，然后换本重写。写完了，他不知道还应该找点儿什么干。他慢慢转过头。双人床上，赵世芬睡得正香。靠这边留着一条空儿，是他睡觉的位置。

这是他的妻子？他常常怀疑这个现实，怀疑自己当丈夫的权力。

她在睡梦中仍显得漂亮。此时侧躺着，脸颊压着披开的黑发，穿着无袖白背心白短裤，腰间裹着一条小毛巾被，裸露着丰腴的胳膊和大腿。那姿势显得她很美，也显得她很舒服。她脸上还隐隐浮着一丝微笑，梦中的微笑。笑什么？当然不是冲他笑的，大概是冲那些风度优雅的舞伴笑的。

她也曾冲他这样笑过。那是七年前，他们在陕西宜川地区的一个小工厂。有一天，她突然来找他借书，在他脏乱的单身宿舍里站着，冲他这样妩媚地笑着，而后又接连几次来，一次比一次更妩媚，含意是明显的。当时，他有些受宠若惊，因为她在厂里漂亮得引人注目，不少男人死盯着她，而他自己长得不好看。面对她的亲热，他绝不敢头脑发热。他知道她出身不好，而且知道她若不是和负责招工的干部搞了点儿暧昧，招工进厂轮不上她。还知道她为调工种，和劳资科的头儿也有点儿那个。至于到什么程度，就传说不一了。她进厂后还和不止一个人谈过恋爱。

这次爱上自己什么了？爱自己的出身？爱自己老高三的文化程度？爱他已经重新工作的高干父亲？爱他有可能调回北京？他清醒

而且警觉。他对这样的女人是有惕怵的。然而,她的热情,她的妩媚,她的楚楚动人的美貌,都远不是他能抵挡的。

他们第二年结婚了。又过了两年,通过他父亲的关系调回了北京。

他的目光又不由自主地落到妻子身上。她在睡梦中伸手搔了搔脖颈,然后稍稍转动了一下身体,张开手,有那么点儿仰睡了。她的胸部在微微一起一伏,隆起的乳房在背心下波动着。一条腿伸直,一条腿弯着。他感到一阵冲动掠过身体,那是有些自卑的身体。他站起来,到脸盆架旁边洗脸。

他已经很长时间没有碰过她了,她不让。

他一边洗脸一边还感到身体内微微搏动和扩散的冲动。他胸中突然涌上来一阵强烈的厌恶。那是对自己的厌恶,也是对她的厌恶。他厌恶自己这样委曲求全的懦弱,没有男人气。他厌恶她的轻浮,厌恶她的放荡,厌恶她的浅薄,厌恶她的凶悍,厌恶她的自私,厌恶她的市侩气。他感到浑身很热。他脱下背心,站在立柜的穿衣镜前擦着身子,他看到自己很矮的个子,很宽很短的上身,平板难看的胸部,一根根肋条,还有难看的脸。他一边擦着,一边呆呆地看着,动作也迟滞下来。那抬起胳膊擦拭腋下的动作多蠢,多令人生厌啊。他咬了咬牙,转身去洗脚。坐在小板凳上慢慢洗着。

他准备躺下了。赵世芬的一只手臂张开放在他的睡位上。他仇恨地看了看它,然后拿起她的手臂轻轻放到她身边。她的手臂烫热柔软。又有一丝冲动从他体内掠过,同时便又感到对自己、对她的厌恶。他在她旁边躺下了。

赵世芬的身体散发着烫热的气息,能听到她轻微的鼾声。

他眼前又浮现出她在舞厅外投来的厌恶目光。他胸中涌上一种强烈的仇恨和恼怒。"你离我远点儿。""讨厌。""不许你碰我。"……她那一次次的谩骂又都纷纷闪现出来。他又感到浑身发热。台灯还没关,略看上两页书,睡吧。

赵世芬翻了一下身,侧躺过来,把一只手放到了他胸上,把一条腿压到了他腿上。她那腿的重量,她的肌肤的柔软质感,它的烫热，一下使他呼吸急促起来。她的鼻息扑在他的脸上，她身体的热力烘烤着他。过了好一会儿，他才转过头看了看她的脸。凶悍的妻子在熟睡时只剩下妩媚的憨态。她的几根头发轻轻搔痒着他的脸。

他一动不敢动。就这样，他躺了好一会儿。身体的接触也许是最单纯、最直接的接触。她放在他身上的烫热的手臂和腿，她均匀的呼吸，她烘围着他的热气，都融化着他，都使他体验着这个他曾经熟悉的女人的身体。她是他的妻子。他们生过一个女儿。他全身的血液加快流动起来，那仇恨和厌恶感也似乎暂时消逝了。他现在只看到她在睡梦中美丽甚至可爱的脸。他仰躺在那儿一动不动。

但他感到这样享受同妻子身体温存的卑下了。

他轻轻拿下了放在他胸上的她的手臂。他又伸手去托她压在自己身上的大腿，想把它放下去。然而，这腿的丰腴、弹性、光滑、烫热，与他手接触的面积、重量，都对他产生了远比那只手臂大得多的刺激。他的手微微颤抖，一个说不清几个月没碰过女人的冲动这次强烈地在体内勃起。他没有那么大力量一下把她的腿搬下去，也没有力量把手从她腿上拿开。她是他妻子吗？他是她丈夫吗？他们不是在一块儿生过孩子吗？她的妩媚的笑脸，她的冷蔑的目光，她刚刚分娩后的温顺恬静，她叉着腰的谩骂，她为他们调回北京的奔波，她的泼辣能干，她对女儿的精心料理，他们有过的热烈拥吻，他又宽又短的上身，他呆板难看的胸……他眼前纷叠着一片迷乱的镜头，他的自卑的身体在发热地打颤。赵世芬在睡梦中撒娇地哼哼了一声，又往这儿翻转了一下，贴得他更近了，几乎搂着他。他轻轻吻了一下她的脸。她似乎知觉了，温存回报地伸手搂住了他。他的压抑的冲动爆发了，他一下紧紧抱住她，狂热地吻着她，她闭着眼撒娇地半推半就地哼哼着。过了一会儿，她睁开眼，睡梦中的妩媚从脸上消失了。她认出是卫华，左右转头看了看床，明白了是怎么回事，眼里一下冒出怒火和厌恶。"你起开。流氓，不要脸。"她用力把他往下掀。

他感到了自己的卑下。他简直觉得自己没脸，恨不能撕碎自己的脸。

但是，她的话语激怒了他。蓄之已久的愤恨羞恼爆发了，刚才的冲动变成一种不顾一切的狂暴。他使劲搂住她，使劲……

"你起开，流氓。"

两个人在床上拼命扭动着。孱弱的丈夫表现出来的从未有过的狂暴，让赵世芬有些恐惧，她躲着他的狂吻，拼命反抗着。她对卫华的厌恶，她在睡梦中对男性的渴望（那对象当然不是卫华了），她那经过熟睡所发酵了的女性本能，在这种拼命的反抗中被综合激发成一种病态的亢奋。她似乎没那么大劲儿了，在断断续续的谩骂中竟依从了他。

狂风暴雨过去了。卫华低着头坐在床头。

"把毛巾给我。"赵世芬没好气地吩咐道。

卫华不敢看她，伸手把毛巾递给她。赵世芬擦了擦，冷蔑地看了卫华一眼，把毛巾叭地扔在他身边，躺下身，背对着他睡了。卫华垂着头，下巴几乎挨着胸，一动不动。他像廉价出卖了灵魂一样，连厌恶自己都没力量了。他只感到发冷，发热，发颤，发空，浑身麻木，整个身子在萎缩。

灯关了，夜深人静的院子里，隐约传来呼哧呼哧的单调而有节奏的声音。

每到深夜，一天的忙碌接近尾声，春平就感到一种力不从心的疲惫。

电压不足了，唱机的转速越来越慢，动听的音乐失去和谐，在难听地变调，咿咿哇哇越来越低，越来越慢，有些滑稽。一个女运动员在海边林荫道上轻捷地长跑，大海原是蔚蓝发亮的，头发原是一跳一跳飘拂的，步子原是有弹性的。但是，下暴雨了，道路泥泞陷脚了，距离太长了，太没尽头了，她一脚一脚拔着跑不动了，最后连走也走不动了，踉跄地支撑着不要倒下，海的颜色也变成黯灰色的了……

她嘴角微微露出一丝苦笑，赶走自己的幻觉。

在清华大学读书时，她不就是短跑运动员吗？还是高校二百米短跑纪录的保持者。她和曾立波就是在运动场上开始他们的爱情的。现在，她看了一下墙上的结婚照，又看了一下镜中自己疲惫憔悴的脸,不禁叹了口气。

"你叹什么气呢?"曾立波还在堆满建筑图纸的桌子上忙他的,头也不回地问了一句。

"没什么。"她说。

"是不是又累了?你身体不好,累了就早点儿睡吧。"曾立波随口说了一句,还在忙他的事儿。

春平又在心中无声地叹了口气。弟妹的事儿已忙过一圈儿。大海、小海的作业已一本本看完,丈夫论文的已完成部分,她也帮助誊写完。可她今天该做的事儿远没有做完。她看了看缝纫机上堆的书籍资料,多得让她头疼。她要看的书还没看,要加班做的工作还没做。今天不做,明天一天更做不完。她还是在缝纫机前坐下了。

书,图纸,密麻麻的数字,眼前有些昏花,头有些晕,唱片越转越慢……暴雨泥泞中的女运动员越来越支撑不住…是不是又血压低?

敲门声,是小华。

"你怎么还没睡?"她打起精神笑了笑。

"姐,这是我给大海、小海买的运动衫,你看合适吗?"小华说。他刚才歇斯底里的暴躁似乎一点儿都看不见了,而且还含着对她的歉疚。小弟弟每次无理地发完脾气总是很后悔的。

"合适。你还挺会买东西的。"她把运动衫打开,举着一件件看了看,"你花这钱干什么?"她尽量显出一些高兴来。她知道弟弟心地善良,也知道他常常想报答她对他的关心。每当他用他三级工的拮据收入来做这种报答的表示时,她就感到极大不安,而且对小弟弟生出一些怜悯。

小华走了。

"你和小华说说,让大海和他一个房间睡行不行?"曾立波一边忙着,一边背对着妻子说道,"咱们四个人挤一间房,夏天实在太热。"

春平看了看屋里,没有回答。房间里确实是太拥挤了,双人床搭出一块木板睡她和两个孩子,丈夫每晚就睡行军床。可是她不愿意去打扰小华。他上电大,本来心里就很烦乱了。祁阿姨轻轻推开门,驼着背探进身子。

"阿姨,有事儿吗?"春平连忙站起来,她感到有些头晕,扶了一下缝纫机。

"你们有换下来格衣服哇?给我洗吧。"祁阿姨轻声说。

"阿姨,您早点儿睡吧,这么晚了。"

"我困得太早困不着,寻些事体做做。"

"没有要洗的。"春平笑了笑,推谢道。祁阿姨今天怎么了?

她总算看完了今天预定要看的资料。两眼一片黏重昏花。她把缝纫机上的书籍纸张收拾了一下,便坐在小板凳上搓洗大海、小海的衣服。行军床已经支开,丈夫倒头就呼呼地睡着了。她支撑着一下一下慢慢洗着。洗洗又停停,用手腕慢慢压迫按摩着眉心和太阳穴。清醒点儿了,又一点一点地洗着。洗完了,坐着歇了歇,端着盆准备去院里水龙头冲刷。她一站起来就一阵晕眩,眼前一片发黑,几乎摔倒,手上的脸盆喱一声很重地蹾在地上,人也一屁股坐到小板凳上。

"你怎么了?"曾立波从熟睡中惊醒。

她闭着眼,额头抵在手背上,微微喘着气。

"不舒服?"曾立波望着她问。

"没有。"

"累了?……累了就早点儿睡吧。"

她依然闭着眼,等头晕和心慌慢慢过去。她感到丈夫的目光正很关切地看着她。"波,我实在觉得有些支撑不住了。"过了一会儿,她低声说。

丈夫沉默不语,只感到他的目光还在看着自己。

"你说我是怎么了?力量到极限了?以后怎么办呢?"她难过得几乎要哭了。

丈夫依然沉默地看着她。

她感到丈夫就要伸出手抚摸她的头发,安慰她了;她的头、她的脖颈都感到了丈夫慢慢伸过来的手的暖热,准备委屈而温驯地接受这爱抚;猛然,她觉得自己不该这么软弱,她睁开眼,抬头掠了一下头发,准备顺势搪开丈夫的手。

然而,她像冰冻一样凝结住了。丈夫早已背对着她睡着了。

屋里很静。眼前的情景像在梦幻中见到的一样,有些恍惚而陌生。夜深人静的院子里,隐约传来哗哧哗哧的单调而有节奏的声音。两滴清泪从她的眼睛里慢慢流了出来。过了好一会儿,她半是凄凉半是麻木地擦去眼泪,端着盆慢慢站了起来。

祁阿姨在院中央的水龙头旁,借着几个灯窗散射的微亮,在暗黑中用力搓洗着衣服。哗哧,哗哧,哗哧……一件衣服从这一头搓到那一头,再浸一浸洗衣粉水搓回这一头,再搓到那一头,再搓回这一头,再放到空盆里换一件,再接着洗。

三十年来,她就这样坐在院当中搓洗,一件又一件,春夏秋冬,不知搓平了几块搓板。七个孩子在她这搓洗中一个个长大了,慢慢都背着书包上学去了,慢慢都会一进院门就对她尊敬地打招呼了,慢慢都会自己洗衣服了,慢慢都走出家门远去了,慢慢又都一个个回来了,慢慢都结婚生孩子了。而她是一点点老了。小孩儿都生小孩了,她还能不老吗?可她还要为黄家操持下去。她心甘情愿。她今夜更要多出点儿力,要不她困不着。这是她的家,这是她的归宿。哗哧,哗哧,哗哧……

"阿姨,您还没睡?"春平端着一脸盆衣服走过来。

"侬放下来,我来洗吧。"祁阿姨说。

"不,我洗吧。"春平放下盆,在水龙头旁蹲下涮着衣服。

"阿爹还没困。"祁阿姨边搓洗着说道。

春平抬头看了看,客厅里的灯已经熄了,父亲卧室的灯还亮着。

客人早已经走了,遗嘱也已向夏平口述记录完了,深更半夜,该睡了,可他还不想睡。他在卧室里来回踱着,踱踱又在小沙发上坐下,坐坐又站起来踱。他为明天要采取的战略部署感到兴奋。谁说他老了?他的头发还没白,他的牙还没掉,他此刻在屋里踱来踱去,觉得自己步子还很稳。他完全可以掌握一个协会(以至一个更大的单位)的权力与局势。如果他是古代武将的话,真可以拔剑挥舞一通。谁说他老了?

他一下想到了战国时期郭开诋毁廉颇的典故。

他在书柜前站住,左寻右找,好半天抽出一本史书,找到了这一段:

> 赵使廉颇伐魏,取繁阳。孝成王薨,悼襄王立,使乐乘代颇。颇怒,攻之,遂出奔魏,魏不能用。赵师数困,王复思之,使视颇尚可用否。颇之仇郭开多与使者金,令毁之。颇见使者,一饭斗米,肉十斤,被甲上马,以示可用。使者还报曰:"廉将军老,尚善饭,然与臣坐,顷之三遗矢矣。"王遂不召……

哼,郭开这样的小人古今皆有之。

他愤愤然合上书,又踱了踱,然后仰靠在沙发上。明天,召集的骨干们——都是他可以信任的——到齐后,他要很有力地讲一番话。他一句句想象着自己要说的话,那凛然的气势,那铿锵的节奏,一遍又一遍在他身心激起亢奋。每当在想象中说到谴责魏炎的话时,他就感到解气痛快。他放在沙发扶手上的手抑制不住要打手势的冲动,他几乎有些等不到明天了。他又眯上眼,想象着那些骨干们的表情反应。樊仁祥一定是目不转睛、毕恭毕敬地连连点头,受到一次极大的教育;雷彤林一定是眼中含着理解的笑,不时插上两句应和的话;小薛呢?他眼前浮现出这个女秘书的面容,她一定会真诚地表示对他的理解——她的目光总是那样真诚,并激愤地表示对魏炎的不满……他脸上不禁浮出了微笑,这是矇眬凝视着回忆中景象的微笑。

那是四年前。秘书薛小珊陪他去南方几个省检查各分会工作。在走下飞机舷梯时,她想要搀挽他,他摆了一下手:"不用。我甚至可以搀挽你呢。现代文明不是讲尊重女士吗?"说着,他哈哈笑起来,健步下了飞机。她提着箱子,帮他拿着风衣,跟在后面。"您的精神状态简直像个中年人。"她尊敬地把风衣披到他身上。

"我要再年轻点儿，说不定还要和你丈夫决斗呢。"他风趣地开着玩笑，然后哈哈笑了。薛小珊脸一红，笑了……薛小珊很可爱，要培养她。

他沉浸在回忆中，脸上还保持着未消逝的微笑。

好一会儿，他从恍惚中醒悟过来，眨了眨眼，目光又落在对面墙的挂历上一个年轻女演员的照片上。他看着她，感到愉快。

他又立起身，在房间里来来回回走着，走走又停停，看一看那位女演员。他觉得自己很年轻，步子不仅是平稳，而且还有些弹性了。他哼着戏曲，用这种快乐的、年轻的步伐在房间里走了两个来回，突然腿哆嗦了一下，膝盖发软，差点闪倒。他扶着大衣架站住，定了定神，自嘲地摇了摇头。他的目光又落到那位女演员脸上。你笑什么？他看着她，慢慢不知想到了什么，意识到了什么，突然，笑容消逝了，神情沮丧了，像个泄了气的皮球，拖着步子蹒跚地走到沙发旁，沉重地坐下了。

夜深人静的院子里，隐约传来哗哧哗哧的单调而有节奏的声音。

夏平和平平各坐在一张桌子前，各忙各的事儿。

"二姐，你怎么还不睡？"

"我把家里的账整一整，明天好交给你。你怎么也不睡，干什么呢？"

"我？……我收拾整理一下最近的信件。"

两个人背对背说完，又都各干各的事了。

黄平平拉开三屉桌左边的两个抽屉，把几封信纸展开与信封订在一起的读者来信放了进去。这两抽屉里的信都是这样订好，一封封像稿子一样摞在一起的。现在抽屉里已满腾腾地快放不下了。这些信件记录着她作为一个记者的影响。她经常揭露一些有轰动性的严重时弊，披露一些有轰动性的独家新闻。她在全国已经小有名气，从南到北有不少崇拜者。这不是，这封信的抬头就是"我们由衷敬佩的黄记者"。

她眼里漾出微笑,拿出一支香烟,点着,喷出一缕轻烟。

"平平,你怎么又抽烟?"夏平在背后问道。

"工作需要。"

"这算什么需要啊?"

"社交的风度。"她喜欢偶尔抽一支烟,特别是在引人注目时。

她对一天的事情又做了简要记录。凡属于她的机密,便穿插着使用速记符号,英文,日文,汉语拼音等,以免笔记本一旦丢落时"失密"。她又为自己的诡秘暗自笑了。别人都以为她是个单纯至极的人。她朝后甩动了一下头发,收住恍惚的目光,把笔记本迅速合上,放进抽屉,然后胸口抵在桌子上略想了想。

她又从口袋里拿出两封信,拉开右边的一个抽屉。

这个抽屉里也放满了信。但这里的每封信,信纸都还在信封里,一封封像卡片一样紧紧竖码着。她把手里的两封信插到了最外面。

这一抽屉信是她作为一个女人的力量的表现。都是男人写给她的情书。

她的手轻轻拨拉过这几百封信,像是翻一本极厚的大书,心中漾起一种甜美的情绪,像蔗糖水一样溶化着她的脏腑。她凝视着眼前恍然微笑了。台灯光在她眼前幻化成一片光怪陆离的世界。一个个男人朝她走来。他们的眼睛,他们的笑貌在飘忽不定地闪动着,他们的不同气息也在飘忽不定地"叠印"着扑来……她心不在焉地翻开一个小本,这里面记着这些来信者的姓名、地址和简单情况。这也是供她调遣的一批社会关系。她不会答应他们中的任何一个人。但她却和他们中不少人都保持着亲密的朋友关系。男人都愿意和年轻漂亮的女人交朋友,而且有不少还都想在女人身上得一手的。她能善意地理解和回报他们的感情,她能自然而绝不伤害对方地把这种感情转化为一种适度的友谊。这是一种不太纯的、带点儿暧昧和微妙的友谊,然而也是更深、更有力的友谊。和她保持这种友谊的男人,哪个不受她"指挥"呢?他们都心甘情愿地帮她忙,为她效劳。

这个世界上,男人是比女人有力量。但是,聪明的女人却比男人更有力量。因为她能调动不止一个男人。她眼里继续漾出着凝视的微笑。

几个男人竞相朝她走来,他们的气息很强烈……

她对自己真正喜欢的男人,并不完全拒绝拥抱和亲吻,她能够掌握住界限。在感情强烈冲动的极个别情况下,她也有过更越轨的行为。女人们为什么要那么傻呢?为什么要当生活的奴隶呢?还有比当一个现代女人更容易、更有意思的吗?

她想到了身后的夏平,瘦弱枯槁,成天毫无生气地生活,身体和精神都快干巴了。她生出一种怜悯,同时又为这样怜悯姐姐而感到不安。因为怜悯是一种优越者的感情。"二姐,你就不能改变一下你的生活?"她说。

"改变什么?"过了好一会儿,夏平才回了一句。

"你首先应该改变你的观念。二姐,你现在在生活面前,在男人面前都缺乏自信,太自卑。其实你哪一点比人差?论文化程度,你现在有大学文凭,论……"黄平平不停地说着。

背后沉默着没有反应。

"二姐,你怎么了?"黄平平停住问。

依然沉默着没有回答。

平平转过头,见夏平坐在那儿一动不动,似乎在注视着面前一件东西。她站起来,慢慢走到夏平身后。夏平把面前的一个日记本合住了。

"二姐,你看什么呢?"

"没看什么。"叭嗒,一滴眼泪落到日记本封皮上。

"二姐,我看看。"平平伸过手去。

"不。"夏平坚决地搪开她的手。

夜深人静的院子里,隐约传来哗哧哗哧的单调而有节奏的声音……

第 十九 章

范书鸿家。

没有任何事情比眼下的实际问题更有力量。一群人如果处于饥饿中，吃饭便是第一件大事。一群人若在海上遇难，脱险便是压倒一切的宗旨。现在，该睡觉了，该收拾睡觉的地方了，这个实际问题把一切激烈的冲突、痛苦的心理、爱情的悲剧、男女间的微妙关系都排斥到一边了。

可如何睡呢？两间房，原来是范书鸿与范丹林父子在外屋，吴凤珠、范丹妮，加上保姆铺个折叠床，三个女性在里屋。现在多了林虹。

一个方案，是范丹林提出来的：他到门厅里临时搭个床睡，这样母亲可以出来和父亲睡在外屋；林虹便可以与丹妮、保姆睡里屋。还一个方案，是保姆提出来的：她到门厅里睡，林虹便可睡在里屋。又一个方案是林虹提出来的：她到门厅睡。两家共用的门厅，人出人进，林虹一个青年女子，又是客人，睡在这儿显然不妥，林虹的方案立遭一致否决。范丹林睡到门厅里看来是最可行的。但此方案却遭到吴凤珠的反对，她不愿搬到外间与丈夫一屋睡："你爸爸的呼噜像猫叫一样，我可受不了。"

范书鸿听着她在里屋的唠叨极为恼火，但克制着没发作。

当着林虹的面，这话让他脸上太难堪。

"还是我睡到门厅里吧。"保姆说，"弟弟（她这样称呼范丹林）还是和伯伯一起睡外屋，别动了。我睡哪儿都可以，头一碰枕头就着了。"看来保姆的方案比较可行。她一个四十来岁的农村妇女，睡在门厅里似乎无妨。况且范丹林、林虹也都已很诚恳地提出来要到门厅睡，这足以消除"主贵婢贱"的印象。不过，范书鸿心中仍有些不安，所以，他不顾保姆的再三劝阻，亲自张罗和布置起保姆在门厅里睡觉的地方。他和范丹林先把门厅里两家放的东西——圆桌、自行车等——腾挪了一番,然后把外间屋的一个黑漆雕花檀木框的四扇屏抬出来,在门厅拦出一角,用四个椅子加四个方凳搭一个窄条床,再铺上褥子软席。椅子凳子高低不一,倒来换去,他们哐哐当当地忙乎着,保姆想劝劝不住,在一旁立了一会儿,到里面去照顾吴凤珠了。

门厅里只剩下父子俩。"爸爸,明天我到办公室去睡吧。"范丹林看着父亲认真地挪动着椅子,动作中已经露出了老年人的迟钝,做儿子的心中感到不安,"门厅两家合用,在这儿每晚上搭床,终归不合适。"

"你去外面住也没用啊。"范书鸿从儿子的声音中感受到一种成年儿子支撑家庭、体贴父母的责任心。这声音突然感动了他。

"那让姐姐去她编辑部住两天吧?"

"算了,她不在家住,我更多了一份心事。唉,这家乱七八糟的,我操心操够了。"范书鸿叹息着稍稍直起腰,用手背揩了一下额头的汗,"刚才林虹问我搞什么历史研究呢,我真是惭愧难言啊。"

范丹林感到了父亲要和自己推心置腹谈些什么的冲动,他等着。但父亲只是若有所思地凝视着,瞬间显出一种痴呆来。范丹林眼前一下浮现出二十年前父亲穿着白球鞋和自己打羽毛球时的矫健姿态。现在老了,脸皮都松弛皱耷了。一丝自疚掠过他的心头:"爸爸,房子的事,过两天我去和他们谈谈吧?"

"这你别管了,还是专心搞你的事业吧。"范书鸿从痴呆中醒来,说道,"爸爸老了,搞不搞事业意义不太大了。这些琐碎之事还是我弄吧。爸爸只希望你们,咳,只希望你能有点作为了。"

"爸爸……"

"你的书就快出版了吧?"范书鸿打断儿子的话问道。儿子写了上下两卷集的经济学著作。

"还在印刷厂。听说只差塑料封皮还没套上了。"

"那现在去印刷厂,能拿到成书了吧?"

"书出来了,出版社送样书来的。爸爸,你急着要看?"

"不,不。"范书鸿有些遮掩支吾着,忙弯腰搬动着椅子。房间里传出林虹和保姆劝慰吴凤珠的声音,但吴凤珠仍然很固执。

"阿姨,您该睡了,都十二点多了,东西明天再找吧。"

"不行,我明天要用,我必须起来翻。"

范书鸿一下皱起眉头,他恼火地盯视着房间的门。

"阿姨,您身体不行,不要这么急嘛。"

"你们想睡你们睡嘛,我翻我的,又不会妨碍你们。"

又是不讲理,冲客人讲这样的话。范书鸿一下火冒三丈。"你能不能别半夜三更发神经了。"他双手拿着椅子走到房间门口,尽量压低声音冲里间屋训斥道。

"我怎么发神经了,我要翻。"

"翻、翻、翻。你就知道翻,把家翻得不成个家。"范书鸿气得转身把椅子往门厅里一放。椅子碰倒了圆桌上的暖瓶。砰的一声,像炸弹一样,暖瓶在范书鸿脚旁落地迸炸了。开水溅烫在范书鸿穿拖鞋的脚上,他跳起来,随即扶着椅背,歪倒在椅子上。范丹林赶忙蹲下,掏出手绢给父亲擦,又站起身跑到洗漱间去拿湿毛巾。

屋里的人都跑了出来。范书鸿的脚烫得红肿起了水泡。保姆跑到厨房里拿来一瓶酱油,倒在脸盆里,说一洗就好。吴凤珠说酱油不行,快去抽屉里找蓖油。范丹林又是给保姆拿脸盆,又去翻抽屉找蓖油,门厅里乱成一团。

范书鸿咬牙忍着疼痛冲人们摆了摆手:"半夜了,你们声音小点儿,不要把隔壁邻居吵醒了。"

邻居王满成家今晚也不平静。老婆张海花就是个多心思的泼辣女人。

刚吃完晚饭,十岁的大勇和八岁的小勇就要去范书鸿家"看彩电"。"家里不是有电视吗?"张海花挺着肥胖的胸腹,抬手一指平柜上放的昆仑牌十四吋黑白电视,没个好脸色。"咱们家的看不清楚。"两个儿子撅着嘴。

"还要怎么清楚?"张海花的声音又快又尖利。

"你看哪，黑糊糊的乱闪。"大勇说。电视图像是不大清楚，模糊闪动着。

"又没有彩色……"小勇眨着眼冲母亲嘟囔。

"彩色有什么好？报上说彩电坏眼睛。还是看黑白的好。"

"好什么呀。"大勇并不服气。

"孩子们要去就让他们去吧，今儿星期六，有好节目。"做父亲的说。

"你又插什么嘴？"张海花正收拾碗，把碗往桌上一蹾，"跟讨饭似的，凑到人家家里看电视，你不怕人讨厌，我还怕呢。有本事挣钱给孩子买一个。"

"咱们慢慢买嘛……"

"慢慢买？人家挣多少钱，你挣几个钱？连儿子每月上学买月票的钱都快紧不出来了。人有脸树有皮，我要这脸。买不起就不看，我告诉你们，大勇、小勇，不许去。"

可一转眼，两个孩子就溜到了范书鸿家。正赶上吴凤珠里里外外翻箱倒柜。她说："我们家今天晚上挺乱，要整理家，电视不开，明天再来看吧，啊？"

正在厨房里洗碗的张海花听见了，来到了门厅里，厉声叫道："大勇、小勇。"两个孩子来到门厅互相看看，察看一下母亲的脸色，蔫蔫地回自己家了。张海花跟进了屋，把门一关，手还湿着，就倒抓起扫床笤帚打起孩子来："叫你们去，叫你们去。叫你们去惹人讨厌。"孩子缩成一团，哭喊着。王满成望着妻子嗫嚅地劝道："咳，打孩子干什么，去邻居家看看电视又不犯法。"

那边隔壁，范书鸿皱着眉不满地责备着吴凤珠："你怎么就把人家小孩赶走了呢？家里再乱，也不能不顾及邻居关系嘛。"

张海花要强，什么事情都不能低人一头。自己嫁这样一个没本事的丈夫，她认命。嫁鸡随鸡，嫁狗随狗。可她还要在社会上拼命向上争一争。谁不想活得更体面点儿？她不怕吃苦，心计也够用，待人接物泼洒得开，酸甜苦辣都咽得下，吐得出。论工作，她在纺织厂由一个挡车工混到了工段质检员，又混到了车间统计，正争取着当上副主任；论生活，她咬着牙挣二分攒一分，吃咸菜喝白水，等着有一天搞到两室一厅，就要同那些高级家庭一样像模像样地布置起来：彩电、冰箱、地毯。她要里里外外活个人样，要让丈夫、孩子都活个人样。可谁能理解她的苦心？

"你活得没模没样，还让孩子这辈子跟你一样？"她冲丈夫瞪眼发火，"但凡你有本事，这家也用不着我里外操心了。我这辈子跟着你受的罪还少？"

她一眼瞥见墙上挂的彩色结婚照。十几年前，她多俊秀多水灵，现在又老又邋遢，她都不敢照镜子。这一辈子受穷受罪活成什么了。她不由得又冤屈又冒火，扬起笤帚狠狠朝大勇的屁股上打了两下。大勇哇啦哇啦地哭喊得更厉害了。

敲门声。张海花愣了一下，慢慢推门进来的是范书鸿。老历史学家抱歉地笑了笑："大勇，小勇，电视开了。快过去看吧。刚才吴奶奶翻东西，家里乱。"

王满成慌忙站起来，局促不安地连连摇手："范老，不麻烦您了，孩子们要看，让他们在家看吧。"丈夫这种在有知识人面前低头哈腰的谦卑样儿，又刺激了张海花做妻子的自尊心。她收起脸上的怒容，很大方得体地走上来，把丈夫挡在身后："范老，我打孩子您可别多心。他们快期末考试了，学习正紧，根本不能看电视。我一直没敢买彩电——连这黑白的我都不该买。一天到晚看电视，长大有什么出息？他们这个年龄就该好好念书。您说是这理儿不？往后，我这边要是不留神，他们溜过去了，您就帮我把他们撵出来。这事，我就算是求上您了。"

"啊，啊……"范书鸿尴尬不堪。

"你们耳朵听见没有？"张海花转过脸冲两个儿子训道，"还不给范爷爷拿烟去。"

"不不，我平常不抽烟，我不打扰你们了。"范书鸿连连摆着手。

"范爷爷，您抽烟。"大勇泪痕未干，听话地从竹茶几上拿起父亲抽的一盒烟，举到范书鸿面前。孩子单纯，并不知母亲的话只是谢客之辞。

张海花迅速瞥了一眼儿子手里举的烟，脸一下烧热。"五台山"，这是一盒三角钱的廉价烟。她啪地打了儿子的手一下，劈手把烟夺过来："这烂烟能叫你范爷爷抽吗？这是你刘叔叔刚才来坐拉下的烟。去拿你爸爸抽的烟来。"

"这是爸爸……"大勇怯怯地、困惑不解地望着母亲。

"连你爸爸抽什么烟也不知道了？"张海花快嘴利舌地打断儿子的话，两步上去，打开一只红漆木箱，从箱角麻利地拿出一盒精装"上海"，从盒里抽出一支来，"范老，您抽烟。"

范书鸿忙借机道："不了，不了，他们不让我抽，要骂的。"范书鸿故作诙谐地笑笑，朝隔壁自己家指了指，点点头退出了。

"以后来客人拿箱子里的烟，知道不？"张海花接着训儿子。两个孩子依然疑惑不解瞪大眼睛看着母亲。张海花打开"上海"牌香烟的锡箔纸，把刚才抽出的那支烟又插回去，数了数，然后把烟往茶几上一放，搡到丈夫面前："你明天不是外出开会？把这好烟带上。人要争个体面。里面还有十二根。不要都抽了，啊？留下五根。早晚还是你的。不够抽了，这烟——"她把那盒从儿子手里夺下的那盒"五台山"也搡到茶几上，"你也带上。不在场面上了，就抽这贱的，随你抽多少。哼，跟着我，什么时候少过你喝的，短过你抽的。不知个好赖。"张海花转眼看见两个儿子还都直愣着眼，又训斥道："瞪眼看什么？不认得你妈了？去，把凉水里冰的西瓜拿来。"

一说吃西瓜，两个儿子雀跃了，欢呼着跑出去。家里难得吃西瓜。西瓜水淋淋地抱来了，抹布擦干了，在矮腿方桌上切开了，是个四斤的红沙瓤小早花西瓜。张海花坐在小板凳上边切边把一块块切好的瓜分配着放到大勇、小勇和丈夫面前："这几块是你的，啊？大勇；这几块是你的，小勇；这几块是你爸爸的。瓜甜吗？"

"甜。可甜了，妈。"兄弟俩唏哩唿噜大口吃着。

张海花看着儿子吃，看着丈夫吃，眼里露出满足。

"妈，你怎么不吃？"大勇问道。

"妈这两天肚子不好，不想吃。"张海花温和地笑了笑。

瓜太小了点儿。做丈夫的也发现了："海花，你怎么不吃？"他把自己面前的瓜拿了两块放到妻子面前。"妈,你吃吧。你不吃,我们也不吃。"两个儿子也把自己的瓜送到母亲面前。"我真的不想吃。"张海花笑了笑,把瓜都推了回去,同时借着笑,把涌上来的几滴幸福、满足但又含着一丝辛酸的眼泪压抑了回去。

她千辛万苦为的就是这个家。现在半夜了,她躺在床上还在为这个家转心思。

天热不好睡,外面门厅里响动,更不好睡。"你听隔壁家在门厅里叮叮哐哐闹啥呢?"她用胳膊肘捅了捅躺在旁边的丈夫。

"他们家来了客人,睡不下,搭个床呗。"

"客人是哪儿的?干什么的?"

"不知道。一个二十多岁的姑娘,人长得不赖。"

"来住多长时间?"

"我哪儿知道?"

"两家走一个水表,这水费算不算客人的?"

"人家范老什么时候和咱们计较过这个?嗳,你让不让人睡了?"

"我跟你说几句话。"

"那我可要点火抽烟了。"

"行,你抽吧。"张海花看着黑洞洞的天花板转着脑筋,"那姑娘肯定是范丹林对象了?"

"我看那劲儿不像是。"

"你那二五眼能看出什么?这下他们家两间房就更挤不下了,要人擞人了。"

"那咱们搬不搬?"

"就东三楼那一间半?门儿也没有。"

"范老他们家……"

"你又来可怜他们,谁来可怜咱们。我没这么傻。这节骨眼上我不能让。"

烟头在黑暗中一红一暗,那是丈夫沉默不语时的心理节奏。

"嗳,我告你,我想了个全面儿的计策,"没过一会儿,张海花又热切地用胳膊肘使劲捅着丈夫的肋骨，"一定能把两室一厅搞到手。"

"我听着呢。"

"就是要在范老身上下工夫。"

"下什么工夫？"

"想办法逼着他们去闹——为房子。"

"逼着他们去闹？"

"现在不都在落实知识分子政策吗？他们闹比咱们闹管用。"

"怎么逼？"

"我有的是办法，你到时候看吧。"

"可别干缺德事儿。再说，当官儿的才不怕一两个知识分子哪，他们牛着呢。"

"牛？到时候，要是外国人来范老家做客呢？他们当领导的考虑不考虑国际影响？"

"外国人？哪儿来的外国人？"

"你知道个屁。什么事都在我心里装着呢。外国人一来，我再让中国的记者也跟着一来，你说他当官儿的怕不怕丢乌纱帽？你们怎么落实的政策，嗯？"

"你哪儿弄记者去？"

"我就有办法，调个记者有什么难？你老娘有的是法儿。到时候让你看场群英会。哼，这下你们单位的头儿总得给范老解决问题了吧？"

"解决问题，就是让咱们往外搬嘛。"

"到时候咱们就来个坚决不搬。除非给我两室一厅——你们所现在前三门不是还有两套两室一厅吗？下手晚了就飞啦。"

外面门厅里还响着搬动桌椅的声音，王满成略欠起身用烟头照了照放在床头的手表："十二点多了，范老他们……好，好，你别张嘴了，我不可怜他们，行了吧？……把咱家的行军床借他们吧？别让他们折腾着搭床了。"

"不借，让他们搭吧。"

"这么搭他们麻烦，咱们也不得安宁，何必呢？"

"我不怕吵，越吵越好，乱得他们没法儿活了，他们才去闹呢。"

"范老是闹的人吗？"

"狗急还跳墙呢。"

"你是不是舍不得借给他们？不行，作半价卖给他们得了，反正行军床咱们也没用。"

"九成新的呢，要卖，也要卖全价。再说我也不卖。"

外面骇人的暖瓶爆炸声，吓了他们一跳，听见门厅里一片混乱。"范老烫伤了。"王满成听了听说道。

"烫出事儿才好呢。那些官僚老爷出了事儿才知道落实政策。"

"不行，我起来，把行军床给他们送过去。"

"你敢？"张海花一下用胳膊支起身，发出一声凶厉的威吓。

"什么敢不敢？"平时绵善的丈夫真倔起来并不怕老婆。他起身坐在床边，用脚在地上探寻着拖鞋。

"你——"张海花伸手去抓他的胳膊。

"你也别太过分了。"王满成掰开她的手，趿拉着鞋下了床，拉开灯，从门背后拿起了行军床。

张海花光脚下了床，背靠着门挡住丈夫："我不许你去。"

"你起来。"王满成冷冷地看着妻子，声音不高。

两个人面对面站着，张海花能感到丈夫身上那种男子汉的意志。那是她不能违抗的。"你吃里扒外，你……"她下巴哆嗦着，眼泪一下涌了上来。

王满成沉默地看了看妻子，抓住她的胳膊慢慢拉开她，走出门："范老，你们用这行军床吧。"

范书鸿坐在那儿，正让范丹林往脚上抹獾油，他客气地摇着手："不用了，这不是已经搭好了。"

"你们用吧，要不，你们每晚都得搭。"

"王师傅，把你们吵得不能睡，实在对不起。"范书鸿抱歉地说。

"没关系。"

"本来应该和你们先商量一下的,在门厅里搭床。"

"不不不。"范书鸿的歉疚引起了王满成更大的不安。天下有两种人:一种人只看见别人对不起自己的地方;另一种人只看见自己对不起别人的地方。王满成和范书鸿就同属于后一种人。他讷讷地不知说什么好:"这房子本来就是你们一家住的,我们搬进来给你们添了不少麻烦。"

张海花在屋里倚靠着门侧耳倾听,泪还未干,这一下火冒了上来:说的是什么烂话。

"王师傅,那你们到底搬不搬啊?所里不是在东三楼给你们调了一间半吗?"吴凤珠问道。她大概属于那种更多地看到别人对不起自己的地方的人。

"我们……啊,也想过搬,不过……"王满成有些尴尬,额头冒汗了。

"那一间半不比你们这一间大?你们搬过去,我们也能宽敞点儿。"吴凤珠仍然叨叨唠唠。

"我说,这半夜三更了,你怎么问开这事儿了。"范书鸿不满地制止着妻子。

"我问两句怕什么?"吴凤珠的较真儿劲又上来了,"王师傅,我知道你们是嫌一间半还小,要两间一套的。可一间半总比一间大嘛,不能人心没尽嘛。"

张海花这时一抹脸拉门出来了。这紧要关头她得出来挡阵,要不任着自家那个老实疙瘩说下去,就收拾不回来了。她只一眼就把门厅里的场面看了个一清二楚。范书鸿一家四口人,连保姆,包括客人林虹都打量进了她眼里。她也只在这出门的一眨眼工夫就把自己脸上的表情调整变换了过来。她满脸含笑,人到话也到:"范老,您这是怎么了?哟,烫着啦?不要紧吧?丹林、丹妮,你们也都没睡哪?这是你们家来的客人?远道儿来的吧?吴阿姨,您也没睡?您身体不好,可该早休息啊。我刚才拉门出来,听见您最后那句话了,要说人心,谁能有个尽?有尽,还活个什么劲儿呀,是不?"她亲热地笑了笑,"真要有尽,你们住这两间不也就够了,该心满意足了?"

"那也有个名正言顺、合情合理啊,你没看我们家五口人挤成这样。"吴凤珠继续唠叨着。

"是该合情合理。你们住这两间是够挤的,我一直和大勇他爸爸念叨你们的事儿。那些当头儿的也太不尽情理了。这知识分子政策猴年马月才能落实啊。可要合情合理,你们得找领导说去,跟我们说有啥用?再说,合情合理,大家也都得合情合理。落实你们政策,也得落实工人政策。工人也是人呐。我们为你们想,你们也得为我们想。现在说知识分子也是工人阶级,那工人阶级和知识分子就是一家,一回事儿嘛。你们说,我家四口人,小子们越长越大,住一间够?说调那一间半,也比这大不了多少,也是两家合用厕所、厨房。那邻居是一对儿大学毕业生,也是知识分子,以后再落实他们政策,我们上哪儿去?我们能糊里糊涂搬过去吗?"

张海花伶牙俐齿,连说带比划,转来转去,滴水不漏。

林虹站在一旁看着。在这种情况下,她什么也不能说。

"我说不过你,"吴凤珠没好气地沉着脸,"反正你们应该先搬过去。"

"别说了。"范书鸿打断她。

"什么说过说不过呀,你们有文化的人,懂的道理比我们多得多。"张海花似笑非笑,话却锋利。

"我们……"吴凤珠又要发话。

"妈,别讲了,和他们讲不清,到时候找领导讲去。"范丹妮打断母亲的话。她虽然未能完全从自己一晚上的悲剧情绪中挣脱出来,但当下的刺激总是更强烈的。母亲显得这样窝囊,随着人家的话转,她不能不搭腔了。

张海花听出范丹妮话中的不满,立刻冲着范丹妮来了:"和我们是讲不清。我不是说了,我们没文化,没有知识分子那一套一套大理论。我们只会实心实眼儿的,半夜听见你们搭床,就把行军床给你们送来,再挨上你们一顿数落。要我说,你们早该找领导去了。找我们有什么用?"

范丹妮也是个嘴上不让人的,一听说行军床,冷冷地道:"行军床你们拿回去吧，我们不用。"

张海花斜瞟了范丹妮一眼，她也被激恼了："哼，你们要嫌工人的床脏，不用就不用。这门厅是两家合用的，你们在这儿搭床睡觉合适吗？"

"我们占我们这一半儿。"

"那我们在这一半也搭上床睡能行吗？"

"你胡说些什么。"那边儿王满成憋了半天，此时冲妻子吼道。

张海花吓得颤了一下："我说什么了？咱们巴巴结结送行军床来，人家看不起你，不用。"

"是用不起。"范丹妮冷冷地说道。

"丹妮，你闭上嘴。"这边儿是范书鸿火了，他一挥手，"王师傅，把床给我，我用。"

第二十章

范丹妮坐在床边一根接一根地抽烟。她两眼呆滞地凝视着林虹脚上穿的那双白凉鞋，浓烟一口口喷出来，在房间里弥漫缭绕着，画出她思绪的茫然和缭乱。林虹坐在她对面的折叠床上，隔着一米多的近距离静静地望着她，好像在等待她醒来一般。

"你睡吧。"过了很久，范丹妮说道。

"我等你一块儿睡。"林虹礼貌地笑了笑。

外间屋早已熄了灯，没有一点声响，范书鸿、范丹林可能已经入睡。门厅里，保姆大概早已睡着了。只有里间屋还亮着灯。吴凤珠疲劳过度地瘫在床上，响着轻微的鼾声。她们俩却这样坐着。一个在抽烟，一个在看着对方抽烟。

夜是安静的，甚至能听见香烟燃烧时发出的声音。安静总要孕育着什么。林虹看着范丹妮，感到她内心正积聚着某种冲突。她的烟一口口抽得越来越长，越来越狠，已经被熏黄半截的纤细手指在神经质地颤抖。颤抖逐渐牵动她的嘴唇，她的面部肌肉在那里发生同步的颤动。她的目光越来越凝固，透着一丝凶狠。

浓烟呛得林虹轻轻咳了两声。范丹妮微微抬起了头："你抽吗？学会抽烟，就到哪儿都不怕烟了。"她把床上的烟盒伸手递了过来。

林虹摇摇头。

范丹妮的手还没放下来，自己却被烟呛得咳嗽起来，她用手背挡住嘴，咳得弯下腰，眼泪都迸了出来。

"别抽了。"林虹劝道。

"不要紧。"范丹妮又咳了一阵，缓过气来。她朝后抖了一下头发，紧接着又一阵抑制不住的咳嗽引起她整个身体的剧烈震荡。从声音中能听出她身体的单薄干瘦。

"别抽了吧，这样对身体不好。"林虹又说。

"不好就不好，要那么好干什么？"

"身体总是你自己的。"

"我早就身体不好了，想好也好不了啦。"范丹妮一下激动起来。

"小心烟，别烧着裙子。"林虹用手指点着。

范丹妮低下头，看了看自己身上的那件米黄色镶边的连衣裙，顿时激怒起来。就是这条裙子，过去胡正强说他最喜欢，今天却遭到他那样冷蔑的目光。想到那目光，一种备受凌辱的悲愤呼地涌上来。她颤抖着摁灭烟头，站起来，双手抓住裙子的下摆，一咬牙，哧啦一声把裙子撕裂开来。林虹惊愕地望着她。她并不知道范丹妮今天晚上遇到了什么事，但凭着女人的直觉，她能感到范丹妮这种歇斯底里发作中所包含的屈辱。范丹妮再次抓住裙子下摆，要撕第二下，虽然用了很大力气，却没能撕动。积聚的情绪经过一次发泄，已降落了一些。她坐下来，又点着一支烟。她一动不动抽完这支烟，把烟头摁灭在烟灰缸里，对林虹说："咱们睡吧。"

"好。"林虹准备起身铺床。

范丹妮却坐在那儿不动，目光又恍惚起来，手在床上摸索着拿起烟盒。

"不睡吗？"林虹问。

范丹妮目光呆滞，过了一会儿，把烟慢慢叼到嘴里，拿出火柴要划，手又停在那儿不动了。她抬眼瞧了瞧林虹："我今晚是不是有点儿歇斯底里？"

林虹笑了笑。

"我今晚见到了我的丈夫——就是你刚才见到的孟立才。因为我不爱他了，所以他来惩罚了我。"范丹妮发出自嘲的冷笑，"在这之前，还见到了我的……"她略停顿了一下，"见到了我的情人——就这样说吧。因为他不爱我了，所以他也惩罚了我。"说到最后这句话，她有点儿咬牙切齿。

林虹沉默了一会儿，察看着范丹妮的表情："他结婚了吗？"

"他已经有两个孩子了，有个很完整的家庭。"

夜与昼

沉默。这种沉默中包含着为范丹妮处境所感到的难堪。

"他是导演,叫胡正强。你看过他拍的电影吧?"

林虹摇了摇头,她在县里,看电影并不多。

"你愿意听听我的身世吗?我的身世简直可以写一部小说。你困吗?"

林虹看着范丹妮,又摇了摇头。范丹妮点着了烟。

(她说什么呢?香烟在手指间燃烧,烟雾袅袅升起,弥漫开,和空气中已经浮动的烟气混淆缭绕在一起。盯住它,目光朦朦胧胧,烟气逐渐模糊,摇曳晃动起来,在灯光中幻变出一个扑朔迷离的世界,一个自己以往的天地……)

哼,(这是她自己能听见的无声的冷笑,用以对自己的话预先解嘲。)我其实就写了一部自传体小说,刚写完不久。题目叫做"我的爱情交响曲"。(爱情这个词怎么这样肉麻?写的时候没觉着,现在说它,怎么这样别嘴,这么耻于出口?)这个题目俗气吗?我还没想到更好的题目。还想了一个题目,叫"大海中没有我的停泊点"。这也不好吧?"港湾在哪儿"这个题目呢?先不说题目了。这部小说是根据我的经历写的。共分四章,也就是我生活的四个乐章。(又一声自嘲的冷笑,这次略有一些声音。)这就是我的命运交响曲吧。

第一乐章,"青春的理想是玫瑰色的"。(怎么也有些拗嘴?眼前闪过一片淡淡的玫瑰色,她站在中学的操场上,看着西山上空展现的玫瑰色晚霞,山色如黛。这幅玫瑰色的画面是黯淡的,景象也是模糊的。当她稍一凝视它,它便消逝了,眼前迅速闪动出其他色彩的模糊画面,只感到嘴角留有一丝冷蔑。自己早已变得冷酷。看到自己写下这种矫情的题目,就恶心,肉麻,脸红,生理上反感。)一个人总特别喜欢某一种颜色,我发现,有的人一生喜欢一种颜色,有的人一个时期喜欢一种颜色。一个人某个时期喜欢的那种颜色,基本上是他这个时期生活乐章的主色调。一个人一辈子喜欢的颜色,一种,或有一个序列就构成了他一生交响乐的色调,起伏跌宕。我说的有道理吧?你喜欢什么颜色,林虹?

（林虹："我?……"她停顿了一会儿,"白色。"）

白色?你过去呢,学生时代呢?

("红色和白色。")

红色和白色?过去你喜欢红色和白色,现在变得只喜欢白色了?（一个她敏感而似乎熟悉的变化。林虹是什么经历?她隔着灯光下缭绕的烟雾注视着林虹。）

("是。")

（她又抽了一口烟,接着说自己的身世。）我在中学,到后来上大学,都喜欢玫瑰色。我喜欢看玫瑰色的画面,喜欢玫瑰色的霞光。我那时做的梦也常常是玫瑰色的,梦的内容忘了,颜色却留下了印象。（她叙述着,不再有撇嘴和恶心的感觉了。）我崇拜约翰·克利斯朵夫,常常为他流泪。我的爱情追求也是理想主义的,要找一个对人类有贡献的天才,终身做他的伴侣。我很自信。觉得我漂亮,学习好,又有天赋。很受男同学的注意,大学里女同学本来就少,不过,我在班里一个人也没爱过。我爱上了法律系一个比我高两届的男同学,叫杨海明,很英俊的。我向他借过一本书,还书时,在里面夹了一首小诗。可他没什么特别反应。他毕业后去衡阳了,从此再也没见到他……这玫瑰色的一章算是永远过去了……

第二章,题目是"生活是铁青色的"。说的是文化大革命这一段。前面就不用说了。一九七〇年,我大学毕业分到怀柔县教中学。父亲被定成了"中统特务"。有了这样一个政治标签,我成了无人问津的"次品"。那时在北京,先后给我介绍过几个对象,都因为我的家庭问题吹了。我这个人虚荣心强,要面子,明明是对方不要我,我还要打肿脸充胖子,和别人说是自己不愿意,对对方不满意。闹来闹去,人们说我眼高。我有什么眼高的?几次谈对象,我的尊严几乎完全被粉碎了。女人有时候是很软弱的,特别在她丧失自信的时候。当时,随便给我介绍一个什么人,我都会愿意的。我迫不及待地要嫁人,好像再不结婚,就永远没人要了一样,急着推销自己,简直是一种恐慌症。

有人给我介绍了一个四十五岁的干部,比我大了近二十岁,这样大的年龄差别,都没伤我自尊心,我咬了咬牙和他见面。一个胖子。(温和的胖脸闪过,肥胖绵软的手。)结果,还是他不要我。他倒是喜欢我,可他要出国当参赞……

(她目光眯成的一线,透出一丝冷酷。)

我在怀柔县和孟立才结了婚。他是个体育老师,比我大十岁,因为到砖瓦厂偷砖曾被判过两年刑,是个刑满释放犯。我的父母坚决反对这门婚事,我和他们大吵了一场——

……范书鸿冒火地站在房间里,用手指着女儿,"我不同意,坚决不同意。你找谁不行,非要找这样一个人。"

"我找谁?谁要我?"范丹妮哭了。

"过去介绍的哪个不比孟立才好?你都看不上。"

"你怎么知道我看不上?"范丹妮歇斯底里地喊道,泪流满面,"如果他们之中任何一个人肯要我,我早就愿意了。"

范书鸿惊愕地说不出话来。

"是他们不要我,知道吗?可我有自尊。只好说我不满意他们。你知道你的女儿没人要吗?"

范书鸿如五雷轰顶,脸痛苦地搐动着,良久,才困难地说:"那你也不要找孟立才,我不能让女儿嫁给一个刑满释放犯。"

"可你自己呢?有谁要你这个中统特务的女儿?"……

——我从北京回到怀柔,就和孟立才结婚了。他在那种事上太野蛮,我怕他怕得不行。除此以外,他还是不错的,对我很体贴——

……范丹妮裹着被子朝里躺着,在抽泣。

孟立才裹着棉大衣背对着她坐在床边。他回过头给她掖了掖被子,想哄慰她。

"滚开。我不要你,流氓。不许你碰我。"

孟立才缩回了手。

"你滚远点儿。我不要你坐在这儿,你滚。"

孟立才站起来,到火炉边坐下。天亮了,范丹妮醒来,发现孟立才的大衣也盖在自己身上。窗外西北风呼啸着,孟立才坐在炉边,缩着头打瞌睡。火炉上咕嘟着什么。炉火一闪一闪映红着他那张粗黑的脸。

"你醒了?想起吗?"孟立才回过头。

"不起。"

"天冷,不起就睡吧,反正今天是礼拜天。"他小心翼翼地端着一大碗鸡蛋羹走到床边,"就在床上喝吧,坐起来,围上被子。"

"不喝。"

"喝吧。你太瘦了,"他的声音中含着由衷的体贴,"像个小孩。"……

——可我不爱他,一想起他就恨他。是他毁了我的青春。我知道这样怪他毫无道理,是我心甘情愿嫁给他的。可我还是恨,想起来嫁给这样一个人,我就浑身哆嗦。我糊里糊涂地把自己的青春廉价拍卖了。(她又用力一口一口抽着烟,她那纤细而苍白的手指又开始神经质地颤抖。)(她把半截烟狠狠地一口抽完,低头喷出浓烟,被呛得轻轻咳嗽着。她侧转过头,把烟头摁灭在烟灰缸里。咳嗽过去了,她抬起头。)

说小说的第三章吧,"霓虹灯是缤纷杂色的"。写的是我调回北京以后的生活。父亲的政策早落实了。我调到电影界的一个编辑部。开始到处跳舞,广泛交际,学会了喝酒抽烟,学会了打桥牌、吃西餐、熬夜坐沙龙。我就好像一直在舞场上旋转着,周围一片五彩缤纷。我有钱就花,及时行乐,什么衣服好看买什么衣服,过时了就送人。我要弥补我青春年华的损失。这一章是幸福的,也是疯狂的。我争风吃醋、嫉妒失眠,绞尽脑汁,大吵大闹。我不知道自己喜欢什么颜色。一闭眼,总觉得一个霓虹灯的繁闹夜市在眼前晃动。我爱了不止一个人,也被不止一个人爱,可最后,我爱上了他。(她一口气说到这儿,猛然间,目光变得呆滞失神。)

("胡正强?"半晌,林虹问。)

是。(她叹了口长气,说话的节奏开始变慢了。)这大概是我第一次真正的爱。我也真正感到了什么是爱的痛苦。有时候,为了等他一个电话,我能在电话机前苦苦地守候一天。那一阵,我在编辑部有间单人宿舍。他来看我一次,我事先要忙上一整天,花半个月

夜与昼

工资买酒买菜,用煤油炉给他做一餐像样的饭菜。为他,我什么牺牲都做了。可他还是抛弃了我,为了他正人君子的虚伪形象。可他越这样,我越离不开他,我到处等他,想尽办法见他一面。他却像躲瘟疫一样躲着我,他看不起我,冷落我,厌恶我。我简直像疯了一样——

……寒风刺骨的夜晚,树上的积雪纷纷扬扬落下来,路上行人寥落。范丹妮紧裹着呢子大衣,头缩在围巾里,踏着结了一层薄冰的积雪,瑟瑟缩缩地在一幢楼前来回走着。她望着二楼的一个灯窗,那是胡正强的家。她写了信约他,可他不出来。看见灯窗上他晃动的身影,她甚至像能听到他那开怀的、富有感染力的笑声。

夜深了。一排排灯窗熄灭了。胡正强家的灯窗也黑了。

范丹妮还在刺骨的寒风中来回走着,显得孤零零的……

——我有时候真想杀了他。……好了,不说了,再说我又要发疯了。咱们睡吧。第四章,我告诉你题目:"未来应该是蓝色的?"问号。我希望是蓝色的,可谁又能知道会是什么颜色?也许是黑色的,是死亡。不说了,睡觉。

林虹脱下自己的白色连衣裙,左右看了看拥挤不堪的房间,把裙子搭在椅背上。她的衣服不多,这是她最喜欢的一条裙子,要爱惜。坐了一天火车,该洗了,可住在这里,如此杂乱,明天能不能洗衣服还是个问题。她无意中看了看范丹妮,目光不由得愣住了。范丹妮脱掉了那件漂亮的被撕裂的连衣裙,揉成一团,往地下一扔,然后站起来,开始摘乳罩,可那竟然不是乳罩,是……林虹这才知道,范丹妮那隆起的胸部是戴了假胸。假胸被扔在椅子上,还有弹性地颤了颤。那个苗条而丰满的范丹妮不见了,面前是一个胸部干瘪、瘦骨伶仃的女子。能看见她胸部的肋条骨。

她心中不禁涌上对范丹妮的怜悯。她每天把自己装扮起来不知要花多少心思?而一旦卸了妆,竟像是变成另一个人,这实在有点儿可悲。

范丹妮正自怜自爱地瞧着自己的身体,一抬头看见了林虹的目光。"我瘦吧?"她自我解嘲地说,同时又低头看了看自己身上,狭窄白皙的胸部,瘦凸的膝盖骨,脚面上裸露的青筋。

林虹笑笑:"瘦点儿好,好多人想瘦还瘦不下来呢。"

"你没看出我戴的是假胸吧?"范丹妮有些得意地笑了。

林虹摇了摇头。

"这是托人从香港带来的进口货,质量好。"范丹妮说着从椅子上拿起假胸,用手捏了捏,摸着两个富有弹性的假乳房,"你看,它的弹性、柔软度和发育最好的真乳房一样。不要说看,就是隔着衣服都摸不出是假的。"

林虹不自然地、敷衍地笑了笑。看着范丹妮这样摸弄假乳房,她在心理上有种极不舒服的感觉。

"你是不是看不惯假胸?"范丹妮问。

"我?……没见过。"

"这都没见过?你们古陵县真不开化啊。这在现代社会很普遍。外国不光有假胸,还有假臀呢。只要像真的就行。人要打扮自己,就得用这些假的东西,假眉,假发,假睫毛。擦胭脂抹粉,不都是为了使皮肤蒙上假的颜色?光靠本色,女人哪有那么漂亮?会打扮也是一种艺术。你擦胭脂吗?"

"不。"林虹摇摇头。

范丹妮打量了她一眼,目光一下停住了,发亮了,像是第一次发现什么,禁不住赞叹:"你真美。"

林虹不好意思地微微笑了。她穿着小背心短裤衩在灯光下坐着,头发乌黑,脖颈胳膊洁白而润泽。她胸部丰满,但并非刺激性地过度隆起,是柔和、质朴的。她的长长的手臂自然下垂扶着床边,显得十分动人。

"你站一站。"范丹妮说。

林虹迟疑不解地站起来,掉头看了看自己坐的地方,以为压着了什么东西:"怎么了?"范丹妮迅速地上下打量着她。她的线条很美。只是腰部略显松弛(现在站起来,似乎胸部也有些松弛),不那么收束和纤细。

"你如果再把腰勒紧些,胸部就会更隆起来,那你就更美了。"范丹妮说。

林虹一笑,又坐下去,转身安放枕头。

"你保养得好,这辈子没受什么大罪吧?"范丹妮仍在打量着她,同时感到一丝嫉妒,不由得看了看自己干瘪的胸部。

林虹不以为然地笑了笑。

"你这些年都是什么经历?你结婚了吗?"

"结过,离了。"

范丹妮一下愣了,她没想到。

"什么人?"

"一个干部子弟。"

"他父亲是什么官?"

"那时什么也不是。现在在我们省当省委书记。"

"谁?他叫什么?"范丹妮正拿起背心往头上套,一下停住了。

"你问他还是他父亲?他?告诉你,你也不知道,他叫顾晓鹰。"

"顾晓鹰?"范丹妮一下睁大了眼睛。

"你认识?"

"嗯……认识。"

"你怎么认识的?"林虹注视着范丹妮。直觉告诉她:顾晓鹰与范丹妮的关系不太寻常。

"一般认识。今天晚上我在周末俱乐部里还遇见过他。"范丹妮只好搪塞。自己过去的情人,竟是林虹以前的丈夫。知道这一层关系,使她对林虹既产生一种同命相怜感,又有一丝莫名其妙的淡淡的敌视,还模模糊糊地漾起一种生理上的不舒服。"男人都不是好东西。"为了掩饰自己说不清道不明的复杂情感,她随便又添了一句。

林虹侧身在折叠床上躺下了,用手臂在枕上支起头,目光若有所思,像是自言自语:"女人应该总结自己。"

"你今年多大了?"范丹妮问。

"二十八。"

"你打算今后怎么生活?"

"我先看看能不能调回北京。你呢?"

"我?现在准备开始写小说。再奋斗上三四年。到四十岁,如果还在事业和爱情上一无所成,我就结婚,随便找个什么人,有点儿钱和地位的,老老实实过日子。"

范丹妮也在对面的床上躺下。林虹抬起眼,范丹妮也抬起眼,都下意识地想看一下对方的身姿,目光相遇了。都不自然地笑了笑,又把目光躲开了。

她们各自垂下眼浏览着自己的身体,同时又能感觉到对方的身体。

林虹依然撑着头侧躺着,从上到下看着自己,想在自己身体上寻到美,来"证明"刚才范丹妮对自己的赞叹。一个人往往对自己最愿意相信的事情,又是最容易产生"怀疑"的,生怕那不是事实。自己的身体还是年轻的。透过背心的领口能看见自己的胸脯,她不由自主地轻轻抚摸了它一下,虽然不像二十岁时那样晶莹光泽,但还是年轻的,有弹性的;腿上的肌肉还没有松弛,皮肤也还光润;这样躺着,身体的各部分曲线还富有女性的青春感。她只是在生理上,心理上,感到有那么一点松弛倦淡,缺乏对爱情的渴望和激动。一瞬间,她极力想回忆一下自己这些年有过的渴望男性拥抱的冲动,来"证明"自己身心的年轻,但立刻觉得很好笑地赶走了这个意识,只把一丝隐隐的笑意留在脸上。女人如此审视自己的身体,从上面看着青春的消逝,是最能直接真切地在身心深处引起人生之感触的。

范丹妮也在细细地观察着自己的身体。她也希望在上面寻到对自己有利的印象和证明。现代人就讲究瘦削纤细之美,这么想着,她得到了安慰和支撑。然而,她感到了对面床上林虹那苗条而丰满的身体。这一瞬间形成的对比,使她立刻又透过背心领口发现自己胸部的干瘪。她一下坐起来,找出一件绿绸长睡衣穿在身上再躺下来,并下意识地从椅子上拿起假胸按在胸前比试着,抚摸着,目光朦胧起来,想象着自己当真有这样一个胸。

"你觉得我这假胸好吗?"她有些走神地问。

"我不喜欢它。"

"为什么?"范丹妮认真地抬起头。她有点儿夸张这种认真,为的是转移刚才相视时所产生的不自然。

"我不喜欢假胸。"

范丹妮一下愣了,心中猛然被触动了什么,脸色变了,一丝痉挛从脸上可怕地斜着掠过。她突然双手抓住假胸用力一扯,把两个假乳房的连接部分扯断了。

"你怎么啦?"林虹惊愕地看着她。

"我不要它了。"范丹妮咬牙切齿地发着狠。

"为什么?"

"不为什么。"

范丹妮眯着眼,用裙子盖着身体在床上仰卧着。胡正强背靠着床头,双手抱膝挨着她在抽烟。"你不理我了?"范丹妮娇嗔道,伸手去拉胡正强。

"让我抽会儿烟。"胡正强拨挡开她的手臂,动作虽然很轻,却含着一种冷淡。

这个动作中的心理信息,范丹妮通过手臂的接触一下就感到了。

胡正强沉默地抽了两口烟,朝范丹妮那露出在裙子外的半截干瘪的胸脯看了一眼,然后转头向着床外,在床帮上慢慢蹭着烟灰。过了好一会儿,又垂眼瞧着自己的脚面:"你和几个男人这样过?"

"这是什么意思?我结过婚。"

"我是说除了你丈夫。"

"你没权力管。"范丹妮一下被激怒了。

胡正强又沉默地抽着烟。范丹妮目不转睛地仰视着他,察看他的表情。胡正强扭过头看了看范丹妮枕边扔的假胸。随着他冷冷的目光,范丹妮也看到了自己放的假胸,感到莫大的羞辱。

"我不喜欢女人戴假胸。"胡正强说。

"我只是随便说说……"林虹不安地解释道。

"这和你无关。我又想到别的事儿了。不说了,关灯睡吧。男人都不是好东西。"范丹妮把撕断的假胸一扔,下床趿拉上拖鞋准备去拉灯,"你原来那位顾晓鹰也不是好东西。"

"是。"

"他还有一个妹妹吧?今天我见到她了,她和你在一个县吧?"

"是。"

"我看她是个骚货,在舞场上大出风头。她哥哥更坏,心毒手辣。今天他和一群人就在商议怎么整人。对了,他们要整的就是你们古陵县的县委书记,也是个北京知青。"

"是李向南?"林虹欠起了身。

"好像是。你认识他吗?"范丹妮转过头。

"认识。"

"好像你和他还有点儿关系。"范丹妮注意地看着林虹的表情,她发现对方的反应有些特殊。

"他过去是我同学。他们准备怎么整他?"林虹的心思一下集中到李向南身上。

"没注意听,反正他们有的是手腕。"范丹妮说着拉灭了灯。

"别关灯。"吴凤珠的声音。

灯又亮了。

"怎么了,妈?"

"我做梦想起来了……"吴凤珠吃力地撑着身子从床上坐起来。

"什么?"

"我想起我在干校时的思想笔记本放在哪儿了。"

范丹妮和林虹目瞪口呆,相视了一下。

"阿姨,您天亮再找吧,您身体……"林虹劝道。

"不,不,我必须找到我过去的思想笔记,我要写入党思想汇报。"吴凤珠下了床，"我这会儿想起来了，一下就可以拿到。"她颤颤巍巍地爬到椅子上，又要上桌子，林虹和范丹妮连忙上前扶住她。吴凤珠从书柜顶上一捆捆的杂志堆中抽出一个灰蒙蒙的牛皮纸袋："总算找着了，就在这儿呢。"她像寻得宝物一样，打开纸袋，拿出两个红色硬皮笔记本，上面印着"大海航行靠舵手"的字样，坐到床上，瑟瑟地打开看着。

范丹妮和林虹各自躺在自己的床上，看着她。

屋里很静，只有吴凤珠一页页翻本的声音。翻完一本又翻第二本，越到后面翻得越快。好一会儿翻完了，她疲倦地出了口气，放下本，盘腿坐在床上，两眼直愣愣发起呆来。

"妈，怎么了，不是？"范丹妮问。

吴凤珠一动不动。

"妈，你怎么了？"范丹妮有些担心。

吴凤珠还是直愣着不动。

"妈，这是不是啊？"

吴凤珠似乎没听见，好一会儿，她叹了口气。"都是斗私批修，批'五·一六'的笔记，现在没用了，都过时了。"她坐在那儿目光又恍恍然呆滞起来。

范丹妮熄了灯。吴凤珠还在黑暗中木雕一样坐着。

第二十一章

吴凤珠那雕像一般的身影总算躺下了。床板略微咯吱吱响了两下，拽毛巾被往身上盖的声音，腿在凉席上挪动的声音，很快都没了，响起轻微而又困倦的鼾声。疲劳过度的人才有那种鼾声。黑暗中，那使人感到压抑的因素终于消失了。（一个人在暗黑的房间中离你不远地坐着，背衬着微亮的窗户，像个黑色的剪影似的，这对于躺着的人是有很大压迫力的。）一种宁静安谧的气氛开始充填着整个房间。

林虹仰面躺着，可以折叠的钢丝软床铺着薄毯和软席，很舒服、很有弹性地托着她，依着她身体的曲线下凹着。下陷的肩背和臀部能非常惬意地感到钢丝网床兜着她的弹性和张力。她稍许挪动一下身体，钢丝网便微微颤动着。

她感到自己身体的苗条和丰满（感到和看到不一样，更亲切实在），感到自己身体的年轻，但也感到自己身体的疲倦和懈怠，感到它的冷淡和一丝缺乏热情的衰老。衰老的种子二十五岁以后就开始在生命中播下了，它最初只隐隐地潜伏着。在疲倦或心灰意懒时，它便要露一露它的征兆（有人并不警觉它）。然后一点点扩大其阴影，直到五十岁、六十岁时便开始笼罩和统治生命。

她现在是太疲倦了。

眼前同时还瞬间即逝地闪过了一个电影镜头：被阳光镀上一层金色的树林边，一条小河在阳光下明亮闪烁，活泼地流淌过也镀着一层金色的草地。两棵小杨树间系着一张白布吊床，一个身穿红色泳装的姑娘躺在里面，秋千一样荡着。她满脸阳光地咯咯笑着，黝黑的皮肤在阳光下闪耀着青春的光泽。一个英俊的也是黝黑的小伙子倚树而立，深情地注视着她……这不知是什么意识流？也不知是哪一部电影中的画面？那姑娘的形象如此生动，如在眼前，小伙子的形象却有些闪烁不定,好像有另一个她(林虹)所熟悉的人物要从他后面浮现出来。

他是谁?她不想。她不愿想。虽然她知道她能想出来。

窗帘是薄薄的蓝布,透着夜色,月光是皎洁的,照在窗帘上映出动人的蓝光。天热,窗帘没完全拉严,空隙中露出一条被月光洗浴得碧蓝透明的天空。她站在古陵县陈村外面的田野上,不止一次仰望过夜空。那里的天空比京城广阔冷清。京城的喧嚣使人淡忘了宇宙。她生活过那么长时间的古陵,怎么此刻一下显得那么遥远?

而她才踏入京城一个夜晚,怎么就好像久居这里了?

这个心理感觉反映着什么呢?是京城繁喧生活给她的密集刺激?这一夜的刺激是高浓度的。是自己生活将发生转折的先兆?……

朦胧中,房间渐渐澄清分辨出了物体的形状。桌子书柜全都显出它们的轮廓,在背着窗口的一面显出黑魆魆的暗影。能看到旁边范丹妮的床,对面靠窗吴凤珠的床,能看到她们躺卧的朦胧身影。

她平躺着,感到很舒服。整个身躯、四肢、肌肉、骨骼、五脏六腑连同神经都很熨帖。钢丝网床随着她的呼吸微微可感地起伏波动着。一阵阵蒙蒙睡意袭来,她的身体一次次轻悠悠飘起来,躺到了云上。她的视觉、听觉、嗅觉、肤觉都模糊起来,混沌起来。但她的理智却让她顽强地又回到自觉状态中。她不能这样糊里糊涂睡去。那样一觉就会睡到天亮了。她应该想想明天的事情,想想来北京后的全部事情。这不是随随便便的一步。许许多多的问题纷沓地涌来。她能调回北京吗?需要进行什么活动?如何为父亲整理遗稿?她如何对待李向南?李向南将怎样对待她?她今后的生活要不要重新考虑?如何对待顾晓鹰?……她应该把问题理一理,逐个想清。

看来,这是她人生的一个转折点。

可她太疲倦了,身体和大脑都懈怠着。自觉的思维显得有些淡弱,而消极的、不受控制的思维,却开始生动地闪动跳跃着。

她应该找个什么地方住宿?这个问题排开纷纷繁繁的问题,浮现到最前面来。无论如何不能住在范书鸿家了。人家受罪,自己受罪,大家都受罪。可她到哪儿去住宿呢?这个想法使她头脑更摆脱了一些困倦。她的感觉器官从麻木混沌中渐渐清醒灵敏起来。眼睛最先透亮起来,她感到自己的眼睛在黑暗中发着光亮。她更清楚地看清了朦胧中的家具。写字台一角的青花瓷笔筒在映射着莹莹月光。写字台上那一大堆书籍,带着黑影的一个硕大正方体。那是范书鸿在法国的老同学送他的著作。范书鸿双手痉挛地撕书的样子又浮现出来,眼睛在眼镜片后面冒火地闪着光,下巴微微抖着。一生中唯一的一本著作被他自己撕成两半了。老历史学家的悲剧。

她更清楚地看到吴凤珠那死一般熟睡的臃肿身影。她的一生呢?有着更令人怜悯的东西。岁月是残酷的。人生是何其短暂,人生没有重复的机会。

范丹妮已经睡熟了。她的肩膀时而一抽一抽的,垂在床边的一只手臂像十二三岁的女孩一样纤细。她与旧的生活割断了,在寻找新生活中却充满着激动不安的痛苦。她今后会幸福吗?好像很难。自己呢?自己以后会幸福吗?……黑暗中,孟立才,范丹林,隔壁邻居的夫妇俩,还有那门厅的争吵都在眼前叠印起来。

她突然感到一种沉闷、压抑。

踏入北京后的第一夜,为什么有如此沉重的感觉?

顾晓鹰在灯火通明的北京站背景上闪现出来,那张令人憎恶的脸。小莉那目光尖刻的眼睛在后面时隐时现着。可恶,滚开。她不要想他们。窗外的月光照进来,又让她想到小莉那冰冷的目光。小莉在追李向南。李向南对她呢?小莉年轻漂亮(承认这一点,林虹感到一种深刻的嫉恨),又是省委书记的女儿,还会写小说,不是很优越吗?不,她不要想这些。她闭上眼,想使思路集中一些。

视觉休息了,听觉越发敏锐起来。听觉展开了一个声音的世界。外间屋范书鸿的鼾声竟然这样响,刚才几乎没注意。她不关心这鼾声。此刻,她虽然闭着眼,但眼前却浮现出外间屋黑暗朦胧的情景。范丹林睡着了吗?这一下翻身的声音好像就是他的。年轻人翻身的声音和老年人不一样。想到踏进这个家与范丹林刚见面时的情景,范丹林那样笑着看她,她脸上又漾出一丝微笑。那微笑既是面对眼前浮现的范丹林的,想象中的;又是对着自己的,笑自己此时的心理感觉。女人见到男人,特别是年轻的女人见到年轻的男人,常会感觉愉快的。她是女人,她还年轻,而且现在独居。她不应该再结婚吗?不,她不愿想这些。范丹林大概还不知道她结过婚吧?如果他知道了,又会怎样看她呢?这个问号把她的那点愉快打碎了。眼前如水纹晃动。

她在北京站闹闹嚷嚷的人海中走着,她在拥挤不堪的电车中颠簸着,很多男人的眼睛在注视她。她知道自己漂亮,在男人眼里有魅力。或许,这里有的男子已对她生出爱慕。然而,他们知道她的耻辱经历吗?

一个英俊的大学生,在一片闪动的幻象中迎面走来,她认识又不认识,带着那样诚恳的表情向她表达爱情,脸红着,激动而困难地诉说着什么。可不一会儿,他听到了她的自述。他吃惊地睁大眼,目光闪烁地左右躲避着,陷入极大的难堪,为他刚才的热烈表达难堪,为他现在的尴尬处境难堪。他低着头走了……

不,她不要这样的幻觉浮现。她还是要集中自己的思路。

又是范书鸿的鼾声。这鼾声一旦注意到了,就使人难以忍受。不要听见它。人的感官可以有选择性,对于不想听到的声音是可以忽略、转移的。蟋蟀在房间的什么地方叫着。听着它的叫声,眼前浮现出房间里很具体的立体图景,每一件家具的位置。手表在枕下嘀嘀嗒嗒走着,一秒一秒消逝着。六十秒为一分,六十分为一小时,二十四小时为一天。人的一生不过两万多天。短暂的人生。谁会想到生命在昼夜不舍地流逝呢?自己二十八岁了。二十岁,对于女性是浪漫的年龄,三十岁,对于女性则是现实、冷峻的年龄。女人一过二十五岁,哪个不感到前面三十岁这个界限越来越近的压力呢?三十岁再找不着自己的生活,一个女人就完了。

她二十八岁,只有最后一点残存的青春了……

远远的,好像在大地的边际传来隐隐的火车长鸣。那声音苍凉虚渺,使人想到星空下燕幽大地的广袤无边,还使人想到火车在暗夜中闪烁着一两点寥落灯光的开阔田野上奔驰,油然生出一种茫无归宿的怅惘——

　　……无边的旷寂的黑夜。火车在一个只有两三间小房的偏僻小站临时停车。广漠的几乎没有一星灯光的荒凉旷野。过了一会儿，对面又慢慢停下了一辆迎面驰来的客车。一方明亮温暖的车窗，一对年轻夫妇在含笑相视而语，一个活泼可爱的小男孩在吃苹果。林虹从来没有见过这样幸福的家庭。隔着车窗，小男孩也看见了林虹，小手贴着窗玻璃朝她招了招，她也冲他笑笑。孩子的父母也转脸冲林虹笑笑。极亲切、极友好的微笑。在如此广漠的黑夜，看到这样一个幸福的家庭，使你感到人间之友爱，人情之温暖，感到和谐家庭之幸福。林虹心中漾起一种感动而又怅惘难言的滋味。她感到自己的心潮湿得如被清纯柔和的水浸透了一样。她愿意爱世界上每一个人。

　　两列火车反方向飞驰着分离了。又是单调而有节奏的颠簸声。她紧贴着车窗，眼前一直隐隐闪现着那一方明亮温暖的车窗……

　　她的思路怎么又散乱了？声音的世界也引起她各种联想。她不要去听声音，寂静的夜并不绝对寂静。可是，她不能捂上耳朵。她想到了和尚坐禅：耳听八方，什么都听见，什么又都没听见。一个若有若无的声音世界，混混沌沌，没有一个兴奋点，声音世界便“不存在”了。她使自己的听觉混沌起来，一切声音都在混沌中若有若无地“不存在”了。她使自己闭着的眼睛，在一片漆黑中去注视脑海中的思考点。她刚才想什么来的？寻找新的住处？考虑今后的生活？调动？……不，这似乎都不是她要开始的思考点。她的目光把自己整个脑颅腔内都看了一遍，更确切的感觉是“想”了一遍。她想什么来的？又是身体往上飘的感觉，像失重一样，钢丝床变成一片云。臀部最沉，还有着对床的实在感觉。她抓住这个感觉，又使自己身体恢复重量，慢慢落下来。清醒而宁静。视觉关闭了，听觉麻痹了，嗅觉异常敏锐起来。怪不得聋盲人嗅觉发达。她分明感到了房间里空气的温湿度，感到了房间里交融着各种气味。陈年书籍的气味，融融的，湿闷的。范丹妮呼出的气息。吴凤珠的气息。自己的气息。

　　范丹妮的身体还散发着混有一丝悠悠的类似檀香型香水的汗

夜与昼

气味,这汗气味热而强烈,一缕缕的,织成细股,在嗅觉的世界中清楚地显示出范丹妮的全部特征。三十六七岁的女性,瘦削单薄的身躯,耻辱痛苦的经历,旋风般的及时行乐,带点歇斯底里的性格,是这样一个女人才有的汗味。她那双皮凉鞋也散发着被她的汗水浸濡过、被一天的柏油路烫烤过的气味。

吴凤珠的汗气味则是沉重的、污浊的,缓缓地漫过来。没有股缕之分,浑然一体而疲软温弱,让人想到吴凤珠身体的臃肿、松弛和衰老。吴凤珠一晚上翻箱倒柜,终于翻到了她要找的东西,她又能怎么样呢?不是没用吗?

人难道一生都在这样枉然地绝对之探求?

范丹妮的自传体小说。她讲述时的激动神情。四个乐章。青春的理想是玫瑰色的。生活是铁青色的。霓虹灯是缤纷杂色的。未来应该是蓝色的?问号。范丹妮现在在第三章中。自己的人生呢?似乎也有过相似的第一章,第二章,那么,往下的第三章呢?人生是真正的交响乐。所有交响乐都在某种程度上体现着人生的旋律。

不同的人生旋律又都怎样发展呢?

她不想跨入范丹妮那种"缤纷杂色"的第三章。那么,她应该有个怎样的第三章呢?白色的?寂寞淡泊,与世无争的?如她这几年在古陵那样?如果一旦调回北京,她还能保持白色的生活色调吗?她感觉不会。红色的,火热的?不。她想也不要想这种颜色。当她十几年前还是中学生时,曾喜欢过红色和白色。

她还与李向南交谈过——

……星期日的黄昏,北京公园湖畔的林荫曲径上,李向南和林虹散着步,谈着那个时代的年轻人最喜欢谈的理想。"你最喜欢的颜色是什么?"林虹问。

"红色。"李向南回答后又问,"你呢?"

"我喜欢红色和白色。"

李向南皱了下眉:"为什么?"

"不知道。反正我从小就喜欢这两种颜色。白色纯洁,红色燃烧,是吗?"被晚霞染红的湖水在他们身旁波粼粼地闪闪发光……

——然而，红色早已从她生活中消逝了。对她来说，那颜色是愚蠢的，可笑的，令人厌恶的。蓝色？冷静、深沉而富有诗情画意？生活不赋予她这种条件。紫色？稳定而凝重？黄色？温暖而和谐？绿色？春天的色调？生命的色调？……这些颜色似乎都不可能成为她人生第三章的色调。那么说，她的第三章莫非也是缤纷杂色的？像万花筒中的无数块碎玻璃，白、蓝、黄、绿、紫、红、黑，不同的颜色在眼前错乱交叠着、闪动着。

这就是她的人生第三章？

不想这种抽象的问题了，想具体一点的。从哪儿开始想呢？又是纷纷杂杂……静一静，再静一静。集中起自己的注意力。她的脸，她的皮肤，能感觉到一股清新的空气从窗户那儿泉水般流进来，像一股清泉注入浊浑的池水中一样，先沉入底，然后缓缓在房间扩散着，带着月光和树叶的湿凉，从她身上漫过。她感到爽快舒适。

突然，那些叠印闪动着的画面都隐退了，一片异常冷静澄清的思想天空在她眼前展现。一切都变得清楚明晰。她犹像什么？还躲躲闪闪地思考什么？她决不拒绝生活给她的新机会。她第一件事就是要调回北京。不管现实生活有多么沉重，不管未来的新生活将多么不符合她的理想——她理想中的北京新生活将是怎样的呢？好像头脑中已有一个朦胧的图景。不管在北京的新生活中，她将怎样碰疼周身的伤疤（顾晓鹰的嘴脸，团长办公室的灯熄灭了，首长的微笑变成了一张长满疙瘩的贪婪的脸，一群群并不相识的人的眼光，冷蔑的，议论的，讽刺的……），也许这新生活对她将是场痛苦的灾难，她也要踏进来。她要调回北京。她应该生活在这里。告别古陵县吧。

（古陵县城那座九层释迦古木塔，起伏的山，直落的土崖，梯田，铺满鹅卵石的河滩，陈村外的河流，陈村学校那间寂寞素雅的单人宿舍……）

这一步迈得对吗？她现在来不及自省。

接着涌上来的明确思想是：她要为调回北京奔波活动。敲各种各样的门，见各种各样的人。要想方设法，什么机会都不放过。她心中又隐隐升起一种发怵的感觉,这种奔波是充满不快有时甚至是屈辱的,要看别人的脸色,要赔笑,赔上一个年轻漂亮的女性的笑脸。此时,她又体验到过去敲别人门时和面对面坐着相求对方时的心境。这种心境怎么显得这么切近?无所谓,怵什么?真到那个份儿上,她什么难事都能做,没那么清高。为了生活,人没有不能去做的事。古陵县那头放不放人?那好办。有李向南。他是县委书记,一句话就管用。他在古陵县还呆得住吗?

千万别在她调离之前李向南就被排挤走啊。那就麻烦了。

怎么这样自私?光想自己?李向南处境到底如何?李向南也不要呆在古陵了,也回北京不好吗?自己想到哪儿去了,可笑。

一个清楚的问题又浮现在思想的天空上:李向南会和她……会和她结合到一起吗?(李向南又高又瘦的形象离她很近,她能闻到他男性身体的气息。她很想在他胸前靠一下。范丹林的形象也在旁边闪现出来。)不,这个问题以后再想。如果解决了调回北京的问题,对于自己最重要的是要有个合适的工作,要干点像样的事情,要使自己成为一个被尊重的人。一个女人如果不能像样地生活,就会丧失自己的价值。一个女人如果不能表现自己的价值,就不会得到爱。

她干点什么有色彩的事情呢?

绘画?她的国画画得不错。然而,正式走上画坛,她还不敢想。她画得太随便,完全是为着消遣。写小说?像范丹妮那样,能成功吗?眼前又浮现出顾小莉。她也在写小说,而且已经发表过。自己为什么一定要写小说?不写。顾小莉已经成功的事,她还这样没把握地企望,这让她的自尊心受到刺激。她自省的目光只一掠,便看清了自己。别想了。具体干什么,很难预计。那要看彼时的条件。

(又是李向南的形象。黑炯炯直视人的眼睛,络腮胡,一米七八的个子,瘦削的身材。旁边又有小莉穿红裙的形象在闪动。)

自己和李向南的关系会如何发展呢?应该认真地考虑一下这个问题了。

她爱李向南吗?……她爱。这一点,她的心不愿说假话。李向南爱她吗？……也爱吧。有没有同情的成分呢？……或许有。但李向南是爱她的，凭着对男人的直觉，她相信这一点。然而，爱，就一定能够走到一起生活吗？在屈辱的被蹂躏中，又在屈辱的婚姻中，她两次丧失了青春的纯洁。(她身体掠过一阵不舒服的感觉，好像一个脏麻袋盖了上来，一瞬间，她觉得自己的身体不但不美，而且衰丑、邋遢。)像李向南这样一个血性男儿会不顾忌这一点吗？她太理解男人了。

但，对于现代观念的人来说，这个问题不应该太看重。可……(她微微摇了摇头)那是女人的真理，不是男人的真理——更确切说，不是丈夫的真理。不过，李向南不是一般的男人，十几年前，他和她有过不平凡的友谊，他能理解她，谅解她，爱护她。但……(她又微微摇了摇头)直感告诉她，正因为如此，他们才更难走到一起。如果她想得到幸福，恰恰应该找一个和自己过去毫无关联的丈夫。

她和李向南之间有着一条很难弥合的鸿沟了。

然而，真的无法弥合了吗？

在李向南的面前还有什么女人？顾小莉？如果用李向南的眼光看，顾小莉和自己谁更有吸引力呢？顾小莉年轻漂亮，自己呢？没那么年轻，但还漂亮、成熟，有风度，有对生活更深的理解，有一般女人没有的聪明，能够在思想感情各个方面理解和帮助一个搞事业的男人……她具备很多优势。然而，年轻是女人最大的优势——这个真理在她脑子里电光一样闪过。如果自己是男人，选择顾小莉呢，还是选择林虹？

……她不愿想下去，因为朦胧预感到那答案是于她不利的。

人总要自己欺骗自己。自省的理智之光又掠过脑海。然而，虽然自省到了，却也不愿继续想那个问题。她为什么要替李向南抉择呢？她还是相信自己作为一个女人的魅力的。她肯定比顾小莉更优胜。不过，要记住：对李向南务必不可太亲近。要保持女人的骄傲。这一点聪明，她是深知的。她不由得睁开了一点眼睛，露出憧憬的目光，微微笑了。她觉得自己的微笑很迷人。她又感到自己身体的年轻，自己的目光在黑暗中闪亮。明天要去百货大楼买几件衣服，买一双拖鞋。后天应该去北大——

……她双手插在一件米白色的风衣口袋里，像个外国影星扮演的年轻学者一样，很干练地踏上一座大厦的大理石台阶，很有活力地朝上走着。她听到自己的高跟鞋敲打路面的声音。周围簇拥着一大群争相向提问的中外记者，眼前伸出米数不清的录音话筒。她头也不回地径直朝上走着，简洁地而平静地打发着他们："我没时间。对不起。我有非常重要的事情。"

在台阶上上下下的人流后面站着顾小莉，用不胜妒忌的目光看着她。

她还是朝上走着。突然，她一扭头，远远看见台阶下的松墙旁，冷落地伫立着一个瘦高的男人，那是在政治斗争失败后潦倒不堪、为人们所轻视的李向南。她转身向下朝他走去，挽起他的胳膊："咱们走吧。"李向南露出吃惊的目光，脸上掠过一丝自惭形秽的神色，他掩饰着自己的感激之情，阴郁地、含着疑问地看着她。

记者们簇拥着跟下来，纷纷要她讲话。

"我有重要的事情。"她冷冷地回头看着他们。

"您有什么重要事，可以说一下吗？"

"我要准备结婚。"她抬起高傲的额头平静地说，然后大方地挽住不知所措的李向南，走了。她和李向南在拥抱，接吻……

这是什么想象啊。她在黑暗中仰望着天花板又微笑了。月光照着蓝色的窗帘，一方蓝色的窗口。火车上那一方明亮温暖的灯窗。

明天要不要和范书鸿一家去见那个法籍华裔教授？

后天该去北京大学。

……

朦胧的睡意又袭了上来，这次她不想抵抗它了，她的身子又轻悠悠地飘起来，飘到了云上，好像被铁扇公主的芭蕉扇扇过一样，在月光洗浴的澄碧夜空中飘荡着。然而，这样忽悠悠地飘着太难受了，她想落下来，好好睡觉。可她落不下来。她飘过北京展览馆上空，那是亮着红五星的尖塔，她双手搂住它。又飘脱了。她飘过灯火阑珊的京城，飘在北海上空，湖水在月光下粼粼发亮。她看见那雄伟的白塔了。塔飘近了，她双手抱住，搂紧，这次她搂住了。她不能再松手了。塔突然倾倒下来，她仰面跌落在地。塔倾压在她身上。

她醒了。她在做梦。

她起床穿好衣服，没有惊动范书鸿一家，下楼了。

外面的景色完全是陌生的，清寂的早晨。迎面一株铁干虬枝的枯树，一条很粗的蟒蛇从树上垂吊下来，一头钻入树下的一眼井中，尾巴还卷绕在树上。青石板砌成的井口溜光圆，很小，像是被蟒蛇磨光的。蟒蛇的头从井中出来了，咬着一只大而美丽的青蛙。青蛙挣扎着。林虹拔出一把削水果的小刀投过去，蟒蛇被劈断了，青蛙逃脱了。这时，远远的天空上又有一条矫健的黄龙向她猛扑过来，她知道，龙也是蛇。然而这一次，她知道自己阻挡不住，只好听天由命。在一阵热腾腾的迷雾包围中，她模模糊糊感到，不会出事，这大概又是一个梦……

第二十二章

他恍恍惚惚睡着了一会儿，便起来了，想到外面走走。院子里一片黑暗。父亲的房间，姐姐的房间，向东的房间，窗户都黑洞洞的。心血来潮，怕走不远，又推上自行车。别响动，不要惊醒他们。大门轻轻地开，轻轻地关，他紧张得只怕门会嘎吱吱响，奇怪，那门一点声音都没有。谁上油了？

后半夜了，北京街道上真清静啊。一幢幢楼、一家家商店无声无息地向后掠过。这马路任他通行，毫无阻碍，毫无规则，真痛快。他在马路中央骑着，风在耳边呼呼响，他突然感到身子轻飘飘的，要睡着了。

千万别睡着，会摔倒的。可他太困了。但他又不愿回家。这马路平时一直那么拥挤，那么狭窄，那么多岗卡，那么多红绿灯，让人不得不小心翼翼，左顾右盼的，生怕与别人相撞，总是担心出事故，违反交通规则，多受约束。现在，都没了，任他驰骋了，多畅快啊。想往哪儿拐就往哪儿拐，想在马路中央转圈就转圈，想在十字路口左冲右突就左冲右突。他真想放开胸怀大喊一声。

可是喊不出来。自己骑着车睡着了？

睁大眼。这是哪一座立交桥？他睡意朦胧，不想分辨。真明亮啊，一大片灯光，庄严地照亮着桥上桥下纵横交错的马路。没有一辆车通过——刚才好像有一辆小轿车拖着尾灯通过？红色的尾灯？黄色的？

一辆车一个人没有也不好，一个人恣意在马路上通行，畅快感到一定程度就消失了。倒是愿意有一些车，一些人。那样，有所节制下的骑车似乎更充实。要考虑穿行，要比赛速度，要考虑路线，要讲究技巧……更有意思？

真困啊，坐在车上，脚踏着路沿，头伏在车把上，打个盹。

河水,铁桥,桥下的滚滚黄河,火车颠簸……自己在做梦吧?

这是哪儿?礼堂?举行集体婚礼?密密麻麻的人群在鼓掌,听不见声音。一对对新郎新娘戴着红花向来宾们微笑鞠躬。那个新娘是谁?不是林虹吗?他心中一阵酸意。披着一身白纱的林虹真漂亮啊。她在笑。新郎是谁?旁边怎么空着?她回过头朝后面喊着什么人。人群在窃窃低语。那边的一个新娘不是小莉吗?穿着红纱裙,像火,像怒放的鲜花,也在鞠躬,还骄傲地瞥了他一眼。他心中又酸酸的。人群涌动着跳起了舞。他的目光在旋动的人群中寻找着身披白纱的林虹和穿着红纱裙的小莉,然而,他的眼睛无法同时跟踪两个目标……

这是到哪儿了?自己从梦中醒来,又懵懵懂懂地骑上自行车了。街道像胶卷,无声地往后卷着。这条街长得没头,静得出奇,他咳嗽了一声,没有回声——他连自己的声音都听不见。

这不是紫竹院吗?几个小湖,几座小山,树是葱绿的,绿得透明,一动不动,像是画的。那边过来一个小学生,这么面熟?不是他自己嘛。是小时候的他。怎么会见到自己的过去呢?

自己和一群小朋友们在玩打仗。他争着要当总司令,而且要当好人的总司令。他指挥着几十个将士往对面小山上冲,冲啊冲,去拔对方的军旗。自己这边的"工兵"是个女孩,叫徐小萍,她摔了一跤,手被扎破了。他扶起她,拿过她的手,想用手绢为她包扎。她脸一红,瞟了他一眼,抽出手跑了。他自己的心也突突突跳了起来……

她从周末俱乐部回来了,还不想睡,在大街上走着。这是动物园门口?半夜了,清静得没有一个人。前面怎么会有一个骑自行车的人?看背影像李向南。他骑得很慢。她加快步伐,想超过他,给他一个冷蔑的背影。可是,她走多快,那个人骑多快。他们之间总隔着那么远的距离。算了,她放慢步伐,想和他拉开距离,可是,他骑车的速度也慢了,还是那段距离。她气坏了。想骂一声,就是张不开嘴,喊不出声。怎么了?嗓子哑了?她回头看看,哥哥顾晓鹰呢?他不是和自己一块儿回来的吗?什么时候和自己分的手?

她的身子飘了起来,晕忽忽地飘入太空。她变成了美丽的嫦娥。不,她不要当嫦娥,她变成了武艺高强的铁扇公主。不,她才不嫁给牛魔王呢。她是神通广大的仙女之王。她想喜欢谁就喜欢谁。她不喜欢天上的神仙。她喜欢地上的男人。她下凡了,喜欢谁就选择谁,喜欢几个就选择几个……

是在做梦吗?这不是她童年时的幻想吗?

是谁搂住了她?搂得这么紧?把她压在床上?她的身体冲动地起伏着,电流在她周身传导着。她也搂抱他,感到自己的身体结实、柔软、有劲儿,全身滋润。她被搂得喘不过气来,用力推开他,真重啊。她看见喷泉向天上喷水,看见水龙头在往下流水,看见救火车的水龙头射出几丈高的水柱,到处是龙头,到处是水……

她在和几个人打克朗棋,她输急了,用棋杆乱捅,乱拨拉,把别人的棋子统统打到四面的"井"里去了。……

他还在跳舞?搂着谁跳呢?是范丹妮吗?那腰身挺苗条,可怎么看不清她的脸?她的脸总是向后扭着。是黄平平吗?黄平平很少接受他的邀请,说他跳舞太放荡。身子贴住些就放荡?管她是谁,搂住谁是谁。女人是好东西,能带来快感。不过,女人也和饭菜一样,要经常换换口味,总吃一种饭菜,会倒胃口的。可他搂住的这个女人到底是谁呢?怎么总看不见她的脸?他换来换去,实际上是一个女人?女人都一样?看不见脸时,不都一样?不,身材有胖瘦高矮之分,皮肤有润泽粗糙之分,肌肉有柔韧松弛之分,性格有冷热温凉之分。酸甜辛涩,各有各的味道。可是,他现在连这都分不清了,所有他搂过的女人今天都变成一个人了?

小莉呢?该叫她一块回家了……

他站在香山鬼见愁峰顶上,满山红叶,真美啊,像个多情女子,真想发一声喊搂住她。远处是波光闪闪的昆明湖,像个伤感的美女。他克制不住了,扬开双臂凌空扑过去,他要从天空扑向湖水,把整个身体化在里面,一旦扑出去,他后悔了,要摔死的,可他收不住了,脚已离开山顶了,身子飘悠悠往下坠着,一种失重感,他昏迷了……

　　中东战争怎么打到北极去了?新华社要派记者去北极采访。去者九死一生,很可能葬身北冰洋。牺牲了,将立个冰雕纪念碑。人人畏难,没人敢去,她奋勇登台说了一句:我去。台下一片惊叹。她要选个男记者当助手。几百个男记者纷纷挺身而出,在她面前排成横队,任她挑选。

　　她在队列面前走过,对谁都一视同仁地真诚微笑。她对他们都信任,都看重,她谁也不愿意刺激,虽然她最终只能挑选其中一个。她在横队面前第二次走过,迟迟作不出选择。她不愿因挑选出一个,而疏远了其余几百个。而且,实际上她也挑选不出一个最满意的。

　　怎么回事?李向南也出现在记者行列里?他不是记者呀?

　　她能选他吗?……

　　他和吴冬的棋怎么还没下完?这是残局了,自己只剩一个帅,一个车;吴冬除了将,还有一车,一炮。棋盘上空荡荡的,只有五个子儿。走来走去,吴冬就是不知道怎么赢。"和棋了,李部长。"吴冬笑着摊开手,"炮没炮架子,一点没用。""不不,你再走走试试。"他挥了一下手。这个吴冬怎么这样没经验?就不知道"海底捞月"的招儿?那是车、炮赢单车的唯一招法。唉,到底还年轻,嫩着呢。自己教不教给他呢?不教不符合自己的风格;教,是成了和局再教呢,还是先教了然后认输?向东怎么又在一旁指手画脚了?瘦长的胳膊在眼前挥来挥去,真讨厌。不知天高地厚。

　　怎么又下开了?正是中局格杀,界河两岸犬牙交错,满盘混战,遍地硝烟。自己也跑到棋盘上了?化成帅了,化成车了?化成炮了?好像是化成马了?乱了,下棋的人怎么和棋子混为一体了?先得搞清自己身份,自己是棋子儿,还是下棋的?

　　眼前模糊一片,什么也看不见。好一会儿,眼睛终于亮了,看清楚了。四周是黑暗。只有周围一步距离内有淡淡的微光。他走到哪儿，这一团微光跟到哪儿。想望得远一些，黑暗如墙四面包围。他划着火柴，没有一点可燃的东西，只好烧着手中自己那卷回忆录的稿纸，火炬照亮了几步远的距离，可火炬离自己太近，眼睛反而被晃得什么也看不见了……

她知道自己在做梦，可是她没有力量从梦中挣扎出来。

她在扫一条路，那是她刚走过的路？她把它踩脏了？她倒退着往回扫，两边人群夹道，都在指点她，议论她。她低着头往回退着扫，路扫不完，两边夹道的人也没尽头。梁志祥拿着一套木匠家具向她走过来。他的眼睛好像看不见两边的人，可她抬不起头来，她使劲扫着，人群中还有爸爸冷淡的目光……

他随着一大群人在参观旅游。人群闹哄哄的簇拥着他，他很高兴，很满足。薛小珊照例为他拿着风衣，雷彤林也不离左右。他颐指气使，好不威风。这一处公园的大铁门锁着，挂着牌子"风吹草低见牛羊——老年人不许入内"。他火了，这叫什么牌子？他手一指，便有雷鸣电闪，铁门轰然而开。好宽旷的一个天地。人群欢呼着他的功绩，争先恐后涌进去……

怎么变成一大片荒原了？空旷得可怕，四周连地平线都没有，浩渺无边的惨淡。风没有声音，光没有颜色，陌生得瘆人。身旁簇拥的人一个都不见了，四面眺望也不见他们的影子，他大声喊起来，没有任何回答，人们把他一个人遗失在荒原上了，他真正感到恐惧了。你们在哪儿呢？他拼命喊着，你们把我丢在这儿，我会冻死的，饿死的。天快黑了，他衣服穿得又不多，没有颜色的光黯淡下去，没有声音的风大起来，四面涌过来的是洪水还是狼群？他喊着……

黑云在天上海涛般起伏着，她在云中飘荡，忽上忽下，时而昏沉，时而清醒。乌黑的云海中到处是耀眼的闪电，骇人的雷击，一道道利剑划破天空。不要被雷电击中，上下左右都有耀眼的电光，躲不胜躲,白色的,青色的,还有一道紫色的,把天空裂成两半。

她在坐飞机?她在云上?碰见气流了?上下颠簸,心慌恶心。前面怎么开来一辆公共汽车,人们腾云驾雾地上车下车,去哪儿?她招手,车门却关了;她喊,车却开走了。她往前跑,脚下的云像棉花一样,怎么踏也使不上劲,而且云在不断地往后飘,她在云上拼命跑,却等于一步也没前进。远处,云雾缭绕中隐约浮现出南天门,就像连环画上的孙悟空大闹天宫一样(自己什么时候见过这幅画?她这心理学家还看连环画?和工宣队能交代清吗?),她拼命朝那儿跑,可是总那么远。这一脚总算踏着实地了,离开软绵绵的云了,加快速度往前跑,脚下的地面怎么变成了向后转动的传送带了?她拼命往前跑,也最多维持原地不动。她精疲力尽了,摔倒了,传送带载着她飞快地倒退着,云在耳边呼呼飞过,她紧张,恐慌,后面的尽头处就是一千度高温的石灰窑——她在钢铁厂劳动时见过——掉进去就炼成渣了。她拼命挣扎着朝前爬,她伸出手向前面呼救着,后面,石灰窑的红火逼近了……

他在冰海雪原中抱肩蜷缩着。真冷啊,他再缩一缩,然而怎么也躲不过四面八方来的风。在冰雪地上刨个坑,蹲进去,不冷了,他可以备课了,可头顶上又响起赵世芬的骂声。骂就骂?他捡起一根红果冰棍,举起来,朝她指去,她只用目光一瞥,冰棍就开始融化滴水了。他在这么寒冷的冰海雪原中冻成的这根冰棍,就如此经不住她的目光?

是谁压着她,压得她喘不过气来?是凌海?他的身躯没这么胖大,没这么重。这简直像个狗熊,那是谁?她只看见眼前一片黑毛,毛茸茸的,谁的胸?真的是狗熊?她拼命抵抗,要推掉它。咕咚,推掉了,压断了一根钓鱼竿。她翻过身来,可以喘气了,可四面又出现一群狼,眼睛在黑暗中发着光。她没处可逃,看着绿幽幽的眼睛越围越近,她浑身筛糠一样哆嗦着。她越变越小,最后变成一粒草籽,躲进泥缝里。狼群从上面跑过去了,她轻松点了,可是又有一把外科用的镊子银光闪闪的伸进泥缝,伸向她——这不是外科主治大夫的手吗?为什么都不放过她?躲在泥缝里还不行?好几把镊子,寒光闪烁,都指向她……她从泥缝里跑出来。天上掉下来一根绳子,像是用医院的纱布绷带编的。她用它在地上盘了一个直径五六米的圆形绳圈,然后用火柴点着它,绳子像导火索一样烧起来,留下一个圆圆的灰圈,她坐在灰圈的中间,总算安全了,这儿没人来了,妈妈在远处哭泣……

一根一丈多长的红蓝铅笔像柱子一样立在旁边。他双手搂住它,把它放平,然后像抱着一门大炮朝前冲。前面是一道雪白的墙,他举着大笔在上面画着大红圈,不断地画,一个接一个,然后,他抱着大炮一样的红蓝铅笔,依次钻进这一个个大红圈里,进一个出一个,出一个进一个……这一个个红圈迎面扑来,圈与圈连在一起,成一个圆形巷道了,四壁是粉红色的,摸着、踏着像肉一样柔软、湿热和有弹性。他在里面冲,满身大汗。他自己也变得湿乎乎软绵绵的了,那支大炮一样的红蓝铅笔也变得发软了,总算冲出这圆形巷道了,凉快了,可以歇歇了。他擦着汗,那支红蓝铅笔被凉风一吹又变得坚硬了,他又四处张望着寻找雪白的墙壁,想接着画红圈,接着钻巷道,可到处找不着白墙了。他抱着一搂多粗的红蓝铅笔,漫无目的地前进,像是站岗巡逻的士兵——自己不是大兵出身的吗?

前面有个看不清模样的小女子在哭、在骂他。他火了,冲过去,用红蓝铅笔一戳,把她挑起来了。是谁?他吃了一惊,好像是小兰。他浑身冒出冷汗,想转身去寻找白墙画圈,可那个小女子被挑在铅笔头上下不来了。他使劲甩着大炮似的铅笔,她还在上面,钢铁一样硬挺的红蓝铅笔又发软了,像是装满水的一个圆柱形橡皮筒……

面前是一口大油锅,下面炭火熊熊。他被剥光了,赤裸裸捆在一边,过一会儿就要把他扔进去炼成油。他浑身大汗,被火烤着,等待着那可怕的一瞬,那支红蓝铅笔瘫软地躺在旁边,也要一同下油锅……

当空一道闪电，奇迹令人不敢相信地发生了。大地倾斜过来，他挣脱绳索挺立起来，油锅翻了，满地是火。他抱起自己的红蓝铅笔，它又变得像门大炮一样硬挺，他朝四面扫射，炮火连天……

他还是被赤身裸体捆着，还是在炭火熊熊的油锅旁，油还没热，慢慢烧着……

家庭财务账算完了，平平不和她说话了，黑暗中听见平平均匀的鼾声。她朦朦胧胧地也想睡了，实在是太累了，身子像捆干柴，松散散的，轻飘飘的，风一吹就会散架的，就会满天飞舞的。她稍一放松知觉，就飘入空中了……

她的肚子突然像吹气球一样大了，她恐慌——怎么了，自己怀孕了，她没有和谁发生过关系啊。还在十年前她曾有过一次这样的恐慌，现在绝没有必要这样恐慌——又惊奇，有两个小婴孩儿从她肚子里跳出来，肚子一下瘪了。胖胖的，一个男孩儿，一个女孩儿，笑着向她拍手，蹦蹦跳跳地踩在她胸脯上。那小脚肉乎乎的，热乎乎的，踩得她真舒服。这是她的孩子？她真想伸手去搂他们。她发现自己干瘪的乳房饱满起来，往外溢奶汁了，白色的，她又惊喜又难过，难过什么？她的眼泪也跟着流了下来……

一个高大的城门，像是前门，又像是天安门，城门楼上横挂着一个大匾，四个金色大字："难眩以伪"。他站在城门楼上，看见无数的人排成望不到头的长龙，一个个顺序从城门洞通过，他俯瞰地一个个审查着，对他们的一举一动、一眉一眼都看得很清楚，有一种独居要津的优越感……

家里要来客人了，他和景立贞在圆桌上布置碗筷盘盏。他一个方案，她一个方案，两人争执起来。他的主意不能变，有些烦了，微微瞪了一下眼，景立贞妥协了，碗筷盘盏按他的方案摆好了，可是客人又提出另外的方案。又是争执，这不是家里人了，他不能随便瞪眼，可他还要坚持自己的方案。他笑着一指客厅，那里有沙发，有龙井茶，有高级烟，客人眨眨眼看了看他，想了想，高高兴兴到客厅休息去了。他一个人继续布置着餐桌。怎么回事？他总也布置不好。就剩他一个人了，没有人和他争执了，他对自己的方案也不满意了。他一次又一次改动着方案，来回摆着，总是不理想……

唱片越转越慢，唱片上的纹路能看见了，唱片变成椭圆形了，像小海小时候画的一个个圆圈，一个套一个，螺旋放大……

这是她帮曾立波设计的北方宾馆的旋梯。爬上五层楼往下看，铺着红地毯的旋梯转着圆圈很华丽地旋下去。下面的大厅是淡蓝色的水磨石地面，看见两个女服务员的头顶和她们斜伸出来的脚……

她一阵晕眩，摔了下去。红色旋梯在她身旁旋转着，像个圆形的竖井。她呼呼地飞快地坠落着，摔到水磨石地板的大厅里，下半身摔成血肉模糊的一摊，只剩下上半身坐在血泊中。大厅里西装革履的宾客提着皮箱、公文包来来往往，服务员们甜蜜蜜的笑脸迎送着。烟酒柜台熙熙攘攘，可没有一个人注意她。曾立波夹着一卷图纸兴冲冲地走进宾馆。她用力喊他，声音却小得可怜，小得令她自己心酸。他诧异地回头扫视了一下，没发现她，就又转过头，噔噔噔地上楼梯了……

他睡不着了，爸爸的呼噜声像猫叫。他来回翻着身，看见里间屋的门轻轻开了，隔着四扇屏，听出是林虹的脚步，轻轻的，小心翼翼的。他尽量不去听那脚步声。脚步声出了外间屋了，然后必然就是厕所的开灯声和关门声。听见这声音是令人难堪的，他尽量使自己打起呼噜来。可是，越不想听见越是听见了，不是去厕所，而是打开大门出去了。后半夜了，还出去转？肯定是太闷热，不习惯，无法入睡，可现在一个人出去——又是她这样一个女子——会出事的呀。

他想了想，起身穿上衣服，也跟着下楼了。

月光一片清亮，空气透明，一幢幢黑魆魆的楼房像剪纸，贴在深碧瓦蓝的天空背景上，静得奇异，童话世界，林虹在前面树下飘飘然慢慢散着步,他朝她走去。月亮在上,树冠在中,他们在下。他拥抱住林虹。林虹的身体凉凉的、湿润的、温柔地紧贴着他。他感到冲动和舒服。他的身体在融化……

她捧着鲜花朝前走,两边不断有人伸过手来采摘她手里的花儿。她还是朝前走。她把鲜花插在餐厅的花瓶里,插在朱红色宫墙的墙缝里。路灯的光线昏黄,她走着。有人想和她并肩走,伸手搭在她的肩上。她轻轻搪开了他的手,摘下手里花束中的一朵小花,沉默不言地放到对方手中。对方不解地看着她。她还是朝前走,路灯下、树影中的夜风像黑色的问号,在她面前画着装饰性的图案。一件装饰着这种图案的黑睡袍从天空落下来,披在她身上。她穿着它朝前走。睡袍在她膝下摆着各种黑色图案,一个问号接一个问号。她是谁?黑美人?天亮了,天上挂着一个黑日头,椭圆形,不,是菱形的,光很柔和优美。天在下雨,树叶满天飘,天空中一张张五线乐谱在翻动……

他电大毕业了,成为一个杰出人物了。他坐火车回内蒙古建设兵团。满天黄沙狂风,吹得人睁不开眼。他笑着一挥手,黄沙撤退了,一片绿洲。他下了火车朝前走,有人群来欢迎他。绿洲不见了,是大片的盐碱荒地,稀稀疏疏长着草,一片砖瓦房。她走过来了,还冲他微笑。他本来不想理她,本来想冷淡地点点头——那是他路上考虑过多遍的——可他还是止不住冲她笑了笑。她有些愧疚地垂下头。她那时为什么和他分手?她没想到他会有今天?看见她愧疚的样子,他突然得到满足了,也平静了,对重游故地也失去激情了。他要回北京了……

饭馆里乱糟糟的,人声喧哗。她坐在那儿开票,面前一块毛玻璃挡板,隔断了她和顾客。只有一个小窗,形状像个城门洞,钱和票,还有手,在里面进进出出,空气中都是油……

舞厅里灯光炫目,那么多英俊男人的脸,都在朝她微笑,她与一个人跳,却对许多人飞媚眼。突然,她目光一冷,人群中多出了卫华难看的脸,她转过头不去看他。

可是,她发现自己的舞步不灵便了,腰上被一条细绳子牵着。是谁把绳子系到她腰上,缠了一圈又一圈?她将着绳子穿过人群去寻找绳源。绳子很长,一直出了舞厅。她奇怪了,这么长?绳子过了西单,一直往天安门广场去,还没尽头。突然,她怔住了,绳子上系着一个红色的小纽扣,还有一个小蝴蝶结,这她认得,是女儿小薇的。这不是根绳子,是根尼龙线,是今年春天卫华和她领着女儿在天安门广场放风筝用的。小薇说要和风筝一块儿上天,卫华就把她的蝴蝶结和纽扣系在了挨近风筝的线上,原来他是在用线牵着自己。她火了,上手去扯,尼龙线又细又结实,几乎勒破了她的手,她刚要用牙咬,小薇远远张着手哭跑而来……

中国字里"口"字最有意思,你们相信吗?一个一笔画,一个正方形——还可以演绎成封闭曲线——上下左右对应,四面八方皆有。"口"中有"木"为"困","口"中有"人"为"囚","口"中有"玉"为"国","口"中有"口"为"回","口"中有"卷"为"圈"……要是把口字用一条线分割开,就成两个字:凸、凹。这两个字是阴阳对立,凸为阳,凹为阴,阴阳为两仪,两仪生四象,四象生八卦,八卦演万物,而阴阳两仪则来自口字的一分为二……

他在沙龙中和同学们大讲中国字中的阴阳辩证法,他在不断地写着凸、凹两个字,这两个字在他手底下成对地冒出来,一个个都变成有弹性、有血肉、有生命的,在那里手拉手跳着舞,一对对跑向大自然……

天上布满涌动的乌云。地上一个静静的绿色池塘。一道红色的闪电从云中垂直射入池塘,变成一条在水中游动的大鱼。池塘边长出一棵果实累累的马奶子葡萄……

明天要去香山……

她朝他走去,他后退着。她冷笑着鄙夷地站住。一群人包围住他,他低下头在那儿扫雪。人群议论纷纷,说他是个了不起的导演。他惶惑地朝人群看了一眼,一个女演员和他的目光对了一下,便兴奋地脸红了。他还是低着头扫雪。这时开来一辆小汽车,从里面走出一个穿着貂皮大衣的贵妇人。人们议论说:这就是他的妻子,那件貂皮大衣就是用他拍电影挣的钱买的。穿貂皮大衣的妻子走进人圈,冷冷地看了看丈夫:"你还没扫完?扫这么慢?什么时候才能扫到家门口?"他低着头,大汗淋漓。人们哄笑了。穿貂皮大衣的妻子唾了一口,坐上车走了。人们看完热闹,也都散去了。空旷的雪地上,只有他一个人瑟缩在冷风中发抖。她脱下自己的大衣,含着泪,一步步朝他走去……

他朦胧中看见自己撕扯了的著作粘修起来……

她好像还在哗哧哗哧搓洗衣服……

他和李海山下棋,不断地下棋,终于下完了。李文静微笑地看着他。他走上前,携手并肩举行婚礼……

她恍恍惚惚地在书稿中走着,每到一个句号,就停在圆圈中歇一歇……

他把一本又一本哲学书愤怒地摔到李文敏脸上……

她已经被速冻起来了,准备下世纪再醒来,研究家庭社会学……

他拿着刀子,狠狠地盯视着小兰……

她比顾恒睡得还晚,一到另一个世界就什么都不再看和想了……

夜与昼

　　京都在沉睡。"北京人"和"山顶洞人"的幽灵在冥冥碧空中游荡。几百万人在另一个世界里进行着他们在这个世界不能进行的活动。一粒白天落在雌蕊柱头上的黄色花粉中的雄性生殖细胞正在一点点伸长，准备钻进雌蕊。北京车站和北京电报大楼钟塔上的大钟时针在一点点朝前走着。地球沉重缓慢地旋转着。黑魆魆的地平线后面，青色的曙光正一点点从黑夜中结晶出来。

夜与昼（下卷）

（修订版）

柯云路 著

柯云路文集

中国文联出版社

上世纪八十年代中国大学校园里曾弥漫过一阵兴奋的阅读气氛，很多大学生在图书馆、在宿舍或在树阴下竞相传阅一本本被翻得发卷的《当代》杂志，上面刊登的正是长篇小说《夜与昼》，继而是《衰与荣》。这两部书无疑是百科全书式描写社会生活的代表作。

下卷

第 一 章

天一亮,夜的沉重消逝了,一切都重新开始。

清晨是一天生活的童年。

李向南早早起来,一个人走到外面。他希望感受一下北京的清晨,整理一下思想,开始在京的活动。

淡淡的晨雾笼罩着虎坊桥一带的街道。车辆行人不多,洒水车刚洒过水,街面宽阔,空气凉爽。前门饭店楼前,一辆挨一辆停放着几十辆大中型高级轿车,空寂无人,显出沉睡一夜的静谧。马路对面,光明日报社的绿栅栏大门两侧,几个早起的黄头发外国人溜溜达达,仔细看着玻璃橱窗内展出的一幅幅苏州水彩画:《人家尽枕河》,《姑苏城外寒山寺》,《渔舟唱晚》,《小巷雨景》……领略着东方的风情。几个老头在路边意态安详地打着太极拳:野马分鬃,白鹤亮翅,搂膝拗步,手挥琵琶……几辆赛车从马路上疾速掠过,留下一个个俯身蹬踏的影子。

一群十六七岁的姑娘穿着蓝色镶白条的短运动衫裤从身旁腾腾腾地跑过。她们的短发在跳动,脖颈汗湿发亮,步子富有弹性,年轻健美的腿在交替绷紧着。

这股青春的旋风使李向南受到了刺激。他也想跑一跑,而且要比姑娘们跑得更矫健。他感到自己身子开始提起来,脚下有了弹性。然而,他微微笑了。就在这一瞬间,他想到了林虹和小莉,特别是想到了小莉那年轻苗条、充满热力的身影,闻到了她那被汗水蒸出的发香,有一种想把她一下紧紧拥抱的强烈欲望……邪念。他在想象中体验了拥抱小莉的感觉后,这样嘲笑自己。自己该结婚了,年内一定要确定目标。

一对年轻人胸前骄傲地别着北京大学的校徽从里侧并肩走

过。男的打着手势,自信地讲着:"我准备在几年内彻底解决这些理论问题。你看那些理论文章,尽是些庸俗社会学。我现在要积蓄力量,几年以后一定要扫荡他们。……"

好狂妄的口气。李向南心中宽厚地笑了。他们这个年龄对自己力量的限度还毫无感觉呢,不知天高地厚。但心中随即袅袅升起一丝清晰的嫉妒。那个姑娘很信服地听着,目光闪闪发亮地看着自己的男友。她穿着白衬衫蓝裙子,散发着嫩叶般的青春生气。李向南这才"发现"那个男生也同样年轻,更感到自己对他的越来越增强的嫉妒。这是对青春的嫉妒。美丽姑娘的崇拜目光照亮了这一切。

他们并肩走去的背影在清晨淡雾中是那样和谐,李向南感到一股酸劲儿揪着他的喉头。他凝视了几秒钟,又微微笑了。要看到自己的优越。再过十年,他们便是自己的年龄了,未必能达到自己这样的成熟。他们不会有那样坎坷复杂的生活经历,年轻时谁都会做许多理想之梦的,那并不难……他眼前又浮现出小莉活泼的形象,她的瓜子脸闪着光亮,她的羚羊眼眨动着。她和那两个大学生一样年轻,她却在崇拜和爱慕自己。这骄傲足以支撑他克服那股使他喉头发酸的嫉妒。男人最大的美是性格成熟。年龄并不是主要的。年轻的奶油小生并不可爱……

自己这是在想什么呢?今天首先要去的就是顾小莉家,要和她的父亲进行一次高水平的谈话。要用自己的坦诚和才能打动这位上司。同时,必定会遇到小莉。

对小莉的态度也要恰到好处……

小莉穿着睡衣睡眼惺忪地来到阳台上,仰着睡容未消的红扑扑的脸,迎着晨风张开柔软的双臂,提起脚后跟,慢慢向后伸了一个懒腰。这个懒腰那样舒展,抒发了她对清晨、对生活的全部爱情。她暖热的身体,暖热的胸脯,暖热的双臂,她每一条肌肉,每一个关节都被抻开了。凉凉的空气透入她的肌肤,使她抖着头从上到下打了个冷战,她脚跟噔地落了地,暖暖的睡意消失了。她清醒了。双手往后理了理蓬松的短发,以年轻姑娘在清晨特有的益然怡悦而春意朦胧的心情,展望起北京的晨景来。

远远近近的楼房街道笼罩在淡青色的晨雾下。首班无轨电车在冷清的马路上疾驰而过。不远处正施工的国际饭店已建到十一层,两座塔式起重机顶天而立伸着长臂。整个晨景像一幅画。小莉凝望的目光渐渐变得朦胧了。她想到了昨夜的梦,在梦中她和她所爱的男人在跳舞,她旋转着,周围的人群和天地也都旋转着。她晕眩了,紧紧搂住对方,她感到了他男性的呼吸,她感到了自己身体的酥软。她闭上了眼,任凭自己在爱情的拥抱中晕眩,不知所向……那个人是谁?

小莉凝视着自己的梦境,慢慢露出一丝含情的微笑。她忽然感到脸上微微发热,像被什么人的目光注视着,她睁开眼。相邻的阳台上,一个四十多岁的男人正在目不转睛地瞅着她。这是个很魁伟很漂亮的男人,一双眼睛像刚喝完酒,含着一种要把女人看化的热度。与小莉的目光相遇,他并没有退缩,依然很有魅力地笑了。

"晓鹰哥哥起来了吗?"在那个男人身旁站着个十五六岁的姑娘,像是他的女儿,她望着小莉,有点儿腼腆地问,"说好了,今天早晨和他一块儿打羽毛球。"

"我给你看看。"小莉说着拉开阳台门进了屋。

"哥,起来没有?还睡懒觉?大懒虫。人家小女孩儿叫你打羽毛球呢。"她用力敲着顾晓鹰的房门,大声嚷着。然后唱着歌进到盥洗室,哗哗哗洗漱起来。她感到兴奋,感到一种勃勃的生气。她今天一定要做点儿什么。

突然,她停下手,想起一件事,笑了。

昨晚的周末俱乐部上,她知道了审阅自己小说的出版社编辑李文静竟然是李向南的姐姐。太有意思了。这让她生出一个调皮有趣的计划。

她今天要对李向南来个出奇的行动……

李文静又早早地踏进了陶然亭公园。

清晨的公园不喧闹,却充满了活力和生气。湖面上晨雾飘荡,

夜与昼

湖边,树下,空地上,到处是晨练的男女老少。这一群小伙子排列成几行,在齐刷刷地打着少林拳,一个个脸上汗水晶亮。那三三两两的老人站在树下,或甩手,或活动腰,或缓缓做着深呼吸。两个面色红润的秃顶老头儿在对练太极推手,你进我退地推来推去,十几个人在四面围观。一个精神矍铄的白发老太太正在教一些人练剑。她的动作矫健轻捷,潇洒自如。学剑的人中有的拿着剑,有的只拿着长度相等的竹竿木棍。一个瘦高的中年男人拿着根临时拾下的枯树枝在人群后面笨拙地、有一下没一下地跟着比划着。

李文静对这一切都没注意,她径直来到一棵大槐树下。这是陶然亭气功培训班,树下已经聚了十几个人。

"你来了?"一个戴黄框眼镜的中年男人看见她,上来打招呼。

"来了。你早来了?"李文静笑笑,然后,两个人便从交谈气功要领说起话来。她体弱多病,再加上神经衰弱,想学气功以健身。而现在,每天吸引她早早来到这儿的好像不仅仅是这个目的了。这个中年男人叫戴润生,是个工程技术人员,妻子和他离了婚。李文静同他有着一种平淡的却日趋增长的亲切感。也没别的,就是觉着还谈得来。虽然至今谈的只是一些极平常琐碎的话。

李文静突然看见父亲背着手,正沿着湖边的小路从另一侧慢慢踱过来。她极不愿意在这儿,特别在她和戴润生说话时撞见父亲,忙别转过脸去。

李海山一边漫步,一边微眯着眼浏览园内晨景。每天早晨来陶然亭散步,已是他多年来的必修课目。

跑步的人一个个呼哧呼哧喘着气从后面追上来。他不用看,只听他们的脚步和呼吸,就能分辨出他们的性别、年龄和体型来,甚至能听出他们的性格。这也是多年如一日练就的本事吧。这肯定是两个年轻小伙子了,步子轻捷而富有弹性。他们从后面跑上来擦肩而过。自己的判断不错,是两个学生。他们沿着小路又跑上了那边种着松树、建着小亭的小土山,时隐时现着很快又跑上第二个小土山。

他知道,这湖边的七个小土山是一九五二年挖湖才堆起的,很年轻。但陶然亭这块地方已经不年轻了。公元前三世纪的战国时代,这里已是居民区域。八百多年前,这一片是金中都的城厢区,当时河流如网,一派江南水乡风光。对面湖中小岛的绿树掩映中那座高台上的古刹慈悲庵,则是元代建筑的。清康熙三十四年,工部郎中江藻在古庙里建了三间西厅房,并取白居易"更待菊黄家酿熟,与君一醉一陶然"的诗意,命名为"陶然亭"。这便是陶然亭的来历了。

除了他这样的陶然亭通,满园人中有几个知道这段沧桑历史呢?特别是那一群群年轻人,做操的,走来走去念书的,嬉笑相逐的,他们有谁晓得自己脚下踏着的这块园地的历史呢?只有像他这样知晓历史的人,才能这样有滋有味有内容地欣赏眼前的景致,从中看到别人看不到的东西。他这样想着,心中油然升起一种可引以为豪的优越感。这是老年人的优越感。他望着满园的年轻人,眼中漾出一丝慈厚的微笑。年轻人啊。他这样宽和地感叹着。然而,正是这感叹突然引出了昨晚的回忆,儿子向东激烈陈词的形象又浮现出来。他感到一丝隐隐的痛楚。难道他真的要被时代淘汰了?不,他不承认。但他又模糊感到,并不是儿子的话不对,恰恰是话中的尖锐真理刺中了他。这真理是他不愿看清楚的,但它却隐隐约约而又可怕地存在着。

他要努力去做一些有影响的工作,他要破除陈规旧律。他要在年轻人面前树立起自己的形象。他还是有用的,有所作为的……噢,这两天有时间,还应该去看看顾恒,谈谈向南的情况……

李向东背着水壶书包,俯着身,晃着头,哼着歌,飞快地骑着车。复兴门立交桥,儿童医院,紫竹院公园,在身旁掠过了。清晨的郊区,拖拉机,马车,被他一辆辆追过。披着件小褂儿坐在车上赶车的老头,悠悠地哼着小曲儿,开拖拉机的是个头发蓬乱的小伙子,神气十足的样子。两边是房屋稠密的村庄,绿汪汪的菜地,是小河,是一片片与村庄犬牙交错的新建楼房。一群姑娘骑着车说笑着,像一股五颜六色的风从他身边超过。是上早班去的工人?前边有个无线电厂。居然比他还骑得快,岂有此理。他被激起一种冲动,加快蹬车追了上去。

他向前骑。远处,西山披着晨光横在天边。他和同学们要在香山公园门口汇集,他们要一口气爬上"鬼见愁",在海拔五百米的山上吃午饭。在爬山时,他一定表现出最好的体力,他一定要帮女同学们背水壶和书包,特别是替她——他心中的她——承担负荷。在陡峻处,他一定要在前面伸手拉她,她呢,一定会快活地用力抓住他的手,她的头发会在风中黑绸一样飘拂着……

刚刚跑完步,衬衫湿透了,头上还冒着热气,顾恒便溜溜达达地逛开了百万庄的农贸市场。每天这会儿他心情特别好。魁梧的身躯散发着汗气,全身气血通畅,格外松快。他能感到心脏并不衰老,能轻易地将血液送遍全身。这样又着腰,晃着肩,放松着腿,悠悠摆摆走着,又穿着球鞋和一身极随便的旧衣服,真感到自己满有一种篮球运动员的帅劲儿呢。

市场上已经熙熙攘攘。路边临时搭起的棚下一个接一个的摊贩排出百十米,卖着活鸡活鸭,卖着鸡蛋,卖着各种时令菜蔬瓜果。黄瓜翠绿水嫩,西红柿又红又圆,齐齐地一层层码在摊上,像艺术品。这一摊是卖活鱼的,用塑料袋连水带鱼装起来一扎,鱼在里面蹦着,打着水泡,怪有情趣。那竞相招揽顾客的卖主,都是殷勤带笑,手快嘴热乎。到底是自家做生意,态度比起国营商店的要多好有多好。人都要考虑个人利益。这是一个最简单但又常常被我们忘记的真理。

顾恒随着人流走着,不时打问一下价格,和自己省城的集市做个比较。在北京,他这个省委书记毫不起眼,不算什么。但此时的这种比较,却使他不断重温当家掌管一省的主人翁感。这样逛集市就不一样,就有一种特殊的享受和满足。

全国各大城市的农贸市场价格,都应该随时掌握,这样排排队,就能大概知道自己省的经济搞得怎么样,对省内各县的农贸市场价格更应该有及时地掌握,这也是衡量一个县工作的参数嘛。他眼前叠印浮现出几个印象最深的县份来：名称、地貌、它的县委书记。他也想到了那个被称为"新星"又被人非议的李向南。昨晚和儿女谈话的情景也在眼前闪现出来。

对他们——李向南、晓鹰、还有小莉，自己都做到了"难眩以伪"了吗？

看到父亲跑步回来，顾晓鹰装着没看见，继续和邻家的小姑娘打羽毛球。父亲在一旁站住观看着，这让他感到很不自在。他太阳穴处的皮肤能感到父亲那饶有兴致的目光。他不愿父亲观看、介入和"干扰"。他在心中感到极大的厌烦。父亲看了一会儿，上楼了。他又自在了，一边矫健地打着球，一边风趣地说着话。姑娘叫小军，十六岁，身高已经长到一米七，和顾晓鹰一样高。她穿着一件碎花连衣裙，样子很甜，特别是皮肤很白嫩，脸一笑就透红，腿的线条匀称，这让顾晓鹰颇感兴趣。要不，他哪来那么大劲头儿，一大早就起来打羽毛球呢？

他一边说笑着，一边尽情欣赏着姑娘，欣赏着她各种姿势中呈现出的美感，欣赏着她青春的光泽和诱人的曲线。

今天领她去看美展吧？要不要领她去郊外写生？她会去吗？她在跟自己学画画，很崇拜自己。那次和她并肩走，他一边讲着，一边把手很自然地搭在她肩上。他是试探性的。姑娘虽然脸红了，很紧张，却并没有马上闪开。不过始终处在一种想闪开又不好意思闪开的窘促中，他搭在她肩上的手一直感到着姑娘的这种窘促。为了这，他当时格外教导地讲了许多有关素描的话，他搭在她肩上的手也格外显出随意、平和、爱护。他当时心中很好玩地笑了：紧张什么，小正经，有上几次，你就会习惯了。果然，后来的第二次，第三次，她就不那么脸红窘促了。今天呢？一块儿去写生时，如果自己一边走一边轻轻搂住她的肩膀或是挽住她的腰呢？她会是什么反应呢？……算了，不要和小姑娘玩耍了，弄不好会狼狈不堪的。还是和女人们去调情吧。

他眼前浮现出昨晚在火车站与林虹相遇的情景，那双冰冷透亮的眼睛。他嘴角露出一丝要采取点儿什么行动的阴冷的笑意……

林虹一早就先起来了，叠好床，没惊动熟睡的吴凤珠、范丹妮（范丹妮像个疲乏不堪的小孩儿一样趴卧着，头歪扭着埋在枕头边），也没惊动外间屋的范书鸿、范丹林（这样走过两个男人睡的房间，她有些别扭），和在门厅里正收拾行军床的保姆笑了笑，悄悄下了楼。

这样好躲开一家人早晨起来后必有的拥挤洗漱和那些令人难堪的忙乱。

眼前豁然横向展开的是新建的环城公路：二环路。它宽阔坦荡地建在已拆除的古老城墙的墙基上，像条浩浩大江弥荡着淡青色的晨雾，这晨雾中已溶入一抹最初的淡橘红色的霞光。近处的阜成门立交桥，远处的复兴门立交桥，像江桥一样跨着两岸。两岸林立的楼厦、塔式起重机，在雾气中展开了一个烟海浩瀚的现代都市。

这是一个在黎明中刚刚醒来的庄严宁静而又充满生机的城市。

她在路边久久伫立着，她喜欢这里的开阔。一辆辆汽车风驰电掣地驰过。车不多，也不少，既无白日里的繁闹，也无夜半的冷清。那毫无喧嚣的、安静有序的高速度，那车窗里一个个司机凝视前方的专注面孔和明亮额头（那是清晨才有的额头），都使人感到这座城市的朝气。她凝望着，沉浸在一种澄静而又惆怅的心绪中。她被北京的清晨感动。昨晚沉重的心绪似乎消逝了。在她心中展开着一个活跃的、无边无际的天地。这个天地和眼前的晨景一样，也被淡淡的雾气笼罩着，庄严浩瀚，蕴涵着无数的希望，也蕴涵着神秘不可测的纷乱……

"林虹。"范丹林的声音。

她转过头。

听见林虹下楼去了，他也提前起来了。他每天照例按时早起锻炼,但今天更早,他原想头枕着手再躺五分钟。

楼前楼后都是早锻炼的人。他漫无目的地走着,活动着腰腿,像是有所寻求似的不时张望着。他笑了。自己是希望发现林虹。在这清晨中遇见她,说说话,会让他高兴的。看来自己对林虹还挺感兴趣。只是因为中学时代的美好印象吗?不完全是。那因为什么呢?昨晚他们还没来得及谈什么话。他并不知道她的情况。感觉告诉他,林虹是个让他感兴趣的人……

一个姑娘在路边慢慢来回走着,同时念着一本英语书,看样子是个高中生,大概在复习功课。当范丹林从她身边走过时,不禁有些惊讶了:姑娘似乎在朗读一本英文原版小说。他站住,又听了一会儿。"你是在读阿奇博尔德·约瑟夫·克罗宁的《城堡》吗?"他用流利的英语含笑问道。

姑娘放下书,好奇地打量着他。她上身穿红色运动衣,外面披一件灰蓝色夹克,下身穿白色运动短裤,脚上穿一双白球鞋,整个身体结实而匀称,她有一双亮亮的、会说话的眼睛,圆圆的脸上鼻头有些调皮地微微翘着,好像随时在天真地问:"是吗?""是。克罗宁的《城堡》。"她同样用英语流利地答道。

范丹林感兴趣了。"你很喜欢这本书吗?"他依然用英语问。

"我刚读了一半,还不能下结论。不过,我觉得这本书很好读,很吸引人。"姑娘用一口让人不得不吃惊的流利而标准的英语答道,同时,她含笑注视范丹林的目光中有着一种调皮的、挑战的意味。她是在和范丹林进行英语会话的较量。

范丹林感到一种兴奋。"你还读过他的其他著作吗?"他又用英语问。

"读过原文的《帽商之堡》和《众星俯瞰》。"姑娘也同样用英语回答。

范丹林更惊异了,这是克罗宁的又两部长篇小说。"你读的是英文原著,还是中文译作?"他用英语问道。

"有没有中译本我不知道,英文小说我只读原著。"姑娘用英语答道。

范丹林越来越感到她目光中所含有的调皮的挑战意味。他和她继续用英语交谈下去:"你以后准备干什么?"

"搞文学翻译和写作。"

"你还读过谁的小说?"

"海明威的。"

"还读谁的作品?"

"狄更斯的,他的全部作品。"

"读的都是英文原著?"范丹林尽量掩饰住自己的惊异。

"我刚才讲过了,英文小说我只读原著。"

"除了小说,你还读别的英文原著吗——譬如历史、哲学、社会科学方面的?"范丹林问时心中有些紧张。

"没有。"

范丹林松了一口气,他继续用英语和姑娘会话:"那你应该读点。"

"为什么?"

"既是为了扩大知识面,也是为了进行全面的语言训练。譬如,我是搞经济的,除了研究经济方面的外文资料,也看哲学的、社会科学方面的外文资料,包括也看小说原著。你既然准备从事文学翻译和写作,更应该广泛阅读。"

姑娘的目光变得比较温柔了。

"除了英文,你还掌握其他外语吗?"范丹林问,同时仍有些紧张。

"还没有。"

范丹林更松了一口气:"那你应该再搞第二外语、第三外语。"他有了长辈的温和与从容。

姑娘笑了,可爱而纯真地笑了,眼里没有那种调皮的挑战意味了。她继续用英语和范丹林对话:"您在哪儿住?附近吗?您在哪儿工作?我能这样冒昧地问问吗?能认识您吗?"

"我就在那个楼住。"范丹林指了一下,"我在经济所工作,我叫范丹林。"

姑娘睁大了眼:"我认识您。"

"认识我?"

"我爷爷常提到您。"

"你爷爷叫什么?"

"我爷爷叫陈子越。"姑娘第一次用汉语回答了。

"你是他孙女?"范丹林也第一次用汉语问道。陈子越是经济界的老权威了。两个人改为汉语会话了。

"是。我爷爷常提起和您的学术争论。"

"对。我们观点上常有些分歧。"

"我爷爷有时候对您又气又恼。"

"那你也恼恨我了?"

"不,我佩服您。我爷爷也常常夸您知识渊博,精通英法德日四国外文。"

"不,我只精通法文。"

"您的英文还不算精通?"姑娘惊讶地问,"您精通的标准是什么?"

"我精通的标准是能和外国人进行最随便、最广泛的闲聊。聊天要求的词汇量最大,而且必须熟悉对方国家的民情、风俗、历史、现实。"

"您真了不起。"姑娘眼里闪露着崇拜,"我以后能找您吗?"

"能。你叫什么?"

"我叫小京,北京的京。"

"你每天也早起吗?"林虹问。

"这还算早?六点多了。"范丹林双手插在裤兜里耸了耸肩,诙谐地眨眨眼。他以他一贯的军人式的笔直姿势在林虹身旁站立住,看着马路,"哎,林虹,你外语怎么样?"他怎么莫名其妙地问林虹这样一句话?

"你怎么想起问这个问题来了?"林虹有些奇怪。

"没怎么,随便问问。"范丹林显得很随意,但心中却有些莫名的紧张,生怕林虹的回答让他失望。

"我英语还可以,不用字典能阅读。日语刚开始学。"林虹眼里露出一丝调皮的笑意,用英语流利地回答道。

范丹林心中似乎一块石头落了地。林虹在他心目中没有黯然失色,林虹会外语,林虹有才华,这让他高兴。"早晨真好。"范丹林与林虹并肩站着,看着大江一样宽阔的环城公路,看着朝气蓬勃的高速汽车流,看着在清晨中醒来的北京,情不自禁地说道。

"是,真好。"林虹凝视着北京晨景也用同样的感情说道。

范书鸿在油烟喷香的小吃店门外排队,等着买全家早餐吃的油条。安徽籍的保姆这两天为涨工资联合"罢工",家里又太乱,他宁肯忍着脚上的烫伤亲自来,图个清静。排队的人中有人在看书,有人在看报,有人在着急地看看前边的队,又抬腕看着手表。街上开始闹嚷。他还在想着如何安排全家与法国来的老同学相聚。

吴凤珠坐在床边心不在焉地翻了翻那两个找到的笔记本,放下了,呆呆地想起自己的事情来。

范丹妮坐在镜子前面,像每天早晨一样又精心梳妆打扮起来。新的一天,一切又重新开始。昨夜的激动痛苦已经过去。她噼里啪啦放着梳子,拿着卡子,嘴里还哼着歌。她今天要快快活活过一天,而且要对胡正强来个惊人之举。

父亲、姐姐都从陶然亭活动回来了,李文敏还在蒙头睡懒觉,她蜷缩在毛巾被里,感到一个人躺在这大大的双人床上的孤零冷清。她想象着秦飞越如何认错地回来了,如何涎着脸站在床边。她如何不理他。他如何哄她,逗她,推她,摇她,拍打抚摸她。她如何往里一扭身裹紧毛巾被冷淡他。他如何厚着脸皮俯身搂住她。

秦飞越却并没有想到她。他一大早穿着睡衣,趿拉着鞋,就拿着话筒给四处的朋友打电话。他今天要在父母家里举办"哲学——艺术"月会。

张海花一边在公共汽车中没有立足之处地拥挤着,一边计划着这个月的花费,计划着下个月能存多少钱,而后又思谋起房子的事情来。

　　一个大家族的星期天实在是太混乱、太嘈杂、太烦人了，黄平平一个人走出家门到外面遛几步。一出南池子大街路口就是天安门广场。一幅壮阔的画面展开在眼前。宽阔笔直的东西长安街上，中国最中心的街道上，数以百万计的自行车汇成的潮流在东升的红日下滔滔不息地奔泻着。

　　这里是北京之晨交响乐的主旋律。

　　"此时此刻，北京的人们都在想什么？"伫立了一会儿，林虹问道。

　　"很难说。每个人都在想自己的事情吧。"范丹林答道。

第二章

李向南摁响了顾恒家的门铃。门铃叮叮咚咚奏出简单的旋律，很好听。

隐隐有脚步声很轻快地走过来。脚步声离门近了，李向南脸上准备性地浮出一丝礼貌的笑容。他一瞬间就进入了角色。他今天是来和省委书记谈话的，他一定要在政治上取得省委书记对自己的理解和信任。他今天还可能遇到小莉、顾晓鹰和顾恒家的其他人。他对这一切都有充分的心理准备。他将扮演一个应该扮演的角色。此刻他站在门口，听着走到门口的脚步声，听到转动门柄的声音，感到有一种略含一丝紧张的兴奋。他对这种高难度的政治行动有着一种本能的冲动和热情。

门开了，是小莉。

她原来脸上浮着准备迎客的笑容，蓦地消逝了，是一瞬的愣怔，愣怔后是一瞬的闪烁，那是没有思想准备、不知采取什么态度的闪烁，然后浮出的是冷若冰霜的表情。李向南却笑了。这不是准备好的笑，这是一见小莉的表情觉得好玩的、由衷的笑。小莉那一瞬间的愣怔，已经暴露出了她复杂的矛盾心理。小莉穿着天蓝色的连衣裙，围着个白围裙，一副操办家务的样子，也让他觉得亲切有趣。他从未把小莉与干家务的形象联系在一起过。这一瞬间他就感到自己对见小莉毫不惬头。他觉出自己喜欢小莉。而只要他喜欢小莉，就能征服小莉。

"小莉，你围着这围裙，可真有股子神气呢。"

"什么神气？"小莉冷冷地瞟了他一眼。李向南那含有讨好意味的话，使她原本并不坚决的敌意一下变得坚决了。

李向南并不把小莉的脸色放在心里，他含笑看着小莉，"真的，一副家庭主妇的干练样子，和我过去印象中的小莉有所不同。"

"少挖苦人，没你伟大。"

"嗳，我可不是挖苦你啊。你这样更像个姑娘了。过去你给我的印象是……"

"是尖酸刻薄，让你简直不能容忍，是吧？"

"我原话不是这样呀。"李向南说，"我说：'你有时候很可爱；可有的时候，简直让人很难容忍。'这是我的原话。你怎么光记住后半句，没记住前半句呢？"

"什么叫'让人很难容忍'？"

"你现在这样就让人很难容忍呀。"李向南打趣地说。

"谁跟你耍贫嘴？"

"小莉，"李向南恳切地说，"我当时主要是希望你能比较与人为善，能设身处地，多理解一点别人。"

"我还是那句话：我只理解我自己。"

李向南沉默了一瞬，随即温和地笑了："我现在和你相处，至少希望你理解我吧？"

"算了。你有什么事，找我爸爸？"小莉仰着脸，眼帘微垂，目光冷蔑。

"你爸爸在不……"

"我爸爸不在。"小莉没等李向南把话问完，便硬邦邦地答道。

"他今天什么时候能……"

"不知道。"小莉没等李向南说完，便干脆利索地堵上一句，"没事了吧？我要关门了。"她稍稍向后退了退，准备关门。

李向南一下有些狼狈，一回到父母身边，小莉变得更任性了："小莉，那等你爸爸回来，你告诉他一下，我过一会儿再来找他。"

"我不管。"小莉说着就要关门。

"小莉，我找你有事。"李向南一下变得神情镇定了。他郑重其事地看着小莉。

小莉在关得只剩半尺宽的门缝后边站着，打量了一下李向南。她看着李向南那有些发狠的样子，眨动的眼里掠过一丝掩饰不住的笑意："以后考虑吧。今——天——我——没——时——间——。"

261

她有些恶作剧地一努嘴,斜睨了李向南一眼,砰地把门关上了。

李向南站在门外。

一切风度、男子汉的强硬有力,都在小莉这孩子般的性格面前宣告无效。他自嘲地摇了摇头。小莉的性格真是一条跳跃的曲线,毫无稳定的逻辑。但他又不能不承认:小莉是可爱的。她聪明勇敢;但又我行我素,尖刻狭隘,不择手段,有些可怕。当她不顾相差十岁的年龄距离,在古陵县向他勇敢进攻时,他多少有些不知所措。他对小莉的态度十分矛盾。他对林虹的态度也十分矛盾。小莉、林虹都存在于面前时,他更处在难以抉择的矛盾中。在古陵时,他心中不曾承认过这个矛盾。他只是站在小莉的家门口才明确自省到:不承认抉择的矛盾,是因为他难以抉择。

人在遇到难以解决的矛盾时,常常采取不承认主义。

还有,是因为他始终朦胧地觉得:感情上作这种抉择,含着某种挑拣、不道德、不崇高的成分吧。然而,自己为什么会被这种道德观念支配呢?这里或许就含着感情上对小莉的更大倾向、对林虹道义的歉疚?难道自己真的在感情上更倾向小莉吗?而只是在道义上更同情林虹?这一瞬间,自己的反省怎么这样清楚?

还有,大概是因为他有着被两个女性同时爱的优越感吧,可以在暧昧不决的态度中既保持着被双方爱,又保持着从容选择的权利?

然而,他不能这样暧昧下去。是林虹或是小莉,他要作出抉择。或许都不是,是第三个,他也最好能尽快择定。剩下的复杂任务,就是稳妥了结与小莉,或者与林虹,或者与两人的感情纠葛。特别是对小莉这样一个不爱则仇的姑娘,因为有她父亲这一背景,尤要慎重。弄不好,还会酿出自己的政治危机来。

算了,别自省了,究竟是怎么办,定一下。

他抬头看了看门框上的门铃,略蹙起眉想了一下,就又沉稳地举起手。再摁铃?这是省委书记家,不可太造次。谁知道他们家都有谁在?别闹出坏影响来。

——门铃摁响了。是顾恒笑呵呵出来开门了。他尊敬地笑笑:

"顾书记,您在呢?小莉跟我开玩笑,说您出去了……"

——门铃摁响了。是顾晓鹰目含敌意地来开门了。他友好地笑笑:"晓鹰,星期天在家休息呢?你父亲在吗?……顾书记不在?小莉呢?……没事,找她聊聊……"

——门铃摁响了。是小莉的母亲来开门(一定也是个老干部的样子)。他恭敬地笑笑:"我叫李向南,古陵县委的,我想找顾书记汇报一下工作……"

——门铃摁响了。是小莉来了。那最好……

他又摁响了门铃。这次他听出,门铃的旋律似乎是:3 13 │54 2│2 - │7 12│3 - │ 。

门还没开,听那脚步声就知道是小莉。

"我一听门铃声,就知道又是你。"她瞟了李向南一眼,哼了一声。她已经解下了围裙。

"你怎么知道?"李向南问。知道是他,给他开了门,这势头不错。

"还不知道个你?'百——折——不——挠——,愈——挫——愈——奋——'那不是你的座右铭?"小莉拉腔拉调地讥讽道。

"叫你折一下就挠了,那可就太不结实了。"

小莉扑哧笑了,斜瞟了李向南一眼,把门一下大打开:"请进吧。"

"你爸爸在家?"

"我请你进来就不行?你这次摁门铃是想找我的。承认吗?"

"……承认。我主要是有点儿意外,受宠若惊了。"李向南幽默地说。

"进吧,别紧张,我们家这会儿谁都不在。我爸爸出去了,可能过会儿就回来。往这边走,到我房间来。"她关上大门,领着李向南穿过门厅,往自己的房间走:"敢进吗?"

"这有什么不敢?"

"那你进来,看着我换衣服。"

"看着你换衣服?"李向南一下站住了,"我在门厅里等你吧。"

"要是不敢进,你就走。"

李向南探究地看了小莉一眼,伸手撩开了小莉房间的门帘。

一间很漂亮、很耀眼、又有些凌乱的屋子。漂亮是因为桌床柜橱都是新式样的,加上墙上贴满了画;耀眼是因为镜子特别多,迎面立柜上的长方形穿衣镜,侧面还有一个立柜上的椭圆形穿衣镜,墙上还吊挂着几面圆形的、鸭蛋形的大镜子;凌乱是因为大衣架上挂满了五颜六色的裙子,床上的毛巾被还团着,堆着衣服。

但是,使李向南感官更受刺激的是房间里充溢的那种年轻姑娘特有的温馨、撩惹人的气息。那是小莉身体的气息,是她发香的气息,是她呼吸的气息,是她穿过的衣服的气息,是她睡过的床的气息。这种气息同姑娘的衣物交合在一起,融融地包围上来,使李向南感到一阵心旌飘摇。他没有让自己的身心漂浮起来,他抓住理智,一瞬间就使自己由一个感觉着的人变成一个思维着的人。

"小莉,你这屋里镜子真够多的。"他在一只精致的皮垫折叠椅上坐下,看看四面镜子里自己的影像,笑着说,"朝哪儿看都是自己。"

"我就喜欢朝哪儿看都是自己。"小莉站在穿衣镜前梳着自己的运动头,"我就喜欢自己。"小莉梳头的姿势很美,她两个手都举起来时,从她侧后面看,腰显得更细,身段显得更苗条。姑娘梳头本来就是最动人的。

李向南把目光移开了。小莉的话——"我就喜欢自己"——使他想到了什么。这话中有着一种桀骜,有着一种轻视别人的优越感,有着一种只考虑自己、不顾及别人的任性。这种桀骜和任性,作为一个女孩子或许是他喜欢的(而且尤其富有刺激力),但作为一个……作为一个终身伴侣,作为一个妻子,像他这样的男人是有所惕怵的。一个男人选择女友(或情人)与选择妻子的标准是不一样的。

一瞬间他就从自己过去的几次恋爱史中,从他现在对小莉的态度中朦胧感到了:自己选择配偶的标准其实是个复杂的、多方面的系统,它涉及并包含着年龄、外貌、性格、思想、感情、气质、道德、政治、社会地位……等各个方面的考虑。而且，如果仔细剖析这个复杂的、多方面考虑的"标准"，大概将暴露出自己思想、性格深处极其复杂的东西来。纯洁的、不需要任何实际考虑和权衡的、完全从性爱及感情出发的爱情选择是属于青春的。随着青春的逝去，随着年龄、阅历的增加，纯性爱、纯感情的因素在爱情及婚姻选择中的地位便逐步下降，越来越多地让位于种种现实的考虑。

自己毕竟已经三十二岁了。

譬如，小莉是省委书记的女儿，仅仅这一点就是他所忌讳的。他是一个想干番事业的人，他不希望选择一个高干的女儿做配偶，他不愿意使自己原本独立的事业与一个家庭扯在一起。他不愿有那种一荣俱荣、一损俱损的政治联系。看来，自己选择配偶的标准充满了利益的考虑，不自省时不知道，一自省竟这样多。自己的爱情观太不纯洁了。纯洁的感情当然有，但它能超脱各种实际考虑，单独起决定作用吗？倒是小莉的爱情更纯真。她对自己大概只从爱出发，并无其他考虑。

这样看来，小莉应该是被肯定的，自己倒是应该受到批判的。

自己对爱情及婚姻的考虑中凝聚的社会因素太多了。

不，他不需要这样解剖自己。他是在现实中开拓道路的人，他的考虑是现实社会中最合理、最必然的。他选择配偶能不进行多方面的考虑吗？此刻，他需要的是把审视的目光投向小莉。……

"你想什么呢？"小莉转过头和他的目光相视了一下，问。

"没想什么。"

"你撒谎。"

"我在看你墙上的画呢。我才发现都是猫。"李向南指着墙上的画，那上面是各种神态的猫，娇憨可爱。

"我喜欢猫。"

"为什么？"李向南问。

"喜欢就是喜欢，我从不想为什么。"

"那你喜欢文学，写小说，也没想过为什么？"

"是呵

"其他方面呢？"

"你指什么？"

"譬如……对一个人吧。"

"对谁,对你是吗？"

"那倒不一定。"

"什么不一定。你想问的就是这个,看你刚才的眼睛。我告你吧,你刚才第二次摁门铃,我就喜欢。要不才不给你开门呢。"

"为什么？"

"不为什么。你怎么这么多为什么？你喜欢一件东西、一个人,就一定得问自己为什么？"

"是。"李向南肯定地点点头。

"那是做作,是概念化地规定自己的感情,是人的异化。"

"你一点都不问自己为什么？"

"问那干啥。我起码开始不问,到后来可能问问。"

"能问出结果吗？"

"还能问不出来？你不是问我为什么喜欢你第二次摁门铃吗？我现在想了,可以告诉你。"

"嗯……"

"我喜欢你这股劲儿。"

李向南笑笑。

"你笑我怪是吗？"小莉对着穿衣镜细心地在脸上抹着润肤霜。

"我在想,我们的小莉是个什么样的姑娘？"

"就这样。我不管别人怎么看我。我就是我。我用不着别人来批准我生活的权利。"

"我觉得你有一种凌驾别人之上的很大的优越感。"

"我就觉得我优越嘛。你是不是想研究我呀？"小莉转过头。

李向南含蓄地迎视着她："是。"

小莉看了李向南两秒钟,目光微微闪动。"为什么？"她略有些紧张地问。

"你也问为什么了？"李向南含着一丝阴郁哼了一声,把一本随便翻弄的辞典慢慢撂到写字台上,走到窗前,看着外面沉默半响,然后转过身。"你也应该知道。"他蹙着眉对小莉说道。

小莉轻轻咬住嘴唇沉默了一会儿,眼睛里突然涌上一股潮湿。一个多月来,李向南一直用长者的揶揄对待她,这是第一次用这样有含义的话回答她。她的骄傲,她的倔犟,她的伶牙俐齿的泼辣似乎一下都垮了。一时,她感到自己整个身体的酥软。

"我刚才说过,我如果下决心喜欢一个人,是要问为什么的。"李向南接着说道。

小莉看了李向南一会儿,靠着穿衣镜垂下眼。"要问了为什么才喜欢吗?感情也是理智制造出来的?"她撅着嘴不满地嘟囔道,"人是先发现自己喜欢了,才问为什么的。"

"对,人是先喜欢了,才问为什么的。我是已经有点喜欢了,"李向南看着小莉,"可只有问了为什么,才知道该喜欢到什么程度,该不该下决心一心一意去喜欢。"

小莉低着头双手在身前慢慢抚弄着连衣裙的腰带。她很少有这种"乖"的样子。"那你觉得我应该是啥样啊?"她小声说着。

"小莉,我没有权利说你应该是啥样。你现在的样子我就很喜欢。"

小莉抬起睫毛很快地看了李向南一眼。

"不过,这种喜欢应该掌握在什么程度上,我应该慎重。你的态度我是明白的,我并没有迟钝到发傻的程度……"

"你才不傻呢。"小莉撅着嘴嘟囔道,"你是装傻。"

"你说装傻也可以。咱们应该相互增进了解。你也应该多研究我,不要因为我敢瞎摁门铃,就喜欢我。"

小莉止不住笑了。她瞟了李向南一眼,嗔道:"我不研究,我早研究够了。"

"我说的是真的。我呢,也研究研究你,好吗?你现在年纪小,很容易头脑一时冲动。咱们保持一种相互了解,相互关心帮助的友谊,也挺好的。你说呢?"

小莉依然背靠在立柜上,斜瞟着李向南。

"而且,小莉,你应该有一个更长时间内更广泛选择的过程。"

"我没那么多可选择的。"小莉一下抬起头,双手很快地朝后理了一下头发,离开了立柜,"你想选择就选择吧。"

"小莉。……"

"我今天还有事要出去呢,我要换衣服了。"小莉打断李向南的话,她解下天蓝色连衣裙的腰带。

李向南顿时有些窘促:"这件连衣裙不是挺漂亮吗?"

"我喜欢一天几换。"小莉伸手从大衣架上摘下一条咖啡色薄毛料连衣裙来。

"那我到门厅等你吧?"

"死封建。你怕看见,转过脸去。"

"往哪儿转呀?都是镜子,哪面都能看见你。"

小莉扑哧笑了,白了他一眼:"你坐到写字台那儿去,你不是要研究我吗?那桌上堆的都是我的相册,你趴在那儿研究吧。"

李向南笑笑,到写字台前的藤椅上坐下。

桌上是五六本极讲究的大相册。他打开第一本,一页页翻看着。这一本上都是小莉童年的照片。她满月时在襁褓里的照片,她叼着奶瓶的照片,她周岁时坐在玩具堆中的照片,她四五岁时骑在木马上的照片,她骑在十三陵石狮子上的照片,她在动物园的照片……这些照片,大都有父母抱着她,或站在她身后。有几张是她骑在顾恒的肩上照的。她的受宠,她的娇惯任性,在这些照片中表现得很突出。顾恒今年六十多了,他得小莉时已是四十岁的人了,这个年龄对幼女的溺爱是可想而知的……

"我这样好看吗?"身后小莉的声音。

李向南回过头。小莉穿着一身深蓝色带斜白条的体操服很近地站在他面前。她的身体被弹力的体操服紧裹着,胸部很动人地隆起着;她的脖颈,她的手臂,微黑而光嫩,洋溢着青春的光泽;她的两条腿很美地并立着。她这样年轻,这样鲜嫩,这样贴近,李向南感到一股克制不住的冲动在身体内颤抖地掠过,直涌上来揪住他的喉头。

"好看吗?"小莉低头弯腰垂下右手,做了个很美的动作。

"好看。"

小莉嫣然一笑。她向李向南平伸过手臂,微垂着,像是接受邀舞的动作:"抓住我的手,站起来。"

李向南有些窘促地、不知所措地轻轻抓住她的手,站了起来。生命的颤动从李向南手上传导到身上。

小莉凝视着他,眼里含着大胆调皮的笑意:"会跳舞吗?"

"不会。"

"吻我一下吗?"小莉的目光闪闪发亮。

李向南猝不及防。他看着小莉,感到了身体内气血的激动。……他一下把小莉紧紧拥在怀里,吻她的脸,吻她的唇,吻她的脖颈,吻她的胸,然后更热烈地把她紧紧贴住自己的身体……但他却克制住自己,冷静地站着,只感到男性的冲动得不到发泄而在身体内更猛烈地搏击着。他远没有严谨到不准备和一个女人结婚就不能亲吻的程度,但对小莉,他却必须特殊地谨慎。他绝不能随随便便酿成自己的一个政治危机。他用左手爱抚地拍了拍自己右手中小莉的手,和蔼地笑笑:"小莉,你很可爱。我真希望你以后一切都好。"他说着慢慢放下她的手,"小莉,我要走了。有时间来找你玩。等会儿你父亲回家,告诉你父亲,我一会儿再来找他。"

小莉用一种复杂的含着言语的目光凝视着他。

第 三 章

　　李向南离开顾恒家下了楼。时间还早,先去附近几个小学同学家里转转吧。过一会儿再来。

　　他又摁响了门铃。这是小学同学殷童博的家。他一边摁一边微微笑了:北京这两年不少有条件的家庭装了门铃,结束了敲门的时代。现在,有无门铃,在北京是划分家庭的社会、经济、政治地位的一个标志了。

　　头顶上方,突然响起一个柔婉动听的声音:"客人您好。主人外出了。您是谁,有何贵干,请您和我讲。我是电脑,可以录下您的讲话向主人转告。您讲话如超过一分钟,请再按一下门铃。您有名片和留信请投入信箱。"李向南抬头看了看,门上面的横窗装嵌着一个方形筛眼的喇叭。真是现代化。让人感到一种新鲜的变化。

　　他笑了笑转身要走,门却开了。他略略一惊。

　　门口出现的是一个六十来岁的知识分子气质的南方人。雪白的衬衫,漂亮的领带,面色苍白清瘦,宽额下有双很大的眼睛,头发有些稀疏,他温和地微笑着:"您找谁?……你不是李向南吗?"

　　"殷伯伯,我是李向南。"李向南也一下认出了这是殷童博的父亲殷白冰,原是一位副部长,现在已经主动退到二线,"听你们家电脑讲话,我以为没人呢。"

　　殷白冰笑了:"刚回家,忘了拉开关了。"他的上海口音还像以前一样,和善,绵软,斯文。他顺手拉了一下门后的开关:"进来吧。"

　　一踏进房门,李向南被眼前的富丽堂皇惊呆了,有些炫目。一个奢华气派的大客厅以一种强烈的现代色彩、潇洒的空间线条在眼前展开。他记得这原来是一厅四室中的两间套房,现在,隔墙被拆除了,两间合成一间,布置成一个会客厅。有着东方韵味的高级窗帘,铺满地面的高级地毯,贴着高级壁纸的四墙上是几幅现代派风景油画,栗子色锃光发亮的大写字台、酒柜、落地音响、花架、书柜、大茶几,奢华的大皮沙发、钢琴,各种新款式的灯具,书柜中陈列着瓷器、玉雕。

"和你以前来不一样了吧?"殷白冰问。

"太不一样了。要不是您在这儿,我肯定以为走错门了。"李向南说。不知为什么,殷白冰话中含的一丝自我欣赏,让他心中有些不舒服。何必布置得这样奢侈呢?

当他脚下无声地踏着柔软奢华的地毯往里走时,他甚至感到一种不习惯和受束缚,感到自己脚步的拘谨。他不是乡巴佬,但如此高级的地毯也似乎有点不敢下脚踩。他在大皮沙发上坐下,沙发弹性极好,使人很舒服地下陷着,看了看自己脚上的塑料凉鞋,筋条裸露的黑黢黢的脚面,想到了古陵县那干旱贫瘠的黄土地。这双脚的跨度可真够大的。他又扫视了一下整个房间,眼前浮现出几年前的情景。

一踏进殷白冰家,就感到拥挤吵闹。

右边,靠大门口的一个单间,传出婴儿的啼哭,听见年轻的母亲抱着孩子一边来回踱着哄慰着,一边埋怨地吩咐丈夫拿奶瓶热奶,丈夫连声应诺着,发出手忙脚乱的声音。靠里面的单间里,有人在争议什么家务事。

他颇为拘束地走进左边套间里。这个套间的外屋过去一直是客厅,此刻也是一派拥挤凌乱。屋里摆上了床,堆满了家具什物,连窗台都堆满了书籍和瓶瓶罐罐。一个穿旧衬衣的男人正在左右墙上的钉子间拉着一根铁丝,挂上白布帘子。意思是明白的:遮挡住床,隔出一条通往里间屋的甬道来。里屋门开着,也拥挤不堪地放满大床、摇篮、立柜等家具,也有婴孩儿的啼哭声。一个少妇探头看了李向南一眼,把门关上了。李向南站在门口一时不知是进还是退。那个拉布帘的人转过头来,发现了李向南,李向南也认出了他正是童博的父亲殷白冰。

"是向南吧?"殷白冰又用钳子把铁丝往紧绷着拧了拧,放开手,转过身来笑道:"随便坐吧。童博和他弟弟都结了婚,没房子,住在家里。小妹只好在客厅里睡了。"他是那样斯文和善,旧衬衫系在裤子里,整个是善良的、知识气的父亲形象。

他们分别在床上、椅子上坐下,殷白冰一边说着话,一边拿出一瓶乳胶细心地粘起一个摔断了的有机玻璃台灯座。

"您的衬衫该换一件了。"李向南笑着说。

殷白冰看了看肘部已磨成纱状的衬衫袖子:"旧衬衣穿着随便。你知道托尔斯泰的名言吗,没有比穿旧衬衣更舒服的了。"

李向南笑了。还是上小学时,他来童博家玩,就听殷伯伯讲过这句话……

"童博和他弟弟妹妹都有了自己的房子,搬出去住了,我才能这样布置。"殷白冰说着在写字台旁一只漂亮的转椅上坐下,很舒服地转过来,理了一下稀疏的头发,"你找童博吧?他出国了,去美国,要再过两年才回来。"

李向南和童博是好友,却多年没来往了。照说,他常回北京,与童博相互来往没任何不方便,但天下许多事情就是这样:它似乎毫无理由不发生,然而就是没有发生。就像有的人离开故乡几十年,一直思念着、计划着回去看看,也并无任何困难(有的仅隔几百里),却始终没能回。一件事情,或者在完全必要时才会去做,或者在偶然因素的促成下才会去做。他今天来这里,也是因为找顾恒不在才偶然想到的。

"童博现在搞什么呢?"他问。这种问话既是同学间的关心,也多少含着一丝同代人之间常有的相互比较的心理。

"他是搞计算机的,在攻博士学位。在美国已经发了十四篇论文了。有几篇还在美国引起反响呢。"殷白冰眼里露出了做父亲的骄傲,他站起来,从书柜里拿出十几本印制精美的英文杂志,一本本递给李向南:"你看,这是他的第一篇论文。这是他第二篇论文。这上面有他的照片,你看像他吗?"

童博很大的照片，表情拘谨而文雅。

"这儿只有十一篇，还有三篇新到的，在我卧室，我去给你拿吧？"

"不不，我对计算机不是太内行的，大概看看就行了。"李向南连忙说道。

殷白冰坐下了，他的情绪从炫耀儿子的兴奋中转移出来，长辈的身份使他把关心自然地转到李向南身上："向南，你在下面当县委书记搞改革吧？我从报上知道的。"

"是。"

"改革阻力不小吧？"

"想办法，因势利导，总能干下去吧。"

"对，要想办法，要在错综复杂的现状中找缝隙钻出一条路来。"殷白冰打了个温和的手势，以有经验的长辈口吻说道。

李向南尊重地点点头，心中却漾出一丝自信的年轻人对那些有点儿天真的老年人常有的嘲讽。

"年轻人应该干点事业。实在干不下去，你可以到我这里来。"殷白冰又道。

李向南有些吃惊地看着这位已经从权力中退下来的殷伯伯："您不是已经……"

"我现在搞改革啊，做生意。"殷白冰微微仰着身子快活地笑了，转了一下转椅。

"您做什么生意？"

"从这个房间，你就应该看出我做什么生意呀。"

李向南又环视了一下，摇摇头。

"向南，你的眼力还不行。我告诉你，我准备搞中国第一家室内设施总公司——叫兴华总公司。"

"室内设施？搞家具？"

"不，向南，看来你对现代经济生活还不太熟悉。它包括家具，但远不只是家具。它要把室内除了土木建筑以外的房间全部设施的设计、制作、装修、布置全包括在内。比如，这一套新房刚施工完，四室一厅分给你了，你打个电话给我的公司，我就派人来，先根据你的要求设计、提供多种供你选择的室内布置方案，你选择好了，我就按照这个方案，提供相应的全套家具，还包括地毯、窗帘、墙壁装饰、灯具、厨房碗柜、空调等等在内的一切设施，并为你装修布置，直到你满意。"

"在中国能马上大规模开展经营吗？"

"能。香港一个城市就有这样的公司一百多家。我创办公司，第一阶段主要先承包整座新建的宾馆。这个项目最便于搞。"

"这个公司怎么组织？资金和人员从哪儿来？哪儿批准？"李向南感兴趣地问。

"我已经在有关部门申请筹办了。资金自筹，我和港商接洽了，引进他们的资金。人员，我招聘。你如果来，辞去公职来就行了。"殷白冰的声音仍然和善绵细，却充满了自信。

"辞去公职？"李向南略有些惊讶，"一般人能下这个决心吗？"

"向南，你虽然年轻，可观念上还有些保守。"殷白冰笑着批评道，"现在有相当一批人想来，问题是我们的有些单位宁肯库存人才不用也不放他们。难就难在这儿。"他温和地打了个表示愤慨的手势，"向南，你能在县里干就干。不能干，也不要在那儿硬耗。搞个战略转移来我这儿。你来了，可以让你独当一面。怎么样？"

李向南表示感谢地笑了。这位未来的殷总够雄心勃勃的，竟打起自己的主意来，真够会网罗人才的。然而他脑海中明晰地浮上来的思想是：他才不来呢。他要独自干一番事业。而且他不看重这种私人办公司的做法。那在中国能成为正宗？

那边的房门打开了，一群人说笑着穿过门厅进到客厅里来了。这群人中，李向南只认识童博的妹妹小芳，小芳的丈夫。这些人中有几个港商气派的年轻人，还有五六个像是老工程师。"这是李向南，我给你们介绍一下，童博的同学，现在当县委书记，改革家。"殷白冰站起来，迎着这群人指指李向南。

除了小芳和李向南打了个招呼，这群人并不大理会殷白冰的介绍，他们只是出于礼貌朝李向南应酬地点点头，便接着他们刚才的思绪及话题,乱乱纷纷地骂着北京的出租汽车:"叫个车简直比生个孩子还难。""简直太落后了。"……

他们要去八达岭登长城,一清早叫的出租车现在还没等来。

"以后,咱们兴华总公司开张了,资金多了,进口上两千辆日本轿车,成立一个分公司,专门搞汽车出租,把这些官办公司全竞争垮。"殷白冰温和地说。

"上次美国客人不是说了,北京有两个难就把他们吓得不敢再来了:叫车难;上厕所难。有的女士到了八达岭,就是找不到厕所,有的找到了,脏得进不去脚。"小芳不满地说。她是个文静的圆脸姑娘。

殷白冰一听笑了:"这个问题,我已经想好一个方案了。咱们投资在八达岭修两个高级厕所。上厕所,一人收费一美元——这对外国人绝不算多吧。每年来北京的外宾几十万人,差不多每人都要去长城,人人都要上厕所,一年就把几十万美元挣回来了。管理费一年用不了两三万元。"

"爸爸,你这兴华公司就挣这个钱啊?"小芳嗔怪道。

"你听着不文明?这是真正的文明。没厕所,厕所脏得进不去,那才是不文明呢。"

"爸爸,主要是这个钱太少,不值得去费力。"小芳的丈夫吕瑞在一旁赔笑道。

"有利可图的事情就要去做,这就是改革,就是生意经嘛。"殷白冰说。

人们坐着站着,抽着烟,在客厅里议论着兴华公司的事情,显然并不把李向南看在眼里,连殷白冰也似乎忘记了他的存在。李向南被晾在一边,感到一种受冷落的尴尬,特别是两个港商气派的年轻人用冷眼轻嫌地溜他一眼时,他更受到刺激。他要有所行动。"这种事情,从'有利则行'的原则考虑,都应该去做。而且要尽量多抓些,多做些。"他笑了笑,礼貌地插进话去。

"对,向南的话很对。"殷白冰得到知音,看看李向南说道。

吕瑞和那几个港商气派的年轻人却扭过脸,不以为然地瞥了

夜
与
昼

275

瞥他。"天下有利的事情多着呢,都去做,做得过来吗?这里有个值不值得去做的选择问题。"吕瑞用不容置疑的口气说道。

"对,"李向南对吕瑞笑了笑,"所以,'有利则行'的原则具体贯彻时,就又引出了权衡利弊得失的政策。一件事要不要去干,应该在行动实体的全部行动选择范围内通盘考虑。"

"向南的话有道理,你继续讲下去呢?"殷白冰鼓励着李向南。

"那你说八达岭的厕所该不该去盖?"吕瑞似乎很随便地问道,却没能完全掩饰住他的尖刻。殷白冰对李向南的赞赏刺激了他做女婿的嫉妒。

"那就应该具体权衡了。"李向南说。

"权衡什么?现在的官僚体制相互扯皮。不说别的,到八达岭去修厕所,你都找不到申请批准的主管单位。就是找到了,层层机构、上下左右,用上一年半年时间大概才能盖完图章。被这么一件小事扯住划得来吗?"

"你这就是权衡嘛,这样权衡比不权衡就进了一步。"李向南说。

"这是一眼就看明白的事。如果这样的小事还需要权衡来权衡去,那公司还能干什么?"

"你说一眼看明白,那也是一种权衡。不过这种权衡只停留于一般的经验判断,想当然地决策,往往容易把复杂的问题简单化。"

"我看不出这有什么复杂性来。"

两个人逐步尖锐的争论,把人们的注意力都吸引过来。李向南尽量显出温和:"我对你刚才的权衡做个补充好吗?"

"说吧。"

"一方面,从困难性上讲,我看可能更大些。申请批准的手续,仅仅一年半年时间大概还盖不完图章,也许两年三年都解决不了。因为事情虽小,却牵涉现有体制的重叠性、拖沓性。"

"那不是更不用考虑干了吗?"吕瑞不屑地插了一句。

"但这只是问题的一方面。另一方面呢,也可能办得巧,譬如和哪个权威人物提上一句,碰在火候上,一下就办成了。"

"即使办成了，我也看不出有多大经济效益。"

"在八达岭修厕所，挣不到太多的钱，但是如果从这儿突破，取得某种成功，某种经验，某种信用，还有某种权利，接着在一切名胜风景区都照办呢？再扩而大之到其他服务设施呢？"

"兴华公司准备搞室内设施，不是大杂烩。现代竞争，要求一个公司必须有一定程度的专业化，才能保证优质低价的竞争力。"吕瑞继续争辩。

"可现代竞争也造成某种综合性啊，这样的例子在国际上是很多的。而且，你既然在中国办公司，又是先行，你就要利用先行的优势。像刚才殷伯伯讲的修厕所，搞出租汽车公司，我觉得很对。两件事虽小，却展露出一个大的趋势来。你们兴华公司完全可以搞一专多能，从室内设施这个中心内容出发，广泛扩大势力范围。然后利用你这先行的优势，在尽可能多的领域建立起势力范围，搞成一个各种经营内容的大托拉斯。"

"你讲下去，向南。"殷白冰非常注意地听着，"想不到你考虑得这样深。"

"你讲了半天理论，问题是，厕所到底是修不修呢？"吕瑞问道。

"这我就不能马上做结论了。我不太了解你们公司的情况。但我觉得，起码可以采取这样的策略：一，决定干；二，去联系；三，在有可能的条件下，马上办成它；四，马上办不成，就听其自然发展，什么时候有条件了再办，不在这儿拴住；五，用不用力量和用多大力量去催办这件事，根据公司整个人力、物力、资金和其他业务活动内容的通盘情况权衡决定；六，即使很长时间办不成也没关系，兴华公司挂着要办此事的牌子，也等于一种舆论影响。有时，这种事会牵动报纸舆论，中国的记者们比官僚们开通敏感，甚至可以有意识沟通记者，在舆论上触一下，这样，很可能有助于此事的成功。而且，从更大的意义上讲，这是为兴华公司做了一个不花钱的特大号广告。兴华公司的知名度一下就提高了。"李向南有板有眼地慢慢讲完，"我想，大致考虑就是这些。"

"每件事都这样权衡，不是太复杂了吗？"吕瑞暂时沉默了，小芳却认真了。她并不明白丈夫与李向南之间的冲突。女人对男人之间的性格冲突常常是不敏感的。

"不复杂，"李向南看了看小芳，"每件事都这样权衡，久而久之，就有了经验及资料积累，整个公司从组织机构上、决策思想上也就有了应变能力。有些抉择可能程序化，让电子计算机来帮助处理。"

"好好，向南，你要是愿意来'兴华'的话，可以让你独自搞一个分公司，甚至可以到总公司来精通几年业务，以后当副总经理。看来你是个人才。"殷白冰兴致勃勃地说。他不大在意女婿刚才与李向南的冲突，也没看到此时女婿眼睛里掠过的一丝嫉妒。

李向南笑了："不，不，我还是当我的县委书记吧，老老实实在基层搞我的改革。我刚才只是根据自己平时对经济战略学的一点研究，随便说说，属于纸上谈兵。"他这样讲，既是胜利者的宽厚，也为了化解吕瑞的嫉妒。

在人际关系上，他有足够的头脑。

他心中漾出几波自我欣赏。他是搞政治的，对这种民办托拉斯原本不太感兴趣，但有点儿奇怪的是，因为站在民办公司的立场上讲了一大段战略设想，他对这种民办公司的看法就明显发生了一些变化。偏见和轻视变少了。他头脑中甚至闪过这样一个念头：来这里或许是一条更好的道路？凭着自己的才能，有可能做到一步步掌握总公司的最高领导权（好大的野心，人还没来就想夺总经理的权了。面对着殷白冰温和的微笑，他批判揶揄着自己）。然后按自己的战略，扩展兴华公司的势力范围到各个领域，争取建立一个庞大的、子公司遍布全国的大托拉斯。掌握这样一个王国，举足轻重地影响全国的经济政治生活，不断发出自己的声音，也是蛮有味道和气派的。

然而，当他握着殷白冰的手在大门口告别时已经冷静下来。

不，头脑不要发热。这种事情要慎重考虑，从长计议。

第四章

和殷白冰握手的感觉还没从手上消失,豪华客厅中的情景还在眼前不时闪现,李向南脸上浮着回忆刚才情景的微笑在街上走着。他感到浑身充溢着男子汉的自信。和小莉的谈话,在殷白冰家的谈话,两次胜利的征服,使他心情格外开朗。

星期天就是星期天。晴朗的天空下,一种热闹休闲的气氛笼罩着街道。人们挎着菜篮子,来来往往打着招呼,拨看着对方篮子里的物品,彼此耸耸肩,摇摇头,无可奈何地笑着嘲骂两句物价的上涨。李向南感到街道气氛的亲切。北京真好。生活真好。星期天真好。一个人有追求、有事业、不断进取真好。自己已经开始了回京的活动,这是第一天的上午,势头不错。虽然还没有接触最实质的事情,但是,他很有信心。迎面一对年轻夫妇,并肩缓缓推着婴儿车走来。婴儿鲜艳的小嘴,星星一样好奇张望的眼睛。一切都是生气勃勃的,脚下的柏油路似乎也是橡胶一样有弹性的。

他现在该去哪儿?去顾恒家,显然太早,大概还没回来。周围有什么去处呢?对了,附近还有一个小学同学家,小时候的好朋友。由于家境困难,五年级就辍学去东北农场当农工去了。前几年因为顶替去世的父亲才又回了北京,在工厂当勤杂工。

"你是……金……祥鑫?"

"你是……李向南?"

他兴致勃勃地敲开门后,在阴暗脏陋的房间背景前,和对方相互迟疑地辨认着,迟疑地伸手相握。扑鼻而来一种类似垃圾发酵的窒闷气味。眼前的小学同学简直让他不敢相认。他那样矮小,大概只有一米六不到,比自己矮一个头;他那样老相,满脸皱纹,头发斑白,穿着件破烂黑污的汗衫,腰间围着块补丁蓝布围裙,像个近五十岁的钉鞋匠;手指又短又粗,布满干裂的硬茧,握手时那样拘束,像个山里人。然而这正是自己的小学同学。那时,他和自己同桌,个子一样高。

金祥鑫现在的样子,就像李向南小时候看到的金祥鑫的父亲。

当他这样高大、这样年轻地站在金祥鑫面前时,面对着与对方身高、相貌和"年龄"上的悬殊差距,他感到胸口发堵,感到一种窘促的难堪。他为自己人生的优越而难堪。他为自己没有经历与对方相等的艰辛劳苦而难堪。

幸运者常常有幸运者的愧疚。

两个人在乱糟糟的屋子里坐下了。房子仅一间,有十六平米。二十多年前,这是金祥鑫父亲的住房,现在儿子继承了。屋里显得很暗,因为窗外有一棵槐树,因为四墙与天花板黑污斑驳,还因为家里的一切物品都是破旧的。桌椅都是破旧的,断裂的桌腿还用铁丝绑扎着。靠墙一台掉漆生锈的缝纫机,一看就是三十年前的老牌货了。一个大铺,一个单人床,床单已辨不出本色,靠里面,隔着一块白布帘,后面似乎还有一个床。门口的走道里放着一只正在装弹簧的单人沙发架。

"你在做沙发?"李向南进屋后笑问道,他竭力在金祥鑫家中寻找着乐观的迹象来做话题。眼前,靠墙放着一个糊着纸的(纸已经破裂翻卷,露出里边的木板条)包装箱,上边摞着三个马粪纸箱,都是商店装百货用的,上面还印有"小心雨淋,轻拿轻放"的字样及图示。这大概就是他们放衣物的地方了。

"嗯……"金祥鑫声音沙哑地答道,他拿着茶杯拉开抽屉翻寻着什么。

"自己做的就比买的好,起码木料实在。做上几件家具,把你家布置布置。"李向南说着,在一张吱嘎嘎发响的椅子上坐下了。现在,他的身高不显了,他被桌子和这摞纸箱夹着,遮挡着,与屋内环境比较融和了,一进门那种强烈的不安和难堪缓解一些了。自己总还算穿戴简朴,要是衣冠楚楚地踏进来更会感到浑身不自在。

"我这沙发不是自己用的,"金祥鑫闷声闷气地答道,"做了是卖钱的。"他翻出一个破信封,打开看了看,又摇着头放进了抽屉,

"茶叶哪儿去了?"

"我不喝茶,不渴,你甭张罗。"李向南连忙摆手。为了使自己与主人、与这房间尽可能融和,他尽量带上了点儿他并不习惯的老北京腔。但同时,他的眼睛却瞥了一下金祥鑫手中那只脏污的玻璃杯。

"那你喝杯白水吧。"金祥鑫倒了一杯水放在桌上,又不知在哪儿翻了一会儿,翻寻出几块糖纸脏皱的水果糖,放到李向南面前,"吃糖吧。"他低头不看李向南,动作迟滞地转身往厨房去了。

"好,吃块糖。"李向南显得极为亲热地笑道,剥开糖纸,眼睛看着金祥鑫那有些佝偻的背影,心中感到一种难以言状的郁闷和悲凉。这就是他的小学同学?

厨房一阵水龙头冲洗的声音。金祥鑫回来了,拿着几个水淋淋的西红柿:"吃西红柿吧。"

"好,我吃。"李向南爽快地答应着。

"你怎么知道我调回北京的?"金祥鑫放下西红柿,在围裙上擦了擦手,把走道里的沙发架搬进房间门口,一边接着上弹簧,一边和李向南说话。

"我刚听说。"李向南答道。其实两年前他就知道金祥鑫调回来的消息,他没敢这么说,"你现在几个孩子了?"

"三个。老大姑娘,上中学,两个小子,上小学。"

"爱人在哪儿工作?"

"没工作。变着法儿四处干点儿临时工。"金祥鑫低头干着他的活儿,"你几个小孩儿?"

"我还没结婚呢。"

金祥鑫抬头看了李向南一眼:"你三十几了?"

"我比你小两岁啊,三十二了。"

"噢……"

"一分手有二十年没见面了。"李向南感叹道,"你还记得四年级暑假,咱俩有一天一块儿步行去香山吗?"

"不记得了。"

"怎么会不记得呢?咱俩也不知道路,以为沿着玉渊潭后面的河一直朝上走就能到。天黑了,咱俩回不来了,叫人给送回来的。"

两个小孩背着水瓶和鼓囊囊的书包,一早晨沿着河流朝西走着。李向南脖子上还神气地挂着个望远镜:"来,咱们看看香山近点儿没有?"两个孩子站住,像模像样地轮流举起望远镜朝远处天边的西山瞭望着。

"近点儿了。你饿不饿?咱俩吃个馒头吧。"李向南说。

"咱们现在不能吃,等中午吃,要不该不够了。咱们一人喝一口水吧。"金祥鑫认真地说。

两个人举起水瓶一人喝了一口,抹了抹嘴,又蹦蹦跳跳地拂着柳枝沿河走去……

"不记得了。"金祥鑫仍然低头干着活儿,淡漠地说道。

李向南心中一凉。

"这些年我光顾着挣钱养孩子了。在东北农场是这,回北京还是这。老愁挣不够钱。别的都记不住了。"过了好一会儿,金祥鑫添了一句话。

李向南沉默了半晌,目光随着金祥鑫一下下摸索的手又落到地上一个破旧脏皱的小帆布书包上,那里面装着钉子、螺丝。小书包上绣着三个颜色已模糊不清的红五角星,中间一个大,两边两个小。怎么这样眼熟?童年的记忆又被触动了。他还来不及回想这个书包是怎么回事,就先有一股惆怅悲凉涌上来,随即记忆才闪亮着展露出它清晰的内容:这正是金祥鑫上小学时的书包。

他还带着这份"财产"。

"小时候的事儿我也记得点儿,"也许是李向南的沉默使金祥鑫感到了什么,过了一会儿,他又声音沙哑地说,"放学了,我老上你们家去看小人书,你家小人书真多。有一回我妈病了,没钱买药,你还帮我从你们家找过药呢。"

这话更增加了李向南的压抑感。自己还在雄心勃勃地想干番事业,而眼前这个同学似乎身心都已衰老了。看着金祥鑫那指头短粗、干裂的手——左手拇指上还缠着块又黑又脏的橡皮膏,他突然涌上来一个思想:自己和金祥鑫属于一个社会层次吗?面对着这样一个在底层辛劳生活的幼时的朋友,他突然觉得自己的生活不仅在物质上,而且在精神上都显得太"奢侈"了。这是一种说不清缘由但却非常强烈的感觉。

不,自己那不叫精神上的奢侈。自己立志改革社会,要使千百万人更快地摆脱贫穷和愚昧。然而,他突然又想到的是:自己那种改革社会的所谓历史使命感有什么了不起?你能扮演一个强者的角色,不就是社会把你放在了那个位置吗?

终究,他是一个现实的人。他此时实实在在地坐在久别重逢的小学同学面前,他来不及进行那么多思悟。他应该说话。他希望自己能给小学同学一些乐观影响:"你这是做松花蛋呢?"他问。

门后墙角泡着一脸盆鸭蛋,另外一个脸盆盛着拌好的泥糊,地上是稻糠,旁边是一堆已经糊裹好的松花蛋。

"是。"

"自己吃呢,还是卖?"这一次他没敢唐突。

"卖。"

"现在政策慢慢宽了,挣钱的路子能比过去多点儿。"

"是。"

"你们厂搞改革了吗?"

"闹不清他们。"金祥鑫还在用力上他的弹簧。

"改革搞开了,以后收入高了,生活就能富裕些。"他宽慰着对方。

"我闹不清这些。那是你们这号能人思谋的事儿。"金祥鑫举起锒头敲着钉子。

李向南看着他无言以对。他又感到双方之间存在的巨大的距离:"那你现在还有些啥指望啊?"

"没有。"

"你下班除了做沙发、干活,还干什么?"

"活儿就干不完。"

"干完了呢?"

"睡觉呗。"

李向南胸口又感到那种压抑,但他还是含笑看着对方:"三个小孩都不错吧?"

"啊……"

"你再说没指望,这几个孩子总是你的指望吧?"

"人总有点儿指望。"

他还说什么呢?听见大门哐当一声开了,一个姑娘高兴地哼着歌儿。

"这是老大——姑娘回来了。"金祥鑫头也不抬地说了一句。

她在门口出现了。很难相信这是金祥鑫的女儿。一个苗苗条条的中学生。白衬衫,粉裙子,扎成一束的乌亮的头发,白嫩嫩的鸭蛋脸,照得屋里似乎都亮了。她瞥了李向南一眼,然后垂下目光看着脚尖:"爸,柱子让你快去呢。他不耐烦了。"她撇了下嘴,没好气地说着,然后绕过父亲走进屋里,拉开那块白布帘,露出一张显然是她睡的比较素洁的小床,背对着李向南,一边哼歌,一边收拾起床上的东西。

"行,我上完这个簧就去。"金祥鑫答应道。

"爸,我想买把折叠伞。"姑娘转过身噘着嘴说,"同学们都有。"

"咱家不是有伞吗?"

"破成啥样了。"

"我这不是给你修补好了?"金祥鑫放下手中的活儿,站起来,从墙上摘下一把老黄油布伞,哗啦啦撑开,缓缓转着,打量着上面几个补丁。

"我不要。难看死了。"

"能遮雨就行嘛。"

"我不要。我下雨就淋着。"

金祥鑫看了看女儿,愣怔了一会儿,慢慢收起伞,又坐下上开他的弹簧了。"好,给你买吧。"过了一会儿他说。

女儿在一个旧式小斗橱里翻寻着,把一个抽屉放到地上,东西倒出来:"爸,这些东西你还留着它占地方干啥?不怕人家说你?"

李向南扭头一看,是两个文化大革命中的红袖章,印着"东方红兵团"的黄字,还有农场编号,上面别着许多毛主席像纪念章。

金祥鑫似乎没听见,过了一会儿抬眼瞅了一下,"放在那儿留着吧。"他毫无表情地说道。

"爸,你再不去,柱子就不管啦。"

"好,我去。"金祥鑫站起来,摘下围裙,"李向南,你先坐会儿,我让大小子在路口卖鱼虫呢,我去瞧瞧就来。燕儿,你陪陪叔叔。"金祥鑫说着走了。

"叔叔,你是我爸爸同学?"燕儿大方地瞅着李向南。

"是。"李向南微笑着走到燕儿跟前。

"你比我爸爸精神多了,我爸爸死气沉沉地像个老头儿。"

"你爸爸把你们这么多孩子带大,真够不容易的。"李向南看着这鲜花似的女孩,眼前却闪过金祥鑫那双粗茧干裂的手。女儿比父亲长得还高。

"谁让他们不计划生育的。"燕儿噘着嘴说道。

李向南看了看她沉默了两秒钟,问:"你长大想干什么?"

"我?想唱歌儿。当歌唱演员。"燕儿一甩头发骄傲地说。她从枕头下拿出一个砖头式的小录音机,一按键:"您听这歌儿好听吗?"

"你的录音机?"

"我借的。"

一个带点童音的很甜美的女声唱起了台湾校园歌曲。

"不错。"

"这是我唱的。"燕儿脸一红,自得地、有点不好意思地笑了,"我学歌儿可不容易了。家里乱糟糟的,一回来就烦。每个星期天都得跑老远去找老师。"

金祥鑫不会回来了。李向南带着复杂的心情和燕儿告辞。他要去顾恒家了。

在路口,五六个人围成的圈里,他看见了金祥鑫。他蹲在那儿头也不抬地用小纱布网勺在盆里轻轻搅和着鱼虫,然后一勺勺舀进买主的瓶或罐里,一边舀一边还叨叨唠唠地招揽着:"这鱼虫是今儿清早才捞来的,都是活的。您不信?这一搅和,不都还动吗?没错儿。您要一毛钱的?再给您添半勺儿……"

李向南没有让他看见自己,悄悄走了。

生活就是这样,每个人有每个人的轨迹。豪华的客厅,阴暗的房间;漂亮的领带,黑污的衬衫;欢乐的童年,沉重的中年;衰老的父亲,漂亮的女儿;雄心勃勃的改革家,辛苦麻木的勤杂工……过去和现在充满着对比,人与人之间充满着对比。什么都不是生活的真理,它们的总和才是生活的真理。一个人感触万端,思想冲突千种,但什么思想侧面都不是他行动的逻辑,它们的总和才是他行动的逻辑。

他不知道,当他走了几十步远以后,金祥鑫慢慢放下勺,抬起头呆呆地凝视着他的背影,混浊黯然的眼睛里似乎透露出什么。

第 五 章

　　清晨,自行车流在她面前的天安门广场浩荡奔涌。一个骑车的年轻人从眼前一晃而过,神态很像一个她熟识的人,她脱口叫了一声,扬起手。那人回过头,疑惑地扫了她一眼,她不好意思地一笑,认错人了。那位骑车人友好地笑了笑,走了,走了一段又回过头远远看看她。黄平平觉得有趣地笑了笑,回家了。

　　一进胡同口,碰见父亲正在散步。一个中年人骑车而过,放慢速度向他打招呼:"黄老,您遛哪?"黄公愚正在想心事,这时停住步,反应地问道:"是。你干什么去?"等着对方到跟前来停车说话,对方却只是招了一下手,"您遛吧,我不下了。""啊,啊……"黄公愚不自然地点点头,快快地看着骑车人远去的背影。

　　"爸,您愣什么神儿呀?"黄平平问。

　　"呸,"黄公愚收回目光,往地上唾了一口,"势利眼。"

　　"人家怎么势利眼了?"

　　"以为我就要退休了,不掌权了,就连车也不下了。"

　　"人家可能有急事,不下车应酬客套了,现代作风嘛。要不,见一个下一个,还走得动吗?"

　　"他这已经是第二次了,上个礼拜三也有这么一回。我这不是拘泥小节,他这个人品质就不好,趋炎附势,连一丁点儿古人的道德都没有,没良心。"

　　"爸,您再遛遛吧,我先回家了。我今天得开始接二姐管家了。"黄平平早听够了父亲没完没了的唠叨,赶忙找个借口脱身。

　　"你们今天把家里好好收拾收拾,我要召集协会的人来商议大事儿。"黄公愚在后面嘱咐道。

　　迎面碰见大姐夫曾立波正汗气腾腾地领着两个儿子跑步。"跑,坚持,不许停下来。一点儿毅力都没有?"曾立波原地跑着,回

287

头冲小海大声训斥着。小海满脸通红,上气不接下气地喘着,惊惧地朝父亲看了看,又跑了几步,实在是跑不动了,喘着气放慢了步子。"咬咬牙,跑。听见没有?在学校捣乱有劲儿,跑步就熊包了?"

"大姐夫,又早锻炼呢?"平平笑着打了个招呼,她怕暴躁的大姐夫又打小海。

"啊,一举两得,既锻炼身体,也减少点儿家里卫生设施的压力。"

黄平平心中一笑,不由得看了看胡同口的公共厕所。

一进院子,"卫生设施"正在发生每天早晨必有的紧张。赵世芬在厕所间外面冲里气汹汹地嚷道:"你快点儿好不好?小薇憋不住了。你不会到外面公共厕所去上?"

"你让她先用痰盂吧。"卫华在里面尴尬地说。

"谁倒啊?你倒?你倒也不行。你快点儿。"

这是大家庭里让人难堪而又不可避免的冲突。

黄平平去找夏平,商量一下星期天的伙食。

院子里又发生了洗衣服的矛盾。洗衣机每到星期日照例搬到院中央的水龙头旁,现在赵世芬又冲秋平嚷开了:"不是规定好星期天一家用一个钟头洗衣机吗?"

"是。"秋平忐忑不安地看了看这位与她同龄的嫂子,"这个星期天轮着我们先用了。"

"先用,也不能洗小件儿啊。"赵世芬看了看放在盆里的衣裳,"不是规定的,只有洗大件儿、洗床单才能用洗衣机吗?"

"平平和二姐今天早晨说了,洗什么都可以,不超过一个钟头就行。"秋平小心地解释,"你要急着洗,先让你洗吧。"

"什么叫让啊?倒像是我破坏规定了。只让洗大件儿,是爸爸定的,到底是谁说了算?"

小华的房门打开了,他睡眼惺忪,烦躁地冲院子里嚷道:"你们别吵了好不好?一大早又吵,让不让人睡觉了。"

"这又不是疗养院,哪有那么安静。"赵世芬的话又尖又刺儿。

小华瞪着眼气得说不上话来，砰地把房门用力关上了。

"哼，就会摔门。"赵世芬冷蔑地撇撇嘴。

"你们不要吵了，"春平走过来劝道，"不管是爸爸的规定，还是夏平、平平的规定，都不是绝对死的，你们互相照顾着就行了。我看，还是按平平她们的规定办吧，爸爸也不了解实际情况。"

赵世芬一下冒火了。她知道在这个家里数春平和小华对自己最有看法，她也就对他们最没好脸色："到底谁是一家之长啊？是爸爸的话算数，还是别人的话算数？"她的嗓门很高，有意让黄公愚听见——她不知道黄公愚在外面散步。

小华气冲冲地又开门出来了，把一个方凳往院子中央用力一放，把录音机往凳上一放，按下录音键："你们吵吧，嗓门大点儿。录录你们的交响乐。"

"小华，你这是干什么？拿回去。"春平劝道。

"她们觉得好听，录下来让她们天天听。"小华嗓门也高了。

黄平平过来了，后面跟着夏平。"嫂子，"家中只有她一个人叫赵世芬嫂子，"用洗衣机作些规定，一是为了把时间轮流开，二是尽量节约些电，咱们家电费太高了。"

"为了节约电，爸爸才规定的只允许洗大件啊。"赵世芬一眼看见刚进院门的黄公愚，话音一下更高了，"你们不把爸爸的话当话我还当呢。"

"可像爸爸那样定，又太限制了。"黄平平笑着说。

"怎么了？又吵什么呢？"黄公愚走过来背着手站住，很有家长威严地问。

"爸爸，正好你来了，是你定的洗衣机只能洗大件儿吧？秋平她们说你的话不算数。"赵世芬诉说道。

"你……"秋平气得不知说什么好。

"嗯，是我定的。"黄公愚很权威地点了下头。

"爸爸，你这样定不太合理，谁一天到晚洗床单啊？"黄平平委婉地说，"买了洗衣机就是为了用的。不用，那不是最大的浪费？"

"反正我是听爸爸的，咱们家总不能没一家之长吧。"赵世芬在一旁没好气地搭着腔。哼,平平和春平都站在秋平一边,她才没那么好欺负呢。她要笼络住老头儿稳住自己的脚跟。

"我已经定了的规矩,你们不要随便破坏了。"黄公愚朝着黄平平不耐烦地摆了下手,极为不快地说。对自己家长权威的注重,对秋平的不喜欢(他永远没忘记她贴过的大字报),赵世芬言语的刺激,都使他格外决断。

"爸爸……"黄平平刚要说下去。

"就这样,我没时间再说了,我有事情要做准备。"黄公愚摆手就走。

"哼。"赵世芬瞟了秋平等人一眼。

黄平平意识到眼前这桩小纠纷的重要性。她要接管这个家,而且希望管成个样子,能不能建立说话算数的权威,就从这儿开始。头开不好,以后就难管了。"爸爸,还要不要我接二姐管这个家啊?"她提高了声音。

"怎么不要?"黄公愚站住了,"夏平要陪我出国,不是说好你管吗?"

"你要让我管,就应该权力下放给我。要不你自己管吧,我也忙着呢,我也准备去外地了。"

黄公愚一下又没主意了。

"爸爸,家里这些事你就别多操心了,让平平她们管吧。"春平说。

"那……"黄公愚看看黄平平,又看看赵世芬,"你们商量着办吧……"

"三姐,"黄平平对秋平说,"嫂子急着要洗,先让她洗吧。"

"行。"

"嫂子,你把要洗的拿来吧,你要忙,我帮你洗。大件、小件都可以,一家洗一个钟头。"黄平平对赵世芬平和地说。她立刻用这种柔和的方式来使已获得的结果变成不再争论的既成事实,同时也化解一下失败者的恼怒。

"哼。"赵世芬一甩头发,谁也不看地转身走了。

黄平平的态度使她无从发作。

"三姐,那你先洗吧,二哥,把你的小录音机收回去,一个小破录音机,谁稀罕呢。"黄平平以管家的身份吩咐道。她很愉快,第一步走出来了。赵世芬想吵骂也无法吵骂。她倒要寻机会对这位嫂子再找补点儿微笑外交。胜利者是有足够度量的。

"夏平,家里……"祁阿姨来找夏平商量事情。

"你和平平说吧。"夏平一直站在平平身旁。

"家里没鸡蛋了,阿爹早饭的鸡蛋也没了。"

"哎呀,昨天忘了买啦。"夏平说,"先和他们谁借一个吧。"黄公愚每天早饭一碗枣粥,一个煎荷包蛋,是他特殊的、不变的食谱。

"我去借吧。"平平说道。

"今天中饭呢?"祁阿姨又问。

"咱们包饺子。"

"买多少肉?"

"买……两斤吧。"

黄平平安排完午饭,心中略感到一种暖暖的情绪,那大概便是行使权力(这小小的可怜的权力)的快感和满足。她看了看水龙头旁洗衣服的秋平,准备过去向她借个鸡蛋,一转念,又折转身朝大哥房间走去。她要向赵世芬去借。她为这个想法而在心中漾出微笑。赵世芬是个心计多、嘴舌快的厉害女人,但她知道怎样对付这位嫂子。她更聪明,而且聪明不外露。

她刚要推开大哥的房门,旁边隔着一间放什物的空房,大姐在她房门前叫道:"平平,你来一下,和你商量个事儿。"

赵世芬一边给小薇梳头,一边没好气地冲卫华撒火:"瞅你们一家子,都什么东西。"听见黄平平的脚步,便把话停住了。又听见春平叫走平平,她又继续骂道:"一个个都不讲理。"她突然听到什么声音,把话停住,耳朵贴到墙上——其实是个插死的门,原先和隔壁放什物的房子相通——谛听着。

春平和平平正在隔壁这间"库房"里说话。

赵世芬听了一会儿，转头压低声音对卫华说："你来听听。"

"听什么？"卫华正埋头在桌上修半导体收音机，他不敢抬头看妻子，他没有忘记昨天夜里自己的卑下和猥琐。

"他们想占隔壁这间库房呢。"

"谁想占？"

"你大姐呗。"

"他们想占就占吧，只要能腾开就行。"

"他们占？我还想占呢。"

"他们两个孩子，四口人一间房是不好住。"

"你就会吃里扒外。你是这个家的长子知道不知道？她们嫁出去的人，有什么权利一个个都到家里来住？你去和她们说。就说咱们要占这间房子。"

卫华埋头慢慢摆弄着手里的活儿一声不吭。

"你去不去？这个家什么事儿都得我去张罗？小薇入托是我去跑，订牛奶是我去跑，买立柜也得我去跑。孩子看病找大夫、走关系都是我去跑。你是干什么吃的？"

卫华沉默不语，头越埋越低，人也越缩越小。他是在越缩越小。妻子的骂声格外显大，狂风暴雨，妻子的身材像庙堂中高大的神像，妻子的目光像逼人的探照灯；他在这压力下缩小着，桌子在变大，椅子在变大，桌上的半导体收音机在变大，墨水瓶在变大——变得像个水桶那么大，眼前的一切在变大；他还在缩小……

"你不去就不去，我早晚和你过不到一块儿，早晚蹬了。我自己找下房子就和小薇搬出去。咱们趁早儿离了。我看着你就够了，一百个够了。走，今天就上法院离婚去。"她要占什么房子？她根本就不打算和他过下去。不能再这样对付下去了。鲜花不能一辈子插在牛粪上。干脆利索，一刀两断。瞅他那恶心样儿，和他在一个屋里再多住一天都活不下去。她到哪儿找不下一个比他强一百倍的。

他还在缩小，眼前一切还在变大；桌面像个大球场，半导体收音机像个商店那么大，墨水瓶像个碉堡；他小得和这个世界不成比例了,站在球场般的桌边上,怯生生地张望着,不敢抬脚,生怕掉下去……

"妈,你怎么又骂爸爸了?骂人不对。"女儿小薇天真地说。

"他不配当你爸爸。你以后不要叫他。"

他是不配,他还在缩小,小到无限,从这个世界消失……

赵世芬乒乒乓乓摔打着东西,收拾着衣物,好像这就要去办离婚手续。她一下又停住手:"你到底是去不去,你聋了?"

他是聋了,不光聋了,还瞎了,是从这个世界上消失了。而在另一个世界里,他被冻得发抖。他眼前突然浮现出昨天夜里的梦了。

"你不去我去。我下午和你离婚,上午也要先和她们出出这口气。"

赵世芬猛一拉门出去了。

春平和平平站在打开门的"库房"里。这里尘封土蔽地堆着一些破旧什物,靠门口放着几辆自行车。房子左右对称各有一扇木门,左扇门通的是春平住房,右扇门通的是卫华住房。原来西厢房就是这样套着的三间,后来因为人多住不开,才把两边门钉死,当中这间成了库房,两边两间又各自开了门成为单间。

"要说吧,这些东西也没太大用,可搬出去就没地方放。还有,下雨了,大家自行车怕没个地方放。"黄平平打量着屋里,考虑道:"不过再想想办法,也许能腾出来。"

"我也实在不愿张这个嘴。"春平困难地解释道,"四个人挤在一间屋里,大海、小海做作业只好趴在床上。我只是这样提提,暂时住一两年行不行?你和大家再商量商量吧,千万不要勉强。"

……"你就不能张这个嘴和她们提出来?你看咱们四个人挤成什么样了?"曾立波指着连挪脚都困难的房间对妻子说,"库房空着也是空着,咱们不能先要过来住?"

"弟弟妹妹也都住得挺挤的,我怎么好提?"春平说。

"挤也有个轻重比较嘛,他们有人是一人住一间——像小华,有人是两人住一间——像冬平和夏平,最多的就是卫华和秋平他们,也不过是一家三口住一间嘛,咱们是四个人,孩子又都大了。"

"这怕不好提。夏平、冬平、小华他们都还没结婚,要是他们结婚……"

"结婚他们可以到自己单位去申请住房嘛。"

"还是咱们去申请住房吧。"

"原来我说找房子搬出去,那次正好有机会,你说不搬,怕这个大家散了,说你母亲不让散。"

"我现在想好了,慢慢弟妹都结婚了,这个院早晚住不下。咱们还是搬出去,我可以常常过来看看。"

"现在让我一下到哪儿去找房子?我连自己的事都忙不过来。"

"咱们这个家你多少也得分点儿心管一管哪。"

"你又来这一套。不说了,不说了。"曾立波烦躁地连连摆手,又埋头到满桌的图纸和书籍中去了……

"大姐,让我想想再告诉你。"黄平平笑道。

"实在不行就算了,别又闹一场风波,啊?"春平慢声细气地叮嘱道。

两个人的话一下止住了。赵世芬出现在门口。

她一眼就把屋里的情景看了个明白,脸上随即堆出笑,"哟,平平,你在这儿,我正想找你商量个事儿呢。你们还有事儿吗?你们要有事儿,我就等会儿再找你,你们要没事儿,我这就和你说。"她像是舞台表演,一股子热乎劲儿。

"我们没什么事儿,你有事儿说吧。"黄平平说。

"要说也不是什么大事儿,你们肯定想不到。我是说这间库房不是空着吗,能不能把它利用起来。你哥给职工学校讲课,每天回来备课要清静,小薇呢又小,不像大姐你们家的大海、小海那样大了懂事儿,成天闹,卫华实在没法办,我又脾气暴,性子急,见不得家里乱,成天要收拾,老是和你哥因为这事儿吵。我是想,这库房空着也是白空着,干脆腾出来,我们住上算了。脏点儿乱点儿,我们自己收拾,不麻烦大伙儿。大姐您看呢?像您和大姐夫都是工程师,又是搞建筑的,想找住房没困难,说不定哪天就搬走了,卫华有啥本事?再说,他是家里的长子,搬出去住也说不过去,他应该孝顺,守着父亲。这房子的事儿,他又不愿张嘴,我更不想张嘴,可总不是事儿啊。今天我算说出来了。平平你当家,大姐也在,大姐,这家到底您还顶半个家长,您看这样行不行?"赵世芬的话遮天盖地说了一片,最后绕到春平这儿,使当大姐的十分难堪,不知所措。

"行……行吧……"春平的额头渗出细细的汗珠。

黄平平对这位嫂子的心眼儿看得很清楚:刚才她肯定听见自己和大姐的对话了。"嫂子,大姐刚才正好也对我说起库房的事儿。"她笑了笑把话挑明,免得大姐的嘴被堵住,也免得赵世芬一下把这件事搞成既成事实,"他们也想住。"

"哟,大姐,你们也想住呀?"赵世芬故作惊讶,"那……"

"那还是你们住吧,只要能腾开。"春平说。

"那哪能啊?那不成了我们和大姐争房子了?还是先尽你们住吧,您是大姐……"

"大姐他们确实挺挤的,两个人回来都要加班工作,大海、小海又大了。"黄平平在一旁说。

"还是让卫华和世芬他们住吧。"春平说。

"大姐,那可真有点儿说不过去了。您真是个大姐姐,啥事儿都让着别人,那我回去和卫华说说,说是您一定要让我们住——卫华啥事儿都是听您的——看看他怎么说?"赵世芬嘴上拖腔拿调地说着,心里却在恨恨地骂着平平:哼,还看不出你在向着谁?

黄平平从心里厌恶这位嫂子,太会来事儿了。这个家有她搅和,没个安宁。她不想让赵世芬得逞。"那我和你一块儿去,"她亲热地挽住赵世芬的胳膊说道,"大哥肯定要让大姐的,没错儿。对了,我差点儿忘了,嫂子,我还要跟你借个鸡蛋呢。"

好个黄平平。赵世芬几年来第一次觉出这位小姑子的厉害了,这是不显山不露水的厉害。如果不打败这个对手,她今后在这个小院里才活不出头来呢。

早晨的混乱告一段落,开早饭了。稀饭、馒头、咸菜。人们纷纷拿着碗到厨房盛了饭,各回各屋去吃了。听见东西南北各屋内一片碗筷响。

黄公愚慢慢喝着他那碗枣粥,吃着他那个荷包蛋。吃饭时要心安神定,慢慢悠悠,这是他的养身之道。但今天,他是外安内不安,翻来覆去想着上午要在家中召集的会议。

秋平和梁志祥,一个在给女儿玲玲把稀饭吹凉,一个在给女儿剥酱油蛋。在他们的桌上,除了厨房拿来的"大众饭菜"外,还放着几个瓶瓶罐罐。"南味腐乳"、"郫县豆瓣辣酱"、"京酱八宝菜"。各屋都如此,在"大众饭菜"的基础上,各备自家小菜,以资提高。

春平拿着一罐猪油、几个鸡蛋到厨房来了,正碰见平平。她抬了抬拿猪油罐的手,说道:"平平,我煎几个荷包蛋,不用大灶上的油。"

平平笑了笑:"你煎吧。"

不准用大灶油做各屋的小灶菜,这是早就有的规定。在此之前,各屋都拿着鸡蛋来炒来煎,以补大灶饭菜的营养及味道之不足,及至此规一定,大家便都煮鸡蛋泡酱油了。酱油蛋这一黄家特产也由此而生。这个大家庭的生活问题是够复杂的,自己要把它管好,也不那么容易,需要多方面的才能:企业家的才能,经济学家的才能,系统工程学家的才能,大概还需要点儿政治家的才能——她想到刚才处理赵世芬"巧取豪夺"库房时自己表现出的机智和手腕,不由得漾出一笑。不管怎么样,房子最终没让赵世芬抢过去,算是暂时搁下,"再商量商量"。

春平刚走,赵世芬也拿着四五个鸡蛋来了:"平平,从今天起让用油炒鸡蛋了?"

"没有。"

"那大姐她们怎么炒了?"

"噢,她们自己拿的油。"

赵世芬看了平平一眼,无声地哼了一下,转身一甩头发迈着掠地生风的弹性步子走了。我不是好欺负的。软的,硬的,啥世面我都见过。我谁也不怕。你们要对我好,没事儿;斜眼看我,你们谁也甭想好活。咱们斗着看。黄平平从赵世芬那带着气的步子中读到了她的内心独白,心中笑了笑。人怎么都这么大火气?

她从来没那么大火气。她要去看看冬平。昨天晚饭没吃,今天早饭还不吃?

恰在这时,冬平挽着头发趿拉着拖鞋,没精打采地来了。

"四姐,你洗脸了吗?"平平问道。

"擦了一把。"冬平头也没抬随便说了一句,就慢腾腾进了厨房。

好了,她管家后的第一顿饭总算开齐了。黄平平略松一口气,对从一早忙到现在还没停脚的祁阿姨说道:"阿姨,您也吃饭吧,别忙乎了。"然后,她自己也盛了一碗稀饭,一边喝,一边准备到各屋转一圈,通知一下。

早饭后,她要召开一个全体家庭成员会。

第六章

李向南转身下楼了，门早已关上，小莉还凝视着门口方向，目光竟然有些发呆。

呆什么？她才不会这样傻愣神儿呢。她不服气地一甩短发，一切错乱思绪便都甩到脑后去了。她还要按既定的计划行动。她从不使注意力内向，自我烦恼。她的目光从来是审视别人的。她要在行动中推进思维，在行动中思想，绝不原地回味和咀嚼。

她刚要往外走，母亲提着公文包回来了。一张不太高兴的脸。"莉，"景立贞上下打量了一下她的装束，"刚才下楼的那个人是谁？是来咱们家的吗？"

"是找爸爸的。"

"谁呀？"

"我们古陵县的县委书记。"

"他就是李向南？"

"是。"

"我说怎么有点儿奇怪，他迎面看见我，像认识我，又像不认识我，想打招呼又犹豫了一下。他过去来过咱们家？"

"没有。"小莉笑了，"他没见过你，可见过你的照片啊，我刚才让他看我小时候的照片了。"

景立贞不快地说："你就这么随便？"

"看看照片有什么。"

"莉，"景立贞看看女儿，目光中露出一丝严厉，"你是不是看上他了？"

小莉眨了眨眼，一时有些发懵。妈妈怎么会知道的呢？

"你叔叔从古陵来信了。"景立贞说。

"他说什么？"小莉一下有些恼了。这位在古陵当县长的叔叔也真是多管闲事儿。

"莉,你对李向南很主动,可李向南对你很傲慢是吗?"

"我就是主动了怎么啦?"小莉更恼了。

"李向南这个人不是不怎么样吗?你昨晚不是还和你爸爸讲他狂妄、头脑复杂吗?"

"我昨天说是昨天说,今天没说。"

"莉,这事我可不能不管,看着你上当。"

"我这么大了,谁上谁的当啊。狂妄点儿,复杂点儿,也没什么不好。妈,你别挡着,我还出去有事儿呢。"

"你是不是要去找他?"

"是又怎么了?"小莉噘着嘴。

"别的事儿我可以不管,这事我要管。"景立贞放下脸来,"我不能让我的女儿被别人玩弄感情。"

"妈,我不想听你说,你起开嘛。"小莉激恼地要往外走。

有人摁门铃,小莉上去打开门就往外走。景立贞不好再拦女儿。站在门口的是儿子顾晓鹰,身后还跟着一个娇小妩媚的姑娘。她是舞蹈演员康小娜。

康小娜打扮好了,丢下床上乱摊的一堆衣裳要往外走。

她的家是大杂院角的一间小平房,泥地面,斑驳的墙,一扇临街的小方窗,一床,一炕,一个老式的红漆橱柜,一张老式红漆方桌,简陋晦暗。她穿着一件半纱状的淡蓝色连衣裙,抖着一肩波浪式的鬈发,穿着高跟凉鞋咯噔噔往外走时,照例体会到一种每次出家门时都有的感觉:她像从烂泥窝中脱胎换毛飞出去的一只金凤凰。

一出家门就开阔了,一出家门她就光彩四射了。一到舞台上,她就是一个牵动人们目光的舞蹈演员,她就活泼快乐、充满了朝气。在家里,她只是一个靠给街道工厂粘相角挣钱谋生的老妇女的孝顺的独生女儿。

"小娜,又上哪儿啊,大礼拜天的也不在家歇歇?"母亲正盘腿坐在炕上粘相角,身前堆满了粘好的和没粘好的相角,她抬眼望着穿戴漂亮的女儿。

"我回团里有点儿事,"康小娜随口撒了个谎,"菜我给您择了,洗了,水缸也提满了。"她指了一下墙角的水缸。

"你也不吃点早点走?"做母亲的嘴里说着,并没有停止单调的操作:用舌头舔湿一下相角的胶水,然后把一条玻璃纸贴在上面。

"我不想吃,不饿。妈,您怎么又用舌头舔哪?没告诉您那样不卫生吗?您蘸点水行不行?不是给您找下海绵了吗?"女儿生气地嗔责着母亲。

"那不如这得劲儿……你吃点东西再出去吧,啊?"

"我不饿。"康小娜说着涌上来一阵恶心,她捂着心口蹲下身朝痰盂里呕吐起来。

"你怎么老是吐啊?"母亲停住手中的活儿担心地瞧瞧女儿,"这阵儿你脸色咋这么不好,是不是得肝炎了?"

"不要紧,我这两天有点儿犯胃酸。"康小娜说着站起来。

她知道自己是怎么回事。她很镇定,理了理裙子,往上挎了挎背着的紫红色小皮包,就要往外走。她今天要以女人最大的勇气去争取自己的利益。她感到心中有着一种能承受和战胜各种苦难的力量。但一阵更大的恶心涌上来。她蹲下身子又一下一下呕吐起来,吐得脸色都变了,气也喘不过来。

"在家歇歇吧,去看看大夫。"母亲劝道。

她蹲在那儿喘着气,吐一阵歇歇,吐一阵再歇歇,最后扶着墙慢慢站起来,端起茶缸漱了漱口,喝了几口水,然后又照着镜子理了理鬓角,又要往外走。

"大妈,蜂窝煤我给您拉来了。往哪儿搬啊?"门外响起一个小伙子的大声问话。

"好好,苏健,我这就下炕,我自个儿来搬。"母亲忙应声下炕。

苏健,一个挺精悍朴实的小伙子,用一块木板托着几十块蜂窝煤,用肩扛开门,汗淋淋地进屋来。一见康小娜,脸立刻微微红了。他腼腆地笑了笑:"你回家来了?"马上转头望着康小娜的母亲:"大妈,您告我往哪儿放就得了,我给您往里搬吧。"苏健在小厨房里放下蜂窝煤,又转身出去了。

母亲下了炕,也到厨房收拾放煤的地方:"小娜,苏健这小伙儿不赖。"

"是。"康小娜跟过来帮着母亲收拾。

"他从小又跟你一块儿长大,一直对你……"

"妈,您又来了。"康小娜不耐烦地打断母亲。

"你别太眼高,咱们小户人家……"

"妈,您别唠叨了好不好?"康小娜皱起眉头,"我二十多了,这事儿我自己能解决。"

"谁知道你解决成啥样?妈妈就你这么一个闺女。"

"您放心,我一定让您这辈子过上好日子。"

"我不图享你的福,指望你以后日子过得安稳就行。看着你和那些高干子弟来往,我心里就直打小鼓。还是找苏健这样的老实孩子好……"

"妈,我可不能随随便便找他这么个工人。"康小娜刚说罢一回头,不由得有些愣怔了。苏健已经又托着一垛蜂窝煤站在身后了。康小娜一时不知说什么好,小心地看看苏健。苏健没说什么,默默地弯下腰放下蜂窝煤。

"我和你一块儿去搬吧?"康小娜说。

"不用,别把你衣服弄脏了。"苏健瞥了一眼康小娜的连衣裙,说道。

"不要紧,我围上点儿。"康小娜立刻去屋里拿了件旧褂子系在胸前,拿起那块搬煤的木板。

"真的不用,你忙你的事儿去吧。"苏健敦厚地说着,把木板又从康小娜手中拿了过去。这次,他话音里已经不带任何情绪,有的只是对康小娜的体贴。

康小娜不禁被他的声音感动。看着他那被汗湿透的衬衣,看着他那肌肉发达的胳膊,她又被他的形象感动。这确实是个善良实在的好小伙。可是,看着他汗淋淋的样子,她对这个只会苦劳苦受的

夜与昼

301

小伙子又生出一丝怜悯来。难道她能找他吗？她想到了他是个工人，不，这还不是主要的，她还想到了他和自己相同的市民家庭出身。她自己虽然也出身于市民家庭，可她现在是演员，她漂亮，凭着这两样资本，她一定要踏入上层社会。这些年没有比出身低贱更让她感到丢人的了。

"我拿这去搬吧。"康小娜拿起靠墙的一块搓衣板。对苏健的感动怜悯，最后都变成了歉意，一种不得不拒绝苏健爱情的歉意。因为这种歉意，她格外亲热。

一阵恶心又涌上来，她扶着墙又呕吐起来。

"你怎么了？"苏健在一旁不知所措地问。

康小娜一口一口地吐着酸水，脸色煞白，上气不接下气。她扶着墙，头埋在臂弯里，一点点蹲下身子。"她这阵子身体不好。"母亲在一旁解释。这既是对女儿的心疼，也借此平息苏健刚才所受的心理刺伤。她知道小伙子心善。

"你别搬了。"苏健伸手去拿她手中的搓衣板。

"不，我没事儿，苏健，我和你一块儿去搬。"康小娜摇摇头，没有松手。

"你回屋里躺躺吧。"母亲劝道，"团里有事儿，让苏健帮你请个假。"

"小娜，我去给你请假，打电话也行，去你们团跑一趟也行。"苏健站在康小娜身后关切地说道。

"康小娜，康小娜。"院门口响起一个不高不低的喊声。一听这熟悉的声音，康小娜连忙放下搓衣板，硬撑着站起来，用手绢擦了擦嘴唇。

"是不是团里来人了？你和他们请个假吧。"苏健劝道。

"不不，你们不要管我。"康小娜顾不上多说，她一边理着鬓角的头发一边匆匆往外走。

"要不你去医院看看吧。"苏健拿着木板跟在她后面，他还要接着去搬蜂窝煤。

母亲也不放心地跟着往外走。

"我不要你们管嘛。"康小娜不耐烦地说道，加快了脚步，尽量和他们拉开距离。她不愿意熟人来家里。她的家太寒酸。她尤其不愿意此刻站在院门口喊她的这个人来家里。想不到他突然来了。他们原来约好在马路站牌下碰头的。

她一边穿过又脏又乱的院子匆匆往外走，一边低头整理着自己的裙子。当院一根挂满湿衣服的铁丝，她低头一躲，不小心趔趄了一下，差点摔倒。苏健在身后忙抢上一步，一把抓住了她的胳膊。

她站稳了，一抬头，顾晓鹰已经迎面站在跟前了。

"阿姨，您好。您今天也休息吧?"康小娜站在顾晓鹰身后，对景立贞拘谨地笑笑。

"是小娜啊。"景立贞招呼道，一派长辈的和蔼可亲。她打量了姑娘一下:打扮得很漂亮，人也很漂亮。"你们玩吧。"她亲热地说。

看着顾晓鹰领康小娜进了他自己的房间，景立贞在门厅里站了一会儿。听见顾晓鹰房间的碰锁很轻地响动了一下，知道儿子已经把门锁上了。景立贞皱着眉摇了摇头。儿子三十多岁了。前几年又离了婚，现在和不少女人来往，不知道他想找个什么样的姑娘结婚。儿子到了这个年龄，做父母的就很难在这种事上多管了。

她回到自己房间，在沙发上坐下。看着随手放下的公文包，顿时想到了小莉叔叔的来信，火又一下冒了上来:小莉太不争气了。小小年纪自以为聪明，到时候真要被李向南耍弄了呢。现在的年轻人头脑都很复杂，坏得很。一定要管管小莉。可凭着做母亲特有的血液相通的感觉，她知道小莉在这件事上是不会服管的。女儿像她:什么事都敢做，都要做到底。这么一想，她对李向南的火气一下腾的起来。搞到她女儿的头上了。她站起来在屋里来回走了两步，恨不能立刻把李向南叫来教训一顿。她是急躁脾气。她感到女儿似乎已经受到了侮辱。小莉不好管，她就要从李向南这儿下手。她什么事都敢下手，她有足够的心狠手辣。这种事事先不用多想，干着再说。她拿过公文包刚要打开，又想到什么，站了起来。"晓鹰。"她走到门口，隔着门厅叫道。

夜与昼

　　顾晓鹰在他房间里应了一声,过了一会儿开门过来:"妈,什么事儿?"

　　景立贞看了看儿子:"你和康小娜打算怎么着?"

　　"怎么啦?"顾晓鹰反问道。没有比父母过问这种事更让儿子反感的了。

　　"你多少注意点儿。"她爱护地训道。

　　"注意什么?"顾晓鹰顿时露出一丝羞恼来。

　　"一个,别再随随便便结婚,随随便便离婚,好好选择选择。"

　　"我什么时候说过要和她结婚了?"顾晓鹰更恼火了。

　　"这我知道,你看不上她。还一个,你们年轻人现在在一块儿没有界限,这我管不了,你别闹出事就行。不要最后把你弄得挺被动,你是个要搞事业的人。"

　　"你妈叫你去说什么了?"康小娜坐在床上,看着顾晓鹰小心地问。

　　"没说什么。"顾晓鹰锁上门,转过身不耐烦地说。他脸色有些阴沉,在堆满画册、雕塑、颜料、画笔的凌乱的房间里来回踱了几步,用脚踢了踢墙角一团团揉皱的废纸,顺手拿起画笔,在画板上一幅没画完的油画《清晨与少女》的女孩儿的胸部咬着牙狠狠地添了一笔。母亲的话破坏了他正对康小娜调情的兴致。他叭地撂下画笔,算是驱赶走了母亲谈话带来的阴影,转过头去看康小娜。他的目光先落在了康小娜隆起的胸部,他用他那比画笔更有力的目光在上面描绘了一番,一丝性的刺激微微勃起他的热情与兴致。他继续向上移动他的目光,看了看康小娜那甜润但带点儿俗气的脸蛋,还有那被披肩的黑发衬托得更显白嫩的脖颈。一个性感小妞儿。

　　"你看什么?"康小娜被看得有些不自在,娇嗔道。顾晓鹰阴沉的脸色,像打量一幅画一样打量她的目光,都使她有些惴惴。她是有点儿怕顾晓鹰的。凭着姑娘的直觉,她能经常感到顾晓鹰这个人心中有些狠毒的东西。

　　"我看什么?"顾晓鹰没好气地说道,康小娜在娇嗔中含有的逢迎讨好,引起他的轻蔑,"我想看什么就看什么,那还不随我。"他走上来，拧了康小娜的脸蛋一把。康小娜一动不动地坐着，感到了这一拧的肆虐。她抬眼看了看顾晓鹰，又一次感到他身体内有一种狠毒的东西。这种狠毒溶在男人特有的热烘烘的汗气中散发出来。

康小娜毫无反应的顺从似乎激恼了顾晓鹰，他讨厌这种平淡无味。他又有些恶作剧地、追求某种心理刺激地一下一下拧起康小娜的脸蛋来，一边一边观赏着。

"你别——"康小娜央求地拉下他的手。

"别什么？我的人我不能拧？"顾晓鹰又有些发狠地拧了一把。

"你别嘛。"康小娜再一次拉下顾晓鹰的手。这次，她的态度、她的声音、她手的动作都比较坚决了。她不能这样怕他，她不能软弱，她今天一定要紧抓住自己的决心。

"别？别？我叫你别。"顾晓鹰一下抓住康小娜的双肩，把她猛地拉了起来。他感到自己这样有力，对方这样娇小。他双手紧紧抓着康小娜，用力压着她，揉搓着她，他感到了一种对对方有着占有权、蹂躏权的狂虐。他的两只手臂因为用力而震抖着，这种震抖带着恶毒的快感传遍全身，"别什么？今天一来你就冲我摆架子，有什么可摆的？你跟我觉都睡过了，还来什么假正经。"

今天一进房间，康小娜就一次又一次推开他的拥抱，此刻想起来就使顾晓鹰恼怒发作。女人平淡乖顺他让他激恼；女人拒绝他也让他激恼。

"我今天要和你说件正经事，你坐下。"康小娜郑重地说。她已经从卑怯的心理中挣脱出来，有了支撑。而顾晓鹰这样发作，反而使她更不怕了。

"我不想听你说什么正经事儿。你有什么正经事儿？"顾晓鹰把康小娜一下搂住，疯狂地、像盖钢印一样一下一下在她脸上用力吻着，每个吻都是一个发狠的惊叹号："叫你装正经。"

康小娜在他野蛮的狂吻中冷静而又坚决地挣扎着："你别这样，我今天就是要和你说正经事儿。"顾晓鹰被这种反抗刺激了，他一下把康小娜娇小的身体抱离地面，紧紧地搂着她，用自己的身体压迫她，揉挤她。康小娜挣扎着伸出手，不轻不重地打了他一个耳光。一切激烈的节奏都突然停顿,好像乐队指挥一个终止的有力手势,疯狂的演奏停止了。顾晓鹰松开了手。他眯着眼,用很锐利的目光冷冷打量着康小娜,打量着这个今天变得异乎寻常的姑娘。他好像不认识她了。

"你坐下,我要和你说话。"康小娜在床边坐下,平视着顾晓鹰说道。

康小娜感到着自己的从未有过的坚决。

……她跟着顾晓鹰穿过门厅往他的房间里走着,像每次踏进这个家一样,她感到自己在走进一个高贵的门庭。她那在小杂院里长大的身体,对这种高贵气氛有着极新鲜的感觉。她能觉出脚下地毯的柔软,看到门厅里东芝牌电冰箱和落地电扇的现代光彩,耳边还余音袅袅地响着门铃动听的叮咚声。特别是那幅她看不懂的大幅山水画,更使她感到一种神秘的、远在她理解力之上的高雅。她踏进了一个原不属于她这样一个市民出身的女孩子能踏进的上流家庭。她知道自己跟着一个什么样的人,顾晓鹰宽宽的脊背就在眼前晃动,他常常露出使她怯惧的凶狠。她也能感到景立贞在后面打量自己的目光,这位首长夫人并不喜欢自己,这一点她能感觉出来。但是,她还是要踏进来。她已经走到这一步,他们绝不能把她挡出去了……

"你要说什么?说吧。"顾晓鹰一屁股在藤椅上坐下。狂虐似乎过去了,他声音阴冷地催促道。

"我……"康小娜一时不知如何开口了。

"你不是有正经事儿吗?"顾晓鹰跷起二郎腿说道。

"我想说说……你和我的事儿。"

"我和你的事儿?"

康小娜咬着下嘴唇,低下头。

"就想说我今天在你们家院子里遇到的那个搬煤的臭小子?"顾晓鹰讽刺道。

"你别这样说他,他挺好的,他是我小时候的好朋友。"

"想用这个来吊我胃口?我根本没把他看在眼里。哼,倒像你的守护神似的,一身小市民气。"

康小娜低头用手指使劲搅绕着手绢,小市民这几个字刺痛了她:"我不是想说这个。"

"想说什么说吧。"顾晓鹰双手扶着藤椅扶手,身子滑下去,仰躺着大伸开两条腿,"我听着呢。"

……顾晓鹰撩开晾衣绳上的一幅被单,看见了康小娜。她大概是要滑跤,一个满身煤黑的小伙子抓住她的胳膊扶住她。见到顾晓鹰,康小娜马上撸掉小伙子的手,她的胳膊上留下了黑黑的指印,一时,三个人的目光都落在了康小娜胳膊上的黑指印上。康小娜一边掏出手绢擦着,一边匆匆对顾晓鹰说:"咱们走吧。"……

康小娜低着头沉默了一会儿:"咱俩就一直这样下去?"

"还要怎么样?"

康小娜很困难地低着头,声音很低地说道:"咱们什么时候……去登记?"

"登记?什么登记?"顾晓鹰明知故问。

"我和你说正经的呢。"

"我也说正经的呢。"

"我……已经……有了。"

"有什么?"顾晓鹰这次没听懂。

"我已经……三个月没来例假了。"康小娜的声音更低了。

顾晓鹰一下呆了。"你怎么不早说?"过了好一会儿,他问。

康小娜仍旧低着头:"我不想说。"

"你想造成既成事实来讹我?"顾晓鹰血红的眼睛里一下冒出火来。

"我一开始也不敢肯定,我过去也不准过。"康小娜说。

"去医院查查吧?"

"查过了。"

顾晓鹰愣了一会儿:"那咱们去医院做了它吧,我陪你去。"

"我不想做。"康小娜小声说。

"你想拿这个来讹我和你结婚?"顾晓鹰一下跳了起来,想发作,但又克制住了。他在屋里来回走着,又坐下了,"我对我的行为负责。可咱们就是准备结婚,也不能这样匆忙。再说,总不能结婚没几个月就生孩子吧?……咱们先去医院做了,再考虑结婚的事儿,好不好?"

康小娜沉默着。

"你说呢?"顾晓鹰走到康小娜跟前,显得很温存地抚摩着她的头发,又低下头吻了吻她,"好吗?"这是一个敷衍的、没有真情实意的吻。康小娜能感觉出来。

"不。要做,也是登记了,我才去。"她说。

"你……"顾晓鹰一下火冒三丈,"想和我结婚?做梦。我从来没想过要你。"

"那你为什么那样对我?"康小娜抬起眼睛看着顾晓鹰,她的嘴唇在发抖。

"你心甘情愿的。"

"你说你要和我结婚。"

"我是说过,可我现在不愿意了。"

康小娜紧咬住下嘴唇:"那我就去跳河。"

"你跳吧,别咋唬。我不怕。"

"我留封遗书,就说你是流氓,逼死我的。"

顾晓鹰盯着康小娜,突然抡圆胳膊打了康小娜一记很响的耳光:"你去死吧。"

康小娜捂着脸,一缕鲜血从嘴角流了出来,流在她手上,又一滴一滴滴到她裙子上。顾晓鹰呆住了,直愣愣地看着康小娜。康小娜用手绢擦了擦嘴角的鲜血,捂着脸站了起来,朝门口走去。

"你去哪儿?"顾晓鹰挡住她。

"不用你管。"

"你真的……"

"我的遗书已经写好,放在家里了。"康小娜冷冷地说,接着往门口走。

"你……你原谅我。"顾晓鹰倒退几步,背靠住门。

"让开我。"康小娜冷冷地看着他。

"小娜,别生我气,你坐下。"顾晓鹰轻轻抓住康小娜双臂往后推着。

"别碰我,让我走。"

"不,我不让你走。"

"你让我走,我不想在你这儿。"康小娜突然愤怒地、带着哭音喊道。

"不,我不让你走。我认错还不行吗?"顾晓鹰在康小娜面前蹲下,双手箍住康小娜的腿部,仰视着她。他开始隔着裙子亲吻着康小娜的身体。现在的吻倒是温情的,因为这一瞬间顾晓鹰对康小娜没有一丝轻蔑。

"你放我走。"

"我不,我答应你,我和你一块儿去登记,还不行吗?"顾晓鹰仍然温情地吻着。

康小娜一动不动地站着。

"行吗?"顾晓鹰问。

"那好,咱们现在就去。"

"咱们不一定急在这一两天吧,你听我说……"

"我不听你说,我被你骗够了。"

顾晓鹰站起来背靠在门上,坚决地说:"我不让你走。"

"你起来。"康小娜大声喊道。

门外传来景立贞严厉的问话:"晓鹰,你们吵什么呢?"

情况都问明白了。顾晓鹰垂着眼,坐在那儿不吭气。康小娜坐在床上沉默不语,嘴角还有一丝没揩净的血痕,裙子上也有斑斑的血迹。景立贞能够感到康小娜内心的激烈情绪,她也能想象到这件事的严重性质。顾晓鹰简直是糊涂,弄不好还要蹲班房呢。她知道应该怎么办。"小娜,你现在的态度是什么?是要马上去登记吗?"她问康小娜,竭力显得爱护。但心中却对这个姑娘十分反感:年纪轻轻的就知道慕虚荣,不本分。为了想攀上高干家庭,不惜采取这种下贱手段。

当然,顾晓鹰也不是好东西。

康小娜稍稍抬了抬眼,在对面立柜的穿衣镜中看到了自己红肿的脸,上边还有顾晓鹰留下的红手印。她目光下垂,又看到苏健拉扶她时在胳膊上留下的、她没能完全揩干净的微黑手印。她心中猛然涌上一股对顾晓鹰的强烈憎恨,还为自己感到无比屈辱。"我要告他。"她咬牙说道。

景立贞看了她一眼,不到一秒钟就作出了反应:"应该告他。"。

康小娜很快地瞥了她一眼,又低下头。顾晓鹰低着头一口口地狠狠抽烟。

"太不像话了。"景立贞冲儿子大发脾气,"你怎么这样野蛮?动不动就动手打人。简直像个土匪。康小娜是个多好的姑娘,大概从来也没挨过父母一指头。今天来挨你的打?你就这么狠心?"

一席话使康小娜鼻子发酸,泪涌上了眼眶。

景立贞继续训斥着儿子:"小娜哪儿不好?论人品、论外貌,哪一点不比你强百倍?论年龄,小你七八岁,对你一心一意的,把一切都交给你了。你就随随便便想怎么样就怎么样?"顾晓鹰双肘撑膝,俯下身沉默地抽着烟。

康小娜又一阵感到鼻子发酸,泪水流了下来。

"她说告你,你就打她?早知道你这样,我也要告你。她一个姑娘走到这步,就是为了去白白送死?还不是被你逼的?她真的就想告你?如果她对你不好,能这样随随便便信任你吗?"景立贞气愤不过地捂着左胸口,闭住眼仰靠在沙发上,"气得我心脏病又要发作了。"

康小娜有些担心地看了看景立贞。顾晓鹰却一动不动,俯身继续大口地抽着烟。

景立贞微微睁开眼:"小娜,你该怎么告他就怎么告他。把这么个儿子养大,我也够了。简直给父母丢脸。"她闭上眼,喘着气。

"阿姨……"康小娜看着景立贞,不知如何是好。

景立贞衰弱无力地摇了摇手:"小娜,不要原谅他,他不是个东西。"

康小娜看了看她,又低下头。

过一会儿,景立贞似乎好受了些,她慢慢睁开眼,指了指儿子,口气很严厉地说:"你打算怎么办?"

顾晓鹰沉默着。

"你有什么了不起?"景立贞又接着训儿子,像刚从衰弱状态中缓过来,她的语速放慢了,"你哪儿就配得上小娜?论年龄,三十多岁了,论事业,画来画去画出什么了?一天到晚游来逛去,心不正,脾气又不好,哪个好姑娘愿意跟你?介绍多少姑娘,别人都看不上你。就你这公子哥儿样,想和小娜结婚,小娜还不一定要你呢。"

顾晓鹰承受着母亲这倾盆大雨般的训斥。他既感到母亲在真的发火,也感到母亲这一番话中所包含的企图一步步影响、规范康小娜的目的性。他知道母亲的心计。

"小娜,这件事的决定权完全在你。你愿意怎么样对待他就怎么样对待他。你如果还能将就着容忍他,要他,我双手欢迎你进我家大门。我喜欢你。如果你看不上他,就把他甩掉,一点儿也不要留情。"景立贞手扶额头靠在沙发上,说完又闭上了眼。"晓鹰,"过了好一会儿,景立贞才慢慢睁开眼,疲倦地说,"我考虑定了,准备把你调到青海高原去,让你在艰苦地区干一辈子,那样对你好点儿。你不要再说什么了。"她伸出手,像是制止着对方的申辩,"这事儿就这样定了。"

顾晓鹰抬头看了母亲一眼,他一时闹不明白母亲是什么深意。

康小娜却感到了这句话的分量。

景立贞又闭上眼呆了一会儿,慈和地慢慢说道:"小娜,你先回去吧,再慎重考虑一段时间。啊?真的跟了他,你会后悔的。"

第七章

康小娜走了。景立贞不满地瞪着儿子,说道:"往下的事儿你自己想办法解决。"顾晓鹰不耐烦地哼了一声。危机刚一过去,他又厌烦起母亲的管教了。"哼什么?"景立贞瞪起眼,"你惹了几次事了?不是我出面管,你……"

"烦死了。"顾晓鹰不等母亲说完就克制不住了。

景立贞看了看儿子,须臾,换了平和的口气,"你应该对康小娜负责,也对自己负责。"她停了一下,察看着儿子的表情,掌握着话的分寸,"先想办法陪她去医院。她会去的。能看出来,她是个有心计的姑娘,不会随随便便走上绝路的。"她又停顿一下,口气变得更为平和,"我看你找她也不合适。这种小市民家庭出来的人,思想意识不好,一天到晚追慕虚荣,只知道迎合你。这对你们双方都没好处。你要找个能管住点儿你的。好了,我不说了,你又该烦了,去干你的事儿吧。"

顾晓鹰站起身就走,走到门口又停住,半转过头想说什么。

"不要告诉你爸爸,是吧?"景立贞目光锐利地打量着儿子,讽刺地说。

顾晓鹰没否认。

"去吧。你们成天给你爸爸找麻烦。不是我这么撑护着,早就被你们气死了。"

正是。这个家什么时候能离开她。她叹了口气在沙发上坐下。二十年前,她因为专横粗暴,犯了错误,受过挫折,政治热情也大半收了起来。她把相当的精力转到家里,为顾恒操持各种社交来往、内外事务。这些年政治动乱起起落落,她为顾恒,为这个家,也为自己,真是使出了浑身解数。这更磨炼了她。她现在什么也能想到,什么也能做到,心到意到计到,杀伐决断也到。上下里外,没有一件事能难住她。

姜还是老的辣。每当她掂着干皱的老姜,闻着它浓烈干呛的辛辣味儿,她就感到自己是块老姜。她不臃肿,身骨精干,腰板挺直,骨头和肌肉都干燥没有水分,手背上凸露着筋络,浑身都是干辣劲。她觉得自己的心也是一块呛热的老姜。没有一点儿情长意短的水分,有的是明瞭利害、储满手段的政治经验。

门铃又响了。她站起来。

要了解京都,就离不开了解形形色色的沙龙。沙龙是社会联系的网络,是突破一个个金字塔权力结构的水平横向联系,是各种信息交换的场所。当然,也交换利益。

星期天一些领导干部家中的沙龙最富有研究价值。

透过腾腾烟气,景立贞说说笑笑地应付着满客厅的来客。她笑得极爽朗。顾恒在家时,她甘心并习惯扮演一个含笑陪坐的配角,一个夫人的形象。但顾恒不在家时,她便会生出许多兴奋来,兴致勃勃地扮演主角了。(倘若这时顾恒回来了,她的潜意识中会漾起一丝失望。)

满屋的人都以她为中心,都堆着满脸的尊敬看着她。她说的每一句话都会得到充分的反响和呼应,她的每一个态度都会显示出左右局势的力量。她靠在沙发上,不时转着头,听听这个人说两句(受到重视的发言者便会立刻抓紧着机会陈述),没等对方说完,又听听那个说两句。然后,她便打着手势,很利索地说上几句或一大篇。高兴时,便仰身大笑起来,不高兴时,皱皱眉,脸色略变。客厅里人再多,话题再纷乱,她也能感到自己颐指气使的权威。她的笑会在整个客厅荡起一片笑容。她的目光能牵动众人的注意。她的手势更有力量:"这话咱们不要说了。"她只要对她不耐烦的事情挥一下手,那话题也便打了句号。她的言谈举止就是满客厅说话的标点符号。

她很舒服地坐在沙发上,透过稠密的烟气看着满屋争欲和她说话的人,感到自己像浴着阳光躺在热乎乎的沙滩上,用手任意划拉着松软发烫的细沙。那沙真顺从啊,她的手划到哪儿,划痕就跟到哪儿。随她划,随她写,随她挖,随她堆,随她抓,随她拨拉,她的每一点意志都毫无阻挡地立时成为现实。没有比这更畅快的了。

突然,她的目光停留在客厅门口:"老曹,你刚来?别在门口站着啊,进来坐吧。"她伸手招呼道。众人随着她的目光才注意到客厅门口谦卑地站着一个矮瘦的中年人。他叫曹玉林,黑黄的脸上戴着眼镜,与景立贞同在建工局工作,是技术处的处长。看着满屋客人,曹玉林局促不安地略往里踏了一步。

"有事吧?什么事,进来说吧。"景立贞早明白是怎么回事了,却装出毫不知晓的样子。

"……是有一点事。"曹玉林困难地往里走了两步,左右看了看,好像是找不着空位子,其实他是不便于在这儿谈。

景立贞这才笑着站起来:"有急事?好,那咱们到隔壁房间里谈吧。大伙儿坐着聊,我和老曹说点儿事,就过来。"

曹玉林,你怎么了?你不要头脑麻木、神思混乱呀。你怎么又恍恍惚惚的?眼前又一片迷雾似的?恍惚什么?晕乎什么?紧张的?

刚才客厅里人多,景立贞当着众人的面问你有什么事,你是一下懵了,惶乱了。客厅里烟气腾腾,一双双眼睛好像都注视着你,你脸烧了,额头出汗了,你觉得无地自容,你觉得众人的目光里都含着冷冷的轻蔑,你觉得人们都在交头接耳地议论你。你这些天一直这样感觉,只要踏进办公室,踏进会场,踏进一切有熟人的地方,你抬不起头来,你没脸见人,你像一个高血压患者,一下踏进蒸气腾腾的澡堂,湿热的蒸气一下淹没了你,你感到心跳加速,感到头晕,感到呼吸困难,喘不过气来。

这比踏进澡堂更难受。澡堂里没有那么多冷蔑的目光,只有浓雾般的蒸气,你可以慢慢退出来。在门外喘一喘,凉一凉,然后再慢慢地试探着踏进去。

现在已经离开客厅了,你还头晕什么?这是和景立贞面对面在另一个房间里坐下了。很雅致的房间,有大写字台,大书柜,有明晃晃的大玻璃窗,窗外的塔式起重机背衬着蓝天一动不动,有沙发,还有大衣架。上面挂着几件衣服——这是最让你感到亲切的,那上面每一件衣服都垂得那么随便自然,还有地下的一双黑绒布拖鞋,所有这些,都让你感到一种家庭生活的松弛。这是星期天,隔壁人家的电视正在播放足球赛实况,是在景立贞家中,不是在她的局党委副书记办公室,谈话会容易一些,随便一些。景立贞脸上的笑容不是很亲热吗?你可别紧张啊。你怎么刚坐下膝盖就打抖啊。放松一点儿,脚跟落实一点,不要踮着,两手按住膝盖,心跳不要管它。你紧张什么,你不是早已想好了和景立贞谈话的方法了吗?怎么开始,怎么过渡,怎么进入主题,不都是想了又想,打了几遍腹稿吗?

不要惶乱,往回想想。

你一路上不是还反复温习准备了吗?

无轨电车上真挤,前后左右都是扛来扛去的肩膀,热烘烘的脸,举起的胳膊,拱来拱去的屁股,他根本站不稳,他也不用站稳,他在人群的夹挤中随其拥动,不会倒,四面都是人墙,各种方向的正作用力和反作用力相抵消。这儿的人群不让他窘促,都不知道他的事情。车哼呀哼地慢慢开,他不嫌慢,他要抓紧时间再想想。

到了景立贞家,首先要自然,一定不要煞有介事。来干什么?就是好长时间没来了,该来看看了嘛。他应该显得挺随便地笑笑,他想象着自己将要在景立贞面前做的表演,脸上不知不觉地露出了已身临其境的预演的笑容。就是来串串门,顺便呢,噢(自己又该一笑),谈件你老景关心的事啊。什么事?你托过我的嘛,不是公事——那在办公室就找你了——是私事。想起来了吧?你不是说过让我注意着,有合适的姑娘给晓鹰介绍一下吗?我一直记着呢,现在有点儿目标了……要说说笑笑地谈,千万不要露出巴结领导的意思,完全像同事间相互帮忙那样坦坦然然嘛。总之是谈平平常常的好事情,景立贞会有谈兴的。然后,再通过适当的过渡话题——这一点他已想好了五六个——转到自己真正要说的事情上,要显得是自然而然谈起的,今天原本没这打算。最好话慢慢往那儿靠近,让景立贞提起这个话题来。

怎么了?脸烧什么?自己这么想不道德了?做人是要讲原则,可说话总要讲方式吧?自己是犯了错误,可那是疏忽、考虑不周。自己并没有丧失道德。

真的没丧失道德吗?自己真的只是疏忽所致吗?

女儿那默默无言的目光,穿透他心的目光。……

"爸爸,你怎么又走神了?"女儿的话在耳边响着。他从恍惚中醒悟过来。星期天的窗户一片阳光,女儿的眼睛闪亮亮地观察着他。他抱歉地笑笑:"爸爸想事儿了,来,咱们接着往下复习吧。"

女儿撅着嘴不满地瞟了他一眼,默默看着桌上的几何书和复习提纲,等着他。"噢,咱们接着来做这道题,刚才讲到哪儿了?"女儿面临考高中,他帮着复习功课。只有这样一个女儿,妻子病逝了,女儿成了他的命根儿。"不是还没讲嘛,你一点儿都不关心我。"女儿嘟囔着。"爸爸哪能不关心你啊,爸爸最近有事,忙了点儿。"他连忙解释。他怎么能不关心女儿?这么鲜嫩的女儿,站起来比他还高,眼睛黑亮黑亮的,周身都闪着生命力的光亮,女儿是他的太阳。她一回来,家里就一切都亮了,若是晚饭后女儿挽着他的胳膊在楼下散一会儿步,他简直幸福极了。他一边走,一边能觉着旁人都注视着女儿,也看着他。女儿的光亮照亮了他,他不那么干瘦矮小了;照亮了四周,路旁的松墙、草坪、花圃,都更活灵可爱。

"爸爸,您最近出什么事儿了吧,怎么老发呆啊?"女儿审视着他。

"爸爸能出什么事儿,咱们往下讲吧,这道题……"

"爸爸骗我,你就是出事了,我能看出来。"

"没有,真的没有。爸爸什么时候骗过你?"他窘促地解释着。

他感到了女儿那越来越怀疑的目光,他感到了自己的不自然,额头渗出了细汗,他不会在女儿面前撒谎。可他的事儿能让女儿知道吗?女儿是父亲的太阳,父亲也是女儿的偶像。无论如何不能让她知道。……

家里来人，他陪着客人在门厅里谈话。客人走了，他回到自己房间。女儿默默地站在床边。房间已经被她打扫过，他早起胡乱叠就的被子女儿已整理得整整齐齐。不知为什么，女儿的目光有些异样。

"怎么了?"他问。

女儿垂下眼，紧紧抿住嘴唇，没说话。这时，他看到了床上的那份打印材料，他昨晚塞在枕头下面的："关于曹玉林利用职权窃取他人科研成果的调查"。

他困难地张了张嘴，想说什么。

女儿抬起头，神情复杂地看了他一会儿，又低下头，好像在想什么，不声不响地走了。太阳没了。屋里黯然了。

自己是怎么了?刚被提拔为处长一年，就弄成这个样子?兢兢业业了几十年，谦谨小心，从无纰漏，怎么就糊里糊涂犯了这么大错误?

应该往回想想……

报社记者来建工局，在景立贞的办公室。是两个年轻人，一男一女，膝盖上打开着笔记本，还带着那种刚当上记者的稚嫩。可他却在这两个年轻人面前抬不起头，像是老师面前被训问的小学生，低着头不断用手绢擦着使眼镜下滑的汗水，困难地回答着他们的问题。

要了解"沙桩技术"的整个发明过程。这是一项在沙性土层上建筑时对地基做处理的新技术，能为国家节约大量资金，提高工效及质量，荣获了国家科技发明二等奖。

他本人对这项重大发明有何具体参与和贡献?在设想的萌芽阶段，他是五人中的一个，并非主角。后来，他提拔为处长，对这项发明再没有任何具体参与，当然他还支持。这就是如实的情况了。

可为什么，最后他倒位居获奖发明者的首位了呢?

他感到自己的头像半间房子一样大，嗡嗡的，他看不见眼前的人，只听见两个记者的问话在一个包围他的模糊世界中飘来。他还听见景立贞的话反复响着："我们工作没做好。曹玉林同志有错误，该好好检查。不过，他是刚从中年知识分子中提拔上来的新干部，缺乏经验。最好不要见报，让我们自己解决……"

他的名字是怎么写入发明者名单的呢？怎么最后又列到首位了呢？

不要糊糊涂涂，往回好好想想……

申请科技发明奖的上报材料被一只恭敬的手放在自己的办公桌上。怎么，他曹玉林的名字也被署上了？这样不合适吧？他不能无功受禄啊。恭敬的手后面是恭敬的微笑："曹处长，您从一开始就参加了，后来又是在您一手领导和支持下研究成功的，署上您的名字是完全应该的，我……噢……我们几个人都这样认为。"矮个儿的工程师王学礼笑着说道，他是沙桩研究的参与者之一，他敦厚恭敬的微笑从来让人舒服，最近，在自己当了处长以后，更加让人舒服。暖呼呼的，熨帖人的。这么说，自己署上名是应该的了，虽然他心中有着难以消除的时强时弱的不安感，不道德感，却像被面前这恭敬的微笑溶化了似的，而且，一种更有力量的诱惑在意识深层兴奋着他。沙桩技术现在成了影响重大的科技成果，报纸准备报道，电台准备广播，国家准备给予发明奖，一旦署上名，在建筑史上都将占有小小的光荣的一页。……他在那使他晕乎乎的微笑后面，隐隐约约想到：矮个工程师的妻子要从外地调回北京，自己应该多帮助想办法……

只回想到这儿？

还该往前回想回想……

——刚宣布完对他的任命，周围都是祝贺的笑脸，他很兴奋，很不安。他很诚恳地握着每个人的手，他很感动地感谢着每个人的祝贺，他有些语无伦次地说着感谢的话，他的脸像喝了酒一样发热，头也一片迷雾般发晕，他分不清每个人都说什么了，他也记不住自己都说过什么了，他只是和许多的手握着，分不清哪只手粗糙，哪只手细嫩，哪只手干燥，哪只手潮湿，哪只手热，哪只手凉，哪只手热情，哪只手冷淡，哪只手真诚，哪只手应酬，他只是满心要好好工作，满心地感谢，还有满心的歉疚——向自己表示祝贺的，有的比自己资历老，有的比自己年轻有才，可现在他要领导他们，他很不安。他要努力、尽力……

——他不知不觉注意起穿戴来。以前过节时才穿的呢制服，现在经常上身。过去从不照镜子，现在总要在镜子前整好衣装发型才去上班。是女儿发现了他的变化："爸爸，你当了处长可注意起打扮来了。""是吗？"他愣了一下忽然自我发现，"不好吧？""怎么不好，不当处长也该注意美嘛。"女儿的话像是一颗定心丸。

——曹处长，曹处长，人们到处都这样尊敬地称呼他、请示他。他总是老大的不安，连连点头赔笑，好像欠着对方什么。几十年驯驯服服惯了，他还不适应这地位的变化。当那些比他资历还老的人这样尊敬地称呼他时，他的不安到了窘迫的程度。可同时也有一种暖热的兴奋感陶陶然涌上来。他像喝了不多不少的酒一样，晕乎乎、飘荡荡的，很长一段时间以来，他就处在了这种舒泰的状态中。

——他从来没有像现在这样喜欢讲话。喜欢在各种会上讲几句，哪怕是处里十几个人的工作会议。他坐在那儿很激动，紧张地做着心理准备，他的脸会涨得通红，他的手神经质地颤抖着，来回理着并不用理的笔记本，然后，要咳嗽好几下，才困难地开始讲话，遇到和兄弟单位一起聚餐时，他也总要涨红着脸，端着酒杯站起来，说几句符合处长身份的祝酒词。

——他在各种场合学着当处长、当领导。到处是新的课题，新的窘困，新的进取，新的刺激……

"什么事儿啊？"两个人坐下以后，景立贞亲切地问。她非常清楚地感到着自己局党委副书记的身份（这是一种有重量的感觉），她从自己的坐姿中，从自己说话的口吻中，从看着对方的目光中都感觉到这个身份。当然，这不是在办公室，是在家中，她还感觉着自己主妇的身份,这使她又多了一点随和,化为接见一个下属特有的微笑。聪明人对一切人、事都能有个恰当的态度,那态度便符合着他与对象的全部双边关系。

"啊,我是想来问您……"曹玉林还没开始正经谈话,就局促地流汗了。景立贞的一句问话就把他那"随随便便到同事家坐坐"的预定态度摧垮了。他双手扶膝前倾身子坐在那儿,往上扶了扶眼镜,然后抬起头,他那瘦削的尖下巴的脸,使景立贞只看到他那副显大的眼镜和镜片后面闪烁的眼睛,还有就是眼镜下两块凸起的颧骨。

"到家里还有什么不好说的?"景立贞爽朗地向上一摆手,目光中则含着早已把对方的来意看明白但又要装着不明白的自觉有趣的戏谑。

"有几件事。不知是先说哪件好。"

"一件件说嘛。还讲什么顺序,又不是让你做报告。"

"一个,就是关于晓鹰的事儿。"曹玉林只能这样生硬地开始预定的谈话内容。他觉出了自己的窘困,觉出了入题的突兀和不自然,明显露着"巴结"领导的意思。但他没有应变自如的能力,他还没学会。

"关于晓鹰的事儿?"景立贞故作诧异,"什么事儿?"

"您不是让我帮着物色物色吗?"曹玉林额头上沁出了汗。

"物色什么?"景立贞似乎还是不明白。

这个曹玉林,瞧他现在这副样子。当了一年处长,简直不像样子。不会当官,还要学着端官架子,不会圆通应酬,还要学着应酬,学又学不像,一股寒酸气。真是知识分子的劣根性。她实在不理解为什么一阵风又要把知识分子抬这么高。现在,曹玉林又来帮着副书记相儿媳了。要说这不是坏事,你就不会避开这段时间?局党委正要研究对你问题的处理,你在这个时候讨好领导,不太笨了吗?可怜的小聪明。

"你忘了,你今年春节时说过的?"曹玉林硬撑着脸上的笑,略微缓了缓自己的窘困。

"噢。"景立贞"恍然大悟"了,仰身笑起来,她用手戳点着曹玉林,"你呀你,你还记着我的话呢?我都忘记了。"她一摊手摇了摇头,又收回手轻轻拍了拍额角,"我这记性真是衰退了,自己托同志的事,自己倒忘了。"她往前坐起身,显出很感兴趣的样子,"你发现合适的没有?"

"我就是想来说说这事儿。"

可怜的曹玉林,这下才有了自然劲儿。他很认真地介绍了三个姑娘的情况,而且做了客观的评价比较。也许是这种客观的分析使他忘记了谈话目的的复杂考虑,他的神态与刚才不一样了,显得谦谨朴实,一丝不苟。

一个善良的知识分子的形象。好好一个工程师,本本分分地搞技术多好。景立贞望着曹玉林的神态变化,心中感慨着。

她现在对曹玉林讲的情况倒真的感兴趣了,三个姑娘确实都值得考虑。一个是新进入中央任要职的某领导的女儿;一个是某位离休部长的女儿;还一个父亲是大学教授。年龄都在二十五六岁,都有大专文凭,品貌俱佳。

"你怎么发现她们的?"景立贞诧异地问。这似乎远远超出了曹玉林社会联系所及的范围。

曹玉林笑笑:"我前几年在建工学院教过一年书。这都是我的学生。"

"噢。"景立贞点点头,这是她不曾想到的。

三个姑娘的情况似乎不相上下,景立贞也不再细问,她关心的是她们的家庭背景。

"我觉着她比较起来理想一点。"曹玉林说道,他指的是那个中央领导的女儿。

景立贞却蹙着眉若有所思地微微摇了摇头。她知道曹玉林的思想:中央领导的女儿岂不最好?这位上任一年的处长太不懂上层的事情了。她考虑得远比这深细复杂得多。她深深懂得政治联姻的重要性。亲家是中央领导当然最好,有许多政治上的好处,但又必须保证这是位在政治上长居久安的亲家。要不,政治上大起再大落，和他扯在一起，有大麻烦，会牵连顾恒。这位新提上去的中央领导是什么背景，凭什么关系上去的，她还不知道，不敢打包票。

"这一个先不考虑吧。"她想了想说。

"她不理想？"曹玉林有些不理解。

"她不是独生女吗？怕性格不好。"景立贞不便多解释。

剩下两个姑娘供抉择。

"那是不是她更合适点儿？"曹玉林指的是那位离休部长的女儿。

景立贞不易觉察地微微皱了皱眉。这个曹玉林，一辈子没掌过什么权，怎么就这样崇拜权力地位——包括崇拜它的影子。"我倒倾向于那个教授的女儿。"她说。

曹玉林看着她，神情中又有些不理解了。

真是太不跟形势了。现在知识越来越值钱，你这个知识分子反而看不出来？终身制在取消，一个离休的部长慢慢就不如一个教授有地位，这不是明摆的吗？然而，她又有些犹豫了。这位离休部长的情况她是知道的。这不是一般的部长，一退下来就两手空空，影响全无，他根子深，与中央现在许多重要领导都有渊源，社会联系很广。这是一个既有实际力量又在政治上绝对保了险的老干部——离休，既是权力的丧失，又在政治上永久保险了——难道不是最理想的亲家？

"我再考虑考虑吧。"她说，"谢谢你老曹，还记着这事儿。要不这样吧，把两个都介绍给晓鹰，让他自己选择选择。"

"好。"

"这事就麻烦你了。噢，你还有什么事要说啊？"景立贞问。

"我……"曹玉林一下又局促起来。

"是工作方面的事吧？"景立贞紧接着递上话来，不容曹玉林多踌躇。

"嗯……"曹玉林不知如何说是好。

"你这个老曹，就知道考虑你那技术处的工作，肯定不是说家长里短的闲事儿吧？"景立贞指点着曹玉林，含着赞誉地说道。

"不是。"

"那咱们到办公室再谈吧,星期天都轻松轻松,给大脑放放假。"她轻轻拍了拍自己的脑袋笑着说。

曹玉林不自然地笑了笑,什么话也说不出来了。

"走吧,咱们回客厅去,和大伙儿一块儿闲聊吧。"景立贞说着站起来。

曹玉林只能勉勉强强地跟着站起来。

"噢,关于沙桩的那件事,"景立贞一边往房间外面走,一边像是突然想到一件小事似的随意说道,"就等党委处理决定吧。我相信你会正确对待的。"

大门已被客厅里出来的客人反客为主地打开了。

门厅里迎面站着刚刚进来的古陵县县委书记李向南。

第 八 章

李文静放下电话,回到自己房间坐下,手撑着下巴发呆。她要使自己平静一下。她没想到他会来电话。

……"文静……是我。"电话里是个有些怯懦的声音。

"你是谁呀?我确实听不出来。"她说,同时心中在猜测。

"我是……"电话里沉默半响,声音十分低弱,"红红好吗?"

李文静挂在脸上的笑容消失了。是他的电话。离婚十年了,他第一次来电话。"有什么事吗?"她平淡地问。

"我……我想……今天……"电话里的声音低得几乎听不见,"我今天能不能去看看红红?"

李文静沉默了许久:"你说过,永远不再打扰我们。"

"我……前几天……在电视里看见红红……参加智力竞赛……今天又是她的生日。"对方断断续续地说。

她头脑中一片迷乱,隐隐闪动着各种矛盾的意念和情绪,闪动着过去与现在的许多场景,红红的小脸……她懵懵懂懂地失了惯有的果断,既没答应,也没拒绝。"你别来了……"她说。"你自己看着办吧……"她又说。接下来,双方在电话里沉默了一阵儿,她慢慢挂上电话……

她曾经结过婚,她和他是同学,她和他似乎有过共同的理想,又那样不吵不闹地离了婚,留下了一个女儿,女儿今年已经十三岁……这一切都是巨大的存在。凡是存在的就不能回避。社会的历史不仅被文字、书籍、雕塑、绘画、建筑、风俗习惯、社会关系"记录"留存下来,也被社会心理、思想理论、大众情感、各种活的人物……"记录"留存下来。一个人的历史也如此。她现在的生活现状,她思想感情上的刻痕,她的女儿,周围人对她的看法及定义(一个离过婚的带着孩子的女人),无不都是历史的现实化。她能摆脱吗?人不能和自己经历过的任何事情告别。人一生必将肩负着全部存在走完人生的道路。

"妈,你怎么了?"女儿在一旁问。

"没怎么,想点儿事儿。"

她呆呆地坐在桌前,脚下放着她出差回来的行李。她手里拿着几封展开的信,那是另一个女人写给丈夫的,充满着恋情,也记录着充满恋情的一次次约会。还有一封,是丈夫写给那个女人的,"我和妻子相敬如宾,但我不爱她,我们的婚姻是爱情并不成熟就结出的果实……"他在信中这样说。

她一回来,就发现了桌上的这几封信。

丈夫并不知道她会今天回来。三岁的女儿在床上睡得正香,带着憨甜的微笑。丈夫照料得很好。他很爱孩子。楼梯上响起了脚步声,钥匙开门的声音。"你回来了?"丈夫一进屋,脸上露出一丝惊喜,"我下楼拿奶去了。"她无言地看了看他。他的目光落在了她手中的信上,脸上的笑容慢慢消失了,垂下了眼。

不久,她首先提出了离婚。

她平静了。"红红。"她叫道。

"妈妈,干吗?"女儿看出她神情的异样。

"你过来。"她站起来坐到床上。

女儿走到床边面对着母亲坐下。李文静用手轻轻理了理女儿的头发。女儿眉目清秀,神情纯洁。女儿长大了吗?从母亲的眼里看,她还小;可是想象起自己十三岁时的心理,又知道女儿该是懂事了。孩子实际上总比在父母心目中更成熟。

"妈妈,有事儿吗?"

李文静点了点头。她把手轻轻放在女儿手上。一切她都想好了,女儿该知道她应该知道的事情了。"红红,你已经不是小孩子了。"她说。女儿想到昨晚出现的生理变化,眼一垂,圆圆的小脸微微红了。她用整齐的牙轻轻地咬着嘴唇。

"有些事,应该告诉你了。"

女儿很听话地点点头。

"知道妈妈要和你说什么吗?"她问。

女儿默默地看着她。她也看着女儿。女儿的目光是纯洁的、透亮的。母亲在眼镜片后面的目光是温和的、慈蔼的。仅仅一年以前,女儿还像个小毛丫头,像个没绽开的花骨朵,这一年好像一下开放了,眼睛、鼻子、嘴的线条都分明起来,闪露出动人的光泽。妈妈这两年眼角的皱纹多了,脸上的皮肤也明显松弛了,自己倒像是一直没有发现过似的,一直觉得母亲还年轻。"妈妈,"红红用纯净透明的目光理解地看着母亲,轻声说,"你是要结婚吗?"

"不是。"不知为什么,一听女儿这种说话的声音(好像她需要女儿保护似的),眼里就一下涌上泪水,李文静温和地笑了笑,摇了摇头。

女儿又看了看她。

"你知道妈妈要和你说什么吗?"她问。

"知道。"女儿的声音很低。

李文静不相信地看着女儿。

"你要说爸爸……"

李文静受到震动。她惊愕地看着女儿,半天说不出话来。

"你怎么知道?"好一会儿,她才听到了自己干哑的声音。她从未和女儿谈过这件事。"你还很小时,他就离开了我们,他不愿和我们在一起。"这是过去她对女儿唯一的说明。女儿也从来不问。"你想知道这件事吗?"她问。

"想。"

"过去一直想吗?"

"是。"

"为什么从来不问呢?"

女儿看了看母亲,垂下眼又沉默了。

"那你恨妈妈吗?"

"不……我恨他……"

看着母亲走出院门买东西去，红红坐在桌旁陷入恍惚。姥爷、舅舅们都出去了，院子里空落落的。多年的老房老院本就显阴，院中央还有一棵树，像个沉默不言的僵化老人。这让她想到一个字谜：方方院中一棵树——困。隔着灰乎乎的纱窗往外看，院子更显黯然。院子外面，隐约听见星期天北京的喧闹，愈加衬出小院的寂静。她心中突然涌上来一种孤单感。孤单中还有一丝凄凉。

因为她一个人在这个空院里？因为妈妈不在她身边？

不。她常常有这种孤单感。

她一个人赤着脚在湿软的海滩上走，低头看着自己踏出的脚印。右边是壁立的岩石；左边是蓝色的大海；海浪一层层扑上沙滩，浪花是白色的。她一个人朝前走着。脚下的沙滩是金黄的，头顶上的天空是灰蓝的。浪花溅碎的水珠打湿着细腻的沙滩，打湿着她的脚，打湿着她的上衣，打湿着她的脸。整个世界潮湿而模糊，模糊而寒凉，寒凉而寂寞。她闭上眼在沙滩上走着。太阳晒得她热了，渴了，有人抚摸她的头发，给她送过水来，她喝着，知道是母亲在身边。她又走着，天阴了，下雨了，衣服湿透了，冷得哆嗦了，她要烤火，可是没有火。她想喊妈妈，然而，她想到妈妈也没有火，也怕冷。她只好一个人继续朝前走。大海里有无数喧嚣的声音在喊她：来这里吧，你是鱼变的。她倔强地回答着：我是猿猴变的。海里的声音又在喊：猿猴追溯上去，也起源于水里的生命。你来吧。不，她不去。她要寻找火。海里的声音还在喊：你前面永远是阴雨天，见不到太阳。不，她不相信，太阳会出来的，太阳就是火……

这是自己哪天夜里做的梦？

她左手撑着脸颊，脸向左歪着，坐在那儿一动不动。她突然漾出一丝自觉好玩的微笑。妈妈就喜欢这样坐着，而且也喜欢用左手撑着脸，目光呆滞地想心事。妈妈想什么呢？自己再过二十多年是不是就和妈妈一样？她不愿意。她不会的。自己虽然有很多地方，譬如走路时甩手的姿势像妈妈，可也有许多地方不像。她一说话就爱脸红，妈妈从不脸红。她喜欢低下头抬起眼看人，妈妈喜欢略抬着头微垂下眼看人。还有一些地方,她也不像妈妈。那像谁呢?

像他吗?他什么样呢?她恨他。

她羡慕那些既有母亲又有父亲的同学……

有人摁门铃。大门没有插上啊。她快步走到院门口,拉开了门。门口站着一个四十来岁的男人,样子很瘦削、很文弱,手里提着书包、网袋,温和的眼睛里含着一丝紧张。他看着她,露出微笑。"你妈妈在吗?"他问,白皙的脸上涌起红晕。

何之光一边给七岁的儿子洗着澡,一边不时抬头看看电视屏幕——正在播放中学生智力竞赛。他的手突然停住了。他不敢相信自己的眼睛。那个从课桌后站起来回答问题的女孩子李小红正是他的女儿。虽然,他有六七年没有见到她了,还是一眼就认出了她。他没看错。离婚以后,女儿跟了李文静,他曾不止一次悄悄到幼儿园看过她。女儿上了小学一年级,他还站在学校的操场外面远远看过她。但是,为了不使自己痛苦——他太爱女儿了——也为了不使自己现在的家庭产生裂痕——妻子在这方面很敏感,这几年他没再去看望过女儿。

"爸爸,你怎么不给我洗了?"儿子赤条条地坐在澡盆里,撒娇道。

他笑笑,接着给儿子洗澡,但手里的动作又渐渐慢下来,目光一直停留在荧屏上。又是红红回答问题了。她掠了掠头发站起来,很清秀的样子。她穿着白衬衫,蓝背带裙,像清晨阳光下一棵挺立的小杨树,片片叶子青嫩闪亮。她的声音很好听,她好像看见自己了,目光正对着他,他居然垂了一下眼帘。他真想抚摸一下女儿的头发,真想牵着她的小手走一走,真想和她说说话。

"这女孩气质真可爱,"妻子正在收拾饭桌,她也随着他的目光一同看着电视屏幕,"这会儿她父母坐在电视前边,心里不知该有多骄傲。"

他没有骄傲,倒是感到紧张——生怕女儿答错——而更多的是一种复杂难言的感情。他漫不经心地给儿子洗完澡,一直看着智力竞赛结束。整个房间里充满女儿透明的目光,充满女儿的气息

——那是他躺在女儿身边拍着她睡觉时熟悉的气息，充满着女儿清脆的声音。

他第一次对儿子的撒娇纠缠有了不耐烦："自己玩去，爸爸有事。"

他也第一次明白了：自己对女儿的感情没有淡漠，而且是其他感情不能取代的。他爱现在的儿子。但是，只有女儿才像是从他身体内（而不是从妻子身体内）生养出来的，带着自己的全部血肉，带着做父亲的全部怜爱与温情。他真想揽着女儿一块儿看电影，一块儿坐公共汽车，一块儿划船，……蓝天，白云，湖水，红墙，木桨，街道，在眼前旋转着。

妻和儿子都熟睡了。他拿出了小心珍藏的女儿一周岁生日的六寸照片。胖胖的小手抓着奶瓶，可爱地笑着，脸像奶油一样光泽。那一天，她突然会叫爸爸了。那是她会叫的第一个人——先于会叫妈妈。他高兴得晕乎乎的，为女儿照了这张像。

……小学校操场的栅栏外，他远远地看着她。女儿平举着双手，与左右同学们看齐，上着第一节体育课。阳光照着她光润活泼的小脸，微风拂动着她柔软的黑发。他的眼睛潮湿了……

他不爱前妻。他们原以为志同道合便是爱情，然而，爱情不仅是事业上的一致。他需要的是一个温柔贤惠的妻子，而她却缺少他所渴望的温情。他们分手了。

然而，他爱女儿……

"妈妈刚刚出去，很快就会回来，叔叔，您到家里来等一会儿吧。"红红仰起小脸礼貌地说。

何之光不敢跨进院子，刚才站在门口，不知下了多少次决心，举了多少次手才摁响门铃，衣服已被汗水湿透了："我不进去了，我把东西给你吧……你姥爷在吗？"

"姥爷和舅舅们都出去了，就我一个人在。叔叔，您进来吧，妈妈一会儿就回来。您是作者吗？"

"你怎么知道我是作者？"何之光定了定神，跟着红红走进院子。家里人都不在,这是他看望女儿的好机会。然而,当他在空落寂静的院子里走过时,仍有一种偷入行窃似的紧张不安。

进了正房客厅,再入西偏房,两床,两桌,简简单单,一看就是母女俩的房间了。他站在那儿不动了,被屋内的晦暗简陋堵住了心口。他知道李文静没有再婚,然而,当此刻实际面对着母女俩这样黯淡的生活场景时,他涌上一股强烈的歉疚。这种歉疚取代了刚才的紧张,也分散了见到女儿的激动。他踏不进这间屋子,他想到了自己家庭生活的幸福,想到了自己新搬入的三室一厅的敞亮。

"叔叔,您怎么了?您进来坐啊。"红红说。从一见面她就喜欢这个叔叔。他肯定是刚刚写出第一本书的作者,找妈妈谈话有点儿紧张。她很愿意帮助他。

"啊……好。"何之光把东西放在床上,在椅子上拘谨地坐下了。同时自问:他有坐下的权利吗?

"叔叔,您写的是什么书,是小说吗?"

"我不会写小说。"

"那您在写什么呀?"

"我?……我是搞美学的。"

"一会儿您见到我妈妈,不要紧张,我妈妈挺果断的,可她很热心,您只要和她坦率谈就行了,她挺好说话的,您千万别假谦虚。"红红说着,为自己的话笑了。

何之光也笑了,情绪轻松下来。直到这时,他才开始进入与女儿见面的感情。

女儿就坐在面前,没有了荧屏上那种天使般耀眼的光彩,很朴素,很平常,却显得更亲近。这是一个活生生的女儿。他渐渐闻到了空气中女儿的发香。

"你很了解妈妈,是吗?"他温和地看着女儿。

"那当然。妈妈很能干,很多作者都信任她,都愿意找她。"红红天真的神情中流露出对母亲的自豪。

"妈妈一定很关心你吧?"

"当然。我的什么事儿她都管。"红红笑了一下,"可有的时候,我也管她。"

"管她什么?"

"有的事儿妈妈拿不定主意了就来问我:买衣服买什么颜色呀,是骑车上班还是买月票呀。平时她是我妈妈。可有时候,我们就成姐妹俩了。"红红说着,快活地笑了,"我有时也讽刺她,她急了,就胳肢我。"

何之光也笑了笑,母女俩相依为命的生活就是这样:"你平常就这么爱说话吗?"

"不。"红红摇摇头,"叔叔,我今天见了您可愿意说话了。"

何之光的心猛跳了一下:"为什么?"

"不知道。叔叔,您是不是特别喜欢小孩儿?"

"啊……"

"您有女儿吗?"

"……有。"

"今天是我生日,十三周岁了,她和我差不多大吗?"

"是……"

红红瞟了他一眼,露出一丝亲热,"叔叔,您也爱脸红,我也是。我和人说话也可爱脸红了。我妈妈不爱脸红。我这一条不像妈妈,不知道像谁。"红红想着什么,目光变得有点儿恍惚。何之光心中被一股酸热的浪头冲打着,他觉得有点儿承受不住。"叔叔,您一定特别喜欢您女儿吧?"红红看着他问。

"当然。"何之光困难地答道。女儿那纯洁的目光,动听的声音,使他眼里一下涌上泪水。他绷住嘴唇,克制住自己。

"叔叔,您怎么了?"

"……没怎么。"

"您女儿是不是……病了?"红红小心地问。

"不,不是。"

红红愣愣地看着他,过了一会儿好像明白了,"叔叔,原谅我……我不知道。"她做错事般不安地说。

"不不……"他看着女儿,掩饰地眨了眨眼。

红红非常理解地看着他，目光中充满了关心。她拿过一块小毛巾递给何之光："叔叔，您别难过。这是我的毛巾。"

他接过毛巾，同时轻轻握住了女儿的手。眼泪又一次涌了上来。女儿并没有缩回手，她走近了两步，善良地看着这位叔叔，好像这样能安慰他似的。何之光闻到了女儿的发香，感到了她孩子般的轻柔呼吸。他轻轻握着她的手，感到了自己身体的微微战栗。

"叔叔，您别难过了。"女儿站在面前说。

"没有，我没有难过。"何之光克制地笑了笑，"我很爱我的女儿。我经常想她，不能忘记她。"

红红用一种只有孩子才有的纯真安慰地看着他。她小手的湿凉气息沿着他的手一点点沁入他的身心。

"你能够理解我，是吗？"何之光又勉强笑了笑，站了起来。他要走了，他不愿碰见李文静或她家的其他什么人。

红红目光透亮地看着他，理解地点了点头。

"红红，这些东西是送给你的，"他指着床上的书包和网兜说，"送给你过生日。等我走了，你再打开。"几天来，他在一个又一个商店出入着，在一个又一个柜台前寻看着，想象着女儿的需要和喜好，选购着给女儿的生日礼物。

"送给我？"红红惊异了。

"对，你妈妈知道。"何之光停了一下，又说，"我走了。"当他想最后看一眼这个房间时，猛然看见了墙上的镜框，许多照片的中间一张，正是他为女儿一周岁时照的六寸大照片：她拿着奶瓶，开心地笑着。他走到镜框前站住，李文静还保存着他给女儿照的照片，一丝旧情袭上心头。

"这是我一周岁时的照片。"红红走过来伸手指点道。

"谁给你照的？"何之光克制着自己的紧张，尽量显得自然地问。

"不知道。"

"妈妈没有和你说过？"

"没有。"

"噢,那你当然不会知道是谁照的了,你那时才一岁,不记事呢。"何之光说。他不敢转过头看女儿。

两秒钟静默。

"我其实知道。"女儿低下头声音不高,但是倔拗地说。

"你怎么知道?"何之光惊讶地转过头。

女儿垂着眼帘,目光恍惚地盯着床上:"我知道。"

何之光不知说什么。

过了几秒钟,女儿抬起头。"叔叔,……"她犹豫了一下,说道,"您知道妈妈的情况吗?"

"知道。"何之光非常不自然地笑了笑,答道。

女儿看了看他,又垂下眼,低声说道:"是他照的。"

这个"他"的含义再清楚不过。

"你怎么知道?"停了一会儿,何之光极力显得自然地问。

女儿打量地看了看他:"肯定是他照的。"她突然激动起来,用手指着照片,"要不,我不会这样高兴的。不是看着他,我不会这样笑的。"她委屈地像要和谁争辩一样,流出了眼泪,"对着别人,我不会这样笑的,一岁时也不会的。"

何之光像被雷霆震撼一般,周身透体冰凉。"红红。"他透过泪光看着女儿。

女儿也抬起泪眼凝视着他。

两个人一动不动。世界上只有他们两个人。

"爸爸,你去哪儿啊?"还未睡熟的三岁的女儿红红在床上惊醒过来,睁开眼睛,看着提起箱子准备离开的父亲。

"爸爸出去有事儿。"何之光说。这是他最后一次来取自己的东西,已经和李文静办了离婚手续。

"我不要爸爸走。"红红哭起来。

"妈妈在呢,好好睡吧。"何之光说。

李文静站在一旁,沉默着。

"不,我要爸爸哄着我睡。"女儿哭着说。

何之光看了看李文静,李文静垂下目光想了想没说什么,转身拉门出去了。何之光躺下搂住女儿,轻轻抚摩着她,哄着她睡觉。

"爸爸,你哭了?"女儿的手触到了他脸上的潮湿。

"没有,你好好睡吧。"

"我睡着了,你也不要走,要不我就哭。"

女儿睡着了。他站起来,俯身轻轻吻了吻女儿的小脸,提起行李往外走,走了几步,又站住,再一次回过头看着熟睡的女儿,好一会儿,他才扭过头朝门外走。李文静在黑洞洞的楼梯口站着。"我走了。"他站住,轻声说道。

李文静站在那儿雕像一样一动不动。

他不知道是该等一会儿,还是就这样走。

"请你以后不要再来打扰孩子。"过了好一会儿,李文静冷冷地说。

李文静此时推门进屋,看到了这一幕。

何之光与红红都扭过头来看她,父女俩的表情说明了一切。

"你来了?"她平静地问,放下给女儿买的生日礼物,同时也看到了何之光放在床上的东西。

"……我刚来。"何之光局促地说,脸涨得通红。

"你坐吧。"李文静说。

"我准备……噢,好。"何之光慢慢坐下。

"红红,这就是你父亲。"李文静做着已经没有必要的介绍,声音有些疲倦。

红红看了看母亲和父亲。何之光脸更红了,额头沁出细汗。

"喝水吗?"李文静看着他问。

"不……"

"抽烟吗?"

"我不抽……你知道的。"

"过去不抽不等于现在不抽。"

何之光用手擦了一下额头的汗水。红红看了看放在桌上的自己的那块小毛巾。

"你爱人好吗?"李文静问。

"还好。"

"孩子多大了?"

"七岁。"

"你爱人知道你来看红红吗?"

"不知道。"何之光额头上的汗更多了。

红红走到桌边,把小毛巾递到他手里,同时看了母亲一眼,又回到床边坐下。

"你还在搞美学?"李文静接着问。

何之光点点头。

"《美之起源》第二卷写完了吗?"

"快完了。"何之光心中有些感动,李文静还关心着他。

"第一卷我看了,是文物出版社出版的吧?"

"他们约的稿,那本书又涉及比较多的考古成果。"

"里边有一条注释排错了,第一百一十四页。"

"噢,那是我的疏忽,不是出版社的责任。"何之光始终紧张不安地涨红着脸。

李文静看着他,他还是那样文弱拘谨。"红红,去冰箱里倒杯冰水。"她说。

红红到客厅里端来一杯冰水,放到何之光旁边的桌上。她又看了看何之光。父亲是谁,什么样,这在她心中曾是一个巨大的、神秘的黑色世界。现在却如此简单平和。不知为什么,她此时并不恨他。

"谢谢你对我的关心。"何之光对李文静说。

"谈不上,职业习惯而已。"

何之光慢慢喝了几口水,稍稍镇静了一些,问道:"你还在出版社编书?"

"是。"

"除了编书呢?"

"也在写点儿东西。"

"写什么?"

"想写一本《编辑手记》,还不知有没有地方出版。"

"总能出版吧。"何之光关心地说,总算有了一个能摆脱窘困的话题。

"不一定。"李文静淡淡地说,"我在编辑手记中写的都是真实情况,涉及很多内幕,真发表出来,大概有不少犯忌的地方。"

"噢……"没什么可说的了,尴尬的沉默。

"你没什么变化。"李文静打量着对方,又转过头看看女儿,"他离开你时,和现在样子差不多。"女儿看了看父亲。

何之光脸涨得更红了:"你也没什么变化。"

"我老了,有自知之明。"李文静说。

何之光的话被堵住了。李文静比他想象中更显憔悴,这让他同情,内疚。同时,他却又想到自己年轻的妻子。他简直很难想象,如果他不离婚,现在能否和李文静在一起生活。她宽大而瘦削的身材硬板板的,头发干燥,脸皮松弛。他绝不能想象和她挽着手一起散步,更不能想象亲吻她。为什么他会离开女儿,此刻似乎是很明白的。人其实是很自私的。

"以后,你……"李文静停了一下,看了看何之光。

"以后,我不会来打扰你们的。"何之光说。

"以后你如果愿意来看红红,可以来,只要你能承受住自己的处境,只要红红愿意。"李文静看了看女儿。

红红一直坐在位于他们等距离中间的床上。这时她站起来,默默走到母亲身后,紧挨着她坐下。母亲的衰老憔悴使她一下看清了十年来生活的苦难。她用一种复杂而陌生的目光看着对面的父亲。

李文静感到了女儿的亲近。她涌上一阵感动,鼻子也有些发酸。在她粗糙的、未老先衰的身体旁,有着女儿鲜活娇嫩的身体。她们融为一体。

何之光顿时感到了冷落。他感到了此时他和女儿间的距离。他感到了自己受到的审判。他看见了床上自己给女儿买的那堆礼物——比李文静买的多得多,也肯定贵重得多,然而,他只感到惭愧:

这是一份轻薄得拿不出来的礼物。

"是谁来了?"李文敏一步跨进来,客厅里传来李海山的咳嗽声,她刚才陪父亲出门去了。"是你?"看见过去的姐夫,李文敏脸上的笑容消退了。

"文敏,我……来看看红红。"何之光站起来不安地解释道。

"噢,你该来,早该来;你又根本不该来。"李文敏说,她对何之光没有太偏激的成见,"你有时间吗?如果有时间,我打算找你聊聊家庭社会学,还想让你填张调查表。"

何之光紧张地看着门口,陷入一种更大的窘促中。

李海山神情阴冷地立在那儿,脸显得长了几倍:"你来干什么?"

"看看红红。"

"这儿不需要你来,你出去。"李海山指着院门,眼里闪着怒火。他对这个毁了女儿一生的人(他是这样认为的)充满了仇恨。

"爸爸……"李文静想劝止父亲。

何之光狼狈不堪地低下头往外走,李文静也跟着站起来。她想送到院门口。

"让他自己出去。"李海山厉声吼道。这同样是做父亲的感情。哪个父亲容得毁害女儿的人?他老了,女儿也到了中年,然而做父亲的这种感情依然深刻有力。

何之光还没走到院门口,门铃又响了,不知又是谁来了。红红察看了一下姥爷的脸色,跑过去开门,她想在院门口再对父亲有个什么表示。但她不知道该怎么称呼父亲,也不知道该说些什么,眼睁睁地看着他低头走了。李文敏也随后过来了。

刚才摁响门铃的来客已经侧转身为何之光闪开路,这时回过身来。站在李文敏面前的是个漂亮的姑娘:"李文静同志是住在这儿吗?"

来人是顾小莉。

第九章

李向南和景立贞对视了一下。

这肯定是小莉的母亲了，长得就像，一看就知道是个很有些厉害的干练女人。她的脸上露着主妇的亲切，目光却含着锐利，她的线条分明的脸，勾勒有力的眼睛、鼻子、嘴角，包括额头上那男性化的细硬皱纹，消瘦挺直的身子，都不使人感到长者的慈和，也不给人以女性的温善。她周身散发着一股子使你不得不小心处之的辛辣劲儿。

这就是李向南了。早晨在单元门口迎面相遇过的就是他。黑黑瘦瘦的，看样子就不是个简单的年轻人。在古陵县能把小莉的叔叔那样一个老县长整得死去活来，又能把小莉这样一个眼界高、心计多的女孩子搞得神魂颠倒，此刻迈进省委书记家的门口了，又能做出这样一副稳重礼貌的样子，会来事儿呢，今天我倒要掂掂你。

"您是小莉的母亲吧?"李向南尊敬地问。

"你是谁呀?"景立贞亲切地笑了。

"我叫李向南，古陵县来的。"

"噢，"景立贞略有些夸张地笑道，"听说过你。来，到客厅里坐，进来吧。"

李向南踏进了客厅，看了看一大屋子人，踟蹰地站住了，"顾书记还没回来?"

"快了吧，你坐着等一会儿，这里好几个人也是等他的。"

景立贞招呼着李向南落了座，便不再理睬他，又说说笑笑地主持起家中的沙龙来。她掌握着话题，活跃着气氛，笑着和每个人搭话，唯独不理李向南，连目光也绝不往他那儿看。哼，论年龄，论辈分，论资历，论关系，你都该在人群后面的角落里老老实实坐着。她现在就要冷落冷落这个野心勃勃的年轻人，让他明白自己到底有多大分量。

　　对这位省委书记夫人的心理,李向南当然无从知道。他坐下以后,双肘撑膝前倾着身子,低头慢慢点着烟。待客厅里的人们对每个新来者照例有的片刻注意过去之后(其实人们几乎就没有注意他),他便隔着弥漫的青烟,观察起省委书记家中的客厅来。二十来个人,有男也有女,有老的也有年轻的,有干部,有知识分子,也有几位仪态不同的夫人,四周相围地坐满了客厅,沙发,藤椅,折叠椅,凳子,小板凳。人们屁股下座位的级别自然反映着人们地位的高低和到来的先后。至于在多大程度上决定于地位,多大程度上决定于先后,这就是个复杂的函数了,很难作简单的估计。他现在坐的自然是硬板凳,而且是在角落里。这倒有利于他冷静观察。

　　他有了一个很有意思的发现:来客的级别、地位大概都是低于顾恒、低于景立贞的,这从他们听着景立贞说话时的神情、坐姿都能看出来。有的人始终含笑注视着主人,其全部努力就是不断寻找机会表现对景立贞的迎合。

　　有一个人例外。那是腆着腹坐在景立贞旁边沙发上的一个仪表很堂皇的老干部。他眯着眼微笑地看着前面某个地方,表示很有兴致地听着众人聊天。这位胖老头的级别大概也在顾恒之下,要不,景立贞绝不会让他与众人一起在客厅等待,但可能在景立贞之上,因为景立贞对他比较客气,他对景立贞也不做任何迎合。不过,因为夫人在家中常常同时"享有"着丈夫的地位,这位胖胖的老干部对景立贞总的还是表现出敬上的态度。

　　来客们相互之间呢,看来有的熟识,说笑呼应,有的并不认识,相互之间客气而拘谨。但由于此刻都坐在这里,也便似乎成了一个暂时的统一体,都有维持沙龙运转的义务。看得出有人来这儿是有具体目的的,他们以敷衍的兴趣参与着客厅里的说笑闲谈,尽着每位座中客都有的活跃气氛的责任,但他们的神情并不集中,兴致也不高,他们在等待着和主人个别谈话,或耐心,或焦躁。

　　有一位引起了李向南的注意。三十七八岁,头发已经半白了,像个工人,一直皱着眉抽闷烟,毫不应酬客厅里的说笑。他偶尔瞥视景立贞一眼的目光中，显然压抑着不满。他几次在烟灰缸中慢慢旋转着用力摁灭烟头，让人感到他就要站起来一样。他终究也就站起来了。"我走了。"他说。

"好容易又来一趟，怎么这就走了？"景立贞连忙亲热地说。

"顾书记不回来，您又没时间。"他冷冷地说道。

景立贞目光闪动了一下，爽声笑着站了起来："这个赵宽定，还是这么急性子？好，老顾不回来，你有事先和我说吧。"

赵宽定目光阴沉地垂着眼没说话。

"走吧，别影响大家。咱们到隔壁房间里谈吧。"景立贞说道，声音含着特别的亲热。

"你这次来，什么事啊？"景立贞问道。她亲自给他倒了一杯茶放在茶几上。她知道这个举动的安抚意义。

赵宽定垂着眼往外摸烟，脸色阴沉地没有说话。

景立贞拿起火柴盒，抽出火柴，准备亲自给他划火。赵宽定看了看景立贞手中的火柴，伸过手来，要自己拿去划。"还是我给你划吧，这是应该的，你是我们家最重要的客人嘛。"景立贞说道。

赵宽定俯身低头，吐出了烟。

"这么远来，什么事啊？"景立贞问道。

赵宽定稍稍挪动了一下脚，沉默不语。

这个赵宽定。看着他一头粗糙的花白头发，景立贞不由得在心中慨叹了一声，小伙子原有一头乌黑漂亮的头发。文化大革命中，顾恒在东北 S 省任省委书记，被揪斗得死去活来，是赵宽定——他原是省委机关的一个司机——冒着枪林弹雨，领着一派群众组织把已经瘫痪的顾恒从对立派的黑牢中抢救出来，一路上背着他东躲西藏，一直转移到安全地带，又亲自照料他养伤康复。用顾恒的话说，文化大革命中他能幸存下来，多亏了宽定。现在，赵宽定因为曾是造反派头头，日子很不好过。他几次写信给顾恒，希望他能写封信给 S 省省委领导，帮他说说话，改善一下他的处境，顾恒一直未能使他如愿。这次，听说顾恒从省里回北京，他赶忙从东北跑来，一定是有让顾恒难为的要求。还是她来替顾恒挡驾吧。她什么难题都不怵。

"怎么，处境还不太好?"她关心地问道。

景立贞含笑的目光，连同旁边茶几上这杯冒气的热茶，都让赵宽定感到一种暖烘烘的感化力。但他仍低着头，他的脖颈、他的脸都还没放松，还凝结着刚才的情绪。那是受到冷遇而产生的愤恨。忘恩负义。替他们卖命都白卖了。你顾恒换个地方还当省委书记，我赵宽定就该有过不完的关，受不完的审查，又是撤职，又是开除党籍，又是……他一想到这两年的日子，愤愤的情绪就一劲儿往上涌。刚才他在客厅里简直想站起来就走，走到门口再当众指着景立贞好好数落她发泄一顿。

"我的处境能好到哪儿去。"他没好气地说了一句。

景立贞一直含笑的目光保持和延续自己刚才的那句问话，她相信这种目光的力量，也相信自己的亲热是足够的了，需要的是等待。果然，赵宽定开口了，她也便神采活动起来:"比前一段好点儿吧?"

"党籍开除了，职也撤了。"

"又让你开车去了?……开车也不错嘛。"

"车也不让开了。"

"那让你干什么?"

"烧锅炉。"

一秒多钟的沉默。"多学一样技术也是好事。一个人总要起落起落，磨炼磨炼。"

"磨炼?哼，"赵宽定用力绷着嘴，过了一会儿，"这一阵又传说要逮捕我。"

"为什么?"

"说炸省委东楼是我主谋策划的。"

"一九六八年的'七·二五事件'?"景立贞对 S 省"文革"历史很知道一些。

"是。"

景立贞蹙起眉想了想，很锐利地打量了一下低着头抽烟的赵宽定。这种事情有点儿严重,务必保持适当距离。"实际情况是这样吗?"她问。

"确实不是我,这我敢保证。"

"那还怕什么?"景立贞松了口气,劝慰道:"让他们调查嘛。调查清了不就完了。你怕什么?是好事嘛。喝点儿水吧。"她把茶杯往赵宽定这边推了推。

赵宽定狠狠地绷住嘴唇,阴沉地盯着地面:"可我当时也没反对、制止。"

景立贞略怔了怔,随即又笑了:"只要不是你主谋策划的就不要紧。"

"可好多事情现在说不清,我当时是头头儿。现在,有几个人乱咬我,都往我身上推。"

景立贞和赵宽定去隔壁了,李向南继续观察着客厅。这也是一种社会调查吧。

主人不在了,客厅明显失去了中心,呈现出这儿三五人一摊,那儿五六人一团的多中心状态。时而有一个人大声说起一个有吸引力的话题,人们的注意力便都聚过来。过了一会儿,又涣散开来,成为轰轰嗡嗡的一片。

这一摊,几位妇女在唏唏喷喷地讲二六六号民航客机在广西恭城崩山遇难。海拔一千五百米,满山森林浓雾,二十米远就不见景物,出动了解放军还是连尸体都找不见。讲的人有声有色,听的人哎呀呀地表现着震惊慨叹。

那一摊,两三个知识分子气质的人在讨论北京市人口、用地、供水的三大规划。话题中止时出现了几秒钟嘴巴无话可说、眼睛也无处可看的难堪和沉默。一会儿,又有人提起新的话题,谈开了现在基本战线太长,要好好压缩。

还有各种各样的话题。斯里兰卡的眼库向全世界贡献了九千多只眼球;某位电影明星因大量走私被捕;上海人结婚请客摆酒席吓死人,各大饭店都排满到明年了;……有一摊人的谈话声音逐步高起来,说的是南方一个刊物登了一篇小说,专门写年轻女人怎么勾引高级干部。

这时,那个仪表堂堂的老干部伸了一下手,好像在示意会场安静一样,对满客厅人们气愤地说道:"现在的文化界也真不像话。这种书有人写,也有人出。前两天我看到一本书,叫什么《爱娃和希特勒》,写希特勒的风流事。真是太不成体统了。"

景立贞定住目光看着赵宽定:"你要相信公安局和法院嘛。"

"我不相信他们。公检法的几个头儿都是他们那派保过的,恨不能把我杀剐了。就是没罪,也能给我捏出罪来。"赵宽定一摁烟头,猛地抬起头来。

景立贞不怕这个,她和蔼地笑了:"无中生有搞捏造,制造冤假错案,那他们就犯法了。"

"哪有他们犯法的时候。整错你了,关你十年、二十年,顶多再给你平个反,有什么用?你完了。"

"平了反怎么能叫完了?"

"老景,你怎么说得这么轻巧,不是你住法院是不是?"赵宽定冒火地一下站起来,把右手往后一甩,像甩掉一只从后面拉住他的手,转身就要走一样。

"我不是说让你去住法院,我是说只要你确实没有问题,就不怕他们捏造。"景立贞耐心地解释道。

"老景,我怎么跟你说好?"赵宽定第一次瞪着眼正视着景立贞,胡茬抖动着,声音高而嘶哑,"那几年乱腾腾的事儿,你不知道?除了关起来的,谁大小没点事儿?像我这样当过造反派头头儿的,能一点儿事都抖落不出来嘛。"

景立贞略垂下眼帘沉默了极短的一瞬。就在这一瞬间,凭着她凝结着丰富经验的直感,她应变过来了。她的脸色一下变得愤慨起来:"文化大革命中有错误就纠正错误,这也要实事求是。随随便便把人抓起来,无限上纲,那样搞还是极左的一套嘛。"她义愤填膺地打着手势,"宽定,你沉住气,什么也不怕,一是一,二是二,实事求是讲清楚,有什么情况可以向你们省委报告。"

赵宽定直愣愣地看着景立贞,不知说什么好。他暴躁地一跺脚,无可奈何地"唉"了一声,又要甩脱别人似的往后甩了一下手,像是拔脚要走,结果却一屁股很重地坐了下来。刚坐下又猛然站了起来,火爆地说道:"找省委有什么用?"

"总会有人替你说话嘛。"

"谁肯?我请顾书记给省委领导写封信,顾书记不是一直都不肯嘛。"

难题这才开始了。"你这个宽定,怎么这样说话。"景立贞顿时放下脸来,"你知道老顾收到你的信后是什么心情吗?那几天我正好借出差去省里看他,他连晚饭都没吃,心情不好,晚上省歌舞团演出,说好要去的,省报连他看演出的新闻都预先写好了,他没心思去。他说要给你们省委钱书记写信,他们是老战友,连夜打了两遍稿,还是我拦住没让他写。我对他讲,你这样写信,不符合原则嘛。再说,你原来在那儿当过省委书记,和那儿的人事有各种历史性联系,你写信,不一定对宽定有好处,只会使他的处境更复杂化嘛。他说,别的事我可以不管,宽定的事,即使有违反原则之嫌,我也要管一管。我又这样说了几遍,他才犹豫着把信压下了。你要不满就不满我好了。这些情况我本来不想说的。你对老顾要是连起码的信任都没有,你以后就不用再来找他。你现在站起来就走,我也绝不拦你。"

赵宽定垂着眼站在那儿,沉默不语了。

他并不知道,收到他来信的那个晚上,顾恒确实是沉重地叹了一口气,但还是按时去看了歌舞演出;他也不知道,那天晚上顾恒确曾考虑过是否写封信给他熟识的 S 省省委书记,但后来并没有写,不曾有过打了两遍稿的事情。

景立贞观察地瞟了赵宽定一眼,知道自己的话分量已到。她换了平和的口气:"老顾这两年血压高,身体也不太好。你的事儿,等他回来我给你说吧。看看他这次在北京能不能遇到你们省委领导,让他问一问。你看,这样行不行?"

“我不想在东北了。”过了几秒钟，赵宽定说。

“去哪儿?”

“我想调到顾书记的省里去。”

“调到他那儿?”景立贞有些意外。

客厅里的谈话还要继续。上海的服装展销；丹麦的家具展览；北京市现在层层剥瘦肉，案台上见白不见红；……逐渐又出现一个中心话题。

“你们知道现在结婚讲究全鸡，全鸭，六灯俱全吗?”

“全鸡、全鸭算什么，很平常，现在……”

“你知道什么是全鸡、全鸭吗?”

“这谁还不知道?”

“说的不是饭桌上的全鸡、全鸭。全鸡是指：收音机，录音机，双缸洗衣机，彩色电视机，电扇机。”

“是这个全鸡(机)啊。哈哈哈。连电扇也加了个机字儿。……全鸭呢?”

“全鸭是鸭绒被，鸭绒垫，鸭绒衣，还有鸭绒什么的，全套。”

“六灯俱全呢?”

“进门门灯，进屋吊灯，墙上壁灯，沙发旁落地灯，看书台灯，躺下床灯。”

“还有什么?”

“还有多了。关于家具、衣服的讲究说不过来。”

“你说的这还不算厉害的呢。你们有谁看了《大众日报》，好像是上个月的?”

“怎么了?”

“那上面登的，山东一个县里大搞娃娃亲。”

“山东哪个县?”

“好像是商河县。那儿的不少父母为子女包办‘娃娃亲’。十二三岁的小孩儿，有的才六七岁的小孩儿，当父母的就给他们订了婚，孩子不愿意就强迫。”

345

"那孩子们还有心学习吗?"

"都是农村的吧?农村就是太愚昧。"

"现在的农村?别提了,乱着呢。"

……

乱?他们对现在的感觉是乱?他们去过农村吗?顾恒怎么还不回来?自己还等下去吗?

"是,调到顾书记那儿,跟着他。"赵宽定说道。

"跟着老顾?"景立贞的目光很快地闪动了一下,"你们那儿能放吗?他们不是还在审查你吗?"

"只要顾书记说个话,我想,那边可能也就不会闹我了。"

景立贞看了赵宽定一眼:还真有点儿心计啊。她说:"你调到那儿干什么?老顾也干不了两三年了,要退二线了。"

"没关系。我也不要顾书记安排我什么职务,只要调过去,哪怕还让我烧锅炉也行。"

景立贞看了看赵宽定,发现他不仅头发花白了,脸面苍老多皱,三十七八岁的人,背也开始驼了。她不禁动了一丝恻隐之心。同时眼前便浮现出顾恒现在那魁伟壮健的形象。然而,她绝不会感情用事。她的心没那么软。她用商量的口吻说道:"宽定,老顾肯定会关心你的,可这事他出面办为难不为难?你是最关心他的,你替他想想呢?"

赵宽定坐下了,解释道:"我觉着不为难。要是让他写信直接为我受审查的事儿说情,那倒可能不太好说。现在他只是要调我去,对审查我的事儿装着不知道就行了。这样,就回避了政治影响,同时也变相地为我说了话。我们省委书记是他老战友,对他要的人总得照顾情面吧?"

"宽定,"景立贞慨叹了一声,"你把事情想简单了,要是你们省回个信说:你的问题还没查清楚,不能调走呢?"

"那到时再说,老子就不怕活不出去。"

"不能这样。"景立贞关心地嗔责道,"什么事考虑周到了不更好?这事儿等老顾回来,我再和他谈吧。好不容易来一趟,你见见他,但这事你不要直接和他提。他最近情绪不太好。"她不堪多说地摆了摆手,蹙起眉看着对面的墙壁。

赵宽定看了她一眼。

"省里矛盾很大,工作很难开展。他几次不想干了……"景立贞停了停,叹了口气,"他最近身体又不好,肝脏有问题,也不知是不是肝硬化。"她似乎完全沉浸在替顾恒的忧心忡忡中了。

"让顾书记想开些。能干就干,不能干就少干点儿。"赵宽定不由得要反过来说一句宽慰的话了。

"宽定,只有你能这样为他考虑啊。"景立贞感叹道,"现在的干部水平太低,都是提要求、出难题的多,满足不了他们,就反对你。"

不知为什么,这句话让赵宽定感到一种隐隐的、使他有一丝不安的压迫力。"现在的人还不都是这样。"他不自然地附和道。

景立贞长叹一口气,走到写字台跟前,拉开中间抽屉,从里面拿出一沓钞票放到茶几上,"现在工作不好干啊。这二百块钱,你拿上吧。"

"我不要。"

"拿上吧,你生活困难,要赡养老母亲。老顾几次想寄点儿钱给你,都怕影响不好。这不是你来了?……收起来吧。"

赵宽定伸手拿住钱,似乎是想推过去谢绝,但手往前略推了推又停住,慢慢地一点点收了回来,把钱放进了口袋里。

景立贞的目光瞥见了赵宽定手的运动层次。

烟雾腾腾的客厅里,人们正带着明显的偏颇继续议论着农村的乱,讲着各种各样的违法犯罪案件:偷盗的,诈骗的,走私的,贩私的,赌博的,流氓的,搞迷信的……

景立贞在门口出现了,她对靠门口坐着的李向南说道:"你过来一下,我和你说点儿事。"

夜与昼

第十章

　　刚刚面对面坐下,她就感到了她对李向南的反感。在他谦虚礼貌的稳重中有着一种内在的性格强度;他发青的络腮胡,黑炯炯的目光,筋络凸裸、像钢筋棍一样强悍的手,他的身体放散着一种气息,像个物理场一样上下环围着他,有弹性,有力度,不让她的目光侵入进去。他是新一代的政治新星,中国的舞台上现在由着他们出风头。还有,他把小莉搞得神魂颠倒。……

　　刚刚面对面坐下,他就预感到景立贞必有什么不善的行动。为什么自己会有这种感觉?她不是显得挺亲热吗?她是顾恒的妻子,小莉的母亲,是一个与自己并无直接关系的建工局副书记,是不是因为小莉的关系使她对自己有什么反感?……一瞬间感觉与意识闪动很多,但有一个思想很明确:他必须赢得这位省委书记夫人的好感,不管有多大困难。

　　"你就是李向南?"景立贞亲热地问。

　　这是并不需要回答的问话,李向南用对待长辈的目光礼貌地看着景立贞,等着她继续往下说。他发现那个赵宽定也在这间屋里稍远处坐着,正漫无边际地翻着一张报纸。大概是在等顾恒吧?

　　"怎么样,县里工作好干吗?"景立贞又接着问。虽然自己对李向南有那样多的反感,虽然自己叫他过来时心中蓄着急于教训他的气恼,但此时一张嘴,她便很自然地露出符合自己身份的微笑。这是一个省委书记夫人的微笑,一个长者的微笑,一个亲切和蔼因而也是有点居高临下的微笑。

　　"干坏容易,干好不太容易。"李向南也笑了笑。他的表情也符合着他的身份,有着晚辈的谦虚,有着对上级的尊重,有着一个小小县委书记在省委书记夫人面前的乖觉,还有一丝年轻人在得以依靠的长辈面前才有的调皮幽默。这一丝晚辈的幽默是他克服着对景立贞的反感自觉表演出来的,一旦表演出来,心中也就真的生出了对景立贞的一丝亲近感。人有时很怪,表演的感情会带出真实的感情。

"有什么困难吗?"景立贞又问。

李向南使自己略含一点拘束地(这很必要)笑笑:"一下子也不太好讲。"

"听说你在古陵和小莉的叔叔关系很紧张啊。"

接触到实质问题了,而且立刻让李向南感到了应付这个问题的难度。小莉的叔叔顾荣,古陵县的副书记兼县长,自己一个多月来就是同他进行了一场政治较量。

"是有些矛盾。"他声音诚恳地说。

"什么性质的矛盾啊?"

怎么回答呢?在景立贞面前叙述这一切是相当难的。"我对古陵现状中很多现象更多地持否定态度,希望改变它;顾荣同志更多的是持肯定态度,想维持它。"李向南委婉地叙说他与顾荣之间的斗争。

"他是保守派,你是革新派?"景立贞脸上依然挂着笑,话音中却露出一丝隐隐可察的讽刺来。

李向南有点为难地笑了笑:"我倒没这么想。我是希望能和他取得一致的。"

"可实际上呢,几乎你死我活了,是不是?"

李向南垂下眼帘又像是难以回答地笑了笑。

景立贞的态度已经渐渐露出严厉来。他应该如何往下谈呢?作为顾荣的嫂子,景立贞必然会站在倾向于顾荣的立场上。但毕竟只是叔嫂关系,一般来讲也不算什么。他一定要尽力赢取这位省委书记夫人的理解与同情。看得出这是个很有影响力的女人,自然包括对其丈夫的影响。在复杂的政治生活中,有时得罪了上级的夫人,事情就毁了一多半,疏通了她们,常常能奏出奇功。

他从内心厌恶走夫人路线,但又常常不能避开这一条。

"矛盾是比较尖锐。我思想上也很矛盾,想知道如何处理才能更好些。今天来找顾书记，就是想和他谈谈这些问题。"话说到这儿，他一下就感到了自己应该掌握的策略：对于自己和顾荣的矛盾不必太回避，可以坦率些如实而言；而对顾恒则要表现出充分的尊重和依靠。二者要结合起来。自己应该扮演一个到省委书记家诉苦、求支持的角色。"我想让顾书记帮助我。他一直很关心我的。去古陵县之前，顾书记亲自和我谈过话。前几天顾书记还给我写过一封信，说要和我谈。顾书记什么时候回来？"

顾恒对他的特殊关心，他对顾恒的特别感激都要突出地讲出来，这是最能融洽和这位夫人的关系的吧？

这话在景立贞的表层思想上的确引起了一丝微弱的亲近感。然而，李向南并不知道，景立贞愿意别人尊重顾恒，却又反感别人在尊重顾恒的同时没有同等地尊重她。李向南刚才恰恰没有谈到希望景立贞帮助帮助他。"老顾刚才来过电话，中午可能不回来了，和我谈谈行不行？"景立贞的话里含着一丝不满。

"当然可以。"李向南说。他觉出自己刚才少说了一句话，心中不禁涌出对景立贞的反感。

"我去了古陵一个多月，一开始顾荣同志……"他态度诚恳地说道，准备概述一下县里的情况。

"详细情况不用谈了，我大概都知道。"景立贞摆了下手，她是个不爱听话专爱讲话的人，"小莉回来讲过，她叔叔也来过信，老顾也不止一次和我商量谈起过。"她有意无意地表明着她对顾恒的影响力，"你们年轻人搞事业，闯，我是鼓励的。可是你们干的时候，不应该骄傲自满，要注意思想意识的改造，不能掺杂个人私心杂念，对不对？"

李向南只能不表示反对地笑笑，这位建工局党委副书记的有些语言显得很陈旧。

"我这个人最喜欢年轻人，看着年轻人有作为就高兴。所以，我对你们年轻人有什么就说什么，这样才是爱护你们。对不对？"

李向南含笑听着。

"我看哪，你在古陵的所作所为是有些问题的。我不管你们那些具体问题上的分歧，我是从思想上看，我觉得你的思想动机不纯，"她摇了摇头，"你们年轻人现在都不太重视自己的思想。你自己总结过吗？"

李向南不能维持那种听话的微笑了，他垂下眼在烟灰缸上慢慢弹着烟灰。

"一听批评的话就听不下去，是不是？"景立贞目光锐利地瞥了李向南一眼，教训道。

"没有，我在听您说呢。"李向南抬起眼。

"我看是。"景立贞不容置辩地说，"年轻人应该自信，可自以为是就不好了。我和老顾讲过，对年轻人要爱护，一定要从严格要求、慎重使用开始。你们本来没有什么根子嘛，十年动乱，又受了那么多流毒，现在一下把你们放到领导岗位上，你们往往容易头脑发热，资产阶级意识就会膨胀，不把老同志看在眼里，结果往往要栽大跟头。"景立贞的话又多又快。

李向南心中开始有了对她的厌恶和轻蔑，她才是真正的自以为是。看她那指手画脚的样子，那种以省委书记夫人自居的了不起的劲头，说话那样没水平，都令人厌恶。你能和她严肃地谈什么治国方略、社会政策、当代思潮吗？瞧她那些老掉牙的词汇？有这样一种女人，别看她有心计，有手腕，泼洒能干，可在大的思想方面是很愚蠢无知的。现在，他既要克服自己的反感，还要以巧妙的方式"敲打"她一下（当然是一种她看不穿的"敲打"，他带着一种比对方更高明的优越感暗暗一笑），使她收敛点儿。他要调整一下双方的关系，改变一下自己挨训的地位。他看见景立贞一边说着话一边从烟筒里抽出一支烟，摸索着拿起茶几上的火柴，便显得惊讶地一笑，打断对方没完没了的话头："您也抽烟？"

"啊……"景立贞话停了一下，"我很少抽，偶尔的。"说着低头点烟。她只有在滔滔不绝讲话时，才想起抽烟。

她说话的势头被打断了。李向南暗自笑了笑，脸上却浮出更加尊敬的神情，抓住这个停顿，话就接上了："我没想到您这样了解年轻人，关心年轻人。我有些——"

351

"我就是最了解你们年轻人。我过去搞过团的工作……"

"——我有些问题,是一些最新的问题,现在想请教您。一般找不到人能请教。您一定帮助我。"李向南不让对方打断自己的话,极殷切地继续说道。

"什么问题?"景立贞抽了口烟,问道。她虽然没有放弃自己的话题,但是此一刻间,她却不由自主地被李向南转移了注意力。

"这些问题请教一般人,确实很难得到有效帮助。有些人缺乏实际经验,有些人又缺乏新的思想。"

"什么问题,你说吧。"景立贞不耐烦别人啰唆。

"今天您一定帮助我,"李向南又铺垫了一句,"您知道,现在搞现代化,不管在哪儿,都需要研究总体战略。我们常常因为在总体战略上缺乏全面周密的研究而出现这种那种的失误,造成损失。"

"嗯。"景立贞对李向南的这种谈话是陌生的,但她还是表示完全熟知、甚至有些不屑听地点了下头。

"我觉着,我们旧有的战略理论、战略思想都太狭隘、太简单化。我们考虑问题常常只顾及一个点或几个有关方面。我们应该善于从广泛的方面,从经济、政治、思想、组织、科学、技术、教育、文化各个方面,从错综复杂的各种社会力量,从国际国内的各种关系的总和上来研究战略。我觉着应该把系统论、系统工程学引进我们的战略研究。您说对吧?"李向南有意用景立贞不熟悉的新概念讲述着。

"嗯……"景立贞对于这些简直茫然一无所知,她只能表示很内行地点着头。

"您不知道,关于这些新的思想和方法,现在很多干部一窍不通,有时候和他们谈这些,他们的话让你又可气又可笑,他们连什么是系统工程都不知道。"

"过程性的话你就不要多说了,你的问题是什么?"景立贞打断道,不让李向南的话题沿着这个危险方向发展下去。

"我是想搞点儿战略理论的研究,您看应该怎样搞更好?"

"怎样搞?嗯……"

"还有一个问题要请教您的是：有了正确的战略，如何在实践中推行呢？"

"推行？那你就应该……根据实际，啊？……"

"实际困难很大。您可能不知道，下面有些领导干部实在是缺乏水平。有一个公社书记，让几十个一年级小学生在快倒塌的窑洞里上课。窑洞里光线阴暗，人进去，过好几秒钟才能看得见东西，外面下雨，里面好几处裂缝滴滴答答漏泥水，孩子们就用小手撑着老师的塑料布、雨衣，一堆一堆挤在一块儿上课，书本就放在膝盖上，光着脚就踩在泥水里。可他们公社七个干部占着大小二十七间亮堂堂的砖瓦房，让他们暂时腾出一间来给孩子们都不肯，结果窑洞塌方了，把老师和学生都砸在里面了。"

"啧啧……"景立贞慨叹道，却立刻警觉地抬起头，"你讲的是古陵？"

"是古陵。"李向南利用着自己在心理上的有利情势，在景立贞来不及立刻打断的时候，抓紧着一口气往下陈述，"还有，一位社员被原来的大队干部吊打迫害死了，他的妻子背着孩子，往返一百八十里山路步行着到县城上访，几年来上访五十次，走了近一万里路，可问题就是解决不了。还有……"

"你这都是针对小莉叔叔讲的吧？"景立贞不快地打断李向南。她没想到话题会转到这儿来了。她要扭转过话题来，"好了，这些情况你不用多讲了。"

"不，您还没听我说完话。您不知道，像这样一些事情，很多，顾书记派我去古陵，我能不管吗？一管就是狂妄，就是独断专行，还把舆论造到顾书记这儿，造到您这儿，您是理解我们年轻人的，您说，我能没情绪吗？"李向南显得义愤填膺。

"具体情况你见了老顾再谈吧。"景立贞摆了一下手，尽量从李向南正义凛然的气势中摆脱出来，她要恢复刚才的双方关系。她把抽了半截的烟摁灭，横放在玻璃烟灰缸的角槽上。

"希望您能理解我，帮助我，支持我。"李向南神情恳切地说。

"应该帮助的，我当然会帮助，应该支持的，我也会支持。可什么事情都要一分为二,看事情、看人都要历史地看,从本质上看,由表及里嘛。"景立贞以一个领导的口吻拖腔拖调讲了这几句政治思想工作的套话后,从容地把话锋一转。"你检查检查自己,有没有问题啊?"她目光从容地看着李向南。

李向南沉默了一瞬。进入最复杂的问题了。这些问题都是他和顾恒必须谈的,今天在景立贞面前算是"预演"一次:"这我很坦然。我相信事实终归是事实,造谣诬蔑总变不了事实。"

"这个李向南。"景立贞顿时有些生气了,"别的同志向上级反映问题,即使事实有出入,也是对上级机关和你负责嘛。"

"如果只是事实有些出入,我可以理解。可如果无中生有,硬要搞倒一个人,我就不能接受。"李向南委婉而固执地进行辩解。他可以夹起尾巴,可以不露锋芒,可以表现出种种礼貌和尊敬,可以对景立贞赔着小心,可以对她的某些讲话表示充分的理解和接受,可以违心地做出种种令自己厌恶的表演而"讨好"她。但是在原则问题上,他不能随便妥协,更不能含糊默认。这个硬,这个固执,这个争辩,这个理直气壮,这个义愤激动,都是必须的。他不能丢失自己的立足点,迎合别人是有限度的。

看着这个黑瘦的年轻人,景立贞心中十分恼火。怎么到这会儿还没收拾住这个李向南。平时自己泼辣干脆的利索劲哪儿去了?再一想到李向南对小莉的耍弄,她的恼火一瞬间达到了难以克制的程度:"这个李向南,你是一点话都听不进去啊。"她悻悻地把跷起的二郎腿叭地放落在地,看到李向南又要张嘴解释什么,她不耐烦地一挥手,"你什么问题都没有?都是别人的问题?"她站起来走了两步,拿起鸡毛掸子掸了两下红漆木窗台,又在桌边用力磕了两下掸子,然后转过头,"别人反映的你的情况都是造谣?一点儿事实根据都没有?"

李向南在景立贞冒火的目光下垂下眼帘,没再作声。这种沉默是最含蓄也是最执拗的反对态度。

"大的政治问题不说,像生活作风方面的问题,你也一点都不存在?"景立贞被李向南的态度激得愈发悻恼了。

这位省委书记夫人擅权弄术，真是太令人憎恶了。李向南感到心中那强烈的、掺杂着憎恶感的愤怒；同时，他也从自己那绷紧的嘴唇和上下颌，从自己使劲下咽唾沫的喉咙，从自己握紧的手中感到着自己对这愤怒的用力克制。即使这位夫人更丑恶，他也必须得克制。然而，想到自己如此地赔着小心，他又感到耻辱。"这些事情，我希望能和顾书记单独谈。"他略垂着眼声音冷静地说。这句话听上去很克制，其实恰恰很不克制；看着很平和，其实恰恰表现出他对景立贞的全部反感和抗拒。

景立贞竟愣怔了一下，没有比这句话更得罪她的了。她冷冷地摆了下手："好，那你和他单独谈吧，我们不谈了。"

李向南这才感到自己刚才的话是失去克制了，失去克制就失去克制，他准备脸色冷峻地站起来走。然而，他坐在那儿并没有动，脸上浮出尊敬的微笑："这些事情解释说明起来很啰唆，我怕耽误您时间。而且，我也怕自己说着说着会激动起来。"

"算了，李向南，"景立贞拖腔拖调地说，"你是个碰不得的年轻人。别的事，你找老顾吧，他是你们省委书记，我只是……"

"也可以找您嘛。"李向南笑道。

"我没有权力管你的事情。"

"您作为老前辈，帮助我嘛。"

"现在你们了不起。"景立贞一边拿鸡毛掸子掸着桌子书柜，一边说，"别的事，你去找老顾谈吧，我作为小莉的母亲，再和你说一句话。"

李向南心中顿时感到一种紧张。这才是最难说清的问题。

"你既然，啊，认为自己在生活作风方面没什么问题，很严肃。那我也愿意对你这样看，我希望你对待小莉，她还是个孩子，不要有什么不光明磊落的用心，啊？"

李向南真正感到自己受辱了，血呼地涌上他的脸。那个赵宽定远远看着他，使他更加感到这屈辱。这次，他是真的慢慢站了起来。他的人格尊严，他的政治事业，他的愤怒，他的忍耐，他的光明磊落的立场，他的要赢取省委书记夫人好感的策略，他自觉在人格及智慧上高于对方的优越感,他对小莉的喜爱,他对小莉的疑虑……纷纷对立地汇涌在他胸中,要综合出他此时的行动来。

他内心激愤,外表非常镇静。他坦诚地看着景立贞,说道:"如果您确实是认真负责地说这句话,那我也认真负责地告诉您:我认为小莉是个聪明姑娘,她比很多人都有头脑,她完全能掌握自己。我喜欢她。这种喜欢至今有的全部表现,或者说今后将有的全部表现,是希望她生活得更好。"

景立贞看着他,一时说不上话来。

第十一章

抽烟喝茶,谈笑风生,站起来迎客送客,几拨客人都谈够了,走了,主人陶岳挺着微微发胖的中等高度的魁梧身躯,笑呵呵地回到客厅。

客厅里只剩下一个客人:顾恒。

"是不是听说你要京官外放了,"顾恒舒服地仰在大沙发上,风趣地问道,"都趋之若鹜了。"

"什么外放?我不知道,我耳朵短。"陶岳摆了一下手,也在沙发上坐下了。

"不是要让阁下去东海市挂帅吗?"

"挂什么帅?不知道。"陶岳诙谐地眨着眼,点着烟斗,很有派头地仰到沙发上,"我只承认既成事实,我是过了今天才想明天呢。"

夫人洪颖进了客厅。顾恒指着陶岳对她说:"你这位老陶,对老朋友不够意思,没句真话。你来管教管教他。"

这是位绰有风姿的漂亮夫人。身材修长,穿着大方得体,浓密的头发经过精心梳理,既蓬松又端庄。五十岁了,还保养有柔美的腰身,站在那里通体显示着一种雍容华贵的风度。她含笑瞟了丈夫一眼:"他适合去当外交官,说话总喜欢绕着出来,嘴上不吃半句亏。"

陶岳听着很得意地哈哈大笑了:"很中肯的评价,但又是很表面的评价。这个评价不够深刻。"

"就你深刻。"妻子嗔道,"人家老顾一两年没来了,这次专门来看你,你也是嘴上不饶人。"

"他看我干什么?他无事不登三宝殿,黄鼠狼给鸡拜年没安好心。他才不白来呢。怎么样,我的顾兄,有何贵干请直说吧。"

"随便聊聊。"

"我不信,你这老兄有一条我很欣赏:一条横幅走到哪儿挂到哪儿,'难——眩——以——伪',是吧?和你打交道,就得学这一招,你早不来,晚不来,一听说我可能外放东海就来了,那是巧合?"

"好,我的陶岳同志,你总算承认了。你承认我就好说话了。"

"承认什么?我什么也没承认。"

"是考虑让他去东海,不过还不算最后定。"洪颖对顾恒说,同时收拾着茶几上摆满的茶杯。顾恒注意到了她的手:白而纤秀。

"带你这样一位夫人搞外交,可要倒运。"陶岳仰身笑了。

"恰恰相反,这样的夫人才能帮助你呢,首先她能帮助你改善谈判气氛。"顾恒说道。和陶岳这样的人谈话,总刺激起你要在交谈时比幽默、比机智的兴致。谈话也是一门艺术。

"有什么要求?安插谁?调动谁?说吧。"

"太过低估老朋友。这么点事,可不登你这三宝殿,黄鼠狼也不会来给鸡拜年。"两人都笑了,各自为自己的风趣言语而笑。

"那我更得提高警惕。"陶岳抽起烟斗来。

"你出国考察了一番?"顾恒问。

"是。日本,美国,德国。三个最发达的国家。"陶岳垂眼盯着自己的烟斗,毫无表情。

"主要考虑呢?"

"引进资金,引进技术,引进先进的管理。"

"我也想出国,搞一个更大规模、更全面的引进。"

陶岳很快地抬了一下眼皮,又垂下:"哪个国家?"

"更友好的国家。"

"更友好的国家?……哪个?"

"东海国。"

"东海国?"

"对。"顾恒笑了,"美国、德国、日本我要去,东海我更不能放过。我不舍近求远。"他转头把笑意投向洪颖,意思是希望她也留在客厅里参加谈话。有这样一位夫人在场,会使人感到融和愉快,格外有谈兴。

"欢迎你去访问,我可以发出邀请。"陶岳说。

"我不想只是游览观光,我要签订一系列实质性合同,从东海引进资金和技术。"顾恒说。

"可以考虑。不过,你应该知道,想以这种形式和东海挂钩的省份很多。"

"所以,我要争取最优惠的地位。我希望我的省成为东海国最重要的经济伙伴。"

"凭什么?"

"凭咱俩的老关系啊。"

"个人间的关系可不能决定国与国之间的关系。"陶岳摆了一下手。

"多少能影响一点国与国之间的关系吧?你没发现,在国际政治中,领袖人物间的私人友谊也常常是很起作用的?"顾恒说。

"但毕竟不是主要的。国与国之间首先要考虑利害关系。经济合作必须考虑双边利益,这是实质。"

"是平等互利,对吧?我还没把你们东海国想得那么头脑单纯。让你们履行支援其他省份的崇高义务,你们是愿意的,你们愿意要这份光荣。可要你们在经济上做亏本生意,大概也是办不到的,对吧?"顾恒仰身笑了,"这个我完全明白。和我们省全面合作,对贵东海国也是最有利的。"

"最有利的?"

"是啊。第一,我们省煤炭最多,其他矿产也极为丰富。怎么样,这对你有吸引力吧?"

"有点儿。"

"有点儿?你那东海国可多少有点儿能源危机。这不假吧?我在煤炭上对你搞优先、优惠,怎么样?"

"你的第二呢?"

"第二,我的省是有骨头缺肉,重工业不错,轻工业薄弱。现在还是全国不少省市轻工业品争夺的市场。怎么样,让你再多占点儿份额,好不好?"

"这你就不要送空头人情了。那份额要靠我们商品的物美价廉去竞争来的。"

"老兄，你不讲辩证法，怎么老是讲了主要的一头，不讲次要的一头呢?世界上有单纯的经济竞争吗?两国关系是否友好不在很大程度上影响外贸吗?要不还有什么优惠不优惠。等你一走马上任，我立刻在省里举办一个大型的东海轻工业产品展销会，算是开头儿，怎么样?"

"说你的第三吧。"

"第三，我们省也是个资金和技术投放的有利市场，我希望贵国能大胆投放，我想你们肯定是有利可图的。"

"这怎么是第三?这不是讲对我的有利之处了，是讲对你的有利之处了。这是你的目的嘛。"

"在这点上，也是互利的嘛，贵国也会有利可图的嘛。"

"不，这我要选择，几十个省供我选择，哪个项目最值得伸手才去呢。这要一个个项目具体研究。"

"老兄，我并不要求你具体答应我什么项目啊，那可以让专家们去谈判，这不是我们两国首脑会谈要解决的啊。我今天要达到的目的是：你确定一个战略上的方向——和我们省大力搞经济合作，并给予我们尽可能的支援。"

陶岳笑了："好家伙，你这一路杀来，我还真有些来不及招架了。"

洪颖也在一旁微笑了。

"和我们省经济合作，还有一个有利条件，就是有我这样一个省委书记。"顾恒说。

"怎么个省委书记?咱们想知道知道。"陶岳带点儿揶揄地问道。

"一个雄才大略的省委书记。在他领导下，这个省会有长期的稳定繁荣，可以使一切投资者都大胆放心。"顾恒也用玩笑的口吻说道。两个人大笑了。

"好，会谈是在亲切、友好、坦率的气氛中进行的，会谈结束后，主人与客人共进午餐。"陶岳风趣地说,转过头,"洪颖,多弄几个像样的菜,一定别忘了要有鱼。这位顾兄是吃鱼的朋友。"

"食无鱼,胡不归。"顾恒说道。

三人都笑了,洪颖站起来准备到厨房安排一下饭菜。这时门铃响了,又来了客人。

是李海山。

一群人前呼后拥地陪同着李海山视察新型机械厂。这里除了许多大型厂房外,最引人注目的是新建成了一座漂亮的现代化办公楼。十层。完全用铝合金板、石膏板、岩棉等新型建筑材料建成。外壳的铝合金板是天蓝色的,整座大楼与天空一色的矗立在那儿,被远远近近灰色的楼群衬托着,显得鲜艳夺目、青春焕发。办公楼前的厂前区修建得像个格调清新的花园。一片片嫩绿的草坪,一道道翠绿的柏墙,一座雪白的大理石群雕是一组年轻的女运动员。群雕前是个大喷水池。圆形喷水池中心是一朵硕大的莲花,向空中喷着水,在阳光下洒着闪亮的珍珠。四周上百朵小莲花,一顶大珍珠伞下上百顶小珍珠伞。空中飘着片片彩虹,还飘来湿濛濛的水星,使人惬意。

这是部里的重点厂。新上任不久的部长廖鹏飞,一个五十来岁、气宇轩昂的干部亲自陪着李海山参观视察。他对李海山有这样的尊重,不仅因为李海山曾是这个部的老部长,更因为李海山一手提拔了他。他是李海山培养的接班人。最后还有一个原因:李海山还在中纪委任职,在上头还有影响。

陪同参观的还有部里和厂里的许多干部。实际上,今天原是厂里请廖部长视察,廖部长又请李海山参观,就形成了现在的格局。

厂里预先打了招呼,一些报社、电台和电视台的记者也背着照相机、摄影机、录音机夹在人群中。据说新型机械厂的生产建设、美化环境都搞得不错,他们准备报道。参观的队伍进到办公大楼,门厅轩敞豪华,像进入一个高级宾馆。水磨石地面青白光亮;走道上铺着地毯;一排排贴墙的沙发间夹着锃亮的茶几;一圈圈皮椅围着铺着绣花桌布的小圆桌；电梯门口，红绿指示灯闪亮着。来人都禁不住赞叹着。

"很有点儿现代气派。"廖鹏飞扶了扶架在鼻梁上的方形黑框眼镜，对簇拥在身边的几个厂长称赞道。他转过头，发现李海山脸色微沉，目光冷峻，便笑了笑，介绍和解释道："您知道，这个厂有一半产品对国际，经常有外商来洽谈生意。把办公楼修得气派一点，也是显示我们实力，显示我们现代化的经营形象。"

"我懂。"李海山看也没看廖鹏飞，冷冷地说，"我不僵化，能接受新事物。"

廖鹏飞看了李海山一下，又转身对周围的干部们笑道："和咱们老部长介绍这些，真是太多余了。"大家笑了。一个精明强干的中年汉子尤其笑得及时，没有谁比他更加希望今天的气氛能够愉快的了。他就是厂长关中荣。

"李部长，廖部长，请在会议室坐一坐，休息一下。"关中荣说道。

一楼会议室的大门打开了。迎面一壁落地大玻璃窗，一派堂皇气象。红地毯，讲究的沙发和灯具——一切用具都是高级的、崭新的。茶几上摆满了糖果烟茶。有空调，清凉的空气迎面漫来。李海山站在门口慢慢扫了一眼，没有挪步。

"李部长，是不是太奢华了点儿？"廖鹏飞深知老上级的性格，问道。

李海山看着会议室哼了一声。

厂长关中荣马上在一旁说道："李部长，我们以后注意，把这儿的摆设调整一下。"

李海山有些火了："办公楼盖得气派点儿，有什么不好？会议室高级点儿有什么不好？面向国际就要有面向国际的气魄。你们以为我连这都不懂？"

"……我们不是这个意思。"

"我希望这座楼盖得更气派一点儿，会议室更气派一点儿。"

"李部长，请您做指示。"

"我没指示。"李海山转身朝办公楼大门走去。廖鹏飞愣了一下，跟了上去。人群也便簇拥着跟上。关中荣看着布置好的会议室僵立了两秒钟，马上朝几个部下示意将会议室的门关上，然后三步并作两步跟了上去。"厂里还有什么情况汇报?"李海山头也不回地走着，见关中荣跟上来，便阴沉着脸声音不大地问道。

"李部长，您想了解哪方面的情况?"

"我想了解不足的方面。"

"……我们各方面都存在不足，存在差距。"

"我要听具体的。"李海山的声音变得严厉了。

关中荣一时有些不知所措，不知该从何谈起。人群已出了办公楼，门口停着大大小小的轿车。李海山走到自己的车前，拉开车门。

"李部长，您是要……"廖鹏飞、关中荣一直跟在左右。

"我去看看厂里的工人宿舍。"李海山说着钻进了车。

关中荣立刻反应过来，他转头对身边的几个厂内干部挥手吩咐道："去东宿舍区。"

"不，我要去西宿舍区。"李海山坐在车内冷着脸目视前方。

"……好，就去西宿舍区。"

大小轿车组成的车队浩浩荡荡开出工厂大门，驶过一段宽阔的水泥路，开进楼群排列的宿舍区，又拐了几个弯，林荫相夹的道路消失了，楼群也没有了。面前是一片贫民窟似的平房宿舍。路边垃圾堆积如山，一群群苍蝇在上面飞来飞去。道路坑洼泥污。汽车不能开了，人们都下车徒步。李海山阴沉着脸朝前走。

前面是几排灰暗破旧的老平房，家家户户在门口建着高低不一的小厨房，用碎砖土坯砌着参差不齐的矮墙围成小院，小院里堆积着乱七八糟的什物。一些窗户上玻璃没了，钉着透明塑料布。公用的水龙头旁蹲着几个正在洗涮的妇女。她们惊愕地转过头看着这群来势不凡的人。水池的下水道看来已被堵塞了，污水小河一样顺着地势恣肆漫流着，上面浮着烂菜叶、肥皂沫。李海山踏着泥泞走到这几个洗涮的妇女身后，问道："这下水道堵了多少天了?"

几个妇女有些惶惑地站起来："上上个星期天就堵了，有半个月了。"

"有意见吗?"

"咋没有?厂里不派人修。"

李海山冷冷地回头看了一眼,关中荣踮脚踏着泥泞紧跟了过来。"这能面向国际吗?"李海山问。

"……不能。"关中荣掏出手绢,揩了揩额头。

"情况知道吗?"

"……知道。"

李海山上下打量了他一下,又看了看身后随行的一群人。他们正有些困难地在水汪烂湿的泥泞中走过来。李海山伸手对几个记者说:"请你们把这儿也拍拍照、摄摄像。看人不要只看脸面,也要看看后脑勺。"他又瞥了关中荣一眼。关中荣正低声吩咐身边的一个干部,赶紧派人来修。记者们都拍了照。

"好,咱们再看看住房。"李海山说道。

这一家住着一间房。吱吱呀呀推开烂板条钉成的院门,抬头就看见房顶上苫着几块破油毡,上面压着半头砖和石块,显得很狼藉。敲门进去,一对中年夫妻和一个十三四岁的小女孩正挤在小桌上包饺子,床上还躺着个瘫痪的老太太。看见走进来这么多人,他们一时都不知出了什么事。关中荣把情况说明了:老部长、新部长来看望工人。李海山看了看屋里,杂乱拥挤。又抬头看了看顶棚,一片片漏雨留下的黄色洇迹,不少地方已经穿孔。人们也随着李海山的目光抬起头。

"这情况你了解吗?"李海山问关中荣。

"我……知道。"关中荣不能答不知道。

"你知道这情况吗?"李海山转头问廖鹏飞。

"我还没有听到反映。"

"为什么没人向你反映?"

"是我关心下情不够。"

"仅此'不够'?"李海山哼了一声,他把目光转向男主人,"去年夏天就漏雨了吧?"

"是。"男主人答道。

"厂里不管吧?"

"厂里说,"男主人看了看关厂长,"这房子过一两年就要拆了盖楼房了。"

"这一片平房明年就准备拆。"关中荣说。

"所以现在就这样凑合着?"李海山转头看着关中荣。

"当然不该凑合。我们对工人生活关心不够。"

"你没住在这一片吧?"

"没有。"

又是一家。小院内外都被水龙头那儿发源的污水河漫淹了,一片烂泥。门坎用土、炉渣垫起一道半尺多高的"堤坝",算是把污水挡住了。他们踏着泥泞进了家。两间房,一家九口人。儿媳正在坐月子,隔着一道布帘,躺在里屋。院里挂满了小孩尿布。自家盖的小厨房里,放着一张折起的折叠床,那是晚上小儿子睡的地方。旁边就是公用厕所,臭烘烘的令人作呕。

李海山简单询问了一下主人的工作、家庭情况,什么也没说,就领着人群走了出来。"还用再挨家挨户往下看吗?"他指着一排排房子冷冷地问。

"不用了,我们马上解决。"关中荣简单明确地答道,"一个星期后请李部长再来检查。"

"厂里没有一个干部住在这片平房宿舍吧?"

"厂级干部是没有人在这儿住。"

"不要说厂级干部,就连科室一级、车间一级的干部,也没有一个人住在这儿吧?"

"……好像是。"

"好像是?就连工段长一级的干部都没有一个人住在这儿。没错吧?"

"这……我不清楚。"关中荣转头看着身边一个分管后勤的干部。

"是没有。"那个干部说。

"李部长，不用一星期时间了，三天以后您就来视察吧。"关中荣很干脆地说。

李海山径直往回走，人群照例是簇拥着跟上。他站在小轿车前拉开了车门，转过头对廖鹏飞、关中荣等人说道："好，就参观到这儿吧。"

"李部长，您还有什么指示？"

"你们当部长的，厂长的，还有当记者的，认为你们该怎么办就怎么办。我没有任何指示。"李海山说完准备俯身上车。

"李部长……"

"面向现代化，面向国际，真正把这篇文章做好，你们懂吗？"李海山沉着脸砰地把车门一关。"去陶岳家。"他对司机吩咐道。

顾恒与李海山亲热握手："没想到在这儿碰见你，我有时间该去府上拜访啊。"

"我也没想到在这儿碰见你，这两天我也正打算找你谈谈。"李海山说。

第 十 二 章

　　黄平平召开的家庭会设在院子里,客厅门口的葡萄架下。大人小孩十几个,小板凳坐了一片。"你们怎么跑到这儿来开了?"黄公愚皱着眉头站在客厅门口挥斥道,"换个地方,我这儿九点半就要来人了。"

　　"等您客人来了再说。"黄平平说,"爸,您有时间没有?您也参加我们的家庭会吧?"

　　"你们开吧。"黄公愚不耐烦地挥了一下手。他对这最小的女儿从小娇惯,很难发得出火。

　　"那咱们就开吧。"黄平平站在那儿对哥哥姐姐们笑笑,用商量的口气说道,"我是咱们家老末,可现在就轮着我管这个家,我可怕管不好了,思想包袱挺大的。"她停了停又说,"你们别笑话我,这两天我还专门看了一些家庭生活方面的刊物,还看了两本管理学的书呢。"

　　她尽量表现着自己的年轻幼稚,也尽量想使大家活跃起来,融洽一下气氛。然而,只有春平和夏平看着她略略露出一丝笑容。曾立波低头想他的事,他本想不参加,但出于对大家庭的尊重,还是勉强地来了。卫华手撑着下巴,目光呆滞地凝视着地上的某一点。赵世芬搂着小薇和她轻声耳语逗笑,引得小薇格格格地笑着。秋平垂着眼只顾织她的毛衣,女儿玲玲听话地坐在身边。梁志祥和小华都各自低头看着数学、物理书。冬平靠着葡萄架的木桩子,背对着众人,目光恍惚地望着别处。如此冷淡的场面足以使黄平平感到一种压力。但她不意外,她笑了笑往下说道:"我把咱们家的日常生活总结了总结,整出了几点想法……"

　　她突然停住了话,有些意外地看着院门。顾晓鹰不知什么时候已进了院子。她这才想起几秒钟前隐约听到摩托车在院门外停下的声音。

"你怎么来了?"她问。

"找你呀。你们这是在干什么呢?"顾晓鹰看着一家人这样坐着,既感到好奇,同时也有一种局外人的尴尬。

"我们开个家庭会,很快就完。你先到我房间里坐会儿吧。"黄平平抬手指了指。

"好……"顾晓鹰有些不自然地答应道,但在一瞬间,用目光一扫,他发现了这一家人中,女性多于男性,而且颇有一两个姿色出众的。他对漂亮女性的敏感和兴趣使其立刻就丢掉了矜持:"我就在外面坐坐吧,一路上骑摩托,现在觉得挺热,外面凉快,你们家的事儿不怕我窃听吧?"他笑着拿过一个小板凳,准备在旁边坐下。

黄平平白了他一眼。真讨厌。人家开家庭会,你在旁边蹭着算什么呀?她完全有办法把他撵开。但她突然想到自己的抽屉没锁,顾晓鹰去了要是乱翻怎么办?那是绝对不能让他翻的。算了,愿意听就听吧。也无所谓"家丑不可外扬"。

"我还是接着讲我的几点想法吧。"黄平平把目光转向自己这一家人,往下说道。

顾晓鹰的眼睛悠闲地四处张望着,抽了会儿烟,才不引人注意地从一旁观察起来。四个大男人(有两个看模样就是黄家的儿子,有两个想必是黄家的女婿),他不感兴趣,两个小孩,更不用看。他仔细品味的是六个女性。

这个——他看着春平——一看就是大姐,四十来岁的样子。身材大概不错,年轻时可能也挺精神,现在却太显憔悴了。下巴颏都尖了,脸色苍白,皮肤也有些松皱,脖子又细又长,露着一条条筋,胸部瘪瘪的,整个人干得没点儿水分,这样的女人如果搂在怀里,没有一点儿性感。筛掉放到一边。

这个——他看着夏平——看年纪大概是老二了,三十多了,也是瘦瘦弱弱的,比那个大姐更单薄,个子矮一些,戴着副眼镜。也有那么点儿憔悴。从模样到神情都很呆板,没点儿活灵气。平时大概连个女人的笑都没有的，可能就不会像女人那样笑，身体一定是轻飘飘的，没什么分量，看她那干瘦的手，你绝不想去握它、捏它。看她那棱角生硬的手腕子，这么热天还穿着长袖衬衫，可以想见她的可怜的细胳膊。也是没一点胸。女人没胸，还有什么味道？如果站起来，肯定也是个连点颤乎劲儿也没有的臀部。这种女人如果在游泳池里，看一眼就会倒胃口，更不用想去搂抱了。没看头儿，也筛选下去。

这个——他目光看着冬平——真够漂亮，像个印度美人。大概是这一家最漂亮的吧。先放下暂不细看，好的放到最后慢慢品尝。

先看这一个——他看着秋平——要说她长得不错。眼睛相当漂亮，样子也挺娇小，再年轻上十岁，一定是个有姿有色的俊妞儿，现在虽然看着还可以，但毕竟蒙上一层黯然的老气。脸蛋轮廓很甜美，可惜皮肤已有些粗糙，眼角也出现了明显的鱼尾纹，整个人缺乏光彩，倒有一丝小市民的俗气。神情中也带着一股子拘谨劲儿，缺乏刺激力。身子长得还算结实。胸部、肩部、臀部都有起伏，那曲线虽说还算不上诱人，至少还实实在在地划出着女性的肉感来。这个女人如果能在舒适安逸的生活中滋养滋养，在温泉中浸泡浸泡，像个浴美人似的坐在温泉中懒懒地梳理着头发，皮肤头发经常上些高级滋润的霜膏，整个的把那股粗糙都润化了，还是相当不错的。她真的从温泉中一步步走出来，披着润湿的头发，脸蛋红润光滑，身体在薄薄的纱裙中散发着女人的气息。那还是会引起自己足够的欲望的。他涌上来一阵想把她搂在怀里揉搓的冲动。不过，对这个女性的欣赏也可以暂告一个段落。旁边还有更精彩的。

这个——赵世芬——是他感兴趣的对象了。漂亮人，有那么点儿光彩照人。眼睛是亮的，脸蛋是亮的。当她转过头与自己打照面时，闪动着一种风流女性的光亮。她虽然在那儿哄逗着孩子，但她的笑意，她的神态，显然带着在外人注视下的表演性。这是个喜欢卖弄风情的女人，不知她会不会跳舞？搂着这样的女人跳舞，你一定会兴奋起来。即使是第一次和她跳舞，也尽可以调情地把身子贴近，她最多给你一个柔媚的娇嗔："你别太放肆了，啊？"而你便可以涎着脸皮把她贴得更紧。

这个人先看到这儿，还可以回过头来再看。现在，该看一看这个"印度美人"了。他的目光落在冬平身上。她无疑比刚才看过的那四个女性都更年轻。她倚靠葡萄架坐着，那迷离的目光，那恍惚的神情，那倦懒的身体，真像个失恋伤情的美女。从上到下的线条才美呢。她那微黑光润的脸，那耳轮边动人的细发，都有着诱人的刺激力。她是个既性感又有诗意美的女性。在他看来，女人的肉体是最美的，如果这种肉体美能和性格上、文化修养上的诗意美结合起来，才有耐久不衰的诱惑力。刚才那个风流女性比起这位印度美人来，气质上就显得俗气了。自己饥渴了，会寻找那样的风流女性，来一场急风暴雨，一旦热情发泄了，自己大概并不一定总想挽着她在街上散步的。相反，这位"印度美人"反倒会有长久的味道。可她不那么容易搞到手。这种女人不是在舞场上、馆子里能钓到的，需要的是另一种手段。

他微微笑了，从随身挎着的书包里拿出一个小速写本，对着"印度美人"画起铅笔速写来。画了几笔，他又停住。这一家的女性他没欣赏完呢。在任何一种场合，他总要把在场的每一位女性都品味个遍才算完的。这个惯例不能破。

剩下的就是黄平平了。

她是这六个女性中最年轻的。她新鲜滋润，娇小的身体充溢着活力。这是自己反复欣赏过的姑娘了，而且自己正在追逐她。现在，她正在讲述她的治家方略呢……

我觉着，咱们这个大家庭在生活上主要有五个问题（她笑笑，冲淡一下自己用语的严肃性）。一个，是经济收支和伙食问题。第二个，是住房问题。第三个，是起居作息互相减少干扰的问题。第四个，是如何照顾爸爸的问题。第五个，公共设施——如水龙头、洗衣机、煤气炉——如何安排使用的问题，还有一系列具体规则。我觉着，就这五个问题——不知道有没有遗漏呀？别的问题都是各个小家和个人的事儿了。（又是略带调皮的一笑，以符合她老末的身份。）

先说第一个，经济收支和伙食问题。咱们这个大家赖以生存的费用，就是每月三百一十五元。一百五十元是爸爸出的，另外是十一个人——除了人托的玲玲和小薇，上学的四姐，阿姨以外——每人每月交十五元。"入"就是这一笔。支出呢，项目就多了：房费、水费、电费、卫生费、煤气费、冬天的取暖用煤、阿姨的月薪等等，最主要的一项是伙食费，其中包括粮、菜、油、盐、醋、酱、添置炊具等一系列开支。看着三百一十五元好像不少，可对于十六个人来讲，平均每人才不到二十元——十九元七角。就是按在家吃饭的十三个人平均，每人每月才二十四元多一点。这笔钱要支付各种开销，最后花在伙食费上的钱，每个人不过十几块。我觉着，咱们家目前最大的问题是伙食质量太差，不得不各自开小灶，既费时间，又费煤气、电——差不多人人都用"热得快"。

咱们家为什么伙食质量差？是由"经济基础"决定的嘛。（她有意这样不伦不类地使用理论概念。）要解决伙食质量问题，现在的方法是每人每月再多交些生活费。根据现在的市场物价，我做了个大概了解，咱们每人每月再多交十五元——十一人是一百六十五元，等于每天增加五元菜钱——咱们的伙食才能达到一个凑合的水平，要是想再好些，就需要每人每月多交二十元，也就是每人每月交三十五元，才能保证一个比较好一些的伙食水平。这样，包括各种酱菜、辣酱、腐乳等，大灶上都可以常备。

还有一个方法，就是仍旧维持现状。大灶上提供主食和低标准的菜，大家各自为政，去弄自己的小菜，补充营养，调剂口味。这种方式也有它的好处，就是不存在众口难调的问题，众口自调嘛。另外，大灶上的压力轻些，阿姨也能忙过来。要不，可能还要去请个小保姆，每个月又要多开支三四十元。

〔春平这时插话道："就现在这样，咱们也该请个小保姆帮助帮助阿姨了。昨天我和爸爸说了这个事儿，阿姨年纪大了，不能再这样劳累了。"〕

阿姨这事儿，大姐，等会儿咱们再商量吧？上面说的两个方案，大家看哪个方案好些？

〔人人都沉默着。这是她预料到的。〕

第一个方案是大家都能省点事儿，省点时间。第二个方案是灵活性大一些，可以自己部分调剂伙食。（她补充说完，等待大家表态。）

〔"就第一个方案吧。"小华不耐烦地说，连头也没抬。

他当然是最懒得自己麻烦的。

"还是第二个方案吧，还是灵活点儿方便。"赵世芬说。

她肯定觉得一个人交三十五元太多了。

"两个方案倒是各有各的好处……"梁志祥瓮声瓮气地说，显出他的犹豫不决，他察看了一下秋平的脸色，似乎同他看法相似。

春平、曾立波、夏平等人都在思索。

这种情况自己是有所预料的。这两种极端的方案使全家陷入一种难以抉择的矛盾状态中。这时，她就可以拿出她的折中方案了。那才是她决定采取的方案。〕

我还考虑有第三个方案（她稍作停顿，以引起全家人的注意），就是把上面两个方案综合一下。每人每月再多交上十元钱，把大灶的伙食水平稍稍提高一些，这样，没时间自己搞小灶的人也就可以吃得凑合，愿意搞小灶调剂的呢，还留有了各自灵活的余地。你们看这个方案是不是更好一些？

〔"我看就这样挺好。"赵世芬立刻表态。有着一开始多交十五元、二十元方案的压力，现在多交十元在她思想上就一下能通过了。

"我看就这个方案吧。"梁志祥看了看秋平，转过头说道。

"就这个方案吧。"曾立波和春平也认为很圆满地松了口气。刚才的两个方案，他们显然都是不太容易接受的。

"怎么都行。"小华又是不耐烦。

"我也觉着这个方案好一些。"夏平认真地说。

这就都通过了。这正是她要达到的目的。

她为她的"改革"艺术感到满意。如果一开始提出这个方案，肯

定不会如此顺利地通过。这叫"夹心方案"。中庸之道万岁。〕

那咱们就采取这个方案。以后每人每月交二十五元生活费,比原来多交十元。其他方面还要注意节约:节电、节水、节煤气。要不,增加的钱还是吃不到嘴里。

黄平平的话被打断了,邮递员送来报纸和信。

有冬平的邮件:一个牛皮纸大信封。她疑惑地看了看,把它拆开了。

邮递员走后,黄平平想接着往下讲,又有人进了院门。一个三十多岁的少妇领着个小男孩。"秋平。"来人看到秋平,高兴地叫道。

秋平迎上去,这是她过去的同学:"是你呀。"

"咱们十几年没见了吧?"来人热情地拉着秋平的胳膊又捶又拍,"我昨天给你打电话,你们厂里人转告你了吗?"

"告诉了。"

"走吧,咱们班的女生都约齐了,今天在中山公园聚会,一律带上孩子,就差你了。"

"我还有事儿呢。"秋平扭头看了看,为难地推托道。

"你去吧,有我在这儿就行了。"梁志祥对秋平说。

秋平转头看着老同学:"我不去了。"

"你怎么了?咱们分手十几年,好不容易凑到一块儿,聊聊过去和现在有多好哇。"

"我也没什么聊的。"她聊什么呢?她曾经比谁都好强,可现在比谁都差,有什么脸和同学们相聚呢?来人呆呆地站了一会儿,没说什么,转过身走了。

秋平看了看在一旁小板凳上坐着看连环画的女儿玲玲,头发梳得又光又亮,戴着红色的小发卡,穿着漂亮的小连衣裙,心中感到一点安慰。她现在小半个心思在丈夫身上,希望他熬出个文凭,大半个心思就在女儿身上了。她从女儿一岁时就开始教她识字。现在才四岁,就能做四则算术,认识两千多个汉字,还会几百个英文单词了。每当她统计完女儿的识字数后，就有一种欣慰。她要把女儿培养成神童。

……她领着女儿坐在电车上，街上的商店、饭馆、机关大门上的牌子一个个在车窗外掠过。"玲玲，你给妈妈念念，那些牌子上写着什么？"她对坐在怀里的女儿说。女儿那时才三岁，用小手指点着车窗外，拖着童音朗诵般念道："红光百货商店，晋阳饭庄，中华实业开发公司，外文书店……"引得满车人都啧啧地惊叹。这时，她心中就会漾起一丝混合着凄然的幸福微笑……

……又一次，车正好停在书店门口的站台上，"玲玲，你看那个书店门口的大牌子上写的英文念什么？"她指着车窗外问道，"给妈妈念念。"因为刚才没有买电动玩具，玲玲正在赌气，说什么也不开口。"她能认得吗？"乘客中一个胖胖的中年妇人不相信地问。旁边几个乘客也看着玲玲。"她认得。"她说，然后把嘴凑到女儿耳边："玲玲，快给妈妈念呀？快，乖孩子。"玲玲撅着嘴扭头不理。车就要开了。一个车门已经关上了，她就要失去在这几个乘客面前证明女儿才能的时机了。她又对女儿耳语道："玲玲，快给妈妈念，要不，妈妈该难过死了。""那你给我买——"玲玲说道，指的是刚才在商店里看见的电动火车。"好，给你买。"玲玲这才扭头看着车窗外面，流利地念完广告牌上的几个英文单词，赢得了周围乘客的拍掌称赞。她却把脸伏贴在女儿嫩小的肩上流出了眼泪。"妈，您怎么了？""没怎么。"……

她自己还能有什么可追求的？青春过去了。一切都过去了。她彻底埋葬了一切奢望，把自己沉浸在操劳辛苦中。上班去一身工作服，下班回来还是工作服。不慕任何女人的虚荣。麻木的安然。还有什么想的？

"秋平，你怎么老是这一身工作服啊？带孩子去公园也穿这个？"春平不止一次打量着她的穿着说道。

"这样方便。"她答道。

"秋平，我给你买了件衣服。"一次，春平拿着刚为她买的款式新颖的上衣。

"我不要。"她说。

"已经买了,穿吧。"

"那我去帮你退了。"

她坚决不要,以致伤了春平的心。

第二个问题是住房问题。你们都听我说,别走神。(她略提高了一点声音。)这个问题目前看来只能维持现状。西边这间空房是不是可以腾出来住,大姐和大嫂都提出来过。这个咱们商量一下。我是这么想的:如果二姐、四姐都结婚了——嗳,我说说怕什么的,别瞪我呀(笑)——暂时在单位找不下房,那这间放东西的空房就给了四姐。我现在不是和二姐住一间吗?我搬出来,取代四姐的位置,和阿姨住到一块儿去,这样,二姐也就一人有一间房了。这不是解决了?二哥现在——二哥你别不高兴啊,我可怕你烦了(笑)——他现在是一人住一间,结婚也就这样。我觉得,这是一个基本情况。可在这基本情况上,有两个变化可以考虑,一个,如果有谁能在单位找下住房,搬不搬出去?搬出去是不是就违背了妈妈的遗嘱——让咱们这个大家不要散?是不是不散就永远挤在一块儿,永远维持这种低标准的居住条件?还有一个情况是:在二姐、四姐马上还没结婚的情况下,那间空房是不是可以暂时腾出来,让大姐或让大哥他们住一住?……

牛皮纸信封里是一本大型文学刊物。她疑惑地翻了翻,谁给她寄的呢?从刊物中翻出一张信笺,是封短信,一笔洒脱苍劲的钢笔字。

冬平:

我不知道你是否还记得我。我却始终没有忘记你。看到这封信,你可能一时还想不起我——我大概应该被你忘却的——请你读读寄去的刊物上的小说,在你最喜欢的作品中或许能找到答案。

真诚地希望你一切都好。

没有落款。

这是谁呢?这字迹使她在深久的记忆中模糊感到了什么。然而像隔着浓雾一般,她看不清自己的记忆。她翻开目录。每一位作者的名字都看过了,没有她认识的。再看一遍,还是没有。他(她确定对方是个男性)也许用了笔名。

她的目光不知为什么停留在头条目录上。

中篇小说《小岛》,作者:秦明月。

她从这笔名中,从这小说的题目中又隐隐约约感到了什么,记忆深层的形象正在朦胧中若有若无地浮现出来。她还是看不清记忆,因为她不敢相信。她翻开了中篇小说《小岛》。题图:湖水,小岛,丛树,茂密的草,秋风萧瑟,迷茫苍凉。

她读到了这样的作者题记:

> 哲人启示:一个男人不应该时隔多年再去重见自己年轻时爱过的姑娘。失望会打碎你全部美好的记忆,而给你带来极不愉快甚至嫌恶的印象。
>
> 我却要在"小岛"中寻觅她……

她一下合上刊物。她知道他是谁了。

他——陈晓时,是二姐夏平的同学。十多年前,少女时的自己崇拜过他,这是她爱过的第一个人。他在她心目中是个思想天才。他也热烈地爱过她,得到过她。然而渐渐的,他在她心中黯然了,听说从插队的农村转到西北的一个小工厂当工人了,处境很平庸。他们的关系断了。前天,她突然在电视新闻中看到了他。他已经成为出国讲过学的青年学者了。面对着会场的热烈掌声,他从容自信地站在讲台上。

她对着电视深深地怅惘了,难过了……

她慢慢翻开刊物,开始读《小岛》。

家庭会接近尾声时,院外面响起了收买破烂的吆喝声。会暂停下来。平平和夏平抱出一捆捆报纸、旧刊物,抬出一筐玻璃瓶罐,又拉出一篓嗡嗡飞着苍蝇的猪骨头,准备往外拿,收破烂的老头儿已经一瘸一拐地进了院子。

　　"报纸多少钱一斤?"平平问。

　　"两毛。"瘸老汉答道。他低头打量着一堆破烂。

　　"不是三毛一斤吗?"夏平问。

　　"前几年不是四毛吗?"平平又加了一句。

　　"您那是什么时候的价儿了?十年、二十年前的事儿了。现在早跌价了。"

　　"物价是涨,废品价是跌啊。"平平笑笑,"你们现在收破烂的尽自己定价,压低价,个人好多挣钱。"

　　"您怎么说都行啊。"

　　"三毛一斤,就都卖给您,要不,我们等别人来了再卖。"平平说。她想讨讨价。这两年出入自由市场,她也学会了这种高讨低要的心理战术。只要老头儿说两毛五一斤,她就成交脱手。这也是中庸之道。

　　"那您留着吧。"老头儿说着转过身,一瘸一拐地像是要走。

　　"算了,都卖给你吧。"平平说,并为自己中庸之道的失败感到好笑。何必为几角钱计较?人的心理也真逗,心甘情愿时大手花钱,一出手二十元、三十元不心疼,可有时一分钱的亏都不愿吃。她不知道瘸老汉心里在说:哼,一个女学生家也会来这一套了。他经得可比这多得多了,还斗不过你?这些大户人家也真是见小,还抠心眼算我这毛儿几分的。院子里一时散了摊,聊天走动,和孩子逗笑,上厕所。

　　顾晓鹰有了机会。他有意大大方方地正面看着赵世芬和她哄逗的女儿,挥笔画着速写。

　　"您是在画我们呢?"赵世芬先是装作不知,然后是和顾晓鹰的目光打了几个对视,才笑着问。

"你看像不像?"顾晓鹰乘机把几张速写纸从夹子中拿出来欠身递过去。

"还真像哎。"赵世芬一张一张看着,赞叹道,"你是专门画画儿的?"

"对。我就是搞美术的。"顾晓鹰说,同时用目光照顾着旁边。一家子已有好几个人注意他了,唯有他要引动的那个"印度美人"还在低头看刊物。

"那您有时间给我们小薇画画行不?"赵世芬笑问道。凭着自己的直觉,她早已感到顾晓鹰目光中的热度,她本能地要进一步吸引他。

"那当然可以。最好你抱着她,坐在一个优美点儿的地方,譬如湖边柳树下,石凳上,可以好好地画一张油画:母与女。你和你女儿的形象,从我们美术家的眼里看来,都挺出众的。"

赵世芬妩媚地瞟了顾晓鹰一眼,笑了。顾晓鹰的阿谀无疑征服了她。她打心里爱这样有风度、有才能的男人。她身子的一侧同时便感到坐在一旁的卫华的呆板和僵冷,她下意识地挪了下小板凳,和丈夫分得远了点儿。

"那您见谁都画吗?"她继续搭着话。

顾晓鹰摇摇头:"当然也要有选择嘛。天下那么多人,哪能画得过来?"此时他这样笑着,表演着,提高着声音,目的都在那位"印度美人"了。容易得到的女人再好,也要少点儿吸引力,况且现在已经唾手可得了,他只需进一步了解这位风流女性的名字,工作单位,就肯定能把她搞到手。可那位"印度美人"始终不往这儿看,真吊他胃口。好,她的目光转过来了,他立刻含笑与她的目光对视在一起。

"我还为你画了几张,你看像吗?"他把几张速写纸递过去。

冬平有些疑惑地看看他,把速写纸接过来,一张一张慢慢看着。

顾晓鹰注视着她没有任何表情的脸,心中有些紧张。"我主要是想把你的性格特征表现出来,不知是否表现对了?"他小心地解释道。

"您平时每天都画吗?"赵世芬又在一旁问道,出于对冬平的嫉妒,她此刻明显在献殷勤了。

这反而增加了顾晓鹰对她的某种轻视。"啊,啊……"他一边敷衍着她,一边还看着冬平。

冬平把速写纸又还给了他。

"你觉得怎么样?"他硬撑着笑脸问道。

"不知道。"冬平又低下头看着手里的刊物。

这时,黄平平回来了,她一眼就看明白了顾晓鹰的用心。好哇,竟跑到她家里打起她四姐和嫂子的主意来了。她第一次比较强烈地憎恶这个顾晓鹰了。

"好,咱们接着开会。"她招呼着,其实重要的事情差不多都说完了。"顾晓鹰,"她对顾晓鹰一笑,"往下我们要商量的事儿不便于外人听。你到我房间里坐会儿吧,我一会儿就完事。"她已经回过房间把抽屉锁上了。

顾晓鹰只能讪讪地站起身,进了屋。

看着顾晓鹰关上房门,黄平平才压低声音显得很随便地对家里人说:"他这个人名声可臭了,艺术界没人爱理他,跳舞连舞伴儿都找不下。"

她知道,只这一句话便足够了。

第 十 三 章

　　预定的九点半快到了,通知的人怎么一个没来?应该提前一点儿陆续到了呀?是雷彤林忘了?不会。他是个很乖觉的人。是人们星期日早晨家务太忙碌吧?谁也很难一起来就拔脚离家的。自己急什么呢?到时就都来了。没问题。

　　他从各个角度打量着客厅。沙发、椅子已经摆够,布局也做过几次调整。现在这样比较理想。他的沙发在中间,两面两个半月形,各放着五个沙发和椅子。这十来个人恰似他忠实的左右手。他满意地点了点头。很好。他又看了看茶几,上面烟、茶杯、茶叶筒已然放好。他拿起茶叶筒上下晃了晃,里面沙沙的,沉甸甸的,足够。再打开烟盒,烟也是满的。其实,刚才他已经反复查看过几次了。不过,这些年他老是有这么个不放心的毛病。每次出门,明明把抽屉锁上了,明明是拉过好几下,确凿无疑了,可刚一出院子,立刻觉得不放心,站住,犹豫,最后还是返回来再拉几下抽屉才能出去。好几次,他马上要上公共汽车了,又突然咚咚咚地走回来,再检查一下抽屉。其实家里人谁会翻他抽屉?可他就是不放心。后来,他干脆这样:每次锁上抽屉后,屈指数着,一、二、三、四……拉十下。这总可以放心了,即使走出院门,手中还留着刚才屈指数数和拉抽屉的感觉。那应该是比较确凿的了。可就是这样,他时而也要站住,怀疑自己手中的感觉是刚才的呢,还是以前残存的记忆?想来想去,只好再走回来,再拉一拉抽屉,死死的,拉不动,噢,确实锁上了,他这才笑笑自己,出了门。

　　现在,他看着桌上的几个暖瓶又寻思开了:暖瓶灌满了吗?刚才已经掂过好几次了,可好像还是不放心。算了,应该相信自己刚才的检查,可眼睛就是要往暖瓶上看。他摇了摇头,还是走过去把暖瓶依次掂了一下,都是满的,这才准备坐下。又想到看表:时间就要到了,人怎么还不来?他还是再准备一下自己今天的讲话提纲吧。

夏平进来了。家庭会开完了。

"来,夏平,趁协会人还没来,我口述个东西,你记录一下。"黄公愚说道。他一刻也离不开自己的二姑娘,一见她就有事儿。

夏平顺从地坐下,拿起纸和笔。她的时间除了上班,就是陪父亲。

口授笔录还没开始,春平进来了。"他来了。"她走到夏平身旁小声说。

"谁?"

"就是……给你介绍的那一个。"

夏平垂下眼沉默了一会儿,轻声推托道:"我现在有事儿呢。"

"爸爸,您又有事儿啊?"春平转向父亲。

"啊,我有点儿要紧事儿。"黄公愚低头不看女儿,手颤抖着不自然地收拾着茶几上的东西。

"您先让夏平离开一会儿吧?"

"啊……要不,你还是先去?"黄公愚小心地问夏平。

夏平低着头沉默不语。

"夏平,你先去吧,爸爸的事儿也没那么急。"春平劝道。

"急当然是急的,不过……"

"不过什么呀,爸爸,夏平也不能老不解决生活问题啊。"

"……春平,你介绍的这个人怎么样,配得上夏平吗?"

"爸,别说了。"夏平不爱听这些。

"我昨晚不是和您详细谈过了吗?"春平不满地说。

"噢……他是不是二婚哪?"

"爸,我不都和您讲过嘛。"

"噢,噢……是不是腿有点毛病?"

"爸爸,您说的是上次介绍的那一个了。"春平更不满了。

夏平这时抬起头:"大姐,我不去了。"

"为什么?"春平问。

"啊，去还是可以去的，今天不行，还可以找个时间。"黄公愚说。

"不，我什么时候也不想去了。我什么人也不想让你们介绍。"夏平细声细气然而是固执地说。

黄公愚站在那儿有些愣了，小心地看着女儿："夏平，爸爸没有说不让你去啊。"

"是我自己不感兴趣。"

"夏平，你不能老这样生活下去啊。"春平说。

"我这样妨碍你们谁了？我现在一听你们跟我说这些就烦，你们知道不知道？"夏平有些激动。

春平一下呆住了，过了好一会儿叹了口气："好，那过些时候再说吧。"她转身慢慢走了。

"爸，您有事儿就说吧。"夏平又拿起笔。

"啊，不忙，夏平，你喝水吗？爸爸给你倒。……不喝？吃糖吗？不吃？吃个苹果吧，爸爸给你削。都不吃？对了，想起来了，有一样东西我昨天就要送给你，我去拿，我去拿……"黄公愚有点儿语无伦次地说着，老态龙钟地推开里间卧室门，打开抽屉翻寻着。过了一会儿，拿出一块金表来："夏平，这给你吧，这是你妈妈留下的遗物，你戴上吧。"

"不，我不要，您保存着吧。"

"给你戴上吧。这是爸爸决定给你的……还有，这一支金笔，"他颤颤地把一支笔盒放到夏平面前，"是爸爸上次去南方开会时朋友送的，也给你吧。"

"爸，我都不要。您有什么事就快点说吧。"

黄公愚不知应该做什么才能表达一下他对女儿的爱。

春平又进来了："夏平，有人找你。"

"我说过了，我不去。"

"不是他，他早已经走了。"春平说道，"是你过去的同学。"

"谁？"

"郭策。"

他?夏平内心悸动了一下:"爸,我能不能先去一去?"

"去吧,你去吧。"黄公愚连忙摆着手说道。

她一边快步走出客厅,一边匆匆理着自己随便梳就的短发,拉整着身上的衬衫。

郭策是她的高中同学,还是同桌。两人除了正常的友谊似乎再没有别的什么。只记得一次物理实验课,在观察一台仪器时,两个人的头挨在了一起。及至都由脸热而觉察时,迅速分开了,一时都有些脸红。一九六八年她去东北插队。临走那天,她在从学校到公共汽车站的路上遇到他。他骑着车,下来推车和她并肩走。两个人都有些没话找话地说了一些最平常、最没用的话。那段路实在太短了,终于走完了,汽车也来了,两个人都朦朦胧胧感到要说的话没说,然而,他们太单纯了,谁也没成熟到能掌握这种谈话的程度,便怅然分手了,也便失去了联系。如果,那段路再长点儿呢?如果那一天汽车再晚来半个小时,或许她和他就会是另一种关系?

人的命运,幸运与不幸,有时就只差一点。

大前年,她在整理图书时突然发现他写的一本书:《心理学中的新方法论》,并从"图书通讯"中看到了作者介绍。她当时很激动,立刻给他写了封信。及至收到回信,她知道他已经结了婚,有了孩子。她一下平静了,这时才多少有点审视到自己写信时的潜意识:她以为他还是单身。

想不到今天他来看自己了,他不是在厦门吗?

他站在她的房门前等她,很文雅很成熟的形象。见到她,他的目光陌生地闪动了一下。他一定想不到她会显得这样衰老。

"认不出我来了吧?"她拘谨地伸手给他,"快成老太婆了。"

"不不,一下就认出来了。"郭策掩饰着刚才那含着失望的表情,很热情地握住了她纤瘦的小手。他们坐下谈话。小孩儿多大了?叫什么?为什么不同你爱人一起来我这儿?她问询着对方的家庭情况,这样能使双方的关系更坦然。

"你为什么还不解决生活问题呢?"郭策关心地问。

"一句话也说不清楚。"她温和地笑笑。第一次对别人谈及她的生活问题没有反感。

"我能理解。有时候确实是几句话很难讲清的。"郭策说,"我觉得,对于你,这件事既不能着急,也不能不急,既不能随便凑合,也不能不考虑。"

"遇不到合适的。"她垂下眼说。

"这么多年一直没遇到过吗?"郭策沉默了半响,问道。

"……遇到过一个,一九七八年在大学里,"她停顿了一下,目光有些恍惚,"不过,他是已经有妻子的。

"你肯定还会遇到的。"

她慢慢摇了摇头。

"你知道吗,我昨天才听咱们班几个男生告诉我,他们前几年把你评成咱们班的班花。"郭策为了转移话题,这样说道。

她善良地一笑……

九点半早已过了,协会的人还是一个没来。他越来越焦躁不安了。这是怎么搞的?他在客厅里来来回回踱着。踱踱又停停,看看自己布置好的客厅。不要急,他们都会来的,自己沉着点儿。他在沙发上坐下,很有气派地仰着,看看左右的沙发、椅子,立刻生出当领导的人物感来。他将这样仰靠地坐着,两手搭在沙发扶手上,很威严地讲话。同志们,我要讲的就是这些,你们可以在这儿议一议,统一统一思想。今天这个会就叫吹风会,先把你们这些骨干思想吹统一,然后再去统一大家的思想……

秋平脚步无声地进来了:"爸爸。"

"什么事儿?"他略略不耐烦地问,眼都没抬。他不喜欢秋平。

"您不是爱喝龙井吗?"

"怎么了?"他说。

"同事去南方,我托他给您买了一点儿。"秋平把一筒龙井茶叶轻轻放到桌上。

"还有什么事儿啊?"他问。

"我给您买了两斤纯毛线,想给您织件毛衣。"秋平声音很低。

"放在这儿吧。"

"我还没织呢,想……"

"放在这儿让夏平织吧。"

秋平咬住嘴唇,低着头站在那儿。

"还有事儿吗?"

"爸……"秋平低着头,抑制住眼泪轻声说道。

"怎么了?"

"玲玲大了,还没个合适的名字,想让爸爸给起一个。"

"玲玲这个名字就不错嘛。"

"都四年了,一直想等爸爸给起一个。"

"好,等我有时间吧。你去看看,夏平那儿完事儿没有?完了让她过来一下。"

秋平转过头,不让父亲看见自己的眼睛,碎步走了。

郭策走了,她送到胡同口。

眼前的街道上,只有忙碌熙攘的人流,从南到北的,从北到南的,东西相向的。周围都是密集的脚步。她转身往回走,也看着自己的脚步。周围的脚步渐渐稀少了,只剩下自己的脚在一步一步慢慢走着。十几年前,和郭策走向汽车站的那段路上,她是不是也一直低着头?她记得自己当时的脚步也是这样一步一步慢慢的,沉思的,不过,那时她的脚步是年轻的,现在则是干巴的,没有一步能让她感觉到生命的喜悦。

胡同两边青灰色的墙脚。一个裂着缝的石头台阶。一个孤零零的歪脸树桩。又一块孤零零的石头。路边一汪污水。树根下几棵小草。难为它们,在树下都没被荫死,还挺活泼地抖擞着嫩叶。一辆婴儿车吱吱吱地推过,看见胖乎乎的小脸,想起自己昨夜的梦了,看见推车的母亲,裙子,白凉鞋,小腿很白,丰腴光润,那脚步是款款的,一步步有着闲散自在的节奏。迎面过来的是一男一女的脚步。一看就是夫妻,走得比较匆忙,一定有什么事情,或去看电影,或去买菜,或去裁剪衣裳,或去走亲访友。两个人一个方向,一个心理节奏,女的为了和丈夫并肩相随,不时垫上半步,她的裙子欢快地摆动着,小腿年轻健美。自己感到了妒慕和惆怅。她是永远没有穿裙子的幸福了,她的腿既没有姑娘的健美,也没有成年妇女的丰腴,她是干瘦的,腿上裸露着筋条,只有把自己包在衣服里……迎面又是两个人颤巍巍的脚步。多着两根拐杖,一根紫竹的,一根黑藤的。它们一下一下点在地上,奏出了晚年相依为命的安详与和谐。

又只剩下她一个人的脚步,一步一步朝前走着。依然是青灰色的墙脚。再往前依然有一块孤零零的石头(半截埋在土里)。接着,大概还会碰上污水。最后,经过两个院门后,第三个院门——最下面的一条石头台阶已塌碎掉三分之一——就是自己家了。前面的路,她已了解得一清二楚,在她眼里毫无意思,绝不期待见到什么有吸引力的景物;可在这机械的、熟得生厌的行走中,倒也能得到一种近似麻木的安宁……

十点多了,协会里还是一个人没来。他耐不住了,在客厅里踱了又踱,最后拿起电话。传呼电话不好打,总算找着雷彤林了。

“找雷彤林?他不在呀。”

“什么不在?”黄公愚火了,“我听出来是你了。”

“您是谁?”

“我刚才不是告诉你了?”

“噢,是黄老啊。我没听清楚,没听清楚。(笑了。)我正准备出去找找有关人,让他们尽量安排您女儿一块儿出国呢。怕别人又抓我差,所以瞎支应呢。”

“你们怎么都没来?你通知了吗?”

“都通知了。我今早还特意叫上司机小王,六点钟就开着上海车各家跑着通知的。他们都还没去?我通知的是九点半,没错。我要跑您出国的事儿,看来是去不了您那儿了……让我去您那儿?不行,我要找的人就今天在,明天就去广州了,不找见他,您女儿陪同出国的问题就解决不了呀。”

电话放下了。雷彤林让他再耐心等等。星期天公共汽车挤,很多人可能要在路上耽搁。雷彤林很有把握地说:人们一定会来的。

一定会来。他通知的这些人都是他一手栽培过的。怎么会不来?他眯着眼把每个人都从头到尾想了一遍。没问题,全都是他一叫就动的人。他对他们中的每一个人都有过多次的(他记得清清楚楚)帮助和恩德。人们总不该忘记过去吧?

小华走进来,打开彩电,闹嚷嚷的足球赛,他坐在那儿看上了。

黄公愚冒火地从侧面一眼又一眼地瞪着儿子,好像他的目光有多大威力似的。可小华一点都不理会,专注地看着荧屏。他憋了又憋,他对脾气倔犟的小儿子一直是又不满又有些怵头的,终于憋不住了:"小华,今天这儿有事儿,电视不要开了。"

"你的人不是还没来吗?"小华头也不回地说。

"没来也快来了,爸爸还要静一静考虑考虑问题。"

"有什么可准备的?"

黄公愚恨恨地瞪了儿子几眼,憋着满肚子气。小华聚精会神地看着球赛,还啧啧喷喷地为中国队惋惜着。"我的话你听见没有?"黄公愚实在憋不住了。

"爸,你早点儿退休就算了,别死乞白赖地要管事儿,人家协会里的人不讨厌你呀?"小华不耐烦地说。

"你说的什么——你?"黄公愚顿时大怒。

小华回头看了他一眼:"我没说什么。"

"都像你这样吊儿郎当,中国就完了。"黄公愚气得拍着沙发扶手。

小华不屑地看了看他:"爸,都像你这样正经,中国才完了呢。你那纯粹是瞎正经。"

"你,你,你给我滚。"黄公愚指着儿子吼道。

小华显然没料到父亲会发这么大火。他站起身,关上电视就往外走。

"从今天起,不许你进我屋子。"他怒气未已地冲着儿子的脊背喊道。

夏平进来了,劝道:"爸,您又火什么呢?"

"你看看他像什么样子?"

"爸,快别生气了,协会里来人了。"

"简直不成体统。"他一下有些清醒了,又找补骂了儿子一句,手忙脚乱地站起来,"来了几个?都来了?让他们进啊。"

"我这不是进来了吗?就我一个。"有人嗓门洪亮地笑道。

进来一个微胖魁梧的人。是魏炎。

黄平平是又亲热又冷淡,又温柔又泼辣,又娇嗔又持重,让顾晓鹰馋劲儿直往上长,心中直发痒,口中直咽涎水。黄平平一直在忙着大家子的事儿,整理账本,计划经济,帮助祁阿姨安排中午包饺子的馅儿,里里外外不得停。顾晓鹰就一直搭讪地坐在她房间里。黄平平进来了,他就笑着说几句话,黄平平出去了,他就无聊地翻一会儿书报,也不知过了多久,黄平平又忙忙碌碌地进来了。

"你还没走哪?"她看了顾晓鹰一眼问道,又忙着寻找她的东西。

"我一直等着你答应我呢。"顾晓鹰说。

"答应什么呀?"

"一块儿去玩啊。要不我在这儿磨什么?"

"我今天没时间,你没看我忙着呢,待会儿还要张罗一家人包饺子。"

"我也和你们一块儿包吧,要是允许我凑热闹的话,我也在你们家吃上一碗水饺,然后再一块儿出去。"

"中午这么热,不休息了?"黄平平稀里哗啦地翻着东西,看也不看他。

"在北海公园里找个树荫下的长凳,一边聊着,一边就可以靠着懒一会儿嘛,要不,把船划到岸边的树荫下,在船上歇会儿就行了。"

"你就非今天去不行?"

"怎么?"

"那你找个别的姑娘去吧——你不就是对漂亮姑娘感兴趣吗——何必非找我不行？"

黄平平的嗔笑揶揄更惹得顾晓鹰按捺不住。看着黄平平那娇小的身体转来转去，看着她那嫩润可爱的小手上下翻动，他真不知该怎么着好。那双手东翻西翻到他坐着的桌旁了，一股发香直扑他的鼻子，他在一瞬间生出一股死皮劲儿，一把抓住黄平平的手，一边捏着一边用力晃着，"你到底答应不答应啊？"

"松开手。"黄平平并不气恼，只是有些嫌麻烦地拔着手。

"你不答应我就不松手。"

"哪有这么厚脸皮的？"

"我就是厚脸皮了。"顾晓鹰抓着她的手不放。他发现拿出这股死皮劲儿，倒是对付黄平平的好办法。

黄平平站在那儿干脆一动不动了，手也停在他手里不再往外挣了，脸有些不高兴地放下了。"你松开。"她冷冷地说。

顾晓鹰看着她的表情，讪讪地松开了手，笑着掩饰自己的尴尬："你还够矜持的。"

"对你就不能太给脸了。"黄平平转身要走。

"怎么？"

"你自己不要脸呗。"

"就算让你侮辱人格了，我再问你一句，你今天是去还是不去？"

"不去。"

"以后呢？"

"以后再说以后的。"黄平平走到门口。

"那我今天可留在你家吃饺子了？"

黄平平转身看看他。看他对四姐和嫂子的眼神，也绝不能留他。她自己对这种纠缠倒是无所谓的，"你不是很懂女人心理吗？就不知道你这样只会降低我的兴趣？你再在这儿泡蘑菇，我可真要小看你了。"

这就是他曾一手提拔今天又背叛了他的协会副主席,这就是现在把他甩在一边独擅大权、唯我独尊的魏炎。他不愿看见他。他倒还来了。是不是听说自己要召集协会的骨干在家座谈,他恐慌了呢?你如果地位牢固,你如果不把老家伙放在眼里,你尽可以不慌嘛。

"黄老,你这阵势是干啥呀?"魏炎指着客厅里的座位,用他浓重的山西口音笑着问,"要来什么人呀?"

"啊……来几个人坐坐。"黄公愚不自然地抽出烟点着,不看魏炎。

魏炎心中笑笑,他一切早已知道。黄公愚通知的人到现在一个没来,这冷落很说明问题了。他感到对自己的自信和满意。他坦坦然然地在黄公愚旁边坐下了。"您这儿经常来人吧,黄老?"魏炎很亲热。

"啊,经常。"他没有好脸色,很冷淡。

"是啊,您现在年事已高,整天在家,应该经常有些人来看看您。"魏炎表示不安地笑笑,"我最近因为忙,来得少了,有些事本想来请示您,又觉着都是些小事,就不来打扰您了。"他自己从茶几上的烟盒里拿出烟,点着,"协会里同志们也经常来您这儿吧?"

"经常来。"

"今天是不是他们来啊?"魏炎好像突然想到似的问。

"啊……是。"干脆把事情说穿,显示显示力量。

"您约他们聊聊工作?"魏炎又问。

"他们也想找我汇报汇报工作。"

"您是德高望重的老前辈嘛。"

"可有人把我们看成绊脚石。"黄公愚说出这句话,才一下仰靠到沙发上,两手搭在扶手上,有了领袖气派。刚才他一直摆弄着茶几上的东西,回避着魏炎的目光。

魏炎看了看他那张石雕一样的冷面孔:"大多数同志是不会这样看的,要不,同志们会来找您汇报工作?"

"哼……"

"黄老,我今天来,是专门看看您,看看您生活各方面还有哪些要照顾、要解决的。"

"我生活完全能够自理。"

"我不是说您不能自理,不是那个意思。"魏炎连忙解释,"我刚才不是讲了,您是德高望重的老前辈,工作上,我们应该经常来请示您,生活上……"

"你就谈工作吧。"

"工作?咱们不是刚开过大会,您也出席了。"

"那工作报告我就不同意。"

"初稿不是送您审阅过?您提的几点都照您的意见修改了。"

"一九八〇年承德会议上,我提出的'三个结合'的战略方针,在工作报告的历史回顾部分中,为什么没写进去?"

"三个结合?哪三个结合?"魏炎也惊诧了。

"你根本没把我的话放在心上嘛。一九八〇年八月十五日,承德会议的第二天,我就明确提出:东方艺术的研究,要走业余与专业相结合,普及与提高相结合,分散与集中相结合的道路。这是根本的道路。"

好一个"战略方针"和"根本道路"。这样空洞的结合,真可以罗列上几十个:领导与群众相结合,挖掘与整理相结合,上与下相结合……

"您审阅初稿时没有提到这一点啊?"

"什么都要我提到吗?"

魏炎笑笑:"那可以再补充上。您还有什么意见和指示?"

"我不准备这样随随便便谈了,我到适当的时候,写封公开信给你。"

"那好,我及时把信传达给协会的全体同志看。"魏炎停了一下又说,"黄老,我今天还要告诉您一件事儿,分给咱们协会一套高标准的住房,一百三十平米,您是不是去看看,想不想搬去?"

黄公愚看了魏炎一眼。

"我看过了,相当不错,就是房租略高一些,一个月要三四十块。"魏炎说。

"我不要。"

"您还是看了再说吧。您如果不要，我们再作别的考虑。"

黄公愚用轻轻一哼，表示了同意去看。他不住，魏炎住?他一个小小的十六级，也想住一百三十平米?

"好，那我就走了。"魏炎站起来走到门口，又转过身，指指客厅里的座位，"他们什么时候来啊?"

黄公愚冷冷地看了一眼座钟:"十点半。"

十点半没有人来。

十一点还是没有一个人来。

客厅里空摆着十把沙发椅子。

"爸爸，人不来了吧?"黄平平走进来问。

他仰在沙发上一声不吭。

"那椅子我们拿出去几把，在葡萄架下包饺子用。"

"不行。"

"人不是不来了吗?"

"谁说不来了?"黄公愚火了，声音都有些哆嗦。

是的，谁说不来了?十个人正朝他走来，一百个人正朝他走来，许多人在朝他走来，欢呼他是他们德高望重的前辈。他有些颤巍巍地站起来，要伸手迎接他们……

"约好九点半，这会儿都十一点多了，哪儿还会来啊。"

"来的，他们都要来的，他们不会忘记我的。"

黄平平看了他一眼，父亲正直愣愣地瞪着眼，样子让她有些害怕。

"平平，你们家还不太好找呢。"有人笑着出现在客厅门口。

找她的人来了，是李向南。

第 十 四 章

　　星期天上午的北京，像一瓣被阳光照得透明发亮的橘子展开在林虹面前。奇怪，在经过那样一个沉重的夜晚后，北京能给她这样一个鲜活的印象。街道，人流，此起彼伏的孩童笑声，都在明媚和煦的阳光下。

　　"你昨晚有什么收获？"她问并肩而行的范丹林。在她另一边走着的是范丹妮。三个人早饭后一起从家里出来。

　　"你指什么，具体解决对象问题？"范丹林耸了耸肩，"那没收获，我就没期望有什么收获。我去以前就知道不会有。"

　　"那你为什么还去？"林虹问。

　　"和姑娘轧马路也挺有意思的——当不认为这是浪费时间的时候。"

　　"这算什么见解？"

　　"把生活给予我的再还给生活。"范丹林玩世不恭地微微一笑。

　　"还给生活？怎么个还法？"林虹疑惑不解地问。

　　"报复。"

　　"报复？"

　　"这也是个还法嘛。"

　　"他这个人是个怪胎。"范丹妮在一旁对林虹说明道，"有时候是个热情严肃的事业家——"

　　"而且还是个大名鼎鼎的改革家，我需要自我补充一下。"范丹林自我揶揄地插话道。

　　"——有时候是个虚无主义者。"范丹妮接着说。

　　"不光这些……"范丹林又要插话。

　　"我还没说完呢，有的时候挺温情，挺善良——"

　　"甚至还有些懦弱，我还得自我补充一下。"

"有的时候挺冷酷,不近人情。"

"就这些?还不够吧?"范丹林耸了耸肩。

"——有的时候好,有的时候坏,有的时候正经,有的时候没正经,闹不清你。"

"行了,这许多对立加在一块儿,就基本上是我。"范丹林把谈话转向林虹,"我告诉你,我轧马路,最大的乐趣之一就是看看虚荣心导致的虚情假意表演。我有时候是挺坏,很愿意折磨折磨人,觉得有趣。"

"你这不是施虐狂吗?改革家都要像你这样,太可怕了。"林虹看着范丹林说。

"我搞改革的时候是一本正经的,我搞事业时只折磨自己。"

"折磨自己?"

"绞尽脑汁啊,苦思苦想啊,熬夜奋战啊,那不都是折磨自己?"

"你在生活上为什么那样病态呢?"

"我觉得好像不用回答,其实我刚才一开始就回答了,你肯定知道。"

"我怎么会知道?你又怎么能肯定我知道。"林虹说。

"凭我的感觉,我就知道你对生活有足够的理解力。"

"我并不了解你的过去呀。"

"人们相互理解,其实并不需要了解过去。你不是会画画吗?画是瞬间艺术,那上面的人物留下的是一瞬间的形象神态,可你一下就能看到他的历史。对不对?又譬如,我就并不了解你的过去,可三言两语一感觉,就知道你是个有阅历的人,所以我肯定你能知道。"

林虹看着范丹林笑了。这种谈话很有趣。

"看,其实就是你的笑,你在这一瞬间的气质,就显露出你了。不是任何一个女性都能这样恰当地用笑来代替回答的。这就暴露出你的处世经验和聪明。"

"可你那样无缘无故折磨人,那些姑娘又没有伤害过你,总不应该吧?"林虹说。她并不希望话题转到自己身上。

"我那样做其实也是教育她们。不过,说老实话吧,我也挺喜欢和她们相挽着轧马路,到了树影下有时还可以放肆地拥抱一下,挺好。有的姑娘也比较有趣。现在年轻人选择对象,前后要介绍上几十个,来回挑,这非常合乎现代文明,这是一种年轻人学习社会、学习生活的特殊交际。"

"你想结婚吗?"

"怎么不想?找到合适的,当天就结婚。"

"那你选择对象的标准是什么?"林虹一直保持着朋友般随便问话的坦然。

"我不要小香槟,我要茅台酒。"

林虹又一次为范丹林的回答惊讶了:"茅台酒?"

"我要烈性酒,要有点儿刺激和力度的。"

"找个泼妇?"林虹笑了。

"泼妇不是茅台,是掺了假的劣等薯干酒,一喝就上嗓子,上头,燥烘烘的,不能喝。茅台你喝过吗?有力度。可它一入口是绵柔的,黏稠的,带着很均匀的内力和后劲,有一股品不透的底蕴。它像逐步高涨的海潮,非常有力地上来,扩展到全身,使你周身发热。你觉着它了,可它的力量还在继续扩展着,征服着你。你一方面无法摆脱它的影响力,另一方面还想接着喝它,心甘情愿处在它的控制下。"

"什么样的女人才能像你说的茅台啊?"

范丹林看了林虹一眼,一笑。"你们去哪儿?"他打住话题问道,到车站了。

"我和丹妮先去趟百货大楼。你呢?"

"我有我的事儿。咱们吃晚饭时再见吧。"

上车,坐车,换车。在林虹眼里,京都现在是个由各色女人及女人们的服装构成的世界。

……范丹妮一早起来就问她外出穿什么衣服?林虹指着自己昨天穿的那件白色连衣裙说:"就穿这件吧。"

"你还带着其他衣服吗?每天总得换换色彩吧。"

"夏天的衣服我差不多都带了。"

范丹妮把林虹旅行袋中的夏装都翻出来,一件件举着看了个遍:"就这些?你怎么不多带点儿?"

"我就是想多带,也就是这些了。"她笑笑。

"那你的衣服太少了,裙子就这么两条?"

她除了这件白连衣裙,还有一条深蓝色的筒裙。

"而且这两条裙子的款式也太一般了。这能在北京穿出去?我借你两条吧。"范丹妮打开箱子,一件件裙子从她手中飞到床上:百褶裙,筒裙,连衣裙——各式各样的连衣裙,斜裙,喇叭裙,西服裙,超短裙,拖地长裙,四片裙,六片裙,八片裙,旗袍裙;的确良的,绸的,丝的,毛料的;红的,黄的,蓝的,白的,咖啡的;花的……林虹面前堆起一个五颜六色的花摊。范丹妮不断地热心推荐着:"你穿这件好不好?要不穿这件吧?你先试试这件?嗳,这个颜色比较适合你。"

林虹只是偶尔拿起一件略看看。她既不太冷淡,表现着对范丹妮热心的领会和感激;也不太热情,保持着自己的尊严。

漂亮的衣服毕竟会刺激女人感官的。随着一件件飞出箱子的裙子,两个女人的心理都发生了变化。范丹妮的热情由关心林虹不知不觉转为关心自己了。

"你看,我穿这件衣服漂亮吗?"她双手提着一件款式奇特、金花闪闪的连衣裙贴在身上比试着,自己也低着头从前面、从左右两侧欣赏着。"你看这件呢,我穿着是不是显得比较年轻?配上这件上衣,像不像个旅游的学生?"她又比划着一件短裙。"你再看这两件哪件好?我穿黑的好呢,还是穿深红色的好?哪件和我的皮肤更相称?……你说这件好看?这是从你的眼里,可你说,如果在男人眼里——比方说你是男人——我穿哪一件更好看呢?女人穿衣服主要是为男人穿的嘛。"

范丹妮特别注意她在男人心目中的形象。

林虹隐隐漾起一丝复杂情绪来。看着自己那对比下少得可怜的几件衣服,她感到了寒伧,涌上一种被现代时髦生活遗弃的发酸的感觉。"你的衣服我先不借呢，我准备买两件新的。"她笑笑，谢绝了范丹妮，并决定今天就上百货大楼……

范丹妮一路上在启发她观察女人的时装，喋喋不休地做着评价。她似乎负有引导林虹踏入京都生活的启蒙责任。"你看见那个刚下车的女孩儿没有？她的裙子好看吗？"她指着车窗外说道。一个二十来岁的像运动员一样的圆脸姑娘，穿着一件从右胸到左胯斜线分开的上白下蓝的连衣裙，步伐矫健地在人流中走着。

"那是二十岁姑娘穿的，我不能穿。"林虹说。

"怎么不能穿？我还想买一件呢。这裙子穿着能使人显年轻。你看，要是我穿上，像不像二十多岁的大学毕业生？"

林虹笑着看了看她："也可能吧？不过，我不太具有这种想象力，想象不出你穿上会是啥样。"她只能这样敷衍。她会画画，怎么会没有这种想象力？她只一眼就看出了：范丹妮无论怎样打扮，都将显露出她是个已近四十岁的女性了。她对自己的年龄怎么这样没有自知之明？还老觉得自己像个年轻姑娘，这让人在心理上产生一种极不舒服的感觉。这种"中年天真"，据说也是现代女性的常见病。

"你看那个女的穿的裙子没有？"范丹妮压低声音对旁边的林虹说，她指的是靠车门处一个穿着花格西式连衣裙的女子，她扶着车座站在那里，凝望着车窗外面，显得雍容美丽，牵引着车上许多男性的目光，她显然敏感到这一点，神情中显出些许矜持。"她那件连衣裙款式不错，可她穿不好看。这种裙子穿着人显得大一号。她身材不苗条，穿着显胖，显笨……"范丹妮评论着。

林虹却从中听到了范丹妮的嫉妒。这又让她不舒服。那个女子无疑比范丹妮漂亮得多。然而，她渐渐顾不上去审视范丹妮的心理了。她的目光也都被一个个装扮漂亮的年轻女性所吸引。她在观察着她们的服装。也在不断地想象着：她们的衣服如果穿在自己身上，是什么样呢？好看吗？天下的漂亮衣服太多了……

踏上最后一级楼梯，看着这熟悉的门，范丹林站住了。这就是万红红家。

……他敲门,开门的是万红红的母亲何慕贤,白皙,微胖,脸色冷傲,女干部的形象。"万红红不在。"她挡在门口,不客气地说。

"我刚才在楼下看见她了,靠窗坐着。"范丹林小心翼翼地说道。

"我说不在就不在,她在也不想见你。"

"我只和她说几句话,伯母。"范丹林恳求道。

"她说了,不想再听你说什么了。从今以后,你不要再来纠缠我们红红。"盛气凌人的母亲退转身就要关门。

范丹林连忙上前用脚挡住门:"伯母……"

"你要干什么?"

"好,我不见她了……您能不能把这封信交给万红红?"范丹林拿出一封厚厚的信,那是他通宵没睡写的。

"不能。我不是跟你说了,你不要再来纠缠万红红了。"

"我并没缠着她,我只是想……"

"想什么?红红就是一辈子不结婚,也不能和你这样的人来往。"

"你没有权力干涉你女儿。"

"万红红,你过来,自己来回答他。"挡在门口的母亲回头大声说。

"你走吧。"隔着门听见里面万红红的声音。

"听见没有?红红从今以后和你彻底断绝来往。你放自尊点。"何慕贤砰地关上了门。革命干部家庭的大门不允许他这有海外关系的人踏进来……

十年后,他又要踏进这个门了。他克制住一瞬间回忆唤醒的耻辱感(这感觉早已淡漠了,然而,一旦站在这门口,它又涌上来,而且十分强烈),举手敲门。

门内,何慕贤正在像操办大事一样上下左右忙乱着:"红红,你不要穿这件连衣裙了,这件裙子你穿着显得太胖。"

万红红正穿着一件深红色的连衣裙对着穿衣镜左右打量,旁边床上已经堆了十几件衣裙。连衣裙被紧绷在她身上，显出了她臃肿的腰身。她转身望着母亲："那我穿哪件啊，刚才不是你让我换这件的吗？"

"换这件浅蓝的吧，我昨天下午给你买的。"

"淡颜色的更容易显胖。"万红红嘟囔着。怎么没有一件合适的衣服？自己不是一直很苗条的吗？

咳，没办法，原来精精干干的女儿，怎么这几年就像发酵的面团一样，胖成这个样子了。是无所用心懒的？"要不，你干脆别穿裙子了，穿裤子精干点儿。"

"那多呆板啊。"女儿对着镜子说道。她的脸胖得眼睛似乎都睁不开了。

"要不你穿那件灰筒裙吧，配上这件藕色衬衫。你头上戴什么？就戴这个黑发卡？"

"妈，你不要管我了。我愿意穿什么就穿什么。你越管越糟。"

"好好，你自己打扮吧，尽量显得精干点儿，头发不要扎起来，可能效果好点儿。好好，我不管了。"何慕贤转身进了厨房，"姥姥，烤鸭要不要从冰箱里拿出来醒醒？鸡呢？炖好了？吃白蘸还是红烧？汤就做鱼丸汤吧，他和咱们一样，也是南方人，爱吃鱼。"

"我弄吧。"姥姥正在盘盘碟碟、红绿一片的大案桌上切鱼、切肉、切菜。

何慕贤站在门厅四下里瞧着，一会儿铺整一下沙发上的浴巾，一会儿把彩色电视机旁那个塑料长颈鹿摆摆正。她从来没有像今天这样郑重其事地准备接待一个客人。

女儿的婚姻大事始终解决不了。好的没有，不好的看不上，眼看着人越来越胖，年纪也越来越大了——三十了，做母亲的真急了，就这么一个独生女儿，总不能一辈子当老闺女吧。她一对女儿提起这事儿，女儿就冲她烦，"你越管越糟。"她也确实感到欠着女儿。范丹林这几年的情况，她们不时有所耳闻：出国、读硕士、作报告、上报纸，每每刺激着她们。女儿为此常常整日发呆。她作为母亲对十年前的硬性干预更是后悔不迭。谁让她是个驯服的政治工具呢?

打听到范丹林还没结婚,一个月前,她犹豫再三后给范丹林写了封信:"过去,极左的政治毒化了我们之间的关系。现在,作为长辈我常常很后悔,伤害了你,也伤害了红红。十年过去了,希望你能原谅我。在我不安反省的同时,常常想起你,红红和姥姥也常常想起你。如果有时间,请你来家里玩玩……"

半个月前,为了女儿,在未收到回信的情况下,她不顾尊严又给范丹林写了封信。这次范丹林回信了,说是这个星期天来。今天一早,全家就处于一种忙乱的兴奋中。

有人敲门了,可能就是他。

"谁呀?"她问,连忙去开门。

范丹林直直地立在门口。"伯母,你好。"他很礼貌地轻轻点了一下头。

"红红,丹林来了。"何慕贤连忙回头喊道,"快进来,进来吧。"

万红红一边理着头发系着裙带,一边跑出来,因为兴奋,她的举止有些慌乱。"丹林。"她有些不自然。这就是他曾经那样爱恋的万红红?过去的学生气一点都没了,胖得像个大妇女。这让他失望。那种要报复一下的欲望都因此弱化了。

"姥姥在吗?"他矜持地一笑,按既定方针彬彬有礼地问。

"在呢,你进来呀。"母女俩忙不迭地往里让。

"我今天来,就是想看看姥姥的。"范丹林很客气地说明。

母女俩怔愣地看了看他,脸上兴奋消失了。她们都听明白了这句话的含义了。

万红红垂下眼,转过身去,"姥姥,有人来看你。"她对着厨房说了一句,就扭着臃肿的身体,趿拉着拖鞋,懒洋洋回房间去了。

"丹林,那你进来吧,姥姥在厨房呢。"何慕贤目光闪烁地说道。

他站在门厅里,既看到了万红红房间床上那一堆五颜六色的衣裙,也看到了厨房案桌上的鸡鸭鱼肉和菜蔬,万红红刚才那激动的眼睛,何慕贤那殷勤的笑脸,都让他感到报复得到实现的满足。然而,他又有些心软:自己是不是太过分了?

姥姥在围裙上揩着手从厨房出来了。

"姥姥,您好。"范丹林亲热地上前拉住了老人的手。

十年前,唯有这位老人对范丹林没有任何歧视,始终抱着善良慈爱的态度。

姥姥自己的成分是资本家……

百货大楼是个繁华的商品世界。那样多的漂亮衣裳,那样多的选择对象,那样令人眼花缭乱,然而从里面出来后,林虹发现自己只买了一双急需的拖鞋……

电影院门口的台阶上,范丹妮挎着精致的鳄鱼皮小皮包,迎着来看电影的人流,在最显眼的位置站着。她保持着亭亭玉立的优美姿势,和每一个相识者打着招呼。"丹妮,你等谁呢?"人们不断地问她,她便显得活泼可爱地笑笑:"啊,等个人。"其实她谁也不等。每次看电影,她都要这样迎着人流站在门口。她愿意人人都注意她,她总要把自己看作小姑娘一样地卖弄纯真,当一些中年男性确实这样对待她时——他们叫她小丹妮,戏谑地称她为"我们电影界最纯真的天使"——她便完全进入一个年轻姑娘的角色,用极为天真的表情娇嗔微笑,用同样天真的声音说话。她撩头发的动作,她转来转去使裙子摆荡的仪态,她瞟人的目光,都显得纯真极了。……

范丹妮去看一部内部电影,走了。林虹一个人来到美术馆。

一楼第一展厅陈列的是清代山水画的临摹画展。一踏进去,就有一派宁静淡泊的水光山色。一幅幅山水画下,缓缓移动着观画的人群。她从小学过国画,这些年闲暇寂寞时也常常画几笔。现在,立身于这么多清代名画的临摹本前,她仿佛一下踏入了另一个世界。这是与京华闹市截然不同的另一个世界。

这是清初代表画家之一弘仁的画。《黄海松石图》,清俊峭伟,新奇有致,那壁立的岩崖,那在岩崖上横生竖立的青松,那在若有若无的云雾后淡远的山岩,都透着一股峻峭而淡泊、悠远而沉静的气息。

弘仁,安徽歙县人,明亡有抗清志,赴闽从建阴古航禅师为僧。超尘拔俗,不近功利,大概才能有这种比山水还宁静的山水画吧。

再看他这幅《幽亭飞瀑图》,迎面壁立的很宽的悬崖,右侧一道飞瀑银河般泻落而下,下面一潭清水,近处左侧岩石错落堆耸,岩顶几棵树下,小亭幽立。这是一个与尘俗隔绝、幽静奇绝的小天地。坐在这样的幽亭上,看着清逸孤独的飞瀑,该有怎样的心澄目洁啊。你会觉得百货大楼中那摩肩接踵的喧嚣是那么令人生厌,烦不可耐。

山水画能陶冶性情。

这几幅是髡残的画。

《苍山结茅图》,竖幅,山,树,路,从高天蜿蜒迤逦而落,然后稍现平缓之势,便在近树掩映中静静地出现茅屋。画中那涵蓄的苍然、寂然、淡然、幽然的意境真有一种言语难道的宗教般的空灵和谐。令人心目苍茫,怅然如烟。

什么样的笔法才能描绘如此的意境?

髡残,年轻时便落发为僧,云游天下,后定居南京牛普寺,多病寡交,寂寞一生。这样的人生,这样的心境,才化为那样的山水画吧?

这是八大山人的画。

《远村图》,山色苍茫,天地荒远,人烟稀寥,烟云惆怅。凝视着它,目光渐渐恍惚,你会觉得自己也走在那通往远村的荒寒寂寥的山路上,天地萧疏苍凉,人生虚无迷惘,真想把自己溶化在烟霭中,淡淡地化为乌有。

《溪山图》,浑朴宁静,明净秀逸。那山、那天、那树、那石,都在一种安谧圣洁、不可污染的清泊之光笼罩下,一个超脱尘俗的、净朗悄寂的仙境。看着它,你会觉得超出了自己的形骸,无声无响地踏入了仙境,盘桓于山间树下,整个身心都溶化在一片淡泊清静中。

八大山人的画,显然比弘仁、髡残的画造诣更高,感染力也更大。这位明朝宁王朱权的后裔,明亡后削发为僧,后又做道士,号八大山人。其一生中,对明朝覆没怀痛于心。看着他的画,她不由得生出的想法是:功名利禄有何意义呢?面对《溪山图》的净朗淡泊的仙境,看这喧繁闹乱的京都,像个大蚂蚁窝,人们在这里忙碌钻营着,懵懵懂懂,愚昧可笑。自己还不如找个远村,在那儿作作画算了。

这几幅是石涛的画了。

石涛,同八大山人一样,也是明朝王族后裔,落发为僧后,释号原济,又号石涛。他难忘自己悲惨家世,"一生郁勃之气,无所发泄,一寄于诗画。"

看他这《黄山图》,烟云如海,苍苍茫茫,黄山隐现,雄伟奇绝,意境浑朴,笔意豪放。再看他这幅《惠泉夜泛》,那夜色,那水光,那小舟,那岸上的稀疏树林,都如梦境一般轻柔恬淡,充满着朦胧的诗意。他这幅晚年自画像《大涤子自写睡牛图》,一个富态老头儿微微闭目,坐在一头短腿的老牛身上——牛昂着头一步步慢慢走着——让你感到人生亦不过如此的苍凉。

她久久地在这幅《睡牛图》前伫立着。

自己现在看到的这四个人,正是所谓清初"四画僧"。他们的沉沦身世,他们的悲愤伤感,他们的佛道思想,他们笔下的山水,都溶为了一体。这四位清初的代表性画家,都出家为僧,这里难道没有深刻的道理吗?

她突然发现,这一幅幅淡泊的山水画对她的陶冶,恰恰与她从昨晚踏入京都后被刺激起来的现代化生活的欲望相反。

余下的画,她随意浏览着看过了。以"四王"(王时敏、王鉴、王翚、王原祁)为代表的娄东、虞山派"正宗"山水画,她不喜欢。这些得到清代王朝推崇的正统派山水画,技法高超,但却笼罩着一种富贵堂皇、优裕满足的沉闷气息。歌功颂德出不来好艺术。

当她走出第一展厅,进入第二展厅看《当代青年国画家画展》时,在门口放着留言簿的桌子旁,遇到了一群正在热烈交谈的人。几个外国人正与几个三十来岁的年轻人洽谈着什么,听得出来这几个年轻人是这个画展的参加者和组织者。外国人要买他们的画。

有两幅竟肯出五千美元一幅的价钱。林虹有些惊愕。她立刻想到了自己拮据的钱袋——她为这种联想感到庸俗，但还是禁不住这样想到了。

一个三十多岁的女性，听出来她也是这个画展的参加者，正在一群男性的包围中眉飞色舞地讲着什么。她长得很丑，一脸雀斑，但因为打扮入时，又处在那样一个众星捧月的地位上，居然也像个皇后。几个记者正伸着录音话筒向她提问，她回转身，指着"前言"牌旁的第一幅画《河魂》在讲。那是她的作品了。林虹看了一眼，有那么点儿现代派味道。并不见得怎么样，她可以画得比这好。

她突然在人群中看到了顾晓鹰。他正和一个头发银白的老人说话，好像是在请他写一张条幅。老人点头敷衍着，想离开他。

她准备躲开。

顾晓鹰一转眼发现了她。"林虹。"顾晓鹰招呼道。他的神情表明他并没有忘记昨晚在火车站的冲突，但也说明他并不在乎那种冲突，"你也来看画展？"

顾晓鹰的招呼，使不少人都转过脸来，就在这一瞬间，她感到自己是一个漂亮女人，那些原来不过是条件反射地转过来的目光都闪动了一下，亮了，连被簇拥的那位"皇后"也把目光停在了林虹身上。

"这是谁呀？"有人问顾晓鹰。

"来，我给你们介绍一下。"顾晓鹰说，"这位叫林虹，我的……啊，一个一言很难说清楚的好朋友，还要告诉诸位，她可以说是位还不肯露面的女画家。"他的话含着要和林虹重新搭讪的死皮，也含着要难堪林虹的恶作剧。

"我可以认识你吗？"那位女画家走过来伸出手。

"你是北京的吗？"一个留着长发的青年男画家也走过来，他是这个画展的核心组织者，"我叫汪子平。你的作品愿意拿来展览吗？"

"你的画能让我先看看吗？"一个一直在洽谈购画的外国人也走过来，用不熟练的汉语问道。

顾晓鹰微笑地打量着这个场面。他完全没料到自己的逢场作戏能产生这么大效果，他感到有趣。看看她怎么办？总不能对这些人也放下脸发火吧？

"小虹，是你？"那个刚才被顾晓鹰纠缠的老人突然眼睛一亮，认出了林虹。他颤巍巍地走过来。

"是我，栗伯伯。"林虹也认出了对方，连忙上去握住老人的手。这是著名的国画家兼书法家栗拓方，是林虹父亲的至交，也是她小时候学画的老师。

"你这些年到哪儿去了？还画画吗？"老人一时不知问什么好。

林虹握着这双画坛权威的手，一个明确的感觉是：如果她要走美术这条路，这就是一个靠山。她在京都并不孤立。

看见栗拓方对林虹的异常亲热，林虹在众人心目中更抬高了身价。

"你的画拿来展览吧。"

"您的画能不能先让我看看？我准备购买、收藏。"

……

林虹扫了旁边的顾晓鹰一眼，然后转向那些问话者："是不是把画拿来展览，我需要再考虑，我还没有思想准备。您要看我的画，可以，也请过段时间。"她很有身份地矜持答道，心中掠过一丝对顾晓鹰的冷笑。

这一瞬间，她突然明确了今后要走的生活道路。她不要那些清心寡欲的淡泊，她淡泊够了，谁愿意淡泊就淡泊去吧。她将一步踏入京都，她将跻身于现代化的时髦角逐中，她将争名夺利，要活得有声有色，活得让人嫉妒。

——为了自己，也为了一切伤害过她的人。

第 十 五 章

"周末俱乐部上的情况就是这些。"她说。

"没什么了不起。"他说。

"你今天没见着顾恒?"她问。

"没有,他不在家。"他答。

"见到顾小莉没有?"她问。

"小莉?"他略笑了笑,"很有趣地接触了一番。"

"你的想法有什么发展吗?"她眼里漾出微笑。

"有。我决心在北京确定我的抉择,简单明了地解决生活问题。"

"你昨天晚上不是还说,你现在连政治危机都应付不过来,没法顾生活问题吗?"她揶揄着他。

"你昨天晚上不是告诉我:我的生活问题现在同时也是我的政治问题吗?"他风趣地答道。

他和她——李向南和黄平平——都笑了。

李向南感到和黄平平在一起时最坦然、最舒服。黄平平的性格像和暖的黄色,有着一种能溶化你的温柔随和。小莉则像一朵跳跃的红色火焰,和她在一起始终会受到新鲜的刺激,你不能不被吸引,不能不血液发热;但同时,你又常常会有许多恼火、惕怵,得不到稳定感。和林虹在一起,则会有许多难以尽言的深切相知,有许多回忆,有许多一针见血的智慧,有历经人生坎坷的成熟,有双方都不甘示弱的性格冲突,同时还常常有许多令人痛苦的敏感。自己怎么会有这种联想?怎么会把黄平平也列入了与林虹、小莉的比较中?女人都供你选择?不像话。男人的天性。

黄平平没想到李向南会来,但他来了,她也挺高兴。这说明自己喜欢他。她见过的才干卓越的年轻人太多了,但像李向南这样突出的不多,特别是他政治才干中蕴涵的性格魅力,更使她感兴趣。她喜欢他既成熟又有点儿粗线条的个性:"走吧,我领你去看一个人,我正想打电话找你呢。"

"看谁?"

"靳一峰,你知道吧?"

"你和他熟?"李向南有些惊讶。

靳一峰是位高级领导人,对当前的新经济工作有着很大的发言权。

"他是我父亲延安时期的战友。他家离我家很近,骑车几分钟就到。"

"现在就去?"李向南看了下手表,十一点多了,他有些犹豫,"不正赶上吃午饭?"

"就是要到他那儿去吃午饭。"黄平平笑着说,话中流露出一丝能随便踏入靳一峰家庭的优越感。她把家中的午饭安排了一下,交代给夏平,就同李向南一道出去了。"你和他好好谈,争取赢得他的赏识。这对你化解'内参'危机会有好处。老头通天,说话管用。"黄平平与李向南并肩骑着自行车一路说道。

"我该和他谈些什么?"李向南迅速盘算着这突然而来的谒见。

"能和我谈的,都能和他谈。要真格的,越深刻越好,不用来官场那套假正经。老头儿思想解放,喜欢年轻人,一点儿不迁。不过,这老头儿有两个嗜好,你要讲点儿策略,奉承他一下。"

"什么嗜好?"李向南问。

"一个,他特别爱炫耀他的记忆力,你到时候就知道了,你要尽量让他有表现的机会;再一个,他还特别爱炫耀他的烹调技艺。"

"烹调技艺?"李向南惊异了。

"是。他每个星期天中午都要亲自下厨,要不我为什么一定要领你去赶这顿午饭?"黄平平得意地笑了。

"啊,我们的新闻发布官来了。"一见黄平平,靳一峰眼里就露出欢喜。

他是个身材短小、瘦削精干的老头儿。腰板很直,戴着副金丝眼镜,面目清癯,像个教授,可他和你握手时,却热情有力——那手像体力劳动者一样结实——表明他并不老,表明他生气勃勃。他喜欢和年轻人这样握手,在这种握手中,他既感到年轻人的活力,也表达着自己的活力,他身心快乐。

"你就是李向南?"听完黄平平的介绍,他风趣地转向李向南,"久仰大名,一个新闻人物。来来来,你们各就各位,坐下。"他指点着,让黄平平和李向南坐下。

客厅宽敞明亮,落地大窗,几盆万年青、仙人掌在阳光下绿得发亮。

"他一直想能看看您,和您谈谈,今天我把他给您领来了。"黄平平说着,自己打开糖盒挑拣着,"上次来还有酒心巧克力呢,这次怎么没了?"

靳一峰笑了:"你又没告诉我,让伯伯给你留着。"

"要靠你自觉想到,要不,还需要什么知己知彼、富有预见啊。"

靳一峰快乐地仰头哈哈笑了。

看着黄平平说话时娇嗔的神态,看着她一边吃糖一边极轻地哼着歌曲,脚在下面小孩儿一样踏摆着,李向南心中止不住笑了。黄平平很善于和人交往,她在这儿自然然地就扮演了一个让老头儿喜欢的小姑娘的角色。他想到她在路上告诫他的"策略"了。这位老练的领导干部靳一峰,绝不会想到他喜欢的小姑娘会有如此心计吧?

"李向南,你刚从古陵回来?"靳一峰在写字台旁的转椅上坐下,问道。

"是。"李向南连忙答道。靳一峰居然知道他在古陵县,这让他有那么点儿受宠若惊。

"那座古木塔现在怎么样,保护得好吗?"

"您去过古陵县?"李向南稍稍夸大了一些自己的惊喜。

"老区嘛,一九四二年春天我路过一次,一九五八年我又去过一次。"

"靳伯伯一九五八年在全国农村跑了一大圈,写过一份调查报告,反对浮夸风和大冒进,第二年就被打成右倾机会主义分子。"黄平平在一旁介绍道。

"实际是反党、反社会主义分子,不提了,老提这段历史,以为光荣,就太可悲了。"靳一峰摆了下手,打断黄平平的话,还是含笑看着李向南:"你清楚这座塔的历史吗?"

"它……是北宋时期建的。"李向南只能这样简单回答。一瞬间,他有些后悔不曾更详细地了解古陵木塔的情况,看来,这位首长考察一个基层干部有着独特的角度,他可能喜欢那些有多方面兴趣、修养的年轻人。要说自己的知识是比较广泛的,但去古陵的这段时间,他完全忙于政治斗争、经济改革,恰恰没有来得及更多地了解历史和风俗。

"具体是哪一年啊?"靳一峰继续问道。

"不清楚。"

"你是古陵县的父母官,对这可应该清楚啊,这是你们县的骄傲嘛。"靳一峰说。

"靳伯伯,您还记得是哪年吗?"黄平平显得很有兴趣地问道。只有她才清楚这位靳伯伯的兴致在哪儿。

"这座塔是辽清宁八年,也就是公元一〇六二年建的,在中国现存的木佛塔中,除了山西应县木塔就是它最古了。应县木塔是辽清宁二年建的,它比应县木塔晚建六年。"

"靳伯伯,您这记性真是绝了。"黄平平惊叹道。

李向南这才醒悟过来,明白靳一峰那勃勃的兴致是怎么回事。自己真是笨蛋。"靳伯伯,隔这么多年,您还记得这么清楚啊。"他也为时不晚地表示由衷的惊叹了。

靳一峰笑了,坐着转椅来回转了转,又问:"你知道古陵木佛塔的高度吗?"

"不知道。"李向南摇了摇头,显得极感兴趣地看着靳一峰,"您是不是还记得?"

"要是我没记错的话,古陵木塔的高度应该是六十二米七十。"

"靳伯伯,您记性这么好?"李向南的惊叹既有策略的夸张,也有真实的成分。

"感兴趣、注意,就能记住呀。"靳一峰的兴致更高了,他点着烟,往椅子上靠了靠,"你们知道塔是从哪儿来的吗?不知道?塔来源于印度。印度最初建塔是为了埋葬佛舍利的。什么叫佛舍利?平平不知道?……向南说的对,佛舍利就是释迦牟尼死后尸体火化,结成的各种珠子。这也是一种传说了。你们看《封神榜》、《西游记》,里面不是常出现舍利吗?一种宝物。最初的塔就是为埋葬舍利的。后来,逐步就发展为佛教纪念性的建筑了,随着佛教一起传入中国。你们对中国的塔注意考察过吗?"

"没有。"

"塔是各式各样的,有各种分类。就好像人一样,你可以按肤色分,有白种人,黄种人,黑种人,也可以按地理分,有亚洲人,欧洲人,美洲人,还可以按民族分,哪种分法都有意义。塔也一样,按建筑材料分,有木塔,石塔,砖塔,铁塔,铜塔,还有金的,银的,玉的,对不对?按外形分,有方的,六角的,八角的,十二角的,古陵木塔就是八角的。分类方法很多。不过,比较科学的划分——嗯,这种说法本身就不科学——应该说是比较最有意义的划分,是按结构形式来划分。可以分这样几大类,第一类,就是楼阁式塔。像应县木塔,还有杭州六和塔,河北定县料敌塔,都是属于这一类。这都是中国风格的塔。尼泊尔、印度的佛教传入中国后,就中国化了,和儒教等融到一起了,他们的塔传入中国也中国化了。这种楼阁式塔,就是印度塔和中国高层楼阁的建筑形式杂交结合起来了,杂交优势嘛。"

靳一峰仰身笑着,谈兴愈高。

"第二类,可以说是密檐塔,知道是什么意思吗?西安的小雁塔就是这种。平平没注意小雁塔和大雁塔有什么区别?太不一样了。还有河南登封的嵩岳寺塔,东北辽阳白塔,对了,北京天宁寺塔就是属于这一类。这下你们明白了吧?这种塔第一层特别高,第二层往上,各层间距很短,檐挨檐,很密,所以叫密檐塔。

"第三类,俗称喇嘛塔,一说你们就都知道了:北京白塔寺的白塔,北海的白塔,山西五台的白塔,就是这一类。这不是中国化的,进口原装的(幽默地笑了)。

　　"往下,还有一类,金刚宝座塔,一个宝座上五座塔。像北京真觉寺,碧云寺,还有西黄寺,都有这种塔。再有一类,叫亭阁式塔。这又是中国化的了,是印度塔和中国亭阁建筑杂交结合的产物。再还有,就是花塔,过街塔等等类了……"

　　"靳伯伯,您的记忆力可真好,比我们年轻人还强得多。"李向南笑道。

　　"这一点我还敢跟你们年轻人比一比。"靳一峰说道,"向南,你们古陵的县志你看过吗?"

　　"看过。"

　　"你还能记住《古陵县志·序》的第一句话吗?"

　　李向南犹豫了一下。他知道那第一句话,因为给他印象很深,但,是说知道呢,还是说不知道?说不知道,可以再一次给靳一峰炫耀记忆力的机会,然而自己就会显得太粗疏了。这会不会给靳一峰留下不好的印象呢?

　　"知道……"他回答得并不坚决。

　　"那你说说看。"靳一峰考试似的看着他。

　　"县积而郡,郡积而天下。郡县治,天下无不治。"李向南说。

　　"嗯……"靳一峰表示满意地点点头,"说得对。"同时,他炫耀记忆力的热情也便开始下降,"这句话,我看了一遍,二十多年没忘记。"

　　靳一峰的妻子舒凝进来了,一个慈祥的银发老人。她冲黄平平和李向南亲切地点点头,便转向丈夫,"今天你还表演烹调技术吗?"

　　"当然表演。"靳一峰站起来,"平平,你们不要走,就在我这儿吃午饭,我去厨房给你们做两个菜。"

　　黄平平到楼上的房间里去了,客厅里只剩下李向南一个人。他坐了一会儿,认为不必这样拘谨,就站起来,踱到客厅门口,然后跨出门坎。靳一峰家是一幢二层小楼,独门独院。院里土地潮湿干净。有一座玻璃暖房,种满了五颜六色的花儿,在正午的太阳下,枝叶翠绿晶亮。

头顶上二层楼窗户里传出说笑声,是黄平平和另一个女子的声音。那个女子的声音很亮,咯咯笑个不停。大概是个胖乎乎的女性,简直能"看见"她那笑得直不起腰的样子。她是谁?

让黄平平领着来,有好处:一开始就与靳一峰进入一种亲热随便的家庭气氛中,黄平平有着随时使气氛融洽的能力;但同时也有不好处——这是他现在感到的:自己只能扮演一个奉承赔笑的晚辈角色,很难展露自己的思想与才干。他希望的是靳一峰在政治上赏识信赖自己,那样才有实质意义。自己要逐步掌握谈话的方向。

他相信自己进行各种"谈判"的能力。

客厅旁边的一个门帘掀开了,出来一个小模小样的秀气姑娘,她穿着蓝色的学生裙,大约二十一二岁。看到李向南,眼里顿时显出亲热。"平平领你来找我爸爸的吧?你是不是社科院农业问题小组的?"她很大方地问道。

"不,我不在北京工作。"李向南回答。这无疑是靳一峰的女儿了。

"那你在哪儿工作?"

"在一个县里,说了你也不一定知道。"李向南答话中含着一种对自己身份很自信地卖关子。他希望能引得姑娘追问下去。

果然。

"你说说看。"

"我在古陵县。"他不大有把握地等着姑娘的反应。既然靳一峰知道自己,他女儿可能也听说过自己吧?

"你是不是叫李……李——向南?"

李向南笑着点点头,感到满足,而且有了信心。既是姑娘知道自己,那么他就相信自己的名字还是会有些感召力的。

"听说你在县里改革搞得不错。"

"众说不一吧。"

"我就对你有看法——我看过对你的报道。"

"是吗?"李向南有些意外,等着姑娘往下说。

"到我房间来吧,我叫靳舒丽,在人民大学上学,念经济系。"

单人床,写字台,书架,落地台灯,轻便自行车上搭着游泳衣,到处是凌乱堆积的书籍纸张,一个无拘无束的姑娘的房间。两个人坐下了。

"我觉着,中国的大权都要落到你们这号人手里,就完了。"靳舒丽坦率地说。"为什么?"李向南有些震惊。

"你们这些老三届政治意识太重,爱搞权术,缺乏民主思想,我就不喜欢这种人。"

李向南受到了刺激。他微微皱了皱眉,感到一种要论证自己的冲动。他不能让更年轻的一代对自己这一代人有这种看法,他更不能让眼前的这位姑娘"不喜欢"自己。"老实说,"他沉稳地笑了笑,"我经历过最不民主的政治生活,可以说是专制的历史阶段,最知道民主的宝贵。可现在,你要建设一个民主繁荣的社会,就必须革除那些封建专制的、愚昧的、官僚特权的腐败。要革除它们,除了拿出强有力的铁腕,没有别的办法。你没到过下面,很难想象那些愚昧保守的东西有多顽固……"

"我能想象到。"靳舒丽毫不为李向南的话所动,"少数人的铁腕并不能决定历史的进程,重要的是经济领域内千百万人对旧关系的批判。"

"当然。你要在经济领域批判旧关系,就首先在政治系统、权力系统中引起冲突。你不采取铁腕,不解除守旧力量的武装,就根本无法推行新政策——连提出都不可能,你怎么开展经济领域内对旧关系的批判?"

"我知道。你们的铁腕是历史情势迫使的,现在历史除旧布新可能也需要这样。可一旦你们真上台了,大概也是一批挺专制的人。"

李向南含着善意的讽刺笑了,他幽默地诘问:"你不喜欢他们,可这个除旧布新的历史阶段却需要他们，又不能跨过他们，那可怎么办？"

"等他们完成了历史使命，就让他们退下去。"

"那谁上啊？"李向南问道。

"我们哪。"

"那我心甘情愿退下来。"李向南很有魅力地微笑了。

靳舒丽也笑了："你们大多数人到时候是不会心甘情愿退下来的。"

"那怎么办？"

"用斗争'请——'你们下来。"

"那你们用不用铁腕哪？不是那么好'请'的。"

"该用就用点儿。"

"那你们不是也和我们一样用铁腕了？"

"反正比你们民主。"

李向南若有所思地颔颔首："是。因为那时经济基础与现在不一样了，政治上进一步民主应该是必然的。"他看着靳舒丽非常郑重又带有玩笑地说道："那我的毕生将不是为我们掌权而奋斗，而是为使你们尽早登上历史舞台而奋斗。"

靳舒丽快活地笑了："那我就喜欢你了。"

李向南知道，他并不是在理论上，而是在性格魅力上征服了这位女孩子。

黄平平已撩起竹门帘出现在门口："舒丽，你喜欢谁啊？"

"我说他呢。"靳舒丽指着李向南笑道。

黄平平目光中含着一丝异样扫视了他们一下，莞尔一笑。"我宣布：开饭了。"

一桌菜，琳琅满目，从家庭烹调的角度看，色形味香，皆属不凡。

四个小盘，四个大盘，一色的白瓷青花，素洁清亮。

四个小盘是凉菜：一盘切得非常考究的牛肉，一盘猪肝，一盘雪肠,一盘白糖西红柿,切、放也皆考究。四个大盘是热菜。一盘海米芹菜,海米像食指般大小,金黄,芹菜整齐寸长,脆挺嫩绿。盘子四边,对称地点缀着四朵虾片炸成的"花儿"。一个大盘里大概是豆腐,一色的寸半长七分宽的薄块,油炸成金黄色,整整齐齐码放着,喷香扑鼻,最上面放着用几片青椒围着个小红辣椒装饰成的一朵鲜花。一个盘里是荷包里脊。一个个荷包里脊金黄喷香,盘子中心放着一朵白色的煮得开花的银耳。盘子转圈陪衬着开水焯过的芹菜叶,翡翠般嫩绿。一个椭圆形大盘里是炖全鱼。

"靳伯伯,您这手艺可真不错呀。"李向南站在桌边由衷地赞叹了。

靳一峰从厨房里端着最后一个盘子进到餐厅来,笑着张罗道:"来来来。你们都坐下。先趁热尝尝我做的拔丝,你们猜猜看,这是拔丝什么?来,快。这可不能凉了吃。"大家热热闹闹一起上手伸筷,你夹一块,我夹一块,拉着糖丝,蘸着凉水,送到嘴里。糖稀一蘸凉水冰糖般脆硬,一咬开,里面鲜嫩多汁,异常可口。"是不是苹果?""是不是香蕉?"满桌人都纷纷猜测着。

"不对。"靳一峰得意地笑眯了眼,"今天看看你们的想象力。"

"反正不是土豆,土豆是面的,是不是桃子?"李向南问道。

靳一峰摇摇头,更开怀地笑了:"你们都猜错了。你们都往一个方向想,就没有往最普通的菜蔬这儿想?告诉你们吧,这是我的发明:拔丝茄子。想不到吧?"

人们都笑了。舒凝温和地看着得意的丈夫,也笑了。

"用最普通的东西做出最新鲜美味的菜来,这种发明创造才最有价值。你们再看,这叫什么鱼?"靳一峰又问道。

"还不就是个清炖黄鱼?"舒丽说着伸过筷子。

"那你就是外行了。"靳一峰用筷子指点着,"这是按菜谱做的,叫醋椒鱼,是用桂鱼做的,这道菜的特点是鱼嫩汤鲜,还带点酸辣。向南,你尝尝,味道怎么样?"

"真鲜。"

靳一峰又指着豆腐问道:"这个叫什么豆腐,你们知道吗?"

"知道。你做过,锅塌豆腐。"靳舒丽抢白似的说道。

"你们知道怎么做吗?"

"不知道。"李向南摇了摇头。

"先要把豆腐切成一寸半长,七分半宽,一分半厚,摆好在盘中,撒上姜末,葱末,味精,各是二分左右,盐一分,再淋上点黄酒,然后,把鸡蛋磕在碗里……"

"行了,爸爸,你又津津乐道烹调术了,让我们自己用嘴实践吧,实践是检验真理的唯一标准。"笑着打断靳一峰的是他的大女儿靳舒华。她正是李向南刚才听到的在楼上咯咯笑个不停的女子,三十八九岁的样子,确是胖乎乎的,脸和脖颈都像被油浸润过的发着光亮,不耐烦听别人说话,自己却极爱说话。李向南心中笑了:这两个女儿在爱说话这一点上,完全像她们的父亲。遗传是伟大的。

"好好好,我不讲了,大家用嘴检验吧。"靳一峰笑着收住自己的谈兴,同时才略有些遗憾地发现:黄平平没有挨着自己坐,中间隔着个李向南。"平平,我们的小灵通,有什么新闻给我们讲讲啊?"靳一峰一边吃着饭一边问。他此时言谈和蔼温厚,是个慈祥的长者。

黄平平一边吃饭一边说着各种见闻:房山县一个窗纱厂每天把六十吨含酸污水排入河道;清河某农村大队为了以治理排水渠为由逼使周围几个机关筹款五十万,竟截堵污水沟,结果下雨淹了一所小学;一家糕点厂用换包装的方法变相大幅度涨价……

"这都是你这个大记者前往调查干预的事情吧?"听着黄平平的讲述,靳一峰偶尔还提两个细节性问题,污水里含废酸浓度有多大?窗纱厂是不是用硫酸对盘条(即钢筋——他特意用了一个建材术语)做除锈处理?表明他对这些动态的关心,有深刻的眼光。其实,他对这些事情的关心是一般的。

"靳伯伯,您知道臧文书吗?"黄平平问。

"知道。他怎么了?"这个臧文书是家杂志的副总编。

"他老婆正到处告他呢。"

"因为什么?"这下不仅年轻人感兴趣,靳一峰也停住了筷子。

"他和一个女作者——叫肖玲,写过几篇小说——发生了不正当关系。"

"肖玲多大年纪?"靳一峰问。

李向南发现,这也正是他此刻感兴趣又不便于问的问题。

"才三十来岁,比他小二十多岁。"

"长得很漂亮吗?"靳一峰又问。

李向南心中不禁觉得太有意思了:这又是他此刻想知道的问题。这位近七十岁的老首长与自己这样一个年轻男性感兴趣的角度和进程竟完全一样。

"一般,挺秀气的。"

"他们俩的关系是什么性质?"靳一峰又问。

"靳伯伯,您问的是什么意思?"黄平平不解地问。

"就是……"靳一峰斟酌着用语。

"就是他们俩是纯属感情原因呢,还是因为臧文书有权有地位,对吧,爸爸?"靳舒丽抢过话来说道。

"啊,……是。"

这恰恰又是李向南想提而不能提的问题。而靳舒丽对父亲思路的了解,又说明这个姑娘的关心角度也是相同的。有趣。

"两种情况都有吧。臧文书要是没地位,肖玲会崇拜他、看上他吗?"黄平平答道。

靳一峰点点头。

"臧文书是不是准备和他的老婆离婚啊?"靳舒华也关切地问。对这种事人人有兴趣。

"不知道。"黄平平摇摇头。

"我看臧文书不会想和他老婆离婚。"靳一峰慢慢摇了摇头说。

"爸,你怎么知道?"靳舒丽插过话来。

"那成什么影响啊?"

"离婚,和肖玲结婚,坦坦然然有什么不好?比现在这种伪君子形象好多了。"

"臧文书老婆怎么知道的?"靳一峰又问。

"肖玲自己写小说披露出来的。"黄平平答道。

"小说登哪儿了?"

"靳伯伯,您想看吗?这期刊物早脱销了,黑市二十块钱一本。您要看,我可以给您找一本。"

"不一定看了,没时间……不过,你找一本来也行……这个臧文书太荒唐了。"

饭后,在客厅里闲聊,五个人:靳一峰,靳家姐妹俩,黄平平,李向南。

李向南决定突破闲散气氛,简洁地进入主题:"靳伯伯,我很想和您谈谈,有很多事情想请教您。"

"好哇。"靳一峰仍然坐在写字台后面的转椅上,和蔼地说。他对李向南的话似乎不感兴趣,垂眼看着茶杯,一心一意吹着水上漂浮的茶叶,"具体想谈什么?"

李向南停顿了一两秒钟,强化着自己的决心:"一个,我想谈谈县里情况,一个,我想谈谈政策问题。"应该先从古陵县谈起,在北京的首长们最感兴趣的是下面那些生动具体的情况。

"一般的情况不用谈,我都知道。情况,我要听特殊的;政策意见,我要听具体的。"靳一峰眼睛不看李向南,态度愈加冷淡。

"李向南,你再约个时间来和靳伯伯好好谈吧,中午靳伯伯要休息。"黄平平连忙乖觉地打断李向南,融洽着气氛。

"那倒不要紧。"靳一峰随便地摆了下手。

李向南隐隐感到了靳一峰内在的政治家气质,他笑着说道:"靳伯伯,我找您,当然不是谈一般性东西,确实是想谈重要的事情。"

靳一峰点着烟,摇熄了火柴:"你能不能先用一句话概括一下你要谈的最重要的一件事情?"

李向南开始感到了这位首长的真正分量。这绝不是夸夸其谈、随便发挥些政策思想就能蒙哄住的老头儿,要尽快拿出真格的东西来。"我觉得我们现在制定改革政策,还缺乏综合的、总体的研究。"他抓住自己思想中最具体、最尖锐的一个观点，打了出来。

"什么叫总体研究啊?"靳一峰对李向南的观点并不惊异，甚至有些毫不在意。他在桌上随便翻寻着东西。

"就是要从经济、政治、思想、组织、动态、社会、心理的总体上进行战略研究，每项政策的实施都要从经济、政治、思想、心理等诸个方面考虑条件和展开部署。"

"太抽象。怎么就做到总体研究了?我不想听泛泛之谈。"靳一峰有些不耐烦地说道。他不多注意与李向南的谈话了，径自拿起支粗笔，在一张纸上随便记起什么来。

李向南感到了黄平平担心的目光，也注意到了靳舒丽觉得很有趣地凝视着他的目光，但他并不沮丧，因为他开始真正表现自己了："第一点，要注意力量对比分析。任何一项政策的实施都将遇到阻力，也有依靠力。而没有足够的依靠力，一切政策都不过是一纸空文。比如贯彻《森林法》，有些山口张贴着它，但装满乱砍滥伐木材的大卡车就从《森林法》下面公然驶过——古陵就是这样。所以，政策不是一厢情愿制定了就行的，要考虑配备力量来保证它的实施。"

"要具体，并不是要啰唆，话要简单。"靳一峰仍然在桌上记着自己的东西，头也不抬地打断道。

李向南绷了绷嘴唇："第二点，要充分预计一项政策弊的方面，并预先制定相应的制约措施。政策有其利，也必有其弊，或九利一弊，或八利二弊，七利三弊，百利而无一弊的政策从来没有过。问题是我们往往看到政策利的方面，也就是必要性的方面，而对其实施过程中将产生的弊病估计不足。结果，当它们接二连三出现时，缺乏思想准备。对弊的方面没有充分预计，并没有制定相应的制约措施，这样的政策不是完整的政策。"

"我不是讲了，具体并不等于啰唆，要相信别人的理解力。"靳一峰似乎有些不快。

"第三点，对政策将牵动的全部制约因素进行充分估计。"李向南简单说道，戛然而止。

夜与昼

"完了?"

"完了。"

"再往下说几点。"

李向南想了想:"第四,对政策势必带来的某个方向上的冲击要进行充分估计并制定对策。"

"太抽象,解释一下。"靳一峰眼皮也不抬,似乎仍然在考虑他的事。

"政策都不是完全封闭型的,它总要在某个方向上有所限制,在某个方向上有所开放。而在开放的方向上总要受到冲击。比如对外开放,就要受到西方经济、文化的冲击,这既有好的也有不好的一面;允许城镇集体、个体经营,全民所有制就要受到竞争的冲击;如此等等。如果我们对政策开放方向上将受到的冲击缺乏思想准备和策略准备,必将反应迟缓,付出代价。"

"行了,往下。"

李向南又绷了绷嘴唇。黄平平、靳舒丽、靳舒华都在注视着这场奇异的谈话。"第五,对即将实施的新政策与已有政策体系的关系进行估计。发生某种程度的矛盾、不和谐是必然的,问题是经过怎样的调整走向新的全面协调。"

"嗯,行了。"

"第六,对新政策与现有理论体系的全部关系进行估计。"

"六点了,还有吗?"

"第七,预计一项政策提出后将遇到的反对意见都有哪些。"

"嗯。"

"第八,对政策实施中将出现的几种可能进行估计。"

"嗯。"

"第九,要有最坏的准备:失败了怎么办?"

"好。还有吗?"

"第十,应付各种可能的政策储备要预先建立。"

"完了?"

"完了。"

"为什么一定要凑成十点?这里有没有形式主义?"

"它就是十点。"

靳一峰放下笔,压在纸上,端起茶杯慢慢喝茶,眼睛依然不看李向南:"你研究过历史吗?"

"研究过一点。"

"联系现在有什么观点?"

李向南略想了想:"从几千年的历史中看现在社会中的传统惰性,从一百多年近代史中看现在社会的演变趋势。"

"对中国今后趋势有估计吗?"

"不具体,大致的。"

"对。想具体的估计是不可能的;没大致的估计则是不应该的。"靳一峰站起来,微微伸了一下懒腰,说道:"好,今天就谈到这儿。"

"咱们该走了。"黄平平站起来对李向南说,"靳伯伯该休息了。"

"不,"靳一峰摆了下手,"今天中午一点半钟,有个加拿大《环球邮报》的记者要来找我。鲁贝尔,听说过吧?他的志向是当世界上最权威的中国问题专家。他要了解最深刻、最实质性的东西。我已经和他谈过一次了。等会儿,李向南,你参加一块儿谈。"

"我?"李向南十分惊讶。

"对,你。"

第 十六 章

见面时的寒暄介绍都过去了，大家纷纷在客厅里落座了。

靳一峰指着李向南对外国客人说道："这位李向南是今天来我这儿作客的。原来是北京去外省插队的知青，现在是古陵县的县委书记。你不是说想真正了解中国的年轻一代吗？我建议你和他多谈谈。我相信会使你满意。这不是我们官方机构特意为你安排的，是你今天偶然碰上的，也算是你的随意抽样吧。"满客厅的人，靳舒丽，靳舒华，黄平平，都笑了。舒凝由于身体不好，和客人见过面后已回房间休息了。

鲁贝尔，加拿大《环球邮报》的年轻记者也笑了。他外貌英俊，神采飞扬，一米八几的个子，偏瘦，眉骨很高，眼窝凹陷。"很高兴见到您。"他看着李向南，用流利的汉语说道。

李向南也笑了笑："我同样也高兴见到您。我主要是想听听您和靳主任的谈话。"他在公开场合称呼着靳一峰的职务，"这对于我是一个学习的机会。"

靳一峰很赏识自己，自己愈加不能忘乎所以。一定要谦谨。

靳一峰却摆手了："不不，你不要在我这儿夹着尾巴，希望你放开谈，拿出你的真实水平来。既不要让我们的朋友鲁贝尔失望，也不要让我失望。"

人们都笑了。

"靳伯伯最赏识有才能的年轻人，你在他这儿用不着怕锋芒毕露。"黄平平在一旁说。

靳一峰仰身笑了："听见平平的介绍没有。你不用韬晦，年轻人到我这儿，怕的是自己没锋芒。哈哈哈……"他热心于扮演一个为年轻人所拥戴的导师形象，被年轻人所拥戴，比任何权威地位的荣耀都更使人享受。他身边经常聚集着有抱负的年轻人，正是和他们的接触,他每日汲取着新鲜的思想和感受,从而才更能在上层不断拿出自己的新政策见解,保持自己的影响和作用。他的声音之所以始终重要,很大程度上受惠于与年轻人的交往,这是他自己才明白的奥秘。

鲁贝尔笑了。他喜欢这种随便亲切的气氛。

李向南也笑了。他从一开始就处在一种抉择中:在多大程度上展现才能,在多大程度上要收敛锋芒。无能不为上司赏识,能干过头则会被上司嫌嫉。现在,由于靳一峰比自己大得多的年龄,由于他比自己高得多的地位,再加上他的胸怀,他确实会比较宽宏地希望自己表现才能。这让自己感到兴奋。自己几乎很少有这种不受抑制而展露思想的机会。然而,他发表了见解,一旦外电报道了,引起某种反响,再反馈回中国,在政治思想界会产生什么结果呢?利弊孰大呢?他可以借这个机会(一个比较自然的机会)打出自己的思想旗帜去,扩大自己的影响,也可以引起更多的上层领导的赏识,但同时也会引起上层某些人的反感、戒心。并不是所有的人都像靳一峰这样理解年轻人的。而引起年轻的政治对手们更强烈的嫉妒,也是很可怕的。

善于抓住机会并正确地利用之,这是政治家的力量所在。

他到底应该如何抉择呢?理智的算计似乎并没能使他立刻得出清晰的结论,他的判断似乎仍在一种模糊的犹豫状态中。但是他的直觉,他要展露思想的冲动正在驱使他接近一个抉择。鲁贝尔期待的微笑,靳一峰赏识的目光,还有黄平平、靳舒丽、靳舒华三个女性感兴趣的注视,整个客厅内笼罩的暖热气氛都在迅速增加着他的兴奋。他含笑看着鲁贝尔:"中国老一代的政治家目前正在各个领域把年轻人推上一线。看来我也不能抗拒这个潮流。"他幽默地摊开双手做了一个手势。这个手势在客厅里引起愉快的笑声,他则在这个形体动作中敏感到,自己已经进入角色:"既然有了这样一个机会,那我非常愿意和您坦率交谈。我想,您关心的是中国最真实的情况。我们可以尝试着在今天的交谈中对中国作一个尽可能深刻广泛的探讨。您看好吗?"

"太好了。"鲁贝尔兴奋地搓着手。

"我愿坦率回答您提出的任何问题。"李向南平和地说道。

他知道自己今天是要有所行动了。

"我是准备把中国当作我近几年甚至一生的研究目标的。您能不能先谈谈对我这个选择的评价?"鲁贝尔诚恳地说。

"我觉得,您的选择是非常正确的。"李向南说道,然后看看靳一峰,靳一峰微笑着示意他讲下去。他转过头继续看着鲁贝尔,"社会研究,如同一切科学研究一样,课题的选择是非常重要的。一个人,无论他是数学家,化学家,物理学家,生物学家,还是经济学家,历史学家,社会学家,医学家,甚至包括文学家等等,无论他有多么广博和深刻的知识才能,他最终能不能有所成就,很关键的一点,还要看他善于不善于正确地选择课题。选择正确,事半功倍,选择错误,徒劳无功。我认为您的选择是正确的。"

"您怎么得到这个结论呢?"

"我是根据我的课题选择六项原则来判断的。"

"您有课题选择六项原则?"鲁贝尔非常感兴趣地开始记录。

"正确的课题选择,第一是空白性,第二是重要性,第三是尖锐性,第四是具体性,第五是边缘性,第六是适合性。"

"您能不能具体讲讲?"

"第一点空白性很容易理解,就是你选择的课题,必须是尚未被人研究过的,或者尚未被人充分研究过的,或者尚未在新的角度、新的层次研究过的。重复性的劳动是无效的。您要研究中国,想必是要在新的世界潮流中,从历史总体上,从东西方文明对比的角度上,从未来的趋势上来掌握中国,对吧?"

"对。"

"而我以为,现在全世界范围内,还很少有哪个思想家、学术家来这样做这项艰巨伟大的工作。我并不是说没有人研究中国,而是说,没有人在这样的规模上、高度上进行研究。这是一个巨大的空白。谁最先占领了它,谁就占有了可能有所成就的巨大优势。"

"您讲得太好了。往下呢?"

"第二点是重要性。在同样空白的课题中,无疑还要选择最有重要意义的课题。这又需要权衡。我认为,对中国的深入研究有非常重要的意义。第一,是理论上的意义,第二是经济、政治、外交等实践上的意义。当然,这意义并不是由于我热爱中国而杜撰出来的,而是世界的、中国的客观情势确定的。"

"您是否再详细点讲讲世界和中国的客观情势呢?"

"怎么说呢?世界是一个复杂的系统。鲁贝尔先生,我想您一定非常熟悉系统学和系统工程学。我以为,我们考察世界时,应该具有深刻的系统学思想。我们的一些思想家、政治家在考察当今世界时,各有各的模式和格局划分。我认为,他们的模式和格局划分都有各自的真理,但未必是全部真理。我们应该从更高的层次上,从总和上来把握世界,这样能得到更多的真理。

"不知您是否明白我的意思?我们不是简单地用现有的一种格局划分去排斥另一种现有的格局划分,而是考察所有格局划分的理论,在此基础上做一些概括和综合。

"当前有关世界格局的划分很多。一种,我给它起的名,叫做十字划分格局,那就是东西方之间的对立统一,南北方之间的对立统一。

"再有一种,三个世界的划分。把世界上的国家按其经济、政治、军事地位作了划分,三个世界,即三个等级层次。这种格局划分又揭示了部分真理。在这个世界上,一个国家,总是在按照其地位确定的权力在行动,在讲话。

"还有一种格局划分,即五极世界:美国,西欧,苏联,日本,中国。这种划分抓住了世界上五大坨力量及其相互关系,对于外交家们常常有着直接的指导作用。在这五极的基础上,再发展到多极世界格局。

"还有一种格局,我管它叫做两层次战略结构模式,这是各国军事战略家们通常用的一种格局划分。它的特点就是既有全世界范围的力量对比估计,又有以洲、以地区为一个层次的局部战略考察。

"另外还有一种格局,就是按社会制度来划分世界上的所有国家。总之,格局划分是很多的,我们还可以按哲学、宗教的势力范围,按地理、按人种划分,那就多了。我讲的离本题远了。"

"不,您讲下去,您的格局划分呢?"

"我目前还不具备这样的水平,只是试图综合概括出一个多层次的复杂的系统,能将上述各种格局划分的真理包括进去。它也许能够使我们从多种角度,从经济、政治、军事、思想、文化等多方面来考察世界的发展。这件理论工作我正在做。正是从世界发展的角度看,中国是有着重大意义的。这不仅在她的幅员、人口、经济潜力、政治军事力量,还在于她在世界格局中的一个特殊位置,另外……"

"一个什么样的特殊位置呢?请允许我插问一下。"

李向南笑了笑:"世界上没有任何一个国家像她这样具有如此典型的、古老的东方文明,世界上目前又没有任何一个国家像她这样对西方文明表现出如此的热情。她经历过最严酷正统的革命,而现在对资本主义的经济文化,又表现出罕见的务实主义。她由于自身地位和第三世界有着广泛联系,同时又是与超级大国平等对话的强者。你可以看到,在当今世界的一切重大冲突中,她都占有一个能影响均势的特殊位置。"

"是这样。"

"另外,我要说的是,中国是当前世界上最富有戏剧性变化的国家。这样一个活跃的国家,她势必会更多地牵动世界格局的变化,更多地吸引人的注意,鲁贝尔先生,您研究中国,不仅具有重要的理论上的意义,而且实践意义也是了不起的。如果您对中国的了解、预测能成为权威的声音,那您可以想象一下,全世界的政治家、外交家、金融家、实业家们将有多少人会倾听您的声音。所以,您选择的课题具有重要性。"

"请您再接着讲下去。"

"往下几点就更明确易懂了。尖端性,是指课题在理论上、实践上具有尖端意义。具体性指的是，您的课题不应该只停留于一个笼统的目标——中国上面，而应该迅速使之具体化。课题趋于具体化，是思想成熟的过程。具体化了，整个课题就出现了清晰的阶段性，就有了一个个阶段性的小课题，这样才能真正进入实际的研究。边缘性，是指这样一个规律：当代一切新成就，几乎都是在已有学科之间的边缘地带、已有学说之间的边缘地带、已有成果之间的边缘地带诞生的。所以您的课题在具体化的过程中，要充分注意寻找各种边缘地带、结合地带。最后一点，即第六点适合性，我以为是很重要的。这就是您选择的课题必须是适合于您干的。这就涉及对自身本体的审视了。这里有多方面的考虑，简单说，就是课题能够充分调动您的综合优势，包括您的知识、才能、修养、性格、气质、兴趣、志向，各种主客观条件。"

"您怎么会知道我适合研究中国呢？"鲁贝尔停下手中飞快记录着的笔，抬起头微笑着凝视着李向南。

李向南说："因为我知道您读过经济学，又攻取了法学博士，现在当了记者，有广泛的兴趣，这是您的第一个条件，即博学。第二个条件，您现在常驻中国，而且只要您愿意，可以长驻中国。第三个条件，您已掌握中文。不过，我说您适合于研究中国，主要指的还不是这些条件。"

"哪些呢？"

"我认为，能够深入研究中国的人，第一，他应该是一个深刻了解西方世界的中国人，或者是一个深刻了解中国的西方人，这样才具有东西方文明对比的视野。第二，他应该是个年轻人，这样才具有时代的敏感。第三，他对中国有强烈的兴趣。这三个条件您都具备。"

"但我现在还远未深刻了解中国啊。"

"那只差一天时间：今天到明天。"李向南幽默地说道。

……

黄平平听着李向南与加拿大记者的谈话，手底下也做着速记。

不知为什么,她此时感到李向南更有魅力了。她对李向南的才干是有所目睹的,对他的思想却第一次有直接印象。不过,她也绝没有到崇拜的程度。她永远最相信的只是自己。

然而,李向南所讲的理论本身却在刺激着她,她的嫉妒指向了鲁贝尔。难道这位加拿大人倒要成为评价中国的权威?她呢?显然应该比鲁贝尔更了解中国,可是,一个外国记者研究中国,又有着一个中国人所没有的许多特权和方便,难道,她能像鲁贝尔那样经常地对世界讲话吗?她希望自己尽快打出中国。

客厅里还有一种气氛使她受到隐隐的刺激。靳舒丽、靳舒华都在专注地看着李向南,特别是舒丽,这个把谁也不放在眼里的小辩论家,此刻凝视着李向南的目光柔和而闪亮。她常常因为理解李向南的讲话而高兴地一笑,放下撑着下巴的手,想张嘴说什么,但马上又收住,重新原样坐好。二十一二岁的姑娘是很容易崇拜一个有才华的男性的,而且她们的感情指向并不太考虑年龄的差距……自己怎么会有这样的想法,而且有一丝嫉妒似的?自己并没有把李向南摆在什么特殊的位置上啊?

"是的,我研究中国,就是希望最终能发现它今后的发展趋势,而这显然又不能脱离中国巨大的历史。"鲁贝尔打着手势说道。

"是。"李向南点头表示肯定。

"但中国的历史,据我所知是非常浩繁的,用中国的一个成语说,就是'浩如烟海',即使是一个历史学家也很难掌握它。另外,中国当代的社会运动如此丰富,也可以用'浩如烟海'来形容。这样两个'浩如烟海',"鲁贝尔一摊双手,"应该怎样去研究它呢?"

"您不能回避这两个'浩如烟海'。您必须面对它。"

"但是……"

"但是,您又不能堕入烟海。您要善于透过烟海从中抓住纲领性的、带有决定意义的东西,廓清您的思路。"

"这正是我最感兴趣的,非常愿意听到您的指导。"

李向南垂下眼帘,蹙起眉心,稍稍停顿了一下,然后谦和地一笑,沉稳说道:"中国情况复杂,中外许多学者对其研究了几十年都没能真正把握住它。您想在较短时间内了解它并掌握它的发展趋势,不能不说是有很大难度的。"

"是。"

"然而,如果您能够高屋建瓴抓住五个重要环节,您便能廓清烟海,迅速进入实质。"

"哪五个环节呢?"鲁贝尔眼睛一亮,身子前倾,极为迫切地注视着李向南。

(五个环节?什么环节?连靳一峰也越来越关注了。)

"第一个环节,从儒墨老韩学说入手,抓住中国几千年历史的惯性沉积。您一定知道,古代的中国完全不同于西方文明圣地古希腊那种沿海性、通商性、开放性国家,它是个大河流域的农业国,大陆性,封闭性。它的经济、政治、伦理、价值观自古以来都是与西方不同的。儒墨老韩的哲学凝缩了古代中国的特点。抓住这几大哲学及其产生根源,抓住它们几千年来如何延续、发展并物质化为各种社会关系的脉络,您最终就抓住了几千年历史在当代社会中沉积的最主要部分。"

鲁贝尔赞同地点着头。

"第二个环节,就是从东西方文明的相互对比与冲突中把握中国的近代史。中国一百多年来的重大社会动荡,在一定程度上都是西方文明冲击的结果。鸦片战争是英国侵略的结果,太平天国农民战争,洪秀全利用了西方基督教义,戊戌变法,孙中山的辛亥革命,更明显受到西方文明的影响,还有马克思主义引起的一系列革命,马克思主义当然也是西方的。西方文明的冲击,现在依然是影响中国进程的一个重要外部条件。

"第三个环节,就是要从研究文化大革命入手,全面了解中国的社会结构与本质。文化大革命是中国空前的一场大动乱,正是在这动乱中,一切表层的东西被掀开了,袒露了这个国家的内在面貌。这些内在面貌在其他历史条件下是很难看清的。请您一定要注重对文化大革命的剖析。您将获得许多真知灼见。正是这场灾难性的动乱,使得我们这一代人,或者说使得整个中国人民成熟了。"

"非常感谢您。"

"第四个环节,"李向南略停了一下,笑了笑,"这可以说是我的一个更独特的观点。这个观点,今天还是第一次披露……"

"我太荣幸了。"

"这也是我自己观察中国当代社会经常使用的一个方法。希望它能对您有所启发,能为更多的研究者提供一点借鉴。"

"我希望能引用您对我的谈话,如果您允许的话。"

"这个环节的宗旨是要画出一幅中国当代社会的力量结构图。这看来很难,其实又不是太难的任务,关键在于独特的洞察。我建议您,俯瞰中国的社会政治生活,在一个极端,您应该看到文化大革命中达到顶峰的极左政策,诸如全面专政等,在另一个极端,您应该看到目前中国最解放、最开放的那些政策,而后把在它们之间这个政策跨度中分布的不同层次的政策都顺序排列出来,再进一步深入到社会中寻找到它们各自的利益基础、力量基础,因为任何一种政策都代表着一定的社会力量及其利益。这样,您就会清晰地看到在中国当代社会中分布的各种社会政治力量,同时也看到了与之相联系的各种观念意识形态及属于物质范畴的经济关系、社会关系。您就会看到一幅真正的力量结构图。"

"您讲得很好。"

"有了这样一个力量结构图,你就会发现,"李向南接着说,"中国目前已经发生的或将要发生的各种事情,以及那种波浪式起伏前进的轨迹,都不是难以理解的了。面对未来趋势的估计,也有了大致的基础。"

力量结构图?靳一峰眯着眼从一旁打量着李向南,这个长着络腮胡的黑瘦的年轻人,他的思想,他的目光,他的谈吐,他的风度,都逐步显现出与刚才吃饭前完全不同的形象。年轻人显然很善于韬晦,很会在老家伙们面前装谦虚。现在,他居然还时时注意着讲话的态度,但已经不由自主地把他内在的人物感、内在的"野心"一点点显露了出来。这一代年轻人是不能小看的。

他脸上浮出一丝不易觉察的宽和微笑。年轻人啊年轻人,你的眼光是很犀利,讲得也很大胆。平庸点的老家伙会被你吓着的。可是年轻人,你不是没有片面性,而且,以后最好还是少这样锋芒毕露,要再磨炼磨炼,不然会吃亏的……

"您要讲的第五个环节,一定是更重要的环节吧?"

"是。这个环节有三个字就可以概括:五代人。"

"五代人?"

"对,要想了解中国的现在,特别是想了解中国的未来,一定要看清楚在中国社会、政治生活中分布的五代人,五个纵的时间顺序上的层次。"

"哪五代人呢?"鲁贝尔飞快地记录着。

"第一代人,就是曾以毛泽东、周恩来等人为代表的一代,他们都是本世纪二三十年代大革命潮流中涌现出来的杰出人物。现在,由于新陈代谢的规律,他们已所剩不多,但仍然在最高决策的地位上影响着中国的轨道。

"第二代人,就是我们中国通常所说三七、三八式干部加上解放牌干部。他们是抗日战争、解放战争中参加革命的。这一代人,完全是第一代人的理论思想哺育出来的,从整体上说,他们没有独立于第一代人的哲学与纲领。他们现在仍然是中国中、高层干部的主体。

"第三代人,时间上不那么好划,大体是指解放后五六十年代毕业的大学生,还有这个时期走上工作岗位的干部。我们现在搞干部年轻化、知识化,主要是将这一代人中的知识分子推上中国历史舞台。这一代人的特点是勤恳踏实、兢兢业业。他们登上舞台,会给中国增加求实的、民主的、注重业务的色彩。

"第四代,主要是文化大革命前的初、高中生……"

"你们叫老三届,是吧?"

"是。我认为这一代人是中国社会中很值得重视的一代。"

"您就是这一代嘛。"

"所以我了解这一代。历史造就了这一代人,历史正在使这一代人表现出他们的价值,使人们重新认识和评价他们。我想说明一下,我指的主要是这一代的优秀者。

"这一代人有着鲜明的特征。第一,这一代人由于他们的经历,对中国几千年的历史文化传统有着他们的理解和亲切感。他们不是历史虚无主义,也绝不是民族传统虚无主义。他们对一、二、三代人都有着比较深刻的理解。

"第二,这一代人有着坎坷的经历,这使他们对中国社会有着直接和生动的感受,有着广阔的视野和深刻的洞察。这是他们得天独厚之处。

"第三,这一代人对当代文明,包括世界上的各种新思想、新潮流,都有着高度敏感,善于汲取新东西。

"第四,这一代人有过理想主义的追求,又有过深入社会的实际生活,所以他们是理想主义和现实主义相结合的性格。他们经过广泛的理论学习,又经历过各种社会实践,所以他们兼有思想者和实践者的品格。

"由于这些特征,他们必将成为今后几十年内中国社会中承上启下的一代。您可以看到,当前,在各个领域,这一代人都在那里崭露头角。随着时间的推移,他们必将在中国的思想、政治、哲学、文化史上都留下光辉。"

"您对这一代人评价很高,您是否认为这是完美的一代?"

"不,并不完美。他们有很多弱点。"

"哪些呢?"

"很不纯。他们头脑都很复杂,旧的东西在他们身上有大量沉积。有些人很贪婪,有些人很残酷。很多人矫情。另外,从整体上讲他们的知识结构有缺陷,这一代人中大概比较缺少优秀的自然科学家。"

"第五代人呢?"

"那就是他们这一代了。"李向南一指黄平平和靳舒丽,"这几年毕业和尚未毕业的大学生。他们比我们更开放,更活跃,更现代,更善于对新潮流作出反应。但他们对中国的历史与现实的了解还比较肤浅。对他们,我也正在努力研究。"李向南幽默地笑了笑。

"这就是您讲的五代人?"

"是。这或许能为您观察中国社会提供一个角度。中国目前的政治生活主要掌握在第一、二代人手中。如果您要了解十年内的变化,就不能不注视第三代人,并注视第一、二代人向他们的过渡。如果您想了解二十年、三十年的变化,您就要特别注重第四代以至第五代。您要注意研究五代人之间的同异,注意研究他们的衔接与新陈代谢的冲突。"

……

靳舒华一直观察着李向南,她对李向南的谈话不十分听得明白。她从心里不喜欢李向南。口气这么大,简直是目空一切。她已经被他划入第三代人中了。她这"第三代"就看不惯他们第四代。一个个都那么狂。她甚至对这个比自己年轻的男性产生一种生理上的厌恶。她能想象到他那干燥强悍的男人气息,而且非常奇怪地联想到他比自己年轻七八岁的年龄,她的胖嫩滋润的身体就像被粗硬的毛刷刷过一样,掠过一阵极不舒服的感觉……

鲁贝尔站起来,再三对靳一峰表示感谢:"谢谢您为我做的很好的安排。"

"我说过会使你满意嘛。"靳一峰风趣地笑了。

"请允许我再向您提一个国际问题,您对中东阿拉伯与以色列的冲突如何看待呢?"鲁贝尔在与李向南握别时又问道。"我是犹太人,我很关心这个问题。"他又诚恳地解释道。

"我非常同情犹太人在二次世界大战中惨遭希特勒迫害的命运,我也非常同情巴勒斯坦人现在无家可归的悲惨境遇。一切民族都有生存的权利。我希望整个中东和平。"李向南答道。

　　"靳伯伯，"鲁贝尔离开之后，黄平平看着靳一峰说道，"李向南的处境您肯定还不知道，有些人在整他。"

　　"我知道。"靳一峰把头仰枕在沙发上，闭着眼用手慢慢搓着额头，平淡地说道。

　　"那您说怎么办？"

　　"我没办法。"

　　"靳伯伯，您最关心年轻人，您应该帮助帮助李向南。"

　　"我？已经帮了。"

　　"您已经帮了？"黄平平不解地问。

　　"你问李向南。"靳一峰依然仰头闭着眼。

　　"是吗？"黄平平把目光转向李向南。

　　"是。"李向南看着她，肯定地点了一下头。

第 十 七 章

顾晓鹰从美术馆出来,已是烈日当头的正午。他扶着摩托车在路边张望着,到哪儿吃饭?找谁?脑子忽忽闪闪地掠过各种方案。

一辆丰田小轿车在身边疾驶而过,又立刻停下了:"顾晓鹰。"后车门打开,探出一张满是疙瘩的方脸,墨镜摘掉了,原来是高中时的同学鲁鸿。车里面跟着还探出一个人头,也是同班同学马立桥,黑瘦精干,深眼窝,大眼睛,像个东南亚华侨。

"你们去哪儿?"

"我们去江岩松家。老同学多年不见,一块儿聚聚。"

江岩松?他父亲江啸是高级干部学院副院长,大"左派",正好去找找他:"走,聚聚。"他准备发动摩托车。

"这么热,上车走吧。"

顾晓鹰把摩托车又存回存车处,拉开汽车前门上了车,车开了。"你们去干吗?"他坐在司机旁回过头来问。

"鲁鸿有几桩大买卖要托江岩松走关系,拉着我去找他。"马立桥说。

鲁鸿这两年在广州经商,打着不止一个公司的牌子,这事顾晓鹰早听说过。

"你那么大本事还用走他的门子?"顾晓鹰问,同时留心地瞥了一眼司机,见他对谈话并不注意。

"我在广州、香港那边东西南北都有路,不是吹,一个电话就能办大事,"鲁鸿嘻嘻哈哈,有些自吹自擂,"可北京这边还不硬,各个衙门还不怎么通。这咱们都比不上岩松这小子有门子,他的老子,叔叔伯伯,还有三姑六舅,不少都是负责干部。嗳,马立桥,你不是要从西安调回北京吗?也找他帮帮忙。"

"我没想这茬儿。我今儿主要是领你去找他的。"马立桥憨厚地笑笑。他在陕西当工人。

"没关系。你帮我说，我帮你说，咱们都收益。总不能几十里地白跑，我这出租车费还几十块呢。嗳，顾晓鹰，你去他家办点儿什么事儿不？"

"我？……我想找他父亲聊聊。"

"求他父亲办事？那你也要先通过岩松啊。咱们今天统一战线，让岩松来点儿实在的，这小子太油，你要不闹住他，他才不给你出力呢，更不用说出血了。你看这个，"鲁鸿回转身提起放在身后装潢精美的四瓶威士忌，"咱们今儿合伙儿灌醉他，给他戴高帽，这小子好喝酒，好戴高帽子。怎么样？"鲁鸿说着看了看另两个人，嗓门洪亮地哈哈大笑。

顾晓鹰也笑了："对，灌这小子。"

马立桥也略有些拘谨地笑了。

一个有着暂时共同利益的统一战线形成了。

车在急驰，两边街道上的车、人、街边的建筑都在疾掠而过。方形故宫的笔直城墙及护城河在左车窗外旋转而过，在他恍恍惚惚的知觉中留下弧线的印象。这是变形。高速运动中观察对象会变形的，因为任何观察，哪怕是瞬间，都是有着时间进度的过程。观察者与对象总在一种相对运动中，或是机械运动，或是社会运动，或是心理运动，所以，一切观察都有一定程度的变形。这应该是绘画的真谛吧？

他意识中一个恍恍惚惚的层次还在随着车窗外掠过的光、色、形的变化忽闪叠印地流动着，而清醒的精于计算的理智层次则在考虑利益和行动策略。

江岩松？哼，（他眼前浮现出江岩松那自负、矜持而又故作谦和的脸）挂着年轻史学家的牌子，关心的却是仕途，表面上搞学问，其实官瘾很大，学问不过是跳板。现在爬得挺顺溜，听说有可能提拔为某个研究所的副所长，有个外交战略研究机构还常常请他提供咨询。这小子是一不滚团，二不结伙，不和年轻人中的任何集团保持过密关系，不介入任何集团性的冲突，也不介入任何理论、政策的论争。别人在那儿哄哄嗡嗡，吵吵闹闹，他却什么声音都没有。可是每当人们静下来回头一看，就发现他的影子在政治领域上又升了一截。

这小子是学得油了，乖了，能了。

顾晓鹰感到了自己的嫉妒。

自己应该怎么办？他也想搞政治，他吃不了搞艺术的苦，也自知搞不成，可他能像江岩松那样屏着气踩着猫步，耐着性子一点一点往上爬吗？不能多出风头，不能太放肆（起码搞女人不能这样随便），上下左右地精细照顾，四面和顺圆通，前后不露把柄，这股子熬罪他实在受不了。可想往上爬，没这熬劲儿行吗？

像李向南那样实干？他可以去筹建一个工艺美术品公司，搞实业起家。可他也不愿受那一本正经的劳累罪。他完全能想象出那里的奔波、操劳，他天生不愿意干那些事儿。干了又能怎么样？李向南又能站住脚？

他喜欢大家风度，该吃喝玩乐就吃喝玩乐，遇到天赐良机拿出冒险精神，搞几个阴险（他不认为这两个字含有贬义，他非常喜欢用这个词儿）到家的漂亮手腕，一下把大权抓到手里。人生就是冒险，无毒不丈夫。这才是他的信条。

别想那么远了。今天去江岩松家，一个，要和他老子拉呱拉呱。再一个，要和鲁鸿、马立桥合伙灌醉江岩松，看看这小子酒后真言是个什么。只要能抓住他一点儿底儿，以后就能多少拿住他。

鲁鸿、马立桥在后面嘀咕什么呢，要这么压低声音？好像是在议论自己？他们和自己不是一种人，对他们要防着点儿，也要算计着点儿。然后才能考虑怎么利用他们。天下任何一个人对自己都可能有害，同时又可能有利。防其害而用其利就对了，关键在心计和手腕。他的脊背感到着自己和后面两个人之间也划开着一条线。

统一战线内也另有一分为二。

"嗳，我突然想起来了，顾晓鹰和江岩松那小子关系怎么样？刚才我那话露不露？别让顾晓鹰给咱们卖了。"鲁鸿瞟了瞟顾晓鹰的背影，压低声音对马立桥说。

"他俩关系很一般吧。"马立桥想了想说道。

"管他呢，车到山前自有路。到时候咱俩配合着，见机行事呗。"

"我不明白你为什么一定要叫上他，"马立桥说，"这家伙心眼挺鬼的。"

"人多好办事，我这个人最不怕人多，要是有十个人在一块儿喝酒热闹，我就能办成十件事儿。……噢，你是不是还记着文化大革命中那事儿呢？"

"谁还想那些。"

文化大革命中顾晓鹰领着人抄过马立桥家。

"咱俩再搞一个小统一战线，啊？"鲁鸿有些恶作剧地压低声音说，然后用较大的笑声来掩盖，"大统一战线，是三人合伙儿对着江岩松的；小统一战线，是咱俩合伙儿对着他的。"他用下巴点着顾晓鹰的背影，像是刚议论完一件极有趣的桃色新闻，放开了嗓门："啊？是这么回事儿吧？哈哈哈。"

"你们说什么呢？"顾晓鹰回过头问。

"暂时对你保密。"鲁鸿嘻嘻哈哈，像是有意逗顾晓鹰。

这样足以消除顾晓鹰的怀疑了。

这个鲁鸿，真够能的。大统一战线，又是小统一战线。好像他和自己亲密无间，是一体了。谁能和你统一啊？你做生意，大把的票子，飞机来飞机去，住高级宾馆，吃上等饭馆，我马立桥连飞机都没坐过，这金钱享受，和我有什么关系？

马立桥脑子不快，可并不傻。这年头谁不精啊。他脑子里也在盘算着个人利益。这些年在外省，自己混得真不怎么样，现在才是三级工，四十多块钱，去年闹得老婆也离了婚，惨到家了。早就想找找江岩松了。北京市公安局有个副局长好像是他父亲老部下——还是警卫员、秘书这种老部下，可以托他解决户口转回北京。可怎么去找江岩松啊?那小子见人假正经,难求。今天鲁鸿要去,是个机会。鲁鸿做的大买卖,只要江岩松帮上忙,起码还不喂他两三千块?江岩松再板着脸想当官儿吧,这不担风险就捞大把票子的便宜事儿总不会推开吧?趁着鲁鸿带来的热乎劲儿,求江岩松办事儿总容易些。再说,老同学一块儿热热闹闹一聚,吃上喝上,情面总不那么好破吧?

鲁鸿今天为什么一定要拉上自己,这他清楚。还不是因为自己和江岩松在一个村插过队?鲁鸿利用自己,自己也要利用鲁鸿。这小统一战线内,两个人也是一分为二,各有各的考虑……

高级干部学院大院内,江啸的独家小楼,墙上爬满绿荫荫的爬山虎,楼前是葡萄架、花圃。楼下是大客厅、小会客室、饭厅、厨房等。楼上是江啸及妻子的卧室、书房;还有儿子江岩松的一套房间。

江岩松正在和妻子席志华商量着鲁鸿来的对策。

鲁鸿上午的电话中已大致说明来意。"他们快到了,你拿定主意没有?还是谨慎点儿好。"席志华收拾着书柜,回过头对丈夫说。

江岩松正仰躺在一个折叠式的帆布躺椅上,跷着二郎腿,眼睛凝视着天花板,慢悠悠地抽着烟。那神态简直像个揽括世界的领袖人物。

他只是关着门在这个房间里,在她面前才丢下平日的伪装,这样大模大样放肆随便。就好像一个穿着紧身盔甲的胖子,盔甲脱去了,原来紧束的肥肉一下子放开来,奤拉了,变成了一个肥得让你认不出来的人。瞅他这不可一世的样子,像是做什么重大战略决策,二郎腿时而轻轻地颠一下,手垂着,有板有眼地慢慢弹着烟。平时夹着尾巴做人憋坏了,每到星期天就这样舒坦一下。

"还是按我刚才定的原则行事。忙,不触犯政策的,可以酌情帮一帮。"江岩松仍然看着天花板,像是首长下指示一样,慢腾腾地很有权威似的说道。

"那……"

"当然，"江岩松摆了下手，不让妻子插话，他还在拖腔拖调地过着大人物的瘾，"也要尽量少帮。帮多了，就显得不值钱了。是多是少，要掌握分寸。"

"那……"

"我知道你要说什么，"江岩松有些不耐烦，"你不是想说他提的好处费吗？这还不好办？钱，只要是没什么痕迹的，就可以考虑收下。要不谁帮他的忙？"

"你又不摸鲁鸿的底儿，别陷进泥坑里去。"席志华担心地说。

"不了解，可以想办法了解嘛。他那个人没多少城府，江湖习气，套一套就把他的底套出来了。到时候你看我的。"

"马立桥不是跟着一块儿来吗？"

"那更是个胆小鬼。到时候见机行事嘛，该瞒着他的，可以避开他和鲁鸿个别谈。"

"我总觉着太冒风险。别一失足成千古恨。"

"你有完没完了？"江岩松叭地放下二郎腿，烦火上冒了，"这我不比你知道？还用得着你教训我？这你就甭操心了，我在政治上比你谨慎得多。"江岩松瞥了妻子一眼，略放缓口气，依然拖着腔调说，"这些危险性我早考虑过了。而且，我考虑得比你深得多。懂吗？连以后可能会出什么麻烦，如何应付，我都考虑在内了。不是万无一失的事儿我不会做的。你还有什么不放心的？"

"这又不是光你和鲁鸿一个人的事儿，你要找人，牵涉那么多关系，只要有一个环节上出事儿……"

"你怎么这么不聪明？人我都是单线去联系，谁也不知道谁。鲁鸿那儿我也不让他知道。说白了，办这事儿，除了我，就是你知道底儿，连爸爸妈妈都不让他们知道。有什么可担心的，你我之间总不至于内讧吧？"

"反正……"

"别反正了，你去爸爸那儿看看，今天中饭怎么摆？他那儿不是还有一桌客人吗？"

"你自己去吧，我还有我的事儿呢。"

"好好,咱俩二位一体,大方向总是一致的吧?"

他打量着席志华——她拉上书柜的玻璃,转身拉开屋门出去了。瞧她这副干巴样,走路连个臀都晃不出来。呆板的毫无性感的脸,呆板的毫无性感的身体,没有一点儿曲线。作为女人,她太没有吸引力了,太不能满足他的需求了。然而,他还是稳定地维持着和她的关系,因为她有头脑,是他的知音,经常能帮他分析事情,拿个主意。他们是患难夫妻。

他脸上漾出一丝讽刺的微笑。十几年前,席志华多红啊,掌声潮涌的大礼堂主席台上,她被锦旗红花簇拥着,被镁光灯照耀着。她是全国知名的先进人物,领着几十个知青落户在一个最穷的山村里。自己就是在先进人物代表大会上认识她的。他立刻瞄准了她。那既是利益的考虑,也是感情的冲动。一个女人在那样的光荣中是容易激起男人爱慕的。哼,他脸上浮出一丝冷蔑,他想到自己追求她时的那些表演了,矫情的言语,矫情的感情,现在想起来就难堪。他又讽刺地哼了一下,而且哼出了声,还摆了下手(一半摆出来了,一半只是含在肌肉的内模拟中),将难堪赶走。

别想这些了。对老婆再不满意,起码这几年不能离婚。现在还不是享受的时候,要沉住气搞政治。实在饥渴了,凭自己现在的地位,搞个把女人也是很容易的,谨慎些就行了。

好了,该到老头子那儿去看看了。

慢慢撑起身站起来,慢慢抽完最后一口烟,若有所思地将烟头摁灭在烟灰缸里。左手叉着腰,右手摩挲着下巴,垂着眼蹙着眉,目光凝视地伫立了一会儿,脸上隐隐露出一丝深不可测的冷笑。这都是大领导才有的神态。然后,他仰起头,双手搓了一下脸部,洗掉了一个人关在屋里才有的表情,拉开门出了房间。

他立刻变成另一个人:谦谨、规矩、彬彬有礼。

他自己都能感到这个变化:脸部的每一线肌肉都那样本分。

席志华一边下楼往厨房走,一边在想:江岩松以后到底会成什么样呢?一个伟大的人物——如同他自己所说的?那时,他和她的关系又会怎么样呢?

楼上,江啸自己的书房里。江啸正在藤椅上跷腿坐着。戴着副眼镜,尤其显出脸的瘦削和颧骨的凸起。他微垂着眼帘,鹰一般锐利的目光在眼镜片后面隐约闪现着。他正与妻子华茵商量着中午来客吃饭的事儿。客人上午已经来了,又去学院前面的公园散步去了。

"爸爸,我中午也要来几个同学。您看,我们吃饭是不是单另摆在我屋?不要干扰您和伯伯们谈话了。"江岩松敲门进来,很尊敬地请示道。

"好吧。"江啸依然微眯着眼,以使自己鹰一般锐利的目光变得模糊温和。

"你不是让他陪客吗?"华茵在一旁提醒道。

"岩松既然自己有事儿,就不用了。"

"那我走了,爸爸。"

"你去吧。"江啸很和蔼因而也是很威严地说道。

江岩松踏着地毯脚步很轻,几乎无声地走了。

"岩松这些年变得越来越稳重了。"看着儿子的背影消失以后,华茵说道。

"那你就不了解。"江啸慢悠悠地摆了下手。

"怎么不了解?"

"这都是装出来的。"

"装出来的?"

"他吃过苦头了。"

"装也不用在家装啊。"

"要装得像,就要里外一个样。"

"那他是伪装欺骗我们?"

"那倒不能这么说。他这叫自我约束,也是一种修养嘛。"

"跟你学的?"

"好了,不说这了,"江啸哄慰地笑笑,"还是扯扯正题吧。"

四个客人,一个是报社副总编,一个是专门搞理论研究的局长,一个是某部的副部长,还有一个是长城重型机床厂的党委副书记,都是老关系。今天聚到一块儿是想谈正经事的。

"我看他们对现在的形势都情绪不小。"身材瘦小的华茵跷着腿仰在沙发里说道。

"他们的有些看法很尖锐。"江啸眯着眼正视前方缓缓插着话。

"弄不好,别出事儿。"

"要引导嘛。"

"他们打算干什么,想写篇万言书登报?"

"那倒不会。起码搞个调查报告之类的东西,登在《内部情况》上,在党内上上下下引起点儿反响。"

"怎么搞?让你牵头?"

"好像有这么点儿意思吧。"

"让别人牵头吧。"

"我看,就是不牵头,也不能参加。"

"是,搅在一块儿没多大意思。"

"那你的意思呢?"江啸干脆闭上了眼,像出题考试似的慢慢问道。

"我的意思?"华茵想了想,她是个特别爱显示自己的女人,"我的意思,要不搞就不搞,要搞就一个人搞,而且要搞点儿有历史意义的大行动。"她的话比她的脑子更快。

"嗯?"江啸感兴趣了,睁了一下眼,又合上,"搞什么有历史意义的?"

"那你自己考虑去。你不是理论家吗?"

江啸头仰在藤椅背上笑了,笑完了,又闭上眼:"我再问你,对这四位老兄应采取什么态度啊?"

"他们愿意干就让他们干,把他们推到前边去。"

"不,"江啸慢慢摇了摇头,"你这立场太简单化了。"

"怎么简单化?你说说。"华茵不服气地瞟了丈夫一眼。

"我说?"江啸慢悠悠地拖着腔调,等话音缭绕着消逝了,他一下从藤椅中坐起身,浑身闲散的线条立刻挺拔起来,两眼射出锐利的光,"要引导。"

"那还不容易?给他们出点儿主意。"

"你就没理解我要说的意思,对整个潮流要加以引导,懂吗?这几个人代表着一股潮流。对这股潮流要有完整的策略。"江啸用教训的口气说。

华茵抬眼看了看丈夫,丈夫此时露出了一个大人物的逼人气势。

"要记住:马列主义离开了斗争策略,就是不完整的。列宁在《卡尔·马克思》这篇纲领性短文中的论述你还记得吗?"

华茵又看了丈夫一眼,她当然不记得。谁能像江啸那样记住那么多的经典论述?

"列宁讲:'马克思在一八四四——一八四五年就阐明了旧唯物主义的一个基本缺点在于不能了解革命实际活动的意义,他毕生除了从事理论写作外,还毫不松懈地注意着无产阶级斗争的策略问题。'你明白这话的意思吗?——我这是凭记忆说的。估计没记错吧。你可以把《列宁全集》,嗯……"他抬手指了指那一排排玻璃闪亮的书柜,"第二十一卷吧,拿来查对一下。"

"你的记忆不会错,不用查了。"

"那我还是往下说。列宁接着怎么讲呢?他讲:'马克思公正地认为唯物主义缺少这一方面就是不彻底的、片面的和毫无生气的唯物主义。'他接着还讲:'马克思是严格根据他的辩证唯物主义世界观的一切前提确定无产阶级策略的基本任务的。只有客观地考虑某个社会中一切阶级相互关系的全部总和'——你注意没有:一切阶级相互关系的全部总和——'因而也考虑该社会发展的客观阶段,考虑该社会和其他社会之间的相互关系,才能成为先进阶级制定正确策略的依据。'"

"你不要背那么多理论了,你就说怎么引导吧。"华茵有些不耐烦了。

"首先要搞清理论。"

"理论能搞清吗?"

"怎么搞不清楚?这不是死背教条,列宁的每一句话在现在都有具体内容。比如说:'考虑该社会和其他社会之间的相互关系',你想想中国现在的社会与其他社会之间的关系,就有很多内容嘛。"

"你说中国现在谁是先进阶级?能讲清吗?"

江啸雄辩的气势一下被打住,他盯视着妻子,又蹙着眉阴冷地沉默半晌,然后站起来,在房间里来回走了几步,回过头严厉地说:"别人不清楚,我们应该清楚。"停了一会儿,他咄咄逼人道:"机会主义,无论是左倾机会主义,还是右倾机会主义,都是短命的。文化大革命是一个极端路线的破产,历史也会使另一种极端路线破产。"

"好了,你说说该怎么引导吧,他们马上就该来了。"华茵劝慰似的说。每当江啸这样严厉时,她就像是被威慑了一样,变得温和服从。

江啸看了看妻子,他不想收住自己的话,但客人确实要来了。他踱了几步坐下:"对这个潮流,它的指向是很清楚的,我就不说明了,要采取的完整策略,主要是六个方面……"

"你不要讲那么多了。就讲最具体的,对待他们四位该怎么个方针?"华茵看出丈夫的不快,笑了笑,"待会儿我好配合你啊。"

"不能只简单地鼓动他们乱闹。"

"我明白了。"

"你明白什么?"江啸微微瞪起眼。

"要看时机,一步一步来,慢慢推进。"

"简直是乱弹琴。"

"那……"

"记住:两条。一条,要引导他们理论上清楚,要有思想上的力量,透彻,抓住本质,这样才能有震动。另一条,要继续调动他们的情绪,要让他们敢讲话。最好敢讲到他们政治上迅速被打倒的程度。"

华茵一时感到十分惊愕。

"你以为中国目前这个以改革为旗号的形势能靠什么行动挡住?没有力量能挡住。只有靠它自己的物极必反。靠它尽快走到头,一切对立面都被制造出来,成熟起来,才能否定它。"

"那你还让他们去挡干什么?"

"不明白了吧?领导现在这种形势的人,你越反对他,越反对得有理,他越是激进,越要硬干下去,这就是加快他走向极端。这是一。二,你反对得有理、有力,在社会上会有反响吧?这是什么?这就是制造和成熟对立面。他们几个人讲话被打倒,一大批敢这样讲话的人被打倒,这又是什么?也是制造和成熟对立面嘛。"

"那你的意思是对他们几个……"

"理论上指导他们,情绪上鼓动他们。"

"你自己呢?"

"暂时不露面。还不到我行动的时候。"

华茵咯噔咯噔踏着木楼梯下楼去了,她要去厨房看看饭菜弄得怎么样。丈夫那锐利的目光还在眼前闪动。在她看来,他的政治远见理论水平,在当代中国是少有的,作为妻子,她自然能掂量出来。现在台上的那些人,比江啸无论在哪方面都差多了。他才是真正的革命家。每想到这一点,江啸便在她眼里增加了魅力。然而,有水平不一定就能登上历史舞台。这需要各种条件。时势造英雄,时势不具备,即便有经天纬地之才又能怎么样?江啸还不是几十年也没轮上真正展露的时机?六十多岁了,现在还怀着股要掌握一点中国政局的信心,好像中国还真会需要他出来一下似的。可现在的形势,这种希望好像太渺茫了。他很可能一辈子就是在想象中自以为是领袖人物到终了。终生做梦,可还不自知。很可悲。这么一想,江啸在她眼里又黯然失色了。

她明白自己的心理,一边继续想着,一边微微笑了,放松着两腿,一级一级慢慢下着楼梯。她愿意每日都能和丈夫在一起像这样谈论大小政局,商量策略,包括如何对待一个人事关系的策略。她热衷于谈权弄术,有如孩子做游戏,上瘾。有人开玩笑说他们是"夫妻政治局",她很喜欢这种说法,很自得。她甚至常常企图把丈夫控制起来,自己以他的名义出头露面去处理各种事。但是,一出了政治范围,她对丈夫就没什么兴趣了。她比江啸小十多岁,身心都更年轻。她不满足于和这样一台干巴巴的政治机器朝夕共处。她在外面有自己的相好……

看着妻子一扭一扭地关上门出去了。她身材矮瘦,可臀部却像沙袋一样晃着,这让他心理上有一种极其别扭的感觉。他立刻收回目光。然而,越是不想看,那晃荡的臀部就越是堵在那儿,隐约闪现地十分触目。五十多岁的女人了,也要像年轻人那样学俏,穿裙子,戴发卡,也太有些不伦不类了。

他站起来,沉思着在屋里踱了踱,在写字台旁慢慢站住。墙上一张天安门广场全景图,他眯起眼久久注视着。北天安门,南前门,东革命历史博物馆,西人民大会堂,中间是纪念堂。这个纪念堂坐落在天安门广场中央,就是一个巨大的存在。

他脸上现出一丝冷笑。

目光下落,很宽大的写字台上摊满了各种报纸、文件、材料、纸张,从窗口吹进来的小风轻轻拂撩着它们。一个青铜制的老虎威武地蹲在笔架和砚台旁边。这是一个分量很重的大镇纸。他凝视着它,嘴角又现出一丝阴鸷有力的冷笑。他高高拿起了镇纸,感到着它的巨大分量。他慢慢把它放在了写字台中央,他感到自己神情的阴冷,感到手中的残忍,感到一摞厚厚的蓬松的纸张在缓缓下落的重量下微微沙沙响着,被一点点压薄、压实、压死,再也不能拂动了。镇纸缓缓下压的过程,让他感到自己的强硬,让他得到一种行使力量、控制局面的享受。

镇纸——青铜老虎——此刻蹲伏在写字台中央,镇住了一桌繁杂轻浮。

窗外阳光炽烈。那四位老兄该来了。他又隐隐溢出一丝阴冷的微笑。他的头脑如此冷静、深刻。他能看透整个社会，能看透每个大脑。他能从容地调度局势和一个人。他的力量在于冰一样严酷而透彻的理智。

他要调度调度今天的来客。

公园内，绿水潆洄，古松参天，一片苍翠浓荫。四个人边漫步边聊。

报社副总编曹力夫拿着一把大蒲扇，穿着一双方口黑布鞋的脚踱着八字步慢慢走着，这时停下来，转过矮胖敦实的身体看着其他三位，扬了扬蒲扇："话说得不少了，现在这形势，问题暴露得挺充分了，矛盾也相当尖锐了，应该向上面反映反映了。这次，咱们一定要让老江挑个头儿，不能让他耍滑，做点像样的文章。"他似乎是开玩笑，其实却很认真。他非常善于在关键时刻用一两句关键的话鼓动起一件事情。

"对。"四个人的观点是一致的。

一群人（哪怕是一家人）在一起散步时，总会因为说话的需要，不知不觉地分散成几伙，稍稍拉开距离。此刻，曹力夫和刘尧两个人就稍稍走在后面。

刘尧这位搞理论工作的局长，高大魁梧，戴着黑框眼镜，脸部苍老多皱，还有许多疙瘩，不论是听话还是说话，总是皱着眉，很严肃很生气的样子。

"这两位老兄，"曹力夫笑着用蒲扇指指走在前面的两个人，"是两门大炮，今天让他们冲江啸轰一轰，逼着他亮相。"

"他是理论家，该拿出点儿像样的文章。"刘尧说。

"我是指这两位老兄。"

"对。他们该放放炮，把理论家轰出山嘛。"

"要发挥他们俩的积极性嘛。"曹力夫笑着。他总是用开玩笑的方式来掩盖最隐蔽的谋略。

"咱俩不一定讲那么多，话应该大家讲。"

刘尧一边背着手漫步，一边用眼角的余光看着身边曹力夫矮壮的身体和他手中那把不时拍打大腿的蒲扇。这位老曹不愧为曹孟德的后代，老谋深算。你看他，半开着玩笑，含而不露，不用几句话已经把一切都调停好了。你即使看清楚他的路数了，还是要按他的规范去做，不能不佩服他的手腕。和这样的人共处，心里总要时时提防着点儿……

曹力夫一边神情闲逸地溜达着，观赏着小桥流水、苍松翠柏，一边在想：这位刘尧是人们公认的敢想敢干、有魄力的人。可自己却常常感到：越是这样的人，越有着比一般人更难琢磨透的地方。由表及里地洞察人，不是件容易事儿。不过，现在是政治观点完全一致，倒是可以相信。自己应该进一步密切和他的关系……

副部长郑重，已经开始显出一些驼背。此刻他老态龙钟地和长城重型机床厂党委副书记周昌石并肩在前边走着。他俩走在一块儿，是因为他俩私交更深，脾气也更投合。眼下的许多事他们看不惯，牢骚满腹。他们喜欢随随便便地说话、骂人。他们并不知道走在后面的曹力夫和刘尧正在谈论他们，而他们却也议论了后面那两位。

"我这副部长是名存实亡了，说话就退下来了，说啥话也不怕。你老周也和我差不多。咱们没顾虑。他们，"郑重用手指在胸前往后指了指，瘪着牙快掉光的嘴说："还想在台上多呆几年呢，敢不敢讲话就打折扣。"

"他们不敢讲咱们讲。"周昌石讲话火气最冲。

"咱们讲话可没他们讲话管用啊。"

"那就让他们一块儿讲。"

他俩你一言我一语地聊着。

他们各自也有各自内心的想法。

那也只是他们自己知道而相互不知道的事情……

父亲的客人、儿子的客人都到了。午饭分为两桌。长辈们的一桌设在饭厅,晚辈们的一桌就在江岩松的房间里。

第十八章

开饭前的片刻谈话是狡狯的较量。

江岩松把自己的客人一一介绍给父亲认识之后,便领到自己房间坐下。"晓鹰,你有大半年没来我这儿了吧,忙什么呢?"江岩松站起来为客人递烟。由于顾晓鹰在场,他先多了几分提防。他和顾晓鹰是那种表面亲热无间、实质相互猜忌的朋友。

"你这小子,又兼经商了,挣了多少啦?"顾晓鹰大声说笑着,极力想用随意的玩笑来化解相互间隐隐的由戒意而生的不自然,他和江岩松一见面就感到了这一点。

江岩松回到自己的沙发旁身子微微前倾地坐下,矜持地笑了笑,轻描淡写地说:"我搞我的学问还搞不过来呢,哪顾得上经商?鲁鸿冷不丁打个电话来,要我帮他点儿忙。"他看看鲁鸿和马立桥谦和地说道,"我挺高兴的。多年不见了,见面聊聊。忙可能倒帮不上。"

"别在我们面前装模作样了。"顾晓鹰用手指点着他,"你可不是一般人。你的底我们都清楚。"

从见面第一眼鲁鸿就看清了:江岩松不欢迎顾晓鹰。这没关系,他知道怎么处理。生意的事儿底下悄悄说就行了,现在先把气氛活跃起来。他笑道:"你是不是也学刘备种菜了?'巧借惊雷来掩饰,随机应变信如神'啊。"

江岩松拘谨地一笑:"我可没有'勉从虎穴暂栖身,说破英雄惊煞人'。你们看,"他从桌子上拿起一摞稿纸,"我正埋头写一本小册子,关于拉丁美洲历史的。这一年就泡在这上头了,每天晚上磨这个。你们不信问志华?"

席志华正出出进进地从厨房里端盘布菜。她看了江岩松一眼:"他没什么本事,连历史也搞不成样子。"说着又转身去厨房了。

"你们可真是政治夫妻,演双簧配合得够好的啊。"鲁鸿揶揄道。

"真实情况。"

"鬼才相信。"鲁鸿笑着一挥手,转过头,"马立桥,你最了解江岩松的狼子野心了。你揭发揭发,他过去怎么说的,他要在中国历史上占多大一章来的?"

马立桥只是拘束地笑了笑。

"插队时的话还能当真?"江岩松颇为自然地说,"年轻时谁知道天高地厚?你们不也一样?现在,知道社会是怎么回事了,也知道自己是怎么回事了。我对政治不感兴趣,没多大意思。我倒希望在史学上留下一两本小著作,还不知道能不能做到。"

"外事部门对你挺赏识吧?听说经常召见你。"顾晓鹰说。

"都是瞎传的。我对非洲、拉丁美洲的情况有一些观点,被叫去参加过一两次座谈。"他那诚恳的没有一丝辩解之意的态度,他的如说家常似的自自然然的解释,简直能使任何人相信他的话。生活中的演员远比艺术中的演员高明。一瞬间,连顾晓鹰都有点儿信以为真了,他只是凭经验才确知:这一切都是假的。

不管怎么样,三个人起着哄"审问"江岩松的势头被化解了。江岩松轻松地一笑,开始从容转移谈话方向:"晓鹰,你现在干什么呢?"

"画画儿,吃喝玩乐。"顾晓鹰大大咧咧道。

"听说你风流韵事不少。"江岩松问道。

"也没多少。"

"没多少是多少啊?交代交代。"鲁鸿眼睛神采奕奕地放光了。起哄的锋芒转向顾晓鹰。

利用顾晓鹰抵挡鲁鸿接二连三进攻的机会,江岩松和坐得最近的马立桥知心地小声交谈了几句,表示了他对马立桥的特殊关心:"你现在还在陕西合纤厂?"

"是。"

"听说你离婚了?"

"是。"

"孩子呢?"

"放在我母亲这儿。"

"想开点儿,人生有些挫折是难免的。准备再结婚吗?……这次选择慎重点儿,选择一个能共患难的。"

马立桥感动地点点头,江岩松的声音充满了关切,还是江岩松和他关系近。

江岩松的话则到此为止,他知道马立桥想调回北京,他绝不引出这个话题。任何与己无关之事,能不沾就不沾。对万事无意,才能对一事有力。平日处世形象安分,关键处才能着力活动。社会关系这个财富也要节省使用,用在要处。

马立桥这个人脸皮薄,他知道怎么能让马立桥张不开嘴。

看着眼前的场面,鲁鸿还在哄着追问顾晓鹰的韵事,马立桥是神情感动地要和自己说什么,江岩松暗自一笑。聪明人就要在任何场合都使自己处于主动。他从一开始就感到这三个人有着一种统一对付他的契约,但那是很脆弱的。马立桥和自己交往深,只要略施关心,就能笼络住他。鲁鸿要做生意,求他帮忙,最机密的事儿自然只能私下单独说。他还是和自己的关系最特殊。关键是要牢牢抓住他对自己的所求,不能帮完他的忙,就被他甩了。这样才能长久控制他。有一个原则要记住:可以给他帮忙,却绝不把任何社会关系、上层联系交给他。他利用领着鲁鸿上厕所的机会,三言两语孤立了顾晓鹰:"你怎么把顾晓鹰也拉来了?"

"在美术馆门口碰上的。"鲁鸿呵呵一笑,不当回事地说。

"你打算让他插一手?他对这种事可挺感兴趣的。"

"不不。生意上的事儿咱俩单独谈。我这个人别的事儿马虎,做生意可不敢马虎。"

大盘的油焖大虾,大盘的烧螃蟹(江啸刚从北戴河带回来的),都艳红喷香,大盘的片成薄片的烤鸭(儿子的同学鲁鸿带来两只烤鸭),酱红鲜嫩,还有大盘的烧海参,大盘的松花蛋,火腿肉,糖拌西红柿,橘子罐头……亮晶晶的汾酒,绿茵茵的竹叶青,斟酒,举杯,说笑……酒席使最严肃冷峻场面也变得随和融洽起来。

一切都在老朋友的友谊中进行着。那么多理智的算计,那么多事先的策划,那么多相互戒意,似乎都显得不那么重要了。酒精蒸熏着每个人的理智,使原来分野很明确的逻辑、界限、框框都渐渐变得有些模糊了。智慧的较量在深入,但多数人的理智在说笑中逐渐模糊,只有少数人的理智愈发清醒,清醒者便把握一切。江啸一边殷勤地敬酒劝菜一边说道:"不要怕人家说我们'左'。马列主义者总要承认事实嘛。社会风气问题,年轻人的教育问题,党风问题,自由化问题,矛盾很多嘛。嗳,吃菜,不要停筷呀。华茵,给老周再倒上酒。至于讲到一些更深的矛盾,工农矛盾啊,体脑矛盾啊,都在激化。这些情况,当然也没什么了不起。"

"怎么没什么了不起?快不成体系了。"周昌石一仰脖喝干酒,砰地放下酒杯,脸涨得通红。他惯于把"体统"说成"体系"。

"当然该引起重视。老刘,你搞的就是意识形态,老曹,你是搞报纸的,掌握动态更丰富。我看,你们的想法是积极的,正确的。可以多搞些'动态'、'内参'之类的东西。多罗列事实,有了事实不愁得不出正确的结论。啊?这个国家,要靠咱们大家关心嘛。来,干这一杯……"江啸继续说着。

酒精对年轻人的大脑更有蒸发理智的速效。

桌上一布开菜肴,一围着坐下,气氛就发生变化。说啊,笑啊,请啊,哄啊,你我他她,相互指点着,高脚玻璃杯碰得叮当一片响,红的绿的液体在眼前晃动闪亮,卷着鸡鸭虾蟹、瓜果菜蔬、鲜香甜辣一起下了肚,满嘴汪油,满嘴是话。这啦、那啦,各种理智算计,都暂且往后退了退。老同学相遇,被酒一灌,都忆说起往昔来了。鲁鸿借着酒劲儿,指着顾晓鹰粗嗓门地连笑带骂开了:"顾晓鹰,你他妈的今天不给马立桥赔礼道歉?文化大革命,你领着一帮人抄他家,里外砸了个精光,就差没掘地三尺了。你他妈的就没点歉意?真他妈的不是东西。"

"抄马立桥家不是我的主意,他们要去,我怎么也驾驭不住他们。"顾晓鹰略有些尴尬地解释道,"来,立桥,"他嘻嘻地笑着,举起酒杯,"我敬你一杯,当面赔礼道歉。"

……他领着人呼啦啦冲进大杂院,冲进马立桥的家。马立桥填的成分是小业主。什么是小业主?还不是资本家。抄家就能证明一切。马立桥的家又窄又小,两间又黑又暗的小平房,没什么正经家具,就是两台缝纫机——马立桥的父亲是裁缝。他们几十个人气汹汹挤在屋里,简直转不开。马立桥低着头站在门边,紧贴着他的小妹妹惊惧地抓着哥哥的胳膊。顾晓鹰扭头不看他们目光指向贴墙而立的马立桥的父亲:"你都埋藏着什么?交代。"翻箱倒柜开始了……

"算了,早过去的事儿了。"马立桥垂着眼说道,同时,胳膊却有些发沉的感觉,出现了对过去的"记忆"。

……妹妹的小手紧紧抓着他,他和她都觳觫着——相互传递着。他没有力量保护妹妹。那边父亲瑟缩得更厉害。他感到父亲可怜。皮带在父亲头上掠过,很响的噼啪声,听见顾晓鹰恶狠狠的讯问声,父亲的嘴角流血了,腿软下去,晕倒在墙根……

"我后来很快就退出文化大革命了,觉得越搞越不对了。"顾晓鹰说。

"那是你老爹被打倒了你倒想革命呢。"鲁鸿揶揄道。

"鲁鸿,你文化大革命倒是啥事儿也没有:既没犯错误,也没受啥罪。"江岩松笑道。他很冷静地把握着话题,说顾晓鹰说多了,就可能引向他。

"我职员出身,不红也不黑。想当造反派,就是当不上。后来想反革命了,又没那么大胆,大不了是在底下传传小道消息。不过,老子正经受罪在后头呢。插队以后那十来年,你们谁也没我受的罪大。"鲁鸿说着,一口喝干了酒,夹起一片烤鸭。

"你都受了什么罪?"席志华问。她的经历使得她对人们的插队历史特别关心。

"我?他们多少都知道。"鲁鸿指着另外三个人,"背着一套修理收音机、修理钟表钢笔的烂家伙,流窜了陕西、甘肃、宁夏、青海、四川几个省,真是什么苦都吃过了。有时候半夜让民兵从被窝里抓起来,轻了,查问查问,重了,打一顿,没收了东西,送到县拘留所去。在拘留所和各地的流窜犯、小偷、流氓、杀人犯睡通铺,满身的虱子跳蚤,一抓一大把,喝棒子面糊糊,饿得直不起腰来,想撒尿,扶着墙蹭过去,站在尿缸边儿直头晕。别提了。我可交了不少小偷流氓当朋友,他们不少人还真不坏,讲义气。小偷那一套我都懂,天窗,平台,地道,钳子,割刀,吃大轮子啦,我都知道。哪天我真的没饭吃了,我就去偷,也能活。"

"你还能偷?真是说到哪儿吹到哪儿。"顾晓鹰满脸酒色,大口嚼着海参。

"不信?"鲁鸿诡谲地笑着,用眼角的余光瞥了一下坐在身旁的顾晓鹰,"你们看见这酒没有?这杯酒怎么样?"他右手举着酒杯与眼齐高,在手中缓缓旋转着,吸引着众人的目光——"这酒怎么了?"满桌人不解地看着转动的酒杯——左手从右腋下不为人觉察地探出,伸出中指食指,一夹,就把顾晓鹰左胸前衬衫口袋里的钱夹子夹了出来,塞到了自己屁股后面的裤袋里。

"这酒,你们这么看上两眼,我把它这么转上一转,你们的钱包就都不翼而飞了。"鲁鸿笑着说。

几个人都不约而同地按按自己的口袋,顾晓鹰叫起来:"好小子,把我的钱夹偷跑了。"

鲁鸿得意地仰头大笑,"你不是说老子吹牛吗?钱夹里都有什么?老实交代。"

"几百块钱。"

"几张页子,不稀罕。有没有女人照片?"

"没有。"

"那算了。"鲁鸿笑着从后面裤袋里掏出钱夹,往顾晓鹰面前啪地一摆,"我露这一手算是给大家助兴。来来,都满上,为咱们过去受过的罪干一杯。"

人们一饮而尽。

"嗳,岩松,咱俩还有过一段深交呢。忘了没有?"鲁鸿指着江岩松,粗着嗓门嚷。

"没忘。"

"你们啥交情?"顾晓鹰问。

"一九六八年夏天,我们俩去过南方一趟。"江岩松简单地说。

"我们是找工作去了。"鲁鸿接过话来,"那时都快上山下乡了,第一批去东北的都要走了,岩松拉我一块儿去广州。对吧?你说你有个叔叔在广州支左,是副军长吧?咱们想到广州联系个工厂,然后,拉一拨人去当工人。他妈的,去了,你那个叔叔也下台了,白跑,赔上车费。不过,那一路上玩的还可以,还在湘江橘子洲头游了一回泳,来了个'到中流击水,浪遏飞舟'。"

"我怎么没听你说过?"席志华问江岩松。

"岩松现在变油了。"鲁鸿对席志华说,"你对他可不要知人知面不知心啊。……"

"那回游湘江,我差点儿没淹死,鲁鸿救了我。"江岩松笑了笑,想引开话题。

"我那算什么,亏得你还有记性。江岩松,你倒是应该记住人家马立桥,你们一块儿插队时,他可真的救过你的命啊。"鲁鸿说。

到农村插队的第一个冬天,江岩松和马立桥去深山砍柴,遇到了豹子,江岩松摔到山涧里,摔断了腿,马立桥硬是一个人用扁担、镰刀、斧头打死了豹子,带着满身的伤,背着江岩松,连走带爬三十里地,到半夜才回到村里。一放下江岩松,他就吐了血。

"那是他自己命大。"马立桥不很畅意地笑了笑,又垂下目光用筷子去夹一个早已看准的虾中段。他的注意力一直在满桌的佳肴上,始终不停筷子。眼前的对虾、海蟹都不是他能常享的口福,海参,他更是第一次尝到什么滋味。

"人的命真是转来转去,谁能想到你江岩松能有今天?"鲁鸿说道,"嗳,你可要报答人家,马立桥现在想调回北京,你帮帮忙。"

江岩松只是不经意地笑了笑。这是使话题不引人注意地滑过去的方法。

鲁鸿的话果然又滔滔地说下去了："我也没想到会有今天。手里十万、二十万地进出着，七八个公司聘着我。我流窜时蹲拘留所，饿得发慌的时候想什么，你们知道吗？我想，能他妈的窝头尽饱吃就满足了。真是天上地下。来来，都满上，岩松，你别耍滑，来，为咱们的命运干一杯。……"

江啸、华茵、曹力夫、刘尧、郑重、周昌石围坐的八仙桌上，被酒笼罩了一团融融的、淡黄色调的气氛。这气氛团像是一个特殊的物理场制约着人们的灵魂，灵魂悬浮在这个场中，释放着各自的能量。这个气氛团又像是溶解度很高的液体，把每个人灵魂中浓缩压抑的苦闷溶解了出来。

身材魁梧的刘尧坐在那儿依然皱着眉，带着他那种总是很生气的神情吃喝着，黑框眼镜后面闪动着愤慨的目光。郑重驼着背缩着脖，蠕动着快掉光牙齿的瘪嘴，一边自顾自吃喝，一边自顾自叨唠个不停。华茵的话又多又快，满桌是她频率很高的声音和给客人斟酒布菜的动作。周昌石喝干一杯酒，就砰地一蹾酒杯，唉地叹一口气，愤愤然骂句娘。除了江啸保持着平和外，就是曹力夫还能不变常态。

"老周，"曹力夫看着这位机床厂的党委副书记，"牢骚太盛防肠断。退下来不是坏事嘛，还怕没你干的事儿？"

"干什么？打麻将？看着四壁发呆？两个月就把头发白光了。"周昌石又是一仰脖干了杯，砰然放下酒杯。

"可以看看书写写字，搞点儿回忆录嘛。"江啸温和地笑道。

"那是你这号理论家的事儿。我嘛，只有喝酒，等死。"周昌石两眼通红，又拿过酒瓶倒上酒。他干了一辈子政工，除了政工还会干什么？这一生的历史使命完了。

"这个老周，就知道发牢骚。"刘尧不满地横瞥了周昌石一眼，用他那永远像是教训人的口吻说道。

"什么叫发牢骚？你也干不了两年了，轮到你也是一样。"周昌石说。

"啧,你这个老周,说什么呢。不等我把话说完?你知道我要说什么吗?"刘尧放下酒杯,用他那很重的山西口音非常不快地教训道。

周昌石喝了几口闷酒。

刘尧凝冻着他不快的目光又停了一会儿,然后才放松表情缓缓回过目光来,用一种很权威的口气说:"告你们一个消息,关于干部退休,大概不会像现在说的这样搞了。"

"为什么?"华茵问道。

"你们都不知道?"刘尧又带出了那种教训人的口吻,"听说中央有位大人物讲话了。"他目光严厉地扫视着众人,"要是对老干部搞一刀切,他就要辞职。"

"谁讲的?"

"你们看。"刘尧用筷子在半空中写了一个字。

"他,说话了?消息可靠吗?"人们为之一振。

"应该可靠吧。"

"像他的话,这就好了。"郑重瘪着嘴说道。

"这太好了。"华茵转眼看看丈夫,"这完全可能吧?"

江啸像大人看小孩儿耍闹一样不置可否地微微一笑。不符合事实的谣传都是这样被愿望制造出来的。

"这话说得太及时了,太得人心了。老干部总还有点儿用。"周昌石两眼都湿了,哗啦啦拉开椅子站起来,"来来,咱们连干三杯。我用这个大杯。都来汾酒,不要竹叶青。来,站起来,干。"

人们都站起来,乒乒乓乓一阵碰杯。再斟,再碰杯……

江啸平和地看着众人,满桌只有他一人清醒。周昌石是醉得失态了。郑重像个半导体收音机,一直叨叨唠唠地响着。刘尧端着架子坐在那儿,好像了不起,其实也有点儿说话没准了。华茵也喝多了,兴奋过度,不断地抢话,太失身份,简直让他看不下去。曹力夫……他的目光与对面曹力夫的目光相遇了。曹力夫虽然一直在连说带笑地喝着酒,眼里却闪出一丝打量他的目光。那目光稍纵即逝,却有着穿透力。江啸感觉到了,笑着把酒杯豪爽地伸过去,与曹力夫相碰："来,老曹,你是海量,咱俩再干一杯。"

周昌石越来越醉了,说道:"我昨晚做梦,老人家又从纪念堂活过来了。"

"什么情景啊?"江啸感兴趣地问。

"记不太清了,只记得天安门广场人山人海,都是咱们这号老家伙,还有就是穿军装的。年轻人没多少,都低着头。有个年轻人踩了我一脚,我瞪了他一眼,他赶紧道对不起,慌得不行。后来,他老人家从纪念堂里走出来,就这样摆着手,人挤得水泄不通。解放军手拉手拦出一条通道来,让他老人家从中间走过。他和两边人握着手。天上还过着飞机,好像是阅兵。红旗挺多。有一面红旗一直在我眼前唿啦啦飘,挡着我,最后把我的脸也裹起来了。"

一个颇有政治意味的梦。

"你们说,假如老人家现在真的又醒过来了,会怎么样?"曹力夫笑着说,"譬如说,六年前他是坐船在海上失事了,实际上一直隐居在荒岛上。现在突然找到他了,派军舰把他接回来了,你们说,中国会有什么变化?"

"我看,中国还得翻过来。"华茵说。

"不一定,我看中国现在没人愿意再回到文化大革命中去了。"郑重一边仔细地吃着一块蟹黄,一边慢腾腾地唠叨着。

"当然不会翻回文化大革命,可也会翻转一个个儿。"华茵争辩道。

"农民不会同意。工人、知识分子也不会同意。"郑重还是不着不急地垂着眼,边吃边说着。

"要回到文化大革命,我也不同意,咱们还都得被打倒,住牛棚,下干校。他老人家现在回来,也不会往那儿翻。他也要顺应历史潮流。"华茵说。

"你们说得太抽象了,"江啸摆了下手,打断华茵的话,"你们先估计估计,他老人家要是现在又回来,会拿出什么纲领啊?"

"这还不好估计,"曹力夫说,"我给你们发布几条最高指示怎么样?"

"好,老曹,快说说。"华茵满眼放光。满桌人都为这个游戏兴致勃勃。

曹力夫清了清嗓子,用模拟的声调:"我数年不在,党中央的同志们做了许多工作,辛苦了。你们这几年讲实事求是,很好,这也正是我过去一贯提倡的。实事求是就是应用马列主义的立场、观点、方法,对中国的现状、历史做全面的、系统的、周密的研究,引出正确的路线、政策来嘛。不一定我过去讲的话全都是真理,永远是真理。没有脱离相对真理的绝对真理嘛。中国这六年有不少变化,变化是必然的,而变化也总是一分为二的。有的变化可能是好的,符合马列主义的,那历史会肯定的,它有存在的依据。有的,可能被实践证明是错的,那也会被历史所纠正。具体问题具体分析。我看,我有几句话要讲,其余的我还要做更全面的调查研究才能下结论。第一句话:党的领导只能加强,不能削弱,政治工作只能加强,不能削弱。政治是经济的集中体现,这是马列主义的原理之一嘛。一说是政工干部就不吃香,就脸上无光,这种情况不应该嘛——"

"这一条,就把一多半政工干部笼住了。"江啸笑着插话。

"——第二句话:工人阶级是领导阶级。对于这一点,我们在理论上、实践上,都不允许有丝毫的模糊和动摇。

"第三句话:农村政策变化很大,到底还要不要集体化,什么是社会主义道路,应该是共同富裕呢还是一部分先富裕呢,这个问题,我希望在全党开展一个辩论。

"第四句话:全国都学解放军。这个口号还要继续提嘛。

"第五句话,关于干部问题,我要多讲讲。要注重培养共产主义事业接班人,这一点我过去就多次讲过,但同时要充分珍惜和发挥老干部的作用。老干部是革命的宝贵财富。这个问题上我们要讲点辩证法。反对干部队伍的新陈代谢,是形而上学,不充分发挥老干部的作用,因势利导地进行干部队伍的更新,也是一种形而上学嘛。干部要年轻化、知识化,是对的,但对什么是知识化,要有科学的解释。是文凭更重要呢,还是真才实学更重要呢?……"

"我来帮你接着传达一段吧。"江啸截住曹力夫的话,也用模拟的声调说道："历代状元很少有十分出色的。啊？李白、杜甫不是进士和翰林嘛。柳宗元不过是二等进士。王实甫、关汉卿、罗贯中、蒲松龄、曹雪芹也都不是进士和翰林。就是当了进士翰林也都是不成功的。明朝搞得好的是明太祖、明成祖两个皇帝，一个不识字，一个亦识字不多。以后到嘉靖，知识分子当政，反而不成了，国家管不好。书读多了，就做不好皇帝，是书呆子。这段最高指示怎么样？"

"你这更像。"刘尧难得地露出一笑。

"要是老人家回到人间就讲这样一番话——老曹传达的加我传达的——你们看，全国会有什么反响？"江啸笑着问。

人们看了看江啸，又相互看看，都沉默了。

似乎有一幅不敢多想的图画。

"算了，算了。不要胡说八道了。来，来，再干一杯。"刘尧一挥手说道。

鲁鸿已经喝得酩酊大醉了："老同学多年不见，见一回不容易，今天不说那些装模作样的话，"他的手左右挥指着，瞪大的双眼通红放光，"都掏点儿真话往外说。"

"那你先说说，你现在个人有多少钱？"顾晓鹰也喝得两眼通红，带着醉意问道。

"钱算什么东西？我不稀罕它。我现在给大伙儿提个话题，咱们都谈谈自己人生的最大理想是什么，要讲真格的。怎么样？嗳，立桥，你说怎么样？"鲁鸿使劲捅着左边的马立桥。

马立桥一直垂着眼皮闷吃闷喝。"什么他妈的理想，我没理想。我一听这两个字眼儿就反感透了。"他迸出一句话。

鲁鸿盯着他稍有些愣怔，又哈哈哈大笑了："好，咱们不用理想这个词儿，就说愿望吧。咱们都谈谈自己现在最大的愿望是什么，好不好？"

"还是你先说说吧。"席志华对鲁鸿说道。

"我提的问题为什么要我先说？"鲁鸿身子向后躲闪似的仰靠到椅背上。

"你提的问题自然应该你先说嘛。要不谁会响应啊?"江岩松在一旁帮着腔。

"好哇,你们夫唱妻和。"鲁鸿一拍桌子,指着他们说道,"好,我说就我说。我,鲁鸿,"他举起酒杯,"本人现在最大的愿望是把整个海南岛承包下来,由我一个人治理,每年向国家交够税金,别的啥也别管,我独裁。我要和李光耀比比,超过他新加坡。这就是我的愿望。怎么样?"他举杯要饮。

"你也说得太没边儿了。"江岩松笑道。

"这是我的真实思想啊。"鲁鸿把酒杯停在了嘴边。

"真实有什么用?我说我要统治整个宇宙,这话有什么意义?和没说一样。"

鲁鸿皱着眉沉默了一会儿,一下站起来:"好。我再具体化一步,说说有边儿的事儿。我想找个华侨巨富的独女当老婆,不管她多难看,继承上几个亿财产,然后,来开发海南岛。"

"自己的老婆不要了?"

"嗯……不要了。交底儿吧,我现在跟她越过越合不来,她成天犯醋劲儿,我早就想离婚了。怎么样,我这话够真格了吧?"他一仰脖喝干了酒,"来,你们谁接着说?顾晓鹰,你说。"

"我?"顾晓鹰嘻嘻哈哈,"本人最大的愿望是每天站在东单十字路口看漂亮姑娘。"

"这算什么真格的?"鲁鸿用筷子戳点着顾晓鹰的鼻子,"不行,往深了说。"

"往深了说?"顾晓鹰搔着后脑勺流里流气地笑笑,"我愿意每天站在女澡堂门口看刚洗完澡的漂亮女人。女人从澡堂出来最鲜嫩了。"

"你他妈说的叫什么真格?又从十字路口挪到澡堂门口来了。你别是想进澡堂里边去看吧。"鲁鸿还是紧盯着他不放过。

"好好,我说真的吧,"顾晓鹰随随便便举起了酒杯,"我希望天下所有的漂亮女人都裸体在我面前走来走去,由着我看。行了吧?这可是最真格的了。"

鲁鸿仰身大笑了,笑得胸膛都震抖着:"由着你看?是由着你抱吧。"

"先说看吧。"

"好好,你的算说完了。下边谁说?"鲁鸿环指着其余的几个人,"志华,你说说吧?"

"你少哄我,你们这些臭男人,满脑子坏水,我才不和你们掺和呢。"席志华说道,她对这种场面司空见惯,并不以为怪。

"叫你一声嫂子还不行?今天你算是给我一个面子,别让我扫兴,我好赖还在湘江里救过你男人呢。"

席志华瞟了他一眼,扑哧笑了。"我的愿望是有个男人能真正理解我,每天能和我好好聊聊。"她垂下眼帘,很实在很大方地说。

"这个男人是谁,是江岩松吗?"鲁鸿问。

"他?"席志华瞟了丈夫一眼,"哼,不要他。就知道顾自己,太自私了。"

鲁鸿又开怀大笑,笑够了,他转向马立桥:"马立桥,该你说了。"

"我没的说。"

"看在老同学的面子上,说一说。"

"我的愿望就是在北京找个老婆,然后调回北京。"马立桥干干地道出了他的愿望,一句话,现出了他全部真实的潦倒困境,使热闹的气氛一瞬间有些尴尬。

"好。咱们马立桥说的是最真格的,没的挑剔。"鲁鸿打着圆场,很快转向江岩松,"岩松,该你说了。"

"我?"江岩松笑着扭过身,指了指靠窗的写字台,"我的愿望就是把那本小册子写完。"这是他早已准备好的回答。

"你小子最滑了,和你说话就总像隔着一层皮,看不见你的真心。"鲁鸿不满地戳点着他。

"江岩松就会装洋蒜。"顾晓鹰也帮着腔。

"我说的是真话,不信你们问志华。"江岩松不慌不忙地说。

"不用问志华,"鲁鸿一挥手,酒劲儿上来了,"你说不说真格的,我不管了,同学们都说你现在是圆滑鬼,这我也不管。我只问你,今天咱们好不容易一聚,你真正喝了多少?我们几个一杯又一杯,你是抿一下就算过去。用不着解释。"他伸手制止道,"别以为我醉糊涂了,酒席上我来来去去多了,见过世面。我一直注意着你呢。"

"你不知道,我酒量不大,不怎么能喝酒。"

"少来这一套。一九六八年去广州,你在长沙的小饭馆里喝六两白干都没事儿,我还不知道你的底儿?来。"鲁鸿咕咚倒满一大杯威士忌,放到江岩松面前,"你要够朋友,愿意和我鲁鸿来往,就先干了这一杯。要不,我鲁鸿推开桌子就走。喝酒耍滑的人不可交。"

江岩松为难地一笑:"好,我干这一杯。"他端起酒杯,一饮而尽,脸上顿时泛起红晕。

鲁鸿又拿起酒瓶满上一大杯:"再来一杯。"

"实在不行了……"

"这一杯,算是顾晓鹰敬你的,对不对?"

"对。"顾晓鹰端着斟满的酒杯,"你喝他的,不喝我的?"

江岩松苦笑着摇了摇头:"好,我今天是舍命陪君子了。"他又接过酒杯喝干了。

"这第三杯,算是马立桥敬你的。"鲁鸿又满上了一杯。

"哎呀,我实在是不行了,都上头了。"江岩松揩了揩额头沁出的细汗,推谢着。他半天喝的酒也没刚才这两大杯多。

"岩松,你够朋友吗?"鲁鸿借着醉意发火了,"人家马立桥救过你的命。我刚才说他想调回北京,你连个话都没有。现在这杯酒,你喝还是不喝?"

"好。"江岩松也站起来了,"立桥,这应该算是我敬你的,你过去救过我,这么多年我一直没忘。来,咱俩干一杯。"

马立桥也站了起来,两个人对干了一杯。

"马立桥,先别坐下,江岩松,你也别坐下。"鲁鸿又给他们都斟满了酒。"立桥,刚才那杯是岩松敬你的,这一杯,你敬他。"

"我实在不行了。"江岩松真的感到有点酒劲涌上头了,连忙摆着手。

"不行也得行。马立桥,你想调回北京,我帮不上你,缺钱了,我给你。"鲁鸿转身拿过撂在沙发上的皮包,拉开拉链,拿出一厚摞票子,"这算是我的一点小意思。至于户口问题,你现在求求江岩松。"

"别这么说……"江岩松不安地说。

"怎么说?"鲁鸿瞪着血红的眼睛吼道,"人家对你有救命之恩,你这半天连个正经屁都没放。马立桥脸皮薄,你知道他张不开嘴。哼。立桥,他江岩松不记过去就不记。你现在敬他一杯,当着大伙儿的面给他磕个头,求他一求。听见没有?"他抓住马立桥的手捏住酒杯硬举起来,"岩松,这一杯你喝不喝?"

席志华不知所措地看着这个场面。

江岩松举起了酒杯:"立桥,这杯酒还算是我敬你的吧,咱俩再干一杯。你想调回北京,我一定帮忙,其实,我原打算吃完饭再和你商量这件事儿的,"

"你别太为难,鲁鸿是喝醉了酒瞎起哄呢。"马立桥的手还被鲁鸿牢牢地抓住停在半空,很不安地说道。

"我不是起哄。做人得有人性。懂吗?"鲁鸿仍旧气呼呼地说道。

"鲁鸿说得对。"江岩松自己举杯一饮而尽,"做人得有人性。"他抓过酒瓶,又咕咚咚满上,"立桥,我没忘记你救过我,没忘记。"他说着一仰脖又喝了个杯底朝天,两眼开始发直,头也左右微微晃开了,"鲁鸿,来,咱俩再干一杯。"他再一次抓起酒瓶。

"别喝了。"席志华拉住他的手。

"我要喝。我没忘记过去。来,咱们,为……人性,干一杯。……"

曹力夫感觉自己有点儿醉了,可他并没有忘记留意江啸。江啸饮酒始终很有节制。曹力夫暗自笑了笑,换了个大杯,倒满汾酒,站起来举到江啸面前:"江兄,我敬你一杯。"

"这么大杯?"

"我敬这一杯是对江兄有所求的,你知道我最近刚换了房子,请你写幅中堂,挂在客厅里。"

"我的字还拿得出去?"江啸故作谦虚,但瘦削的脸上却一下绽开压抑不住的笑容。他喜爱书法,自以为是当今第一流。

"你的字还拿不出去?现在好多书法家的字都不如你。前两天我看了一个书法展览,那些字比江兄差多了。我不会写字,可会看字。"

"那好,这杯酒我喝了。"江啸一下兴致勃发,一切用心深藏都消失了。他站起来,举杯一饮而尽,"怎么,是过会儿写,还是现在写?"

"就现在写吧,你喝着,写着,我们看着,喝着,也算是给喝酒助兴。"

"对,古代舞剑可以助酒兴,弄墨也可以助酒兴嘛。好,华茵,去取纸和笔来。"

"给我也写一幅,要横幅。"郑重也说。

周昌石、刘尧也争相索要起字幅来。

"你们要字,可都没敬酒呢。"曹力夫环指着他们开玩笑道。

于是,大伙纷纷给江啸敬酒。

"你们是要草书,还是要行书,还是要楷书?"江啸问。

"来草书吧,江兄的草书最有气势。"曹力夫说。

"既然这样,你们这三杯我都干了,草书是要喝酒写的。"

"古人说,越喝得多越写得好。"曹力夫捧场道。

"是。唐代大书法家张旭每次酒醉而书,癫狂挥笔,高呼大叫,醒而自视,以为神异。还有唐朝和尚怀素,也是草书名家,你们看过《国史补》吗?没有?《续书评》呢?也没有?那里讲:'释怀素书,挥毫掣电,随手万变,素以狂草得名。'他也是酒醉才书的。后人把张旭和怀素并称为'颠张醉素'。……"

饮酒进入高潮。

第 十 九 章

楼下老的,楼上年轻的,两桌人都醉了,"人天合一"了。

周昌石醉得厉害,他浑身的肌肉、血液、五脏六腑都被酒精浸透了,处在一种既兴奋又麻木的状态中。他觉得自己干瘦的身体发轻发热,像一块被烘干的炭块,里里外外有着无数孔隙,烫热的,干透的,一点火就着的。酒从喉咙口下去,已经没有灼热下行的刺激。自己这百十来斤,这身骨头肉,六十多年了,今天终于被烧成炭了,再烧就成灰了。

过去他像棵树。十几岁时在农村,一天早晨,他拿着镰割牛草,站在村口的路边扶着一棵丫杈小树,看着东边天发亮,山发青,土显黄,草泛绿,石发红,露闪光。他感到小树湿嫩的皮被沁透了,土地深处的湿气沿着树干上来,渗入他的手心。后来,日本人来了,他扛枪走了。十几年后,坐着小吉普回村,那棵丫杈小树已长成茂密的大树了。他扶着树干站了好一会儿。不过不是早晨,是中午,树冠遮着当头的太阳,落下一团浓荫。又过了十几年,他再一次回了村,那棵树早已被砍了,不知是干什么用了,大概早烧成炭了。他一只脚踏着树桩站了好一会儿,不过不是早晨,也不是中午,是傍晚了。太阳从西山上落下去,天发糊,山发苍,土显暗,草显黑,没有露,不见石。几十年前的小树已经烧成炭了,只留下个桩。再过几年,桩不是烂掉,也要被人刨掉……

你曹力夫呵呵笑什么?倒能撑住样子。你刘尧端什么架子,和老朋友在一块儿,也像个石像?话来话去拿我老周开玩笑。我老粗,心不粗,很明白。你江啸现在得意开了,这边喝酒干杯,背转身就拿着大笔写,写完一张,就让大家看,评价。别人一说好,就仰着身子哈哈大笑,还假谦虚一番。

他脑袋里一闪一闪掠过着清醒的思想,可更多的是热烘烘的迷雾。他还是在喝,嘴里还是不停地在说,收不住。

他当侦察排长,半夜冒着大雪领着两个班去袭击敌人指挥部,抓指挥官。他当团参谋长,在朝鲜战场上如何英勇过。他在文化大革命中,怎么暗中支持保守派和造反派斗。在重型机床厂,他一拍桌子,一顿发火,硬是一个人把错误的决议顶垮了。闹调资风波时,他不怕工人围攻,硬是把领头闹停产的人抓起来,保住了生产。他就是敢字当头,敢作敢当。他不信邪。他就不信八十年代一张文凭这一套。……

"老周,你这辈子过五关斩六将,就没有不敢做的事儿?"曹力夫笑着问。

"能有什么事儿不敢?"

"我看你有一件事就不敢。"

"啥事儿?"

"你敢说说自己思想中怕事儿的一面吗?"曹力夫说道。

有什么不敢的?他什么都敢。曹力夫是啥意思?套自己?不管。他现在酒直冲脑门子,他就是要比啥时候都要有胆量。

我告诉你吧,从抗日到解放战争,到抗美援朝,部队里都把我看成最勇敢的人,其实我也胆小。有时候也怕死,怕得要命。当了参谋长以后,下阵地有时还紧张。解放后,政治上遇到个什么事儿,我常常紧张得睡不着觉。可这么多年,就没有一个人看透我这一点。你们看,人们有多笨。……

鲁鸿感到自己的屁股重得抬不起来了,人也好像胖了几倍,肚子大得像水缸,自己伸出手臂大概都搂不过来了。胳膊短了,腿也细了,自己一定像小时候在连环画上看到的大肚子怪物,一个白萝卜上插着四根火柴棍儿变成的胖家伙,也许像《皇帝的新衣》里的胖皇帝。可他还要喝,还要滔滔不绝地吹他的牛。

他怎么和港商斗智;怎么和日本人互相摸底;怎么讨价还价;怎么和内地官僚衙门打交道;怎么豪饮,把那些想灌醉他的港商灌得胡说八道开了;怎么手抓百条线,脚踏十只船,国内十几家开发公司争着聘用他……

"嗳,我再提个话题给咱们助兴,每个人谈一件自己生平最得意的事情,怎么样?"他伸出食指左右指着每个人。

"还是你先说吧。"席间有人说道。

"我先说就我先说。"

香港一个王老板,专门挣日本货销大陆钱的,带着一个女秘书来广州和我谈生意。他老家伙矮胖子,胖得秃顶流油,五六十了。他那个女秘书,二十多岁,又年轻又漂亮,其实是他姘头。他让那个女秘书通宵陪我跳舞,陪我喝酒,自己闪到一边,不知是打台球去了,还是睡觉去了。你们猜猜是怎么回事儿?对了,他搞美人计,想让女秘书套我的底儿。他妈的,我将计就计,嗳,顾晓鹰,你眼珠子别瞪出来。怎么样?够提味儿的吧。我就和那个女秘书喝、跳,对她献殷勤,后来,我们俩就到房间里去了。顾晓鹰,你张那么大嘴干什么?别流口水。我拿出了男人对付女人的全部功夫,把她伺候好了。弄得这小雌猫舒服透了,躺在床上哼哼唧唧地吊着我的脖子,一个劲儿吻我,不愿意起来,倒是我怕有人敲门。她的小嘴又湿又热,身子又白又嫩,够劲儿。我坐在床边和她厮混,从男人女人间的事儿问起她和那个老鬼的关系,你们猜怎么着?那老鬼不中用。明白吗,啊?哈哈哈……志华,别不好意思,生理现象,有什么不能说的。那老鬼每天就会抱着她乱啃乱抓,弄得她厌恶透了,为了挣他的钱,她没办法,她说,有时候简直想杀了他。这个老鬼还是个老色精,看她看得特别紧,不许她和别的男人来往,特别是年轻的。("那他怎么舍得对你打这张牌?"顾晓鹰赶忙问道。)要挣我的钱呀,可能顾不上了。还一个,欺负大陆人老实?不能把他姘头怎么样?他可想不到老子荤的素的都会来。我又倒了两杯酒给这小雌猫喝,三套两套,就把那个老鬼的底摸了个清。结果呢,我挣了他一百五十万港币。而且,那小雌猫还和我难舍难分了,说下次来广州还一定要见我。情长意短的。顾晓鹰,你小子算是说对了,她尝着真正男人的滋味儿了。

"这件事够得上得意了吧?"鲁鸿仰身笑着,眼睛放着光,"这件事还让我发现了一个真理:人都离不开异性。过去只知道男人要女人,要起来要命;其实,女人要起男人来,也能要了命。"

"你后来和那个女秘书还来往过吗?"顾晓鹰问。

"怎么,你也想捡这个便宜?"鲁鸿长叹了一声,"说真的吧,后来我和她分手时,也有点儿难舍难分了。"

"爱上她了?"

"有点儿吧。她和我讲了她的身世。从小很苦,又要强,那模样有点儿山口百惠的劲儿。可没办法,又要养活有病的娘。她想攒上一笔钱,甩开那个老鬼,找个男人好好过日子,特别是想在大陆找个丈夫,说大陆的男人知道体贴女人。"

"你想娶她吗?"

鲁鸿目光恍惚地看着酒杯停了一会儿,摇摇头。

"我想你也不会找这么个破烂儿。"

"你说什么?"鲁鸿一下火了,劈胸抓住顾晓鹰,目光可怕地瞪着他,"她怎么是个破烂儿了?"

顾晓鹰惊惶不知所措,其他人也傻了。

鲁鸿停了一会儿,叹了口气,慢慢松开手,抓起酒瓶咕咚咚把杯子倒满,又哐地放下酒瓶:"那是个不错的姑娘,会说一口流利的英语,打字、速记都利索漂亮。告诉你吧,我后来看见那个老鬼,面对面站着,看着他那秃脑门,闻着他那股油腻气,几次恨不得一拳打在他鼻梁骨上。男人有钱有势就该糟踏女人?老不死的,把个年轻姑娘捏在手心里。……好了,不说了,该你们谁说了?"

曹力夫醉酒是善醉,不癫狂,不多话,只是感到舒服,懒洋洋的,像是暖日下晒着,周身烘热发酥,迷迷糊糊地困乏。他没完全丧失理智,脸上始终浮着应和周围的微笑,嘴里仍然不多不少地说着话,但是,他头脑倦倦的,腾云驾雾般很难再集中起来,像平时那样说出些老谋深算的、有分量的话。他只是顺乎着一种不由自主的惯性说着一些话。

　　江兄，你这笔字写得确实不错，你这个人有大人物气魄，潇洒纵横，以天下为己任，可又笔笔含锋不露。做人和写字一个道理。一个人胸怀大志，可一生又笔笔含锋不露，这就不容易。峣峣者易折。锋芒毕露是最蠢的……你们说曹操有雄才大略吧？可他的魏家天下最后叫司马懿、司马昭篡夺了。我看司马懿比曹操更厉害……江兄，你看你这一笔，内含劲力，表面上不嚣张，实际上很毒。嗳，毒在这儿是褒义，不是贬义啊。这一笔里面就藏着司马懿的老练和杀机。你们别不相信，我真的看到司马懿的嘴脸了。那是他的眼睛，那是他的目光，看，那不是他的冷笑？……搞政治和写字一样，笔笔有力，笔笔又含而不露，这最难了。太张狂的人都经不住整。脸上不露声色，手底下稳准狠，一下是一下，置敌于死地，这才是手段呢。……

　　顾晓鹰感到鼻子里呼出的气体灼烫，还感到眼前的圆桌像个缓缓旋转的大轮子，高举的酒杯一只只从眼前转着，盘盘碟碟从眼前转着，一张张脸从眼前转着。可惜没有女人。有一个，席志华，既不漂亮，又是江岩松的老婆，也没什么可挑逗的。

　　每个人说说自己最得意的事情？他得意的事情多了。最得意的事情无非是搞女人。他对这方面的战果从来记得一清二楚。

　　你们听着，我给你们说上几件……

　　怎么，嫌我说得多了？多说点儿还不好？要拣自己最得意的一件事儿说？我都得意。几十件。不愿听我再讲了？好，我不多说了，省得占了你们的发言时间。哈哈。

　　不过，让我再干上一杯，总结上两句，啊？

　　我的体会：一个女人一个味儿。和吃菜一样，一年到头只吃一道菜，会腻死人的。天天吃螃蟹，一天三顿，一个月九十顿，一年一千多顿，无论味道多么鲜美，保证吃得谁也一见它就要吐出来。又和听音乐一样，一辈子总听一支曲子谁受得了？女人也要常换换。告诉你们吧，有的女人是看着有味儿，让你馋得不行，可一旦把她搞到手，就一点味儿都没了。可有时候，她还死缠住你不放。搞女人要有手段,甩女人也要有手段。有的女人搞到手了,越品越有味儿,要是她再对你来个不远不近的什么劲儿,你更是撒不开手。

怎么,又嫌我离题了?鲁鸿,你说,我那几桩得意的事儿盖了你的那桩没有?不和我比?行了,我不说这了。不过,我觉得每个人光说最得意的事儿还不够劲儿。我提议再加个话题:每个人同时必须坦白交代一个自己最坏、最见不得人的心眼。对了,暴露暴露人性恶。你们一个个都敢不敢?

什么,让老子先说?我不敢说?我怎么不敢?我就是准备说才提的头儿。我说。

我他妈的坏水可多了。告你们一个,我没事儿了,最爱干的是什么?就是去坐公共汽车,专拣最挤的车——舞会散场的、电影院散场的——坐。干什么?在车上挤女人。对了,看见漂亮女人就上去挤,从背后挤她、蹭她,从正面挤她、蹭她。管她瞪不瞪眼,装没看见。要是周围都是女的,碰见女学生群,就左右的挤,挤一个换一个,品品各种味道。鲁鸿,你说我什么?说我性饥渴?我不饥渴,身边有情人时也这样。这和正儿八经搞女人是两回事儿,各有各的味儿。你说我暴露得够坏不够坏?告诉你,这还不是我要说的正经题儿呢。只不过是我的一点铺垫。

我还有一个更坏的,就是报复。你们遇到有仇有恨,怎么报复?以眼还眼,以牙还牙?我呢,觉得这种报复都不狠毒。不解气。我觉得最有力的报复是把他老婆搞到手,让他当王八、戴绿帽子。这才是最毒的报复呢。怎么样,我这心眼够坏到家了吧?

人都坏着呢。什么文章,什么小说,写的人都是假的。就像你们平常在社会上,都没装样子?都没演戏?都假着呢。哪个人没点儿坏得透顶的心眼?都藏着,不敢暴露。要是人人都暴露出来,你们可以想想,比全世界所有的核弹头儿都厉害,保证能把地球炸碎几百遍。

"谁坏,也没像你坏得那么邪门儿。简直是恶棍。"鲁鸿笑着说。

我看都差不多。不过,我相信人的坏都是后天的,这我就能证明。我的坏,就是刚上初一开始的。我每天偷我老子的《参考消息》

看,那阵"参考"只有干部能看。有一天看到一篇文章,评价希特勒和他的《我的奋斗》,有几句话给我印象极深:一句,人类社会就是生存竞争,一句,自私是生存竞争的最大动力,最后一句,最强有力的人往往也是自私心最发达的人。他妈的,我一下子觉得发现人生真谛了。后来,我到处找来一些书,越看越相信这一条。你们知道我开始怎么自觉地学自私吗?说出来你们别嫌腌臜。自从看完那篇文章那天起,我上完公共厕所,再也不拉水冲了,起来就走。拉水冲,那拉把上保不住有细菌弄脏我的手,不拉,臭了也是熏后来的人。好好,嫌我说的腌臜,我不说了。你们谁接着说?一件最得意的事儿加一个最坏的心眼。

刘尧坐着还比别人高半头,左右看人自有些居高临下。他很想说些有分量的话。可是眉头皱紧了,脑子却发木,舌头也不很听调遣。那股想教训人的劲儿都注入目光里了,不满地转来转去扫视着。

江啸就知道炫耀他的书法;周昌石就知道说大话;曹力夫就知道呵呵笑;郑重就知道不停地吃,不停地唠叨;华茵就知道凑热闹……他们都喝醉了,一点都不清醒,浑浑噩噩。只有他清醒。他冷冷地看着他们。

眼前模糊了。他这是在哪儿?

他在北京中医医院的平房院里,等着看病。他站在台阶上,利用这点时间做起站桩气功来。两膝微屈,两手下垂,气沉丹田,入静了。他站在那儿一动不动,人们都没注意他,在院子里流水般来来往往着。三十分钟过去了,他仍然一动不动地站着,周围的人流仍然来来往往着。他突然升入一种超尘拔俗的、以静观动的特殊境界。他好像是座雕像,好像尊神,看着凡间的忙碌。人们是那么匆忙,那么焦虑,奔波着各自的事情。他想到大同云岗那座十几米高的石雕佛像,自己好像与它合为一体了,以它的目光居高临下地观察起流来流去的凡人了。都在忙什么?

他看到自己也在下面忙碌的人流中匆匆走着,人总要有所追求吧……

　　席志华酒喝得最少，有些酒意，但还保持着清醒。一个女人坐在男人堆里，能得到充分的信任和友谊。男人对女人往往不存戒意。倘若女人们坐在一起，或者男人堆里有第二个女人在场，她的神经就不会这样松弛舒畅了。

　　人是复杂的东西。一旦剥掉伪装，露出的真相全然是另一套。客人来到之前，江岩松有多少理智的算计啊，瞅他现在醉了又说的是什么？鲁鸿、顾晓鹰也不是简单的人，来之前肯定也各有打算，可现在，简直什么丑事儿都亮出来了，还互相比着亮。什么是理智？理智就是对利益和策略的思维，在一定意义上就是虚伪。不过，这种虚假人类社会可能也需要。要不，像顾晓鹰说的，人人都不加遮掩的大暴露，真能把地球炸碎几百遍呢。现在可好，理智剥光了，暴露开了。真像做梦一样，人常常在梦里露真情。许多梦是不能对别人讲的。她不是也梦见过自己和另外的男人间最不堪的事情吗？

　　轮着她讲了？最得意的事情？她想不起来。我确实想不起来，真的。我不知道有什么得意的事情。我只能想起自己有什么倒霉的事情。

　　让我说最坏的心眼？我也不知道。她笑笑。

　　这不是真话。人没有醉，就要说假话。她当然有坏心眼。人人都有。这一点顾晓鹰说得是对的。她的最坏的心眼是什么？

　　一个漂亮的女孩对江岩松崇拜至极，星期天常来找他，有时候两个人就散着步上公园"谈历史"去了。她明白是怎么回事。她给那个女孩写了封信，威胁她，如果再和江岩松来往，就要告她是破坏家庭的第三者，吓得那个姑娘再也不敢来了。自己却装做什么也没有发生似的问江岩松：嗳，那个女学生怎么不来找你了？那姑娘挺聪明的。

　　这是她最坏的心眼？

　　不，还有。一次投票选举……不，她不往下想了。自己的这些坏，她今天都不会讲的。她没有醉。她连想都不愿想下去。她对自己

475

都不愿承认那些坏。

非要让我说?那我说一件。有个星期天,我急着复习电大功课,实在不愿洗那么多衣服,我就装着手腕扭伤了,结果让岩松一个人洗了一上午……

人们听了,指着江岩松哈哈大笑起来。

华茵像个上足了发条的活动玩具,手要动,胳膊要动,身子要动,脖子要动,一切关节处都要动。她很能喝酒。前几年一次在宴会上干杯,她喝倒了一大片男人。都是她手下的败将。现在她浑身汗津津的,背后湿凉,身前潮热,从脸、喉咙、两乳间一直热下去,越下面越潮热得厉害,潮热得黏稠。她没老,身上的肉稍有些松弛,可都还是暖热的。平时没什么要求,有时却有渴望。她喜欢男人。喜欢人多热闹。

此时,江啸在她眼里又显得很有魅力了。他的字写得有气派,他端杯豪饮有气派,他评古论今的渊博学识有气派,他仰身哈哈大笑时使他那干瘦的身材也放出伟岸的光轮。满桌的人都不如他。她为丈夫感到骄傲。

但她更需要自己的风头。她不停地说笑,不停地发表见解,不停地提出话题……一个女人与五个男人,她不应该成为唯一的中心吗?

江岩松难得如此醉酒,他在晕晕乎乎中始终保持着一丝微弱的理智:有一点醉可以,但一定不要醉到失控。什么大话都可以说,反正今天是喝多了,自己索性也放纵一下,快活舒服一下,平常收敛得太紧了,但绝不可说出有关自己政治进取的实质性情况。他抓住的这一线理智,就像一个困乏至极的人因为有事不能睡而抓住的一丝自我警醒一样,一方面支撑着他反复战胜迷糊状态不要睡着(不要醉倒),一方面越发加重着他的困意(醉意)。

啊?他最得意的事儿?他一手搭在椅背上,一手放在桌上,松懒地又是潇洒有气派地坐着,立刻进入了大政治家的自我意识。他得意的事情多了，随便说一桩吧。我最得意的事情是"舌战群儒"。战什么群儒？在一个讨论国际问题的会议上，他以谦虚请教似的口气详细阐述了自己的独立见解，并把持不同见解的权威学者都驳倒了。

他眼前出现了无数的人，活跃在各种场合中的人，他轻轻一挥手，就把他们都挥倒了。所有的人都不在话下。他眯眼看着自己的幻境，微微笑了。

你们说我有野心，藏着，现在就得藏着点儿。轮着我弄权，不说别的，如果让我掌握外交，我一定要让基辛格之流都拜倒在我的脚下。鲁鸿，你说我现在才说真话？酒后露真言？没关系，明天我就可以不承认。别笑，真的。不过，我现在还要接着再说点儿狂话。我真不把现在台上这拨人看在眼里，告诉你们，他年我若为青帝，报与桃花一处开。……

什么，让我讲自己的坏心眼？我经常想杀人。（一蹾酒杯，眼露凶光地说道）怎么样，比你们都坏吧？想杀谁？想杀过不止一个人。那些害我的、嫉妒我的、坑我的、碍着我的。

江啸眼前的世界是任他书写的一张张雪白的宣纸。他带着浓酣酒意，纵笔豪迈，放荡挥洒，一笔连一笔，笔笔有千钧力，裹着淋漓浓墨，在白纸上飞龙舞凤。白色的宣纸绵软、柔顺、服贴，任他的雄遒大笔力透纸背。像千军万马的铁骑践踏驰过薄雪覆盖的洁白原野，像铁犁划开着松软的土壤，像军事家任意切割、扫荡着弱敌的阵地。他手中的笔体现着他的力量。对这一张张白纸，他既爱怜又冷蔑，冷酷无情地用刀一样的笔画穿着它们。把他的意志，他的气派实现出来。

他一幅幅写着，兴致盎然。

这一幅"采菊东篱下，悠然见南山"，何等怡淡，怎么样？你们退休了挂在家里好不好？这一幅"大江东去，浪淘尽，千古风流人物"，苏轼的，有气派吗？老刘你要了？这一幅，"先天下之忧而忧，后天下之乐而乐"，范仲淹的，怎么样？古来有志之士的座右铭。这都任你们挑,剩下的,我留着送别人。什么?我可以留着卖钱?真有这一天,缺钱花了,我就卖字画去。哈哈哈。

刚才那几幅还太常见,写几幅更少见的吧。

看,这一幅,写得怎么样?"行也无邪,言也无颇"。老周,你不知道这是什么意思?老曹,你知道吧?……对,行动不应有何不正,说话不应有何偏颇。这是韩愈《竹箴》一文中的。你们谁喜欢?老周,你厌烦无邪无颇的说教?老曹喜欢?那老曹你拿走吧。

再看这一幅,"毋意,毋必,毋固,毋我。"怎么样?知道出处吗?这是《论语》中的。当什么讲?不知道?老周,你真该修养修养。这句话的意思是,不要臆想,不要绝对肯定,不要固执僵化,不要唯我独是。我这马列主义理论家为什么推崇孔孟一套?古为今用嘛。

这一幅,比上一幅写得好点儿。"志不强者智不达,言不信者行不果"。这不是儒家的了,这是《墨子·修身》一文中的。有人喜欢吗?

这一幅,"敬慎无忒",这可又是法家的了,《管子》中的。严肃谨慎就不会出差错。怎么,老周,你对这些都不感兴趣?你说什么?要是不退休就感兴趣,退休了这些为人处世之道就都不讲了?

法家的再来几幅,代表人物韩非的。这一幅:"不知而言,不智;知而不言,不忠。"怎么样?可以当咱们干部修养的座右铭嘛。老曹,你在报社,敢不敢用这句话当题目来篇文章啊?啊?哈哈哈。

再来这一幅:"时移而治不易者乱"。这句话简直是辩证唯物主义的策略学了。老周,开你个玩笑:你老老实实学好这一条,要跟上形势。政策是要随时间推移而变化的,要不国家就乱套了。再写这一幅吧,"循天则用力寡而功立。"怎么样?你们说我喜欢法家?搞政治,还是法家的东西最有用吧。

好了,不来法家的了,看这一条,"祸兮福所倚,福兮祸所伏。"对了,这是老子的,都知道。再写这一条,还是老子的,"有无相生,难易相成。"怎么样?古代辩证法。

好了,儒墨韩老,中国古代四大家的就都有了。

"你还是对法家的最感兴趣。"曹力夫笑着说。

是。照我看来，以法家思想为主，兼收儒墨老的东西，再用马列主义对其一处理，予以现代化，古为今用，这就是治理中国的全套办法。你们好好想想吧，我说的是事实，是真理。而且我相信：以后的历史将证明我刚才的结论。

老曹，你们说我是胸怀大志的大政治家？不敢当。

他笑笑，饮了一杯酒，转过身蹙紧眉心，目光冷毅地、锥子一样尖锐地凝视了一会儿，提起笔，用最奋发苍劲的笔法写下一幅横幅："古之立大志者，不唯有超世之才，亦必有坚韧不拔之志。"他站在那儿一动不动地停了一会儿，又提笔蘸墨，用斗大的字写下了第二幅："天生我才必有用"……

马立桥一直半垂着眼帘闷吃闷喝。鲁鸿的一摞钱，江岩松答应帮助调回来，都没有引起他的快乐。酒浇得他满脑子是迷糊的苦闷和苦闷的迷糊。

看人家过得啥样，自己活成个啥样。低三下四地求人，低三下四地收人家的钱。想推辞不要了，手还是一软收下了。没脸皮。自己这辈子活得真没意思。这辈子什么都赶上了：文化大革命被抄被斗，到农村插队受再教育，招工时咽下自尊心去送礼磕头、走后门，上不了大学，回不了北京，晚婚，计划生育，调不上工资，最后是老婆离婚。……多少年一直憋着口气想混出个人样来，混出什么来了？三十多了，既没成家，也没立业。只有吃饱了混天黑。

说得意的事儿？我他妈的没得意的事儿。没有就是没有。

满屋的人看着他，都有点儿尴尬。鲁鸿笑了笑，开玩笑道："我就不信你没有，谁的命都有个起落。"

我有什么得意的事儿？今天你送了我钱，江岩松说帮我搞户口，这算我马立桥得意的事儿，行了吧？

"你怎么这么说啊？太不够意思了。"鲁鸿说。

我怎么说？我自己活得没出息。要你们可怜我，帮衬我。我有什么脸？

他感到头大，热乎乎地膨胀着。最后胀到和世界一样大。整个世界闹哄哄地都在他脑袋里。他是个大头怪物,颤悠悠地顶着这个大头,东倒西歪地朝前走。腿发软。头要爆炸了,世界要爆炸了,一切全完。他妈的,都完了算。要活,大家都重新从猿人开始,干干净净只带着自己的身子和一双手。谁也别凭着自己的家庭出身、权势地位就高人一等。他妈的,老子不比你鲁鸿笨,不比你江岩松笨,不比你顾晓鹰笨。你们仗着什么?你们前面的系数都是正的,把你们放大几倍、几十倍,老子背的系数都是负的。

"马立桥,咱们老同学今天凑一块儿是叙友谊,岩松和鲁鸿帮助你,那也是他们的真心。"顾晓鹰劝道。

他腾地一下站起来,两眼红得冒火,指着顾晓鹰,手激烈地颤抖着。

顾晓鹰,你别装他妈的蒜。那次抄家不是你领着去的?你训我父亲,吓得我父亲尿了一裤子,你当我忘了?我和你有仇。和杀父之仇差不多。打那天起,我父亲就精神失常了,你不知道吧?我插队挣工分,一年分红几十块,要养活我父亲,当工人,一个月四百大毛,还要继续养活我父亲。你他妈的没罪?江岩松,你们少给我解释,说什么当时的历史背景,怎么有的人就不这么恶?顾晓鹰,你他妈的学希特勒,能他妈的不恶吗?坏心眼人人有,都一样?呸。你有一万两万个坏心眼,他有一个半个,一样吗?你想把世界上的女人都霸占了,他只想找个能照顾老人、能数着钢镚过穷日子的老婆,一样吗?

看着马立桥突然爆发的雷霆大怒,满桌震惊了。

"立桥,你小子喝多了,坐下歇会儿。"鲁鸿劝说地拉他坐下。马立桥的这一通发泄使鲁鸿稍稍清醒了一些。

鲁鸿,你别拉我。我今儿就是今儿了。他把酒杯砰地往桌上用力一蹾,酒杯立刻碎成七八片,酒四下溅开,玻璃碎渣刺破了他的手,手指流出鲜血。

"立桥,别再喝了,坐下吧。"鲁鸿又拉他。

我今天不想活了,你再拉我,我就从这儿跳下去。他拉开椅子,几步晃过去,抓住阳台纱门的门柄。

"马立桥，给你毛巾擦擦手。"席志华拿着一块湿毛巾走上去递给他，"在沙发上歇歇吧。"她转身把一旁沙发上放的衣物拿开，又回过头对其他人说，"他醉得厉害了，你们千万别激他了。"

"他借酒撒疯，吓唬人呢。"鲁鸿指着马立桥呵呵地笑道。他极力想把尴尬的气氛再融洽起来。

我不吓唬你们。我也不撒疯。马立桥说着拉开纱门，上了阳台。

人们一下都紧张地站起来。鲁鸿笑着伸出双手："你们别慌，没事儿，我去把他拉回来。"说着，他很有把握地站起来。

别过来拉我，我就是不想活了。马立桥说着，一撑阳台的水泥栏壁，纵身跳下了楼。

郑重自顾自喝着，叨唠着。他不时抬眼看看别人，看看江啸写字，实际上他任什么也没看见。此时，他只有自己，只有他自己的过去。

大前年我回了一趟老家，吕梁地区。到了地区，到了县里，到了村里，都是夹道欢迎。我对他们说，你们不要这么隆重嘛，我又不是外宾参观，我不过是个普通人回家乡看看。怎么和他们说也不行。到处拉我做报告。我就在地委机关，在一个中学，讲了两次。主要是讲过去革命斗争的历史。这一讲不得了啦，要拉我去讲的地方更多了。到村里，更热闹了。后来又到……到处是欢迎他的人群，眼前晃动着一张张脸，伸出来一双双手，人们都在鼓掌，人们纷纷向他举杯敬酒，各种各样的眼睛、酒杯，他左右转来转去，应接不暇，酒杯在他周围旋转着，又变成一束束鲜花，五颜六色地飞旋着，他在花海的簇拥中，感到暖热、兴奋、光荣，这个世界感谢他，这个世界需要他。他不老，他根本不老，他不会老。……

外边发生什么事了？楼梯上怎么轰隆隆的脚步乱响？华茵怎么脸色变了？保姆慌慌张张进来说了什么？江啸也放下了笔，怎么都站起来到外面去了？外面在嚷什么？叫什么？

马立桥的一条腿摔瘸了，伤并不重，他的酒有点醒了，在跳下来的那一瞬间就吓得有些醒了。看着围在四周的江岩松、鲁鸿、顾晓鹰和席志华,又见到老头子们纷纷围上来,他又借着酒劲撒开疯了。他现在不能不醉。他也就真的又醉了。

他挣脱了众人的搀扶,摇摇晃晃站起来,一瘸一拐地踉跄了两步,抬起头来,血红的双眼直愣愣地看着人们,指着顾晓鹰、江岩松、鲁鸿:"你们活得好?你们看着我……我可悲、可笑?你们都好什么?你们所有的人活着就是勾心斗角,争来夺去,好……好什么?啊?"他又东倒西歪地踉跄了几步,指着江啸、郑重等老头子们:"你们算是活……活过大半辈子了,你们觉……觉得这辈子活得怎么样?不过是一场梦吧,啊?"他嗓门越来越高地嚷着,人们不知所措。

"马立桥,喝口水吧。"席志华递给他一杯水。

马立桥挥手一拨,把水泼了一地:"我不喝。你们别管我。别拉我。我还要去跳楼。我这次头冲下跳。我不活了。"他用力推开人们的拦阻,踉踉跄跄往楼里冲。

"快拉住他。"似乎是江啸的喊声,人们又乱糟糟地围住马立桥,拉他,抱他,劝他。他发疯般挣扎着,哭嚷着。

鲁鸿用力分开人群,挤进去,当胸就给了马立桥两拳:"马立桥,你借酒撒疯是不是?你再撒酒疯,我狠揍你了。"

马立桥略愣了一下。

"别打他呀。"周围的人们都闹哄哄地嚷开了。

"我不想活了,用得着你鲁鸿管吗?"马立桥又疯狂地嚷开了,"鲁……鲁鸿,江……江岩松,你们活得好。你们现在费尽心机奋斗什么?再过二三十年,你们和他们——"他转圈指着老头儿们,"一样,也会变成老头儿的。人生不过是场梦。"他再一次推开人们的拦阻,要往楼里冲。

"别拉他,越拉他越撒疯。让他跳楼去。马立桥,你今儿不头冲下跳,你今儿不摔死,你是个孬种。你去跳去吧。"鲁鸿指着马立桥厉声嚷道。

马立桥两眼直愣愣地看着鲁鸿,呼哧哧喘着气,一动不动了。

哄闹混乱的场面突然静落下来。

郑重年纪最大,也醉得最糊涂,这时突然全醒了。而且醒得分外清澈。好像从晕乎乎的蒸人迷雾中一下子来到清凉旷达的田野上,面对着透明寂静的清晨。

一瞬间,他似乎把一生都一眼看清楚了。

他一步步地慢慢走到这个酒醉跳楼的年轻人身旁,抬起手轻轻拍拍他的肩,仰头看着他慈蔼地说:"到我这么大年纪,可能是没什么用了。梦做完了。可你们现在还没到这么大年纪。你们活着就有用,你们该好好活着。懂吗?"

第 二 十 章

范丹妮一进来,胡正强脸色就变了。

星期天下午,他正在家中和几个人讨论他即将执导开拍的一部电影《白色交响曲》。

范丹妮脸上表情莫测,像是要和谁决斗一样,一进门就把满屋人冷淡地扫了一遍,胡正强紧张地看着她,不知道她今天要干什么。她从来没有到过这里,她不愿见到他的妻子。今天突然来了,还带着这种神情,是找他算账来了,是要当着他妻子和孩子的面,给他个狼狈不堪?是来揭露他伪君子的真面目?——那是她不止一次说过的话。自己过去太轻视她的这一威胁了。昨晚,自己对她也太生硬了。如果旁边没有其他人,他真想站起来求她原谅了。丹妮,求你一定照顾我的处境,千万别弄得我无法做人。我昨晚说的是气话,你别在意……

一瞬间,他简直不理解自己过去怎么会那样冷淡范丹妮,不理解自己怎么会那样愚蠢,此时反而生出一种抚慰她一下的柔情。恐惧也能生出柔情?

他完全没有注意到范丹妮身后跟着的林虹。

屋里其他人也都有些紧张不安地看着这阵势。

副导演钟小鲁,一个三十多岁的高干子弟,形象敦厚,胖胖的脸上一大把络腮胡,宽边黑框眼镜后面一双聪明含笑的眼睛。他知道胡正强与范丹妮的关系,那是一种人人都知道、唯独妻子不知道的关系。不知为什么,人们总是"庇护"着丈夫对妻子或者是妻子对丈夫的欺骗。今天范丹妮明显地来者不善。要大闹一场?他模糊地涌上来的意念是:他在这场冲突中既要"哥儿们"地解救胡正强,又要扮演一个体贴范丹妮的朋友。一瞬间,他便近乎进入这个角色,眼睛里露出一丝对范丹妮的亲热。"丹妮来了,欢迎。"他已经准备站起来笑着打招呼了。

摄影师张宝琨，一个瘦小精明的年轻人，看到范丹妮，立刻觉得事情不妙，涌上一股怕事的忐忑。惊异的目光里一瞬间便想露出一丝对范丹妮的奉承讨好。他有着一种阿谀讨好一切发怒者的本能。因为将在胡正强执导的影片中担任摄影，这种从属关系使他又多了一层站在胡正强立场上的对范丹妮的惧怕。

编剧刘言，一个五十多岁的南方人，黑黄肤色，黑紫嘴唇，女人一样的大眼睛，脸上总露着一种对自己文学地位自视甚高并自认为是美男子的神态。他也同样知道胡正强与范丹妮的事儿。他的目光中浮现出一种似笑非笑的神情，既有要和范丹妮打招呼的笑容初露，也有着预感到范丹妮将要闹事的不知所措。

再有一位，就是青年作家童伟了。三十六七岁，很潇洒的样子，浓密的鬈发，高雅的额头，大而有神的眼睛。看到范丹妮进来，他虽然很意外，但立刻便揣透了范丹妮的心理。瞬间便露出从容的微笑，如喝了一杯烈酒，体内涌上来一阵兴奋。他对即将看到的戏剧冲突怀着极大的兴趣。

在这一瞬间，与胡正强不同的，其余四位男性都注意到了范丹妮身后跟进来的林虹。张宝琨由于心理负荷较重，注意得最少，童伟相反，注意得最多。男人对年轻漂亮的女性总是敏感的。

在这一瞬间，范丹妮把胡正强的一脸紧张恐惧都看在了眼里。你也知道害怕？伪君子，小人。此刻，胡正强正带着一副讨好的神情站起来，准备和她打招呼了。一瞬间，范丹妮更感到自己的力量。哼。她今天倒要折磨折磨他，她被他折磨够了。

林虹并不知道范丹妮今天来这里的真实动机。"林虹，你把这个剧本看看，这里写的是一位农村的青年女教师。导演今天要讨论这个剧本，让我帮他们物色一个熟悉这方面生活的人一同参加。你抽空翻翻，下午咱们一块儿去。不感兴趣？就算帮我一个忙吧。"今天上午分手时，范丹妮把剧本塞给她。她中午抽空看了看，和范丹妮约定在路边小公园碰头，一起来这里。看看电影界的沙龙，可能也有点儿意思。

一瞬间,她就在一屋子男性中看出了哪位是导演,同时,她也从导演的神情和满屋的气氛中看出了他与范丹妮的关系远非寻常。她还感到了其余四个男人注视自己的目光,感到了他们目光中不同的热度。特别是那个鬈头发的潇洒男人,目光中有着攫取欲。她浑身感到一种融融暖热的舒服。

人们在意外的一瞬间,会暴露出自己的真实本性。

"丹妮,你来了?"胡正强站起来,极不自然地笑了笑,目光闪烁地看着范丹妮,神情中露着一丝卑怯。

范丹妮又用蔑视的目光把他看了一遍。哼,昨晚的厉害劲儿上哪儿去了?此刻,她发现自己似乎并不怎么太爱胡正强了。

"丹妮,你怎么也来了?"张宝琨也活灵过来,跟着站起来讨好道。

其他人也跟着上来打招呼。

范丹妮很平静,她发现:当一个人怀着居高临下的目光观看他人时,就会获得从未有过的洞察力。她第一次发现:眼前这几个男人的笑脸中都含着不同程度的奉承。他们是怕自己来闹一场呢。她从未像今天这样目光透彻,她从来都是天旋地转地陷在自己的辛酸苦辣中。看来,一个人就是要有点对别人的冷蔑和敌意,才能变得聪明。

"你们不是要讨论剧本吗?"她说。

"是……你来参加吧?"胡正强不知如何是好地看着范丹妮。他魁梧的身材似乎始终没敢站直,他那棱角分明的额头也始终蒙着一层怯惧。

"我帮你们请来了一个人,来,介绍一下,"范丹妮把身后的林虹让过来,"她叫林虹,一直在农村当老师,肯定熟悉生活。"

"太好了,欢迎欢迎。"胡正强如获大赦一般连连点头,局促地搓着双手。

"林虹,介绍一下,这就是这部片子的导演胡正强。"

林虹一时有些惊愕,昨晚范丹妮向她讲过胡正强的事儿。

"这是副导演钟小鲁,《浪花》看过没有?他是导演之一。"范丹妮继续介绍着,"这位是摄影张宝琨。这位是刘言,大名鼎鼎的作家,你肯定听说过,五十年代就出名了,他是《白色交响曲》的编剧。这位是童伟,也听说过吧?目前最有才华的青年作家……"

随着范丹妮的介绍,钟小鲁带着敦厚温和的笑容站了起来。张宝琨先是欠起身,然后站起来讨好地笑笑。刘言则尽量显得有风度地一笑,还下意识地理了一下自己的分头。"我那时当右派,那种名可出得受罪。"他幽默地说,并不完全自然。只有童伟最坦然,最潇洒,他离林虹最近,此时站起来伸手握了林虹一下,笑道:"自我介绍一下,我是个说得很多写得很少,眼很高手很低的作家。"人们都笑了,为着活跃气氛的共同义务。

钟小鲁和刘言的表情中含着隐隐的嫉妒:童伟是个魅惑女性的能手。

胡正强则显得极高兴地仰头大笑起来。林虹发现他是个很善良、很知识气的人,并不善于做戏。笑声中露着明显的夸张。

"你爱人在吗?"范丹妮等笑声稍稍过去,看着胡正强问。

"在……"胡正强脸上的笑容顿时褪尽,变得十分难看。

"我想找她谈谈。"

"这……"

屋里气氛十分尴尬、紧张。

"我想找你爱人谈谈,可以吧?"范丹妮冷冷地重复道。

"丹妮,你……"胡正强额头渗出了汗珠。

这时,一个文弱的中年女子走进房间,皮肤白皙的脸上戴着副很普通的眼镜,穿着十分朴素。显然,她听见了最后的对话。她在门口站住。"您找我?"她文静地说道,"您就是范丹妮吧,咱们到隔壁房间里谈好吗?"

这正是胡正强的妻子:文倩岚。

范丹妮看着这位过去只是远远观察过的女人,略怔了一下。对方沉稳的神态似乎对她有某种压力,她的目光不自然地闪烁着。"林虹,你和他们讨论剧本吧,我谈完就过来。"她对林虹说道。她绝不能怯阵下来。她低下头在皮挎包中翻寻着,拿出一封信递给钟小鲁:"这封信给你。"

文倩岚默默地看了丈夫一眼,转身和范丹妮到隔壁房间去了。

深夜,胡正强从周末俱乐部回来,妻子还在台灯下呆呆地坐着。

"怎么还没睡?"胡正强问。妻子是大学讲师,每天晨去夜归。

"不想睡。"文倩岚微微转过头,露出倦淡的一丝笑意,继续对着台灯发呆。

"怎么了,不舒服?"胡正强脱下外衣,转过头问。

"没有。"妻子答道。

"在学校遇到不顺心的事了?"

妻子神思恍惚地慢慢摇了摇头。

"那是怎么了?"胡正强走到妻子身后,双手扶着她的肩,俯下身问。他感到妻子肩膀的单薄柔顺,涌上来一股柔情,轻轻吻了吻妻子的头发。他爱妻子,妻子的贤惠一向是他引为自豪的。

妻子拿出手绢擦着脸,她掉泪了。

"你到底怎么了?"

"没怎么。"妻子克制住,平静地说道。

"到底为什么事儿难过?从结婚到现在,咱们相互从来不隐瞒什么话呀。"

"我不愿意听见别人议论你……"过了好一会儿,文倩岚轻声说。

"说我什么?"胡正强听见自己的心咚地跳了一下。他故作镇静地问。同时却感到自己扶着妻子双肩的手把紧张、不自然传导了过去。

"别说了。我不相信那些话,你去睡吧,让我在这儿坐一会儿。"妻子说。

胡正强站在妻子身后说不上话来。他不能默不作声默认这一切,又没有力量立刻做戏欺骗妻子。他不能这样无耻。

他的目光落在妻子面前的一张纸上。那上面横七竖八地写满了下意识的话：谣言。我不相信。我不愿相信。难道是真的？难道那不是真的？不是谣言。胡正强在骗我。太可怕了。一切都是虚伪。都是欺骗。都崩溃了。……其间还夹着两三个范丹妮的名字。胡正强感到了自己放在妻子肩上的双手的虚伪，他此刻既不敢将手再实实在在地放在妻子肩上，又不敢拿下来，只好僵僵地轻轻搭在妻子肩上。

"去睡吧，过些天你又要上片子了。我坐会儿就好了。我不会轻易相信那些流言蜚语的……"妻子说。

这一夜，妻子一直在台灯前坐着。

这一夜，他躺在床上彻夜未眠。

"咱们接着讨论剧本吧。"胡正强硬撑着自己，招呼大家坐下。又对林虹说，"感谢你来帮助我们。"

林虹也礼貌地笑笑。她虽已知道了范丹妮与胡正强的事儿，也感到了范丹妮今天的强烈情绪，自己进入这种尴尬的气氛，非常不适宜。然而事已至此，就不便于退出了。她随即装作不知情的样子坐下了。

一群熟识的人中进来一个陌生的新客人，总会成为重要角色；何况，又是一群男人中进来了一个年轻女性。谈话自然都集中向林虹。

"《白色交响曲》你看过了？"胡正强问。

"大致看了一遍。"

"感觉怎么样？"

"挺好的。"林虹坦然地笑了笑，房间里的尴尬气氛稍稍轻松些。林虹感到了这一点变化，心中突然漾上一个怡悦的冲动：她要把屋里这不自然的气氛改变过来。为了检验她作为一个女人的力量？起码她不想被动地陷在尴尬的气氛中受罪。

"有什么看法，请坦率谈吧，我可不怕别人说我的孩子丑。"刘言笑道，再一次表明自己编剧的身份。他坐下后已不止一次地用手梳理过自己的头发,直到深信它已达到最理想状态时,才积极进入这新的谈话。这一次,他的幽默就比乍一见到林虹时从容多了。

"我谈不出什么。"林虹笑笑。

胡正强极度忐忑地瞥视着钟小鲁,看着他打开范丹妮的信。他不知道那是一颗什么样的"炸弹"。

"我先把讨论的情况简单介绍一下,"钟小鲁看着林虹神态敦厚地说道。他注意到了刘言有些不快地瞥视自己。他不介意,顺手把刚看完的信递给胡正强,接着对林虹说道,"我们几个人的看法……"

"小鲁,你先不要介绍呢,"童伟一伸手打断钟小鲁的话,"不要用我们的观点影响她。"他转过头看着林虹,"我们这些人成天陷在文艺圈内,有时反而没有真理。我们希望听听你看完剧本后的第一印象,那是最有意义的。像我们这样讨论来讨论去,已经远离审美的直感了。"

胡正强已经看完了范丹妮给钟小鲁的信,那上面其实只写着一句话:"这位林虹是否适合担任《白色交响曲》中的女主角呢?我觉得再合适不过了。"

他紧张的心情略略松了一些。《白色交响曲》的女主角一直选不到合适的演员,想不到范丹妮倒能帮他一把。刚才,他在想象中信的内容是这样的:我再也不能屈辱下去、忍受下去了。我要把事情都抖出来。我要你们主持公道……突然,他感到一阵轻松。这其实正符合范丹妮的性格。你胡正强不理我?不理就算了,我不稀罕你。我只当什么事也没发生。我才不会为那痛苦呢。我把过去的一切全忘了。我可以没事人似的为你推荐演员,我还要坦坦荡荡和你妻子认识认识。……

他这样想象着范丹妮的内心独白,虽然还不敢完全相信这一想象,但心理负荷毕竟轻了一些。人大概就是常常爱把事情往好处想,来宽解自己的;就像人又常常把事情往坏处想,来烦恼、恐吓自己一样。他把信随手递给编剧刘言,打量着林虹,其形象,其气质,确实非常理想。他说:"对,你谈谈吧,特别是帮助我们补充一些现实感较强的农村生活。"

"我觉得这部电影的生活背景、生活环境其实是不重要的,并不一定需要补充太多的材料。"林虹说。

"为什么?"人们都感兴趣地问。刘言的兴趣中还有相当夸张的成分,这是吸引谈话者目光的有效方法。他刚刚看完那封信,对林虹的观察有了特殊角度。

"我理解,这部电影的主题好像并不是社会批判这一层次的,虽然它也有这方面的意义。"林虹继续说道。

"对,你说下去。"刘言、童伟都高兴地说。

"为什么?"钟小鲁扶了扶黑框眼镜认真地问。

林虹一下就感到了他们之间对剧本曾经有过的争论。她不必考虑这些,她主要的是把自己表现出来:"这部电影剧本,我理解,主要刻画的是这位女主人公。它的副标题可以说是:'女人的风格',或者'女人的人生哲理'。"

"太对了。"刘言兴奋地说。

"我理解,这部电影是两个层次,一个是外在层次,主要刻画女主人公在生活中处理各种矛盾的风格。她是女性感的,但又绝不软弱。"

"还有一个层次呢?"刘言愈加兴奋了。

"第二个层次,我理解,主要是通过女主人公白洁和男主人公关于人生、爱情的对话,还有她的内心独白、日记的画外音体现出来的。这个层次是刻画她的人生思悟,也可以说是人生哲理层次。我觉得,"林虹因为感到自己的成功,特意停顿了一下,带点儿必要的不好意思,"如果拍好了,白洁能成为一个有独特艺术魅力的形象。"

"简直太对了。童伟,这和咱们的认识完全一致。"刘言兴奋地匆匆拔笔在范丹妮那张信纸上写了三个字:"就是她。"划了几个惊叹号,递给了胡正强,又问:"小林,你还有什么看法?"

"我感觉这部电影音乐感很强,有点像音乐片,女主人公又很爱音乐。所以,如果要拍好的话,演白洁的演员也最好会点音乐。"

“太对了。”刘言望着林虹，不假思索地冒出一句话，“嗳，你会音乐吗？”

“我？……我有时拉拉提琴，弹弹琵琶。”林虹答道，突然意识到什么，脸微微红了。

“怎么样？”刘言转向胡正强。那话里两层意思：关于剧本的争论怎么样？这位林虹合适吗？胡正强和钟小鲁刚刚看过刘言写在信纸上的三个字，此时相视一笑。眼前的这位女性确实再理想不过了。不过，争论的失败使他们并不像刘言那么兴奋，他们原来一直认为剧本中的社会生活太淡化，要求再丰富实感一些。

“爸爸。”胡正强十岁的儿子宁宁手捧着书本、铅笔盒出现在门口。

“怎么了，你怎么不做作业了？”胡正强问。

“妈妈说，她要和阿姨谈重要的事情，让我别在那儿。”

胡正强一下僵住了，他感到了事情的恶化。

屋里的气氛又有些尴尬。人们都明白是怎么回事。

“我把小屋开开，你去那儿做作业吧。”胡正强站起来。

“还要给我讲呢。”宁宁不高兴地噘着嘴说道。

“好，你们先谈，我去把孩子安排一下。”胡正强对屋里人说道。

范丹妮感到有些心跳。坐在对面的目光沉静的中年女性，就是她一直在心中咀嚼的胡正强的妻子。她第一次和她面对面相见。她刚才对胡正强那样冷蔑，那目光似乎能把胡正强看得矮下去、瘪下去似的，现在面对他的妻子却有些心怯。文倩岚那文雅的气质像淡青色的光亮一样，散发着一种凉凉的压力，使她呼吸有些困难。面对着胡正强，对方是无义者，对不起她，欠着她；在这位妻子面前，自己却是失义者，自己侵犯了对方做妻子的利益。

她极力摆脱着自己的心理压力，把来之前反复做的思想准备、情绪准备温习了几遍，抓住自己的意志。她不能做一个被人任意玩弄、欺凌的可怜虫。她痛苦够了，她要让别人也痛苦。这么长时间以来，她像是爱情上的贼，像是乞丐，追来追去，求来求去，躲来躲去，她受够了。她要抖掉屈辱,像抖掉一身破烂的乞丐服一样,她要站起来,痛快一下,她要袒露自己,同时也让伪君子、让自以为幸福而骄傲自得的妻子都袒露出来,让大家都明白真相。

"你有什么,说吧。"文情岚把儿子打发走,坐下来瞧着范丹妮。因为一夜未眠,她原本就白皙的脸更显出病态的苍白。

"我找你,是想……"范丹妮感到难以启齿。

"你说吧。"文情岚和善地说道,好像是医生在安慰病人。那宽容和善良软化着着范丹妮,也溶化着文情岚自己心中的痛苦。一个人对伤害自己的人表现宽容善良时,会生出一种自我崇高感,那可以消融自己的一些痛苦。

她的痛苦是深的。她出身于书香门第,有着极正统的伦理道德观。父母对子女的慈爱,子女对父母的孝道,是最起码的;夫妻间的忠诚不贰是绝对不可玷污的。她始终相信胡正强的正派诚实,相信他对自己感情的专一,那是她心中一片圣洁光明的天空。然而,一昼夜之间(胡正强与范丹妮的事情她是昨天上午听说的,当时她如被雷击一样失了知觉),她必须接受的事实是:圣洁光明的天空消失了,她感到自己比任何人都屈辱,比任何人都可怜。她成了被人看笑话的妻子。她绝不在这种可怕的欺骗中生活一天。昨天乘公共汽车回家的路上,她像是大病一场,连上楼梯的力气都没有了。

"你过去可能没听说过我。"范丹妮垂着眼帘不自然地说。

"我听说过。"文情岚脸上露出一丝微笑,"胡正强经常提到你。他说你很有才华。"

范丹妮有些惊讶地看了看文情岚,一瞬间,感到一丝自惭形秽。文情岚太有修养了。她要抓住自己恶的决心:"那你听说过关于我和……"

"关于你和他之间的流言蜚语,是吗?"

"……是。"范丹妮又没料到。

"听说过,"文情岚显得很平静,"我当然不相信。"

范丹妮垂着眼沉默了一会儿,捕捉着自己的决心:"假如那都是真的呢?"

"不会的，我相信你。"

范丹妮的话被堵住了。文倩岚那含着若有若无微笑的淡青色目光，正笼罩着自己。难道，今天的行动就这样了结吗？

胡正强离开了。留下的四位男性都觉得气氛轻松了一些。他们并不太关心胡正强的处境。这个家庭里发生的三角关系虽有悬念，却无从"关心"，只能放在一边。倒是与林虹的谈话是具有吸引力的。

刘言还在兴奋中，他希望继续像刚才那样讨论剧本，他希望能和林虹迅速熟识亲近起来，并引出他创作的更多的作品，更广泛地展示出他的文学成就。他的话很多，干瘦的手一下一下挥着表现风度的手势。

童伟则很持重地坐在一边。他不急于表现热情。刘言那张脸像个烟鬼，让人厌恶。不聪明。女人不会被殷勤打动的，那往往适得其反。能让女人动心的是男人的才华和力量。他使自己的嘴绷得更有力，脸部的神情也更加刚毅。看着刘言的表演，他心中掠过一丝讽刺：太酸气。他注意到在刘言讲话时林虹眼里的礼貌和耐心。这使他对刘言更多了一点轻视和宽容。他准备稍稍抓住话题，就从容展示自己的才华。

张宝琨是唯一比较关心胡正强的人。他是胡正强信用的人。他希望胡正强别出什么事，不要影响他在这部片子中摄影的位子。他希望能靠《白色交响曲》获得最佳摄影奖。除此以外，他希望和眼前这几个人都搞好关系。当然，这里最重要的是副导演钟小鲁。

钟小鲁关心的事儿，第一是尽可能扩大自己在这部电影中的导演作用。他明白胡正强为什么要拉他当副导演，主要是看中了他高干的家庭背景，看到了他能帮助疏通上层、联络社会和提供拍电影的方便。他呢，也清楚，以自己的社会活动能力为筹码，争取逐步独立执导的资本。此时，他关心的第二件事便是眼前的林虹了。不仅是看中了她是合适的主角，还在于别的原因。他决定利用副导演的地位，自然而迅速地占有一个比别人更有力的位置，尽快使他与林虹之间进入导演和演员的关系。他敦厚地笑笑，拉开皮夹，拿出七八个女演员的大照片，伸手递了过去："林虹，根据你的看法，这几个人谁更适合演白洁？"

凭着敏感，林虹早就意识到了什么。她发现，只要踏入京都，凭着自己的聪明才能，还有漂亮，总有机会打开出路。她眼里漾出温和的笑意，摇了摇头："我不会看。"

"看看吧。"钟小鲁仍然坚持着。

林虹好像实在无法推辞地接过了照片。

第二十一章

六平方米的小房间里放着一张写字台、一把椅子、一张行军床,另外放着缝纫机和一个个蒙着尘土的纸箱子、一摞摞旧报刊等什物。这是胡正强开夜车的地方。他把孩子安顿在写字台上做作业,自己却头枕双手躺在行军床上,仰望着天花板发呆。

"妈妈和阿姨谈得挺高兴吧?"过了好一会儿,他装作很随便地问道。

孩子摇了摇头。从孩子的背影似乎能看到孩子的表情,继而又能想象到隔壁屋里两位女性谈话的灰色气氛。完了,这个家是完了。文倩岚肯定是不会原谅自己的。他眼前浮现出早晨的情景。

……他从床上起来,听见响动,文倩岚理了一下头发,从写字台前站了起来。妻子脸色憔悴,她看了他一眼,声音低哑地问:"不睡了?"

"不睡了。你……"看着妻子,他不知该说些什么。

"我买早点去。"妻子转开目光,拉开抽屉翻寻着零钱和粮票。她的手似乎有些神经质的颤抖。

"你躺会儿吧……身体会顶不住的。"他小心地说道。

"我不像你想象的那样弱。"妻子拿起网兜、铝锅,下楼去了。

看着妻子的背影,他真想狠揍自己一顿。太蠢了,太不应该了。在妻子面前,他一直是个忠诚的丈夫,现在,……他为自己的行为感到羞恼。

此刻他又一阵浑身发热。他受不了妻子的沉默。因为欺骗而产生的愧疚远没有因为欺骗行为的暴露带来的羞恼强烈。为了赶走羞恼,他倒换了枕在头下的手。范丹妮现在和妻子谈些什么呢?如果范丹妮真的如自己想象的只是随便聊聊,那他真是感恩不尽了。他再也不做任何对不起妻子的事情,永远做个好丈夫……但这是完全不可能的。情岚什么都会知道的。她不会闹的。他了解她。她会背着他流许多眼泪,在某一天会在桌上留下一封长信,毅然离开这个家。她还会带走他们唯一的儿子。儿子正趴在桌上写作业,还欠起身往前拉一拉椅子。儿子长大了,肯定不会原谅父亲的。

他眼前又浮现出昨夜躺在床上朦胧中出现的梦境。

儿子拿着一把锋利的宝剑,像个古罗马角斗士一样魁梧地怒视着他,然后把剑一下插入地,横着一划,大地在他和儿子之间裂开了,一条黑色闪电般触目骇人的深堑。在儿子后面站着头发斑白的妻子,她用忧郁含怨的目光看着他。深堑那边是一个光明的世界。深堑这边,脚下的大地在沉陷,他变得矮小衰朽,他伸手去扶身边的一棵芙蓉树,芙蓉树却变成黑色狞厉的荆棘。……

隔壁范丹妮与妻子谈话的房间砰的一声响,玻璃杯摔在地上的声音。怎么了?那里到底发生了什么?

林虹一张一张慢慢看着照片,看完了,又反过来一张一张重新审视比较着。对这七八个年轻的女演员作出评判,她并无丝毫为难,她对人的性格素质有洞察能力。然而,自己也是年轻女性,在评论其他年轻女性时的任何苛刻都是有失风度的,她的评论既要准确深刻,又要宽和。

"这一个,"她笑了笑拿起一张照片,一个披着一头黑发的姑娘正转过头妩媚地微笑,轮廓柔和而有风韵,脸上洋溢着火热的海岛风光,"一看就知道她的性格很成熟,对人生有理解。肯定是不错的演员。但对于白洁这个角色,她好像……太健康、太妩媚了,或者怎么说呢?是太富有活力了。"她停住了。

"你接着说下去。"钟小鲁说,他掌握着谈话方向。

"这一个,"照片上是个恬静的姑娘,微偏着头,目光有些忧郁,"挺质朴的,也挺好的。唯一的感觉是,她好像缺点儿知识气。从她的气质看,她像是出身比较贫困。白洁出身于高知家庭。她能不能演好这个人物,没把握。"

"讲得太对了。这个演员——不,我待会儿再讲,还是你接着说吧。"钟小鲁说道。

林虹接着谈了对几个演员的看法,最后挑出一张照片,那上面的姑娘穿着件烟色羽绒服,在凋零的树下动人地笑着,"比较起来,她好像更合适一些。"

她不能把照片上的人都否定。

"你认为她完全合适吗?"钟小鲁不满足地追问道,"比如你当导演,你认为她理想吗?"

"她稍稍给人以稚嫩的感觉,好像还不够成熟。"林虹想了想,委婉地说。

"你认为谁更合适呢——在你所知道的影视演员中?"

"我很少看电视,电影就看得更少了。"

"请允许我这样提出问题:如果让你来扮演这个角色,你有信心吗?"钟小鲁终于提出了实质问题。

"我没有想过。"林虹脸颊微微泛红,礼貌地答道。

她如此平静,使钟小鲁感到意外。有谁不渴望当明星呢?"要是让你演,你愿意吗?"他仍然毫不放松地问道。

"我还没想过。"林虹摇摇头,"大概不会吧。"

"为什么?"

"人人都有自己的事情啊。"林虹很大方地笑了笑。

她不愿意谈到自己。

"我并不像你想的那样好。"过了好几秒钟,范丹妮说。

文情岚温和地笑了:"我不光相信你,也相信正强。他对你印象很好,愿意和你来往。"

这话却一下使范丹妮有些恼恨了。然而,此时她恼恨的不光是胡正强,还包括赞誉她的文情岚了。文情岚的修养刚才还使自己惭愧,现在也转化为对她的恼恨。文情岚说的不是真话。她厌恶这种虚伪。社会上的人会赞美文情岚的贤淑善良,却会斥责她范丹妮的道德败坏。她不败坏。文情岚站起来去倒水。范丹妮看着她在屋里走动。她显得比自己年纪大,容貌差多了。戴着副眼镜,好像挺秀气,可遮不住眼角细密的鱼尾纹。她的身材比自己高,可是上下瘦直,没有一点女性的妩媚。你有什么可优越的?你是讲师,你精通两国外语,听说你还会弹两下钢琴,范丹妮注意到房间一角放置的一架黑色钢琴,就这些吧?这些过去曾使我感到自卑,特别是我偷了你的丈夫,而对你就更感到心虚,抬不起头。然而这会儿我一下想明白了:你那套修养纯粹是虚伪。我看不起你。我没有必要在你面前自惭形秽。

她心中真的有了恶的情绪:"你觉得你了解胡正强吗?"

"怎么了?"文倩岚问。

"我觉得你不太了解他。"范丹妮似笑非笑。

文倩岚拿着茶杯的手微颤了一下。

范丹妮注意到了,这让她有了信心。她从刚才的拘束紧张中解脱出来,开始冷静观察对方:"他常常感到很苦恼。"

"是,他在艺术上追求得很苦。他常常找不到适当的艺术形式来表达他的思想。"

"他不光为这个苦恼,他主要苦恼于没有人能真正理解他。"

"能够理解他的人是很少。"文倩岚说。胡正强不止一次说过,这个世界上只有她能真正理解他。

"不,他和我说过,过去从没有人能真正地、完全地理解他。"范丹妮注视着文倩岚说道。这是胡正强和自己热恋时说过的话。不管是真话假话,她现在都要如实道出来。

文倩岚的脸色惨白,暖壶在手中有些拿不稳。

"他说他常常感到很孤独。"范丹妮继续说。

"是……他在艺术上追求得越深入,越会有这种孤独感。"文倩岚垂着眼,声音低弱。

"不,他不光是在艺术上,而且在感情上常常感觉很孤独,感到得不到满足。"范丹妮看着文倩岚,"他是个感情要求很丰富的人。"

"喝水吧。"文倩岚端着茶杯走过来。

"你都了解吗?这都是他对我说的原话。"范丹妮说。

失手,茶杯落地,茶水、玻璃碎片溅洒一片。范丹妮看看地上的碎茶杯,又看看文倩岚,一时有些心软:自己似乎太残忍了。文倩岚呆呆地站了一会儿,只一瞬间就露出一丝抱歉的微笑:"太烫了,没拿住,我再给你倒一杯。"说着,她又倒了一杯茶放在范丹妮面前,然后用扫帚、拖布收拾着玻璃碎片和水渍。

文倩岚的态度反而使范丹妮愤怒了,她太受不了这种"贤惠"。她看着文倩岚,简单明确地说:"他不止一次对我说过,他离不开我。"

文倩岚惨白的脸上掠过一丝抽搐。

范丹妮冷静地注视着她:"我觉得他有时候太懦弱,没勇气……"

"是,我很了解。"文倩岚却抬起头来,脸上露出大理石般的镇静。

范丹妮有些吃惊地怔愣了。

"他是有懦弱的地方,有时候做下感情冲动的事儿,可事后常常很后悔。"文倩岚在床上坐下,平静地说,"他又好面子、爱名誉,所以,有时候别人也会利用这个弱点折磨他。过去他喜欢过一个女演员,也没发生太过界限的事儿,可是他最后没能让那个女演员上成戏,那个女演员就老来纠缠讹诈他。"

范丹妮感到有些喘不过气来。

文倩岚的语调还很温和:"他确实是个感情丰富的人,可他对感情的质量要求很高。一些没太大价值的感情,可能会一时迷惑他,可是他一旦看清了,很快会厌倦的。我了解他这些。"

范丹妮感到自己的心在哆嗦,眼前闪现出胡正强嫌恶的目光。文倩岚的话像刀子一样剜她的心。

看来,真的想要她来演电影了?这不光从钟小鲁的话中,也从钟小鲁的热切神情中看出来的。她喜欢这部《白色交响曲》。一半以上是女主人公的戏。戏很含蓄,很适合她演。甚至,她觉得就是为她写的。编剧刘言如果不是这样黑黄着脸,有那么点儿故作姿态的酸气,她会为他对女性的理解而倾倒。她心中掠过一丝微笑,她发现作家是最经不住见面的。许多作品在阅读时感到作者极有魅力,及至一见到作者的照片,顿时就失了一多半光彩。别胡思乱想这些。自己到底演不演呢?她从未想过当演员,演戏演电影,那是没有多少文化的人才愿意干的。画画,写作,搞学问,这些才是真正有意义的。然而,当演员的可能性一旦很现实地摆在面前,她发现自己的观念又有所变化。当一个女明星,其诱惑力是显而易见的。现代时尚,明星不是远比作家、学问家更受到崇拜吗?当演员,还画画吗?画。既画画又演电影,做个多方面的艺术家。可她现在的关系还在县里。那不要紧,成了明星,调动就轻而易举了吧?

可她还要帮助整理父亲的遗稿啊。父亲去世了。作为他唯一的女儿,她应该把他的心血和劳动整理出来。她爱父亲。她有着做女儿的责任。她将怀着肃穆深沉的爱年复一年地进行这项艰巨的工作。一想到整理父亲的遗稿,她心中就升起一种圣洁的情感。然而,这和演电影显然是有矛盾的,起码要推迟对父亲遗稿的整理。一瞬间,她甚至闪过这样的念头:对遗稿的整理就一定那么急迫吗?她立刻又谴责了自己。

不知为什么,在这种抉择中,她又体会到上午在美术馆看画展时涌上心头的内心冲突,这也是从昨晚她一踏进京都起就体会到的冲突。一边是超脱淡泊的宗教心境,一边是缤纷华丽、充满利欲色彩的现代生活。

钟小鲁的目光很诚恳,他的络腮胡增加了他的敦厚感。刘言看上去有那么点儿做作和酸气,可是,第一眼就知道他心眼不坏。张宝琨像个小市民,对谁都不由自主地讨好赔笑,这种人可能心胸狭窄,但肯定办事热情。剩下的就是这个童伟了,他跷着二郎腿,双手抱肘靠在沙发背上,始终保持着潇洒持重的风度。他的形象轩昂,她能感到他内在的力度,感到他蕴涵的思想锋芒,还感到着他那内含的对女人的欲望和征服女人的从容不迫的自信。另外,还感到他有那么一丝阴。

她到底当不当演员呢?

她就保持着这种淡淡的态度——"没有思想准备"、"大概不会吧"。既没有答应，也没有断然拒绝。假如最后真的决定当演员，这也算留着很松的口子。这样既能从容抉择，也显得比较自重吧。当下一口答应，急不可待，那才会被人轻视呢。

胡正强依然头枕着双手在行军床上仰躺着。

隔壁没有再出现什么响动，不知道范丹妮和妻子谈什么，也不知结果是凶是吉。小屋里很静，听见儿子写作业铅笔划纸的声音，也听见那边屋里隐隐传来的刘言的笑声。他感到自己的胸膛在很重地起伏呼吸着，也感到自己的双手在沉重的脑袋下有点儿发麻。

他头脑中萦绕着各种思绪。他感到后悔。和妻子一起生活时，只感到平稳和谐，甚至还因为太平常而不太满足，他在电影界几乎天天都受到一些刺激和诱惑。乃至现在一想到可能和妻子分开，他立刻感到损失巨大了。他从此将失去妻子的理解，那种理解是和十几年共患难生活的宝贵回忆相联系的，他将失去感情的温存和依靠，他将失去妻子以巨大的牺牲精神为他做出的一切。此刻他才发现，妻子身上的美德是那么多，那么宝贵。他把眼前能够想到的女性都想了一遍，她们没有一个人能做到这样。许多人比妻子年轻漂亮，但是没有一个人经得住放在终身伴侣这个位置上来衡量的。她们比文情岚缺许多东西。

自己怎么就和范丹妮发展到那一步呢？现在，他一想起和范丹妮的那段关系就充满嫌恶；而在最初，自己怎么会那样渴望得到她呢？真是太愚蠢了。

不想范丹妮了。想她，并不能理清自己头脑中隐隐存在的一个矛盾。

什么矛盾呢？他眼前浮现出一个女演员的笑脸，活泼而可爱的娇态。她正狂热地崇拜着他。就在昨天上午，他们还一起在颐和园划船。现在，耳边还响着她清脆的笑声。是的，作为导演，他有着得到漂亮女性的优越条件。这种条件能腐蚀人。他再正统，这些年也开始有些风流韵事了。只不过他还很克制，常常怀着不安。谁能抵挡住诱惑呢？自己脸上怎么漾出了微微的笑意？眼前又浮现出昨天划船时的情景了,那个女演员因为桨打高了,划了他一身水,笑得眼泪都出来了。她的眼睛在阳光下如此动人,她的脸蛋在阳光下如此光润。后来,在折叠伞的遮挡下,他吻了她。

可是,现在他又怎么看这件使他心旌摇荡的事情呢?他还应该这样吗?

他知道自己头脑中的矛盾了。他不能够既获得接受诱惑的快乐,同时又长期保持家庭的和睦与自己的道德形象,获得一种完美(不是实质上的完美,而是名誉上的完美)的满足,二者必取其一。他舍哪一头儿呢?舍去现在的家庭,舍去社会对他的尊敬,舍去与这一切相联系的心理安宁和整个生活氛围的和谐幸福,他将没有一个入港停泊的地方。他将在社会舆论的非议和讥讽下低头匆忙地来来往往。然而,他眼前又浮现出那个女演员可爱的笑脸,她的吻是那样湿热迷人,他愿意失去这快乐吗?虽然他知道,这样的女演员并不适合当妻子……

他此时不愿承认一个在心底潜伏的意识:他希望二者——家庭、道德形象与接受诱惑的快乐——兼而有之。他知道自己这个潜意识,可是他强制它不明显浮现出来。

他不再往下想。他知道,现在只要能够挽回妻子的信任,保持家庭的和谐,保持自己的道德形象,他愿意做一切事情……

别胡思乱想了,还是过去讨论剧本吧。

他站起来,拉开门走出小屋,突然他站住了。范丹妮和文倩岚大概是谈完了,正打开门从隔壁房间里走出来。

他们相互对视着。

童伟始终很宽和地听着钟小鲁与林虹的谈话。林虹对钟小鲁表现出的庄重,让他感到一种满足。并不是所有的女人都能被当演员的许诺弄昏头的。别看钟小鲁挺质朴的样子,其实对女人很感兴趣。特别是钟小鲁刚刚离了婚,对女性自然会更多留意。这不是,他的谈话又绕到林虹的家庭情况了。

钟小鲁:"你家在哪儿,是不是也在北京?"

林虹:"我从小在北京长大,父母早已经去世了。"

钟小鲁:"那你现在是……"

林虹:"我现在是一个人。"

钟小鲁:"你父母原来在哪个单位工作?"

林虹:"都在北大。"

钟小鲁:"干什么?"

林虹:"……他们都是教授。"

钟小鲁、刘言、张宝琨三个人的表情顿时起了变化,现出肃然起敬的神色。钟小鲁原以为一提出让林虹当演员就会使她惊喜呢,大概现在不会那样想了。看,张宝琨又不由自主地对林虹堆出更多的阿谀。

张宝琨:"看着你就觉得你很有修养的。"

这种拙劣的讨好只有张宝琨才能说得出来,聪明人和弱智者真是差距万里。钟小鲁又说开演电影的事儿了,他是利用副导演的身份在林虹身上得分。刘言呢,则是利用编剧的身份在得分,而且,他还有意无意地从《白色交响曲》联系讲起他别的电影剧本和小说。童伟不禁对刘言涌起一丝嫉妒,自己也许永远是"说得很多,写得很少,眼很高手很低"的作家吧。他思想深刻,学识渊博,谈锋锐利,加之生性不甘寂寞,所以,总是从一个沙龙走到另一个聚会,总是没有时间坐下来多写几篇小说。他在文学、电影、戏剧等各个领域中都扮演着一个才华横溢的角色。他一天也不甘心沉默。他力图用一切方法来扩大自己的知名度。当他对哪位女演员或青年女作家感兴趣了,他绝不愚蠢地当面献殷勤,而是在某个严肃的讨论会上来个发言,或在报刊上写篇评论,以热忱的态度赞扬一番。当那位女演员或女作家正遭人贬低批判时,他会力排众议为她鼓吹。同时,也不忘记以中肯的论述,爱护地提出她需克服的不足之处。这样,他便自然而然得到对方的感激和敬慕。于是,他就能从一个很优越的起点开始和对方来往,直至完全占有对方的感情。

现在,他正微笑着细细打量着林虹,他已经把她里里外外解剖了几遍。他决定采取特殊的手法征服林虹。他将轻而易举地击败刘言、钟小鲁。机会来了。

"林虹，你刚才对那几个演员看得挺准的。你讲，这个演员的气质像是比较贫困的家庭出身，和她的实际情况完全一样。"钟小鲁说。

"我只是一点直感。"林虹笑笑。

"要说看人，咱们老童最有两下子。"张宝琨笑着一指童伟，似乎他童伟半天没多说话，需要他讨好一下似的，"他不论和谁稍稍一接触，就能把对方的性格和各方面情况差不多都揣摸出来。"

"不要把我吹得太神了。"童伟笑着放下二郎腿，很从容地把话头接了过来。

文倩岚温和地看着范丹妮，见对方的脸也失了血色，低下头喝水的嘴唇也在微微打抖，就知道这种折磨人的谈话该完了。她一下感到自己再也坚持不下去了。她勉强笑笑："这两天我有点儿血压低，头晕。"说着，她摘下眼镜，用手慢慢搓摩着眼部。

她真的头晕。身子也发飘。

度过了一个不眠之夜，她在凄清的台灯下留下一封长信，然后披上衣服，提上一只小皮箱，永远地离开这个家了。她的信写得很长。她在清冷的大街上走着，信中的话就在耳边响着。她永远不会忘记过去，然而，她也永远不会回来了。她没有力量在一个有着欺骗和谎言的家庭中生活。她只有朝前走。满地是流动的黄沙，满天是萧瑟的西风和斜飞的枯叶。她只穿着夏装，冻得发抖。她尽量裹紧了衣服朝前走着。胡正强在后面喊着，追赶着，她头也不回地踏着落叶朝前走。前面是条河，几欲坍塌的破木桥，她毅然踏了上去。她过了桥，桥在身后断裂开，她落进水中。听见胡正强的喊声。喊声越来越小……

天上出太阳了，然而，像被咬了一口，最后完全被吞没了。黑色的圆形四周是明亮的火焰。全日食发生了。大地一片阴暗。一颗彗星在天空中掠过，大得可怕。大地开始震动，山在断裂，田在断裂，树在颤抖。地震了。她在倾斜摇晃的大地上跟跟跄跄地行走着……

她突然发现,四周是不可逾越的高墙,是透明的气体墙。她一步也不能越过。稍一走近,就被一种无形的力量顶回来。高墙围着一块正方的地块。这就是她活动的范围?她过去似乎没有离开过这个范围,可也从未发现四周有墙啊。现在发现了,这限制就不能忍受了。她到处寻找走出去的缺口,都是徒劳。怎么,胡正强又满脸歉疚地站在面前?她走了半天,还在他旁边?……

她清醒了一下,戴上眼镜,屋里的景象慢慢清晰起来。

她和范丹妮默默对视着,两个女人都默然无语。她们都有些心力衰竭了。

"咱们过去听听他们谈话吧。"文倩岚说。

她们出了门,与从小屋出来的胡正强相遇。胡正强的脸上含着紧张和愧疚。

文倩岚回头看了看范丹妮,勉强地笑笑:"我们随便聊了聊。"

童伟开始了他的行动。他在任何场合一旦开始讲话,他切入话题的思想高度,他侃侃而谈的态度,都是摄照全场的,不容任何人转移他的谈话方向。

"我认为,艺术家都应该培养深刻的感受力、洞察力。在这方面,艺术家应该有点儿天才。要不,你凭什么当艺术家呢?"他富有魅力地微微笑了,"林虹,我来考考你吧,你看,我们宝琨同志,"他用手一指,"你能对他的家庭、经历、个性作个全面描述吗?"

林虹摇了摇头。

"你可能出于客气不愿讲。宝琨,现在考考你,你现在对林虹的个性能作个全面描述吗?"

"别难为我了,我可没这两下。"张宝琨赶忙摇了摇手。

"刘言,小鲁,你们试试吧。"

钟小鲁只是聪明地笑笑,他能看透童伟的用心。

刘言则笑着讲开了,他指着林虹说道:"我一开始就感觉她是北京的。"

"还有呢?"童伟问。

"她对艺术很爱好,有研究。"

"还有呢?"

"性格挺沉静的。"

林虹眼里露出感到很有趣的笑意,一动不动听着。

"还有呢?"

"更多的,一下就不一定说得准了。"刘言笑了。

"你说说呢。"张宝琨对童伟说。

"又让我说?"童伟一摊双手,好像是被人哄着做一件不得不做的事情似的摇了一下头,"允许我来说说对你的感觉吗?"他含有深意地凝视着林虹问道。

"你说吧。"林虹停顿一下,大方地说。

面对童伟的目光,林虹感到自己身体有些弱,骨骼也有些脆嫩。她稍稍垂下眼帘,用微凉的目光把自己罩了起来。她有着一点什么预感,也有着一点什么准备。

童伟含笑看着林虹。他现在有理由正大光明地仔细观察林虹;他调动着他丰富生动的感受能力感觉着林虹。他微眯着眼,使自己的目光变得黏稠。在这几秒钟的感觉过程中,大量的直感闪过脑海,他把握住林虹了。他笑了笑,抓住感觉中此时最清晰、最凸现在眼前的一点说了出来:"你是个有经历的人。"他解释道,"经历当然谁都有,我是说你是有过许多挫折的人。对吧?"

林虹微微合了一下眼。既不需要承认,也用不着否认。

钟小鲁、刘言都注视着林虹的表情。

"你小时候肯定是在一个幸福的环境中生活。你原来的性格是属于活泼大方一类的,对吧?"

林虹依然微微合了一下眼。

"但是,你现在却是一个多愁善感的人。对吧?"童伟眼里含着关切。

林虹不能不承认对方很有魅力。

"你很聪明,而且对自己的聪明很自信,表面上你可能对所有的人都表现出亲热,满不在乎,而在内心却对人与人的关系很敏感。你对人看得很清楚。而且，不是属于那种宽容型的。对吧？"

林虹心中感到震动了。他怎么看出的？还从未有人能这样看透她。一瞬间，她想到李向南，同时感到他的形象有些黯然。这位童伟确有非凡之处。

但她只是稍稍露出一丝真实的心理反应。

童伟立刻敏感到了，这鼓励了他。而林虹基本还保持的平静的态度，则刺激他继续加强自己讲话的力度："就你性格而言，你是个天才的演员。我的意思是：你的外部言行神态与你的心理差距很大。你好像很无所谓，其实你一切都在意；你好像很倔强，其实你感情很细敏，很容易受打击；你好像很坦率，其实你对人很注意策略；你好像对什么都挺超脱的，实际上，你最不容易超脱。总之，你每天都是在生活中演戏。当然，我这话并无贬义。"

林虹感到自己的灵魂在被暴晒。她还隐约感到了：童伟这样剖析她，有着强者宰割弱者以得到满足的不善。她心中升起一丝敌对情绪。她不能用诚恳来为他人的精神满足做铺垫。她异样地、似乎觉得很好玩地笑了笑，表示这一切是无稽之谈。

这一笑，给了钟小鲁——他一直以有些紧张的心情看着这场谈话——以宽心，而给了童伟以刺激。他在心中冷冷一笑，说道："我这样剖析，你可能会抵制的，人都不愿意展露自己的真实心理。"

林虹又异样地笑了笑。

"你不承认是吧？但是，我可以很有把握地说——正是从你的表情反应中可以看出——我不但说对了，而且还说到了关键。"

胡正强和文倩岚、范丹妮不怎么自然地进来了，他们各自坐下，在一旁静听这场特殊的谈话。童伟讲到这里，开始涌上来一种涨满全身的冲动。他是经常这样剖析人的。为了表现自己的天才，他是绝不心软的。在这种无情的剖析中，他能得到一丝冷酷的快感。他凝视着林虹，像刀一样锋利的目光把林虹又整个解剖了一遍："我再说得具体点儿，凭着我的感觉，你现在是独身生活；但是，我又能肯定，你必有过非独身的阶段。可以断言，那个阶段是以你的屈辱而结束的。"

林虹垂下眼睑,脸上微微掠过一丝颤动。

胡正强,范丹妮,文倩岚一时都有些震惊了。

钟小鲁斜着眼冷冷盯视了童伟一眼。

"童伟,你怎么这样说话呀。"文倩岚不安地说,她是主妇。

"其实我这样讲话是最诚恳的。"童伟笑了一下,"这个世界上,人人相互间都把真实情况包起来,维持表面的一套相亲相敬,那是最虚伪的。"

胡正强、文倩岚、范丹妮的脸色顿时变得极不自然。

"你接着说吧。"林虹看着童伟,冷静地说。

"你有很屈辱的经历,满身伤疤,但你要撑住自己,要把自己装扮成遍体光洁的人。你看来很自信,可实际上很容易遭受环境打击。你带着如此矛盾的个性,又是个女性,就很难在种种挫折中开辟出一条理想的道路,结果总处在悲剧之中。"

人们都震惊了。童伟说到这儿也停住了。话一过界限,他自己也有了感觉。

"所以,我就应该依靠像你这样的人来指引帮助吗?"林虹冷冷地问道。

童伟一时竟有些怔了。这话竟揭穿了他这一大套话后面的真正的潜台词。这潜台词,这目的,他此刻才一下自省到。

"弱者应该崇拜强者,把一切都交给强者支配,是吗?女人——你不是说女人是弱者吗——应该永远受男人支配,是吗?"林虹接着问。

"我并不是这个意思。我只是认为:人与人之间应该坦率。每个人都应该敢于承认自己的真实。"童伟笑道。

"真实?你怎么不愿意承认你讲了这一大篇话的真实心理?……你不敢坦率,我敢坦率。我承认,你讲的都对。我就是带着这些矛盾。可然后,你说,我该怎么办?"

童伟目光闪烁了一下,不知说什么。房间里的空气似乎都凝冻住了。

"要靠你这样的强者开辟道路,是吗?"

"林虹,请不要误解……"

"我可以告诉你,我也是从你现在的表情中看到:我说对了,而且说到了你的关键。"

"……"

"弱者只有依靠强者,结果他们永远是弱者。女人要依靠男人,特别要依靠像你这样强有力的男人,结果,她们永远软弱。这是她们命运的悲剧。是不是?"

"这种悲剧是可以改变的。"

"可我恰恰觉得,像你这样的人本质上是希望保持这种悲剧的,那样才有你们的优越和特权。对吧?"

童伟一下说不上话来。

"林虹,你可真挺有个性的。"刘言在一旁哈哈着打圆场。

林虹直起腰,做出要准备走的姿态:"胡导演,钟导演,如果你们确实认为我合适,我愿意演《白色交响曲》。"

"你决定了?"钟小鲁兴奋地问。

"我刚决定。而且,我觉得刚才这场戏也可以写到剧本里。"

第二十二章

　　小莉与李文敏下了公共汽车,在街上边走边感兴趣地听李文敏介绍"哲学——艺术月会"。昨天晚上在周末俱乐部她得知自己小说稿的编辑李文静就是李向南的姐姐,立刻生出了一个极有趣的念头:她要佯装不知,以找编辑李文静为由踏进李向南家,把李向南的情况摸个遍。今天早晨和李向南分手后,她就"奔袭"到他家去了。到了李向南家,和李文静没谈几句小说,李文敏就过来了,笑着一句话把事情挑明了:你和我哥哥在一个县吧,是不是和我哥哥挺好的?后来,她跟着李文敏去了她的房间,两个人聊了一上午。午饭后,李文敏就领着她到丈夫秦飞越家来。

　　"你问什么是哲学——艺术月会?就是秦飞越他们一群人,每个月到一块儿臭聊一次呗。你看了就知道了。这次还邪门:要求每人带上夫人,没夫人就带上对象,要不带上情人,都行。"

　　"那我一个人去干啥?"小莉问。

　　"我哥下午肯定也会去那儿,你和他凑一对儿呗。"

　　"谁和他凑一对儿。"

　　"玩嘛。"李文敏笑了,"你不是挺想和我哥好的吗?不过,你得讲点儿策略。"

　　小莉也笑了。她对今天下午的活动挺兴奋。

　　夏日的阳光炎热,马路发烫,她们捡树荫走。小莉感到脸上汗津津的,汽车驰过卷着热风,像巨大的吹风机一样,挺舒服。要是此刻一头扎到游泳池里,她就会让水哗哗哗地冲着自己的身体向后流去。阳光下,水闪着绿光、蓝光、白光,她的皮肤又黑又亮,像条美人鱼。她站在跳台上准备跳水,游泳池在下面像面蓝绿色的巨大方镜,她平伸两臂,看着自己苗条挺拔的身体,就觉得自己生气勃勃。别人爱不爱自己,她不知道。她经常感到非常爱自己。

……她戴着胸罩,穿着尼龙裤衩,半裸地站在穿衣镜前,欣赏着自己身体的生动线条,欣赏着自己光泽的皮肤,她感到自己很吸引人,禁不住从体内涌上一阵冲动。她用双手搓洗一下脸,朝后理一下头发,然后用力搓摩着光滑的手臂,小巧而饱满的胸,光润而有弹性的腰身、臀部、大腿,青春的冲动加剧着,在体内掠过一阵阵颤抖。她使劲搂着自己。一瞬间,自己好像同时又是个男人,在拥抱抚摸着自己这样一个可爱动人的姑娘。自己同时是两个人。奇异的感觉。她搂抱起大鸭绒枕头,一下仰面躺倒在弹簧床上,弹簧床上下颠颤着,松软的枕头贴在烫热颤抖的身上又凉又舒服……

这个李文敏,个儿不高,挺秀气的,一看就知道是个直率善良的人,一定爱在丈夫面前耍小孩脾气。她说:"我昨天和秦飞越吵架了,不愿给他生孩子。今天我去了也不理他。我主要是领你去看看他们的活动。"

一进大院,里面乱哄哄正在吵架。指手画脚、吵闹嚷嚷的聚了一堆人。

小莉有些愕然,秦飞越的父亲是个副部长,就住这大杂院?

四方院子,八九间房。院子里盖着五六间低矮的小厨房,把院子挤得只剩中间一条狭窄空地。横七竖八的铁丝上晾着衣服、床单、小孩尿布,令人透不过气来。一家人正在建厨房,墙砌到齐肩高了,水泥,石灰,砖瓦,破油毡,烂木头,弄得院子里泥水汪汪,没处下脚。"秦飞越家在里院,"李文敏抬手指着,"这外院过去也是他们家的,文化大革命中被人占了。"

小莉这才注意到,迎面几级石台阶上还有一个门洞,两扇红漆大门虚掩着。

院里吵闹的人群把她俩堵在院门过不去了。

吵架的一方是个中年男人,矮个子,很大的长方脸,足占了三分之一身高似的。他唾沫飞溅地吵嚷着。他的老婆,一个高颧骨的瘦小女人,立在他身旁嗓门很高地帮着腔。他们嫌正在修建的厨房挡了他家的光亮。另一方就是盖厨房这家了。夫妻俩都像安守本分的小职员，一脸拘谨老实，他们满身泥灰，束手无策地听着对方吵骂，找机会解释两句，越解释对方越嚷骂得凶。

"你们这厨房盖得缺德不缺德？"

"我们是和你们的厨房找齐了盖的，都是两米长，没有比你们的长。"

"我们是早两年就盖了。"

"我们一直找不下砖，现在总算找下点砖……"

"你们家的厨房，这半边儿把我们家窗户都遮了，黑咕隆咚的让死人住是怎么着？"

"我们又没占你们地儿……"

他们四周是七嘴八舌劝架的邻居，其中声音最响亮的是个仰着脸看人的矮胖妇女："左邻右舍的吵啥呀？有话不会好好说？吃饱了撑的遛大街去，吵什么？是盖，是拆，还是挪挪地儿，都不会好话好说好商量？"

李文敏忽然眼睛一亮，人群最外面，立着一个二十五六岁的青年，他正默默地看着人们争吵。"路国庆。"她叫道。

听见叫声，路国庆转过头来，发现了李文敏。他甩了甩头发，带着满脸的汗走过来。

"小莉，我介绍一下，这是路国庆，青年诗人。你读过他的诗吧？也是哲学——艺术月会的参加者。这是顾小莉，写小说的，和我哥哥认识。"

路国庆挺质朴地笑了，伸出一双泥乎乎的手："别握手了，一手泥。"

"你这是干什么呢？"李文敏问。

"帮他们盖厨房呢。"路国庆往那边指了一下。

"怎么？"李文敏有些奇怪。

"是我女朋友章茜家。"

"哪个是你女朋友？"

路国庆抬手指了一下。李文敏和小莉这才发现在那两个拘谨老实的夫妇后面，立着一个小模小样的秀气姑娘，正眼睁睁地看着争吵的场面,不知该怎么办好。

"闹了半天,你女朋友就在这个院里。"

路国庆笑了笑。

"咱们参加月会去吧。"

路国庆略有些为难地看了看正盖到半截的厨房。

嘎吱一声响,里院的大红门打开了。"你们别吵别闹了行不行?"身穿花睡衣的秦飞越趿拉着拖鞋、叉着腰出现在内院门口,居高临下地喝道。

人群立时开始安静下来。秦飞越的一句嚷,比多少人的劝解都管用得多。吵架的主动力,那个又黑又矮的粗壮男人——他叫郎德大,拉排子车的——憋足全身的火气一下泄下来。他看了看秦飞越,嗓门低了下来:"我没和他吵,"他指着对方像是告状的请秦飞越裁判,"您看他们,盖厨房盖到哪儿了?都快堵我们家窗户口儿了。"

章茜的父亲叫章生荣,是个小学教师,这时小声解释道:"各家都是这样盖的……"

外院的人对这位显然与他们不是一个社会等级的内院公子怀着敬畏。又是部长家庭,又是研究生,又是出入院子从不和外院人说话的,又是穿着这么一身抖擞的高级外国衣服,他们对着他敢出气太粗了吗?

人群的安静,人群的敬畏,都使秦飞越感觉到了一种优越感,这恰如他现在居高临下看人群时的感觉一样:"有什么可吵的?原来整整齐齐的院子,中间的花池也叫你们填了。盖了这么多厨房,出门进门堵得慌。把厨房都拆了,不宽敞?"

真是站着说话不腰疼,饱汉子不知饿汉子饥。谁能像你们家那样,五六口人住着七八间,要多宽敞有多宽敞。

"我们一家只有一间房、两间房的,不盖个厨房,就没个地方做饭。"不知是谁说了一句。好像就是那个劝架时话最多的矮胖女人,她绰号叫"说破天",是个卖菜的售货员。

"挤在家里做饭,也比这院子乱糟糟强。盖这么多烂厨房,各家屋里倒是宽敞点儿,可院子里呢?你们开窗开门出来进去,不都是院子?现在生活水平不光看住房内,更重要的是看住房外的环境。"算了,这种道理和他们也说不清。看他们一个个傻呆呆地瞪着眼,就知道是对牛弹琴。他也不想说了。他一眼看见了路国庆,还有李文敏、小莉——一个他不认识的姑娘。他目光越过人群和路国庆说话,好像院子里根本没有这群人:"国庆,快点儿来吧,就等你了。"

"嗳,我就去。"路国庆答应着。

秦飞越斜着瞄了李文敏一下,吊儿郎当地转身推门要进内院,一腿跨进门坎,又转过头对满院子吵架的人群说道:"你们别吵闹了,要不,我们就去找有关部门要求落实政策,把这外院再都收回来。"

秦飞越进了内院。人群让开道儿,李文敏和小莉也穿过人群,绕过泥灰砖瓦,进内院去了。人群静了一会儿。他们刚才一直用又嫉羡又敌视的目光盯着秦飞越、李文敏和小莉,目送着他们进了内院。

"呸,什么玩意儿。""说破天"第一个反应过来,朝地上唾了一口,冲着内院压低声音骂道,"还想收回去?这房子是公家的,又不是你们家的。你们一家儿住一个内院还嫌不够?"

人们也都纷纷说道起来。

"收回去才好呢。给咱们一家分一套单元房,咱们就搬。"

"谁愿意住这儿?"

……

有人捅了捅"说破天"的腰,努嘴指了下路国庆,人群又静下来一点儿。这位章老师的女婿也是内院秦部长家的客人。"算了,算了。说啥呀,人家部长也是出生入死挣来的,咱们眼气什么?""真的,谁让咱们不是部长的。""说破天"和人们的口气一转,都自嘲自损、拖腔拖调地放开凉话了。郎德大站在那儿一时不知道该说啥。

路国庆感到了众人的目光,他觉得有点儿难堪。在众人的注视下,他走到章茜身边轻声说:"章茜,咱们也去吧,月会该开始了。"

章茜为难地看了看父母。

章生荣说:"茜茜,你和国庆放下活吧,回屋洗洗,换换衣服。"

两个年轻人进到屋里。十四平米的一间房,很阴暗。章茜与父母三个人住,显得拥挤。父母是张老式双人床,女儿是张单人床。双人床床头立着两摞箱子,算是与女儿隔挡开的屏障。单人床上一年四季挂着蚊帐,更算是一层隔帘吧。

"你洗吧,先在红盆里洗洗手,再在这个白盆里洗脸。"章茜倒了水,"不晚吧?"她小心地察看着路国庆的脸色,唯恐他不高兴。

路国庆洗了,章茜跟着洗。

"你不会换条好点儿的裙子?"路国庆打量着章茜刚刚换上的蓝筒裙,不满地说。

章茜又换了一条对褶裙。"这条行吗?"她请示着路国庆。

"怎么不穿那件新买的连衣裙?"

"领口太大了,都快露胸了……"

"怕什么?要的就是这现代化风度。"

"我不好意思穿。"

"真是小家子气,永远上不了场面。"路国庆有些生气了。

他实在看不上章茜这股子小家碧玉的怯巴劲儿。当初追她时,也曾头昏脑热过一大阵,写了不少情诗。可是得到她之后,她身上那种小家子气太拿不出去,常常让他生出轻视。章茜敏感到这一点,越加自卑,越加对他察言观色。结果,也越加剧了他的轻视。他有时候真想和她断了。可是,章茜确实漂亮。每当她走在外面,吸引了许多男性的烫热目光时,路国庆又能不断追寻起自己有过的痴迷的热情。不过,他很少再为她写诗了。

"行,我穿。"章茜像棵小草似的低下头,顺从地说。

"我就不喜欢你这副可怜巴巴的样子,你干吗什么都得服从我?你不会有点儿个性。你想穿就穿,不想穿就不穿嘛。"

"我怕你生气。"

"你这样我更生气。"

章茜抬起眼看着路国庆，快要哭了。

"好了，你愿意穿什么就穿什么吧。我过去写给你的诗呢？"

"在呢，……干吗？"章茜看着路国庆，神情紧张地问。她怕路国庆要回去一把火烧了。

"我要找两首，今天在哲学——艺术月会上，我也许要朗诵朗诵。"

"干吗要朗诵这个？"章茜略松了口气。

"就是这活动内容嘛。还在不在？在了给我找出来。"

章茜顺从地打开箱子，从最下面拿出一本高级相册，递给路国庆。

"我要的不是照片，是诗。"路国庆不耐烦地说。

"在里头呢。"

路国庆疑惑地看了一眼，慢慢掀开了相册的封皮。第一页。

他的心震颤了，像听到高山古寺的一声钟鸣。透明的胶膜下是一张八寸大照片，他站在长城上，气概豪迈地面对着万里山河。一股扑面而来的苍莽诗意。照片下面横着一条淡褐色的电光纸，上面镶着几个红绒布精心剪成的字："我就是诗。"

……"知道我是什么吗？"他搂着章茜，并肩站在八达岭长城的烽火台上，迎着劲风，望着塞外苍茫秋色。

"不知道……"章茜靠着他，腼腆地说道。

"我就是诗。"他铿锵有力地说……

"这张照片我没有放啊。"他说。

"我去照相馆放大的。"

路国庆看看章茜，又看看相册，心中有些感动。他一页页往下翻着相册，更惊愕了。他写给她的那些诗，一页页原稿都像照片一样精心贴在透明胶膜下，周围镶着雅致的花边。"你怎么把诗都贴在相册里了？"他问。

"我怕它们损坏了。"章茜低声说道。

"可这纸一贴在上面，就和后面的胶粘在一块儿了，拿不下来了。"

"能拿下来,诗稿后面还垫着一张薄纸。"

一页页相册翻过去。他写给她的每一张小纸片,哪怕是一页台历纸,两行诗,都精心地贴在了相册中。他真切地感到姑娘的心。同时感到着自己的丑陋。他把章茜轻轻搂过来,吻着她浓密的黑发。

"别拿这诗稿去了。"她轻声说。

"为什么?"

"我怕你弄坏了。"

"不会,我念完了再拿回来。"

"不要拿原稿,我这儿有打印件呢。"章茜又从箱子里拿出一本小册子,他写给她的诗全部都打印在里头。

"拿这个去吧。"她说。

"你弄这些我怎么一点儿都不知道?"

"这是我的秘密呀。"章茜快活地笑了。

"咱们走吧。"路国庆温情地吻着她。

半晌,她轻轻推开他,娇嗔道:"那我就穿那条红裙子了,啊?"她好长时间没有这样撒娇地说话了。

"行。"路国庆搂着换好衣服的章茜,朝屋外走去。

院里的人群早已又吵闹开了,只不过不像刚才那样激烈,人们正在相互"讲理"。看着章茜这样焕然一新地走出家门,浑身散溢着幽香,看着她从自己满身泥巴的父母身前走过,从砖瓦杂乱的半截厨房前走过,从拥挤肮脏的大杂院中走过,他们都受到一种强烈对比的刺激,好像被她的美丽惊呆了似的。及至看着她袅袅婷婷的同路国庆一级级踏上通往里院的石台阶时,人们的目光都盯在了她那双珍珠色高跟凉鞋上。听见凉鞋在石阶上踏出的响声,看着她踏完最后一级,推开了红漆大门,跨进了里院的大门坎。人们都静默了好一会儿。

红漆大门吱嘎一声又轻轻关上了。

"说破天"这才咽了一口口水,慢慢转过头,收回直直的目光,问章生荣:"章老师,您那女婿也是高干子弟吧?"

"他们还没最后定呢。"章生荣老实地答道。

"那你姑娘可踏进高门坎儿了。"

"只要他们合得来就好。"

"咱们住大杂院的姑娘，一般可迈不进他们那种大户人家。""说破天"嗓门响亮地说，"除非……像你们家茜茜这样的。"

除非脸蛋漂亮的，这是在场许多人心中的一句话。

郎德大也是半天才从红漆大门那里收回直直的目光，他轻蔑地扭过头吱地吐了口唾沫。

里院是另一个天地。整整齐齐的四方院。正房、两侧厢房，共十来间，都是青砖红柱的老式房子。院子青砖墁地，左右对称两个种满鲜花的花坛。

哲学——艺术月会的人都到齐了，烟气腾腾地聚在正房中间的客厅里。转圈竹藤的大小沙发上坐着一对对男女。

秦飞越依旧穿着那身花睡衣，散漫放荡地站起来。"人到得差不多了，怎么样，诸位先各自介绍一下吧？"他一边说着，一边转圈散着香烟。

"都认识，免了吧。"有人笑着说。

"有不认识的。再说，各位夫人大多头一回来。"

"那你先自我介绍吧。"

"行。"秦飞越一扬手，没正没经地拖着腔调说道，"鄙人姓秦名飞越，秦始皇之秦，岳飞之飞，越王勾践之越。曾用名如是。今年二十七岁。民族汉。出身不明，成分不知，无党派人士，已婚，助理研究员，专攻西方存在主义哲学，未来的萨特研究之权威，颇通美学，深悉文艺，时有惊人之语，精通英、法、德三国外语，略知日文。探讨西方哲学，绝不与未掌握两国外语以上者交谈，以免言不达意，失之毫厘，谬之千里。生性疏野，举止放荡，围棋可与天下名手对弈，语言可同幽默大师相比。视功名利禄如粪土。毕生精力，起自哲学，归于艺术而已。怎么样——我这自我介绍？"

众人早已大笑不止。

"往下介绍我夫人。夫人李文敏，就是我手指的这一位，诸位尽可放眼观看。貌不出众，却也端庄；看似娴静，实则火烈；偶尔脾气发作，足可使男子汉大丈夫——鄙人也——弃家出逃而弗敢归。号称家庭社会学专家，却不要家庭，以为生儿育女乃天下妇女之奇冤大难。"

满屋人已经笑得前仰后翻。李文敏也笑得溅出了眼泪，揉了个纸团往秦飞越脸上扔。

秦飞越等众人的笑声稍平息一点，才走到李文敏身旁坐下，跷起二郎腿，把手搭在李文敏肩上，搂住了她："一分为二，合二为一。家中大事，合者必分，分者必合。昨日你死我活，以为家将不家，一夜分离化仇恨，今日又是恩爱夫妻。"

众人又是哗笑。

气氛已然活跃，但轮到其他人自我介绍时，还是显出一些拘束，毕竟没有秦飞越那种主人才有的从容。

第一个自我介绍的来客是位青年小说家，姓季名炜，大学毕业后留校工作，二十六岁，小号体型，高颧骨，尖下巴，很聪明的大眼睛，一副精明活跃、富有激情又有点刻薄的形象。

他接着介绍身旁的夫人。过去是同学，现在是同事，而且也在搞文学，名叫皇莺。小脸，小鼻子，小眼睛，戴着很大的蛤蟆形近视镜，人很瘦，脖子上露着青筋，手腕又薄又细，身着天蓝色旗袍，更显出纤瘦的身材。

她不很好看。丈夫介绍她的文学成就时，她笑着往外乱摆着双手："别介绍那些了，我可没写过什么像样的东西。"她显得和大家很亲热的样子，实际上却露出矫揉造作来。不过并不让人反感。做作一般使人反感，但有的做作只显出人的拘谨、不自然和善良。她的鼻头有些翘，笑起来时，与小眼睛凑在一起，显出一种天真来，这使她的脸显得比较年轻，增添了一丝可爱。

当季炜介绍皇莺时，其他女人都用略含尖刻的目光打量了她一下。她的相貌让她们有些轻视——打扮得倒挺时髦——也使她们增添了自信。

而男人们看着她那样自以为美地谦虚着，又那样与丈夫你说我喷地露着恩爱劲儿，都感到有点儿肉麻，也为丈夫感到一点难堪。为了掩饰这种心理，男人们愈加大声地起着哄，使小夫妻俩陷入一种更加脸红心跳的幸福之中。

"我来评价一下，"秦飞越伸手摆了摆站起来说道，"一对恩爱夫妻，情投意合且志同道合。男的是英姿勃发，女的是小乔初嫁。天造地设。怎么样？"

人们拍手大笑。

"不过，我还要补充一句，"秦飞越接着说道，"他们所求者甚大，所志者甚远，说白了，古今中外的作家，没有几个人在他们眼里，当代中国作家更被他们视为糟糠。对不对？"

又是一片哄笑。

第二位自我介绍的叫祁剑锋，编辑，摄影家，二十七岁，中等个儿，戴着深度近视镜，小眼睛，发际很高，黑黄脸愈显长了，说话时总要稍稍往前送着下巴，显得有些结巴，加着有些急的手势，露出一嘴整齐的白牙。

当他自我介绍时，其他女人们便都下意识地将他与自己丈夫比较了一下：男人的相貌倒是其次的。天下的女人在生活中几乎每日每时都在不自觉地做着这种比较。爱丈夫者，有意无意地给丈夫加着分，不爱者，则有意无意地给丈夫减着分。

祁剑锋扶了一下眼镜，开始介绍他的妻子。

男人、女人们的眼睛都有点儿亮了。他的妻子蓝秋燕很漂亮。娇小白嫩，眼睛黑亮，笑起来白中透红的瓜子脸便会现出一对酒窝。她总是有意无意地在脸上做出着酒窝："我昨天刚从美国回来，时差还没倒过来呢，他就非拉我来这儿。"她在嗔责丈夫的同时，似乎无意地炫耀了她刚出过国的事实。她在国际旅行社工作。

女人们开始在心里暗暗评价她——从相貌到风度到气质，这种评价往往还潜含着与自己的比较，潜含着嫉妒和对评价对象的贬低。

男人们则在说笑掩护下进行着对一个漂亮女性的注视,只不过因为她是朋友之妻,而且丈夫就在旁边,所以,这种注视并不那么含有过浓的性色彩。而拿她与自己妻子作比较,却是人人不自觉地做的事。

第三个站起来自我介绍的就是最后进来的路国庆了。

这位已颇有名气的年轻诗人有着一头茂密的黑发,浓眉,炯炯的大眼睛,在满屋文人中显得很突出的强健体魄。他站起来时,人人都能感到他肌肉发达的身上溢射出的热度,像一个运动员。

李文敏看着他,不禁又移动目光扫视了丈夫一眼,心中闪过一个奇怪的念头:秦飞越真该加强体育锻炼,看他那瘦胳膊瘦腿的样子,太像豆芽菜了。

路国庆开始介绍他的未婚妻。一个普通的打字员,平庸黯然。但她的美丽是出众的,像块晶莹的翡翠在满屋烟气中放射着光亮,吸引着男性的目光。这让路国庆感到满足,好像她是他写就的一首受到赞誉的诗。章茜在人们注视下垂着眼端坐着,双手放在膝上轻轻捏着手绢。

她刚才怎么跨进这个内院的?

她在大杂院的人群中穿过,在人们的注视下踏上石阶,她一级级向上走着,感到自己背后的目光,那里或许也有父母的目光。她不知道是怎样走进院子的,又怎样走进客厅的,她只知道自己一直跟随着路国庆,感到他臂膀的热力……

秦飞越又站起来了,说道:"我来评价一下路国庆之未来的夫人。"

章茜顿时涨红了脸,头埋得更低了。

满屋人又为秦飞越将要表现的幽默预支了活跃的欢笑。

"我发现一个真理:天下的美都是突然间发现的——怎么样?这也算是我秦某的一句格言吧?哈哈,言归正传。章茜就住在我家外院,以前那么多年我从未过多注意,只依稀有个印象,外院东厢房里有个瘦小的姑娘,并不好看。有一天,我突然发现:她已变成一只漂亮的白天鹅了。老实说,那几天我真有点儿神不守舍,转来转去的还想能再撞见她。可还等不到我清醒过来，章茜已被我们这位青年诗人搂着躲进夜晚的树影里去了。"

众人又哈哈大笑起来。

十来对人一个接一个自我介绍着。直到最后，还未见李向南来。

小莉很兴奋，她此时并不太在意李向南什么时候来。她感到自己在满屋女性中最优越。像皇莺那样的就不用比；李文敏也一般；蓝秋燕长得不错，可气质有些做作，像职员出身的小女子，再说，不过是个旅行社的干事；章茜很漂亮，可怯巴巴的，太没风度……还是自己最活泼、最可爱。而且，正因为她是一个人来的，不属于任何一个男性，所以，她发现自己最受到男性的恭维。

她觉得自己像个快活旋转的彩色风车。

"小莉，你和罗小文坐一块儿吧，他也是一个人来的，你们暂时凑一对儿。"李文敏把一个戴眼镜的、有点儿腼腆的年轻人领过来介绍给她。

这是个搞系统工程学的研究生。

小莉大方地说："我正想懂点儿系统论呢。"

第二十三章

哲学——艺术月会开始了。

"咱们今天讨论的题目有两个:一个,男性艺术与女性艺术;第二个,艺术的返璞归真与人性。"秦飞越讲完了活动宗旨,环指一下客厅,"今天为什么把各位夫人都请来,实则因为要讨论男性艺术与女性艺术。这个问题没女性参加,能讨论清楚吗?既难清楚,也无意思。讨论艺术,最忌讳开光棍儿会。弗洛伊德是伟大的:性是艺术创造的伟大动力。没有女性在场活跃着气氛,我们肯定会情感黯淡,才思枯竭。"

人们都笑了。

"诸位,咱们从哪儿开始?谁先发表高见,提个头儿?"秦飞越说着,低头划火点烟。

几秒钟静场。

路国庆却问出一句与主题无关的话:"嗳,飞越,咱们那本《两个重合的世界》付印了没有?"这是哲学——艺术月会自编的一本集子,选有他们各位的论文、小说、诗歌、绘画等。他们自认为这是中国当代最有分量的著作。

"没有。"秦飞越情绪颇大地一挥手。

"为什么?"

"还不是因为我被点名了?我被批判,我主编的书还能出版?"前一时期,秦飞越曾应邀给几个大学讲了存在主义哲学,讲了萨特,被有关部门点了名。

"那咱们把稿子撤回来吧,再联系其他出版社得了。"路国庆说。

"我看,别的出版社这一来也未必敢出,都是胆小鬼。"秦飞越神情愤慨。

人们也都纷纷谈论起这个与他们相关的具体问题。

"要不咱们自筹资金,直接联系印刷厂,自己发行销售。"祁剑锋说。

"我想过,也不是太容易的。"秦飞越说,"我还想过托人拿到香港去出书呢。"

"嗳,你们学校不是有印刷厂吗?"路国庆问季炜、皇莺,"拿到你们学校印行不行?"

"大概很难。"季炜搔了搔头说。

"你们在单位不是挺吃得开吗?"

"最近我们校领导换了,对我们不错的老校长调走了,原来的副校长当了校长。也不知道哪儿得罪他了,死活看不上我们。"

"是不是你们和老校长贴得太紧了?现在的校长和老校长比较对立?"秦飞越问道。

"闹不清。"季炜说。

"还不是咱们那篇小说触着他了。"皇莺说。

"就是那篇《大学生的 G 调苦恼》?"秦飞越说,"你们不是挺超脱吗?那篇小说怎么写得那么实?谁看都像是写你们学校的,实在没必要。搞艺术一定要尽量超脱。"

"是要超脱,可有时候不一定能做到——人都是有具体情绪的。"皇莺眨着小眼睛笑着说道。每当她反驳别人时,总是特别小心,怕对方不高兴。

"还是你们修养不到家。"

"你到家,"皇莺温和地说道,"可一听说点名批判你,不出你编的集子,不是一样冒火吗?"

……

人们纷纷谈论的是出集子这件再具体不过的事情,从这件事中又扯出了每个人最近的处境,包括住房的调整、电话的安装、人际关系的变化、小孩的入托等这样一些仍然是具体切身的事情。

外面大杂院的争吵总算以章家厨房"建筑设计"的更改而

结束。

厨房原来是从里(贴房子这一面)向外(院中心这一面)、也就是从东向西这个长度上,房顶走由高向低的一面坡。那样,东面靠房这堵墙不仅遮了章家自己的窗,也遮了郎德大家半扇窗。现在,房顶改成由北向南这个宽度上一面坡,郎德大家的窗户只被遮住一个斜角了。

郎德大不吵了。达到目的了,同时便生出一腔热心来:"章老师,要不要帮你们上上手?"他把一条黑乎乎的旧毛巾往黝黑发亮的宽肩上一搭,伸出粗黑的胳膊来。

"谢谢,谢谢,不用了。郎师傅,天太热,您歇着吧。我们自个儿慢慢来……"章生荣忙不迭地推谢着。

"左邻右舍的,帮这么个忙还不该吗?孩子他妈,你也别站着,上手帮着和泥巴。来,章老师,把瓦刀给我。大伙儿家里没事儿的,手里有空的,都来给章老师凑一把。章老师,您这房顶不就是上油毡吗?那容易。来,大伙儿都上上手,三下五除二,不一晌就上顶儿了。"

秦飞越举起双手向下摆了摆:"好了,别聊这些乱七八糟的了,还是开始咱们今天的正题吧。"大伙儿稍稍静下来,是该聊正题了。

"飞越,"随着一声挺闷的话声,秦飞越的父亲秦克迈着慢步,送着很胖的直板身体进到客厅里来。他脑门很宽,两鬓发白,"又在搞你们的月会?"

"秦伯伯。"年轻人们纷纷立起身,尊敬地打着招呼。

"别紧张,我不参加你们的活动,"秦克和蔼地摆摆手,"我知道你们不欢迎我。"

"我们欢迎。"年轻人们说。

"不不,我知道。上年纪的人愿意和年轻人在一块儿,年轻人可不一定愿意和上年纪的人在一块儿。这是规律。"

秦飞越站起来,调皮地从后面扶住父亲的双肩:"我父亲可是解放派,已经主动写报告提出离休了。对革命,啊,"他有点儿不正经地学着官腔，"又做出了很大贡献。"

"离休就是养老，算什么贡献。"秦克笑着一摆手。

"老家伙们都能像您这样主动退下来，当然是对历史的最大贡献。历史新陈代谢，克服老化，都要付出痛苦的。"秦飞越依然调皮地说。

"我们退下来，轮着你们年轻的好好搞，啊?"秦克和蔼地冲年轻人们转圈一摆手，"你们要多帮助飞越，他就知道迷信外国，动不动就是不和不懂两国以上外语的人交谈，满嘴是勾儿(J)、嘎嗒(Q)、K。我就一国外语也不懂嘛，你不是也天天要和我说话?"

"对您优惠。"秦飞越笑道。

众人全笑了。

"没正经。好，你们继续谈吧。"秦克背着手，带着和年轻人说笑了一阵后的愉快和满足，慢慢迈步走了。

"有交班的，有接班的，保不住还有夺班的，也不知道中国以后的政权结构是啥样?"

"改革派现在日子好过吗?"

"谁知道，中国的事儿起起落落，说不定哪天保守势力又卷土重来。"

"深圳那儿怎么样，听说还挺开放?"

"要让我当总理，就来个全面开放，开到头儿。"

"那你未必在中国站得住脚。"

"怎么站不住?"

"中国是个惯性很大的铁轮子，慢慢才能加速转起来，要有点儿耐心，要靠时间。"

"对，中国的民主进程要靠潜移默化。"

"那他们那些改革家还铁腕个什么?慢慢潜移默化就得了。"

"战术上要果断，要用铁腕一个个解决问题，可整体上要慢慢推着来，我说的潜移默化是这个意思。"

……

"你注意到谈话内容的阶段性变化没有?"罗小文扶了扶眼镜，

有些不自然地笑笑,对身旁的小莉说。他总算张嘴说出了话,他感到自己的紧张过去了。绷紧的胸脯和肌肉都一下松弛了,捏紧的手也松开了。刚才他一直被身旁的这个姑娘弄得心神不定,一直想主动交谈,但始终张不开嘴。

"没有,怎么了?"小莉问。

"刚才一开始谈的是出集子这样一件眼前的具体事,接着是谈各自的处境。现在,大家又谈开社会政治了。这就是谈话层次的深入。"罗小文说道,也许是由于进入了真实思想的表达,拘束少了,只是话还显得有些快,手的动作也有点儿神经质,"我发现一个规律:人们相遇,谈话总由最具体、最近在眼前的事情开始。一块儿出差的,先谈飞机票买到没有;相约一块看电影的,先问票是几排几号;就连夫妻久别重逢,去火车站接站,不管他们多么思念,第一句话往往是:刚才火车上热死人了。这儿热吗?你怎么穿这件衣服?家里煤气管道装了吗?嗳,我刚才在车上碰见咱们过去的邻居了。行李多吗?怎么出站?等等,等等。"

小莉笑了,坐在一旁的路国庆也转过头来,显然对这个话题很感兴趣。

罗小文又扶了扶眼镜,继续说说道:"然后,两个人出站、回家的一路上,谈各种具体事,都谈完了也到家了,这才开始感情、思念之类的话,才相互问想不想我之类的。"

"你已经结婚了?"小莉感到十分有趣。

"没有。"罗小文涨红了脸,又扶了一下眼镜。

"嗳,罗小文,你这番话可启发我的灵感了,我马上写首诗。"路国庆说着从放在章茜膝盖上的皮包里拿出钢笔和纸。

秦飞越也听见罗小文的谈话了,他隔着满屋烟气加入了谈话:"我管这叫层次递进规律。世界万物都这样。人们谈话逐层递进,其他事情,比如一个人的人生,也是这样。最年轻时,差不多都有社会抱负、政治热情。年纪大一些,特别是政治抱负不得施展时,就可能转向艺术创造,有了诗文。屈原不就是这样?歌德原来是枢密大臣,还立志改革呢,可后来从政治中超脱出来了,就有了《浮士德》。再晚年,可能连艺术也无兴趣了,便转向宗教。你们去研究研究托尔斯泰的一生,就是这样。"

秦飞越说到这儿站了起来,转圈一挥手,"好了,咱们也层次递进,从社会政治这个层次超脱出来,递进到艺术层次。形势问题、改革问题都不谈了,咱们开始讨论男性艺术与女性艺术。"

章老师家的厨房盖完了,郎德大受着千恩万谢,满怀豪气地连连摆着手,"这算啥?这算啥?"大摇大摆地晃着肩膀回到家里。

他感到自己是个仗义行侠的英雄。

他很气派地脱下汗湿的背心,叭地往椅子上一搭,打了半脸盆水,哐地往脸盆架上一放,明明已经脱成了赤背,好像还要将袖子似的,往上像模像样地伸了伸胳膊,然后把毛巾浸到盆里,埋下脸唿哧唿哧地喷着响鼻洗起来,一边洗一边对老婆说道:"咱们说话做事儿,没挑的。该讲理是寸步不让,该帮人两肋插刀。"

"他女婿家是什么官儿?听说原来是部队上的,现在要转业到轻工局当局长。能不能以后托他们……"老婆说道。

"嗳,别说这话,咱们帮人就是帮人,压根儿不图别的。"

"上次章老师腿摔坏了,不是你拉着车送的医院?"

"啧啧,妇道人家真是头发长见识短。"郎德大水淋淋地抬起头来,瞪着眼,"帮人家就帮人家,前后街坊,谁不知道我郎德大仗义?鸟过留声,人活图名。今儿你没看我,章老师买来冰镇汽水我都没喝一口?我压根不是怕牙疼,你啥时见过我牙疼?我今儿就是要落这个名儿:不吃你,不喝你,白白地帮你干。我郎德大没念过书,可知情达理,到哪儿也是响当当的。"

"厨房倒是不大挡亮了,可下起雨来,顶上的水都流到咱家门口了。"老婆看着窗外刚盖起的厨房说。

郎德大看看窗外也愣住了。房顶一个斜坡,雨水可不是往这边儿流?这比遮亮还要命呢。他没想到这一条。

"……流就流吧,帮人帮到底。"他摆摆手说道。

男性艺术与女性艺术的讨论正热烈进行着。

又轮到秦飞越高谈阔论了。他伸着细长的胳膊慢悠悠打着手势:"现在文学评论界在讨论什么是女性文学,各种各样的定义争论不休。有的人咬文嚼字,说:女性文学不仅应该是女性创作的——也就是不能只看到创作主体——而且应该是专指那些从女性的切身体验去描写女性生活的作品。纯粹胡诌。太臭了。那么,从女性切身体验描写非女性生活的作品算什么文学?总不能算男性文学吧?算非女性文学?这非女性文学算是中性文学?毫无道理。"

"那些讨论女性文学的人并没有男性文学的概念。"路国庆插话道。

"在这个世界上只有两种艺术,男性的艺术;女性的艺术。男性创作的就是男性的艺术,女性创作的就是女性的艺术。如果一个作者的性特征确定的话——阴阳人、中性人、性变态咱们不管——他心目中的整个世界,莫不带有他性色彩的观照。举例说吧,男性作家描写女性人物,无不在用男性的目光在看,包括用男性的感觉在感觉他笔下的女性人物,渗透着对异性观察的色彩。而男性作家描写男性人物时,又表现出对待同性的特点,不是流露着自我欣赏,就是潜含着同性间的生硬感。季炜,路国庆,你们承认不承认?不管你们自觉不自觉,这是深刻的事实。

"反之呢,你们女性作家也是这样。皇莺、顾小莉,你们二位女作家可以谈谈,你们描写男性人物时,是不是都带有对异性的特殊态度啊?"秦飞越把目光转向皇莺和小莉。

"不一定,我对我描写的一些男性人物就挺反感的。"皇莺在镜片后面眨着眼否认道。

"可是,你应该承认,那种反感也是对异性才有的,与同性间的反感完全不一样。"

"我没感到有什么不一样。"

"那你的艺术自省力就太差了,要不就是太不诚实了。你仔细想想,你对你笔下的男性人物反感的话,这种反感明显含有性的色彩。什么意思呢,你一想到他的身体,想到他身体的某一部分,你别脸红不好意思，或者想象到要和他拥抱接吻的话，你先别张嘴反驳，这不一定是一种很自觉的想象，而是隐约潜含在意识中的，你就觉得不能接受。这就是你对这个男人的反感，与你对女性的反感，也就是同性的反感，是完全不一样的。

"至于你写到你爱的男性人物，就像你在《大学生的 G 调苦恼》中的夏天冰，你的性反应、性心理的参与就更明显了。你写着写着还会生出许多柔情呢。"

皇莺脸微微红了，忿忿地说："我没有。"

"你刚才的表情说明你没有否认。你不坦率，矫情。顾小莉，你说呢？"秦飞越把目光转向小莉。

"我？"小莉笑了笑，"我觉得你说得对。"

"你写到自己喜欢的男性人物时，有什么心理活动啊？"

"我挺爱他的。"小莉说。

众人笑了，注意力都集中向这个大方活泼的姑娘。

"那写到你反感的男性呢？"

"我有时想让他滚开，我不想闻他的气味儿，老觉得一个胖男人在用剃刀刮他的秃顶。"

"OK。"秦飞越一下站起来，"这就是艺术家的感觉，艺术家的语言，太妙了。"他兴奋地在屋里走了两步，然后问道，"你对异性最强烈的否定感情是什么？"

"是厌恶。"

"你对同性最强烈的否定感情呢？"

"嗯……是嫉妒。"

"太诚实了。同性间最强烈的否定感情是嫉妒，这是个最普通又是最深刻的真理。人们不敢承认这一点，唯恐显得自己卑下。你敢于承认这一点是伟大的，我崇拜你。"秦飞越戏剧性地夸张着向小莉伸出手。

小莉一时不知他要干什么，秦飞越拉着她站起来，举起她的手走到客厅中间。"我宣布：顾小莉将是我的哲学——艺术月会最受欢迎的会员。"

人们鼓掌。

"再提一个问题:异性间最强烈的肯定性感情是什么?"秦飞越又问。

"当然是爱。"小莉回答。

"那么,眼前的这些男性,"秦飞越环指四周,"有没有你厌恶的,有没有你爱的?"

"目前还都没有发现。"小莉笑着说道。

人们大笑,拍手。

这时,李向南迈进了客厅,他和站在客厅中心的小莉目光相遇了。

章生荣夫妇俩还在满身泥土尘灰地忙碌。厨房是盖起来了,可墙上的泥灰缝还要刮,门窗还要钉,地面砖还要墁平,满院的碎砖烂泥要收拾打扫,厨房内的上上下下要安排,要垒个砖头桌子,要把炉子搬过来,要找地方放碗橱,……剩下的活儿都得自己干,忙到半夜也不一定能忙完。待会儿还要赶着做晚饭,暖瓶里的开水也用完了,厨房还要接过线来装个电灯。厨房还没安纱窗,玻璃更是没影,门打算用烂木板钉个框子,再钉上油毡凑合。到底应该怎么感谢一下刚才帮忙的邻居们,俩人也还没主意。夫妇俩灰头土脸的像两个大蚂蚁,没头没脑地忙碌着,干着一样,看着几样,想着不知多少样,手乱脚乱心也乱。做丈夫的又想起学生作业还没判完,做妻子的又考虑着抓空去街上买点儿菜,今晚路国庆还不知道在不在这儿吃饭;院里的水龙头和水池让自己家弄得满是稀泥,得赶紧收拾,要不,邻居们打水洗菜多不方便;这边的碎砖烂泥要往外运,还得赶紧去借平车……头上是汗,身上是汗,汗透湿了衣服,手上是泥,脚上是泥,满身都是泥。他们围着厨房转着,大杂院围着他们转着。满眼是砖头、木片、泥浆、碎油毡……

院门旁边的檐角下,悬着一个褐灰色的马蜂窝。

小莉成了中心人物,人们听她讲着自己的体验。是从男性、女性观察生活的不同心理色彩谈起的。她讲得很兴奋。李向南进来了——他只是对秦飞越、小莉笑了笑，就在李文敏身旁坐下了——并没有使她的注意力转移，只是增加了她的兴奋。

她讲的是自己少年时的故事，又好像是她编造的故事。

她在田野的小路上追一只蝴蝶，两边是草地，是一畦畦黄艳艳的油菜花，是缓缓漫上远方的山坡。因为过一个水洼，一只鞋子陷进了烂泥，拔不出来了。她想哭，才哭了一声，就甩甩手不哭了。周围是静静的旷野，没有一个大人。她咬了咬牙，一用力脚拔出来了，鞋留在泥里。她一生气，把另一只鞋也脱下来往远处一扔，一条白色的抛物线，白球鞋落在青草地上，像只小白兔跳了跳。她赤着脚往前走，真舒服。可脚又被石头扎破了。鲜红的血滴在了嫩绿的草地上。

一个叫方平的小男孩手举着一只小航模飞机跑来，放下飞机，用手绢包好她的脚，然后把她的两只鞋都找来了，拿到小溪里洗净了，给她穿上了。她和他手牵着手在田野上跑，耳边是绿色的风，黄色的风，蓝色的风。他们搂着在一个麦草垛的洞里睡着了。睡着之前，两个人一人说了一句话。方平说，他想飞到天上。她说，她想划船，仰面躺在一个晃晃悠悠的小船上，看着天。

几年过去了，上初中时他们又相遇了。方平长高了，嘴唇上面有了黑黑的茸毛。他们谁也不好意思讲幼年时的事儿，相互间倒有了一丝与别人间没有的拘谨。她嫌他太嫩气。她在他面前走过时故意用力甩着手。她看见他，总觉得像闻见一股生豆芽味儿。他穿衣服太整洁，她不喜欢。他耳朵那么大，她不喜欢。他说话声音那么斯文，她不喜欢。他冬天穿那么厚，那么怕冷，她不喜欢。

就在初中二年级，他骑自行车被汽车撞死了。

她哭了，两天吃不下饭，她去找他的父母要了一张他的照片。

上高一时，她在班里喜欢上了一个男生，那个男生学习不好，各方面条件都不好。他不知道她为什么喜欢他。她一开始也不知道自己为什么喜欢他，后来，她明白了：他长得像方平。后来这个像方平的男同学调到南方去了。

我以后没再见过他?

见到过。你们愿意听我说吗?是真事儿。可我记不太清了,又好像是梦中的事儿,可能是幻觉吧,或者是我将要写的一段故事。

我坐火车去四川,连阴暴雨,铁桥被泥石流冲坏了,火车头和前几截车厢栽了进去,我坐的这一截很险,停在铁桥折断处。好像还在震动,还在滑动,车厢里一片惊慌混乱。我的头撞在椅背上,晕乎乎的。一个小伙子把我抱出了车窗,又抱着我沿着摇摇晃晃的铁桥在一片混乱中走,我觉得自己像躺在一只颠簸的小船上,模模糊糊看见大地在摇晃,周围的山在旋转。后来,风浪平静了,到了岸上,是一个隧道。很黑,但有一盏很亮的灯。我这才认出来了:这小伙子正是那个像方平的同学。

后来,我觉得他就是方平。再后来我就记不清了。

再再后来?我总是想起小时候和他手拉手在田野上跑,总想起他帮我找来鞋,还有(目光憧憬地一笑),总想到我们俩躺在麦垛里说的话,他想飞上天,我想仰面躺在小船上……

"说破天"回到家,还是不停地说。她个儿矮,丈夫个儿很高,她说话多是仰着脸:"瞅这大杂院,一天到晚跟唱戏的一样,穷热闹。郎德大这小子,恶人是他做,善人还是他做。要充好汉,又拉着别人一块儿受罪。你直愣愣戳在那儿干啥?死过魂儿去了?还不把你那身脏皮扒下来。满身泥汗,还要我请怎么着?家里有我这么个人力洗衣机,又省电又省钱的,还不满意?别换这件儿破背心儿了。你不嫌寒伧我还嫌呢。放你妈的狗屁。什么叫破的穿着舒服?我可不是那号娘们儿,只许爷们儿吃喝,不许爷们儿穿戴,我不怕你去勾搭女人——你敢。给你钱,拿着。不知道干什么?今儿你出力了,自个儿打半斤白干儿去,自个儿犒劳自个儿,待会儿我给你炸盘花生米。怎么着,满意吗?你到哪儿找我这么个不要工钱的保姆?不光是不要工钱,而且是自带工资。又当保姆,又当洗衣机,又陪你睡觉,又给你养孩子,还得当你妈,从头到脚的管你,操你祖宗八辈的心。以后你敢对我有个三心二意,我就剥了你的皮……"

哲学——艺术月会超脱现实，层次递进，进入了"艺术的返璞归真与人性"。彩色电视屏幕上映出了青年摄影家祁剑锋与路国庆共同拍摄的录像:《溯源》。祁剑锋还亲自为它配了乐。

一幅幅画面在音乐的配合下以形象的语言开始了描述。

摩天大楼，喷气式大型客机在机场起飞，快节奏的音乐，高速公路，流水般急驰的汽车流，钢铁厂高炉耸立，烟云滚滚，夜晚霓虹闪烁的喧闹城市，光怪陆离的游乐场，旋转的彩船，人山人海，疯狂的现代舞曲，五颜六色的灯光，无数扭动的男女，速度越来越快，人影模糊不清了，只看见飞快扭动的彩色曲线，扭动的曲线化成一台古怪的机械，许多轮子在飞速旋转，无数直线、折线、曲线形的钢丝在扭动，最现代的艺术，又化出一幅幅现代派的图画，一座座现代化的建筑，像蚌壳的剧场，像几何图形的宾馆，像化工厂一样管道纵横的文化中心，迪斯科节奏的冰上舞蹈，摇滚歌星与狂热的观众，美国最新科幻电影的镜头，星球大战，机器人与人类的战争，宇宙飞船，耀眼的闪电，浩渺的太空，毫无逻辑衔接的镜头。然后，这一切出现过的镜头以更快的速度飞快叠印出来，压得你喘不过气来……满耳是尖刺的噪音，满眼是缭乱的"噪色"，空气中似乎都是呛人的污染，人类被自己制造的喧嚣压迫得透不过气来，神经简直忍受不了啦，要撕抓自己的头了，荧屏上的画面终于容纳不下了，一片耀眼的白光，疯狂的世界爆炸了，白光弥漫着，久久地响着震耳的爆炸声。

白光渐渐暗下去。无声的寂静。

世界似乎被炸成几十块模糊的星云，一团团闪着绰绰亮点，在浩渺宇宙中慢慢旋转着，分离着，最后都消逝了，完全的黑暗。寂静至极的一瞬。

黑暗中透出模糊的亮度来。混沌之中一个圆球慢慢发着黯淡的红光，一点点显露出来，混沌缓缓澄清，圆球变成宁静的蓝色。

它沉静地旋转着，露出地球的面貌。

它安详纯洁，似乎在静静地微笑着。响起宇宙抒情低缓的曲子。令人感到遥远渺茫、浩广纯净。心被感动了，潮湿地滴出青色透明的水汁。人人感觉到生命在几十亿年前空灵的、若有若无的序曲，那是来自浩渺宇宙深处的声音。需要仔细谛听。你随着它飞到宇宙中。你广大而虚无。你的身体内容纳着稀薄的银河系，容纳着各个星系。广大虚无浩渺苍凉中，又有一点热力凝聚起来。感到自己心口的温度。

蓝色的地球旋转着，越来越近，越来越大。

起伏的山脉。褐色的，黄色的，黑色的，红色的，青色的，白色的。覆盖的冰雪。阳光把橘黄的、橘红的、火红的颜色染在冰雪上。时黯时亮。冰雪融滴。一滴，两滴，三滴，四滴……最纯净、最动人的音乐。融滴的音乐。

每一滴水带着它纯净的音响落入一个诗一般含蓄的小水潭中。水潭像个蓝色的蝌蚪，摇出它细细的尾巴。一条蓝色的、透明的、安静而活泼的曲线，延伸着划下去。生动的曲线在褐色、黑色、红色、青色的岩石上划动着。

音乐是宁静缓慢的，含有恒久不熄的信念。

山上慢慢显出绿色。岩石上出现了草，树，白色的野花。

黄河源头的泉水朴素而圣洁地流着。它不知道它未来的伟大。泉水汇成溪流。千万条溪流带着自己的音乐汇入进来。雪白飞溅的落瀑。

约古宗列盆地的壮观。蓝天下是耀眼的雪山，雪山下一层青色的山脉，青色的山脉下一层深绿色的山脉，深绿色山脉下是一层浅绿色缓坡，浅绿色下又是一层草绿色山坡，一层又一层深浅不一的颜色，然后是一脉比天还蓝的细长舒展的河水。

千回万转，黄土高原出现了。

黄土高原沟沟壑壑，像幅巨大伟丽的图画。

黄河也显出雄浑来。音乐变得粗犷强悍，像是原始人类的呼喊，带着野性。这喊声的背景上，是黄河雄浑的旋律。

荒原上的篝火。篝火旁披着兽皮的舞蹈。各种考古发现物上的图腾：鸟，鱼，蛙，蛇，龙，熊，羊……出土彩陶上的鱼纹，蛙纹，人面鱼纹,舞蹈纹,畲族至今家家都存有的称为祖杖的犬头拐杖,凉山彝族房门上的鹰图腾⋯⋯

新石器时代留下的锦屏山马耳峰的将军崖刻岩画。黑色的岩石上,鸟兽,一株株小草状的农作物,满颊刻有许多线条的人面,像一个个彩绘的大气球,头上或是三角形装饰物,或是羽毛状装饰物,神秘的星云图⋯⋯

昭觉原始岩画,有如象形文字般的人的形象,似在裸体舞蹈?

各种各样的出土陶器,古朴浑厚:鹗鼎,海兽壶,人形壶⋯⋯

各种各样的青铜器,雍容、凝重:亚其爵,大盂鼎,蔡侯簋,夔纹鼎,文庚觯,兕觥,象尊⋯⋯

须弥山石窟的佛雕,高达二十米的弥勒大坐佛两眼垂帘,似含微笑。

敦煌壁画上的飞天。

阴山五当召,洞阔尔府内的彩色壁画。

⋯⋯

黄河凝重地流淌着,在千山万壑中坦荡舒展着肢体。

音乐,黄河的音乐,人类文化的音乐。

所有的人都沉静在另一个世界中。他们忘却了喧闹的都市,忘却了每日纠缠身心的荣辱。随着画面,他们在古老的历史中,在广大的天地间行走着。他们能感到脚下黄土的疏松,能闻到黄河上那含有新鲜黄土气味的潮湿空气。每个人的头脑中都浮动着一个虚实不定的幻境。那幻境中隐约闪现着他们自己的经历,童年,憧憬。

秦飞越眼前浮动着各种奇怪的画面,他忽然觉得自己变成一个小小的精虫,钻进了卵子。一个月后,受精卵变成一条小鱼苗,两个月像小蝌蚪,慢慢的蝌蚪长出小脚,然后像小猪,然后像小狗,然后像小猴,然后像个小人,从胎胞里跳出来,一个胖乎乎的小婴孩儿,裹着红绸带,像是小时候在连环画上看到的哪吒⋯⋯

李文敏在浮想联翩中想到了原始氏族社会的各种关系。还突然浮现出昨天从摩尔根的《古代社会》中摘录出的一句话:"这一规则还一直为易洛魁人遵守着。当氏族产生时,一群兄弟有共同的妻子,而一群姐妹有共同的丈夫;氏族极力排除兄弟姐妹间的婚姻关系,禁止在氏族内部通婚……"

祁剑锋想象着自己在直升机上再一次拍摄着画面上的一切。还想象着拍摄黄河入海口的壮观——这个镜头他一直没拍摄过。江海交汇,应该是浩荡迷茫、雄伟壮阔的。

蓝秋燕感到自己又坐在飞机上,舷窗下是无边无际的太平洋。

季炜一边被荧屏上的画面感动着——他还有意加强着自己的这种感动,一边想象着将要在自己作品中出现的主人公沿黄河考古采风的情景。

皇莺觉得自己与画面上的人一起乘着羊皮筏在黄河里顺流而下。她欣喜地俯下身把手伸进河水中,她感到了黄河水的黏稠,感到了黄河水中溶解的黄土高原的温热,感到了自己的感动,感到自己富有艺术感受力的身心都在微微的震颤中;她在心中吟着诗句,以使自己的感动更鲜明起来……

路国庆完全沉浸在诗情中。他就是黄河,他就是人类,他就是诗。

章茜懵懵懂懂地看着录像。隐隐约约感到生命深处有一点纯洁的东西在闪动。她想到小时候的一个情景:雨后路边小河般的流水旁,她用湿泥捏了两个小人:他和她。小人立在"小河"中,河水冲蚀着他们,他和她的"血肉"慢慢溶在水里……

罗小文的知觉和幻觉中,一切的画面,一切的音乐,里面都荡漾着顾小莉那动人的气息,那气息是红色的,还是火热的。

……

小莉在专注的观看中忘记了自己,但似乎又时时意识到自己。

李向南先是对《溯源》及满屋的气氛感到有点儿陌生,及至沉浸到录像中后,他在一掠而过的清醒中又对自己从一大早就开始的紧张活动感到有点儿陌生。

第二十四章

　　下午五点。主客在饭桌旁坐下了,全聚德烤鸭店内的喧闹似乎都随着他们亲热寒暄的结束而在周围潮水般退下去了。(其实喧闹声依旧。)一瞬间他们似乎面对面坐在一个与世隔绝的地方。

　　范书鸿与邓秋白对视着,心中涌上一股如烟的惆怅。

　　邓秋白,这位四十年代与自己一起出国留学的老同学,一路上经常站在船舷迎着海风不停地和人争论着天下大事,现在已然六十多岁了,法籍华人学者,虽然容光焕发,猛然看去,头发还是黑亮的,但仔细端详,两鬓已有星星白点。岁月流逝。一晃几十年。往事如烟。大海滔滔无边。轮船在大海上留下的一道黑烟。

　　范书鸿、吴凤珠,这两个曾与自己乘一条旧轮船到欧洲留学的老同学,现在已然是满头霜白,一脸憔悴衰朽了。他们旁边的一儿一女都已然步入中年了。真是人生苦短啊。"一晃几十年过去了。"范书鸿笑了笑,不胜感慨。

　　"有点儿像做梦。"邓秋白也感慨道,眼前流烟闪光般掠过各种景象。几十年前的海轮,他们凭栏远眺,海真大啊,黯然的暮色中,大海荡着微光,一个刚刚离开的中途港口开始在黑糊糊的地平线上点点闪亮。几天前的北京机场。一束鲜花。闪光灯。人大会堂的接见。夫妇俩在故宫的游览……"旧友重逢,我才真正明确地意识到:几十年过去了,一去不复返了。"这是真的。看着范书鸿和吴凤珠的老态,生命对时间流逝的说明是再有力不过了。他扭过头看着妻子笑笑。

　　妻子郁文也是华裔,白皙端庄,微胖,文雅中略含矜持,此时同样露出微微的一笑。那是理解的一笑,是几十年朝夕相处才有的平静而相应和的一笑。

　　"看上去你还年富力强。我是老了,真的老了。"范书鸿感慨地说。看着老同学还这样精神饱满,目光炯炯地像个中年人,他更感到一丝淡淡的凄楚。

他和吴凤珠原想叫辆出租车来王府井烤鸭店。与老同学相聚,多少要点体面。"这还有个对外影响问题。"吴凤珠还一本正经地说道。但出租车叫不到,只好乘无轨电车来,体面和"影响"也就无法顾及。自己昨晚烫伤了脚,包扎着,走起路来一跛一拐,吴凤珠昨晚在阳台上晕倒后,体质还很弱。两个人在无轨电车上挤上挤下,不得不相互照顾遮挡,才能勉强站住。

他们下了电车,搀挽着在王府井大街密集的人流中缓缓朝烤鸭店走,人群摩擦着他们、碰撞着他们,老两口躲避着走得很慢,他突然感到了他们的衰老,骨骼衰老了,肌肉衰老了,大脑衰老了,衰老得干了,脆了,疏松了,有点儿朽了,不经碰了。一种风烛残年、相依为命的黯然袭上心头。这个喧闹繁华的世界已经不属于他们了。他有些凄凉,又有一点安慰:他的儿子还在这个世界中占有一个不算太软弱的位置。

"你爸爸要是还活着就好了。"邓秋白转头看着林虹说道,"当初我们一起出国,又一起搞历史。现在要是能够团聚该多好。"他喟叹一声,把目光转向范书鸿,"现在才理解苏东坡那句诗的分量:'但愿人长久,千里共婵娟'。还是人长久最宝贵啊。"

林虹只是静静地听着。

见到父亲的两位老友,她没有那么多惆怅,父母的去世已经太遥远了,她只感到在这种场合需要保持晚辈的谦恭。她此时更多的是感到着对面范丹林不时投来的含笑目光,那目光后面又隐隐闪现出另一些人的目光:李向南的,顾晓鹰的,钟小鲁的,童伟的。她现在顾不上惆怅,她要考虑的是现实的人生。她甚至还能觉察到笑语喧哗的烤鸭店内不止一个男人在隔着人头人肩不时盯着看她。

邓秋白又把目光转向范丹妮:"你在电影界工作,忙吗?"

范书鸿和吴凤珠表面含笑,内里却含着一丝紧张。范丹妮对于陪着父母会见旧友毫无兴趣,甚至很不耐烦。"你们的同学是你们的事儿,非要我们去不行?我忙,没时间。"昨晚上她曾这样说过。

此时范丹妮显得亲热地答道:"挺忙的。"

"她是我们家最忙的人了,今天一大早就外出直忙到这会儿才算忙回来。"范书鸿指着女儿笑呵呵地说。笑声中充满了慈爱,内含的却是对女儿的讨好。

这反而让范丹妮烦了,她懂得为父母捧场,她并不愿意父母低三下四地巴结自己。她不高兴地说:"我一会儿就要走,还有事儿呢。"

当着客人的面,范书鸿有些难堪。为了掩饰,他略仰起身,指着女儿对邓秋白笑道:"也不知道她成天忙什么。爱电影爱得着迷了,啥也顾不上了。"

"年轻人总是这样的。"邓秋白说道。

范丹妮没再说什么。她感到心中压抑着阴云般翻滚的一大堆东西,想找个理由发泄出来。她知道现在不能发泄。

坐在她身旁的林虹并不看她,只是用身体一侧感觉着她,能觉出范丹妮的情绪。

从胡正强家出来。范丹妮脸色难看地快步走着,林虹边走边和她说着话。她心神恍惚有一句没一句地应答着。路面坑坑洼洼硌着她的脚,她步子匆乱。直到离开了胡正强家,她才感到了屈辱。

当胡正强送她和林虹走出家门时,脸上依然像在公开场合那样温和文雅,然而在她眼里却是最虚伪不过了。是谁帮助他支撑着这个道貌岸然的形象?是文倩岚。她站在他身后,含着礼貌的微笑:"有时间再来吧。"文倩岚居然还能这样说。可是,这弄得自己也不能不虚伪:"你们回吧,不用送了。"自己当时不也这样礼貌地告别吗?胡正强微笑地目送着自己走下楼梯,他以后越发可以蔑视自己了。自己并不能怎样报复他,只能忍气吞声。文倩岚也淡淡含笑地看着自己的背影,从今以后,她也可以蔑视自己了。自己不过是个卑劣无耻的女人。林虹在一旁一直说笑着想哄自己高兴。今天她倒是收获不小,就要成为电影明星了。自己为什么要举荐她?她以后会得到童伟、钟小鲁、刘言这样一批男人的注目了。男人见了漂亮女人还不是都想得一手,胡正强大概也会对她献殷勤的。她一下子就飞到自己头上了。她不想听林虹说话,她烦。

"我现在不想听别人说话。"她说了一句。

"你今天怎么了?"沉默地走了好一会儿,林虹才关心地问。

"我现在恨一切人。"

与老同学见面,邓秋白没有一丝功成名就、衣锦归乡的兴奋,那是在其他场合:受到官方接待、游览故乡、参观母校时有的情绪,此刻他有的只是很深的歉疚感。为着自己曾经和范书鸿、吴凤珠是老同学;为着范书鸿、吴凤珠这几十年在国内坎坷多难、受尽折磨,而自己在国外却成就显赫、腾达荣光;为着他们已如此颓然老态而自己还精力旺盛、年富力强;为着他和范书鸿曾相约一块儿回国,然而在最后一刻自己没有履约。他现在的全部成就、健康、光荣,面对着范书鸿都变成歉疚不安的心理包袱。他竭力少谈自己,多谈范书鸿,多谈使范书鸿高兴的事情。

"丹林,这么说你现在是经济学家了?"他问范丹林。他感到了:儿子是范书鸿引以为骄傲的。

"我是在研究经济。"范丹林说。

"噢,丹林,我忘了,"范书鸿转身摘下挂在椅背上的提包,从里面拿出两本精装书,"我把你的书拿来了。你自己送给邓伯伯吧,请他指教。"这是范丹林撰写的两卷经济学著作,绿色塑料皮上烫着金字:《经济控制论》。新塑料皮还散发着刚刚压膜出来的塑料味儿。范丹林有些意外,他至今还未收到样书。"我今天正好有事儿去印刷厂,顺便看了看,见书已经出来了,就先拿了一套。"范书鸿解释道。

范丹林接过书来,看到自己亲笔写的一大摞稿纸变成了铅字,变成了这样堂皇的两本书,他感到一种兴奋从手中传导上来。但他只是略翻了翻,便恭恭敬敬地双手捧送给邓秋白:"邓伯伯,请您指正。这是我的第一部著作。"

邓秋白接过书。范书鸿的儿子有如此的成就，自己能够表示祝贺了，这使他轻松了一些。"太好了。一看目录就很吸引人，很有气魄。"他翻看着赞叹道，显出由衷的高兴，"来，丹林，"他把书翻到空白的扉页，"请为我题写几个字，我一定好好拜读。"

范丹林拿出钢笔，恭恭敬敬地写上了：

"邓秋白伯伯指正　　范丹林"。

范书鸿在一旁含笑看着，他感到安慰。

范丹林抬起头，与父亲的目光相遇了。他不禁也为父亲的一生怅然了。

吃过早饭，范书鸿就乘公共汽车到了车公庄新华印刷厂宿舍。他一瘸一拐地上到三楼，按着门牌号找到了自己一个研究生的家，研究生的父亲是印刷厂的普通干部。他敲门。

"谁呀?进来吧。"屋里一个姑娘的喊声。推门进去，一个二十来岁的圆脸姑娘正兴致勃勃地在立柜穿衣镜前比试着自己刚穿上的连衣裙。屋里简陋脏乱，地上一个大洗衣盆内堆满着要洗的脏衣服，床上，围着被子半躺半坐着一个瘫痪老头儿。

您找谁?找我哥哥?他出去了。您是他导师?您找他什么事儿呀?

他不好意思对姑娘说了。他原想通过这个研究生的父亲到印刷厂里看看：丹林的书怎么样了?能不能现在就拿上一套。他不知道怎么张嘴。

"我带你去找吧。他可能到外面看书去了。"姑娘显得十分热情。

他瘸拐着，跟着姑娘走了好几个地方。都未找见。

"您找我哥哥有急事吗?"姑娘问。

"有一点。"

"能跟我说吗?"

"嗯……你父亲在吗?"

"您是找我父亲？那不是，我爸爸买菜回来了。爸爸，有人找你。"

一个神情敦厚的中年干部提着菜篮迎面走来："您找谁？……噢，您是亮亮的导师啊，有啥事儿，尽管说吧。"

"我……我是……想问问，我有这么一件事儿，可能要麻烦您……"为这事张嘴真难啊。结果，事情并不难办。他被领到厂里。范丹林的书早已装订好，塑料皮也来了，堆在那儿，只是还没有一本本套上。

他自己配好一套先拿上了，好像拿着自己的生命。

外面不知何时暗下来了。听见纷纷沓沓的脚步声。雷电交加。噢，下雨了，天气预报没报，天有不测风云，雷阵雨下不长。主客看着窗外大雨议论了几句，注意力又回到饭桌上。烤鸭店内灯开了，一片雪亮，任凭外面风狂雨暴，店内另成世界。

饭店服务员托着托盘旋转着来来往往。菜一道道上来了，满桌喷香。酒瓶打开了，酒杯斟满了，气氛开始热烈。中国人招待中国人，亲热而殷切。

范书鸿："来，为老同学的重逢，干杯。"

邓秋白："来，为几十年的友谊干杯。"

范书鸿："为你们回国观光接风干杯。"

邓秋白："为你和凤珠健康，为你们全家健康干杯。"

范书鸿："祝你和郁文，还有你们的女儿、儿子——下次让他们一块儿回来———切都好，干杯。"

邓秋白："丹林，丹妮，林虹，这杯酒，为祝你们年轻人一切都好干杯。"

范丹林："邓伯伯、邓伯母，这杯酒敬你们，祝你们做出更大成就。"

邓秋白："我要向你父亲请教，学习，范兄，来，敬你一杯，祝你在史学领域建树卓著。"

范书鸿伸出左手摇了摇，脸色一下黯然了："不不，我已经不存这奢望了。惭愧啊，今天与老同学相会，我居然拿不出一本像样的著作回赠你。"

邓秋白举着酒杯，有些难堪地停在半空。他笑了笑："过去国内政治不稳定，现在形势好了，范兄还是大有作为的。"

"不不，几年来我也时时头脑发热，想作为一番，但已然晚了。精力不行了，眼睛也不行了，脑子也老化了，确确实实有些老化了。"范书鸿摘下眼镜，用手揉了揉眼睛，重新戴上。他的话中没有什么幽默，含着一丝挺实在的悲哀。

饭桌上的气氛一下有些黯然。

"研究历史的人是需要一点历史条件的，"邓秋白感慨地说，"范兄，有一句话不知该说不该说。三十年前，我没有如约和你们一起回国，一直感到很歉疚。可是，这些年我又常常后悔，当时应该给你们打个电报，力劝你们也不要回国。我犹豫了一天，你们已经登船启程了。"

"我回国，我不后悔。"范书鸿说，"我还是希望儿女们生活在中国。"他指了一下丹妮和丹林。

邓秋白无言地沉默了一下。

吴凤珠自从进了烤鸭店，一直有些神思恍惚，这时突然感到清醒了，思路也活动了："我们可从来不后悔，而且感到很光荣。祖国有危难，我们和它一块儿度过，这是一个中国人最起码的。都只顾自己跑出去，国家怎么办？"

这种目前最流行的正统语言在这种场合无疑太生硬了。范丹林实在不满意。他对邓秋白笑道："邓伯伯，不过，我以为科学是没有国界的。"

"怎么没有国界？"吴凤珠已经进入了她固执的思路了，"你搞的经济改革不是中国的？你爸爸是研究中国历史的，不回中国来，在哪儿研究？"

"邓伯伯也是研究中国历史的，可他就没有回国。结果他比爸爸在史学方面的建树要大得多。"范丹林认真地反驳道。

"从个人来讲当然是好，可从……"吴凤珠又要讲她的大道理。

"从对祖国的贡献来讲,也是邓伯伯大。邓伯伯写了那么多书,向全世界介绍了中国的历史和古文明。这难道不是对中国的巨大贡献?爸爸这几十年除了受批判,干了些什么?就是那本《东西方宗教史对比》嘛。"

"我不同意你的说法,"吴凤珠生气地叨唠着,"你那全是个人主义观点。"

"那我问你,是邓伯伯对中国贡献大,还是爸爸对中国贡献大?"

"不能这样比。"

"那怎么比?妈妈你说,一个人是白受苦贡献大呢,还是做出实际业绩贡献大?"

"我觉得为祖国受苦是最难的。"

"难有什么用?再说,受苦也不一定算多难的事儿。妈妈,你不是知道赵氏托孤的典故吗?赵氏托孤是托给了两个忠臣:杵臼和程婴。杵臼问程婴:'立孤与死,二者孰难?'程婴答曰:'死易耳,立孤难也。'你看,比起做成事情,死尚且都算容易的,你那个受苦算什么难的?"

"你怎么说开赵氏托孤了。"

"我觉得你的愚忠思想挺顽固的,不知怎么就想到这个典故了。"

"岂有此理……"

"好了,不用争了,"范书鸿摆手打断了妻子不得体的争论,"我觉得丹林的话对:当然是秋白兄对中国的贡献大,他的著作摆在那儿呢。我有什么贡献?没有只言片语留下来。"

"那你为什么还不后悔?"吴凤珠不甘示弱。

邓秋白一直有些尴尬地看着吴凤珠与范丹林的争论,这时笑了笑,说道:"范兄,你们一大批回国的人,虽然几十年来吃了不少苦头,但我以为,对于中国今天民主进程的出现,无疑是起了作用的。"

"作用微乎其微。"范书鸿摇了摇手,"秋白,我回来并不后悔。

你没回来,我认为也没错。都是历史造成的。"

"我当时没有回来,完全因为一个偶然原因。上商店买东西,要了两张旧报纸包装,回来,刚要把报纸揉了扔掉,看见一个标题,评论中国的。我展开随便看了一下,对中国政局是否会长久稳定产生了怀疑。要不是这张旧报纸,第二天我也就动身了。那我可能会和你一样,也许一本小册子都写不出来。"

"如果不是你,而是我看见那张旧报纸,那可能咱俩就正好换换位置了。"范书鸿风趣地笑道,他想活跃气氛。

"那完全可能。我那天本来不准备去买东西了,可临时决定去了,也没准备去那个商店,正好碰上一个熟人,就一边聊一边多走了几步。这才进了那家商店。有时候一个很偶然的因素就决定了人的一生。"

邓秋白与郁文在中国官方有关人员的陪同下参观故宫博物院,他们在簇拥中踏进午门,踏进太和门,面对着雄伟辉煌的太和殿和殿前气势非凡的广场站立片刻,感受一下,再踏上太和殿。然后,一间又一间平时封闭着不对普通游人开放的宫与殿的大门在他们面前相继打开,他们在主人殷勤的引导陪同下一一迈进去。他们走到哪儿,门就开到哪儿,畅行无阻。他心中除了涌起对中国古代文明的自豪和一个历史学家的兴奋外,更多的是一种享受贵宾待遇的、光荣显赫的优越感……

他们坐着小轿车驰离灯火辉煌的人大会堂,驰往下榻的宾馆,他很舒服地仰靠在座位上,看着车窗外掠过的长安街灯火,回想着刚才在人大会堂中与国家领导人会见的场面,他为自己受到的尊重欢迎感到满足。

"郁文,"他转过头对妻子说,"我真幸运啊,要是三十年前没看到那张旧报纸,我哪有今天?还不是和范书鸿一样住牛棚,受批判,无所作为?真是人生难测啊。"

外面雷电风雨都停了,天又明了些。烤鸭店内顾客更多了。桌桌客满。服务员托着托盘旋转着穿梭往来。荷叶饼上来了,鸭架汤也上来了,一片片烤鸭蘸甜面酱,加上葱丝裹卷在一张张小小的荷叶饼里,一桌人边吃饭边饮着酒。

历史学的动态,东西方文明的对比,人生中的机遇,不同的价值观,几十年前的往事,老年人与年轻人的关系,东方与西方的家庭结构,范丹林的经济学,林虹父母受迫害的情况,邓秋白夫妇回国的观感,中国的特异功能,中国人在国外的情况……谈话是随意的,泛泛的。客人关心的是中国现状,主人感兴趣的是外国情况,范丹林关心的是经济,林虹是什么都关心,又什么都不关心,范丹妮只是不断地喝酒。这是一个多元的心理气氛场,里面融汇着各种各样的因素。然而,范书鸿与邓秋白这两个分别三十年的旧友重逢,毕竟使这个心理场带有模糊的两极。往事悠悠,人生惆怅,是隐隐约约影响和笼罩着一切的"主题"。

这个主题使范丹妮更多地饮酒;使林虹更多地考虑自己的人生抉择;使范丹林更多地想着自己的经济学和今天晚上的一个活动——他要去参加一个讨论;使邓秋白更多地想着他将要写的几部历史学巨著;使范书鸿更多地感到自己的衰老和往昔的一去不复返;使吴凤珠有更多的要不停说道的不满的话。

红色的葡萄酒,黄色的啤酒,在灯光下闪亮。透过酒杯看世界,都是光亮而模糊的。各种各样的电影镜头在眼前闪过。胡正强的眼睛,文倩岚的眼睛,各种人的眼睛,旋转的舞会,色彩缤纷的旋风,一个女人站在酒席旁仰着脖子干杯,酒从嘴角流下来,她醉了,扔下酒杯,笑着,人们惊愕地看着她,男人们厌恶的目光,服装店内摩肩接踵,各种款式的裙子在眼前晃动,赤橙黄绿青蓝紫,眼花缭乱,一个脸儿甜甜的女售货员在冲自己微笑,您要什么?她要什么?要酒,要不停地喝酒,她要放把火把服装店烧了,大家都不要穿衣服,都裸着,她不怕,可她的假胸呢?……

邓秋白和范书鸿两位老人,还有自己去世的父亲,他们经历的人生起点相同,结局何等悬殊啊。影响人生的是两大因素:客观的偶然性和主观的抉择。客观偶然性的力量太巨大了,它决定了人的基本方向,人只是在这基本方向范围内有所抉择吧?偶然性后面还有没有必然性呢?这个哲学问题暂时不必想吧。她现在不必去考虑客观生活是如何安排自己命运的,她要考虑的是在这个已经确定的安排面前如何抉择。对职业和事业的抉择,还有对男人的抉择。难道就抉择李向南?童伟的脸,钟小鲁的脸,随着自己踏进京都生活——这一实际生活的改换带来的变化太巨大了——自己会遇到更多的机会。范丹林刚才约自己一起去参加一个讨论会,去不去呢?……

他为父亲感到惆怅,然而,他更多地想到的是自己的事业功名。他要成为一个大经济学家,他要写几十部著作,他要在中国的经济改革中发表更多的战略性见解,他以后要成立一个自己领导的经济研究所,他感到自己是体魄强健的,富有活力的,可以承担多种大工作量,可以双手用力一挥,把大写字台上堆积如山的经济学著作哗啦一声都扫在地上——自己怎么会有这样一个幻觉?林虹很有点儿味道……

自己原以为与范书鸿的重逢会很兴奋,会有许多亲切的感情交流,然而,见面很平淡,没有太多的话可说,有些隔膜。年轻时的美好记忆毕竟只是记忆了。他甚至感到此次回国期间与范书鸿相聚的次数不可能很多是件轻松的事情——自己这么想不对。但人就是这样,没见面时渴望相见,及至见了,又觉得没什么可说的了……现在,他最关心的还是自己的事情……

邓秋白看上去精力旺盛,他大概经常飞来飞去,这不是,邓秋白拎着皮包神采飞扬地踏上一个个高大台阶,踏上一个个镁光灯照亮的讲台,他的步伐一定还很矫健……自己是不行了,气血没有枯竭,但也接近枯竭了吧。面对着邓秋白的学术成就,他之所以还能比较安然,大概就是由于感到了自己的衰老吧?……

看到邓秋白比丈夫显得年轻,她总有些忿忿不平,看着郁文比自己年轻二十来岁的样子——实际上只比自己小几岁——就更加忿忿不平。她现在就是有许多话要讲,在嘴上讲,在心里讲:我觉得人受点儿批判没坏处。人应该改造自己嘛。斗私批修,这话现在不讲了,可意思还是对的。孔子也讲"吾日三省吾身"嘛。受苦受难也是锻炼。《论语》里讲:"岁寒,然后知松柏后凋也。"文天祥《正气歌》中也说:"时穷节乃见。"什么贡献?人固有一死,或重于泰山,或轻于鸿毛。为人民利益而死就重于泰山。我还要活到老,学到老,改造到老。我认为,马克思主义的最伟大之处就是强调改造客观世界的同时改造主观世界。什么愚忠?人要有点儿忠。你不忠于公,必然是为私嘛。鞠躬尽瘁,死而后已。现代也要讲修养。韩愈讲:"欲修其身者,先正其心;欲正其心者,先诚其意。"人应该至诚才能至善。虚心使人进步,骄傲使人落后。我们每天要做自我批评。脸要天天洗,地要天天扫。我说得怎么不对?人活着就要斗争。知无不言,言无不尽,言者无罪,闻者足戒。回顾三十年生活,我一点都不后悔,很充实很充实的,首先思想上很充实。看问题要看本质,看主流。在中国,不要听那些片面观点,不要相信牢骚话。中国人现在都向前看,不像西方人都向钱看。人活着为什么?人活着就是要……

"妈,你别说了。"范丹妮两眼发直地猛然站起来,她头晕恶心,想要呕吐。

"我怎么不要说了?"吴凤珠极为不满地看着女儿,"人活着就是要……"

"人活着为这为那全是假的,空的,人活着就是为了一个目的。"

"为了什么?"

"为了死。你,爸爸,邓伯伯,你们早晚都要死,我,丹林,还有你——林虹,以后也要死。人活着最后就是死。"

满桌人看着范丹妮,一时全呆愣了。

范丹妮拉开椅子,悠悠晃晃地一步步朝烤鸭店外面走去。

第 二 十 五 章

下午五点的太阳已失了逼人的炎热,温和地照耀着京都,照耀着北海公园。

李向南和小莉在北海湖上划船,他们是刚从秦飞越家出来。

"咱们再去参加一个讨论会,敢不敢?"一出秦飞越家的院门,李向南便对小莉开玩笑地问道。

"怎么不敢?"

"参加讨论会之前,咱们一块儿划会儿船,敢不敢?"

"不敢。"小莉扑哧笑了。

两个人买了一堆面包、香肠、汽水,跳上了船。

李向南面向后坐在船的中部,有一下没一下地慢慢荡着桨,小莉手撑着头斜倚着船帮,很舒服地坐在船尾。这一刻他们都不想说话,两个人都含着点儿挑逗意味地相互打量着。湖水映着蓝天白云,环湖的柳岸、游人、松柏叠翠、亭阁掩映的湖中小岛,小岛中矗立的巍峨的白塔,都在他们四周缓缓移动着。

小莉的身子又下滑了一些仰躺下来,她凝视着天空。船微微颠簸着,天地晃悠悠地转动着,水在船下扑腾扑腾轻响着。她有些恍惚。

李向南比她高,在蓝天上。她在仰视他。湖水映着天空;天空似乎也映着湖水。云天模糊。各种色彩光亮融在一起,她依稀看见童年时的自己在田野上飞跑,鞋掉了,她坐在如茵的草地上,脚上滴着血,洒下一串红宝石,方平拿着小飞机跑过来,在他额头上亮着一片春天的阳光。他们手拉手在田野上飞跑,搂抱着躺在麦垛中,他说他想飞上天,她说她想躺在晃悠悠的小船上看天……麦垛变成船,船在湖上划动,她感到湖水在款款地起伏波动,轻轻撞击着小船。她用身体体会着湖水。她渐渐感到自己身体与小船融合为一。她的身体就是小船。她的头就是船尾,她的脚就是船头,她的手臂和腿就是船舷,她的胸腹就是船舱,她的肩背和臀部就是船底。她能感到湖水柔软地托浮着她,她感到自己身体的舒展温顺、多情湿润。李向南在天空中微笑地俯瞰着她,生气勃勃的天空也俯瞰着她。她感到自己有一个渴望,她的胸脯、腹部都渴望受到一个有热度、有重量的压迫。哪怕整个太阳降落在她身上灼烧着她,她的身体足够宽展、足够有弹性,可以承受一切。她还可以和湖水融为一体,和大地化为一体……

"你想什么呢?"李向南的声音。

"我?"小莉从恍惚中惊醒,笑了笑,"我觉得自己变成船了,变成湖了。"

小莉的回答,她的声音、她的目光都像湖水的波光,使李向南心中动了一下,他的眼前蓦然掠现一个如烟的梦境,那是一个似乎多次有过又似乎不曾有过的梦境。

他像追日的夸父拄杖在天地间大步行走。他抓住太阳吞食下去。他的胸脯火热,全身雄健蓬勃。他展胸一个深吸气,把天空中的净朗空气都吸进胸腔。他趴卧在大地上,趴在一片湖泊上。他身体的火热、干燥与湖水的湿凉渗透交融。他吻着湖边的青草,柔和起伏的山岭,绿茸茸的森林……

"你又想什么呢?"看着他恍惚的目光,小莉问道。

"我?……刚才我脑袋里出现了一个以前的梦境,好像趴在湖泊上……"李向南的话突然止住了。他感到了什么,看着小莉。小莉也感到了什么,也看着他。两个人就这样相互凝视着。一种神秘的气氛笼罩着他们。天地间似乎有一种隐蔽的力量在把他们撮合到一起。他们漂浮在隐隐约约的、稀薄透明的幻境中……

"你又到我家去了一趟,碰到我妈妈了?……我和我妈妈像吗?"小莉问,打破瞬间的幻境。

"有像的地方。不过,我不希望你像。"

"为什么。"

"……不为什么。"

小莉打量地看了看李向南，没说什么。

　　李向南端详着小莉。他越来越多地在小莉身上发现着像顾恒、像景立贞的地方。那眼睛、那脸型、那嘴唇，都像景立贞。在自己喜欢的姑娘相貌中发现其父母的特征，对于男性常常是不太舒服的事情，有一种生理上的别扭。发现景立贞与小莉的相似处，不仅使他看到了小莉相貌上的缺陷：颧骨略有些高，眼睛不是很大，神情有些尖刻，还使他看到了小莉性格中的缺陷。他极力打破自己的联想。他不愿意破坏小莉在自己心目中的可爱形象。

　　"你怎么也去我家了，只是因为去找我姐姐？"他问小莉。

　　"我想看看你们家。"小莉颇有些得意，"我发现，你像你父亲。一样的血液和性格。"

　　"什么样的血液和性格？你说说看。"

　　"就你？"小莉打量着李向南，"一眼就看出来了。"

　　"说说呀，你说完，我也说说你。咱们相互感觉感觉，好不好？"

　　李向南？哼，你是个很强硬的人。你的骨骼硬而大，你的肌肉紧绷绷的，你的毛发粗硬，络腮胡茬铁青，你的血液一定是黏稠的，你的牙关大概是经常咬紧的，你个子高，身子长，动作不轻捷，也不显得活泼，你有的是那种铁腕人物的狠毒，你性格中有种倔犟不屈的东西，有时候有点儿孤僻，你又肯定很自负，为了长远利益，你能够克制一时的情绪。你不会轻易流露真情，你这一点让人尊敬，可也让人厌恶，谁受得了你这一套，和你相处总像隔着一层。你当然喜欢女人，可你又要搞事业，追求功名，所以，你能克制。你在性爱方面也是很深藏的，你不会做女人的奴隶，却可能让女人做你的仆从……

　　小莉？她仰躺在船尾，她的身体，光泽的脸，闪亮的眼睛，都使自己周身掠过阵阵冲动，他眼前不时呈现自己趴在湖上的梦境，感到湖水的潮湿温情。然而，小莉又不完全像湖水。她像一条跳跃的曲线，像雪地上一只野性的红狐狸，像一股红色的旋风，像一支疯狂的迪斯科，她像一条漫天飞舞的红绸，她像一朵带芒刺的野花，像一个喷着火焰的炉灶，像一锅艳红的辣椒汤，像一把锐利的小剪刀。她总是热烈的、燃烧的。她对什么都有着独占的欲望,她性格深处有着男人都没有的狠毒,她是可爱而又可怕的……

两个人都谈了对对方的感觉和判断,当然,都只是谈了那些便于谈的。

"我既然像你说的那么坏,你为什么还对我感兴趣呢?"李向南慢慢荡着桨,问道。

"我并不觉得那是坏。"小莉略微撑起了身体。

"小莉,"李向南双手握着桨柄的顶端,撑着下巴,"咱俩今天来个最开诚布公的谈话,敢不敢?"

"敢,就怕你撕不下那张皮。"小莉用力揪下一块面包填进嘴里。

李向南笑了。

"你说你是不是整天披着一张皮?装模作样的。"

"谁不披一张皮?"李向南幽默地说,"好,今天撕下这张皮,还不行吗?"

小莉扑哧一声笑了。

"小莉,你的最高理想是什么?"李向南问道。

"我不喜欢抽象的谈事情,我给你讲讲我脑子里的各种幻想吧,幻想最能表明问题了。"

"艺术家的谈法?好,你讲吧。"

"我小时候喜欢童话故事,看完了就沉浸在幻想中。我觉得自己像个受难的公主,穿着穷人的褴褛衣服在森林中,一个英俊的王子骑着漂亮的白马朝我走来,草很绿,树上挂满一层层果子,又挂满五颜六色的衣服,鸟飞来飞去,跑来山羊、白兔,王子骑着马走近了,公主坐在特别绿的山坡上,哭了,眼泪变成一串珍珠,那画面真美,我小时候经常沉浸在这种幻想中。你要我分析一下自己的幻想?我不愿意分析。我知道,我又大一点以后,就不喜欢看童话了,不过,从上小学开始,我就有个朦胧的理想,我要找一个最伟大的丈夫……

"我是幻想型的。我现在也常常幻想,有时候我就幻想着我的小说一本一本出版了,人们都潮水般围着我,我走到哪儿,人群就跟到哪儿,数不清的男人崇拜我。

"有一天我还梦见你呢。真的。这个梦我是现在才想起来的。我梦见自己变成一朵花,周围还有许多许多花儿,我急切地希望自己能比别的花儿更鲜艳、更突出。你在花园里走着,东看看西看看,被满园的鲜花吸引得眼花缭乱。

"我就又变成个小人,拿着弓箭,把别的花儿都射倒了。可你还站在一朵断折的花前,我火了,就又举起了弓箭射你……"

"你这个梦可太有含义了,完全能表明你的个性。"李向南说。

"什么个性?我最不喜欢自我解剖。我喜欢随意想象。我还不止一次想象过你政治上倒霉、坐班房呢,这样我就可以千方百计去解救你,使你重返政坛,又抖劲起来。你相信吗?"

"相信。"李向南点点头,"小莉,你要对一个人好起来,肯定会热烈的;可你要对一个人坏起来,也会挺狠毒的。"

"我承认。我就是这样。谁对我好,我就对谁好,谁要妨碍我,我就干掉她。"

李向南看着小莉。这就是她,一个富有刺激力但又让人有些畏怵的姑娘。其实,他早已不需要再了解小莉什么,他需要的是抉择。然而,眼下他做不出任何抉择。作为政治家,他感觉小莉不是一个合适的妻子。作为男人,他始终感到小莉那女性的诱惑力。看着她苗条身体的柔和曲线,看着她那平伸过来的小巧的赤脚,那光润美丽的小腿,好几次,他几乎要抚摸它们,他在一阵阵悠悠飘起来的恍惚中似乎已经抚摸了那小腿了,他的手只要微微移动一下,就突破了。然而,他却始终没有突破那一点自制。他很想两步迈到船尾,大大方方地搂着小莉和她并排躺下,一起在水上飘荡着。然而他没有动,他始终还披着那张"皮"。他感到着那种本能的性冲动与理智控制力的剧烈冲突,像一条被捆缚住的凶猛蟒蛇企图极力挣脱一样。

"该你说说自己了吧,我不用你说了。你的最高理想肯定是当个政治家,是吧?"小莉说着把一瓶汽水扔给李向南,"帮我开开。"

"就算是吧，"李向南笑了，"我在这方面的想象也是很多的。"

"这一类想象我不想听，我想知道：你想象中的妻子是什么样的？"

李向南有些难于张嘴："我没……"

"你不要又披上那张皮。"

"好吧，我说。"他把打开了的汽水递给小莉。

他想象中得到的女人是什么样的呢？

她应该是年轻的、美丽的，富有女性感的，他不喜欢雄化的女人。她的美丽不是妖艳的，而是纯洁的、庄重的。她是富有感情的，绝不是冷漠的。她应该是聪明的，又应该是贤淑的，她应该有稳定的心理素质，在他苦闷烦躁时给他以宽解和安慰。当他工作时，她为他整理文件，是沉静的；当家中聚满了朋友部属时，她是温和亲切的；当他面临重大战略抉择而进行紧张思考时，她会陪伴地坐在一旁；当他因成功而辉煌时，她绝不趾高气扬；当他遇到危难时，她能够忍辱负重给他以支撑……

听完李向南的讲述，小莉沉默了好几秒钟："谁能像你说的那么完美。"

"我这只是想象。"李向南微微一笑，"我自己也不完美，没有权利要求对方那么完美。"

"你是大男子主义。"又沉默半晌，小莉说。

"可能吧。"李向南停顿了一下，"从本质上讲，男人们对妻子的要求可能同我是一样的。"

"我不管什么大男子主义，我爱上谁就是谁。"

"你怎么前后没有逻辑？"李向南止不住笑了。

"我从来不考虑逻辑不逻辑。"

这又是典型的小莉式语言。如果这话出自小姑娘之口，自然可爱，可如果把小莉看成自己抉择的对象……不知为什么，他又从小莉的脸上看到了景立贞的相貌，包括那眉毛的上挑都一样。如果自己的妻子将来是个景立贞式的女人，那实在无法忍受。自己应该明白，出于长远考虑，他不能选择小莉。但是，这种理智怎么显得如此淡弱呢?人常常是被感情支配的。理智常常像遥远的声音淡弱无力,然而,那却必将变成巨大的现实。

"我还有一个奇怪的感觉:你在恋爱时,大概不光是爱那个人,更主要的好像是在爱你自己的爱情。"李向南说。

"什么意思?"

"爱情也是一个追求过程,也有它的刺激力。追求目标一旦达到了,过程结束了,热情可能就消失了,你会发现,那个人并不像你原来想象的那么可爱。"

"哪个人啊?我不听你的瞎分析。你看,天变了,要下雨了。"

不知什么时候,有几大块黑云遮住了天空中央,而且越来越低,阴霾的边缘不断扩大,天黯下来,湖上刮过嗖嗖的疾风。湖上的游客纷纷向码头划去。

"别挨了淋,咱们也往回划吧?"李向南说。

"下就下吧,下雨才有意思,最好下个天翻地覆。"小莉看了看天色兴致勃勃地说,继续吃着手里的面包。

"好吧,奉陪。"

夏天的雷阵雨说来就来。须臾,乌云密布,雷电交加,落开了葡萄粒般的大雨点,叭叭带响。风又一阵阵加紧,最后几只小船刚逃回码头,雨就倾盆而下。风更大了,雨更猛了,扫荡着湖面,天地顿时一片白茫茫。湖面沸腾一般响着,水雾弥漫。湖岸,与中南海相隔的石拱桥,白塔,变得影影绰绰。整个湖上只有他们一条船、两个人。风更狂猛了,雨横着过来像千万支利箭一样射来,脸上、身上一片麻疼。浪哗哗哗地起来了,显出可怕的阵势,小船在水浪的拍打下颠簸着。秀秀丽丽的小湖此刻竟然显出海一样的景象。两个人全淋透了,像落汤鸡。小船随时要倾翻似的剧烈颠簸着。小莉侧过身抱着脑袋躲着猛烈的雨箭,哟哟地尖叫着。暴雨倾浇着她,冻得直打冷战,这更加刺激起她的兴奋来,太有意思了。

"咱们往回划吧,"李向南大声喊道,"要不翻了船,挺狼狈的。"

"翻了船,你救我。"

李向南用力往回划。戗风,几乎划不动。

557

"来,咱俩一块儿划。"小莉从船尾摇摇晃晃地走过来。船颠簸着,风吹着她,几乎迈不开步,她摇晃着把手伸给李向南,李向南欠起身拉她。又一阵风浪,小莉拉住李向南的手,一下扑入他的怀里。两个人跌坐在船中。小莉趴在李向南身上格格格地笑起来,在李向南水淋淋的脸上吻了一下。这个吻在这种境况中来得这么自然,李向南也回吻了她。然后,他拉着她在身旁坐好,把一支桨递给她:"来,咱们一块儿划。"两个人被异性间的爱情兴奋着,被与大自然搏斗的激情兴奋着,拼力划起来。

风太大了。他们拼尽全力,船只是慢慢移动着。稍一喘息松劲儿,船就会倒退。"加油。看咱们能不能战胜风浪。"李向南说。两个人又奋力划着。然而,人的力量毕竟是有限的。他们没劲了,船开始在狂风暴雨中倒退了,最后,船体歪横过来,开始朝北飘移。"算了,听其自然吧。"李向南只好收起桨,"顺天意。"

一个浪头扑上来,李向南侧过身用肩背挡住风浪。小莉又一次趴在他胸前,李向南轻轻拥抱住她。雨倾浇着他们,他们相互感到了对方的体温。

风雨把他们与人类社会隔绝了。水雾茫茫的大自然中只有他们两个人。他们这时才回忆起刚才的那个吻,回味着那个自然而仓猝的吻留下的全部感觉。此刻,他们在风雨中搂抱着是自然的,再接吻就不那么自然了。然而,他们终于又亲吻起来,是从李向南轻轻吻小莉湿漉漉的头发开始的。

这是真正动情的吻。

小莉带着刚才并肩划船时兴奋起来的强烈爱情,闭着眼与李向南长久地亲吻着。童年的田野、北海的狂风暴雨交织在一起,她从小爱过不止一个男人,然而,他们又都是一个人。她此刻正在吻他。她就是船,她就是湖,她愿意承受一个有热度、有重量的压迫……李向南越来越紧地搂抱着小莉,满耳只有风雨的声音,他现在什么都不考虑。蟒蛇挣脱了捆绑变得恣意了。他的脊背被淋得透凉,他的胸膛只感到小莉身体的柔软温顺。小莉的嘴唇是湿热的,像一个温泉,涌流着温馨。她的身体像温泉水温暖流动。温泉水也能汇成湖泊。他眼前又掠过自己趴在湖上的梦境,他感到湖泊的潮湿温情。一朵带芒刺的野花,一个美丽火焰的炉灶,一把锐利的小剪刀……那是否也曾在自己的梦境中出现过?他和热雾腾腾的温泉融为一体,身体化入温泉水中……

小船在暴雨中漂浮的时间似乎很长,其实很短。不知何时,船身震动着晃了一下,两个人一闪,发现船漂浮地撞着湖北岸的五龙亭了。风雨也在这时开始收敛了。没一会儿,风卷残云,天竟然亮晴了。天色尚早,太阳还没有完全落下去。

两个人松开搂抱,互相看着对方水淋淋的样子,不禁笑了,同时也生出一丝不自然来。湖岸,亭阁,围墙,游人,这不是刚才那个与世隔绝的"汪洋大海"了。

"咱们就这样湿着上景山吧。来个文明其思想,野蛮其体魄。"李向南饶有兴致地说,"你把裙子攥一攥。"

"上景山?"

"对,讨论会约定在景山上开。"

他们把小船转让给一对在五龙亭避雨的年轻人,就朝景山公园跑去。到了景山中央最高的万春亭上,整个北京城尽收眼底。

"咱们最先到?"小莉气喘吁吁地停下来,看着空亭子。

"咱们最先到。"李向南看着小莉泛着红晕的面孔,看着她那还有些潮湿粘身的咖啡色连衣裙,又压抑不住地涌起一阵冲动。他的眼前又浮现出和她一起奋力划船的情景来,他的胳膊此刻还能感到她一下下有力的动作,他又想到一起上山时兴奋的节奏和笑声了。小莉是充满青春活力的,是可爱的。

然而,他眼前又止不住浮现出景立贞的那张脸来……他不要看这张脸。

小莉正目光闪亮地凝视着他。这是一种把爱情有所给予他之后才有的目光。

不。"咱们俯瞰一下北京城全景吧。"李向南说。

展现在他们面前的是浩瀚京都。这是一个实实在在的人类建造的世界。

设若，天地间没有这金碧辉煌的宫殿，没有这一片片现代化的高楼大厦，没有这人造的一切；设若，这是一望无际的湖泊、森林、沼泽、草原、原始的荒野；设若他是个赤身裸体的男人，他将会没有任何考虑，去爱任何一个他所喜欢的并且能够得到的女性，他可以放任自己的全部感情和欲望，他无需做任何抉择。然而，他不是一个赤身裸体的人，所有的人都不是赤身裸体的，他和所有的人都不仅被衣装包裹着，被数不清的建筑包裹着，被各种各样的人造物包裹着，还被各种社会的关系包裹着。他此刻就非常真切地感受到着这种包裹。这包裹太巨大了，层次太多了，他每走一步，都要受到自己衣装的束缚，都要碰撞在各种建筑物上，都要受到数不清的绳索的牵制。一瞬间，他眼前浮现出一个幻境：他赤身裸体在一座管道纵横、沟网密布的建筑中行走。那建筑是钢铁的，坚固的，极其庞大的，他是肉体的，柔软的，渺小的……

"那是你们开讨论会的人？"小莉用手指着问道。

一群年轻人正说说笑笑沿着小路上山来。

李向南心中一跳。他一下注意到了人群中一个穿着白色连衣裙的女性。

正是林虹。她怎么来了？他感到身边小莉的目光变冷了。也正是在这一瞬间他才发现：刚才在考虑是否抉择小莉时怎么没有多想到林虹？为什么会有这种"遗忘"？他眼前流烟般依稀掠过的是林虹在内蒙古兵团时的遭遇和与顾晓鹰有过的关系……

第二十六章

成猛坐在院中一架很大的葡萄棚下，慢慢翻看着报纸文件，悠悠地抽着烟。他坐的藤沙发旁边，大茶几上整整齐齐排满着报纸文件。

这是一位在中国属于决策层次的人物，虽已退居二线，仍然举足轻重。

午后四点钟的太阳还很热，但是院中树很多，特别是在葡萄架下更显得凉爽。他刚刚睡过午觉，带着老年人在夏日午睡后特有的安详和悠闲一口一口慢慢吸着烟。烟气在面前飘荡弥漫，变成一派淡淡的烟雾横浮在凉棚下。一个极小的蚊虫在眼前飞过，大概是烟雾熏着它了，它飞得匆促起来，左一转右一转地乱飞，好容易才冲出这一大派浮烟。他脸上不禁浮出一丝微笑。对于这蚊虫，这也相当于浩荡荡十里烟云了吧。

他慢慢地像是很随意地圈阅着一份份文件。这些文件，有的关系着数以十万、百万、千万计人的利益，有的影响着一个十亿人口的国家的命运。然而，他拿起它们并不觉得有多重，他大多只是大略地看看，画一个圈，偶尔才细读读，批几个字。然后像是掂着文件的分量一样，慢慢把它放到一边。他看完的文件都撂在一张小竹椅上。那是小孙孙坐的竹椅。

他能感到自己的力量。并不是因为他感到自己威望颇高，动辄有令。恰恰相反，是因为感到自己能这样安闲地、似乎是漫不经心地处置一些大事。他能够这样松松坦坦地午睡起来后披阅文件，他能够这样悠闲地抽着烟，他能够这样慢慢地拿起一份文件又这样安闲地放到一边，他能够这样观其大略的就把一些大事安排好。他不喜欢过多地讲话，过多地指令。事事做指示并没有用，这个世界并不是他一个人决定的。他只是做该他做的事情。

他又放下一份披阅完的文件,端起茶杯喝了口茶,稍事休息。微眯起眼凝视着眼前,眼前闪现过许多画面。他没有去凝视其中任何一张画面。他知道那隐隐约约闪动的是整个世界、整个历史。他恍惚中有一个感觉:自己在飞机上,一个很大的地球在下面转动着,不断有洲、有洋在前方地平线上出现,转过来,又转到后面去,他很清楚地看到中国的版图……

他笑了笑,抬起目光看着院里。那边树下蹲着自己唯一的孙子小军军,他正在一边自言自乐地轻轻叨唠着,一边专注地挖着蚂蚁窝。

他看着孙子,感到自己的目光变得慈和,身心也变得慈和,像是夏日下午五点钟的太阳。他就是夏日下午五点钟的太阳吧?不是夕阳,已近黄昏;不是黄昏,正近黄昏。还是明亮的,有热力的,安详的,融融的,然而,毕竟已接近尾声了。

……两年前,北戴河海边的沙滩上,他穿着游泳衣仰躺在遮阳伞下,那时才三岁的小军军光着身子在他身上爬来爬去。他感到小孙孙那肉嫩的小手、小脚、小胳膊、小腿,还有那光溜溜热乎乎的小身子在自己苍老的身体上抓着,踩着,摩擦着。一种醉人的熨帖,一种搔心般的舒服。他从生命深处洋溢出快乐和感动。和这幼小生命的接触带来的快乐,是任何其他快乐不能比的,天伦之乐。当然,他也感到一点晚霞夕照的苍凉,大海在他身旁喧响……

小军军仍然蹲在那里挖着蚂蚁窝。他还在目光慈和地凝视着小孙孙。

秘书安晋玉,一个神情谦谨的年轻人脚步无声地走到身旁,俯身轻声告诉他:客人来了。

顾恒早已走进院子,看到成猛正端着茶杯一动不动地凝视着树下玩耍的小孙子,他站在那儿没敢惊动。他对成猛、对这个院子有一种敬畏感。成猛现在虽然像个慈祥的爷爷,虽然眼前这场面充满了亲切的家庭气氛,但是,自己仍能感到他那巨大的、威严的、令人不能不敬畏的权势和分量。秘书小安无声无响地走来冲他笑笑,走过去俯身对成猛轻声说着，成猛转过头，伸手示意道："噢，你坐吧。"

"小军军蹲在那儿干什么呢？"顾恒笑着在一张藤椅上慢慢坐下。他知道成猛极喜爱这个小孙子，所以话题也便从这儿开始，"你这个小孙孙可真是个聪明孩子。"

"他在那儿研究蚂蚁王国呢。"成猛果然笑了，"他聪明，一岁就能认字了；一岁半就会唱歌，认世界地图；两岁时，认识的字我给他统计过，就有九百多个；三岁就会摆象棋……"他如数家珍般说起来。

"该好好培养培养他，长大准备让他搞什么？"顾恒问，他的敬畏感有所克服了。

"他长大？第一不要搞政治。第二不要搞理论、搞社会科学。文学也不要搞。我希望他最好搞点儿建筑、水电之类，务务实。"

顾恒点了点头。他能理解这位搞了一辈子严酷的军事、政治斗争的政治家的心情。

"来，小军军，到爷爷这儿来。"成猛招着手。

"我不，我还忙着呢。"小军军蹲在那儿头也不回地嘟囔着。

"啊，看看他怎么研究蚂蚁王国吧。"为了给成猛助兴，顾恒站起来，显得饶有兴致地走到小军军身后。成猛也走了过来，背着手在孙子身后立住。

一把铅笔刀划来划去，已把地上挖得坑坑洼洼、沟沟壑壑，堆着许多小土堆，有的沟里还汪着水，一个茶杯般大小的小塑料水桶放在一旁。看见许多蚂蚁正在忙忙碌碌地东奔西跑。

"你这是干什么呢？"顾恒俯下身问。

"我不让它们住地下，地下多黑呀，我给它们在地上盖房子。"

"怎么盖呀？"成猛慈蔼地微微弯下腰问道。

"爷爷，你看，这是山，这是楼，这是一条河，这是马路，这是桥。"

成猛和顾恒这才注意到那些汪着水的水沟上，用小木棍架着"桥"。

"你们别瞎走哇。你们从桥上走啊。"小军军把几个蚂蚁往"桥"上驱赶。蚂蚁们乱跑着,一碰到水便缩回头,转个方向继续奔跑。"我要它们分成两个国家,一个在河这边,一个在河那边……"小军军一边弄着土一边说道,"爷爷,我这样倒点儿水,就是它们的大河、大海了吧?"

"那当然,它们比你小得多。"成猛点点头。

"我想了,我要像蚂蚁这么小,看见这沟里的水一定以为是黄河呢。爷爷,你看,我昨天挖开的那个蚂蚁洞,它们今天又把洞口堆上沙子了。"

"小军军,你这是乱安排嘛,它们可不愿意住你的楼哟。"成猛笑道。

"我偏要让它们住。"

成猛背着手摇了摇头,转头看着顾恒幽默地说:"对于这群蚂蚁来讲,小军军的意志可是一场不可预测又不可抗拒的巨大灾难。他这一玩耍不要紧,这群蚂蚁的命运可都要改变。"

顾恒表示高兴地应和道:"好像原始人类遇到一场大地震、大洪水。"

"这群蚂蚁密密麻麻地跑来跑去,让我想到咱们搞过的人海战术。"成猛说罢抬了下手,"好,咱们到屋里坐吧。"

小军军还蹲在那里摆布着蚂蚁世界。数不清的蚂蚁在眼前跑来跑去,他想到看过的一本连环画《蚂蚁国的故事》了。童话中的故事和眼前的蚂蚁世界交织在一起了。

黑蚂蚁国的蚂蚁侵略褐蚂蚁国,把褐蚂蚁国的许多蚂蚁俘虏了,让它们当奴隶,拿着刀枪看押着它们,让它们排成长队,在饥寒交迫中弯着腰干苦力:搬石头、搬土、挖洞、运蚁卵。褐蚂蚁们累得精疲力竭,腰折腿断,有的就倒下了,累死了。褐蚂蚁国的英雄灰灰又领着褐蚂蚁来反攻黑蚂蚁国了,要解救被俘虏的褐蚂蚁们。两国蚂蚁在战场上厮杀,杀得尸横遍野,血流成河。天上下雨了,洪水泛滥了,把它们都淹没了。没战死的蚂蚁又被淹死了许多,洪水上漂满了尸体。幸存的褐蚂蚁和黑蚂蚁又在洪水没淹到的高地上战争起来。黑蚂蚁用了许多诡计，想把褐蚂蚁逼到洪水里淹死，褐蚂蚁则假装撤退，把黑蚂蚁诱入山谷，然后掘开堤坝把洪水放下来。黑蚁王败逃了。它又去黄蚁国请来救兵，把正在庆祝胜利的褐蚂蚁们包围了。又是厮杀……

他们在素雅宽敞的客厅里坐下，门敞开着，隔着竹帘可以看见外面的院子，看见那很大的葡萄凉棚。

"您气色很好，比我上次见您更健康了。"顾恒笑着说。他双手扶着沙发扶手，身体稍稍前倾。此刻他发现：一个人并不是在任何场合都有仰靠而坐的"权力"的。他为自己的发现感到有趣。

"我主要是心宽，不管天下事。"成猛笑笑，很舒服地仰靠到沙发上，跷起二郎腿，徐徐地吐出烟说道。每当他说这种话时便感到一种富于幽默的享受。他身体着实很健康，头发基本是黑的，耳聪目明，精神矍铄。

"现在提倡实事求是，您说自己不管天下事，这话可不算实事求是。"

成猛开怀笑了："我确实管的很少。有那么一些同志在一线工作，我们不须多加干预，我也要讲点无为而治。"

"无为为了有为，您只是不做无用功而已。"

这话显然使成猛感到满意："你的这句总结，对我可是最高嘉奖。我们几十年来做了多少无用功啊。"

"有的还是反作用功。"

"我有一条很明白、不昏：一个人，一个政党，不可以向历史索取不能得到的东西，否则是要头破血流的。"成猛伸手很有力地弹了弹烟灰，"做到从容大度、游刃有余是很不容易的。孔子讲：三十而立，四十而不惑，五十而知天命，六十而耳顺，七十而随心所欲不逾矩。我已是耄耋之年，至少应该知道什么是不逾矩了吧？活到这个岁数了嘛。"

"不是人人能按岁数做到的。三十而不立，四十而不能不惑，五十而不知天命,六十而不耳顺的有的是。都能做到六十而耳顺,我看咱们过去很多事情就不发昏、不胡来了。都能做到七十而随心所欲不逾矩,那您可真是什么事都不用管了。"

成猛很舒心地笑了:"要努力做事,又不要做无用功,要发挥主观能动作用,又要尊重客观实际,这是两条原则。"

"应该提倡这两条原则。"

"第一,不管在什么时候,一个政治家都应该保持自己的声音,而且要使自己的声音正确、准确、明确。第二,如果自己的声音暂时不起作用,那是条件还不成熟。你不必着急。着急是没有用的,不如去游泳,钓鱼,种菜,啊?条件一旦成熟了,那声音会被所有的人想起来的,会变成行动的。"成猛抽了一口烟,吐出浓浓的烟气来,"所以,我有话就讲,讲完就完了,人们听不听我不管。"他又笑了,对自己的话补充道,"当然,有的话什么时候讲,早讲还是晚讲,要选择适当时机。"

"您讲得很深刻。"

"省里情况怎么样?"成猛垂下眼弹了弹烟灰,稍稍停顿了一下,抬起眼问道。

顾恒又往前坐了坐,他知道正题开始了。成猛常常直截了当进入主题,而且是三言两语谈完主题。他是成猛的老部下,战争年代就跟随过他,深知这位老首长的作风。"总的情况还是很好的。"他说。

"哪有那么多'很好'啊?"成猛不满地挥了一下手,"形势没那么好——没你们说的那样好,也没那么坏——不像另外一些人说的那么坏。有什么特别的情况吗?"

"嗯……没有。"顾恒答道。他觉出来了:成猛今天约他来,并不想听他讲什么情况。

"给你两年时间,能不能把省里的工作安排就绪,做个了结?"

顾恒一时有些呆愣,他揣摸不透这是什么含义。

"两年内,把各方面工作再搞得出色点儿,然后把接班人物色好,把整个班子搞年轻一点儿,你就撤出来。有困难吗?"

顾恒一时不知如何回答,是不是让他退居二线?"我想……"

"我问你有困难没有?"

"我原想再用三至五年时间把……"

"我问你有困难没有?"成猛的声音提高了,明显露出严厉和不满来。

"没困难。"顾恒答道。这是对这位老首长唯一能够做的回答。否则,无论你是沉默还是解释,他会再次提高声音问你"有困难吗"?

成猛又不满地瞥了他一眼:"两年后,你准备到中央来。"

顾恒明白了,而且知道任何谦虚之辞都是不必要的。

"你有这个思想准备就行了,从现在起多关心点儿全国的事情。"成猛说完很舒服地仰靠在沙发上,脸上露出开朗的神色,"以后,你也要适当多研究点儿国际问题,啊?"

顾恒正准备答话,从里面走廊里走进来成猛的妻子萧觉,她是个苍白文弱的妇女。六十多岁了,看上去比她的年龄更年轻些。她动作有些迟滞地坐下,目光疑惧地看看成猛又看看顾恒,反复看个不停。

"他叫顾恒,"成猛走到她身边,像对小孩一样和蔼地对她解释道,"是我约请他来的,我和他谈谈工作。"

萧觉睁着眼似懂非懂地听着。

顾恒知道:萧觉在文化大革命的揪斗中神经受刺激失常了。现在每逢有人来家,她总不放心,总要守在成猛身边,生怕来人又要揪斗成猛。

"萧大姐,您不认得我了?我是小顾啊。"顾恒笑着对她大声说。

萧觉像没听懂似的眨着眼看着他。

成猛又走回来在沙发上坐下,继续同顾恒谈话。

萧觉一直坐在那儿,大睁着双眼不放心地一会儿看看成猛,一会儿看着顾恒。她观察着他们的神态,观察着两个人的关系。过了一会儿,大概是看出了成猛的安然,也看出了顾恒的恭敬,她才放心地站起来,用完全像是正常人的声音,温和地说了一句:"你们坐吧。"便离开了客厅。

　　她回到自己的房间。她感到坐立不安。外面有大学生们的呐喊声，有人翻墙进来了，院门哐当被冲开了，一片咚咚咚的脚步声，屋里屋外一片吵闹的人声。又是他们来了。眼前现出人影，各种神态的眼睛晃来晃去，绿色的衣服，蓝色的衣服，红色的袖章，红色的小书，红色的旗。耳朵嗡嗡嗡嗡轰响着，好像贴在耳朵上的收音机里的噪音。她站不稳，扶着椅子坐下来。她用双手捂着耳朵，惊惧地左右看着。报纸，黑体字的通栏大标题在眼前出现。又是报纸。一张比一张大。天一样大的报纸。横于天地间的大标题。大字报栏，一层层的大字报栏，人群像海洋，到处海潮汹涌。海潮中闪射着可怕的火光。海潮涌进体育场，黑压压的人头，口号声轰鸣，容纳不下了，体育场炸成了许多块。一块黑色巨大牛头在空中转动着遮住了太阳，一条断臂血淋淋地在天上横飞，残缺的半截身体躺在云中，巨大的面孔在痛苦地痉挛扭动着，黑色的、红色的碎块布满天空，有眼睛，有嘴巴，有手铐，有脚镣，有皮鞭，有喇叭筒，有女人的头发，有一截巨大的烟囱，有残断的蟒蛇⋯⋯这些碎块转动着，又相互撕咬着，张开了黑色的大嘴。牛头咬住了断臂，喇叭筒咬住了人脸，人脸咬住了手铐，一道青色的闪电穿过它们，天上落下黑的雨，红的雨，淋在地上，升起了烟雾，地面已经烧焦了，一条巨大的蚂蝗也烧焦了，一动不动躺在一双草鞋旁，草鞋也焦了，一抖动，变成一摊灰⋯⋯

　　自己在这乱纷纷的世界中干什么呢，在一张又一张地撕大字报。只要看见大字报上有成猛的名字，她就撕。不断地撕，皮鞭在她头上飞舞⋯⋯

　　自己为什么坐在这儿发呆？成猛呢？还在客厅里？他会不会出事？自己怎么能把他一个人留在那儿？⋯⋯

　　成猛与顾恒谈古论今。

　　"关于国际问题，您觉得应该怎样研究呢？"顾恒问。

　　"从大的方面入手嘛。由大及小。每天研究一点，一两年就完全掌握了。这个世界不大,问题也并不复杂。我看不出有什么太复杂的地方。"成猛说道。

"因为您有战略眼光嘛。"

"战略眼光也不神秘,你一个省委书记没有战略眼光?一个军长没有战略眼光?有吧?一个县委书记、一个团长,也可能有战略眼光嘛。"

"是。"顾恒点头说道。自己一贯研究"难眩以伪",知道分寸,话再多就有奉承之嫌了。

"我现在确实感到这个世界不算大,"成猛还想继续发挥,"就那么大个地球,就那么几个算得上有力量的政治家,就像隔着一张会议桌嘛,你看得见我,我看得见你,各自有几下子,也都相互掂出来了嘛。"

"是。"

"几千年历史,现在看起来也不长了。原始社会,奴隶制,封建,资本主义,社会主义,就那么几个社会发展阶段嘛,就那么几十个朝代嘛,就那些数得上的大农民起义、大战争、大的变革嘛,还有就是那些数得上的大思想家、大政治家、大军事家、大科学家、大文学家、诗人。"

"您认为中国历史上,哪些人物可以称得上伟大?"

"不超过一百个吧,孔子,孟子,老子,韩非子,庄子,墨子,孙子,陈胜,吴广,秦始皇,汉高祖,唐太宗,朱元璋,李白,杜甫,屈原,白居易,唐僧玄奘,曹操,诸葛亮,祖冲之,张衡,蔡伦,李时珍,孙中山,毛泽东,这些都可以称为伟大人物吧。我这是随便列一些,不全。这一水准的都可以称之为伟大吧,还有,鲁迅,曹雪芹,罗贯中,施耐庵,都该算吧。"

"政治家中还有谁?"

"王安石,商鞅。"

"康熙、乾隆、汉武帝呢?他们都造成了盛世。"

"这就要看用什么标准衡量了。"

"武则天呢?慈禧呢?"

"我对她们印象很坏。当然,客观说,她们都是有本事的政治家。"

"您欣赏什么样的政治家呢?"

"总该对历史有所开创吧。我对那些守成的皇帝并不怎么欣赏。"

"那些伟大人物之所以伟大,是因为他们的建树呢,还是因为他们的才能呢?"

"当然主要看建树,有时也看他们表现出来的才能。才能并不是和建树成正比的,首先是历史提供的条件,时势造英雄嘛。"

"那,您对自己的评价呢?"顾恒身子又往前倾了一些,尊敬地问。

"我?算不了什么。这一辈子能干的事情大致就这么几件了,不会再有更多的丰功伟绩。"

秘书安晋玉不知什么时候毫无声响地来了,他打开了客厅里的灯,客厅里一片明亮。"天太黑了,外面要下雨了。"他轻声说明道。外面已然是黑云密布,一片阴暗。

"叫军军进来吧。"成猛说。

"我叫过他了,他不进来。等会儿下开雨了,我再去叫他。"安晋玉说。

萧觉又目光疑惧地慢慢走进客厅,她的目光又转来转去地看看成猛又看看顾恒。

"没有来新客人,还是刚才的顾恒,我告诉过你了。"成猛又像对小孩儿讲话似的和蔼说道。萧觉站在那儿直盯盯地看着顾恒。

"萧大姐。"顾恒亲切地招呼。

萧觉依然盯着他不动,顾恒只能微笑地看着她。

"你一九六六年被打倒了吗?"过了好一会儿,萧觉完全像正常人一样地问道。

"被打倒了。"顾恒回答。

"是一九六六年就被打倒的?"

"是,一九六六年。"

萧觉似乎这才放心了,她慢慢转过身准备走,走了两步,又转过头看了看顾恒。

"萧觉,"成猛站起来,扶着她的肩膀轻轻拍了拍,"你该吃药了。"

外面亮起一道耀眼的闪电,响起震耳的雷声。

"快,叫军军进来。"成猛对安晋玉说。

窗外是一道道骇人的闪电,是狂风,是鞭打玻璃窗的暴雨,是雷声、风声、雨声,还有无数人的呼喊声。其中夹杂着军号声、枪炮声。

她独自在晦暗的卧室里坐着。闪电把窗外的天空割裂了,眼前的一切都在跳跃着、畸变着、碎裂着,不合比例地相碰相拼着。一幅又一幅怪诞的画面在她眼前叠印着。

旧上海的大世界,被马队冲溃的学生游行队伍,从眼前过的马蹄,满地的三角小旗,血泊,一条举向空中的手臂,漫天飞舞的警棍,黑沉沉的大门,阴森森的台阶,一条铁键扭成"8"字形,黑暗的小阁楼,高楼,满天纸片,雷电,火车,小船,黑夜中的小路,纷纷乱乱的人影,黑魆魆的山脉,黑暗中一张脸,暗红的火花,谁的白牙齿,割裂黑夜的探照灯,几条扭曲的小路,跳跃不定的黎明,霞光,军号,宝塔,黄土山,被炮弹炸裂,小土院,破桌子,黑压压席地而坐的人群,面对一只挥动的手臂,窑洞的门窗亮堂堂,下山的小土路,她低着头,并肩走着一个人,后面牵着马,路边一朵圆圆的野花,一株长长的狗尾草,她手中捏着手绢,马在河边饮水,河中有她的倒影,马头伸入水中,倒影抖动了,塔、山、马都抖碎了,一条蛇,蛇变成队伍,山像海涛涌过来,脚流血了,更高的山,更寒的山,更硬的山,她喘不过气来,满天炮火,横飞的血肉,遍地尸体,她看着厌恶的尸体,她看着难过的尸体,铺盖着山坡,黑色的闪电把一切又都割裂了。

这张画面她似乎看清了,山区,村落,土改,地主游街,插牌子枪毙,一个恶霸地主吊起来,周围是愤怒汹涌的人群,一张张扭歪的脸,火光涂上一片血红。

这张画又破碎了,变成布满天空的黑色巨块,黑色的牛头、狗头、蛇头,人的四肢、躯干,在空中张大嘴撕咬着。

"萧觉,你该吃药了。"谁的声音?外面的雷电基本平息了,只有雨还在哗哗地下,自己是该吃药了。

她稍稍平静了一些。

然而,她拿着药,神经又控制不住了。这是什么药?是谁拿来的?她能放心吃吗?晦暗的房间角落里,到处是窥视的眼睛……

"她对一九六六年没被打倒的人都不相信。"目送萧觉的背影,成猛对顾恒说道。他目光凝视着一点停了一会儿,脸上隐隐露出一丝冷峻:"文化大革命否定一切,结果,它自己必遭彻底否定。"他的声音像是在做法庭上的宣判。

"是。"顾恒附和道,"这也是您在一生中所参与做的重大事情之一。"

"这一条大概是历史要记载下来的吧,功过千秋,让后人评说吧。"成猛略有些感慨地说,"小安,你坐吧,我和顾恒同志随便谈谈。"他对安晋玉温和地摆了摆手。安晋玉看了看窗外,谦谨地轻轻坐下了。外面的大雨还哗哗地下着。

"几千年的文明史很短,几十年的人生就更短暂了。"成猛又说道。

"你们的一生可以说是伟大的。"顾恒说道。

"伟大不伟大也由后人评定了。"成猛说,"刚才我不是讲过了:伟大不伟大首先是历史造成的,再伟大的人物也是由时势造出来的。"

"时势为一切人提供了机会,能不能做出伟大建树,还要看一个人的才能。"

"不,"成猛略摆了下手,"说彻底了,一个人的才能也是由他一生的处境、客观条件决定的。我回顾过自己的一生。如果我不是出生在政治活跃的湖南,如果小时候不是遇到那样一个私塾老师

——他对我影响很大——如果不是包办婚姻逼得我离家出走,如果不是在一些人资助下去西方留学,总之,如果没有这许多客观条件,有的看来似乎完全是偶然条件,我不会成为今天的我,不会站在今天的位置上。你想过你的人生没有啊?其实,在一生中几十个、几百个环节上,只要有一个环节性条件——即使是偶然的条件——变化一下,你就不会成为今天的你了。"

"是这样。"

"所以,一个人,即使是伟大人物,其实是渺小的,他的命运是被一种更大的力量决定的。"

"是历史吧?"

"那就由你自己去想了。"成猛仰靠在沙发上,眼睛凝视远处抽了一会儿烟,"不过,人的一生是斗争的一生,这话是对的。"他说,"你爱看球赛吗?足球、排球、篮球,都爱看?对,应该爱看,那里有很多战略战术。知己知彼,扬长避短,以长攻短,战略防御,战略进攻,声东击西,迂回分割,集中兵力,运动战,阵地战……那里面都有。下棋吗?不下?象棋、围棋都不下?那不好,要学着下。人的一生就像一场球赛,从头打到底,拼到底,也像一盘棋,从开局杀到终局。"

"对。"

"人生还像一天的太阳,从早晨升起来,一直到晚上降下去。"成猛说着不由得看了看门外,隔着竹帘,外面的雨还是白花花的一片,"我现在大概就像下午五点钟的太阳。"

"您身体很健康。"

成猛摆了一下手,"健康也不是正午的太阳了。"说完,他的目光又有些恍惚。

……他与萧觉站在家乡的青牛山上,看着太阳在西面地平线上火红地、一点点地沉下去。太阳是慈和的。整整一个白天,它照耀了大地,它把光和热都洒在了万物上,万物欣欣向荣,它却疲倦了,它带着微笑安详地看着大地。田野上是金黄色的稻子,是一坡坡绿草,是一片片树林,是荡荡漾漾在天边流动的大江。太阳慈和地微笑着:我累了,我就要离开你们去了,你们会记得我,然而我并不需要你们记住我，我只是走完了自己的路程而已，我的心还是温和的，我对大地还有感情。太阳终于下沉了，半天红霞，田野一片宁静……

萧觉又目光迟滞地走进客厅。

"还没吃药？"成猛看了看她。

萧觉慢慢伸出手来，手里有两个药瓶。

成猛接过药瓶，亲自倒出药片，数了数，走过去拿起茶杯。小安上去要接过来帮着倒水。成猛摇了摇手："我来。"小安停住了手，他刚才的动作不过是本能的反应。他知道：只有成猛亲自倒水拿药，萧觉才会吃。成猛倒了水，试试水温，然后一手拿药一手端水，一起递给萧觉："吃药吧。"

这位权力很大的人物此时是个最善良的老人。

萧觉听从地吃了药。

"爷爷，雨停了，雨快停了。"小军军从里面跑进客厅来。外面的暴雨转瞬间变得淅淅沥沥，似乎要停了，天也开始晴朗起来。

"我该走了。"顾恒站起身，准备告辞。

"回去以后多培养几个年轻人，这是当前最重要的。"成猛边送客边说道。

"是。"

"噢，"成猛突然想起点什么，"那个古陵县的县委书记的问题查清楚了没有？"

"我正准备再深入了解一下。"顾恒连忙回答。显然，成猛也看到那份"内参"了。

"没搞清楚怎么就在报纸上宣传起来了？"

"他的一般情况我清楚，有魄力，有能力……"

"政治品质怎么样？"成猛略有些不满地打断了顾恒的话，"小安，你对他不是有些了解吗？"

一直跟在身后的安晋玉此时看着成猛，一脸诚实的表情，内心却在飞快地盘算，考虑该如何回答。"我接触过两次……别的情况不太清楚，只感觉……他对文化大革命的看法好像……还有一些保留。"安晋玉谨慎地答道。

对文化大革命态度暧昧，是成猛最反感的。"用人要德才兼备，德是第一位的嘛。"他对顾恒说，"当然，情况还需要进一步调查了解。"

他并不知道安晋玉对李向南才能怀有的嫉妒。

顾恒不便于再解释什么了。关于李向南的问题似乎已成定局了？他眼前不禁浮现出李向南这个年轻人的形象。这位有才华、努力进取的年轻人在一瞬间就被一个"更大的力量"决定了一生的命运？仅仅是因为成猛身边年轻秘书的一句话？

不要紧，他明天就要找李向南谈，事情会搞清楚的。倘若李向南是个德才兼备的人才，现在的形势下是绝不会被埋没的。

小军军正呆呆地站在水汪汪的院中。

"怎么了，军军？"成猛问。

"爷爷你看，我修了半天，被雨一下就冲坏了。"军军手指地下撅着嘴，难过得快哭了。小军军建造的蚂蚁世界被暴雨冲得一点痕迹都看不见了。

"你修了半天，叫雨水一下冲光了，就难过了？那蚂蚁不知劳动了多少天才掏好的洞，不是叫你一下就挖坏了？"成猛哄劝道。

"我比蚂蚁大，雨水比我大，是吗？"

第二十七章

一群生气勃勃的年轻人准备在景山上召开"中国大趋势与我们怎么办"讨论会,现在正站在市中心制高点的亭子里,俯瞰着北京城。

"咱们先观一观景吧,感受一下历史与现实。"不知是谁这样提议道。

将近七点钟的夏日傍晚,北京城披着一种说不出的神思悠悠的色调。夕阳已沉入西山,西边天弥漫着暗红的、溶着黛色的晚霞。整个京城被灰蒙蒙的雾霭和橘红的光亮笼罩着,融融的倦怠中含着繁闹。景山对面,在楼厦林立、街道纵横的现代化城市中央,是金碧辉煌的紫禁城。这是北京的中心。南北中轴线上,由南及北,由远及近,可以隐约看见前门——正阳门,然后是天安门,端门,午门,太和门,太和殿,一直下来,是紫禁城的北门,然后是他们站立的这座景山上的万春亭。

紫禁城——这座世界上现存的最大皇宫——凝固着红色与金色,雄伟方正、肃穆森严。上万间宫、殿组成的庞大建筑群浮荡着一种幽深莫测的雾岚,令人想到东方古国几千年的巨大历史。

他,李向南,俯瞰着这一切,能感到此刻那种俯瞰天下时常有的开阔胸怀和宏大气魄。一瞬间,他用一种旁观的角度"观察"了一下自己与同伴们,突然又感到:临空站在这高度上,脱离着地面,被高空的风吹着,他们是太渺小了。是悬在空中的一小撮沙粒。只有走下山去,沉入这广大社会中,他们才能延伸自己的手脚,放大自己的脑力。只有依靠社会本身的巨大杠杆,他们的力量才能撬动点儿历史……

此刻站在自己身边的小莉,咖啡色连衣裙已经干了,周身又洋溢着动人的气息。然而,现在他完全能抑制自己的冲动,因为此时这个世界不仅是他和她，现在他立身于一群生气蓬勃的青年思想家之中，他准备在这场讨论中开展一个漂亮行动。面对京都全景，他有着一种要指点江山的豪迈感。人是社会性动物，毕竟要有点社会性理想。他始终以改造社会、推动历史为己任。女人、爱情终归是其次的。要女人，要爱情，也要配合事业。他想到林虹。

"你怎么来了？"刚才看着林虹与十几个人一起说说笑笑上山来，他没有理睬小莉的脸色，上前两步招呼着。

"是他硬拉我来的。"林虹指着身旁的范丹林说道，"我也想听听你们的讨论。"她用力登完最后几步，喘吁吁地站在他面前。

此刻，她明朗大方，和昨晚车站上判若两人。

他和范丹林打了招呼。他认识范丹林。对于这号活跃人物，北京并不算大。他在相视中感到了范丹林那男性有力的目光。范丹林同林虹一起来的，对林虹便似乎有了一种类似保护者的责任和特殊权力。

他感到了自己内心受到的刺激。林虹与范丹林的随意谈笑就让他受到刺激。林虹顿时显得更漂亮了。一瞬间他明白了：自己在爱情上的抉择再也不能犹豫拖延了。同在政治上一样，既需要深思熟虑的慎重，也需要当机立断的胆魄。

是林虹还是小莉，这次在北京必须做出抉择。或者都不是，是其他某个女性，也该有所决定。三十而立，成家立业，都不能再拖了。他既不该失去应该得到的，也没精力去承受额外的感情负担……

这时，有人招呼讨论会开始了。

他，商易，一个很怪的名字，常常让人开玩笑"商议（易）、商议（易）。"这时转过身来，向大家招呼道："怎么着，咱们是不是开始？本人商易现在和你们大家商议商议。"大家全笑了，四下散开，在亭子四周围圈坐下。有人还掏出面包大嚼起来。"谁先开始？咱们可就开一个小时会啊，抓紧时间。是自告奋勇呢，还是让我点名儿？"商易依然笑呵呵说道。他中等身材，宽肩，手长，腿有些偏短，额头很大,鹰钩鼻。目光鹰一样锐利。照理他的相貌会给人阴险的印象,但因为他永远在扮演大大咧咧的角色,所以反而让人觉得可亲。他在农村插过队,现在中央的一个政策研究机构任职,借工作之便,"手伸四处",联络八方,北京没有他伸不到的触角。大家都戏谑地称他为"联络官"、"盟主"、"信息中枢",背后也有人称他为"思想二道贩子"、"说家"。他并没有多少自己的思想,但他善于把所有人的思想都收罗来,变为己有,而且转手又"贩"出去。用他自己的话说:他生来就是为着不停地说话的,是为着从早到晚和各种人聚会的。上瘾。北京思想活跃的年轻人没有人不知道他。谁也不太尊敬他,谁也不轻视他。很多时候,大家都需要他。

譬如,今天这"景山讨论会"就是他牵头召集的。他绝非公认的思想领袖,但唯有他和各"思想集团"都有着直接联系。

现在,各"思想集团"都簇拥着他们各自的领袖坐在四面。

亭子东面的这六七个人,有男也有女,一股子学究气,这是现在很有名气的"百科全书派";南面这一团,为首的是个神情严谨的中年人(这是讨论会中唯一的中年人),叫许哲生,垂着皱纹深刻的额头,似乎总在苦思苦想,这群人被称为"改革先锋派",许哲生及其同伴们是中国农业改革的先行者;西面这一群,以范丹林为首的,是一群年轻的经济学家,人们称他们为"经济智囊团";北面,就是商易和李向南为核心的这群人了,差不多都当着"官",或经理,或厂长,或县委书记,或政策研究人员,他们被称为"改革稳健派"。当然,人们是自然而然坐成这样的,也并不很分明。还有许多较小的"思想集团"和个人,或散落于大群中,或三两一伙地簇集在亭子四角,处于四大集团间的"接合部"、"边缘地带"。

人们纷纷点着了烟。商易也掏出烟点着,猛吸了一口:"怎么着,又是三十秒冷场?这惯例就破不了?"他嘻嘻哈哈地说道,"关于大趋势,咱们讨论过,关于怎么办,诸位更是天天在研究,今天把大伙儿约到一块儿,是要正面接触一下。你们不讲,我可要开始了,我一张嘴,可就跑马收不住缰了。"

众人笑了,他也笑了。他太明白这种冷场是因为什么了,人人都在认真地考虑发表一个像样的演讲,神经便都板住了。他才不会这样煞有介事呢。他是走到哪儿就说到哪儿。人们相互之间不很熟,恰恰给了他一个特殊地位:中心的地位,联络各方的地位,因而也是一个组织者、领导者的地位。他心中掠过一个思想:领导者,有时不过是因为处在一个中心的联络者的位置上而已。

他很满意自己此刻所处的位置。为了这种位置,他可以热心地做很多事,白天黑夜地张罗,累死都不要紧。但为了抵御别人侵占这种位置,他也时常有些狭隘的考虑。

她,张抗美,很认真地开口了。"我提个议……"她说。她长得不好看,满脸雀斑,又矮又小,像个十几岁的小姑娘,实际上她已经快三十岁了,而且在北京颇有知名度。她的几篇关于爱情婚姻的洋洋万言曾引起广泛反响。人们很难把她的相貌与她那笔锋犀利的论文统一起来。她与丈夫都是研究物理学的,丈夫已去美国留学,她也将出国。她明明知道那些初次见到她的人会因为她的相貌感到失望,她经常遇到这种令人难堪的失望,噢,你就是张抗美?她知道,此刻有人正在交头接耳地议论:"她就是张抗美?"她不在乎。她就是她。她是勇敢的,无所顾忌的,就像她的文章一样。要生活得幸福,首先要生活得勇敢。她坦然地笑了笑,接着说道:"咱们的讨论会最好采取走马灯和辩论相结合的方法。"

"什么?"人们都不懂了。

"走马灯,就是转着圈,每个人都简单扼要地发个两三分钟的言,这个言应该是你的思想宣言。但每人发布自己的思想纲领时,又不要互不相干,要和前面发言者的不同观点展开辩论。这就是和辩论相结合。概括起来就是:发表宣言的同时进行实质性辩论,在辩论的过程中一定要讲出自己的宣言。最后,人人都转圈讲过话了,我们就能在已经展开的思想面积上找到中心的争论,在那里发现有价值的东西。"

她的方案太卓越了。不愧为张抗美。她不是难看的小姑娘。她与她的方案都站立住了。

"我打头炮吧。"他，焦莽安，一个不足二百人的水泵厂厂长。胖而且壮，粗脖颈上一颗又圆又大的脑袋，已经开始秃顶，脸色红润，浓眉大眼，一股子热乎乎的憨厚劲儿。"你说完，我给你补充吧。"她，叶枫，焦莽安的妻子，是大学的经济系讲师，一个苗条干练的女人，紧挨他坐着。

夫妇俩坐在李向南身旁。他们曾和李向南在一个公社插队，是李向南的崇拜者。李向南感到左右簇拥着他的力量。他们讲话比自己讲话，更让他感到自己的分量。

"我认为中国的大趋势，简单说，就是对文化大革命的反拨。这当然不是指我们的政策了，是指历史本身的趋势。反拨的政策是反拨的历史运动的反映而已。这也算我的宣言吧，我们现在最重要的是抓紧推进经济上的改革，脚踏实地地干，不要讲空话，拼命地往前拱，在二三十年内，造成民主政治的稳固的经济基础。"焦莽安说着，脸上渗出汗珠，他的嗓门很粗，口才不甚流利，显得有些笨拙。他表述的思想显得很平常，谈不上精彩，而且三言两语太简单，连一分钟时间也没用了。

叶枫远比丈夫聪敏，丈夫的话没有得到重视，甚至还引起了某些人的轻视，这些她都感觉到了。丈夫不是思想家，他的长处是善于实践。他像台大马力的发动机，滚烫的、不知疲倦的突突突不停开动。只要有人为他规划出战略，他就能以其精力旺盛的社会活动来实现它。而在思想上，她远比焦莽安更深刻、更有才华。

十几年前，在同一个县的插队知青中，她也远比他引人瞩目得多。后来，他们共同在一个农村小学当老师。她也从未看起过他。然而，她渐渐地在他身上发现了一种蓬勃向上的行动力量——这正是她所缺少的，最后竟出人意料地嫁给了他。婚后，她不仅感到了他那火热的、让她喘不过气来的拥抱是有征服力的，而且无论在工作还是在生活中，丈夫都成了这个小家庭的顶梁柱。盖新房，挖菜窖，拉煤，种菜，担水，一切都靠他的忙碌。进县城过河时，他每次都背着她过。她成了被娇惯的"小妻子"。虽然，她仍然比丈夫有思想，有口才，然而，她还是崇拜他。

现在，丈夫的话讲得很"柴"，她并不以为耻。到底是他开的头一炮。讲的不深刻不要紧，有她"补充"呢。"我补充焦莽安的思想吧。"叶枫抽了一口烟，伸手轻轻弹了弹烟灰，然后目光平视很从容地说，"文化大革命这个苦果不是凭空结下的，它是几千年来封建专制的残余累积而成的。刚才咱们看到的故宫就是封建皇权的象征，它的颜色、格局、结构、造型，都集中表明着中国的皇权，表明着一种社会结构、权力结构，包括中国封建社会的政治哲学、伦理哲学、美学观念。这些物质的、观念的东西，社会上到处都有残留。文化大革命这种封建专制的东西发展到顶点了，物极必反，法西斯专制终于破解了，民主的力量向四面冲开禁锢。所以，今天中国的大趋势就是对文化大革命的反运动，表现在政策上，就是放宽。开放就是一种放宽。然而，只有对文化大革命的反拨还不够，原来十亿人被捆成一捆，现在绳索断了，松绑了，可以活动了，整个社会还要继续发展向前，还要进一步改变经济、政治体制。所以，我认为：正确的战略与有效的实践在当前是最重要的。"

对面坐着的是许哲生。此刻，他垂着眼轻轻咳嗽了一声。就像他自己所知道的，他的咳嗽声是有分量的，众人的目光都转向了他。"问题就在于什么样的战略是正确的战略。"过了好几秒钟，他才声音沙哑地慢慢说道，"其实说大趋势并没有多大意义，那是政治算术，人人都能说一套。关键在于正确的改革战略，这里面就自然包括你对大趋势的估计。"

"对。"他身旁的几个年轻人立刻附和道，"'正确的战略，有效的实践'，你们说的正确战略具体是什么？"他们的话锋都向着叶枫。

"我简单说吧，在当前，在调整上当坚决派，在整顿上当强硬派，在改革上当稳健派。"叶枫看着他们很从容地说道，显出一种男性般的干练。

许哲生垂着眼，脸上布满深思。几秒钟的沉默中，他完全能感到人们在注视他，也能感到簇拥着自己的年轻人在跃跃欲试地想要发言。"这是个貌似正确的战略。"他说了一句，又微微停顿了一下。

万春亭上立刻出现了尖锐对立的气氛。南边，许哲生这群人，北边，李向南这群人，同是改革派，但在战略思想上却经常发生像这样尖锐的争论。

"在改革上当稳健派？谁是激进派？我认为叶枫刚才的那个口号是个暧昧的口号。我不是不同意经济调整，比例失调需要调整，我也不是不同意整顿，我们面对着十年内乱留下的巨大经济困难，整顿调整在一定程度上是必然的。但是，根本又根本的出路是改革。要坚定不移、全力以赴地改革。有人说我是先锋派，我认为，在改革上就是要当先锋派，当彻底派。提所谓的当稳健派，实际上是面对现实阻力的妥协。"许哲生声音低哑一句一句地讲完了。几秒钟沉默。

商易笑了，通融而圆滑地插进话来："我以为当稳健派的意思是：要在复杂错综矛盾的社会诸力量中找出合力线来，按合力线方向制定我们的战略，这样才实际可行。是吧？有的时候，先锋的战略，并不能成为整个社会的轨迹。"

"我们不应该站在平衡点上，我们应该通过我们的努力尽量使社会的平衡点往前移动一点，知道吗？"许哲生的声音提高了，露出一丝激烈来，"整个社会的轨迹是不会和先锋部队的努力完全一致的，但有了先锋的努力，社会的合力线才能往前移动一些。如果，先锋力量退到合力线位置，合力线还要往后退，知道吗？"

他是一九六六年的大学毕业生，文化大革命中，他一个人跑遍了全国农村搞调查，写了不知多少篇关于农业政策的"反动文章"在地下流传，为此，他被抓，被判刑，被打坏了身体。现在，他在一个政策研究机构中任职，一直怀着一种疾恶如仇的斗士情绪在搞改革。四十多岁了还未结婚，而且发誓独身。也许是由于长期迫害的身体状况不能结婚，也许他是想当个以身殉事业的大改革家，起码，人们普遍对他是这种印象。

"你全面讲讲你的'宣言'吧。"张抗美笑道。

"你们可以去看报、看杂志。我的观点早已公布于众。"许哲生说道。

他，石涛亮，讲话了。这位眉清目秀的南方人看模样还像大学生，其实已经是颇有名气的学者了。"我认为，大趋势我们不仅要谈，而且要从历史更宏观的角度来观察。我们要把握几千年、几百年、几十年的历史大趋势。"他的好听的南方口音显露出一种类似女性的文雅来；他急促的语气和微微带出的一点口吃，则显露出他的率真，"不这样看清历史，我们会犯近视的错误。我们会把精力消耗在一些并非最重要的事情上。""我完全同意石涛亮的观点。"坐在他身旁的是他的妻子唐莹，这时用一种像小儿科大夫那样温和的上海口音说道。她的外貌像她的声音一样，美丽、纤弱、娇小，穿着一件浅绿色连衣裙，目光中含着温善。

石涛亮感到了唐莹的支持，他停住话等妻子讲下去，妻子的口才比他好，然而，唐莹讲了这一句之后便不再开口。他知道，在公开场合妻子总是尽量扮演配角。她希望他更多地讲话。就像他们合作写书，妻子也常常不愿署上她的名字一样。

还讲什么呢？他刚才的话已经对争论的两派都含蓄地提出了批评。他认为他们太急功近利，缺少更长远的历史眼光。

他是富有历史远见的。

为什么中国封建社会延续达两千年之久？对这个陈旧而崭新的问题，历史学家们从未令人信服地解释清楚。然而，他，石涛亮，在妻子唐莹的协助下，从一九六八年在大学"逍遥"开始，把控制论、系统论引进了历史研究，得出了引起世界学术界瞩目的结论。根据控制论理论指导下的研究，中国封建社会是个超稳定系统。它一方面有着巨大的稳定性，另一方面又表现出周期性振荡。这种系统巨大的稳定性，正是依靠它本身具有的周期性振荡的调节机制得以实现的。在这里，他把中国封建社会史上每隔两三百年就会发生一次激烈的改朝换代的周期性振荡，第一次同中国封建社会的长期停滞性内在联系了起来。他第一次大胆指出了：中国封建社会之所以能明显有别于世界其他封建社会，保持"大一统"这个独一无二的特点，与儒生这样一个独特的地主阶级的知识分子阶层的存在有着相当大的关系……

没有人能够和他争论历史。然而，却有人与他争论现实。

"那你的结论呢，你认为现在最重要的工作是什么呢？"有人问。

"我认为，现在最重要的是引进和开发新思想。能不能把当代自然科学、社会科学的最新成果普及给中国广大人民，特别是普及给比我们还年轻的下一代，我认为是中国今后几十年、几百年内能否较快发展的最大关键。"石涛亮说。

"一二十年内，能不能使整整一代人、两代人在思想上、在整个思想体系上，包括世界观、人生观、伦理观、历史观、政治观、方法论、思维方式、科学哲学等等都全面更新换代，这是决定中华民族今后几百年乃至一千年命运的。"唐莹神情认真地补充道。

"对。所以，传播普及自然科学社会科学各学科的新成就，是现在最重要的工作。"石涛亮又说。

这就是他们的"宣言"。这就是为什么他不仅自己著作，而且正全力联络那些在各学科有创新建树的中青年学者成立一个编委会，准备编写一套介绍当代最新思想成就的百科全书式的大型丛书，这就是人们为什么称他为"百科全书派"。他将要：毕生精力，尽瘁于斯。唐莹坐在他身旁，为丈夫自豪。与在场的许多男性相比，石涛亮显得文弱瘦小，既无有些人那种伟岸的体魄，也无有些人那种谈笑自若的风度，他讲起话来至今仍像中学生回答老师提问那样拘谨，还微微露着口吃。然而她知道，石涛亮是思想上真正的伟岸者，在场的人中，没有谁比他看得更深远。

现在发言的又是一对夫妻。女的叫郦雅，二十七八岁，梳着朴素的短发，穿着件发皱的旧衬衫，说话时神情显得有些迟钝。她那敦厚温善的形象，如同一个子女众多的市民家庭中整天操持家务的长女,实际上,她却是个学者型高级干部家的独生女。女性中很少有人像她那样温和善良,更很少有人像她那样刚毅果断。三年前,坐在她身旁的丈夫夏光鉴还是刚被释放的政治犯,一个文化大革命中因"反动言论"被判刑二十年的大学生,一个出狱后仍然背着许多黑包狱的上访者。郦雅,这个暂时被抽借在国务院接待站工作的大学毕业生,却对这个衣衫褴褛的"神经病"产生了深刻的同情。她详细了解了他的情况,毅然决然地要为他翻案。近两年时间内,她的告状活动遍及党、政、公检法各最高部门,其活动量之大令人惊愕。人们常常在看见她弱女子的温善相貌后瞠目结舌。她终于把一个看来根本无法推翻的案子翻了过来。而正当人们,特别是父母亲戚对她这不可思议的、有些发疯的行动责怪纷纷时,她却宣布:她要同这个比她大十来岁、满身是病、性格怪僻的夏光鉴结婚了。整个家庭都震惊了,三姑六舅九姨子同父母一起站出来反对。她却不声不响地走了,在一间晦暗简陋的单人宿舍里与夏光鉴组成了一个只有一张双人床,一个两屉桌的家庭。仅仅一年之后,夏光鉴便在思维科学这门新学科中写出了卓越的论文,并在美国发表,又被翻译成十几种文字。

"我觉得大家讲得都挺深刻的。"郦雅很绵软地笑了笑,"我只补充一点:就是我们应该重视打破中国哲学伦理化的传统局限性和重视伦理道德方面的反传统。"她停了停,语气像说家常一样平和,"同西方哲学相比,中国哲学一个显著的特点,就是中国哲学自古以来都特别重视伦理道德的研究。西方古代哲学家大多同时又是自然科学家。他们除了关心人,还关心人以外的自然,关心主客体关系。中国哲学,比如孔子,从来也没有见他论述过宇宙的起源等问题,他们不关心社会和人以外的世界,他们关心的是社会和人生的理想境界,其中,伦理道德占有特别中心的位置。这有很大的局限。所以,"她往后掠了下短发,"我觉得,我们现在有两个重要工作,一个,就是要打破中国哲学伦理化传统的影响,这种影响挺根深蒂固的,到处都存在,这样才能使我们的哲学变得更开阔、更完整,不光重视伦理规范,而且重视宇宙观、认识论、方法论的掌握。

刚才唐莹讲思想上更新换代,特别对。我觉得,打破哲学伦理化传统的束缚,也属于更新换代过程要做的。"她笑了笑,好像因自己讲话时间太长了而抱歉似的,"还有一个,就是在伦理道德范围之内,许多旧传统观念也要打破。我做了一点研究,我们每个人受到的不合理束缚中,最大的常常是伦理道德方面旧传统的束缚。你们如果不相信,可以考察一下自己,这方面的束缚有时就比其他束缚多得多,也更难挣脱。"

"你呢?"商易开玩笑地问道,"我看任何伦理道德的旧传统,对你都可能不存在束缚力。"

众人都笑了。笑声中包含着对郦雅冲破世俗舆论与夏光鉴勇敢结合的亲热逗趣。

郦雅看着大家也笑了,她转头看看丈夫。

夏光鉴有些神经质地扶了一下他那高度近视镜,皱着额头,用一种怀有戒心的目光左右看看,过了一会儿,才不情愿地勉强笑了笑。他对一切玩笑都难以接受。他总疑心别人在轻视他、讽刺他。他对一切与郦雅亲昵的男性都怀有敌意。他身体内又开始那种神经质的轻微颤抖,腮帮子又克制不住地抽搐,然而,他感到了妻子的小手抚慰地放在了自己的手背上,这是一个熟悉的信息。他稍稍平静了。

"我认为,还应该重视思维科学的研究。我只补充这一句。"他目光直直地盯着眼前,发狠似的干巴巴地吐出一句。

范丹林端了端肩,郑重其事地发言了。

"改革是急迫的,我要强调的是:改革最根本的在于经济的改革。经济奠定整个上层建筑文明的基础。我也完全同意普及当代各学科最新成果,进行思想上的更新换代,我要强调的是:我们当前要特别重视经济科学思想的开发与普及。你们可能认为我是搞经济的,就强调经济,不是这样的。看看我们中国的历史,由于中国近代没有经过资本主义经济的发展阶段,我们各级干部中有许多对于现代经济方面的知识相对而言是较为薄弱的,对经济客观规律缺乏深刻的认识。一九五八年的共产主义狂热病不是偶然发生的：我们过分相信精神的、政治的、政权的力量，而忽略经济的客观规律性。现在，这种情况得到了有力的改变，这是富有历史意义的改变。但是，如果我们不进一步彻底改变人们头脑中忽视经济的思想观念，这在中国也是一种顽强的传统习惯势力，我们很难有长久的、稳定的发展和现代文明……"

他讲话从没有像今天这样铿锵有力，因为林虹正坐在他身旁。林虹正低着头帮他作记录。能听到她的笔在唰唰唰飞快地、动听地响着，活页夹中的活页纸在一页页翻动着，能感到她那文静的女性气息。

……"你干什么，是要记录吗？"讨论会一开始，看见他打开活页夹，林虹问。

"是。"他对一切类似的讨论都习惯做点记录。

"我帮你记吧，你专心考虑你的发言。"

他把活页夹交给林虹了。一瞬间，感到浑身涌上一股暖热……一个有事业心的男人，最幸运的莫过于身边有一个完全理解自己又能帮助自己的可爱女性了。讨论会上多少男人有这样的伴侣，那是他们的骄傲，那是他们力量的显现。有力量的男人总能得到那样的女人吧。现在，他也不是光棍一人参加讨论会了。虽然只是短短的一夜一昼，然而他感到已经和林虹完全了解了。他要找的就是这样的女人。

……"他们要我演电影。"离开烤鸭店后，他约她一起来景山，路上，林虹说道。

"《白色交响曲》吧？你肯定能演好。"他鼓励道。

"你怎么肯定我能演好？"林虹笑了。

"今天早晨我不是说过，我了解你。"

"了解我什么？"

"什么都了解。你能演好电影，而且，以后可能还会干别的，肯定也会干得不错。人相互了解，不需要那么多复杂过程。"

"你了解我的过去吗，知道我离过婚吗？"

"丹妮已经告诉我了，富有人生经历是令人尊重的。"

林虹目光透明地看着他……

他说的是真话，他喜欢富有人生经历的女人。他不喜欢浅薄的小妞。他不在乎林虹结过婚，他只要知道她现在是独身就行了。

林虹字写得很快，他用不着看，就知道她一定记录得非常漂亮。

"好，我就讲这些。"他转过头笑着问林虹，"你补充吗？"

"我？"林虹看了看他，"不。"她微微摇了摇头，"你讲得很清楚了。"

她毫无一丝惊异，那样坦然。她的气质太好了。

又有许多人做了言简意赅的发言。万春亭，这座三重檐、四角攒尖的古代建筑里，充满了最现代、最生气勃勃的言论。在暮色中，各种各样的手势在划着坚决的惊叹号，各种各样的激动面孔上掠过着明亮的目光。他们在指划世界、指划历史、指划未来。关于几千年传统的沉重包袱与宝贵财富；东西方文明的对比；中国经济发展的具体估计；动态经济系统的调节与演化；系统工程学与改革的总体战略；科技及教育体制改革之方略；对帝国主义发展规律的重新研究；全方位的外交战略与世界和平；社会的现代化与人的现代化；中国法制的发展趋势与当务之急；历史、现实与抉择；二十一世纪的着眼点；五十年及百年展望；一个兴衰剧变的大时代。……

轮到李向南发言了。

第二十八章

他一直在准备自己的发言，一直在观察着这热烈的讨论，也一直在感受着各种各样的刺激。

发言的都是这一代青年中最精粹的。人人都有新思想，人人都有新建树。听着他们的发言，感觉着他们言辞的碰撞，也刺激着自己的大脑兴奋，提炼着自己的思想。

万春亭内渐渐发黯，橙色的光亮在一点点淡弱，灰黛色在增加。西山在灰蒙蒙的烟霭中逐渐失去清晰的轮廓，笼罩在故宫上空的古老神秘的雾岚越来越浓重。他眼前突然浮现出一个幻觉：几百年前的紫禁城，天渐渐黑了，一扇扇宫门隆隆地关闭了，星空寂寥，夜半令人发瘆的更声……

他一笑，赶走了幻觉，心中却又浮出想象：如果再过三十年，眼前这群人会变成怎样？中国和世界会怎么样？自己呢？

一座座漂亮的城市，现代化的中国海军舰队在大洋上巡弋，漂亮的高速公路，一辆接一辆高级小轿车，巨大而肃穆的地下军事指挥部，他在农村视察稻田，他在视察长江水利工程，人群簇拥着他走上大坝，星期天他在家里，来客都有什么人？眼前这些人或许大都在内，他们那时都成了举世公认的思想家和学者，或是高级干部，他把他们请到家里促膝谈心，也许他还要请许多年轻的大学生，或是请一些艺术家、请一些运动员，和他们作最随便的谈论，和他们在最轻松的气氛中共进午餐。谁来主持家宴？主妇是谁呢？……

他又一笑，赶走了自己对未来的想象。历史会让他成为一个政治家吗？

范丹林讲话了。林虹紧挨着坐在他身旁，在为他记录，不时抬起头看一下发言者，目光里流露着兴趣。一股酸味涌上来。他这才发现:讨论会有近一半人是夫妻同来的。他感到了一点孤单。范丹林讲完了,居然还笑着问林虹:"你补充吗?"林虹也居然那样微笑地回答他,目光里充满着亲近和理解。林虹转过来和自己的目光相遇了。他有些阴郁地看了她一眼。她用那仿佛把什么都能看明白的目光温柔地迎视着他,目光中含着理解,含着言语,那里似乎有着不得不告别的温婉之情:就这样吧,只能这样,我愿你一切都好,你别生气……

不,他在心中说道。到北京的一昼夜就发生了这种变化。不,这是自己的错觉。什么都没发生,一切在等着他抉择。只是他应该快一些抉择。

不知别人讲话中有什么地方使小莉感到可笑,她在自己身后竟捂着嘴前倾后仰地格格格笑起来。整个讨论会上并没有人像她这样大笑啊。有什么可笑的?这是可以举止无行的地方吗?……

他该发言了。就在这一瞬间,他的一切胡思乱想都没有了,涌上来的是俯瞰历史的崇高感。众多新思想的联想以及此刻爱情上受到的刺激,还有政治上的遭遇,都奇异地化为了这种崇高感。

"向南,你得有思想准备,看样子你要遭殃。我刚知道一些新情况,待会儿告诉你。"讨论会进行中,黄平平气喘吁吁地赶来了,她一边揩着脸上的汗一边凑在他耳边匆匆说了一句,转身找了个地方坐下了。

刚才听完黄平平的话,他突然觉得自己有些精神涣散,有些疲劳。一种确确实实打不起精神来的疲劳。一切都在眼里显得黯然了。但这一瞬间似乎要崩溃的精神,很快被自己的意志力支撑住了。他绝不当怯弱者。他感谢自己那颗好心脏,它负担着一切,有力地在胸中跳动着。

他面对着众人笑了笑,开始讲话了。

在比万春亭稍低一些的山坡上,松树下,石头上,相偎相依地坐着一对年轻恋人。女的仰起脸朝万春亭上看了看:"他们讨论什么呢?这么热烈。"

"管他们呢,咱们看咱们的小说吧。"

男的打开了一本不厚的长篇小说。

"我给你读读这段,特别富有哲理性。"

> 你想进入哲学心境吗?
>
> 那么,请你无论如何试试:在夜晚的星空下凭栏远望广漠的黑暗,并且去想象:此时此刻此瞬间,世界上不同的人在干什么呢?
>
> 当总理的在灯火辉煌的国宴上举杯,当母亲的将奶头塞进婴儿嘴里,恋人在河边树影下接吻,产妇看着哇哇啼哭的小生命微笑,发现新粒子的物理学家在与助手拥抱,几万人在两伊沙漠的硝烟中战死,中东的贵族在轮盘赌中一掷百万,四合院中妻子倒出全部钢币,计算着一个月最后几天的生活费……生、长、衰、亡,斗转星移,万物变迁。亿万颗恒星在燃烧。一棵小草在黑夜中慢慢往上拔腰……

"你说,此时此刻北京的人都在干什么?"女的把头仰靠在男的肩上,目光恍惚地看着天空问。

"不知道。"

"等会儿天黑了,星星出来了,咱们到万春亭上来个凭栏远眺,想象想象。"

"想象什么,这上面不是说恋人在河边树影下接吻吗?咱们就在山上接吻吧。"

"你起来,讨厌。不怕别人看……"

他要以政治家的气魄讲话,要有鲜明的理论旗帜。要有在纷乱矛盾的观点中抓住纲领的概括力。要善于在一片空谈中提出几个切实可行的部署。"大家讲得很深刻。正如张抗美最初所提议的,展开了一个很大的思想面积。四十多分钟时间,已有二十人发言。我等于高效率地读了二十本书。现在,我只讲五句话。

"第一句话，我们应该把洞察历史的冷峻现实主义同追求未来的热情理想主义相结合。不是在深刻剖析历史的现实主义基础上诞生的理想主义是虚无的；但是，我又认为，对现实的深刻洞察往往是由那些对未来充满理想追求的大脑完成的。只有这样的大脑才能对现实具有无情的批判精神，才能对历史的一切积极因素有敏锐的发现。

"第二句话，实践与思想的开拓要携起手来。我赞赏许哲生在改革实践中的先锋派主张，我也赞赏石涛亮准备为一代人、两代人的思想更新而奋斗的决心。我认为，这两种开拓不仅不对立，而且真正是相互配合的。说到底是从物质上、精神上更新我们社会。所以，在座的实践家们与在座的理论家们应该形成长期互助的联盟。

"第三句话，我们相聚是为了寻找共同处，也是为了发现相异处，最后是在争论中互相取补，扩大我们的相同处。我建议：景山讨论会应该成为一个定期例会。

"第四句话，石涛亮、唐莹决心编辑一套介绍当代最新思想成果的百科全书式的大型丛书，这是一件具有历史意义的事情。大家都应全力支持这个事业。我以为，要寻找一个官方机构出面支持，这件事才可行；要有一个编委会——当然要由石涛亮任主编；要有出版社。这三件事，在座诸位都应具体献策献力。我们这次会议如果能解决这样一个具体问题，就是成果丰硕。

"第五句话，我以古陵县委书记的身份对诸位发出邀请，邀请你们在今年九月到古陵县走一圈。请你们帮助古陵制定一个从经济、政治到科技、文化诸方面的全面的改革规划。"

他含笑把目光转向范丹林："范丹林，我希望你一定去。一个县的经济在你眼里或许规模不够大，但麻雀虽小，五脏俱全，而且，它完全可以听任你的规划，这个我可以担保。你可以在古陵做一个全国经济改革的模型试验，成功了，在全国放大。"他笑了笑，"另外，我已经联系了几千万元的外资，也请你们帮我制定一个使用方略。好，我的话完了。我占了三分钟时间。"

他的讲话无疑是成功的，引起了不少人的兴奋，还有几个人止不住为他鼓了掌,这在这种讨论会上是绝无仅有的。

李向南对自己的讲话感到满意,感到自己身体内涨满着热情,有一种冲动。他想双手挺举一个一百公斤的杠铃,双脚坚实地蹬踏地面,猛然站立起来。他的双臂,他的双腿,他的腰背,他从上到下全身的肌肉,都渴望在一次爆发般的用力中,硬邦邦地挺直一下,并且在重压下坚持一会儿,吃吃劲儿,那样才通体舒畅。所有的人都在关心自己的事业,关心自己对历史的思考与实践。而他,不仅关心自己的事业,还关心所有人的事业。这正是他立足点更高一筹的地方。

但他来不及自我陶醉。有人诘问他了。

"这个讨论会上并不需要领袖。我们不想看见有谁在这里表演政治才能。我们想听的是你真正的社会主张。"许哲生此时沉着脸一字一句地慢慢说道。

"对。我们想知道,你是不是认为改革主要靠少数人的政治手腕?"许哲生旁一个年轻人跃跃欲试地问李向南。

空气顿时有些紧张。他知道,许哲生一向对他怀有很深的成见,认为他"政治味儿太重","充其量不过是新旧转换时期可以驰骋一阵的过渡性政治人物"。

他们还对他在古陵的实践提出了责问。

他需要坦诚的回答。

比那一对阅读小说的年轻恋人再稍低一些的山坡上,坐着一个三四十岁的画家。他时而俯看着傍晚的京都,时而仰望一眼万春亭,画着一幅综合着中国古代佛窟壁画与西方现代派美术特点的奇特的图画。

一块黑色的并不正规的方形,里面叠印着深浅不同层次的黑色怪诞图案,显得扑朔迷离,你想分清那是多少层次的图案,就像一个复杂的智力测验。那或许是故宫?

四面耸立着许多粗粗的褐色直线、白色直线,那或许是现代化的高楼大厦?这些"高楼大厦"上端都顶着浮云般椭圆形光轮。这不同高度的无数光轮在空中相交,又形成多得难以分清的多层平面。

一道水平方向狰狞起伏的灰色折线,那是西山?上面一个蓝色的三角形,是太阳还是月亮?一个圆锥体在画的左侧顶天立地,像是尖塔,从下到上套着许多越来越小的圆箍。最下面的一个圆箍是深黑色,往上是浅黑,灰色,浅灰……最顶端的一个圆箍是耀眼的白色。"尖塔"的背景则相反,最上面是深黑色,越往下颜色越浅,到了塔底部,背景是一片耀眼的雪白。

"尖塔"旁,一个男孩和一个女孩似乎在激烈争吵,互相用手指着。男孩手里拿着一根指挥棒,女孩手里拿着一个花环。他们的身体均由不合比例的几何图形拼组成。两个人踩在一个彩色的大圆球上,球上也绘着不规则的几何图形,有四块黑色,有七块绿色。

画面上还有许多互不相干的东西,像是散扔一片的零件:飞机的尾翼,汽车的轮子,自行车的脚镫子,一条领带,一根清朝的大辫子,迅捷行走的一双脚,椭圆形跑道,被撞断的栅栏,十字路口的红绿灯……

画家抬头看见那对读小说的恋人,他们正在树影后面接吻,笑了笑,在画面上又添了一只蜜蜂,停在一朵花上,后面一张蛛网……

面对这样的诘问,他不能有半点暧昧。在生活中,他同任何人一样有着许多复杂的考虑,但是在人格上,在作为一个政治家的原则上,他却要坦率、光明、磊落。他必须使自己像金鱼缸中的金鱼一样任人透明无遮地观察。他要行动,比了解别人更重要的是让别人先了解自己。只有把自己完全抖落开亮出来,他才能获得理解和力量。"请允许我做个坦率的回答。"他说,目光极其诚恳,"在古陵县,为着铲除那些愚昧腐败的势力,我不得不经常依靠铁腕。但是,我要说,第一,这确实是不得已的。不这样,我就不能完成诸如查处贪官污吏、平反冤假错案、改组领导班子这样一加一等于二的政治算术,不能稳定领导权,今天也就不可能在这里邀请朋友们去考察规划古陵县的改革。第二,我想说明,依靠铁腕进行的政治斗争,只是我现实忙碌中最表层的思想和目的性。我想,任何一个人都还有他更深一层、更深两层以至更深三层的思想。如果我只是一个铁腕的李向南,而没有那些深层思想中的社会理想和追求,我会由衷地憎恶自己。这是我在古陵时常有的思悟。

"有的同志说我'充其量不过是新旧转化时期可以驰骋一阵的过渡性政治人物',我认为这不是对我的贬低,而是公正的评价。我们这一代人要完成事业,先要通过一段布满泥潭、地雷的过渡地段,然后到前面开阔地去建新大厦。对于新大厦的设计建设,我不如在座的很多人有才能。但是,由于我的实践经历,我对这到处是泥潭的过渡地段的布局可能比很多人更熟悉、更有思想准备。为大家垫路,我心甘情愿,哪怕我弄一身脏,或者被踏在泥里。我知道自己的任务,做一个过渡性人物,我也很自豪。"

几秒钟寂静。林虹目光明亮地凝视着李向南。

许哲生盯视着地面,咬紧下嘴唇,想着什么。他大概不会为这番话所动,但他不知还该说什么。

黄平平决定说两句话,调动一下人们对李向南的理解。"我刚得到一个来自上层的可靠消息,说你……"她看着李向南停了一会儿,说出了原话,"快不行了。"

人们一时略有些震惊,同情地望着李向南。

许哲生也抬起眼看了看李向南。

在比那个画家稍低一些的半山腰,松树下的石凳上坐下了一对胖胖的五十来岁的中年夫妇。他们脸色通红,用双手撑着膝盖,实在爬不上去了,女的扶着男的肩膀,双双坐下了。

"万春亭上那群年轻人干什么呢?"女的掠了一下被汗粘湿的短发,仰头看了看。

"咱们不上去,怎么知道?"男的双手捏着衬衣抖着,让胸膛的汗落一落。

"那个人在画什么呢?"

"不上去怎么知道?要不,咱俩再加把劲儿爬上去?"

"算了,太热了,那个画画的也不年轻了嘛。"

两人各自擦着脸上的汗,看着山下的景致,不说话了。

"咱们算不错了,比上不足,比下有余,有人连这山腰还上不来呢。"过了一会儿,女的自我宽慰道。

"是。"男的不情愿地应了一声。

坐下也还是闷热,抖两下衬衫,胸前腋下的汗倒蒸发出一丝凉意。腹部的脂肪沉甸甸的,像半袋白面,实在是个负担,屁股也重得一坐下就难以站起来。真要加强锻炼了,要节制饮食了,要不,慵慵怠怠,身体胖起来,精神小下去,难免要未老先衰了。缓缓的山坡,不宽的蜿蜒下山的路,琉璃屋顶,朱红色围墙,围墙外无轨电车的呜呜声,山下小孩的呼叫声,天上正在熄灭的晚霞,安安谧谧,闪闪烁烁。……整个城市像个白瓷茶杯,烟霭蒙蒙的天空像茶杯上冒出的蒸气。

黄平平把情况说明了。这是对他刚才讲话的注释,这个注释未免来得太"及时"了。事情不是很简单,一切走着看吧。想方设法地化解危机,不是此刻的事情。现在,他应该有的是一个令人尊敬的表现:"请朋友们不要为我担心,我有各种思想准备。"他略一停顿,然后笑笑,似乎从阴沉的情绪中摆脱了出来:"现在,我建议咱们继续讨论,而且,还应适当谈谈对未来的展望。"

这就是他要讲的话。越含蓄、越克制越好。

他建议展望未来。

山脚下。一进景山公园大门,在迎面那座两层的倚望楼前是一块坦平的水泥地面的空场。中间是大花坛,四面有树,有左右通向公园深处的大路,有几大盆棕榈。这里游人较多,孩子们在拍着手蹦跳地游戏着,在倚望楼前宽台阶上两条光滑的石头斜面上滑滑梯,老人们坐在台阶上笑眯眯地摇着蒲扇,母亲们推着吱吱嘎嘎的婴儿车徜徉着。夏日的傍晚,景山公园是个乘凉的好地方。

一对青年人相依着站在景山公园游览指示图前,男的断断续续地轻声念着文字说明:"景山公园位于北京的中轴线上,面积二十三公顷,经历元、明、清三代,一直是封建帝王的御园。这里高耸的山峰、美丽的园林，形成了一座紫禁城天然屏障。景山约有七百多年的历史，明永乐十九年(公元一四二一)修紫禁城时利用修城渣土和挖护城河的泥土堆积成这座大的山峰，山高四十三米，当时把它当做'镇山'，清顺治十二年(一六五五)改名景山，站在山顶上可眺望全城……"

一个略有些秃顶的白发老人牵领着一个五六岁的小男孩在缓缓散步。老人在给孩子讲北京的传说故事。

北京叫八臂哪吒城。为什么?相传燕王建北京时，委派大军师刘伯温、二军师姚广孝设计北京城图。眼看期限还剩一天，他们还没谱。这一天，他们两个人在不同地方同时看见一个头梳小髻髻、一身红袄红裤的小男孩在前面走，那红袄像一件荷叶边的披肩，肩膀两边浮镶着软绸子边儿，在风中飘着，像是几条臂膀。他们一看，这不是八臂哪吒吗?赶紧就追。可他们追多快，红孩儿就走多快，只听见一句："照我画，不就成了吗?"说完红孩儿就没踪影了。刘伯温和姚广孝便都不约而同画出了八臂哪吒城图。中间正阳门是哪吒头，正阳门东的崇文门、东便门和东面城的朝阳门、东直门是哪吒这半边身子和四臂;正阳门西的宣武门、西便门和西面城的阜成门、西直门是哪吒那半边身子和四臂;北面城的德胜门、安定门就是双脚;皇城就是五脏……

"哪吒现在哪儿呀，爷爷?"小男孩问。

"现在?他变成咱们北京城了啊。"老人笑了。

"哪吒变成北京了?……"小孩天真地喃喃着。他抬起头，远远地看见了万春亭，"爷爷，那些人干啥呢?"

"哪些人?"老人翘首仰望着，绿树堆簇的景山顶上天空灰蓝，最后一抹霞光映染着万春亭，许多年轻人在那里热烈地讨论着什么。"他们可能商量着再画一张北京城图吧?"他慈祥地回答。

他们这群人对未来的展望向来不是空洞的、幻想型的。他们不是幼稚的中学生，不是浪漫的诗人，不是平庸的说教者。他们的展望要求有货真价实的预见力。历史是不可抗拒的，有时是残酷无情的。新陈代谢,老死新生,几千年的主题。该灭者必灭,该生者必生;该衰者必衰,该荣者必荣。夜过去就是昼。不可逆转。我们蔑视死亡、衰败、没落,甚至蔑视痛苦。今天的太阳落山了,明天的太阳还将升起。我们就是太阳,我们就是要照耀世界。该发生的悲剧就让它发生,我们对它没有悲悯。该上演的伟大新剧就让它有声有色地开始。我们不会为那些被淘汰者的呻吟犹豫半步。

知道龙的图腾吗?龙综合了各种动物的特征,最后成为中国最主要的图腾是因为什么?知道龙能腾天入海、神通广大、活力无穷吗?

盘着山脚的路旁有一棵丫丫杈杈的枯死老树,在它根部附近挺立出一棵嫩绿峻拔的小树。孙子站住了,看着它们。他天性深处有什么东西被触动了。他问:"爷爷,这棵树怎么死了?"

老人也站住了:"它老了,就该死了。你没有看见旁边的小树已经长起来了?它得给小树让地方呀。"

小孙孙看着,又仰头天真无邪地问爷爷:"那我长大了,你就会死了吗?"

老人怔愣了一下,看了小孙孙一会儿,慈祥地笑了:"是,不过要等你长大了。要不,现在谁给你讲故事啊?"他抚摸着小孙孙的头,"你愿意长大吗?"

小孙孙看着爷爷犹豫着,思索着,最后点了点头:"我长大了,想开着摩托车,嘟嘟到处跑。"

"嗯……"老人凝视着那棵枯死的老树和旁边挺立的小树。

"爷爷,你看,亭子上没人了。"

在暮色已张开灰蓝色薄纱的天空中,空无一人的万春亭寂寥孤独地默立着。

第 二 十 九 章

李向南和林虹沿着景山山脚的小路缓缓走着。讨论会是如何散的,人们是如何说笑着纷纷下山的,李向南是如何与黄平平简单交谈了几句又和小莉分手的,这些情景都如烟一般流过去了。天越来越暗了,周围的景物都变得朦朦胧胧。轮廓在黑暗中洇开了,两个人的心境也有些模糊。刚才万春亭上讨论会的情景,昨天晚上北京站的情景,一夜一昼来的情景,以及十几年前的情景,都浮光掠影地在眼前闪过着。

一个老人的慈祥的声音在身后隐隐绰绰地响着,他在娓娓动听地讲述着北京的传说:北海的传说;卢沟桥的传说;高亮赶水的故事;长城和孟姜女;玉泉山的天罗和地井⋯⋯他俩站住,回过头,不见人,声音也似乎没有了。他们诧异地相互看了看,又朝后望了望,接着往前走。那慈祥老人的声音又在后面响起来,声音很近,又显得很遥远,像是远古飘来的声音。

两个人又一次站住,朝后面望了望。

路上空荡荡的,没有人。谛听,又听不见那声音了。两个人面面相觑着,昏暗的景山公园里,一种空寂而神秘的气氛笼罩着他们。他们又慢慢往前走,那声音似乎还在身后隐隐约约地响着。他们不再朝后看。

李向南进入了自己的讲话意识:"林虹,还记得我在古陵时说过的两句话吗?"

"记得。"

"明白我指的是哪两句话吗?"李向南显出一丝惊讶。

"要改变一个人对生活的态度,就首先要改变一个人的生活。你一定要改变我的生活。"林虹平静地、甚至是平淡地复述了李向南说过的这两句话。

599

"我是想……"

"你过高估计自己的力量了。倒是生活本身一天之间改变了我的处境。"林虹循着自己的思路讲下去。"你的第一句话倒是挺对的：要改变一个人对生活的观念，首先要改变他的生活。"

"……"

"我已经考虑好，准备接受邀请去演电影了。"

"演电影？"

"是范丹林的姐姐推荐的。今天下午，我已见过导演。"

"定下来了？"

林虹点点头。

李向南顿时沉默了。"那……你还帮助父亲整理遗稿吗？"半晌，他才问道。

"当然。至于怎么整理，还要看父亲遗稿的情况。"

林虹处境的骤然变化，使李向南在一瞬间感到一种难堪和不自在。在古陵时，他曾多次鼓励她振作起来，现在看来显得有些多余。他原想同情帮助一个弱者，但人家并不弱。他感受到一点失落。

失落了什么呢？

林虹一边慢慢走着，一边双手理着朝后抖了下头发，好像要抖掉什么不快的事情："我发现自己原来过分自轻自贱了。这么多年来，我竟处在那样一种可悲的地位，我几乎看不见自己的价值了。甚至在你面前，我都扮演了一个如此可悲的角色。我想起来厌恶透了。"

李向南慢慢站住了。

"我是厌恶我自己。"林虹解释道。

沉默片刻，李向南又慢慢朝前走。

"想起来觉得可笑，"林虹接着说道，"你一生都想改变命运，却徒劳无益；可有时候，一个具体条件的变化，就使你的命运整个改变了。你发现自己完全可以过另外一种好得多的生活，可以前居然想都不敢想。"她扭过头笑了笑，"你说对吗？"

"你回到北京，仅仅一个环境的变化，竟使你整个生活发生了变化。这种变化确实不是我能帮助你完成的。"李向南神情有些阴沉地说。

"你是不是要给我讲唯物主义了?"林虹注意到了李向南的表情,自己刚才的话是不是有些刺伤他了?她说,"我能回北京,是因为我父亲的事情。我父亲的事情能有今天,是因为大的形势。所以,说到底是因为整个社会的变化,对吧?"

"应该是这样理解吧。"

"我感谢这个社会变化,希望它还变下去。"

一瞬间,李向南有些神思恍惚。

"你怎么了?"林虹问。

"没怎么。我挺高兴的。"李向南微微笑了笑,"确实为你高兴。"

"真的?"

"当然。谁也不能当别人的救世主,全靠自己救自己。"李向南自嘲地说,"林虹,我想,现在我们可以真正郑重地谈一谈了。在这种情况下,你绝不会以为我是从同情出发了。"

"别谈了。"林虹垂下眼说道。

"你知道我要谈什么了?"两个人沉默了,慢慢朝前走着。稀疏的路灯在他们的头上一盏盏移过,昏黄灯光把团团树影淡淡地投在地上。"我的决心是明确的。"李向南说,停顿了一下,"我想知道你的答复。"

林虹看着地面:"你在古陵时并没有下这个决心吧?"

"是。在古陵不能算真正下了决心。"

"仅仅一昼夜的时间,是什么使你下了决心?"林虹认真地问。

是什么呢?是因为现在的林虹在顷刻间闪耀出的光辉?在此之前,他不是始终未能这样明确地下过决心吗?

"今天,你不是始终和顾小莉在一起吗?"

"选择首先是否定。否定了该否定的,得到的就是肯定的。"李向南答道。他眼前又闪现出小莉的形象,她穿着体操服站在他面前:"吻我一下吗?"她穿着咖啡色连衣裙,伸展着美丽的小腿仰躺在小船上;狂风暴雨中他和小莉紧紧地搂抱在一起……感情的诱感经历过了,连最高峰都经历过了,往往就能一下子下决心摆脱它了吧。

"你否决了顾小莉?"林虹的声音中似乎含着一丝尖刻。

李向南顿时语塞了,他绷住嘴沉默了一会儿:"你这样说话,我觉得很刺耳。"

"可实际上不就是这样吗?"

"……"

"你有选择的权利。可你们男人常常忘了:女人并不任凭你们选择,她们也在选择。"

"那我等待你的选择。"

"我在这一昼夜中也下了个决心。"林虹的声音变得温和了。

李向南默然等待着她讲下去。

"永远和你保持这样的友谊。"

"为什么?"

"因为你,也因为我。"

"我不明白。"

林虹沉默地走了两步,轻声解释道:"因为我们有过那样一段共同的过去。我要找一个和我从头开始生活的人。"

片刻沉默。"范丹林那样的人吗?"

"这我还没想过。我只知道,我不能找一个常使我产生不安感的男人。我要找的是一个以我为骄傲、为幸福的男人。"

一对相拥的年轻恋人迎面擦肩而过。

"向南,当我下了这个决心后,我的感觉是什么,你知道吗?"

"不知道。"

"我最初是很痛苦……真的,可随后,我也有一种轻松感。"林虹的声音极为诚恳,"这说明我的选择还是对的。你不应该让我背着一个很大的心理包袱和你在一起,我们会相互折磨的。"

"林虹……"

"向南,"林虹温柔地挽住了李向南的胳膊,打断了他的话,"别争了……我不会忘记你的,你永远是我心目中最宝贵的。"

"林虹，"李向南猛然站住，抓住林虹的双臂，"我们从头开始吧。"

"不，"林虹轻轻拿下李向南的手，"你仔细想想就知道了，你这样选择也不轻松。"

"人为什么要寻求轻松的抉择呢。"

"向南，难道你不知道自己是个什么样的男人吗？我们在一起，双方会不可避免地常常感到屈辱。屈辱感会把一切美好的感情都破坏殆尽的。"林虹停顿了一会儿。"你找顾小莉吧，她已经选择了你。"

"我不会选择她。"

"那就寻找新的目标吧。"

"不，我要坚持我的抉择。"李向南又站住了，"也许，我的选择并不轻松，也许，一想起自己的妻子过去所遭受的耻辱我就会咬牙，就会浑身哆嗦，就会感到屈辱。会的，我了解自己，我的有些观念是挺旧的。可我决心在痛苦中让自己的灵魂蜕几层皮。我要重新塑造自己。这个决心还不行吗？"

林虹在朦胧中凝视着李向南，她感到着自己感情的波动，感到了涌上来一股潮湿的柔情。此刻没有任何障碍能挡住他们。在她的一生中，没有任何人能像李向南这样占有如此重要的、唯一的位置。然而，她只是抬起手把李向南衬衫领子慢慢理了理："别说了，向南，你常常具备很透彻的人生哲理感，可有时候，"她含着一丝伤感地笑了笑，"又很小家子气。"

"我没那么多大家子气。"

"我挺喜欢你有一点儿小家子气的。可在这件事上，我还是希望你有点儿大家子气。"林虹朝后抖了一下头发，声音开朗起来，"向南，不说这些了。"她挽着李向南的胳膊慢慢往前走，"还记得十几年前咱们在湖边的一次谈话吗？"

"我没有忘记。"过了好一会儿，李向南才阴沉地答道。

"一晃十几年过去了，那时，我们还是中学生。咱们今天还像那样谈一次话，好吗？你愿意回答我的一系列问题吗？"林虹似乎兴致很高。

李向南依然沉默着。

"你不要这种样子,你不是一个强者吗?"

"好,开始吧,我奉陪。"

昏暗的空间中越来越增加了黑色,好像有只巨大的手把墨一点点洇入空中。路灯显得更亮了一些。在路灯照不到的松柏浓密的地方,则显得有些黑糊糊了。这段路离公园大门不远,散步的人比较多了。当然,大多是年轻的恋人。两个人沉默地走着,准备走过这段人多的路,穿过倚望楼前的空地,到景山那一侧再谈。

前面路灯下一片喧闹的喊声,他们站住了。见两个小伙子在路两边一左一右奋力拔着绳。绳子把路拦住了。绳子两面站着四五对被拦住的年轻人,还有几个老人。他们走近人堆,看见这两个隔路拔绳的小伙子都涨红着脸,拼尽全力往后蹬着,拔着,进进退退,势均力敌。然而,他们手中的绳子呢?怎么看不见呢?难道是无形的绳?即便是透明的绳子也应该能看见啊?林虹和李向南交换了一下诧异的目光。被绳子拦住的游人们也都在小声议论着:"你看见绳子了吗?""没有啊?""是看不见的绳子?""可能吧。"……然而,谁也没有向前迈一步。因为谁都不能不相信前面有根绳子。马路中间站着一个当裁判的小伙子,他正弯着腰,盯着绳子(?)中间系结标记的移动,用力向下挥着手喊道:"好,往左挪了。好,又往右挪了。加油。看谁最后胜利。两边的游人请等一等,往后靠一靠,千万不要碰着绳子。这是一场意义重大的决赛。"游人越聚越多,没有人看见这根绳子,然而,任何人似乎都不怀疑这根绳子的存在。一种神秘的气氛笼罩着他们,不少人如在梦中。

拔河比赛没完没了地进行着。李向南看了一会儿,微微一笑,拉住林虹径直穿过绳子走了过去。当裁判的小伙子伸手没拦住,一时愣在那里,那两个拔绳的小伙子也有些发呆,随即都仰身跌倒了:"绳子断了,绳子断了。"接着又从地上爬起来,冲李向南嚷道:"你为什么弄断我们的绳子。"

李向南冲他们幽默地一笑,便挽着林虹的胳膊接着往前走。身后留下了小伙子的喊声和疑惑不解的游人的纷纷窃语声。

"他们手中没有绳子吗?"林虹问。

"如果你承认有绳子,它就存在了。"李向南答道。

"那些年轻人是在做游戏吗?"

"可能吧。"

"我想到外星人了,一股神秘气氛。"

他们走着,那慈祥的、娓娓动听地讲述着北京传说的老人的声音,似乎又在身后响起来,显得很近,又很遥远。林虹不禁又往后看了看。

过了倚望楼,这段路又显得清静了,两边的树黑魆魆的,月亮在树梢上投射下金色的光辉。两个相挽的青年男女迎面走来,在他们面前客气地站住了:"先生,早班车几点钟有啊?"

"早班车?五点钟。"李向南答。

"那现在就有了,是吗?"

"现在?现在是晚上啊。"

"怎么是晚上?这已经是早晨了呀。我们在这公园里逛了一夜了。你们看,不是已经五点钟了。"两个年轻人不约而同地伸出腕上的手表。

"别开玩笑了。"

"你们不相信?"对方惊讶地看着李向南和林虹,然后相互望了望,"咱们问问他们。"他们指着又走过来的几个年轻人说。

"是呀,现在是早晨呀。"这几个年轻人也认真地说道。他们一点没有开玩笑的意思。

"真能开玩笑,好了,你们走吧。"李向南说。

"怎么开玩笑,的确是早晨啊。你们不相信,再问问他们。"

路上又缓缓走来两个中年人。

"的确是早晨啊。公园今天开门早,我们刚进来。谁说是晚上?"两个中年人竟十分诧异地看着李向南和林虹,好像怀疑他们神志不清似的。

林虹观察着他们,对方没有一丝做戏的神态。一瞬间,她有些怀疑自己的判断了。是晚上吗?她想了想下午的事儿,想了想景山讨论会的事儿,想了想刚才和李向南的谈话,整个流程她都没有中断地想过了一遍,应该是晚上啊?她掐了掐自己的手指,很明确的疼痛。并非梦境啊。

"别开玩笑了。"她说,但感到自己的声音并不很坚决。

面前这群人都瞠目结舌地看着他们两个人。"你们是不是开玩笑?"他们说,"没有开玩笑?那是不是神经有问题?"

"你们不相信现在是早晨?瞧,那边又来人了,咱们再问问他们。"一个年轻人说。

又一对年迈的夫妇相挽着安详地缓缓而来。

"现在是不是早晨?是啊。现在是早晨五点。"老头儿诧异地看看这堆人,抬起手腕看了看手表,回答道。然后挽着老伴缓缓走了。走了一段路,又回过头狐疑地看看这群人。

这一切都太真实了。林虹真正地恍惚不清了。她感到自己是在梦中。能掐疼自己并不能证明什么。或者,的确已经是早晨了?

"好了,你们的玩笑开得够了。"李向南依然平静地对人群说。

"难道我们这么多人,这么多块手表,再加上刚刚走过去的两位老人,不比你一个人更能证明时间?我们这么多人不如你一个人?"一个年轻人伸出手,亮着自己的手表,对李向南说。那一群人也都附和着他。

李向南微微笑了,他抬手指了指:"你们看。"一轮金黄的圆月悬在东边的夜空中。"满月是和太阳相对的,夜晚才从东方升起,早晨从西边落下去。那是东边,对吧?我想,月亮、太阳和地球要比你们这一群人,这么多块手表更能证明时间吧?"

那群人愣了一下,面面相觑。

"那是月亮吗?谁能证明那是月亮?那是灯笼。"

"那是东边吗?那是西边。"

"对。那是西边。"……

他们七嘴八舌恶作剧地说着,哈哈大笑着走了,还不时回过头议论着李向南。

林虹和李向南慢慢往前走着，她不时回过头看看那群走远的人。她似乎还没完全从刚才那梦境般的恍惚中清醒过来。这是夜晚吗？难道刚才那两位老人也是和这群人一伙儿做戏的？她止不住又把自己一天来的活动不中断地想了一遍，好确切推证出此刻是晚上。她抬起头看着夜空中悬挂的黄澄澄的圆月，那是东方吗？她又根据景山坐北朝南的方向加以证明……好一会儿，她才从恍惚中清醒过来，好像从梦中醒来一样。她自嘲地笑了笑，扭头看了看李向南，她发现李向南那有些阴沉的目光，那线条有力的脸，那似乎什么事也没发生过的冷静神情，都有着男子汉的力度。她还发现，自己的手一直很自然地挽着他，而且有着一种对他的依靠感。和他这样在一起真好。她感到了自己身心又升起的那湿润的感情，一个女人对男人的感情。

"我发现你特别坚定，不为环境所动。"她说，"我刚才简直有点神情恍惚了，甚至怀疑自己是否清醒了。"

"对既成事实敢于怀疑，才能发现真理，可对真理敢于坚信，才能不失去它。"李向南凝视着前方。

林虹饶有兴趣地看着李向南，不好意思地笑道："我在想，如果刚才只有我一个人，而且碰到的人更多些，众人异口同声都说现在是早晨，我也许连自己的存在都会怀疑了。"

"为什么你会怀疑自己的存在呢，你想过吗？"

"因为我尽管认为是在晚上，可人人都说是在早晨，我连自己的感觉、思维都不敢相信了，顿时觉得自己虚无了。"

"这就含着一个真理：一个人的存在是与他对世界的真实感觉和思维相联系的。如果他对世界的整个认识都崩溃了，他的存在就很空洞了。"

"又进入你的哲学境界了。"

"你不是希望进行这样的谈话吗？"

林虹笑了，想不到谈话竟这样开始了。突然，她感到有些恍惚，脑子里闪动着各种各样的联想和意象，周围出现了人头起伏的人海，无数的手在指着她……

"挺可怕的……"她像是自言自语地说。

"可怕什么？"

"要是现在有一千个人、一万个人对我说，现在是早晨，不是晚上，我还会相信自己的存在吗？我还能相信你的判断吗？要是有一千个人、一万个人都冲我说：你明明不是林虹嘛。我会怎么样呢？要是有一千个人、一万个人，甚至更多的人，都对我说：你这样活着没什么意义。我又会怎么样呢？要是有一天，我起床后，见到的每一个认识我的人，他们都用一种陌生的目光看着我，表示不认识我，就像刚才那群人那样表情逼真，我真要神经错乱了……要是所有的人串联起来对一个人开这种玩笑，那真是太可怕了。"

"要是一千个人、一万个人以至更多的人指着你说，你错了，可你实际上没错，你会怎么样呢？要是一千个人、一万个人以至更多的人指着你说，你有罪，可你实际上没有罪，你会怎么样呢？"

"不会有这么多人来开这种玩笑的。"林虹笑了笑，希望轻松一些。

"怎么不可能？历史常常用这种'玩笑'来考验一些人的。前几年这样的事还少吗？结果使得一些无罪的人也真诚地认为自己有罪了。"

"如果你遇到这种情况呢？"

"我知道那是东方，我看见升起的是圆月，我确信这是夜晚。除非有人能否定我看到的巨大事实。"

"谁能否定月亮呢？"林虹笑了，"好，请你做好准备，我要开始提问了。"

"提吧。"

"你认为对于男人来讲，最宝贵的是什么？"

"事业；女人。"

"你最爱的是什么？"

"我最爱活力和智慧。我爱富有智慧的活力，我爱富有活力的智慧。"

"你在讨论会上讲到龙的图腾，也是出于这种原因吗？"

"是。我认为中国是个最值得骄傲的国家,它富于活力,它富有智慧,它是龙,不是虫。"

"你最大的空想和奢望是什么?"

"再活一次。"

"最大的遗憾呢?"

"不能再活一次。"

"你的目标还是为建设一个尽可能理想的社会奋斗,是吗?"

"是。"

林虹垂着眼想了想,抬起头看着李向南笑了:"我想不起什么有意思的问题来,我发现,我本没有必要提什么一系列问题。"

"为什么?"

"因为,因为我发现我完全了解你。"

沉默。黑暗中缓缓地走着。

"我只想问你一句话:你觉得自己还年轻吗?"

李向南沉默了一会儿,答道:"是。"

"与十几年前相比有没有变化呢?"

"更珍惜生命了。"

团团树影在他们脚下移过。松柏森森的景山上空缓缓滚动着一轮金黄的圆月。

"你说要使自己的灵魂蜕几层皮,你认为自己的灵魂今后也会蜕皮,也会痛苦吗?"

"是。社会正在蜕皮,所有的人都应跟着蜕几层皮。对于灵魂来讲,生活永远是炼狱。"

"真想和你一直这样走下去。"她说。

"林虹。我们……"李向南一下站住,看着她。

"我们永远这样当朋友,只有这样才美好。"林虹在黑暗中劝慰地打断了他的话。

大概是感到就要分手了,他们不知不觉又绕到了倚望楼前,走出了景山公园的大门。然而,他们感到还需要谈点什么,于是,他们在景山公园的门前、在紫禁城护城河旁来来回回地慢慢走着。

突然，不知被一种什么不可知的神秘力量所驱使，他们都不约而同地抬起头仰望天空，天空中正出现着一个令人惊异的奇观。一个巨大的椭圆形白色光盘在紫禁城上的夜空悬浮着。那种光亮，那种若透明又不透明的质感，那种距离，那种庞大的体积，都使人感到一种灵魂被震慑的神秘性。似乎有一个更巨大得多的力量在俯视着他们，俯视着人类居住的地面。

"那是什么，是飞碟吗？"林虹低声问，她听见自己的声音小而陌生。这是自己的声音吗？

"不知道，什么都可能。"李向南一动不动地凝视着天空，他看了一下手表，记住了时间。

与此同时，不少人都像这样被一股不可知的力量驱使着，不约而同地仰起头，看见了这个神奇的壮观。那个巨大的光盘不过半分钟就黯淡下去消逝了。人们依然伫立着，仰望着。好一会儿，他们才收回目光来，面面相觑着，有一种与恐怖相混合的神秘气氛统摄着他们。他们要再过几秒钟才会活跃起来，才会纷纷议论起来。

此瞬间，他们只是一动不动地静立着。

他们的目光又不由自主地被吸引到了一个点上，在一片静止中，一个活泼泼的小东西像团火一样在不停地运动。那是个五六岁的小男孩，穿着红背心红裤衩，长长的富有弹性的腿，浑身洋溢着健康活泼的生气。他正雄赳赳地、聚精会神地在公共汽车的站牌下忙碌着。他并不理会天上地下发生的事情。他正在建设自己的事业。

他正把不远处的一堆碎砖运到汽车站牌下面。

他把四五块半头砖单垛码起来，然后双手抓住站牌的铁柱，小心翼翼地踩到砖垛上去。他站得高了，举起手想要抓住那远比他高得多的站牌。砖垛显然太低，而且不稳。哗啦，塌了。他灵活地跳下来，看了看，又跑过去搬运砖头，接着码。这次，他用两块半头砖相挨着做基础，码成双垛。更稳了，也更高了。他抓着铁柱登了上去，手还是够不着站牌。他踮起脚，伸手使劲够着，脚下的砖垛开始晃动，哗啦，又塌了。

他再一次灵活地跳下来，想了想，又快速地跑动着搬运砖头。这次，他更加扩大了基础，从下向上，像金字塔一样逐渐收小，他一边码一边还晃着试试砖垛是否牢稳。他已经知道把一层层之间的砖缝错开，增加砖垛的整体性。他聚精会神地干着，弯腰捡起一块砖码上，弯腰再捡起一块砖码上，那动作充满了儿童特有的纯洁天真、执著兴奋和乐趣。

所有的人都被他的事业所吸引。

当他第三次登上砖垛时，几乎人人都屏住呼吸关注着他。他小心翼翼地上去了，他踮起了脚，他举起了手，离站牌还差一点点。他又踮了一下脚，更高地举起手，还是差一点。他只能用指尖碰到站牌，他还不能用双手抓住它。人们都感到自己体内那种想上去帮他一把的肌肉收缩。他够了几下，没有成功。他往下看看，思索着，决定下来。只需再加上一块砖。他谨慎地下着，一不小心，砖垛还是倒塌了。

真令人惋惜啊。

他站在塌成一摊的砖头前看了看，毫不沮丧地咧开鲜艳的小嘴笑了，他弯下腰，雄赳赳地重新干起来。

李向南和林虹相视了一下，又把目光转向那个小男孩。他的脑海中梦一般依稀浮现出自己童年的影子，眼前的情景怎么像自己经历过的一样？恍恍惚惚中他感到自己进入一种幻境，他的身体和那个小男孩重合起来，他在与小男孩一起码着砖头……

公元一九八二年，在碧蓝的夜空下，在一轮金黄的圆月下，在京都，在紫禁城旁，一个火一样活泼泼的小红孩儿在聚精会神地、雄赳赳地、不屈不挠地建筑着他的金字塔……

夜与昼

后 记

　　《夜与昼》和《衰与荣》是作者原计划完成的《京都》三部曲的头两部。而当这两部书以一百二十万字的总篇幅写完后,作者认为《京都》三部曲的任务已经完成。

　　这两部书描写了中国当代社会不同阶层之间的不平衡心理及挣扎,描写了不同年龄段人之间的观念嬗变与冲突,试图概括当代中国人性扭曲的特殊历史及时代阵痛。

　　《夜与昼》一九八六年先在《当代》发表,同年人民文学出版社出版。

　　《衰与荣》一九八七年先在《当代》发表,次年人民文学出版社出版。

　　这次收入长篇小说文集再版前,作者对这两部作品均进行了全面修订。

柯云路

二〇〇八年九月于北京